Elizabeth Haran

Im Land des Eukalyptusbaums

Aus dem Englischen von
Nikolaus Gatter

BASTEI LÜBBE TASCHENBUCH
Band 14568

1. Auflage: Juli 2001
2. Auflage: März 2002

Vollständige Taschenbuchausgabe

Bastei Lübbe Taschenbücher ist ein Imprint
der Verlagsgruppe Lübbe

Deutsche Erstveröffentlichung
Titel des englischen Werkes: A WOMAN FOR ALL SEASONS
© 1999 by Elizabeth Haran
© für die deutschsprachige Ausgabe 2001 by
Verlagsgruppe Lübbe GmbH & Co. KG, Bergisch Gladbach
Lektorat: Hilke Bemm
Einbandgestaltung: Gisela Kullowatz
Titelbilder: Tony Stone/ZEFA
Satz: hanseatenSatz-Bremen, Bremen
Druck und Verarbeitung: Ebner & Spiegel, Ulm
Printed in Germany
ISBN 3-404-14568-2

Sie finden uns im Internet unter
http://www.luebbe.de

Der Preis dieses Bandes versteht sich einschließlich
der gesetzlichen Mehrwertsteuer.

PROLOG

London 1910

Den Brief, den er gerade gelesen hatte, hielt Tilden Shelby noch in der Hand, als er die Fenster seines engen, im ersten Stock gelegenen Büros aufstieß. In der frischen Kühle des Herbstmorgens stieg sein Atem wie Rauch empor, während er zerstreut die gewohnte Betriebsamkeit auf der Oxford Street überblickte. Er hörte kaum die Schritte der Menschenmassen auf dem schmutzigen, nassen Pflaster; in Gedanken war er Tausende Kilometer entfernt. Erst das wütende Fluchen eines Mietkutschers, der seine elegante Kalesche an den Bordstein dirigierte, lenkte Tildens Aufmerksamkeit auf die Straßenszenerie.

Mitten im trüben Londoner Alltag war Tilden gedanklich im Outback Australiens gewesen, das in dem Brief als sonnenverbranntes Land mit riesigen, unerschlossenen Gebieten und endlos blauem Himmel beschrieben wurde. Von diesem entlegenen Kontinent wußte Tilden kaum etwas, weshalb er die detaillierte Schilderung des Absenders genoß, die seine Phantasie beflügelte: gnadenlose Hitze; Dürrezeiten, die manchmal jahrelang andauerten; und die Einsamkeit, mit der nur wenige fertigwurden ...

»O nein. Nicht schon wieder!« stöhnte er plötzlich, als er die Gestalt sah, die der Kutsche am Straßenrand entstieg. Nola Grayson, die den Kopf höher trug als die meisten ihrer Geschlechtsgenossinnen, war kaum zu übersehen. Obwohl sie sich mit natürlicher Grazie bewegte, unterstellte Tilden ihr ein übersteigertes Selbstwertgefühl. Sie arbeitete als Erzieherin und Lehrerin, behielt allerdings kaum eine Stelle länger als ein paar Wochen.

Mit wachsender Panik – und derselben unguten Vorahnung, die er jedesmal empfand, wenn Nola Grayson sein Büro aufsuchte – beobachtete er Nola. Plötzlich versperrte ihr ein junger Mann auf dem Bürgersteig den Weg. Die Neugier hielt Tilden am Fenster, denn der Herr war anscheinend von Adel. Selbst aus dieser Entfernung fielen Tilden der gekräuselte Hemdkragen und der elegante Schnitt seines Schwalbenschwanz-Mantels auf. Ein goldbeschlagener Spazierstock und ein seidener Zylinderhut gehörten ebenfalls zu seiner Ausstattung. Ganz in der Nähe wartete ein Diener neben dem offenen Schlag der auf Hochglanz polierten Phaeton-Kutsche, deren Pferde goldschimmernde Federbüsche trugen. Nola wollte ihren Weg fortsetzen, doch der Herr sprach sie erneut an. Er schien sie geradezu anzuflehen, was Tilden noch mehr wunderte. Wußte dieser junge Mann nicht, was er tat?

Tilden spitzte die Ohren, um dem Wortwechsel zwischen Nola und ihrem vornehmen Freund zu lauschen, doch die Stimmen drangen nur gedämpft zu ihm herauf. Sekunden später riß sie sich los und verschwand im Eingang des Bürogebäudes. Der junge Mann blickte ihr nach, während er das Gesicht kummervoll verzog. Er wirkte untröstlich, als er in seine Kutsche stieg.

Als Tilden Nolas raschen Schritt auf der Treppe hörte, die zu seinem Büro führte, überfiel ihn wieder Panik. Ob er sich in einem Schrank verstecken und die Türen verrammeln sollte? Dann schalt er sich selbst für sein kindisches Verhalten und nahm den Tadel doch gleich wieder zurück, denn Nola Grayson war keine gewöhnliche Vertreterin des schönen Geschlechts. Ihm blieb gerade noch Zeit, hinter seinem Schreibtisch Posten zu beziehen, aber seine Gemütsruhe war dahin, als die Tür geöffnet wurde.

»Guten Morgen, Mr. Shelby«, grüßte Nola nicht besonders herzlich.

Bis jetzt war er das auch, dachte Tilden im stillen und sank in seinen Stuhl zurück.

Ohne eine Antwort oder auch nur die Aufforderung, Platz zu nehmen, abzuwarten, zog Nola ihre Handschuhe aus und ließ sich auf einem Stuhl gegenüber dem Mahagonischreibtisch nieder. Einen flüchtigen Moment lang nahm Tilden eine winzige Unsicherheit in ihrem kühlen Benehmen wahr, die vielleicht noch von der Begegnung auf der Straße herrührte.

Ohne weitschweifige Einleitung kam er gleich zum Grund ihres Besuches. »So schnell wieder da, Miss Grayson?« Er riskierte einen Blick in ihre mokkabraunen Augen und unterdrückte, tief Luft schöpfend, das Bedürfnis, die Papiere auf der Ablage zu ordnen.

»Ich weigere mich, bei Leuten zu arbeiten, die mich nicht akzeptieren wie ich bin, Mr. Shelby«, stellte Nola ungerührt fest.

Mit anderen Worten: Sie war wieder entlassen worden.

Tilden stützte den Ellbogen auf die Tischplatte und barg die Stirn in einer Hand. »Sie haben die Erzieherinnenstelle bei den Gareth-Kindern doch erst vor drei Wochen übernommen ...«

»Ich weiß.«

Da war er wieder, dieser trotzige Unterton in ihrer Stimme.

Tilden Shelby seufzte unüberhörbar. Diese Situation war ihm nur allzu bekannt. Er versuchte, das Bild von Austin Gareths Miene aus seinem Kopf zu verbannen. Obwohl er es für seine Unterlagen wissen mußte, verspürte er nicht die geringste Lust, nachzuforschen, was diesmal hinter der Kündigung steckte.

Gerade sammelte er all seinen Mut, um Nola auszufragen, als das Telefon klingelte und ihn vorübergehend erlöste. »Sie erlauben, Miss Grayson«, unterbrach er sich.

Sie nickte kurz, während er sich räusperte und den Hörer abnahm.

»Guten Morgen ...«

Seine Stimme wirkte höflich und einladend, ganz anders als der Ton, mit dem er Nola wegen ihres Verhaltens zu tadeln pflegte.

»... Arbeitsvermittlung Shelby hier, Tilden Shelby am Apparat.«

Fast unmittelbar darauf erstarrten seine Gesichtszüge und er wurde kreidebleich. Nola, die ihn beobachtete, fühlte mit ihm. Sicher waren es schlechte Nachrichten! Möglicherweise ein Todesfall in der Familie?

»Guten Morgen, Mr. Gareth«, stammelte Tilden mit schreckgeweiteten Augen.

Nola seufzte. Austin Gareth! Sie lehnte sich im Stuhl zurück und blickte konzentriert auf ihre Handschuhe, während sie sich innerlich auf die bevorstehende Auseinandersetzung mit Tilden vorbereitete.

»Verstehe«, nickte Tilden. »Durchaus. Es tut mir

furchtbar leid, Mr. Gareth. Ich konnte ja nicht ahnen ... Aber nein. Das ist wirklich nicht zumutbar.« Er riß die Augen noch weiter auf und blickte Nola entgeistert an. »Sehr begreiflich, Mr. Gareth. Sie hat ... o nein! Ist Mrs. Gareth wohlauf, Sir? Natürlich. Selbstverständlich erstatte ich Ihnen die Vermittlungsgebühr, wenn ich keinen passenderen Ersatz finde. Ich schicke Ihnen gleich jemanden vorbei, Sir ...«

Ein lautes Klicken am anderen Ende der Leitung signalisierte das abrupte Ende der Unterhaltung. Tilden Shelby legte vorsichtig den Hörer auf die Gabel. Als er aufblickte, um Nola vorwurfsvoll anzusehen, war er nicht mehr blaß, sondern dunkelrot im Gesicht aus Scham über die Demütigung. Nola verzog keine Miene.

»Sie haben ...« Tilden blinzelte und stockte, als könne er es kaum aussprechen. »... Georgina und Magdalene Gareth als *Jungen* verkleidet und in einer Cricket-Mannschaft angemeldet, in einem der vornehmsten Vereine Londons? Ich glaube das nicht ... selbst von Ihnen hätte ich so etwas nicht erwartet!«

»Warum nicht? Frauen sollten lernen, sich zu behaupten. Ich glaubte, dem alten Gareth einen Gefallen zu tun. Er hätte eindeutig lieber Söhne gehabt, und die Kinder mögen Cricket. Zu Hause dürfen sie spielen, warum also nicht in einem Verein?«

»Ich brauche Ihnen wohl nicht auseinanderzusetzen, daß es nicht nur gegen die Vorschriften verstößt, sondern gegen alle gesellschaftlichen Gepflogenheiten! Was die Kinder daheim machen, ist etwas ganz anderes.« Obwohl es ihm schwerfiel, die Fassung zu wahren, wirkte Tilden noch fast geduldig – obwohl er das, wenn es um Nola Grayson ging, ganz und gar nicht war.

»Deswegen kleidete ich sie doch als Jungs! Ein kleiner harmloser Spaß, mehr nicht. Übrigens hat ihre Mannschaft mit deutlichem Vorsprung gewonnen, was ihrem Selbstbewußtsein nur guttun wird. Wie leicht sich die Vereinsvorsitzenden auch hinters Licht führen ließen!«

Nolas Mangel an Verantwortungsgefühl und Takt überraschte Tilden Shelby immer wieder. Er hatte sogar den Eindruck, die Angelegenheit hätte ihr Vergnügen bereitet! »Glaubten Sie, Mrs. Gareth einen Gefallen damit zu tun? Wie beschämend das alles für die arme Frau gewesen sein muß!« Er wußte genau, daß es keinen Zweck hatte, an ihr Gewissen zu appellieren, aber was sollte er tun?

»Georgina, das Dummerchen, fiel aus der Rolle und winkte ihrer Mutter zu. Die saß neben dieser Lady Hartley, deren Sohn Napoleon heißt und auf der gegnerischen Seite spielte. Er ist ein so eingebildetes, verzärteltes ... ach, lassen wir das. Jedenfalls konnte ich nicht wissen, daß Mrs. Gareth sich derart vergessen und auf das Spielfeld laufen würde. Ich predige seit jeher, wie unpraktisch Damenkleidung ist. Man stolpert so leicht über all die Petticoats ... Der Ball hat sie übrigens nur knapp verfehlt. Sie kann von Glück sagen, daß sie keinen Kieferbruch erlitten hat!«

»In der Tat! Aber ein verstauchter Fußknöchel ist auch schon schlimm genug. Mr. Gareth sieht sich gezwungen, eine Pflegekraft für seine Frau einzustellen. Natürlich eine, die nicht durch diese Agentur vermittelt wird. Mein guter Ruf geht die Themse hinunter, zusammen mit Ihrem, Miss Grayson!«

»Ich finde, daß Sie jetzt wirklich übertreiben, Mr. Shelby.« Nola reckte energisch das Kinn vor. »Ich hatte das Pech, einen Arbeitgeber zu haben, der meine Auffassungen nicht teilt. Ich finde, Mädchen sollten für den Ernst des Lebens gerüstet sein, in dem sie sich alle Rechte erkämpfen müssen!«

Tilden spürte, wie er die Beherrschung verlor. »Bitte verzeihen Sie, wenn ich den Eindruck einer Überreaktion erwecken sollte«, entgegnete er aufgebracht, stand auf und stützte die Hände auf den Tisch. »Aber halten wir uns doch an die Tatsachen! Letzten Monat beschwerte sich Lord Stamford, daß Sie seinen Töchtern das Pokerspielen beibringen ...«

»Ach, Mr. Shelby«, verteidigte sich Nola, »insgeheim hat ihm das gefallen. Übrigens haben sie dabei eine erkleckliche Summe gewonnen. Schließlich brauchen junge Damen auch eine Aussteuer. Wenn seine Frau Gemahlin nicht gewesen wäre ...«

Jetzt war Tilden so weit, Nola ins Wort zu fallen. »So begeistert war er, daß er beinahe handgreiflich mir gegenüber geworden wäre!« Nola entging nicht das Zukken seiner Mundwinkel, das mit seinem zornigen Blick einherging, und sie tat gut daran, zu schweigen.

»Zuvor hatte sich Lady Claudia Cranley über Sie empört, weil ihre Töchter ein Baumhaus in ihrem Park errichtet hatten.«

»Und wenn schon! Ich glaube, jeder darf – und sollte – lernen, mit Hammer und Nägeln umzugehen.«

»Wenn Sie mich ausreden ließen, Miss Grayson, würden Sie begreifen, daß es nicht um das Baumhaus selbst ging. Vielmehr hieß es, Sie hätten den Mädchen beigebracht, sich Pfeil und Bogen zu basteln und damit zu schießen. Vom Baumhaus zielten sie dann auf Besucher. Nachdem Sie bereits entlassen waren, hat Lord Linley

Lady Cranley auf Schmerzensgeld verklagt – wegen Körperverletzung an seiner Frau, die in den ... sagen wir: die seitdem nicht mehr richtig sitzen kann.«

Nola konnte sich ein Kichern nicht verkneifen. »Sie können auch kaum ein Ziel verfehlen, das so groß ist wie ...« Tilden schien Nolas Belustigung allerdings nicht zu teilen, und so nahm sie sich zusammen und räusperte sich.

»Und davor hatte man Sie entlassen, weil Sie unter Alkoholeinfluß rauchten und Schnupftabak nahmen – im Haus Ihrer Arbeitgeber!«

Nun schien Nola ernstlich gekränkt. »Warum soll eine Frau nicht auch Zigarre rauchen oder schnupfen? Außerdem habe ich Ihnen damals schon erklärt, daß ich nur betrunken gespielt hatte.«

»Da müssen Sie meinem Gedächtnis nachhelfen, Miss Grayson. Wieso gaben Sie vor, betrunken zu sein?« Tilden hob eine seiner buschigen Brauen.

»Um eine andere Angestellte vor der Kündigung zu bewahren.« Obwohl ihre ständigen Rechtfertigungen sie allmählich ermüdeten, erinnerte sich Nola nicht ungern an den Spaß in der Küche von Grange Lodge. Sie und die Haushälterin Lily Bramston hatten angenommen, alle im Haus schliefen bereits. Vier kleine Brandys hatten sie schon getrunken, als sie auf die Idee kamen, eine Zigarre zu rauchen und die Schnupftabakdose zu öffnen. Husten und hysterische Lachsalven, Niesen und Prusten waren die Folge. Mit dem Lärm weckten sie den Hausherrn, Viscount Wallace, und als sie ihn die Treppe herunterpoltern hörten, verbarg sich Lily in der Besenkammer, und Nola fing an, aus voller Kehle zu singen. Der Viscount sah die offene Weinbrandflasche und glaubte, Nola sei völlig betrunken. Daraufhin wurde sie entlassen, aber wenigstens hatte Lily ihre Stellung behalten.

»Ich begreife nicht, wieso sich Männer über solche Kleinigkeiten aufregen können!« gab Nola schnippisch zurück. Immerhin durfte der Butler rauchen, und zwar mit ausdrücklicher Genehmigung des Hausherrn, und mehr als einmal hatte sie ihn beim Nippen an der teuersten Weinbrandflasche ertappt.

»Ob Sie das begreifen, Miss Grayson, oder nicht, spielt keine Rolle. Diese Männer zahlen Ihr Gehalt!« Tilden senkte seine Stimme plötzlich. »Und der Mann, der vor Ihnen steht, hat keine Stelle mehr, die er Ihnen vermitteln könnte!«

»Sie finden doch bestimmt noch etwas für mich, Mr. Shelby.« Nola gingen allmählich die Ersparnisse aus, und die Miete für ein anständiges Wohnheim war recht hoch.

Tilden fiel in den Stuhl zurück und verschränkte die Arme hinter seinem Kopf. Er schloß kurz die Augen und dachte an die Schreibarbeit, die auf ihn wartete. Er war vollkommen ausgelaugt und am Ende seines Lateins – jedenfalls, was Nola Grayson betraf. Er hätte sie einfach wegschicken können, woran ihn jedoch Anstand und sein Gewissen hinderten. Hatte sie nicht erwähnt, daß ihre einzigen verbliebenen Angehörigen in Übersee lebten? Zum ersten Mal fragte er sich, ob sie auf der Flucht vor ihr ausgewandert waren.

»Ich würde vorschlagen, daß Sie Ihr Glück bei einer anderen Stellenvermittlung versuchen, Miss Grayson«, erklärte er resigniert, »wenn ich nicht wüßte, daß Sie die schon alle abgeklappert haben. Ich glaube, drei Agenturen mußten bereits dichtmachen. Würde mich nicht wundern, wenn meine die nächste ist!«

Nola zeigte den wohlvertrauten Glanz in den Augenwinkeln. Damit entlockte sie ihm immer wieder kleinere Indiskretionen und verleitete ihn dazu, zuviel von sich preiszugeben.

»Haben Sie eigentlich schon daran gedacht, zu heiraten?« fragte er plötzlich, und sie stutzte. »Sie könnten doch ihre eigenen Kinder großziehen – und gebe Gott, daß es nur Jungs werden!« Der Gentleman, den sie auf der Straße getroffen hatte, fiel ihm wieder ein. Der wäre sicherlich eine gute Partie; obwohl ihm der Mann bereits jetzt schon leid tat, dem Nola Grayson eines Tages ihr Jawort geben würde.

»Ich stand vorhin am Fenster, wissen Sie, und sah zufällig, wie Sie mit einem außerordentlich gutaussehenden vornehmen Herrn sprachen ...«

Nola wirkte verblüfft, dann entrüstet. Es war das erste Mal, daß Tilden erlebte, wie sie um ihre Fassung rang. Obwohl er sie eigentlich sofort wegschicken wollte, interessierte er sich doch für diesen winzigen Moment der Schwäche.

Sie schlug die Augen nieder und strich unnötigerweise ihren Rock glatt. »Sie meinen Leith, den Sohn von Lord Rodwell. Für uns kann es keine gemeinsame Zukunft geben. Obwohl er noch immer vom Gegenteil überzeugt ist ...«

Noch nie hatte Nola über ihre Privatangelegenheiten gesprochen, seit Tilden sie kannte. Ihr Berufsleben gestaltete sich so schwierig, daß für anderes kaum Zeit blieb.

Tildens Neugierde war geweckt. »Aber warum nicht, Miss Grayson? Den Sohn eines Lord würde doch jede

Frau als Gatten schätzen, nicht wahr? Ich habe Sie ja nur kurz miteinander beobachtet, aber was ich in den paar Sekunden sehen konnte, läßt vermuten, daß er sehr bemüht ist.«

Nola hob ihren Blick, und plötzlich war Tilden sich nicht mehr sicher, ob er gut daran tat, über ihr bislang rein berufliches Verhältnis hinauszugehen. Doch sie versetzte ihn abermals in Erstaunen.

»Sagt Ihnen der Name ›Rodwell‹ wirklich nichts, Mr. Shelby? Auch für seinen Vater habe ich einmal gearbeitet.«

Tilden überlegte einen Moment. »Kommt mir ganz vage bekannt vor ...«

Nola war überzeugte, daß er den Skandal nicht vergessen haben konnte, der wochenlang Schlagzeilen gemacht hatte.

»Stand da nicht mal etwas in der Zeitung? Muß jetzt aber schon über ein Jahr her sein«, murmelte Tilden. »An die Einzelheiten erinnere ich mich nicht mehr.«

»Die Aufregung hielt Monate an, Mr. Shelby. Ich habe Lord Rodwell überrascht, wie er splitternackt seine frivole Schwägerin küßte und umarmte, im Wohnzimmer – während im Obergeschoß seine Frau im Ehebett schlief.«

Tildens Augen weiteten sich. Nolas Mangel an Dezenz schockierte ihn, aber mehr noch das, was sie ihm gerade mitteilte. Eine derart delikate Nachricht hätte er doch bestimmt nicht vergessen, wenn sie in der Zeitung gemeldet worden wäre!

»Haben Sie damit gedroht, es seiner Frau zu erzählen?«

»Allerdings!«

»Und – was passierte?«

»Er ließ es darauf ankommen!«
»Und Sie?«
»Ich habe klein beigegeben.«

Verblüfft und atemlos dachte Tilden, daß Miss Grayson, wie er sie kannte, einer derartigen Herausforderung doch jederzeit die Stirn bieten würde. »Das paßt aber gar nicht zu Ihnen«, stellte er fest.

»Ich wollte es auch nicht, das können Sie mir glauben!« Sie erhob sich, trat ans Fenster und starrte in den trüben Vormittag hinaus. Tilden konnte kaum erwarten, daß sie weitersprach.

»Ich weiß, nach außen hin wirke ich dreist, sogar gefühllos, Mr. Shelby. Das ist nun mal meine Art. Aber ich versichere Ihnen, daß auch ich ein Herz habe, besonders, wenn Kinder betroffen sind.«

»Daran ... daran habe ich nie gezweifelt, Miss Grayson. Keiner Ihrer ehemaligen Arbeitgeber hat sich je beschwert, daß Sie das Wohl der Kinder vernachlässigen ...«

Sekundenlang wandte sie sich zu Tilden um, und er war unerwartet gerührt von der Zärtlichkeit ihres Blicks. Er spürte, wie gern sie sich alles von der Seele reden würde. Hatte sie denn keine Freundinnen, denen sie sich anvertraute? Zum ersten Mal realisierte er, wie schwierig es sein mußte, dauerhafte Freundschaften zu pflegen, wenn man ständig die Stellen wechselte.

»Seine Töchter vergöttern ihn«, berichtete sie leise. »Und seine Frau Clarissa hat ein schlichtes Gemüt. Außerdem machte sie den Eindruck, als balanciere sie ständig am Rande eines Nervenzusammenbruchs. Drei unschuldigen Menschen das Leben verbittern, das wollte ich nicht auf mich nehmen.«

»Es war sehr feinfühlig von Ihnen, daran zu denken«, entgegnete Tilden. Nola hatte also noch andere Qualitäten, die er erst jetzt kennenlernte – eine sanfte, feminine Seite. »Und – haben Sie es sich dann anders überlegt? Die Angelegenheit wurde doch trotzdem ruchbar.«

»Nein. Obwohl es mich innerlich fast zerrissen hat, bin ich still weggegangen. Eine seiner Küchenangestellten hat die Presse informiert. Ein junges Mädchen, das er sexuell belästigt hat, seit sie noch fast ein Kind war, das alte Ekel! Wie ich später hörte, konnte sie seine ständigen Annäherungen nicht mehr ertragen. Offenbar hat Rodwell sie entlassen, weil sie ihn abgewiesen hatte und dafür nahm sie Rache.«

»Das war sehr mutig, für ein so junges Mädchen«, sinnierte Tilden. »Aber daß jemand vom Personal genannt worden war außer Ihnen, ist mir entgangen.«

»Das war auch nicht der Fall. Das Mädchen wollte sich rächen, verlor aber den Mut, als die Stunde der Wahrheit schlug. Vermutlich mußte sie auch an ihre Familie denken und wollte deren Namen nicht mit in den Schmutz ziehen lassen. Sie wußte jedoch, daß ich Lord Rodwells Ehebruch entdeckt und deshalb eine heftige Auseinandersetzung mit ihm gehabt hatte. Das reichte für einen Skandal, auch ohne daß man ihren Namen ins Spiel brachte. Natürlich hat Rodwell mich beschuldigt, ihn verraten zu haben.«

Nola war eine sehr rücksichtsvolle Frau, dachte Tilden. Ob er sich unter ähnlichen Umständen ebenso großmütig verhalten würde, wußte er nicht. »Hat er Sie denn bedroht?«

»Er fand eine andere Weise, sich zu rächen.« Sie setzte sich wieder.

17

Plötzlich erinnerte sich Tilden, daß damals von einer Affäre mit einem Kutscher die Rede gewesen war ... »Hatten Sie nicht ein Verhältnis mit einem verheirateten Mann?« Er kratzte sich hinter den Ohren und rutschte unruhig auf seinem Stuhl.

»Daran war kein Körnchen Wahrheit, Mr. Shelby. Ich bin weiß Gott keine Heilige, aber mit verheirateten Männern habe ich mich nie eingelassen. Rodwell streute häßliche Gerüchte aus: Ich hätte eine Affäre mit Clyde Tirrell, dem Kutscher eines Nachbarn, mit dem ich kaum ein Wort im Leben gewechselt habe. Seine Frau erwartete gerade ihr erstes Kind, und sie litt furchtbar unter dieser Geschichte, wenige Wochen vor der Geburt. Beinahe wäre ihre Ehe auseinandergegangen. Die Zeitungsartikel waren schrecklich; Rodwell erfand immer neue Details. Ich war so wütend, daß ich ihn auf einem seiner gesellschaftlichen Empfänge zur Rede stellte. Mehrere Minuten haben wir gestritten, vor einer Schar illustrer Gäste, die unserer Auseinandersetzung lauschten. Als er mich als ›frustrierte alte Jungfer‹ bezeichnete, die es heimlich auf ihn abgesehen habe, stieß ich ihn in den Froschteich.«

Tilden mußte wider Willen lachen.

Auch Nola lächelte. »Das Wasser war grün und schleimig. Als sich das Publikum vom ersten Schrecken erholt hatte, wurde mir applaudiert!«

»Das hätte ich gern mit angesehen«, seufzte Tilden und vergaß ganz, wie empört und zumindest peinlich berührt er damals gewesen war.

»Irgendwo müßte ich noch einen Zeitungsausschnitt haben«, meinte Nola achselzuckend.

Tilden erbleichte. »Die Presse war auch dabei?«

»Aber ja doch! Rodwell hatte gerade die Nachricht von einem Gesandtschaftsposten in Indien erhalten. Nachdem sie jedes Wort, das zwischen uns fiel, genauestens notiert hatten, nahmen die Reporter seine haltlosen Erklärungsversuche unter die Lupe. Sie kamen zu dem Ergebnis, daß ich eine Frau sei, die sich Genugtuung verschafft habe; und das stimmte ja auch gewissermaßen, denn ich hatte mir ja nichts vorzuwerfen.« Sie sah Tildens Gesichtsausdruck und wußte genau, was er jetzt dachte. »Ausnahmsweise«, setzte sie augenzwinkernd hinzu.

»Und Rodwells Entsendung nach Indien ...?«

»Dazu kam es nicht mehr.«

Tilden schüttelte verwundert den Kopf. »Aber was hat der junge Rodwell mit all dem zu tun?« Jetzt machte ihn die Geschichte erst richtig neugierig.

Nolas Miene verdüsterte sich. »Leith ist Lord Rodwells Sohn aus erster Ehe. Als die Klatschpresse mich so richtig auf den Kieker nahm, hat er mich besucht und mir seine Unterstützung angeboten. Offenbar kannte er den wahren Charakter seines Vaters. Aber er wollte seine Halbschwestern nicht verletzen, genau wie ich. Er bewunderte die Courage, mit der ich mich gegen seinen Vater zur Wehr setzte. Wahrscheinlich hatte er das selbst schon versucht und war damit gescheitert. Trotzdem war ich froh über seinen Zuspruch.« Seufzend wandte sie sich wieder dem Fenster zu, hinter dem die ersten Tropfen eines Regenschauers fielen. Tilden spürte, daß zwischen ihr und dem jungen Rodwell mehr gewesen war.

»War seine Anteilnahme nicht auch – persönlicher Art?« erkundigte sich Tilden sanft.

»In der Tat!«

Tilden spürte, wie ihm das Herz bis zum Hals schlug.

Plötzlich lächelte Nola wieder. »Wie Sie schon sagten, er ist ein gutaussehender junger Mann, Mr. Shelby, und ich bin eine Frau ... die auch ihre Bedürfnisse hat.« Tatsächlich hatte Nola und Leith monatelang eine heftige Liebesbeziehung verbunden. Die bloße Erinnerung an ihre heimlichen Treffen reichte aus, um ihr das Blut in die Wangen zu treiben.

Tilden öffnete erstaunt den Mund, als er Nola erröten sah, aber er schloß ihn wieder, bevor sie es merkte.

»Wir standen uns ... eine Zeitlang sehr nahe«, gestand sie schüchtern. »Ich glaubte sogar ...« Sie räusperte sich und reckte die Schultern. »Ob er es wirklich so ernst meint, ist nicht ganz sicher, obwohl er alles unternimmt, um es mir zu beweisen. Ich glaube, daß Leiths vorgeblicher Eifer auch daher rühren könnte, daß er seinem Vater weh tun oder seine Aufmerksamkeit erregen will. Dafür gäbe es kein besseres Mittel. Ich bin ja bloß Gouvernante und gehöre zum niederen Pöbel – doch sein Vater könnte wohl eher hinnehmen, daß er eine Dirne aus dem East End ehelicht als mich, die Frau, die ihn öffentlich gedemütigt hat!«

»Aber Miss Grayson, denken Sie denn gar nicht an die Gefühle, die Lord Rodwell junior für Sie hegt? Außerdem könnten Sie in Wohlstand leben, eine höhere gesellschaftliche Stellung einnehmen und den Respekt der einflußreichsten Persönlichkeiten Londons genießen. Kurz und gut: Sie hätten eine Welt zu gewinnen!«

Nola schob die Unterlippe vor und lächelte nachdenklich. Tilden musterte sie, während ihre Gedanken in die Vergangenheit zurückschweiften und ein schmerzlicher Ausdruck in ihre Augen trat.

Sie hatte zunächst von ganzem Herzen geglaubt, daß Rodwell sie liebte. Immer wieder hatte er Bilder von Heirat, Kindern und einem langen, glücklichen Zusammenleben beschworen. Ihre Beziehung verlief sehr ungestüm, mit ihm hatte Nola die aufregendsten Tage ihres Lebens verbracht. Doch dann, von einem Moment auf den anderen, traf es sie wie ein Schlag. Es folgte die unvermeidliche Auseinandersetzung zwischen Leith und seinem Vater. Beide Männer ahnten nicht, daß Nola sie belauschte. Was sie hörte, war niederschmetternd: Leith hatte sie lediglich benutzt, um seinen Vater zu kränken. Ihre Affäre hatte sie nur einem Vorwand zu verdanken! Sie fühlte sich verraten, schamlos betrogen. Als sie Leith später zur Rede stellte, erklärte er alles für ein Mißverständnis. Wieder und wieder behauptete er, sie zu lieben, flehte um die Fortdauer ihrer Gunst. Aber sie konnte weder vergessen was sie gehört hatte, noch den Ton, mit dem Leith seinen Vater angriff. Er hatte geklungen wie ein Fremder, ein abgebrühter, ruchloser, unpersönlicher Feind.

»Es mag Ihnen allzu romantisch erscheinen, Mr. Shelby, aber wenn ich heirate, soll es aus dem einzig richtigen Grund geschehen: aus Liebe. In meinen Augen kann sich keine noch so hohe gesellschaftliche Stellung, kein Adelstitel, kein Wohlstand der Welt mit dem wahren Glück der Liebe messen. Diese Tatsache kann ein Leith Rodwell in seinem schalen Dünkel nicht akzeptieren. Er hatte nichts anderes im Sinn, als seinen Vater zum Narren zu halten. Jetzt aber hat sich das Blatt gewendet; eine Frau aus dem einfachen Volk hat ihm einen Korb gegeben, und vor seinen feinen Freunden wird er dadurch zum Gespött.«

»Aber warum bedrängt er Sie noch immer?«

»Vermutlich will er bloß wieder anbandeln, damit er mich in aller Öffentlichkeit kompromittieren kann. Schon, um seine Ehre wiederherzustellen ...«

»Das kann nicht stimmen. Nach allem, was ich gesehen habe, war er ernstlich bekümmert, als Sie ihn auf der Straße stehen ließen. Es wäre doch möglich, daß er Ihnen zunächst den Hof machte, um seinen Vater zu ärgern, sich aber dann doch verliebte?«

Nola schaute entgeistert auf. »Genau das behauptet er auch!«

»Sehen Sie? Er könnte doch ehrenwerte Absichten haben.«

»Was ändert das schon. Liebe entspringt dem Vertrauen, und ich traue ihm nicht mehr über den Weg. Eine Zeitlang konnte ich es blindlings, aber das ist vorbei. Und da ich von Ehen aus Bequemlichkeit nichts halte, gibt es keinen Grund mehr, mit Leith Rodwell zu verkehren. Sie mögen das altmodisch nennen, und es paßt auch nicht zu mir. Aber ich glaube nach wie vor, daß Liebe das einzige Motiv für eine Eheschließung sein sollte.«

Tildens Gesichtszüge wurden weich, und sein Blick wanderte auf den Schreibtisch, wo das Foto seiner verstorbenen Frau stand. Er hatte sich mit vierzehn in Irene verliebt. Dreißig Ehejahre hatten sie miteinander verbracht, und es war die glücklichste Zeit seines Lebens gewesen. Sie war still, bescheiden, fast schüchtern gewesen, hatte ihm das Gefühl gegeben, der ›Herr im Haus‹ zu sein. Und jeden Tag vermißte er sie mehr.

Er wandte sich wieder der außergewöhnlichen Frau zu, die vor seinem Schreibtisch saß. Seit zwei Jahren kannte er Nola, und ihre revolutionären Ideen über Bildung und Erziehung hatten ihm mehr als einmal Kopfzerbrechen bereitet.

»Gar nichts an Ihnen ist altmodisch, Miss Grayson«, versicherte er.

Sie strahlte wieder, und ihr altes Selbstbewußtsein kehrte zurück.

»Ehrlich! Ich habe nicht die geringste Lust, in eine muffige, lieblose Ehe gesperrt zu werden, in der mein Mann alle Rechte für sich beansprucht und mir keines gewährt. Danke, verzichte!«

Ihre Erklärung war alles andere als überraschend. Sie klang mehr nach jener Nola, die er kannte, der stolzen, unabhängigen Frau. Dennoch war er froh, etwas über ihre Schwachstellen erfahren zu haben.

»Vielleicht sollten Sie nach Übersee gehen, all Ihre Sorgen und den unerwünschten Verehrer hinter sich lassen?«

»Nach Übersee?« Nola überlegte. In London hatte sie keine Wurzeln geschlagen: kaum berufliche Aussichten, wenig Besitztümer, nicht einmal ein eigenes Dach über dem Kopf. Kurz, was hielt sie eigentlich noch hier?

Tildens Vorschlag war aus der Not geboren. Erst als er die Hand auf das Schreiben legte, das er vorhin gelesen hatte, war ihm der Einfall gekommen. Jetzt nahm er den Brief auf und überflog ihn. Gesucht wurde eine Lehrkraft. Zwar hatte der künftige Arbeitgeber mehr als einmal ein ›er‹ eingeflochten, aber nicht speziell und ausdrücklich nach einem Mann verlangt. Das war gewissermaßen eine Frage des Abwägens, eine regelrechte Gratwanderung, aber Tilden wollte das Risiko gern auf sich nehmen. Es war schwierig genug, jemanden zu finden, der bereitwillig ins Ausland ging, Tausende von Kilometern reiste und dann fernab jeder Zivilisation lebte. Er mußte Nola die Stellung so verlockend wie möglich machen, und er wußte auch schon, wie. »Australien vielleicht?« frohlockte er. »Ständig warmer Sonnenschein, große Weiten ...«

»Australien ...« Nola hatte sichtlich Feuer gefangen. Sie beugte sich interessiert vor, um mehr zu erfahren.

Tilden geriet in Fahrt. Den Köder hatte er ausgelegt, und sie hatte wunschgemäß angebissen. »Hier ist ein Stellenangebot für eine Lehrkraft«, holte er aus. »Ich war ganz überrascht, daß man sich an mich wendet. Offenbar ist mein Ruf auf dem fünften Kontinent noch ungebrochen ...« Wieder riskierte er einen Blick zu Nola, aber sie war noch immer in Gedanken versunken.

»Australien! Ziemlich weit von England«, murmelte sie.

Tilden grinste und konnte sein Frohlocken nicht verbergen.

Sie bemerkte seine gute Laune, fühlte sich aber nicht gekränkt. Die Aussicht auf eine Lehrerstelle in Australien fand sie faszinierend.

»Was steht denn noch in dem Brief?« wollte sie wissen.

»Es handelt sich um eine Viehfarm. Der Absender ist ein gewisser Galen Hartford. Er schreibt im Namen des Eigentümers, Langford Reinhart. Mr. Hartford ist sein Verwalter, und dessen Kinder brauchen offenbar Unterricht. Sie sind dreizehn, zehn und vier Jahre alt.«

»Jungen oder Mädchen?« erkundigte sich Nola.

Tilden hob die Brauen. »Davon steht hier nichts.«

Einem anderen Bewerber hätte er wohl kaum alle Einzelheiten offenbart. Doch für Nola würde es den Reiz nur steigern, je dramatischer er die Herausforderung darstellte.

»Mr. Hartford fordert mich auf, den Bewerbern nicht zu verschweigen, daß der Einsatzort sehr abgelegen ist. Und Sie müssen mit allerlei Widrigkeiten rechnen: Hitze, Dürreperioden, Überflutung. Im Umkreis von Hunderten von Kilometern wären Sie anscheinend die einzige Frau.« Einfach ideal, dachte er. Keine, mit der man sie vergleichen könnte. Plötzlich fiel ihm etwas ein, was er nicht bedacht hatte, und er runzelte die Stirn.

Er war noch nicht sicher, ob er es erwähnen sollte, aber Nola kam ihm zuvor. »Stimmt etwas nicht, Mr. Shelby?«

»Mir wird nur gerade klar, daß es keine Anstandsdame gäbe ... das wäre natürlich ein Risiko für Ihre Unbescholtenheit.«

Nola lachte unbefangen. »Um Himmels willen, Mr. Shelby! Eine Anstandsdame, was für ein Unsinn! Ich kenne junge Damen, die ihre leidenschaftlichsten Liebschaften direkt unter den Augen ihrer ›Anstandsdame‹ ausgelebt haben ...«

Tilden überlegte, ob sie wohl sich selbst damit meinte. Als sie spöttisch hinzufügte: »Was verboten ist, reizt doch am meisten«, wußte er Bescheid. »Würde ich mich um meinen guten Ruf sorgen, dann hätte ich doch niemals ... Na, über meine Reputation brauche ich Sie nicht zu belehren. Sie ist schließlich der Grund, weshalb ich derzeit ohne feste Anstellung bin. Aber wir wollen doch hoffen, daß mich der Klatsch nicht auch noch in der Wildnis Australiens einholt, oder?«

Tilden schüttelte den Kopf und wechselte rasch das

Thema. »Mr. Reinhart bietet einen festen Vertrag für ein Jahr und will alle Auslagen erstatten.«

»Großartig! Die Beschreibung klingt, als nähme die Stelle meine ganze Kraft in Anspruch. Es wäre etwas völlig anderes für mich. In dieser einsamen Gegend dürften Mr. Hartfords Kinder bisher nur wenig Schulbildung genossen haben.«

»Sehr wahr!« Tilden gab sich Mühe, das Feuer ihrer Begeisterung zu schüren. »Und mitten in der Wildnis brauchen Sie sich nicht um Konventionen zu scheren. Da können Sie nach Herzenslust auf Bäume klettern, in Flüssen schwimmen, Cricket oder Poker spielen, ohne daß Ihnen ein Lord oder eine Lady mißbilligend über die Schulter blickt ...«

Zwischen Nolas Augenbrauen erschien eine steile Falte. »Ist das ein ernsthaftes Stellenangebot, Mr. Shelby, ja oder nein?«

»Aber sicher doch. Ich wollte nur die angenehmen Seiten aufzeigen für ... nun, für eine Bewerberin, die so ›einzigartig‹ ist wie Sie, Miss Grayson!« Tilden warf einen weiteren Blick in den Brief, studierte den letzten Absatz gründlich, und seine Miene drückte Beklommenheit aus. »Bevor ich die Zusage gebe, Miss Grayson, muß ich Sie jedoch vorwarnen. Wer immer die Lehrkraft sein wird, von ihr wird mehr erwartet, als Unterricht zu erteilen ...« Hastig setzte er hinzu, als er ihre Verwirrung sah: »Vergessen Sie nicht, das Gehalt ist doppelt so hoch wie das, was Sie in London bekommen. Aber wie gesagt, die Reinhart-Farm liegt sehr einsam, und von allen, die dort arbeiten, werden eine Menge Fertigkeiten verlangt. Nicht viel anders als in einem Wanderzirkus.«

Nola hatte ein ungutes Gefühl. Wenn so gut bezahlt

wurde und der Arbeitsplatz so entlegen war, wollte sie lieber ganz genau wissen, was zu ihren Aufgaben gehörte. »Steht drin, was die Lehrkraft alles machen müßte?« fragte sie und spitzte die Lippen. Ihre Phantasie gaukelte ihr allerlei Bilder vor: Sie sah sich schon Ställe ausmisten, oder gar Bullen kastrieren ... keine angenehme Vorstellung!

Aus der Traum, dachte Tilden, als er ihr Zögern bemerkte. Rasch überflog er die Liste und suchte umständlich nach einem Beispiel, das nicht allzu abschreckend wirkte. »Ein bißchen Buchführung wird hier verlangt.«

Nola atmete erleichtert auf. »Das dürfte kein Problem sein. Bei der Buchführung helfe ich gern. Sonst noch etwas?«

Jetzt mußte Tilden seufzen. Wieder vertiefte er sich in den Brief. »Und wenn der Auftrieb stattfindet, geht offenbar jeder mit zur Hand.«

»Auftrieb!« Nola schlug die Hand vor den Mund. Also doch Bullen kastrieren oder die armen Viecher mit glühenden Eisen brandmarken ...

»Nur die Ruhe, Miss Grayson. Die Lehrkraft wird allenfalls den Viehtreibern im Camp etwas zu essen vorsetzen. Das wäre doch nicht zuviel verlangt, oder?«

»Essen machen?« Kochen war, um es höflich auszudrücken, nicht gerade ihre starke Seite.

»Am Ende eines schweren Arbeitstages wird den Viehtreibern mehr oder weniger alles schmecken ...«, ermunterte Tilden sie.

Nola hob eine Augenbraue.

»Zweifellos verstehen Sie sich auf eine delikate Küche!« beeilte sich Tilden, sie zu beschwichtigen, bevor sie seine Bemerkung als Beleidigung auffaßte. »Ein paar Hühner füttern wird Ihnen doch auch nichts ausmachen, nicht wahr?« wechselte er das Thema. »Oder die Schoßtiere der Kinder? Ab und zu eine Kuh melken? Oder mal bügeln?«

»Ich glaube fast, die suchen keine Lehrerin, sondern ein Mädchen für alles, Mister Shelby. Kein Wunder, daß sie beim Honorar nicht geizen. Ich will wenigstens hoffen, daß ich nach all der Plackerei nicht beim Unterrichten noch einschlafe.«

»Immerhin haben Sie Energie genug, die halbe Aristokratie Londons in Aufregung zu versetzen, Miss Grayson. Da werden Sie auch von ein paar Haushaltspflichten nicht überfordert!«

»Komisch, daß Sie mir plötzlich so viel zutrauen, Mr. Shelby. Aber was habe ich zu verlieren? An London bindet mich sowieso nichts mehr.«

Tilden Shelby gab sich Mühe, seine Erleichterung zu verbergen, aber Nola bemerkte sie trotzdem. Aber wie sehr er die Unerschrockenheit bewunderte, mit er sie ihre neue Aufgabe anpackte, ahnte sie nicht.

»Ich lasse Ihre Zusage noch heute abgehen«, erklärte er, »und veranlasse alles für die Überfahrt. Wenn Sie morgen früh anrufen, kann ich Ihnen Genaueres sagen.«

»Danke sehr.« Einen Augenblick lang musterte sie ihn nachdenklich. »Ihre Freude über meine bevorstehende Abreise könnten Sie ruhig ein wenig verbergen, Mr. Shelby, wenigstens so lange, bis ich mich nach Australien eingeschifft habe. Daß es Sie derart entzückt, mich endlich loszuwerden, kränkt mich nicht wenig!«

Tilden wurde über und über rot. »Aber wenn ich Ihnen doch sage«, stammelte er nervös, »ich freue mich bloß mit Ihnen, daß Sie endlich ... Ihre Berufung finden und einen Ort, wo man Ihre Talente zu schätzen weiß!«

Nola amüsierte es, wie er nach Ausreden suchte.

Er schaute auf, und seine Verwirrung legte sich. Jetzt mußte auch er lächeln.

»Mr. Shelby, ich glaube, daß Sie mich dennnoch vermissen werden!«

Als sie sich erhob, eilte er voraus, um ihr die Tür aufzuhalten. Sie wandte sich zum Abschied noch einmal um, und er blickte kurz in ihre gefühlvollen, braunen Augen. Ihre Körpergröße hatte ihn stets eingeschüchtert und ihre resolute Art ebenfalls. Doch nun, wo er sie vermutlich zum vorletzten Mal sah, betrachtete er ihr Gesicht zum ersten Mal genauer.

Daß Nolas Erscheinung und Auftreten nicht gerade als ›hübsch‹ gelten konnte, verstand sich von selbst. Doch wenn man sich Zeit nahm, wie er jetzt, entdeckte man doch die gutaussehende Frau in ihr. Tilden fragte sich, wie ihr honigfarbenes Haar wohl in modischen Ringellöckchen aussehen würde. Wie lang mochte es sein, war es naturgewellt? Jetzt, wo sich erste zarte Bande zwischen ihnen knüpften, verlangte ihn beinahe danach, sich hochzurecken und die Nadeln herauszuziehen, die ihr Haar immer streng zu einem Knoten zusammenhielten. Er stellte sich vor, wie sie in einem femininen Ballkleid aussehen mochte ...

Doch dann schüttelte er sich, wenigstens innerlich, und rief sich selbst zur Ordnung. Ballkleider und Ringellöckchen waren nichts für Nola Grayson. Und wenn er es wagen würde, ihr Haar zu lösen, würde sie das als Übergriff betrachten und ihn vermutlich die Treppe hinunterstoßen.

»Bis morgen dann, Miss Grayson«, nickte er steif.

»Bis morgen, Mr. Shelby.«

Tilden Shelby sah ihr nach, wie sie die Treppen hinabging. Eine Frau, die gegen alle herkömmlichen Sitten und Gebräuche verstieß, die ihrer Zeit weit voraus war. Nie im Leben würde er es offen zugeben, aber tief in seinem Innersten glomm ein Funke Respekt für diese Haltung. Und heute hatte er gelernt, daß sie auch nur ein Mensch war – wie alle anderen auch.

Tildens Gedanken kehrten zu Galen Hartford zurück. Sein Brief erweckte den Eindruck, als wüßte der Absender genau, was er wollte. Ein unflexibler, sturer Mensch, mit eigenen Idealen und Grundsätzen. Wie Galen Hartford reagieren würde, wenn er auf Nola Grayson stieß, war schwer vorstellbar. Aber eins war sicher – sobald sie in der kleinen, entlegenen Viehfarm im Outback von Australien eintraf, würde sie das Leben aller, die dort wohnten, umkrempeln.

1

Nola saß auf ihrer Seekiste im Hafengelände von Maryborough Port an der Ostküste Australiens, als sie von einem schmallippigen Reverend namens Tristram Turpin angesprochen wurde. Sie waren umgeben von Schafen, die an Bord getrieben wurden, um sie zu den Märkten im Süden zu verschiffen. Fasziniert hatte Nola zugesehen, wie die Hafenarbeiter mit ihren Hunden die Schafherde auf die Rampe dirigierten. Ebenso begeistert war sie vom Entladen der Schafe in Sydney gewesen, wo sie die Reise nach Norden angetreten hatte.

Der Reverend räusperte sich geräuschvoll. »Verzeihen Sie, Miss Grayson!«

Nola fuhr herum. Obwohl sie als Passagiere desselben Dampfers aus England gekommen waren – der *Louisa May*, zusammen mit Hunderten anderer Emigranten –, hatten sie einander unterwegs kaum gesehen. Er hatte die meiste Zeit unter Deck verbracht, wo er sich um seine Frau kümmerte, die, wie es hieß, entsetzlich unter Seekrankheit litt.

»Sie beladen gerade die Kutsche, die uns nachher zur Bahnstation bringen soll.«

Nola nahm das Taschentuch von Nase und Mund. »Danke, Reverend Turpin. Ich kann es kaum abwarten, daß es endlich weitergeht. Diese Hunde sind zwar entzückend, aber der von den Schafen aufgewirbelte Staub verstopft mir Hals und Lunge!«

»Kein Wunder. Und dann auch noch die Fliegen! Meine Frau hat eine sehr empfindliche Konstitution; von dem Geruch der Tiere wird ihr übel. Sie hat mit den Kindern bereits Zuflucht in der Kutsche gesucht.« Während er sprach, tupfte er sich den Schweiß von Stirn und Nakken. »Aber das Herdenvieh, die Fliegen und der Staub sind noch das kleinere Übel, verglichen mit dem hiesigen Klima. Immer so schwül und feucht ...«

»Wenn Sie darauf bestehen, in diesen Breitengraden Ihre Kutte zu tragen, sollten Sie die Unterwäsche weglassen, Reverend. Es wird sicher keinem auffallen!«

Der Reverend schaute Nola verblüfft an, und die Farbe wich aus seinem Gesicht. Nola schwenkte den Saum ihres Kleides vor und zurück, um sich den Unterleib zu fächeln, was der Reverend für höchst anstößig und wenig damenhaft hielt. Er wandte den Blick ab und murmelte ein Gebet für sie.

»In diesen Breitengraden müssen wir uns auf das Praktische besinnen«, belehrte ihn Nola und sah den beiden breitschultrigen, untersetzten Männern in löchrigen Westen und Hosen zu, die ihr Gepäck aufnahmen. Seekiste und Kleiderkoffer überließ sie ihnen, aber ihren Handkoffer wollte sie lieber selbst tragen.

»Schnürleibchen und Büstenhalter habe ich noch nie gemocht, aber Petticoats kommen bei dieser Hitze sicher nicht in Frage. Die Eingeborenen gehen fast splitternackt, habe ich mir sagen lassen. Nicht, daß wir uns ein Vorbild daran nehmen sollen, aber – andere Länder, andere Sitten!«

Die Männer, die offenbar etwas aufgeschnappt hatten von dem, was Nola vorbrachte, warfen dem nun errötenden Reverend neugierige Blicke zu. Verzweifelt bemühte er sich, das Thema zu wechseln. »Wie, äh ... wie weit reisen Sie noch, Miss Grayson?«

»In das Gulf Country, Reverend. Das liegt am anderen Ende der Postkutschenstrecke, glaube ich. Und Sie?«

»Bis Winton.« Sie gingen jetzt nebeneinander; die Träger folgten ihnen mit Nolas Gepäck.

»Dann brauchen Sie wenigstens nicht umzusteigen«, seufzte sie. »Soviel ich weiß, liegt Winton an der Bahnstrecke.« Nola musterte den Reverend, den sie um Hauptesläge überragte. »Ich fürchte, von dort aus sind es für mich noch zwei Tagesreisen mit der Kutsche. Trotzdem freue ich mich, endlich die Landschaft zu sehen. Wie wäre es, wenn wir uns im Speisewagen verabreden und gemeinsam den Abend verbringen?«

Der Pfarrer machte große Augen, und er verspürte ein leichtes Flattern in der Brust. Als Nola hellauf lachte, verwandelte sich seine Bestürzung in Unmut.

»Aber, aber, Reverend – ich wollte Ihnen keinen unsittlichen Antrag machen. Ich dachte nur, wir könnten zusammen zu Abend essen. *Mit* Ihrer Familie, versteht sich.«

»Natürlich. Ich, äh ... ich dachte bloß ... meine Kinder lenken Sie nur von der Aussicht ab und vom Essen, Miss Grayson. Sie können sehr ungezogen sein, wissen Sie!«

»Ich bin Lehrerin, Reverend. Mit Kindern komme ich hervorragend zurecht.«

»Verstehe ...« Der Pfarrer grinste schwach und betete

erneut, diesmal darum, daß Nola seiner Frau nicht vorschlagen würde, die Unterwäsche auszuziehen. Womöglich würde sie der Schlag treffen!

Während sie auf dem Weg zum Bahnhof das Städtchen Maryborough durchquerten, staunte Nola über die vielen klapprigen Pferdekutschen, die neben schicken Einspännern durch die Straßen schaukelten. Mehr noch überraschte sie, daß Ochsenfuhrwerke erlaubt waren. Schaf- und Rinderherden trabten zwischen den Häusern, von hektisch bellenden Hunden begleitet, und wirbelten Staubwolken auf. Die Gebäude waren aus Holz und verfügten über überdachte Veranden zum Schutz vor der sengenden Hitze. Wenn man aus der gepflegten Londoner Innenstadt mit ihren exakt gestuften Reihenhäusern kam, wirkte Maryborough sehr abgelegen und ländlich. Der Bahnhof bestand aus einer einzigen Holzbank auf einem schmalen Bahnsteig; sonst war weit und breit nichts zu sehen. Tickets mußten in einem überfüllten Kaufladen an der Hauptstraße besorgt werden, einem Bretterbau, wo alles Mögliche und Unmögliche feilgeboten wurde.

Die Zugfahrt nach Winton gestaltete sich überraschend angenehm. Allerdings mußten die Abteilfenster offenbleiben, denn je weiter sie nach Norden kamen, desto größer wurde die Hitze. Der Schaffner warnte Nola, daß der australische Sommer noch bevorstehe – dann erst würde das Klima nahezu unerträglich, besonders im Gulf Country mit seiner hohen Luftfeuchtigkeit.

»Wenn diejenigen damit fertig werden, die dort wohnen, bringt es mich auch nicht um«, versetzte Nola zuversichtlich. Der Schaffner zog die Augenbrauen hoch.

Wieso gaben sich Neulinge immer so optimistisch? Sie redeten jedoch anders, wenn sie die Rückreise antraten – was seiner Erfahrung nach bei den meisten nie allzu lange dauerte.

In der bequemen Abgeschiedenheit ihres Erste-Klasse-Abteils, das Langford Reinhart ihr gewährt hatte, konnte Nola die vorüberziehende Landschaft betrachten. Als geradezu fürchterlich empfand sie diese endlose Ödnis. Jetzt waren sie schon Hunderte von Kilometern durch menschenleeres Gebiet gereist; nur ab und zu sah man ein paar Siedlungen. Für deren Einwohner war der vorüberfahrende Zug eine Sensation. Sie standen auf den Bahnsteigen, neugierig und aufgeregt, und schwatzten in ihrem australischen Akzent lebhaft durcheinander. Die Männer – gebeugt, mit breiten Schultern – rauchten meist Pfeife, die Frauen trugen merkwürdig anmutende Hüte und wirkten unerschütterlich. Ihre Haut war gebräunt und schien leicht gegerbt. Von den Lagerfeuern stieg Rauch empor, der nach verbrannten Eukalyptusblättern duftete. Alles war so neu, aufregend und verlockend.

An beiden Abenden ihrer Zugfahrt nahm Nola das Abendessen mit Reverend Turpin und dessen Familie ein, doch der Reverend wirkte sehr nervös. Jeder Versuch Nolas, seine Laune aufzubessern, schien alles zu verschlimmern. Mehrmals hätte er sich, als sie sich beim Essen – nach Nolas Ansicht – ganz normal unterhielten, fast verschluckt und daraufhin jeden weiteren Bissen verweigert. Seine Ehefrau Minerva wirkte auf Nola hektisch und erinnerte an ein Wiesel. Nolas Humor schätzte sie nicht, dafür kicherten die Kinder ständig. Als Nola ihre Besorgnis wegen des Reverends vorbrachte, behauptete seine Frau im Flüsterton, er vertrüge das Essen im Speisewagen nicht. Auf sie traf das offensichtlich nicht zu. Sie aß sehr große Portionen, als müsse sie die fehlenden Mahlzeiten während ihrer Seekrankheit aufholen.

Am Ende der Bahnstrecke in Winton mußte Nola der Familie Turpin Lebewohl sagen. Ihr entging nicht, wie erleichtert der Reverend darüber war, endlich angekommen zu sein, doch Nola freute sich ebenfalls. Sie verbrachte eine Nacht im Hotel, bevor sie ihre Reise nach Julia Creek mit der Postkutsche fortsetzte, wo sie von einem Angestellten der Reinhart-Farm abgeholt werden sollte.

Das Zimmer im Hotel von Winton war annehmbar für ein sogenanntes ›Buschhotel‹. Zum Abendessen durfte Nola zwischen Lammkoteletts und Rumpsteak wählen. Angesichts der Größe der Steaks entschied sie sich für die Koteletts. Zwar hatte Nola für eine Frau sowieso schon einen gesegneten Appetit, doch diese Mahlzeit konnte selbst sie nicht bewältigen. Die anderen Gäste hingegen schienen keine Schwierigkeiten damit zu haben. Sie warf der Kellnerin einen fragenden Blick zu. »Hier draußen müssen Sie ein Pferd aufessen, wenn es nottut, Miss!« erklärte sie. Nola zog eine Grimasse, sie war nicht ganz sicher, ob die Frau das wörtlich meinte. Merkwürdig war auch die Gewohnheit der Hiesigen, zu jeder Mahlzeit Unmengen von schwarzem Tee zu trinken.

Die Stadt war klein und beherbergte eine schlichte Kirche, die jetzt in der Obhut von Reverend Turpin lag, einen Lebensmittelladen, der an den in Maryborough erinnerte, sowie eine Schmiede. Fünf schmale Häuser waren an der Hauptstraße zu erkennen. Daher war Nola sehr überrascht, als sie von Phoebe Pillar, der Zimmerwirtin, erfuhr, daß der Ort einhundertdreißig Einwohner haben sollte.

»Aber wo sind die alle?« wollte Nola wissen.

»Die meisten leben auf den Rinderfarmen draußen«, erklärte Phoebe. »Sie kommen nur samstags her, um einzukaufen, im Hotel zu speisen und mit den Nachbarn zu plaudern. Wer würde sich in diesem Kaff schon für immer und ewig niederlassen? Nur die fünf Mädchen, die mir in der Küche helfen.«

Am anderen Morgen stand Nola mit dem ersten Dämmerlicht auf. Merkwürdigerweise war es die Stille, die sie weckte. Im Speisesaal traf sie den Kutscher, Tierman Skelly, der bei seinem Frühstück saß. Beinahe drehte sich ihr der Magen um, als sie seinen Teller sah: überladen mit dicken Scheiben Speck vom Wildschwein, Ziegenfleisch und drei fettigen Spiegeleiern. Nola mochte ihm bei dieser Schlemmerei keine Gesellschaft leisten und nahm ihren Tee mit nach draußen.

Wenig später tauchte Mr. Skelly auf und wischte sich – ausgesprochen unfein – den Mund mit dem Hemdsärmel ab.

»Ist mein Gepäck auch gut verstaut?« erkundigte sich Nola, die besonders um die Seekiste fürchtete, welche ihre unersetzlichen Schulbücher enthielt.

»Klar, Miss Grayson.« An die Launen seiner Passagiere gewöhnt, gab er sich seelenruhig. Zwei Reisetage durch das unwirtliche Landesinnere Australiens, in extremer Hitze, minderten den Wert der materiellen Besitztümer seiner Kunden normalerweise erheblich.

Eine halbe Stunde später waren sie abfahrbereit, und Tierman hielt den Schlag für Nola auf.

»Ich möchte lieber auf dem Kutschbock sitzen«, entschied sich Nola rasch.

»Sind Sie sicher, Miss? Da oben weht ein rauhes Lüftchen.«

»Bitte glauben Sie mir, daß ich keine Mimose bin, Sir. In der engen Kabine ist es bei der Hitze nicht auszuhalten.«

»Wie Sie wünschen, Miss. Aber der Kutschbock ist kein Ohrensessel, wenn wir uns überschlagen oder von den Aborigines attackiert werden ...«

Nola wurde ein wenig blaß. »Wenn Sie mir rechtzeitig Bescheid sagen wollen, springe ich herunter und gehe in Deckung. Aber so oder so, mir passiert schon nichts.«

Der Kutscher lachte schallend: »Ein Quentchen Humor hier draußen kann nie schaden!«

Ohne sich helfen zu lassen, raffte Nola ihren Rock hoch – wobei sie ungeniert den größten Teil ihrer Beine zur Schau stellte – und kletterte behende auf den Kutschbock. Tierman war überzeugt, daß sie es sich nach ein paar Stunden auf der Straße anders überlegen würde. Dann setzte er sich neben sie und nahm die Zügel in die Hände. Ein Peitschenknall und das Gefährt, von sechs Gäulen gezogen, setzte sich Richtung Nordwesten in Bewegung und hinterließ nichts als eine große Staubwolke.

Auf dem Kutschbock hatte Nola die beste Aussicht auf die Landschaft. Aber auf das halsbrecherische Tempo ihrer Fahrt war sie nicht gefaßt gewesen. Der heiße Nordwind hatte ihr schon nach anderthalb Kilometern den Hut weggerissen und das aufgebundene Haar gelöst, das nun schrecklich zerzaust war. Die Sonne verbrannte ihre zarte Haut. Doch trotz aller Widrigkeiten mochte Nola nicht an die Alternative denken – im Innern der stickigen Kutsche mit vier nörgelnden Kindern sitzen, deren Mutter in stiller Resignation erschlafft war.

Tierman Skelly war ein wetterharter, rauhbeiniger Kerl, der jedoch viel Humor hatte. Er unterhielt Nola mit ausgedachten haarsträubenden Geschichten und behauptete, Kutscher seien hierzulande für ihre Lügenmärchen berüchtigt. Das glaubte ihm Nola sofort, zumal er ein lebendes Beispiel dafür abgab. Anfangs hatte er gezögert, ein Gespräch mit ihr anzufangen, doch da sie angesichts seiner seltsamen Geschichten nicht mit der Wimper zuckte – schließlich wollte sie ihren kostbaren Platz auf dem Kutschbock nicht verlieren –, erachtete er sie für würdig, seinen besonderem Anekdoten zu lauschen. Zu seinem Entzücken gab sie schließlich selbst ein paar Geschichten zum Besten.

Inmitten der angeregten Unterhaltung flocht Tierman plötzlich ein, daß er Freigänger war – Gefangener auf Abruf, sozusagen. Nola konnte ihre Überraschung nicht verhehlen.

»Mehr als die Hälfte aller australischen Siedler waren zu Gefängnisstrafen verurteilt, früher«, stellte er klar. »Diejenigen, die's nicht sind, stammen von Häftlingen ab.«

»Wirklich?« Einen Moment lang fragte sie sich, was zum Teufel in sie gefahren war, Zuflucht in einem Land von Verbrechern zu suchen. Dann mußte sie grinsen. Wenn es das Abenteuer war, was sie reizte, dann würde sie es hier bestimmt finden. Eigentlich wollte sie nach Tiermans Vergehen fragen. Doch gerade, als sie sich dagegen entschied, offenbarte er, daß er die Bank von England überfallen hatte. Ihre verdutzte Miene brachte ihn zum Lachen, woraufhin Nola auch lächeln mußte, weil er vermutlich wieder ›übertrieben‹ hatte.

Die Kutschfahrt wurde mehrmals unterbrochen, um die Pferde zu wechseln, was den Passagieren zugute kam, die sich die Beine vertreten konnten. Doch kaum hielten sie an, senkten sich bedrohliche Fliegenschwärme herab. Außerdem war die Hitze ohne den Fahrtwind unerträglich. Es war geradezu erleichternd, wenn es wieder weiterging, selbst wenn sie über Stock und Stein polterten.

Im Laufe des Nachmittags kletterten die beiden ältesten Jungs auf den Bock neben den Kutscher und Nola.

»Der Himmel ist wunderbar blau hier«, seufzte Nola, als die Kutsche an einer Serpentine zu kippen drohte. Tierman holte das Äußerste aus den Pferden heraus. Mehrmals fürchtete Nola, die Kutsche würde sich überschlagen, aber sie wagte nicht, ein langsameres Tempo vorzuschlagen. Doch sie ermahnte die Kinder, sich gut festzuhalten.

»In der Dürrezeit werden Sie ihn noch hassen lernen«, kommentierte Tierman ihre Bemerkung über den Himmel.

»Kommt das oft vor?«

»Klar! Sie hält Monate an, manchmal Jahre. Riesige Spalten klaffen im Erdboden auf, die selbst die Kutsche verschlingen könnten. Es ist eine Landschaft für Viehherden. Es kommt vor, daß man Tausende zählt. Mehr als die Hälfte des Viehs stirbt während der Dürre. Und nicht selten finden eine Woche später diejenigen, die überlebt haben, einen qualvollen Tod in der Sturzflut.«

Von der Trockenheit und den streunenden Herden hatte Nola schon gelesen, aber sie nahm an, daß nur ein Bruchteil dessen wahr war, was der Kutscher erzählte, zumal die Kinder hinter seinem Rücken feixten.

»Solche Dürrezeiten kennen wir in England nicht. Aber es gibt Füchse, die ein gerissenes Schaf auf dem Rücken davontragen!« versicherte sie, und zwinkerte den Jungs zu. Tierman lachte und deutete auf die Vegetation. »Das Zeug sieht wie Weizen aus, aber es heißt Mitchellgras. Es wächst rasch nach den kleinsten Regenfällen. Auf dem sandigen Gelände drüben ist ein dichtes Geflecht von Old-Man-Salzbüschen.«

Nola sah zu, wie der Wind in das runde, fast wurzellose Gebüsch fuhr und es über die Ebene wehte.

»Die Eingeborenen nennen es ›Bindeah‹«, erklärte Tierman. »Teufelszeug, wilde schwarze Büschel.«

»War das heute früh ernst gemeint, daß die Eingeborenen uns angreifen könnten?«

»Da können Sie Gift darauf nehmen! Deshalb habe ich immer das hier bei mir.« Er zog ein altes, zerbeultes Jagdgewehr hervor. Nola verzog ängstlich das Gesicht, aber er blinzelte, und sie schüttelte den Kopf.

»Mit den Aborigines komme ich gut zurecht«, prahlte er. »Die haben mir sogar schon geholfen, wenn ich in Schwierigkeiten geriet. Soviel Glück hat nicht jeder!«

»Ich hoffe, daß wenigstens einige von ihnen gutmütig sind. Ich freue mich darauf, sie kennenzulernen!«

Jetzt war Tierman verblüfft. »Dann wollen wir hoffen, daß Sie zu denen gehören, die Glück haben!«

Mitten in einer Kurve richtete sich ein Känguruh auf, als wolle es ihr Recht zur Durchfahrt anzweifeln. Zwar erschreckte sich Nola sehr, aber gleichzeitig war sie begeistert. Vom Zug aus, in gewisser Entfernung, hatten die Känguruhs eher wie schüchterne, wehrlose Kreaturen gewirkt, nicht viel größer als normale Straßenköter. Doch aus der Nähe waren ihre kräftigen Gliedmaßen zu erkennen, und das Känguruh war viel größer als ein Mensch. Sie sahen auch Emus und wilde Truthühner. Tierman und die Jungs lachten, als sie darauf hinwies, wie merkwürdig sie ihre Köpfe hochreckten.

Während sie immer weiter ins Landesinnere vorrückten, huschten silbergraue, tief herabhängende Myall-Bäume und graugrüne Coolabahs vorbei, die mit dem intensiven Blau des Himmels harmonierten. Sogenannter Geister-Eukalyptus stand hochgewachsen da, mit nackten Stämmen und Rinde, die in Fetzen herabhing. Nola wunderte sich über das fremdartige Tageslicht, es kam ihr wesentlich heller vor.

Am Nachmittag, als Nola über die Trockenheit sprach, wurde Tierman sehr ernst. »In Dürrezeiten krümmen sich Blätter und Zweige wie gefolterte Gliedmaßen. Unser Land ist schön wie kein anderes, aber es kann auch grausam sein!«

Endlich erreichten sie Julia Creek, wo ihre Kutschfahrt endete. Die Jungs und die Buschfrau wurden von einem Mann abgeholt, der allein vor dem Wirtshaus stand und sie überschwenglich begrüßte. Nola nahm an, daß es der Vater und Ehemann war. Die Frau tat ihr leid, sie wirkte vollkommen erschöpft und unfähig, Wiedersehensfreude zu zeigen.

Der Ort bestand lediglich aus drei Gebäuden: das Julia-Creek-Hotel, eine Schmiede mit Stallungen und ein kleiner, einem Wohnhaus angeschlossener Lebensmittelladen. Tierman verschwand, und Nola blieb auf der niedrigen, schmalen Veranda des Hotels stehen. Ringsum waberten Wolken aus rötlichem Staub. Was sie am meisten irritierte, war die absolute Stille. Nur ab und zu ließ sich das Summen der allgegenwärtigen Fliegenschwärme oder vereinzelte Krächzer eines Vogels vernehmen, dann war alles wieder ruhig. Ein bißchen zu ruhig vielleicht. Nola hatte keine Ahnung, ob der Kutscher zurückkommen und ihr beim Abladen des Gepäcks behilflich sein würde. Schließlich erledigte sie es selbst, setzte sich auf ihre Kiste und nahm die Gegend in Augenschein.

Am anderen Ende der Veranda führte eine Schwingtür in die Kneipe des Hotels. Ab und zu drangen laute Stimmen nach draußen; ein Betrunkener lehnte an der Wand und achtete nicht auf die Fliegen, die über sein Gesicht krabbelten. Nicht weit davon standen sechs Pferde an einen Querpfosten gebunden und verscheuchten die Fliegen mit ihren ständig peitschenden Schwänzen. Neben dem Wirtshaus saßen mehrere Aborigines – Männer, Frauen und Kinder – sowie drei räudige Hunde im Schatten der Bäume und musterten Nola mit ihren dunklen, unergründlichen Augen. Als Nola sie entdeckte, bekam sie zuerst einen Schreck, weil ihr die Warnung des Kutschers einfiel. Doch die Menschen sahen nicht aus, als wollten sie ihr etwas zuleide tun. Selbst auf einen oberflächlichen Betrachter machten sie einen trägen, apathischen Eindruck, als spiele die Zeit in ihrem Alltagsleben keine Rolle. Ihre

Umgebung schienen sie kaum zur Kenntnis zu nehmen, nicht einmal eine weißhäutige Lady mit feuerrotem Gesicht und ungepflegtem, windzerzaustem Haar. Nola wollte sie nicht unhöflich anstarren, aber ihre mageren, hochgewachsenen Körper und das krause Haar faszinierten sie.

Nola überlegte schon, wie sie die Aborigines ansprechen könnte, als Tierman aus der Kneipe kam. An seiner Oberlippe klebte noch der Schaum von seinem Bier.

»Donnerwetter, die kleine Erfrischung hatte ich bitter nötig!« Er stieß laut auf, und Nola zuckte zusammen.

»Kommen Sie doch mit hinein, Miss Grayson!«

»Mein Gepäck, Mr. Tierman ...«

»Das hol' ich gleich, Sekunde noch ...« Daß sie es selbst abgeladen hatte – sogar die Seekiste, die außerordentlich schwer war –, würdigte er keines Kommentars.

»Ist das denn unbedenklich? Meine ganzen Schulbücher sind in der Kiste.«

Tierman runzelte die Stirn. »Wir sind doch nicht in London. Wer sollte hier schon Ihr Gepäck klauen?«

»Vielleicht jemand, der zufällig vorbeikommt? Keine Ahnung!«

Tierman lachte schallend. »Hier kommt die ganze Woche niemand mehr vorbei, bis ich dieselbe Route wiederkomme, glauben Sie mir!« Er warf den Aborigines einen Blick zu. »Von denen haben Sie nichts zu befürchten. Sie können gar nicht lesen und haben vermutlich noch nie ein Buch gesehen. Wenn ich so drüber nachdenke, kann ich ja selbst kaum lesen.«

Nola kam sich unsagbar dumm vor. So vieles hatte sie noch zu lernen! Wieder spähte sie zu den Aborigines und fragte sich, ob sie wohl gerne lesen lernen würden. Vielleicht war es hochinteressant, ihnen etwas beizubringen, oder gar von ihnen zu lernen!

»Sie sind doch bestimmt völlig verdurstet«, erklärte Tierman, während er sie zum Haupteingang des Hotels führte. Von dort kamen sie in einen privaten Salon.

»Bin ich auch, um die Wahrheit zu sagen«, nickte Nola.

Nach dem hellen Sonnenlicht im Freien wirkte es hier drinnen schmuddelig und düster. Eine Frau trat auf sie zu.

»Esther, hier ist die Dame, von der ich erzählt habe.« Tierman drehte sich zu Nola um. »Esther ist die Inhaberin des Hotels ...«

Wie die meisten hierzulande bedachte auch Esther sie mit einem neugierigen Blick.

»Seit mein Mann tot ist, Kleine!« fügte sie mit schleppendem australischen Akzent hinzu. »Nicht, daß er viel getaugt hätte. Hat zuviel getrunken, um irgendwem von Nutzen zu sein.«

Vorsichtshalber strich sich Nola mit den Fingern durchs Haar, aber die Frau wunderte sich offenbar nicht über ihr verwahrlostes Äußeres. Vielleicht, weil ihr braunes Haar selbst nicht gekämmt und zu einem Knoten zusammengebunden war, dachte Nola. Ihre Haut wirkte trocken, war faltig und voller feiner Risse. Ihr fleckiges Blümchenkleid krönte ein Spitzenkragen, der als sogenannter ›Fisher‹ bei den Buschfrauen zwischen Julia Creek und Maryborough sehr beliebt war. Bei Esther jedoch wirkte er fehl am Platz.

»Ich brauche ein Zimmer für die Nacht«, bat Nola. »Haben Sie eins frei?«

Esther grinste. »Wir haben sowieso nur drei Zimmer. Sonst ist das kein Problem, aber eins ist schon vergeben und das andere reserviert.« Sie wandte sich an Tierman. »Wenn du bei Hank schläfst, geht es aber!«

»Der schnarcht ja schlimmer als ein alter Köter!« murrte Tierman. »Lieber würde ich im Pferdestall schlafen. Da fällt mir ein, daß mir Hank noch ein Bier schuldet.« Damit machte er kehrt und ging zurück in die Kneipe.

»Sollte sich selbst mal schnarchen hören«, grinste Esther, ungeachtet der Schlüsse, die Nola unweigerlich daraus ziehen würde. Andererseits wollte Nola lieber nicht danach fragen. Esther musterte sie gerade von oben bis unten. »Viele Frauen kommen hier nicht gerade durch, Kleines. Bist doch keine Braut aus dem Versandkatalog?« Von Förmlichkeiten schien Esther nicht viel zu halten.

»Ganz und gar nicht!« Nola wunderte sich mindestens ebenso, auf eine andere Frau zu treffen, behielt das aber lieber für sich.

»Wo kommst du denn her?«

»Aus England. London, um genau zu sein.«

»Ach ja ... man hört's auch am Dialekt. Bist du den ganzen Weg allein gereist?«

»Esther«, unterbrach Nola die ihrer Ansicht nach allzu vertraulichen Fragen, »ich hätte gern etwas zu trinken. Es war ein langer Tag für mich.«

»Klar, Kleines. Tut mir leid. Wie gesagt, hier kommen nicht viele Frauen herein. Willst du einen Tee? Die Ziege hat das Weite gesucht, deshalb gibt es keine Milch. Ansonsten haben wir nur Bier und Whiskey.«

Schon beim Gedanken an bitteren schwarzen Tee

krampfte Nolas Magen sich zusammen. »Mr. Skelly scheint sein Bier sehr zu genießen.« Nola konnte von hier aus die Theke erkennen, wo Tiermann ein weiteres Glas kippte. »Ich nehme dasselbe.«

Nachdem sie das Bier gebracht hatte, blieb Nola allein im Salon zurück. Esther wollte Nolas Zimmer lüften. Nola suchte sich einen bequemen Sessel und lehnte sich zurück, atmete tief durch und hob, da sie ganz allein war, ihre Röcke an, um sich etwas abzukühlen, und streifte auch die Schuhe ab. Die enge Taille ihres Kleids klebte naß an der Haut. Wie gern hätte sie sich ausgezogen! Nach einem weiteren Schluck kühlen Bieres blickte sie sich um.

Von der Decke hing ein Fliegenfänger aus klebrigem Papier. Auf dem Kaminsims waren geschnitzte Emueier und gläserne Briefbeschwerer aufgereiht sowie ein dunkel angelaufener Messingleuchter. An der Wand hing ein grünes Moskitonetz über einem von Sprüngen durchzogenen Spiegel. Eine große Lampe mit vergilbtem Schirm, ein schäbiges Sofa mit geflickten Kissen und ein niedriger Tisch waren die einzigen Möbelstücke – und sie wirkten, als hätten sie ein bewegteres Leben hinter sich als die meisten Menschen.

Wenige Minuten später kam Esther zurück und zeigte Nola ihr Zimmer im Hinterhaus. Es war das letzte der drei Zimmer auf dem Flur und lag der Toilette am nächsten, der ein ekelerregender Uringeruch entströmte und in der viele Buschfliegen schwirrten. Tierman hatte die Seekiste vor der Zimmertür abgesetzt und ihr persönliches Gepäck nach drinnen gestellt.

»Die Zimmer werden nicht oft verlangt«, entschuldigte sich Esther. »Ich muß zurück zu den Gästen. Ruh dich erst mal aus. Für ein Vollbad ist nicht genug Wasser übrig, aber es reicht, um sich zu waschen. Ich pumpe Wasser aus dem Tank und wärme es auf dem Herd. Das wird eine Weile dauern, mach es dir solange bequem!« Nola erinnerte sich, daß sie einen Blechzuber am Hintereingang gesehen hatte. Der hatte ausgesehen, als hinge er schon eine ganze Weile unbenutzt an der Wand.

»Danke, aber warmes Wasser ist nicht nötig. Es ist bestimmt nicht zu kalt und gerade richtig. Mir ist sowieso schon heiß.«

»Siehst ein bißchen zerrupft aus, Kleines. Einen Kamm hast du?«

»Aber sicher doch«, beteuerte Nola entgeistert. Sie drehte sich um und griff sich ins Haar, das sich steif und klebrig anfühlte und von ihrem Kopf abstand. Warum hatte Tierman sie nicht auf ihr Äußeres hingewiesen? Als sie Esther um Verständnis bitten wollte, war diese schon weg, und Nola suchte sofort nach ihrem Kamm.

Die Rückfassade des Hotels war mit Blech verkleidet. Wenn die Nachmittagssonne darauf brannte, heizte sich das Gebäude daher extrem auf. Nola hätte zwar die Zimmertür offenlassen können, aber dann hätte sie den Toilettengeruch in Kauf nehmen müssen.

Nachdem sie sich die Knoten aus dem Haar gebürstet und es ordentlich aufgesteckt hatte, war sie gereizt und schweißgebadet. Sie setzte sich auf das Bett, dessen eisernes Gestell unter dieser Last ächzte. Um sich Gesicht und Hände zu waschen, goß sie etwas Wasser aus dem Krug in eine neben dem Bett bereitgestellte Schüssel. Die Flüssigkeit war schmuddelig-braun und hatte am Boden des Krugs schon einen Rand hinterlassen. Seufzend musterte Nola das winzige Seifenstück in der staubigen Schale. Aus der Kneipe drang Gelächter zu ihr herüber, und sie beschloß, Tierman Gesellschaft zu leisten.

Als Nola die Bar betrat, verstummten die Gespräche schlagartig. Fünf Männer, darunter Tierman, saßen auf Hockern an der Theke; ein sechster am Ende des Tresens schien zu schlafen. Esther schenkte Bier aus und sah nicht, wie Nola auf einen Hocker neben Tierman glitt.

Als Esther erstaunt aufschaute, weil es so still geworden war, reagierte sie bestürzt. »Verzeihung, Kleines«, erklärte sie, »aber Frauen dürfen hier nicht herein!«

Jetzt lag die Überraschung bei Nola. Sie wandte sich zu den anderen Gästen um, doch die Männer starrten sie befremdet an. Nola sah Esther erstaunt an: »Aber Sie sind doch selbst eine Frau!«

Die Männer feixten einander zu, woraufhin Esther sie mit einem vernichtenden Blick bedachte, bevor sie geduldig lächelnd Antwort gab. »Das schon, aber ich bediene schließlich hier. Außer mir sind keine Frauen in der Kneipe zugelassen.«

»Warum nicht?«

Esther überlegte einen Augenblick. »Tja, im Grunde weiß ich das auch nicht. So ist das eben!«

»Wer sagt das?« erkundigte sich Nola hartnäckig.

Esther sah nach den Männern. Zwei zuckten die Achseln, einer wirkte betreten. Tierman grinste amüsiert. »Tja, Esther. Wer sagt denn, daß es so sein muß?«

»Ich nehme an, das ist gesetzlich vorgeschrieben«, erwiderte sie verunsichert. Offenbar hatte noch niemand gewagt, die Regelung in Frage zu stellen.

»Gibt es ein Polizeirevier in der Stadt?« fragte Nola überflüssigerweise – sie wußte genau, daß es keins gab.

»Keine Polizei in hundertfünfzig Kilometern Umkreis«, stammelte einer der Männer wahrheitsgetreu. Die anderen runzelten die Stirn, und er ließ den Kopf hängen.

»Dann hab' ich ja nichts zu befürchten, es wird mich also keiner verhaften«, lächelte Nola honigsüß.

Esther verstand, worauf Nola hinauswollte, und lachte. »Wahrscheinlich nicht.«

»Da die Kneipe Ihnen gehört, Esther«, gab Nola zu bedenken, »können Sie bestimmt selbst entscheiden, ob Frauen an der Theke bedient werden oder nicht. Und wenn sowieso nur wenige Frauen hierher kommen, können sie schwerlich einen Extra-Schankraum beanspruchen, nicht wahr? Das Gesetz scheint also nicht sehr sinnvoll.«

Esther wandte sich an die anderen Gäste. »Hat einer von euch was dagegen?«

Die Männer dachten angestrengt nach, sie zögerten. Wenn sie sich jetzt einverstanden erklärten, würden sich andere Frauen auf dasselbe Recht berufen. Daß seit über einem Jahr, von Esther abgesehen, keine Frau mehr das Julia-Creek-Hotel betreten hatte, bedachten sie nicht.

»Ich gebe eine Runde aus«, verkündete Nola und öffnete die Geldbörse. Diese wenigen Worte änderten die Stimmung zu Nolas Gunsten. Die Männer nickten zustimmend.

»Und was trinkst du, Kleines? Noch ein Bier?« fragte Esther.

»Bier wäre jetzt genau das Richtige.«

Überrascht und einigermaßen beeindruckt, daß Nola Bier wählte, benahmen sich die Männer nun ausgesprochen freundlich. Sogar der Schlafende am anderen Ende der Theke hob den Kopf, als der Ausdruck ›Runde ausgeben‹ fiel, und schob sein Glas nach vorn.

»Und wo soll es hingehen, kleine Mau ... äh, Miss?« fragte ein hünenhafter Mann, der neben Tierman stand und nach Vieh und Staub roch. Sein sonnengebleichter, schweißrandiger Hut lag auf der Theke. Nola hatte ihn schon neugierig beäugt, wegen der großen Scharten im Rand und der farbenprächtigen Federn, die im Hutband steckten.

Das Gespräch ringsum verebbte wieder, und Nola spürte, wie alle Augen auf ihr ruhten. Sie erinnerte sich, wie Tierman erzählt hatte, daß draußen im Busch jeder über den anderen Bescheid wußte, und jetzt begriff sie auch, weshalb. »Auf die Reinhart-Farm«, antwortete sie und beobachtete die Reaktion der Männer. »Ich habe eine Lehrerstelle dort übernommen.«

Schlagartig wurde es still, die Gesichter der Männer drückten ungläubiges Staunen aus. Der Mann, der an der Theke geschlafen hatte, rutschte von seinem Hocker und ging mit unsicheren Schritten auf Nola zu.

»Sie können ... Sie sind doch nicht ...« Er klappte den Mund auf und zu und zeigte mit dem Finger auf sie.

»Wovon redet er, Tierman?« erkundigte sich Nola verwirrt. »Was kann ich nicht sein?«

Tierman zuckte die Achseln.

Kurz bevor der Mann sie erreichte, brach er zusammen. Nola betrachtete ihn mitfühlend. »Ohnmächtig geworden?«

»Der ist sternhagelvoll«, kommentierte jemand.

Angewidert wandte Nola sich ab.

Esther beugte sich über die Holztheke und spähte hinunter. Dann nickte sie Nola zu. »Ich hab' dich gar nicht nach deinem Namen gefragt, Kleines.«

Nola fand es zwar etwas unpassend, einander gerade jetzt vorzustellen, aber sie antwortete höflich: »Nola Grayson.«

Esthers Augen blitzten schelmisch. »Nola, ohne ›n‹ am Ende?« wollte sie wissen.

»Stimmt haargenau.«

Esthers kantige Gesichtszüge verwandelten sich zu einem breiten Grinsen. »Dann hab ich das Zimmer wohl für dich reserviert! – Miss *Nola* Grayson«, verkündete sie förmlich, »darf ich dir Hank Bradly vorstellen?« Sie deutete auf den Mann, der reglos am Boden lag. »Hank ist von Reinhart herübergekommen, um dich abzuholen. Er wartet schon seit gestern früh hier. Wahrscheinlich bist du nicht ganz das, womit er rechnet ...«

Die Männer ringsum, einschließlich Tierman, brachen in schallendes Gelächter aus.

Nola starrte den Bewußtlosen an. »Könnte ich ein großes Glas Wasser haben, Esther?«

Esther grinste noch immer und ahnte nicht, was Nola vorhatte, als sie ein Glas einschenkte und ihr reichte.

Nola blieb stehen und goß es Hank übers Gesicht. Wieder wurde alles still. Offenbar hatte sie keine Ahnung, wie kostbar Wasser hier draußen war, aber keiner der Zuschauer wollte sie jetzt darauf aufmerksam machen.

Prustend und spuckend fuhr Hank plötzlich hoch. Er rieb sich das Gesicht und blinzelte die hochgewachsene Frau vor ihm an.

»Es wäre besser, wenn Sie von jetzt an nüchtern blieben, Hank Bradly«, erklärte Nola. »Morgen haben wir eine weite Reise vor uns!«

2

Nolas Tür stand offen, als Hank Bradly den Flur betrat. Sie wandte ihm den Rücken zu und war vollauf damit beschäftigt, die kleinere Reisetasche zu verschließen. Ihr übriges Gepäck stand schon zum Abtransport am Eingang bereit. Nach einer Weile räusperte sich Hank, um auf sich aufmerksam zu machen. Nola fuhr herum. Hank drehte nervös den Hut in der Hand. Sein Haar war feucht und ein wenig geglättet, und er war frisch rasiert. Jetzt wirkte er ein wenig stattlicher und weitaus jünger als gestern abend.

»Morgen«, brummelte er und schlug die Augen nieder.

»Guten Morgen, Mr. Bradley. Ich hoffe, sie fühlen sich wohl? Auf jeden Fall sehen Sie wieder einigermaßen gesund aus!«

Er zuckte sichtlich zusammen und wippte auf den Fersen. »Es ist angeschirrt. Wir sollten besser losfahren. Sieht aus, als würde ein Blowie aufziehen ...«

»Blowie? Ist das so eine Art ... Sturm?«

Doch Hank hatte bereits ihre Sachen genommen und weggetragen, so daß er ihre Frage nicht mehr hörte.

Mit ihrem Handgepäck folgte sie ihm nach draußen.

Als Nola die Verandatür öffnete, sah sie Esther und Tiermann dort stehen, die in gespannter Erwartung die sich türmenden Wolken beobachteten. Ein Mann, der nach Ziegen roch und sich offenbar seit Wochen nicht mehr gewaschen hatte, trat beiseite, als Nola vorüberkam, und nahm selbstgefällig den Hut ab. Seine Wangen waren mit einem schmutziggrauen Dreitagebart bedeckt, die sonnengebräunte Haut glitzerte vor Schweiß.

»Morgen«, nickte er.

»Guten Morgen«, grüßte Nola und hütete sich, ihn mit dem sauberen Kleid zu streifen. »Sieht nach Regen aus, wie?«

Der Mann machte große Augen. »Kein bißchen!« erwiderte er stirnrunzelnd.

»Aber der Himmel?« wunderte sie sich. »So düster, als käme ein Unwetter.«

Er schüttelte den Kopf und lachte. »Sie sind neu im Gulf Country, wie? Das gibt höchstens einen Blowie, einen Staubwirbel vielleicht, mehr nicht!«

Ein Blowie war also ein Staubwirbel, dachte Nola. Wieso sprachen sie nicht einfach aus, was sie meinten? Offenbar stand windiges Wetter ins Haus.

Nola trat auf Esther und Tierman zu. Ein paar Schritte weiter stand die Kutsche zur Rückfahrt nach Winton bereit. Hank machte sich an seinem Zweispänner zu schaffen; auf einer Messingtafel an der Seite stand eingraviert der Firmenname Walter Hall, Cobb & Co., Agenten, Sydney. Zwei untersetzte, kräftige Pferde waren davorgespannt.

Als Nola herantrat, grinste Tierman hinterhältig.

»Darf ich fragen, was Sie so schrecklich amüsant finden?« erkundigte sich Nola. »Oder muß ich damit rechnen, daß Sie nicht ganz aufrichtig sind?!« Sie blinzelte nicht weniger verschlagen als er.

»Darauf wetten würde ich nicht«, mischte sich Esther ein, »aber ich kann gern aushelfen.«

Tierman stupste sie, und Nola merkte, daß es ihm peinlich war.

Esther ignorierte ihn. »Tierman meinte gerade, wenn du draußen auf der Farm bleibst, gibt es eine kilometerlange Völkerwanderung der Männer im ganzen Umkreis dorthin!«

Nola blickte die beiden überrascht an. Sie war es nicht gewohnt, Komplimente zu bekommen, deshalb zupfte sie an ihrem Rock und strich unsichtbare Falten glatt.

»Galen wird sie schon auf Abstand halten«, brummte Tierman und trat von einem Bein aufs andere. »Der paßt schon auf, daß niemand Blödsinn anstellt.«

»Sie dürfen mir glauben, daß ich den Blödsinn selbst verhindern kann, Mr. Skelly«, versetzte Nola kühl.

»Wenn du erst mal so lange hier draußen bist wie ich, Kleines«, warf Esther ein, »sehnst du dich nach ein bißchen Blödsinn!«

Nola konnte sich das Lachen nicht verkneifen; Tierman Skelly ebensowenig.

»Viel Glück, Kleines!« fügte Esther hinzu und klopfte Nola auf die Schultern.

»Danke! Das kann ich wohl brauchen.« Nola ahnte, daß sie von Galen Hartford mehr zu fürchten hatte als von einer ganzen Horde unwillkommener Verehrer.

»Die armen Leute auf Reinhart werden mehr davon brauchen«, erwiderte Tierman. »Aber nehmen Sie unsern armen Hank nicht allzu sehr 'ran, ja?«

Nola wandte sich zu Hank um, der das Geschirr der Pferde überprüfte, und hob eine Braue. »Solange er nüchtern bleibt, werden wir uns gut verstehen.«

»Heute früh war er sehr reumütig«, kommentierte Esther. »Kommt das nun vom Kater nach dem vielen Schnaps, oder hat es mit dem Wasser zu tun, mit dem Sie ihn übergossen haben?«

Gestern abend hatte Nola, nachdem alle anderen gegangen waren, Esther beim Aufräumen geholfen. Schließlich hatten sie noch bis ein Uhr früh zusammengesessen und geplaudert – über England, ihre Familien und über das Leben im Outback. Erst als sie schlafen gingen, hatte Nola wieder an Hank gedacht, der im Nebenzimmer schnarchte, und ihr war klargeworden, was sie angerichtet hatte.

»Tut mir leid, daß ich das Wasser vergeudet habe, Esther«, stellte sie jetzt fest. »Es war gedankenlos von mir.«

»Macht nichts, Kleines. Für Hanks dummes Gesicht hat es sich gelohnt!«

Nola rümpfte die Nase. »Er hat es eilig, aufzubrechen. Da will ich nicht trödeln. Auf Wiedersehen, Esther – und bleiben Sie sauber, Mr. Skelly!«

»Werde mein Bestes versuchen.«

»Und das ist nicht gerade viel«, setzte Esther hinzu.

Beide lachten schallend. Dann kletterte Nola auf den Zweispänner und winkte ihnen zum Abschied.

Die ersten zwei, drei Kilometer sprachen weder Nola noch Hank ein Wort. Der Zweispänner polterte über die staubige Ebene, die sich bis ans Ende der Welt zu erstrecken schien. Obwohl es noch immer ziemlich heiß war, hatte der Wind aufgelebt. Nola bemerkte, wie Hank immer wieder finstere Blicke zu den Wolken warf, die sich über ihnen zusammenbrauten.

»Wie weit ist es zur Reinhart-Farm?« fragte sie und brach endlich das Schweigen.

»Kommt darauf an, welchen Weg man wählt«, erwiderte er kurz.

Nola starrte ihn an und ließ keinen Zweifel, daß sie auf einer vernünftigen Antwort bestand.

»Weit ist es nicht«, ergänzte Hank schließlich mürrisch.

»Nicht weit? Zwanzig Kilometer, dreißig vielleicht?«

»Achtunddreißig Kilometer, wie die Krähe fliegt. Wenn wir den Short Horn River überqueren, sind wir auf Reinharts Land.«

Die nächsten Kilometer legten sie wieder schweigend zurück. Fasziniert beobachtete Nola, wie Staubwirbel über die Ebene wanderten, die wie Tornados in Miniaturformat trockenes Laub und wertvollen Ackerboden in ihren Trichtern mitrissen. Tierman hatte ihr von dem Phänomen berichtet, das die Ureinwohner als ›Willy-willy‹ bezeichneten, eine Art Wirbelwind. Sie hatte keine Ahnung, was darunter zu verstehen war; aber jetzt, wo sich einige größere Willy-willys näherten, wurde ihr mulmig. Was, wenn sie davon erfaßt würden?

Nola spürte, wie angespannt Hank war, aber das hatte wohl mehr mit ihrer Person zu tun als mit den drohenden Wirbelstürmen.

»Ich finde, wir sollten ein paar Dinge zwischen uns klären, Mr. Bradly.« Sie hoffte auf irgendein Zeichen der Gesprächsbereitschaft, aber er schob nur die Unterlippe vor und ignorierte sie.

»Offenbar entspreche ich nicht ganz Ihren Erwartungen?«

Er warf ihr einen Seitenblick zu, der verriet, daß sie recht hatte.

»Das ist nicht weiter schlimm«, fuhr sie fort. »Ich bin es gewohnt, daß die Leute überrascht reagieren, wenn sie mich kennenlernen. Ich glaube, es hat mit meiner Körpergröße zu tun.«

»Mr. Reinhart dürfte mit Sicherheit überrascht sein«, stellte er fest. »Aber wie groß Sie sind, spielt dabei keine Rolle!«

Sie musterte ihn, und ihre Blicke trafen sich. Dann grinste er plötzlich breit. Wenigstens war das Eis gebrochen, dachte Nola, und erwiderte sein Lächeln.

»Ich liege wohl nicht besonders falsch, wenn ich annehme, daß man auf der Reinhart-Farm einen männlichen Lehrer erwartet.«

Er nickte. »Mr. Reinhart wird Sie mit der nächsten Postkutsche wieder zurückschicken.«

»Das kann er nicht, fürchte ich. Mr. Shelby, der Inhaber der Agentur in London, für die ich arbeite, hat einen unkündbaren Vertrag für mich ausgehandelt.«

Ihre Zuversicht verblüffte Hank. Noch mehr erstaunte ihn, daß Langford Reinhart jemandem, den er nicht kannte, einen festen Vertrag anbot. Im Outback wurden Einstellungen gewöhnlich per Handschlag besiegelt. »Normalerweise setzt Mr. Reinhart seinen Willen durch, Miss.«

»Nennen Sie mich ruhig Nola, Mr. Bradly, wenn ich Hank sagen darf.«

Er nickte.

»Mein Vertrag verpflichtet mich für ein Jahr, und ich gedenke, ihn zu erfüllen.«

Wieder warf ihr Hank einen Blick zu. Ihr Name war ungewöhnlich, aber daß sie auch eine ungewöhnliche Frau war, hatte er zuvor schon bemerkt. Nachdenklich betrachtete sie die Landschaft ringsum und schien sich nicht die geringsten Sorgen über das zu machen, was vor ihr lag. »Das Outback ist wirklich kein Ort für Frauen«, stellte er fest.

»Unsinn, Hank. Wo es ein Haus gibt und Kinder, ist auch Platz für eine Frau.«

Er nickte mürrisch. »Klingt schlüssig«, sagte er und kratzte sich am Kopf. »Leider sind nur die wenigsten Ihrer Meinung. Keine Frau hält es im Busch lange aus. Esther und Gladys in Julia Creek sind die einzigen Ausnahmen weit und breit, und auf den Farmen leben höchstens noch zwei oder drei Frauen, aber das war es. Das Leben hier draußen ist sehr einsam und rauh.«

Nola dachte an die Buschfrau, mit der sie nach Julia Creek gereist war. Sie mußte zugeben, daß sie nicht ausgesehen hatte, als ob ihr der Aufenthalt hierzulande Vergnügen bereitete. Selbst Esther wirkte auf den ersten Blick einsam. Bei ihrem Gespräch gestern abend hatte Nola erfahren, daß Esther zwei Töchter und einen Sohn hatte, die aber weit weg, in einem städtischen Internat lebten. Esther hoffte, daß die Mädchen nach dem Schulabschluß zurückkehrten, um ihr beim Führen des Gasthauses zu helfen. Hauptsache, sie verliebten sich vorher nicht in irgendwelche Städter. Esthers Sohn schien sehr aufgeweckt zu sein und wollte später einmal Anwalt werden. Obwohl er durchaus bereit war, sich in einer Kleinstadt niederzulassen, würde er sich erst in einer größeren Stadt einen Namen machen müssen.

»Um so schwerer muß es für die Männer sein, Hank, wenn ihnen nur andere Männer Gesellschaft leisten.«

»Wir haben lange Arbeitszeiten auf der Farm. Unsere

Gesellschaft besteht gewöhnlich aus einem Umtrunk am Lagerfeuer nach einem anstrengenden Tag beim Viehzählen. Ein Auftrieb kann Monate dauern. In dieser Zeit sieht niemand von uns ein weibliches Wesen. Und die wenigsten Ehefrauen können die Einsamkeit auf einer Farm ertragen, wo sie nur von Aborigines umgeben sind, während ihre Männer mit den Herden Tausende von Kilometern weit reiten.«

Nola nickte.

»Bei der Arbeit leisten ihnen wenigstens die Kollegen Gesellschaft«, fuhr Hank fort. »Den Frauen jedoch niemand. Manche Kinder haben Glück und kriegen Unterricht von Hauslehrern, oder sie nehmen Fernunterricht. Aber die meisten werden auf ein Internat in der Stadt geschickt und deshalb auch von den Müttern getrennt.«

»Wenn es mehr Frauen auf den Farmen gäbe, könnten sie sich doch zusammentun, während die Männer unterwegs sind.«

»Sie müßten weit reisen, um sich zu treffen. Manche Höfe liegen Hunderte von Kilometern auseinander.«

»Und wenn sie sich im Dorf treffen, zum Kaffeeklatsch?«

Hank schüttelte den Kopf. Offenbar machte sich Nola keinen Begriff von den Entfernungen, die Nachbarn im Outback zu überwinden hatten. »Sie werden verstehen, was ich meine, wenn wir auf der Farm sind«, antwortete er.

Wieder nickte Nola. Zum ersten Mal hatte sie sich Hank genauer angeschaut. Nach herkömmlichen Vorstellungen von Eleganz und Attraktivität war er nicht gerade schön zu nennen, aber hier draußen im Outback wäre er für eine alleinstehende Frau wohl ein ›guter Fang‹. Die sonnengebräunten Fältchen um seine Augen ließen ihn gutmütig erscheinen, und es war herzerfrischend, wenn er lächelte. Sie schätzte ihn auf Ende Vierzig oder Anfang Fünfzig. Bestimmt war es noch nicht zu spät für ihn, eine Partnerin zu finden und zu heiraten. »Sie könnten doch auch in die Stadt gehen, vor den Traualtar treten und Ihre Frau mit hierher nehmen!« schlug sie vor.

»Eine Stadtfrau würde das Leben im Busch nicht führen wollen. Wie schon gesagt, es ist viel zu einsam und rauh.« Nachdenklich musterte er Nola. »Sie wären ja wohl auch kaum gekommen, wenn Sie gewußt hätten, wie es ist.«

»Ganz im Gegenteil, Hank. Man hat es mir ausführlich geschildert, und ich wollte noch immer hierher.«

»Aber wieso?«

»Das Abenteuer vielleicht – die Herausforderung, Kinder zu erziehen, die vermutlich noch keine Schule von innen gesehen haben!«

Hank war beeindruckt von ihrem beruflichen Ehrgeiz. Aber wie lange der vorhielt, würde sich erst noch zeigen müssen.

»Jeder sollte seinen Horizont erweitern, wenn es möglich ist, Hank. Das Leben selbst ist eine große Schule, hier draußen vielleicht mehr als anderswo!«

Ein verschmitztes Funkeln in ihren Augen ließ ihn vermuten, daß noch etwas anderes dahintersteckte. »Und was war der eigentliche Grund?« erkundigte er sich leichthin. »Sie sind doch nicht etwa auf der Flucht vor den Gesetzeshütern?«

Nola tat furchtbar schockiert. »Aber nein! Nicht

doch. Im Ernst.« Sie lächelte. »Aber wenn's unter uns bleibt, Hank, in London weint man mir keine Träne nach. Meine Ideen waren zu radikal für die feine englische Gesellschaft ...«

»Was ist denn eigentlich mit Mrs. Hartford?« erkundigte sich Nola, um das Thema zu wechseln.

Ihre direkte Frage lockte Hank aus der Reserve. »Soviel ich weiß, ist sie verstorben«, murmelte er.

»Und Mr. Reinhart? War er nie verheiratet?«

Hank fühlte sich nicht ganz wohl, wenn er über seine Arbeitgeber reden sollte. Sie waren beide eher schweigsame Zeitgenossen. »Galen kenne ich seit Jahren, aber normalerweise bin ich nicht auf der Reinhart-Farm. Ich arbeite als Treiber auf einer Farm gut dreihundert Kilometer südlich von Julia Creek.«

»Treiber?«

»Ich treibe das Vieh zusammen. Bei Reinhart sollte ich bei der Musterung aushelfen, aber dann war Galens Jüngster an einem Fieber erkrankt, und wir haben noch gar nicht angefangen. Ich weiß nur wenig über Mr. Reinhart. Von einer Ehefrau hat er nie was erzählt, und auch sonst keiner.«

»Trotz allem, Hank, finde ich das eigenartig.«

»Was?«

»Daß ein Mann freiwillig so isoliert lebt, irgendwo in der Einöde, ohne Frau und Familie.«

Hank gab keine Antwort. Nola war offenbar eine sehr feinfühlige Person. Er öffnete das Lunchpaket, das Esther ihnen mitgegeben hatte, und reichte Nola ein Sandwich. Sie hatte gar nicht gemerkt, daß es bereits Mittag war und sie eine gute Strecke zurückgelegt hatten. Außerdem bot Hank ihr die Feldflasche mit Wasser an. Kaum hatten sie das Essen ausgepackt, als ein Schwarm Buschfliegen über sie herfiel.

»Wie ist Mr. Reinhart denn so?« wollte Nola wissen, und versuchte verzweifelt, die Fliegen wegzuwedeln.

Hank verfiel in nachdenkliches Schweigen, während er an seinem Brot kaute, das mit einer dicken Bratenscheibe belegt war. Doch die Worte, mit denen sich Langford Reinhart beschreiben ließ, wollten sich nicht einstellen. »Am besten warten Sie es ab und sehen selbst«, antwortete er schließlich.

»Man hat mir erklärt, daß der neue Lehrer auch andere Arbeiten auf der Farm übernehmen soll wie Buchführung und Wäschewaschen. Wer erledigt üblicherweise die Hausarbeit, Hank, das Kochen und Putzen? Habt ihr irgendwelches Personal auf Reinhart, Stammesfrauen vielleicht?«

»Nein. Mr. Reinhart würde nicht erlauben, Ureinwohnerinnen ...« Peinlich berührt, wandte sich Hank ab. »Bei den Hausarbeiten muß jeder mit anpacken«, brummte er. »Und daran wird sich wohl auch nichts ändern.«

Der Nachmittag wurde furchtbar heiß, und die Landschaft veränderte sich. Sie überquerten das dunkle Erdreich des Flachlands, vor dem sich einzelnes silbergraues Buschwerk und bräunliche, nach lebensspendender Feuchtigkeit dürstende Grasnarben deutlich abhoben. Dann gab eine Steigung den Blick frei auf ein dünn bewaldetes Gebiet; fern am Horizont konnte Nola eine blauschimmernde Hügelkette erkennen.

Völlig unerwartet setzte leichter Regen ein, dann prasselten dicke Tropfen zu Boden und hinterließen vereinzelte dunkle Flecken auf der Krume. »Ist die Trockenzeit vorüber?« fragte Nola und wunderte sich, daß Hank so unbeeindruckt blieb.

»So bald ist das leider nicht zu erwarten«, erwiderte er ruhig.

»Wie schade, Hank. Tierman Skelly meinte, das Gras könne über Nacht grün werden.«

»Stimmt schon. Aber ein verfrühter Regen reicht nicht; es muß ständig weiterregnen, damit das Gras grün bleibt. Um Kanäle und Flußbetten zu füllen, brauchen wir Dauerregen. Sie werden noch merken, wie sehr das Wetter den Alltag und das Benehmen der Menschen auf der Farm beeinflußt.«

Die schwarze Erde, aufgeweicht vom Regen, blieb an den Rädern des Zweispänners kleben und hinderte sie am Fortkommen. Nola staunte, wie wenig erfrischend der Regen war. Wenn überhaupt, schien seine einzige Wirkung darin zu bestehen, das Klima noch drückender zu machen.

»Hoffentlich schaffen wir es noch über den Short Horn River«, rief Hank über den fernen Donner hinweg, während er dicke Erdklumpen von den Rädern kratzte. »Südlich von hier haben schwere Regenfälle eingesetzt.«

»Woher wissen Sie das?« brüllte Nola zurück.

Hank deutete südwärts, wo der Himmel fast schwarz geworden war. »Der Fluß wird bald ansteigen. Kann sein, daß wir uns von der Seekiste trennen müssen. Ihr Gewicht drückt die Kutsche nach unten.«

Nola war empört. »Das geht nicht. In der Kiste sind meine Schulbücher!«

»Entweder die Kiste oder Sie«, gab Hank zurück,

meinte es aber keineswegs so ernst, wie es sich anhörte. Als er ihren entgeisterten Gesichtsausdruck sah, fügte er hinzu: »Ich kann später zurückkommen und die Kiste holen.«

»Meinetwegen gehe ich zu Fuß, wenn es sein muß, aber von der Kiste trenne ich mich nicht. Sie ist unersetzlich!« Wie um es unter Beweis zu stellen, stieg sie aus, nahm eines der Pferde beim Zügel und trieb es unter anfeuernden Rufen durch den Schlamm. Hank blieb vor Schreck beinahe die Luft weg.

Nola verfluchte mehr als einmal ihr Kleid, über das sie stolperte. Im Handumdrehen waren ihre Schuhe, Strümpfe und die untere Hälfte des Rocks mit Lehm verkrustet. Als sie den Fluß erreichten, strömte er schon beängstigend schnell.

»Ans andere Ufer können wir es schaffen«, kommentierte Hank. »Der Flußlauf ist zwar breit, aber noch nicht allzu tief.«

»Gibt es denn keine andere Furt hier? Keine Brücke?«

Hank zog ein Gesicht, als hätte Nola etwas außergewöhnlich Blödes gesagt. »Brücken gibt es nur in zivilisierten Gegenden!«

Nola starrte ihn verwundert an. »Eine Gegend ist so zivilisiert wie die Leute, die dort wohnen. Die Eigentümer der Viehfarmen könnten sich doch zusammentun und eine Brücke über den Fluß bauen. Das wäre doch für alle von Nutzen!«

Hank schüttelte den Kopf. »Hören Sie auf mich und machen Sie diesen Vorschlag besser nicht in Gegenwart von anderen. Hier mag man es nicht, wenn Neulinge gute Ratschläge erteilen ...« Besonders, wenn die Ratschläge von Frauen kamen, setzte er im stillen hinzu.

»Weibliche ›Neulinge‹ dürfen erst recht nicht ins Fettnäpfchen treten, nicht wahr?« fragte Nola.

Hank verbiß sich das Lachen und wandte seine ganze Aufmerksamkeit dem Flußbett zu. »Normalerweise kämen wir trockenen Fußes hinüber«, versicherte er, um das Thema zu wechseln. »Das Wasser verschwindet so schnell, wie es gekommen ist. Das Gulf Country erlebt jetzt das fünfte Jahr der Dürreperiode. Vereinzelte Schauer schaffen keine Abhilfe. Die reichen höchstens, um die Gutsbesitzer zu frustrieren und das Vieh nervös zu machen. Schon morgen werden Sie kaum noch erkennen, daß hier überhaupt ein Flußbett ist. Wir könnten hier lagern und die Reise morgen fortsetzen!«

Nola mochte kaum glauben, was er da vorschlug. »Ich gehe jetzt hinüber«, verkündete sie. Ihr war hundeelend zumute, und für ein Bad hätte sie fast alles getan. Der direkte Weg durch den Fluß, den sie in jedem Fall überqueren mußten, schien ihrem Wunsch am ehesten zu entsprechen.

Anfangs bestand Hank darauf, daß Nola während der Überquerung auf der Kutsche blieb. Weil sie aber wußte, daß er sie zum Führen der Pferde brauchte, widersetzte sie sich eisern. Da der Fluß rasch anschwoll, gab Hank schließlich nach – wider sein besseres Wissen. Merkwürdigerweise war es ihre Körpergröße, die seinen Meinungswechsel bewirkte. Ein zarter gebautes Wesen hätte keine Chance gehabt gegen die Fluten.

Gemeinsam führten sie die Pferde ins Wasser. Nola merkte sofort, daß die Strömung viel heftiger war als erwartet. Die bräunliche Flut schoß ihr zwischen den Oberschenkeln hindurch und machte es fast unmöglich, aufrecht zu stehen. Die Pferde rissen die Augen auf und wieherten angstvoll; Hank redete beruhigend auf sie ein. Nola folgte ihm und tat es ihm gleich.

Langsam näherten sie sich dem anderen Ufer und waren beinahe in Sicherheit. Doch als die Pferde die schlüpfrige Böschung erklommen, gab die lockere Erde unter ihren Hufen nach, und die Kutsche kippte in Nolas Richtung. Sie schrie auf in der Angst, erschlagen zu werden. Verzweifelt brüllte Hank die Pferde an, weiterzuziehen, und die Kutsche kam von selbst wieder ins Gleichgewicht, allerdings rutschte zuvor Nolas Koffer aus dem Heck. Wenn Hank nicht die Seekiste festgehalten hätte, wäre diese ebenfalls herabgeglitten.

Ohne zu bemerken, was mit ihrem Gepäck geschah, kletterte Nola die rutschige Steigung hinauf. Ihr Rock behinderte sie, und sie raffte ihn in ihrer Not hoch. Immer mehr Erdschollen brachen weg und fielen ins Wasser. Als der Boden unter Nolas Füßen nachgab und sie rückwärts glitt, suchte sie Halt an einem Ast und merkte erst in letzter Sekunde, daß es sich dabei um ein schlammverkrustetes Reptil handelte. Sie schrie auf und spürte, wie sie von den wirbelnden Fluten mitgerissen wurde. Sie trieb im Kielwasser ihres Koffers dahin, der sich vor ihr wieder und wieder überschlug.

Panisch kraulte Nola dem Ufer entgegen, an dem sie mit erschreckendem Tempo vorübertrieb. Aststümpfe und Treibgut schlugen ihr an Arme, Beine und ins Gesicht. Ihre Finger klammerten sich an alles, was Rettung aus der Sturzflut zu bieten schien, die sie zu verschlingen drohte.

Zwischen japsenden Atemzügen prustete sie und spuckte fauligen Schlamm aus. Ein oder zweimal gelang es ihr, nach Hank zu rufen. Leblose Tiere trieben ihr ins

Gesicht, Schlangen und Eidechsen glitten durchs Wasser und das Hinterbein eines Kängurus hob sich aus seinem nassen Grab.

Sekunden vergingen, die Nola wie eine Ewigkeit erschienen. Ihrem Gefühl nach mußte sie schon kilometerweit fortgespült worden sein, und allmählich verließen sie ihre Kräfte. Erst der Anblick der Kutsche, die in rasendem Tempo auf der Böschung entlangpreschte, flößte ihr wieder Mut ein, und sie begann erneut um ihr Leben zu kämpfen.

An der nächsten Flußbiegung sah Nola über sich einen riesigen Eukalyptusbaum ins Wasser ragen. Er barst mit gewaltigem Lärm, und die Gischt flog hoch empor. Seine verkrüppelten uralten Äste ragten fast bis ans andere Ufer. Nur wenige Augenblicke später stieß Nola gegen den Baumstumpf, der sich noch immer dem reißenden Fluß widersetzte. Der Aufprall nahm ihr die Luft, und ein stechender Schmerz durchfuhr ihre Rippen. Verzweifelt klammerte sie sich an das Holz, während die Strömung an ihrem erschöpften Körper zerrte.

»Festhalten, Nola!« hörte sie Hank rufen. Ein Lasso sirrte heran, aber bevor sie die Kraft aufbringen konnte, es zu ergreifen, war es auch schon verschwunden.

»Fangen Sie das Seil!«

Wieder streifte es bloß ihren Arm und war weg.

»Noch mal versuchen!« befahl Hank.

Diesmal bekam Nola es zu fassen.

»Schlingen Sie es sich um den Leib!« schrie Hank.

Nola wagte nicht, sich zu rühren, aus Angst, sie könne wieder mitgerissen werden – diesmal in den Tod.

»Schnell! Die Wurzel hält nicht mehr lange!«

Sie spürte ein Beben unter sich und schrie auf, als der Baum sich bewegte. Dieselbe Angst, die sie vorhin gelähmt hatte, veranlaßte sie jetzt zu tun, was Hank sagte. Sie wickelte sich das Seil um die Taille. Kaum hatte sie den Mut gefaßt, den Baumstumpf loszulassen, als das Wasser sie auch schon weiterstieß. Doch das Seil spannte sich und beendete ihre gefährliche Fahrt; sie spürte, daß sie an Land gezogen wurde. Sekunden später kippte der gewaltige Eukalyptusbaum und wurde vom anschwellenden Strom flußabwärts getragen.

Nola lag eine ganze Weile reglos, erschöpft und ungläubig den festen Boden unter sich betastend auf dem Rücken. Hank untersuchte ihre Verletzungen. Wie durch ein Wunder hatte sie nur ein paar oberflächliche Kratzer und einige Blutergüsse davongetragen. Gebrochen war nichts.

»Wir müssen weiter, Nola«, sagte er vorsichtig. »Bald wird es dunkel, und wir haben noch acht Kilometer vor uns.«

Bereitwillig erhob sie sich, rieb sich den Brustkorb und sah an sich herunter. Ihr Kleid war aufgerissen; Zweige und Laub hatten sich im Saum verfangen. Ihr Gesicht und ihre Gliedmaßen waren mit Schlamm verschmiert.

»Mein neuer Chef wird ja einen schönen Eindruck von mir bekommen!« seufzte sie und lächelte schwach.

Hank wunderte sich über ihren Humor, nachdem sie vorhin dem Tod nur knapp entkommen war.

»Tut mir leid, daß Ihr Koffer weg ist. Aber wenigstens ist die Kiste gerettet.«

»Die Kleider kann ich ersetzen«, winkte sie ab. »Viel schwieriger wäre es gewesen, die Bücher neu beschaffen zu müssen.« Daß sie fast jeden Pfennig ihrer ›Spesen‹, die Langford bewilligt hatte, für die Bücher aufgewendet hatte, verschwieg sie. Eigentlich war das Geld für Reisekleidung und Verpflegungskosten während der Überfahrt vorgesehen, aber sie hatte das Lehrmaterial für wichtiger gehalten.

»In meiner Reisetasche habe ich Kleider zum Wechseln, wenn Sie sich umziehen wollen. Sind zwar bloß Hosen und Arbeitshemden, aber wenigstens trocken!«

Nola war den Tränen nahe. »Danke, daß Sie mir das Leben gerettet haben.«

»Daß Sie schwimmen können, hat Sie gerettet! Um ehrlich zu sein, als ich Sie ins Wasser rutschen sah, dachte ich, jetzt ist es aus mit Ihnen!«

»Ich auch«, gestand sie.

Hank half ihr auf die Füße. »Wenn die feinen Engländer Sie jetzt sehen könnten ...« sagte er und verbiß sich ein Grinsen.

Nola war froh, keinen Spiegel dabei zu haben. Plötzlich fiel ihr Mrs. Gareth ein, wie sie nach dem Sturz auf dem Kricketfeld über und über mit Schlamm bedeckt war, und sie lächelte zaghaft. »Glauben Sie mir, Hank, die wären gar nicht mal so überrascht!« Mit dem Handrücken wischte sie sich über ihr Gesicht, wo sie bloß eine weitere Lehmspur hinterließ. »Wissen Sie, es ist sicherlich von Vorteil, wenn ich Ihre Kleider nehme. Vielleicht läßt sich Mr. Reinhart dann davon überzeugen, ich wäre ein Mann wie erwartet ...«

Hank musterte sie von oben bis unten. Das nasse Kleid klebte an ihrer eindeutig weiblichen Gestalt.

»Keine Chance«, gab er trocken zurück. »Er mag zwar gebrechlich sein – aber blind ist er noch nicht.«

Nola war erfreut über seine Bemerkung. Immerhin gab er ihr das Gefühl, wenigstens noch in etwa wie eine Frau auszusehen.

»Zumindest etwas, was ich jetzt über ihn weiß«, erwiderte sie.

Als Hank seine Kleidung hervorholte, machte er eine Entdeckung. »Sehen Sie mal, was noch hinter dem Sitz eingeklemmt war!«

»Meine Reisetasche! Dem Himmel sei Dank. Wenigstens ein paar persönliche Besitztümer sind mir geblieben.« Sie nahm Hemd und Hose entgegen und verschwand hinter der Kutsche, um sich umzuziehen, während Hank eine Zigarette anzündete.

In trockenen Sachen fühlte sich Nola gleich besser, obwohl sie einiges für ein warmes Bad gegeben hätte. Hanks Hemd war viel zu weit und außerdem kalt, aber seine Hosen paßten, und sie brauchte nur den Gürtel enger zu schnallen. Seine Stiefel waren ihr zwar viel zu groß, aber ihre eigenen Schuhe hatte sie im Fluß verloren. Das nasse, verdreckte Haar konnte sie nicht säubern und verbarg es lieber unter seinem Ersatzhut.

Knapp fünf Kilometer hinter dem Fluß erreichten sie ein breites Tor. Auf einem verwitterten Schild darüber waren die Worte ›Reinhart-Farm‹ zu lesen. Während Hank das Tor öffnete, fiel Nola auf, daß der Zaun auf beiden Seiten dringend repariert werden mußte. Irgendwie schien es ihr absurd, das Tor geschlossen zu halten. Als Hank das Tor hinter ihnen wieder sorgfältig verriegelte, ahnte er, was sie dachte. »Im Outback muß man ein Tor immer so hinterlassen, wie man es vorgefunden hat«, erklärte er ihr. »Wir waren schon auf Reinharts

Land seit Überquerung des Flußbetts. Es bildet die südliche Grenze des Weidelands.«

Als Nola nach einer Weile noch immer keine Gebäude entdecken konnte, erkundigte sie sich: »Wieviel Hektar umfaßt denn die Weide?«

»Hektar? Im Kopfrechnen bin ich schwach.«

»Was soll das heißen?«

»Wieviel Hektar passen denn in dreizehnhundert Quadratkilometer?«

Nola war beeindruckt. »So groß ist das Land?«

»Reinhart ist noch eine der kleineren Ländereien. Einige Güter im Westen erstrecken sich über mehrere tausend Quadratkilometer, mit riesigen Rinder- oder Schafherden, manchmal mit beidem. All das Land ist nötig, um genug Futter bereitzustellen.«

»Das muß ja enorme Arbeit machen, die Herden beieinander zu halten«, erwiderte Nola und konnte die Ausmaße der Ländereien kaum fassen.

»Nicht mit guten Treibern.« Hank schob den Riegel vor, und sie machten sich wieder auf den Weg.

»Wie viele Tiere sind denn hier zu versorgen?«

»Das weiß kein Mensch. Wir fingen mit der Musterung an, als der Kleine von Galen erkrankte. Auf dieser Farm wurde seit drei Jahren keine Viehzählung mehr durchgeführt.«

Nola zuckte bei dieser Bemerkung spürbar zusammen.

»Vor der Abreise erhielt ich eine Fotografie des Anwesens«, erklärte sie. »Darauf wirkte es sehr beeindruckend.«

Hank warf ihr einen sonderbaren Blick zu. »Haben Sie das Bild mitgebracht?«

»Es müßte bei meinen persönlichen Papieren in der Reisetasche sein.« Es dauerte nicht lange, bis sie es fand. Es lag bei dem Empfehlungsschreiben, das Mr. Shelby ihr mitgegeben hatte, als Ersatz für all die ungünstigen Zeugnisse ihrer ehemaligen Arbeitgeber, in denen sie als »übertrieben freimütig«, »herausfordernd aufsässig« und als »schlechtes Vorbild für Mädchen« charakterisiert worden war.

Hank starrte auf die Fotografie. Sie zeigte ein zweistöckiges Herrenhaus mit fast durchgehendem Balkon im zweiten Stock und einem gewundenen Eisengeländer im Jugendstil. Im Hintergrund waren mehrere Anbauten und zwei Hütten zu erkennen. Es hatte kaum Ähnlichkeit mit dem Anwesen, wie er es kannte. »Die Aufnahme wurde wohl vor sehr langer Zeit gemacht«, mutmaßte er.

»Hat es sich sehr verändert?« erkundigte sie sich argwöhnisch.

Hank blickte auf. »Das beurteilen Sie lieber selbst!« Er faßte die Zügel und brachte den Zweispänner zum Stehen. Gerade hatten sie den Kamm eines Hügels erreicht. Von hier aus konnte sie das gesamte Anwesen überblicken. Eine ganze Weile lang fehlten Nola die Worte. Immer wieder verglich sie die Fotografie mit dem, was vor ihnen lag.

Die Gebäude waren zwar noch vorhanden, aber seit dem Zeitpunkt der Aufnahme stark verfallen. Sogar aus dieser Entfernung war offensichtlich, daß ein neuer Anstrich dringend erforderlich war. Das Eisengeländer war stellenweise weggebrochen, und an der Veranda fehlte es ganz. Das Foto zeigte ein belebtes, gutgepflegtes Landhaus, mit Wiesen und Blumenbeeten ringsum. Jetzt wirkte alles trostlos und verlassen. Hank beugte sich über ihre Schulter und zeigte auf eine kleine Hütte, die links vom Gutshaus lag.

»Dort wohnt Galen mit den Kindern«, sagte er. »Und eigentlich sollte auch der neue Lehrer dort untergebracht werden.« Irritiert hob er die Brauen.

»Bestimmt läßt sich eine andere Regelung finden«, erklärte Nola zuversichtlich.

»Das kleine Haus rechts ist das Schulgebäude. Vor Jahren soll es noch in Betrieb gewesen sein, als auf der Farm noch viele Arbeiter beschäftigt waren. Deren Kinder wurden hier unterrichtet, angeblich von Mr. Hartfords Frau.« Er deutete auf andere Gebäude auf dem Foto. »Mannschaftshaus, Kantine, Pferdestall und Futtersilo. Die meisten Stallungen sind auf dem Bild nicht zu sehen.«

Nola nickte und studierte das Foto. »Für einen alleinstehenden Farmbesitzer ist das ein gewaltiges Anwesen. Mr. Reinhart muß damals für eine große Familie geplant haben. Warum sollte er sonst ein solches Domizil errichten?«

»Das Haus ist wirklich groß, das größte in weitem Umkreis. Aber Mr. Reinhart kommt nie vor die Tür, und soweit ich weiß, hat ihn seit Jahren niemand mehr besucht.«

»Aber wie kann er die Farm vom Haus aus führen?« erkundigte sich Nola verblüfft.

»Galen macht alles für ihn. Er trifft auch die Entscheidungen.«

Sie versuchte sich vorzustellen, wie groß die Farm war. »Ganz allein?«

»Meistens. Er redet nicht viel über Mr. Reinhart. Soviel

ich weiß, hält er sich die meiste Zeit im abgedunkelten Zimmer auf. Er ist das, was Sie einen Einsiedler nennen würden. Angeblich führt er noch die Bücher, obwohl es da in den letzten paar Monaten nicht mehr sehr viel zu tun gab. Die ganze Last der Verantwortung für die Farm wird Galen aufgebürdet, der auch noch seine drei Kinder allein großziehen muß. War bestimmt nicht leicht für ihn.«

Nola wußte nicht, was sie dazu sagen sollte.

Hank senkte den Kopf. »Eigentlich sollte ich Ihnen das alles gar nicht erzählen.«

Sie warf ihm einen freundlichen Blick zu. »Danke, daß Sie es mir anvertraut haben, Hank. Es ist sehr nützlich, wenn ich ein wenig über den Hintergrund der Kinder weiß, die ich erziehe, vor allem, wenn sie daheim Probleme haben.«

»Galen tut mir richtig leid. Da schuftet er von morgens früh bis spät in die Nacht, und für nichts und wieder nichts. Alles, was er verdient, hat er in das Anwesen gesteckt, obwohl es ihm gar nicht gehört. Genauso hat es Mr. Reinhart gemacht. Wenn die Dürrezeit nicht bald vorübergeht, werden sie beide alles verlieren.«

»Aber wieso ist Galen dageblieben? Jemand wie er könnte doch mit Sicherheit auf einer Farm arbeiten, die mehr Ertrag abwirft.«

»Galen kam als ganz junger Bursche zu Reinhart. Damals hatte er gerade seine Eltern verloren, und Mr. Reinhart nahm ihn sozusagen unter seine Fittiche. Er war wie ein Vater zu ihm. Die Reinhart-Farm ist mehr als nur ein Arbeitsplatz für Galen. Er liebt das Land und glaubt, daß es auch seinen Kindern eine Zukunft geben soll. Er träumt davon, das Anwesen wiederherzustellen, wie es einmal war.«

Die Entschlossenheit ihres neuen Arbeitgebers flößte Nola Respekt ein. »Hoffen wir, daß ich ihm dabei von Nutzen sein kann.«

»Es würde Galen eine Last von der Seele nehmen, aber ich glaube kaum, daß Mr. Reinhart Ihre Anwesenheit dulden wird. Ich weiß ja nicht mal, wie lange ich selbst noch hier bin. Sobald ich auf der Boulia-Farm gebraucht werde, muß ich gehen.«

»Wieso stellt Mr. Reinhart nicht mehr Männer ein?«

»Die würden nicht kommen.«

»Warum nicht?«

Hank wirkte beunruhigt. »Ich habe selber schon versucht, es herauszukriegen, aber niemand redet darüber.«

»Ist es so schwierig, für ihn zu arbeiten?«

»Ich weiß nicht, wie er früher war. Wie schon gesagt, heutzutage mischt er sich kaum ein.«

Nola überlegte angestrengt. Hanks Miene und die Tatsache, daß niemand für Langford Reinhart arbeiten wollte, verhießen nichts Gutes. Sie fragte sich, was sie auf der Reinhart-Farm erwartete.

»Fahren wir weiter?« fragte Hank.

Sie nickte.

Nola war schockiert, wie rasch es im Outback dunkel wurde. Von einer Minute zur anderen wechselte der Himmel die Farbe, flammte noch einmal auf in den herrlichsten Rottönen – und schon wurde es stockfinster. Eine Dämmerstunde, wie sie zu einem richtigen englischen Sommerabend gehörte, gab es nicht. Schließlich hielten sie vor dem Haupthaus. Es wirkte unbewohnt. Keine Lampen brannten, nicht einmal im Obergeschoß, und nichts regte sich im Innern.

»Galen ist wahrscheinlich beim Abendessen«, erklärte Hank in entschuldigendem Ton.

Nola kletterte aus der Kutsche. Sie hatte zwar keinen roten Teppich erwartet, aber eine Begrüßung wäre ihrer Meinung nach angebracht gewesen. Hank eilte ihr zur Seite. Ihr verschmiertes Gesicht und das schmuddelige, aufgelöste Haar, seine Schuhe an ihren Füßen ... all das wirkte fast komisch, und er hätte mit Sicherheit gelacht, wenn er nicht Langfords unvermeidliche Reaktion bereits vor Augen gehabt hätte. Nola ahnte, woran er dachte.

»Vielleicht sollten Sie erst mal hier warten«, schlug er vor, »während ich hineingehe und mit Mr. Reinhart spreche. Ich erkläre ihm, was passiert ist, und sage ihm, Sie kämen morgen vorbei. Bis dahin sind Sie ausgeruht und sauber ...«

Nola wußte, daß Hank es gut mit ihr meinte, und gewiß wollte er sein Bestes versuchen, ihr den Weg zu bereiten. Aber so sehr sie das auch anerkannte, lag es doch nicht in ihrer Natur, vor einem drohenden Konflikt davonzulaufen, und dieser hier war sowieso unausweichlich.

»Ich könnte nicht ruhig schlafen, wenn ich das Treffen mit Mr. Reinhart auf morgen verschiebe. Es wäre mir wirklich lieber, wenn wir gleich klare Verhältnisse schaffen.«

Hank nickte, er konnte es ihr nachfühlen.

Selbst in der Dunkelheit erkannte Nola, wie heruntergekommen das Haus war. Spinnweben hingen vom Dachfirst herab, und die Veranda war mit einer dicken Staubschicht bedeckt. Die verblichene Farbe blätterte von den Wänden. Wiesen und Beete waren ungepflegt und verkrautet.

Nola stand vor dem imposanten Eingang und verzweifelte angesichts der Schäden. Dieses Haus war offensichtlich einmal etwas ganz Besonderes gewesen. Sie klopfte, und drinnen hallte es gespenstisch wider. Als sich nichts rührte, trat Hank von hinten heran und drehte den Türknauf.

»Hier im Busch schließt niemand sein Haus ab«, sagte er.

Nola öffnete die Tür, rief einen Gruß ins Haus und ärgerte sich über die Unsicherheit in ihrer Stimme. Immer noch kam keine Antwort. Sie räusperte sich und trat ein, Hank folgte zögernd. Die geräumige Diele war mit Möbeln vollgestellt. Die Tür zu ihrer Linken war nur angelehnt, dort fand sie Schreibtisch und Stuhl, beide verstaubt, und Regale bis unter die Decke. Dies mußte einmal die Bibliothek gewesen sein, aber jetzt lagen nur noch auf den beiden untersten Brettern in der Nähe des Schreibtischs einige Bücher.

Diese Bücher hatten es Nola angetan. Bücher waren ihre Leidenschaft, gleich welchen Inhalts. Sie nahm eins und schlug es auf. Es war die Lebensgeschichte von Sheridan Reinhart, einem australischen Einwanderer aus der Pionierzeit. Eine Illustration auf dem Einband zeigte ihn mit einem jungen Mann und einer Kamelkarawane. Beim Durchblättern sah sie weitere Bilder, die den Kampf der ersten Einwanderer darstellten. Sie stellte den Band ins Regal zurück und zog ein Kontobuch hervor. Der letzte Eintrag lag über ein halbes Jahr zurück. Nola war so vertieft in die Soll-und-Haben-Listen, daß sie kaum die Stimmen in der Diele hörte.

Langford Reinhart war die Treppe heruntergekommen und sah Hank nervös in der abgedunkelten Diele stehen.

»Tut mir leid, daß wir so spät kommen, Mr. Reinhart.« Hank wandte sich zum Bibliothekszimmer um. Langford folgte seinem Blick und entdeckte eine Gestalt neben dem Bücherregal.

»Im Short Horn River war eine Sturzflut, und d... die neue Lehrkraft wurde mitgerissen. Ich fürchte, wir sehen ein bißchen ungepflegt aus, Sir.«

»Dann gehen Sie sich waschen, Bradly. Ich möchte mit Mr. Grayson sprechen.«

Hank wurde blaß und fühlte sich wie ein Feigling, weil er nicht sofort Nolas Verteidigung übernahm. Wenn Mr. Reinhart doch nur nicht ein so mächtiger Charakter und seine eigene Stellung auf der Farm gefestigter wäre ...

»Ihre Post, Sir.« Hank reichte ihm die Briefumschläge. Als er noch immer nicht ging, wurde Langford laut.

»Machen Sie, daß Sie rauskommen, Bradly! Und sagen Sie Galen Bescheid, daß der Lehrer bei ihm zu Abend ißt.«

»Ja, Sir.« Mit einem letzten Blick ins Bibliothekszimmer und voller Mitgefühl für Nola machte sich Hank auf den Weg. Während der kurzen Zeit ihrer Bekanntschaft hatte er Gefallen an ihrer frischen, optimistischen Art gefunden. Aber er war sich bewußt, daß nichts von dem, was er sagen konnte, Langford Reinhart würde umstimmen können. Er konnte nichts mehr für sie tun, außer sie zu trösten, wenn sie aus dem Haus kam.

Nola merkte, daß sie nicht mehr allein war, und schloß das Kontobuch. Das Fenster reichte fast bis zur Decke, und die verblichenen Samtvorhänge waren zurückgezogen. Das hereinfallende Mondlicht hatte ausgereicht, um vorhin die Illustrationen erkennen zu können. Plötzlich wurde das Zimmer von einer Lampe auf dem Schreibtisch hell erleuchtet.

»Gehen Sie immer an persönliche Briefschaften fremder Leute ohne deren Erlaubnis?«

Nola stellte das Kontobuch ins Regal zurück und drehte sich um. Am anderen Ende des Schreibtisches stand ein kleiner Mann mit silbernem Haar und stechenden, hellblauen Augen. Nola erschrak bei seinem Anblick. Er war viel älter, als sie erwartet hatte, und sehr gebrechlich. Seine Gestalt wirkte eingeschrumpft, und er stützte sich auf einen Gehstock. Seine blasse, fast durchsichtige Haut zog sich wie Pergament über die große, knochige Nase; der schmale, herabgezogene Mund verlieh ihm den Eindruck eines penetranten Nörglers.

»Tut mir leid. Ich liebe Bücher und kann nicht widerstehen, wenn ich welche sehe.«

Der Alte kniff die Augen zusammen und verzog angeekelt das Gesicht. Sie ahnte nicht, daß er sie als verweichlichten Schwächling einschätzte, hochgewachsen und viel zu mager, mit unmännlicher Stimme – derartige Männer waren in Australien nicht gut angeschrieben, und schon gar nicht auf dem Land.

Obwohl sie sich ihrer äußeren Erscheinung bewußt war, hielt Nola stolz den Kopf hoch. Sie sprach in höflichem, aber bestimmten und nicht gerade unterwürfigem Ton.

»Bitte entschuldigen Sie mein Aussehen, aber wir hatten einen Unfall am Fluß. Mein Kleid ist ruiniert ...«

Langford sog scharf die Luft ein. Nola fuhr fort: »Und mein Gepäck ist auch verloren, Hank hat mir deshalb freundlicherweise diese ...«

Bevor sie weitersprechen konnte, fiel er ihr rüde mit feindseliger Stimme ins Wort: »Sie sind ... eine Frau!«

Augenblicklich fühlte sich Nola in der Defensive. »Sehr richtig, Mr. Reinhart. Ich habe ein Empfehlungsschreiben ...«

»Ich wollte keine Frau haben. Auf ein Empfehlungsschreiben für eine Frau kann ich verzichten!«

Nola merkte, daß sie wütend wurde, aber noch riß sie sich zusammen. »In der Anfrage, die Mr. Hartford nach London geschickt hat, auf Ihr Betreiben, wie ich annehmen darf, stand nichts davon, daß nur ein Mann die Lehrerstelle einnehmen kann.«

»Aus Galens Brief ging eindeutig hervor, daß wir einen Mann brauchen. Nur eine Schwachsinnige hätte da etwas anderes herauslesen können.«

Nola schluckte, kaum fähig, sich zu beherrschen. »Ich bin mir sicher, Ihnen ist durchaus bewußt, daß nur die wenigsten Lehrkräfte, seien sie männlich oder weiblich, hier draußen zu leben bereit sind, Mr. Reinhart. Hätten Sie sich sonst an eine Agentur in England gewandt? Ich kann Ihnen versichern, daß ich beste Qualifikationen habe und Hartfords Kindern eine gute Lehrerin sein werde.«

»Werden Sie nicht. Morgen kehren Sie mit der nächsten Kutsche nach Maryborough zurück.«

Nola straffte sich. In der Vergangenheit hatte sie gelernt, ihre Körpergröße als subtiles Mittel zur Einschüchterung ihrer Kontrahenten einzusetzen. »Ich bleibe!«

Langford Reinhart stand zwar noch immer leicht gebückt, aber jetzt reckte er das Kinn und starrte sie unnachgiebig an. »Jetzt hören Sie mal gut zu, junge Frau.

Wenn ich sage, daß Sie wieder abreisen, dann machen Sie das auch!« Er stieß mit dem Gehstock auf den Boden. Der Stoß hallte durch das ganze Haus. Nicht im mindesten davon beeindruckt, fühlte Nola sich an einen ihrer früheren Sprößlinge erinnert. Ein verwöhntes Balg, das jedesmal mit dem Fuß aufstampfte, wenn etwas nicht nach seinem Willen geschah.

»Das werde ich auf keinen Fall«, gab sie gelassen zurück. »Ich habe einen Vertrag, der für ein Jahr gilt, und den werde ich erfüllen. Meinen Vertrag anschließend nicht zu verlängern, steht Ihnen allerdings frei. In diesem Fall werde ich auch abreisen – aber erst, wenn es soweit ist.«

»Ich habe einen Vertrag mit Nolan Grayson unterzeichnet, nicht mit Ihnen!« Langford Reinhart öffnete eine Schublade und holte sein Exemplar heraus.

Sie umrundete den Schreibtisch, baute sich vor ihm auf und nahm ihm den Vertrag aus der Hand. »Mein Name ist *Nola* Grayson.«

Offenbar war Tilden Shelby nicht ganz unabsichtlich die Feder ausgerutscht und hatte einen Aufstrich hinter ihrem Namen hinterlassen, der sich auch als ›n‹ lesen ließ. Im stillen gratulierte sie ihm zu diesem kleinen Trick. Ihr fielen auch Esthers Worte ein, die sie als Nola ohne ›n‹ angesprochen hatte – jetzt wußte sie, wie das gemeint war.

»Ich lasse mich doch nicht von der Agentur Shelby zum Narren halten!« brüllte Langford Reinhart.

»Das werden Sie gewiß nicht, glauben Sie mir. Ich fürchte, Mr. Shelbys Handschrift ist leider nicht die beste, zugegeben, aber betrügen wollte er sie mit Sicherheit nicht.« Nola war sich bewußt, daß sie jetzt selbst ein wenig schwindelte – aber schließlich war sie nicht Tausende von Kilometern gereist, um auf dem Absatz kehrtzumachen! Tilden Shelby hatte ihr den Brief von Galen Hartford laut vorgelesen, und von der Anforderung einer männlichen Lehrkraft war dort nicht ausdrücklich die Rede. »Und wo wir gerade von Schwindel reden«, fuhr Nola nüchtern fort, »ein derart altes Foto der Reinhart-Farm zu schicken – damit wollten Sie potentiellen Bewerbern wohl ein prächtiges Anwesen vorgaukeln und die Stellung um so verlockender erscheinen lassen!« Sie hielt ihm das Foto hin. »Oder hat dies Bild hier auch nur entfernt Ähnlichkeit mit dieser verwahrlosten, unansehnlichen und heruntergewirtschafteten Farm, die ich hier antreffen muß?«

Langford riß die Augen auf. Sein Abscheu vor dieser Frau wuchs ins Unermeßliche.

Als sie spürte, daß der Sieg für sie in erreichbare Nähe gerückt war, hielt Nola ihm den Arbeitsvertrag unter die Nase. »Dieses Stück Papier hält jedem Gerichtsverfahren stand, Mr. Reinhart. Selbst hier draußen, wo die Chancen zweifellos für Sie besser stehen. Und die Unterschrift darunter ist meine eigene!«

»Falls Sie es auf Geld abgesehen haben«, drohte Langford Reinhart finster, »die Schiffspassage nach England bezahle ich meinetwegen, mehr aber auch nicht!«

»Wollen Sie mich beleidigen, Sir? Der finanzielle Aspekt ist für mich zweitrangig. Ich bin mit Leib und Seele Lehrerin! Ich bin nicht bis hierher gekommen, nur um gleich wieder kehrtzumachen. Übrigens geht in den nächsten paar Wochen sowieso kein Dampfer mehr von Maryborough ab.«

Der alte Mann starrte sie in eisigem Schweigen an.

»Dann müssen Sie ins Julia-Creek-Hotel zurück. Hier ist nirgends Platz für eine Frau.«

Nola überlegte fieberhaft. Wenn er sie zwang, im Hotel zu bleiben, konnte sie Hartfords Kindern nicht helfen. Ihr Blick wanderte zum Treppenhaus. Bestimmt gab es im Obergeschoß zahlreiche Schlafzimmer.

»Das ist Unsinn, Sir!«

»Ich will Sie nicht unter meinem Dach haben«, keifte Langford Reinhart.

»Lieber schlafe ich in einem ausgetrockneten Flußbett, als im Haus eines boshaften, starrsinnigen Greises!«

Langford blieb vor Empörung die Luft weg.

»Soviel ich weiß, gibt es ein Schulhaus auf dem Gelände. Dort werde ich übernachten.«

»Meinetwegen«, gab Langford zynisch zurück. »Sie werden bald merken, daß unsere Lebensweise nichts für Sie ist. Bleiben Sie sechs Wochen hier, wenn Sie es im Outback so lange aushalten, aber unterrichten werden Sie nicht in dieser Zeit. Sie nehmen das nächste Schiff, das zurück nach England geht. Und kommen Sie mir während Ihres Aufenthalts bloß nicht unter die Augen!«

»Sie mir auch nicht, Sir!« gab sie eisern zurück. Seiner stoischen Miene konnte sie ablesen, daß er nicht nachgeben würde. Ihr ganzer Trost bestand in dem Wissen, daß sich in sechs Wochen manches ändern konnte. Wer weiß, vielleicht würde sie sogar froh sein, wieder abreisen zu können. »Und ich werde unterrichten! Davon werden Sie mich nicht abhalten können, also versuchen Sie es bitte gar nicht erst!«

Nach all den Widrigkeiten dieses Tages fühlte sich

Nola plötzlich wie ausgelaugt. Sie war in ernsthafte Lebensgefahr geraten, die Farm glich nicht im mindesten ihren Erwartungen, und Langford Reinhart empfing sie mit offener Feindseligkeit. Keiner dieser Umstände allein hätte ihr normalerweise die Zuversicht nehmen können, aber zusammengenommen waren sie einfach niederschmetternd. Den Tränen nahe war sie froh, daß die Beleuchtung so spärlich war und Langford nicht sehen konnte, wie derangiert sie ihm gegenüberstand. Schließlich gab sie sich einen Ruck und räusperte sich: »Ich kann kaum glauben, wie ... wie ungastlich Sie sind!« versetzte sie so beherzt wie irgend möglich. »Ich war wochenlang unterwegs, nur um hierher zu kommen. Ich habe eine lange und beschwerliche Überfahrt auf See, eine zweitägige Zugfahrt und zwei Tagesreisen auf der Kutsche hinter mich gebracht. Dann einen weiteren Tag im Zweispänner über die holprige Ebene, durch einen reißenden Fluß, wo ich mein Gepäck verlor und fast umgekommen wäre ...« Sie holte tief Luft und sammelte sich, bevor sie fortfuhr: »Seit Stunden könnte ich ein Bad gebrauchen. Selbst ihr Angestellter war zuvorkommender als Sie und hat mir wenigstens mit trockener Kleidung ausgeholfen. Sie hingegen, Sir, waren noch nicht einmal so höflich, mir eine Tasse Tee anzubieten, geschweige denn ein heißes Bad!«

Jetzt verschlug es Langford Reinhart endgültig die Sprache. Hocherhobenen Hauptes und so würdig, wie es in viel zu großen Männerstiefeln möglich war, stakste Nola hinaus und schlug die Tür hinter sich zu. Auf der Veranda blieb sie stehen und atmete erst einmal tief durch. Genau in diesem Moment kam Hank am Haus vorbei.

Ihren Ärger herunterschluckend und tapfer gegen die Tränen der Erschöpfung ankämpfend, sprach Nola ihn an: »Wenn Sie einen Moment Zeit hätten, Hank, würden Sie bitte meine Seekiste ins Schulhaus bringen?«

Vor Verblüffung blieb ihm der Mund offenstehen. »Sie bleiben?!« Es war mehr Ausdruck seiner Überraschung als eine Frage.

Nola bemühte sich, so locker wie möglich zu bleiben. »Selbstverständlich! Es wäre mir eine Ehre, wenn Sie mir jetzt noch Mr. Hartford und seine Kinder vorstellen würden.«

Er nickte und ließ den Kopf hängen. Nola fragte sich, ob etwas nicht stimmte. Sekunden später blickte er auf. »Mr. Hartford wird Sie wohl auch nicht gerade warmherzig empfangen, Nola«, stellte er mit Bedauern fest.

Innerlich zuckte sie zusammen. Sie war viel zu erschöpft, um eine weitere Szene wie die von vorhin durchstehen zu können. »Ich habe mir angewöhnt, gar nichts zu erwarten, Hank. Auf diese Weise wird man am wenigsten enttäuscht.«

Hank wirkte bestürzt, und er tat ihr leid. Schließlich war das alles nicht seine Schuld. Immerhin war wenigstens er freundlich zu ihr gewesen.

»Machen Sie sich nichts draus, Hank. Konflikte sind nichts Neues für mich. Verglichen mit einigen meiner früheren Arbeitgeber ist Mr. Reinhart noch verhältnismäßig harmlos.« Das stimmte zwar nicht ganz, aber Nola war entschlossen, Langford Reinhart niemals merken zu lassen – schon gar nicht auf dem Umweg über einen Angestellten –, wie sehr er sie entmutigt hatte. Sie zwang sich zu einem Lächeln, und Hank entspannte sich wieder.

»Ich vermute, daß Sie jemand sind, den man nicht so schnell vergißt, Nola.«

»Da würde Tilden Shelby Ihnen aus vollem Herzen zustimmen!« Nola schaffte es sogar zu lachen, und Hank kratzte sich den Kopf.

»Gehen Sie doch bitte vor«, sagte sie.

3

»Haben Sie Mr. Hartford vorgewarnt, daß der neue Lehrer eine Frau ist?« erkundigte sich Nola auf dem Weg zur Hütte des Verwalters. Nachdem sie Langford Reinhart kennengelernt hatte, war sie erst recht entschlossen, jetzt auch das erste Zusammentreffen mit Galen Hartford ein für allemal hinter sich zu bringen.

»Nein. Mir blieb gerade mal Zeit, die Pferde in den Stall zu bringen und zu füttern. Abtrocknen mußte ich sie ja auch noch. Ich kann immer noch nicht glauben, daß Mr. Reinhart Ihnen erlaubt, hierzubleiben!«

Sie betraten die niedrige Veranda vor der Hütte. Sie war aus Baumstämmen gezimmert und nur unzureichend mit Ziegeln gedeckt. Hinter einem der beiden winzigen Fenster neben der Tür schimmerte blaßgoldenes Licht, aber die Scheibe war zu schmutzig, um ins Haus hineinsehen zu können.

»Ich muß ihn allerdings noch davon überzeugen, daß ich das ganze Jahr hier arbeiten darf«, wandte Nola ein. »Aber das schaffe ich auch noch.«

Trotz des übertriebenen Selbstbewußtseins in ihrer Stimme glaubte Hank, eine winzige Spur von Zweifel herauszuhören, einen besorgten Unterton. Was mochte in seiner Abwesenheit zwischen Nola und Mr. Reinhart vorgefallen sein?

Er senkte die Stimme und flüsterte: »Dazu wünsche ich Ihnen viel Glück, Nola.« Er lächelte ihr aufmunternd zu und klopfte an die Tür.

»Herein«, rief eine tiefe Männerstimme.

Nola warf Hank einen Blick zu und holte Luft. Am liebsten hätte er ihre Hand genommen, ihr erklärt, daß Galen kein schlechter Mensch war, obwohl für ihn die Vorstellung von einer Frau als Lehrkraft mindestens ebenso unerträglich war wie für Reinhart. Statt dessen öffnete er die Tür und bedeutete ihr einzutreten, um ihr dann zu folgen.

Die Hütte bestand aus vier Zimmern. Dahinter schloß sich ein separater Anbau an, der zum Waschen und Baden benutzt wurde. Das Haus war roh gezimmert, und es wirkte, als hätte man die Zimmer hinzugefügt, als sie benötigt wurden. Von der Küche aus, die den zentralen Aufenthaltsraum bildete, führten Türen in die Schlafzimmer. Um den großen Küchentisch in der Mitte des Zimmers saßen die Kinder. Vor einem rußgeschwärzten Kamin standen zwei mächtige Schaukelstühle. Das gesamte Mobiliar schien aus hiesigem Holz gefertigt. Nola registrierte die Staubschicht, die alles zu bedecken schien, und den Schmutz in den Ecken. Hier fehlte mit Sicherheit eine Hausfrau.

Ein kräftig gebauter Mann stand am Herd und schöpfte Suppe aus einem riesigen schwarzen Topf. Der Duft der Suppe brachte Nolas leeren Magen zum Knurren und erinnerte sie daran, daß sie und Hank seit dem Sandwich von heute mittag nichts mehr zu sich genommen hatten.

»Ich möchte dir die neue Lehrkraft vorstellen, Galen«, begann Hank schüchtern. Nola warf ihm einen befremdeten Blick zu und hob den Kopf. Sie dachte nicht daran, sich ihrer Anwesenheit zu schämen, mochte Hank noch so kleinmütig sein.

Galen stellte die dritte Suppenschale vor dem kleinsten der Kinder ab und schaute auf. Nola spürte, daß alle sie anstarrten, auch Hank. Die Luft war zum Schneiden dick.

Sie trat einen Schritt vor, in den Lichtkreis der Öllampe.

»Miss Nola Grayson – das ist Galen Hartford«, fuhr Hank fort. Nola fand seinen Ton immer noch sehr zurückhaltend, und sie hätte sich von ihm mehr Charakterstärke gewünscht. Zum Ausgleich gab sie sich um so entschlossener. »Freut mich, Sie kennenzulernen, Mr. Hartford!« Nola hätte ihm gern die Hand gereicht, aber rechtzeitig fiel ihr ein, daß diese noch immer ungewaschen war.

»›Miss‹ Grayson?« In Galens Stimme schwang unverhohlener Ärger mit.

Im ersten Augenblick schien er von dem Anblick, den sie in der Männerkleidung und mit ihrem schmutzverkrusteten Gesicht bot, verwirrt zu sein. Noch bevor sie zu einer Erklärung für ihr derangiertes Äußeres ansetzen konnte, ergriff Hank das Wort.

»Wir haben eine anstrengende Fahrt hinter uns, Galen. Unten im Süden hat's geregnet, und im Short Horn River gerieten wir in die Sturzflut. Nola hat ihr Gepäck bei der Überquerung verloren. Fast wäre sie umgekommen.«

Nola war dankbar, daß Hank sie in Schutz nahm. Soviel Rückgrat hätte sie ihm gar nicht zugetraut.

»Verstehe«, gab Galen kühl zurück.

Ihr kleines Abenteuer ließ ihn, wie Nola vermutete, an ihrer Lebenstüchtigkeit zweifeln. »Hank übertreibt ein bißchen«, fügte sie hinzu. »Ich habe mir eine kleine Erfrischung gegönnt, aber es war alles nur halb so dramatisch.«

Hank schaute verblüfft auf. »Ich habe Nola ein paar Sachen von mir geborgt, weil sie nichts mehr zum Wechseln hatte. Was ihren Todeskampf betrifft, ist sie viel zu bescheiden. Der Fluß war so reißend, daß es um ein Haar nicht mal die Pferde geschafft hätten. Ich wollte ja, daß sie auf der Kutsche bleibt, aber sie bestand darauf, mir im Wasser bei den Pferden zu helfen. Das war schon ein kleines Heldenstück!«

Galen wirkte unbeeindruckt, fast gelangweilt. Wieder musterte er Nola, als wollte er prüfen, ob sie tatsächlich imstande sei, Hank bei irgendwas zu helfen. Aber er kam zu keinem abschließenden Ergebnis.

Nola begann, sich unwohl zu fühlen. Ihr war bewußt, daß Hank sie nur deshalb als Heldin dastehen ließ, weil er wünschte, Galen würde sie dann eher akzeptieren. Aber das war eindeutig nicht der Fall.

»Bitte, Hank«, mahnte sie und fühlte, wie sie errötete.

Galen unterbrach sie. »Besser, Sie hätten auf Hank gehört!« Sein Ton war jetzt deutlich aggressiv. »Ihr Leichtsinn hätte Sie das Leben kosten können.«

»Ich –« Einen Moment lang fehlten Nola die Worte, doch dann, während sie von allen beobachtet wurde, lenkte sie ein. »Natürlich, Sie haben recht.« Sich freiwillig zu fügen, war vielleicht jetzt das beste Mittel, ihn zu beschwichtigen.

Hank räusperte sich unbehaglich.

Nola sah zu den Kindern hinüber. Die beiden ältesten

schlugen die Augen nieder, das kleinste starrte zurück, erwiderte ihr Lächeln jedoch nicht.

»Ihr werdet Hunger haben.« Galen stellte zwei weitere Schalen auf den Tisch.

»Bärenhunger!« bestätigte Hank und freute sich über die Ablenkung. Er zog einen Stuhl für Nola heran.

»Den habe ich auch«, setzte sie hinzu. »Aber ich kann mich nicht an Ihren Tisch setzen.«

Hank und die Kinder sahen sie befremdet an, Galen schaute verärgert.

»Gibt es hier die Möglichkeit, mich zu waschen, Mr. Hartford?«

Seine Miene entspannte sich, und er nickte. Sollte das etwa der Anflug eines schlechten Gewissens sein? dachte Nola. Er nahm einen Wasserkessel vom Herd und bedeutete ihr, ihm in den Anbau hinter der Hütte zu folgen.

»Tut mir leid, Nola«, murmelte Hank. »Ich hätte fragen sollen, ob Sie sich waschen wollen, bevor wir herkamen. Das war gedankenlos von ...«

Nola hob die Hand, und er verstummte. »Schon gut, Hank. Ich kann verstehen, daß ihr hier nicht gewohnt seid, es mit einer ...« Eigentlich hatte sie ›Frau‹ sagen wollen, aber sie beendete den Satz: »... Besucherin zu tun zu haben. Ich bin gleich wieder da. Dann können mir die Kinder sagen, wie sie heißen.« Vorsichtig, aber dennoch unmißverständlich deutete sie damit an, wie unhöflich sie es von Galen fand, ihr seine Familie nicht vorgestellt zu haben.

Selbstverständlich ignorierte er ihren kleinen Hinweis.

Dafür sprach er jetzt seinen Ältesten an. »Geh und

kümmere dich um die Pferde, Heath. Hank wird erschöpft sein nach der Fahrt.«

Im Anbau goß Galen den dampfenden Inhalt des Kessels in die Schüssel, die auf einem Tisch stand, fügte ein wenig Wasser aus einem Eimer hinzu und prüfte dann selbst die Temperatur mit dem Zeigefinger. Neben der Waschschüssel lagen Handtücher und ein Stück Seife. Ein Messingzuber stand in der Ecke, zur Hälfte mit Schmuddelwasser gefüllt.

»Danke vielmals, Mr. Hartford.« Nola krempelte die Ärmel von Hanks Hemd auf. Er merkte, daß sie die Wanne angestarrt hatte.

»Ich mache noch mehr Wasser heiß für die Wanne«, versprach er. »Sie werden verstehen, daß wir sehr sparsam damit umgehen müssen.« Ihm war die Situation offenbar furchtbar peinlich; und er schaffte es kaum, ihr in die Augen zu schauen.

»Die Dürre, ich verstehe«, sagte Nola.

Galen musterte sie skeptisch.

»Ich brauche wirklich nur ganz wenig, versprochen.«

»Meine Jungs können nachher das Badewasser draußen im Gemüsebeet auskippen.«

»Das kann ich doch selbst tun«, bot Nola an.

»Wie Sie wollen. Die Kinder müssen sowieso ins Bett, morgen wird ein langer Tag. Wenn Sie mit dem Baden fertig sind, das Wasser nicht wegschütten! Das können wir noch brauchen. Wir müssen das Badewasser teilen.«

Nola war schockiert. Ihr war zwar bewußt gewesen, daß Wasser knapp war, aber für so schlimm, daß Badewasser mehrfach verwendet werden mußte, hatte sie es nicht gehalten. »Natürlich«, nickte sie.

Galen wandte sich zum Gehen, aber im Türrahmen blieb er stehen. »Wann werden Sie mit Langford Reinhart sprechen?«

»Ich komme gerade von ihm«, gab Nola so gleichmütig wie möglich zurück und griff nach der Seife.

»Aber er hätte Sie doch sofort ...« Er unterbrach sich, aber Nola wußte genau, was er hatte sagen wollen.

»Wir haben uns geeinigt«, stellte sie fest.

»Ist er der Meinung, Sie dürften bleiben?« Ungläubiges Staunen schwang in seiner Stimme mit.

»Einstweilen«, fügte sie ehrlicherweise hinzu und fing an, sich die Hände einzuseifen.

Er sah sie noch immer nicht an, doch sie fühlte, wie angespannt er war. »Meine Kinder brauchen jemanden, der nicht nur vorübergehend für sie da ist, Miss Grayson. Sie sollen sich gar nicht erst an Sie gewöhnen, wenn Sie sowieso bald wieder abreisen.«

Nola fuhr herum. »Ich denke aber nicht daran, abzureisen. Ich glaube fest daran, Mr. Reinhart noch davon überzeugen zu können, daß er meinen Vertrag einhalten muß. Vielleicht können Sie ja für mich ein gutes Wort bei ihm einlegen, den Kindern zuliebe.«

»Daß er sich überzeugen läßt, bezweifle ich stark, und *ich* werde Ihnen bestimmt nicht dabei helfen!« Er klang so selbstherrlich, und war fast ebenso begierig wie sein Arbeitgeber darauf, sie wieder abreisen zu sehen.

Seine Haltung steigerte nur noch ihre Entschlossenheit. »Dann muß ich Sie eines besseren belehren, Mr. Hartford.« Sie sah, wie sich seine Rückenmuskeln strafften.

»Und wo sollen wir Sie unterbringen?« erkundigte er sich barsch.

»Ursprünglich hieß es, der Lehrer soll hier wohnen,

aber ...« Jetzt drehte er sich um. Zum ersten Mal trafen sich ihre Blicke direkt, und sie verstummte, bevor sie den Satz zu Ende brachte. Seine Augen waren von eisigem Grün und schienen ihr bis in die Seele zu schauen.

»›Er‹ schon, ja«, zischte er durch die Zähne.

Sie riß sich zusammen und ignorierte seinen Zorn. »Ich wollte gerade sagen, daß ich Mr. Reinhart das Schulgebäude vorgeschlagen habe.« Nola legte allen Optimismus hinein, den sie aufzubringen vermochte. »Ich werd's mir schon gemütlich machen ...«

»Gemütlich!« Voller Verachtung sah er sie an. »Gemütlich würde wohl niemand unser Leben hier nennen. Das habe ich auch in dem Brief zu schildern versucht, den ich an die Shelby-Agentur für Arbeitsvermittlung geschickt habe. Dies ist kein Ort für eine Frau.«

»Ich bin in meinem bisherigen Leben auch nicht gerade verwöhnt worden, Mr. Hartford.«

»Wirklich? Wo waren Sie zuletzt angestellt?«

Sie begriff, worauf er hinauswollte, und seufzte.

»Hab' ich mir gedacht, Miss Grayson. Lassen Sie mich raten. In einem hochadligen Haus?«

»Ja, manchmal schon ... aber das heißt doch nicht, daß ich mich mit dem Leben hier nicht zufriedengeben kann!«

Er hob spöttisch die Brauen. »Nach meiner Meinung schon!«

Jetzt wurde Nola wütend. »Wieso denken Männer immer, Frauen wären empfindliche Mimosen? Ich habe mir diese Stelle ausgesucht, gerade weil sie eine Herausforderung ist, und viel lohnender als die Arbeit in den feinen Kreisen Londons. Gerade Sie müßten das doch verstehen, würde ich meinen!«

»Ich begreife nicht, wie Sie, eine Lehrerin aus London, glauben, auch nur die geringste Vorstellung davon zu haben, wie es hier ist, Miss Grayson. Für die ›Herausforderung‹, im australischen Outback zu leben, sind Sie nicht im mindesten gerüstet. Sie werden keinen Monat durchhalten.«

Er faßte nach ihrem Arm und fuhr mit rauhen Fingern über die weiche Haut ihrer Handfläche. Die unerwartete Geste, und die Empfindungen, die sie hervorrief, waren äußerst verwirrend, selbst für Nola.

»Sie sind keine körperliche Arbeit gewohnt«, befand er ungerührt. »Hier gibt es niemanden, der Ihre Kleider wäscht oder das Essen für Sie kocht. Für Sie ist es eine Selbstverständlichkeit, daß Sie sich, wann immer Ihnen danach ist, die Haare waschen. Hier draußen ist es ein seltenes Privileg, wenn es überhaupt mal regnet. Wir müssen jetzt seit fünf Jahren mit dem Wasser geizen!«

Sie beschloß, sich von seinem Pessimismus nicht anstecken zu lassen. Du kannst dies nicht, du kannst das nicht, hatte sie sich zeitlebens von Männern sagen lassen müssen. »Dann schneide ich mir eben die Haare kurz«, versetzte sie.

Einen Augenblick malte sich Verblüffung auf seinem Gesicht, dann kniff er die Augen zusammen.

»Ich habe vor, mich an allen anfallenden Pflichten zu beteiligen, ob Hausarbeit, Buchführung oder was sonst noch von mir verlangt wird.«

»Wir stehen vor Sonnenaufgang auf, und kommen erst spät nachts ins Bett. Nach einem ruhigen Tag auf der Farm wären Sie erschöpft wie nie zuvor im Leben. Und Sie hätten Muskelkater am ganzen Leib, so daß sie keine

Minute ruhig im Bett liegen können. Drücke ich mich deutlich genug aus?«

Nola wußte, daß es keinen Zweck hatte, zu streiten, und sie nickte still.

»Ich lasse Sie jetzt allein, damit Sie sich waschen können, Miss Grayson.«

»Nola«, verbesserte sie.

»Wie bitte?«

»Es wäre lächerlich, so förmlich zu bleiben, wenn man in solcher Nähe zusammenlebt.«

»Unser Arrangement wird mit Sicherheit nur vorübergehend sein, Miss Grayson.«

»Dann kann es Ihnen doch erst recht nicht schwerfallen, mir diesen Gefallen zu tun.«

»Tut mir leid, aber ich bin eben nicht sehr gefällig.«

»Hoffen wir, daß sich das ändert, Mr. Hartford.«

Seine eisgrünen Augen verfinsterten sich. »Ich fürchte, kaum.«

Als Nola in die Küche zurückkehrte, hörte sie, wie ihr Name fiel, und blieb im Türrahmen stehen. Hank redete über sie mit den beiden Kindern, die noch da waren. Lauschen war unfein, trotzdem konnte sie es sich nicht verkneifen. Sie wollte hören, welchen ersten Eindruck sie auf die Kleinen gemacht hatte; gewiß waren auch sie auf einen Mann als Lehrer vorbereitet worden.

»Wenn Miss Grayson nicht so gut schwimmen könnte, wäre sie bestimmt ertrunken. Sie war sehr tapfer.«

»Wie hat sie sich aus dem Fluß gerettet?« wollte der mittlere Sprößling wissen. Sein Interesse war aufrichtig.

»Sie hielt sich an einem Baumstamm fest, der gerade in den Fluß gestürzt war. Ich dachte erst, der Aufprall hätte sie erschlagen. Und sie hielt durch, bis ich ihr das Lasso zuwerfen und sie ans Ufer ziehen konnte.« Nola bemerkte, wie der Junge staunte.

»Sie sieht komisch aus in deiner Hose«, sagte das Jüngste.

»Aber sie hatte sonst nichts anzuziehen. Ihre Kleider wurden vom Fluß weggeschwemmt.«

»Und was war mit den Sachen, die sie anhatte?«

»Ihr Kleid ist an den Ästen im Wasser zerrissen.«

»Und wo hat sie sich umgezogen?« fragte das Kind in aller Unschuld.

»Hinter dem Zweispänner.«

Nola sah, wie Galen einen sonderbaren Blick zu Hank warf, der errötete.

»War denn soviel Wasser da?« wollte das mittlere Kind wissen. »Hier hat es nicht geregnet.«

»Im Süden muß es gegossen haben wie aus Kübeln. Leider ist das meiste bis morgen verdunstet!«

Galen sah Nola still im Hintergrund stehen. Gesicht und Hände waren sauber, die Haut weiß und makellos bis auf die roten Kratzer an der Wange. Unter seinem Blick wurde ihr unbehaglich zumute. Ein, zwei Sekunden starrten sie sich an, und seine Miene versteinerte. Er stand auf und zog einen Stuhl heran.

Nola trat vor und stand neben ihm. Sie registrierte, daß er ein paar Zentimeter größer war als sie.

»Sehr freundlich, Mr. Hartford«, dankte sie kühl, ehe sie den Topf mit dampfendem Wasser auf dem Herd stehen sah.

Während er noch stand, füllte Galen Suppe in eine Schale, die er vor sie hinstellte.

»Danke«, wiederholte sie und blickte auf, aber er

hatte sich bereits abgewandt. Aufgewärmte Brotscheiben, die man hier ›Damper‹ nannte, lagen auf einem Teller in der Mitte des Tisches. Sie waren über dem Kaminfeuer auf einem Topf mit geschlossenem Deckel erwärmt worden. Gerade in diesem Moment trat der älteste Junge ein.

»Es duftet köstlich«, lobte Nola. Während sie einen Löffel probierte, wurde sie von allen beobachtet. So heiß und belebend sie war, die Suppe schmeckte nach nichts. Sie salzte ein wenig nach und rührte um, wobei sie die Kinder betrachtete. Man sah ihnen die Neugier an der Nasenspitze an.

Da Galen sich nach wie vor weigerte, seine Kinder vorzustellen, ergriff Hank die Initiative. »Das ist Heath, Nola« – er deutete auf den Jungen, der nach Tilden Shelbys Auskunft zwölf Jahre alt war, wie Nola sich erinnerte.

»Hallo, Heath.« Nola fand ihn groß für sein Alter; er war seinem Vater sehr ähnlich: breitschultrig, mit unergründlich grünen Augen und dichtem, widerspenstigem Haar.

»Hallo«, gab Heath leise zurück und wich ihrem Blick aus.

Der mittlere der drei hieß, wie sie von Hank erfuhr, Keegan. Er saß Nola direkt gegenüber.

Als Nola ihm zublinzelte, lächelte er herzlich. Seine Züge waren feiner als die seines Bruders, die hellen Augen wirkten aufgeweckt. Auch sein Haar war etwas blonder. Nola wußte sofort, daß sie mit ihm leichter auskommen würde, während sein älterer Bruder alles abzuwehren schien, was ihm fremd war. Es würde eine Weile dauern, bis sie Heaths Vertrauen gewann.

»Und dieser kleine Schlingel hier ist Shannon.« Das jüngste der Kinder, von dem Nola wußte, daß es erst vier war, kicherte und zeigte eine große Lücke in den Schneidezähnen. Sein Wuschelkopf war blondgelockt. Ironie des Schicksals, daß es alles Jungen waren.

»Freut mich, Shannon«, nickte Nola und gab ihm die Hand.

»Kann ich auch zur Schule kommen? Papa meint, ich wär' zu klein. Aber ich bin fast fünf!«

Nola warf einen kurzen Seitenblick zu Galen hinüber, der mürrisch in seine Kaffeetasse starrte.

»Natürlich kannst du, Shannon«, versprach sie. »Zum lernen ist niemand zu jung. – Übrigens auch nicht zu alt«, fügte sie mit leicht sarkastischem Beiklang hinzu.

Galen war nicht entgangen, daß die letzte Bemerkung ihm gegolten hatte, und er blickte kurz auf. Nola schaute ihm in die Augen. Sie pflegte jeden offen und direkt anzusehen; mit ein Grund, warum sie die meisten Menschen einschüchterte, mit denen sie zusammentraf. Um ihrem Blick auszuweichen, schenkte er sich Kaffee nach. Shannon grinste über das ganze Gesicht und reckte sich vor Stolz.

Nola wandte sich an Heath. »Ich hab' ein paar interessante Bücher mitgebracht, die dir vielleicht nützlich sind. Es sind die neuesten, nach denen in Londoner Schulen und Universitäten in ganz England unterrichtet wird.«

»Ich brauche keine Bücher«, gab der Junge ungerührt zurück. »Ich werde auf der Farm arbeiten wie mein Vater.«

Nola war bestürzt. »Dein Vater ist bestimmt einer Meinung mit mir, daß du noch lernen mußt, Heath. Die Zeiten ändern sich, und du mußt dich gut vorbereiten auf das Leben. Ich selbst habe versucht, mich anhand der Lektüre über Rinderzucht zu orientieren. Es ist wirklich eine Wissenschaft für sich.«

»Mein Vater bringt mir alles bei, was ich wissen muß.« Nola hoffte insgeheim, Galen würde ihr beispringen. Es machte sie wütend, daß er nichts sagte. Offenbar hatte er beschlossen, ihr den Umgang mit den Kindern nicht zu erleichtern. Jetzt war sie erst recht fest entschlossen – mit oder ohne Hilfe: Sie würde Erfolg haben!

Sie wandte sich an Keegan. »Möchtest du mehr über die Welt lernen, Keegan?«

Keegan sah zaghaft zu seinem Bruder. Heath ignorierte ihn, stand auf und bat, ihn zu entschuldigen, er wolle noch mal in den Stall und das Sattelzeug säubern. Galen nickte, und der Junge verließ die Hütte.

»Ich seh' mir die Bücher mal an, bevor ich mich entscheide«, murmelte Keegan.

»Aufgeschlossenheit ist ein bewundernswerter Charakterzug«, lobte Nola, »und zeugt von Intelligenz.«

Überrascht schaute Keegan auf und machte ein zufriedenes Gesicht.

»Sie sind doch Lehrerin, Miss Grayson. Wieso lesen Sie Bücher über Rinderhaltung?« Sie fand es merkwürdig, daß ausgerechnet Galen danach fragte. Und seine Weigerung, sie beim Vornamen zu nennen, war eindeutig seine Art, sie auf Abstand zu halten. »Wollten Sie uns etwa kluge Ratschläge erteilen?« höhnte er.

Keegan unterdrückte ein Kichern, aber Galens Blick wurde wieder eiskalt.

Nola reckte trotzig das Kinn. »Ich komme in ein fremdes Land und eine neue Umgebung, Mr. Hartford.

Da hielt ich es für angemessen, mich ein wenig zu informieren.«

Er hob ironisch die Brauen.

»Ich habe von der Lungenseuche gelesen. Gegen dieses Übel scheint es inzwischen einen Impfstoff zu geben. Die Hälfte des Viehbestandes im Territorium wurde 1882 durch Zeckenbefall ausgerottet oder durch das sogenannte rote Wasserfieber. Im Norden von Queensland ist 1888 dasselbe passiert. Das Immunsystem einer Herde kann gestärkt werden, aber zur Bekämpfung der Infektion müssen die Besitzer das Weideland im weiten Umkreis abbrennen und die erkrankten Tiere töten. Wenn ich recht verstehe, bringt der Transport der Herden von den nördlichen Viehweiden mit sich, daß die Tiere auf den Märkten im Süden oft in schlechtem Zustand eintreffen und geringere Preise erzielen. Soviel ich weiß, werden derzeit zwei Pfund fünfzehn Schilling pro Kopf gezahlt.« Vergebens wollte sie Galen mit ihren Kenntnissen beeindrucken, nur Hank hatte interessiert gelauscht.

»Die Rinder können täglich bis zu fünfzig Kilometer zwischen den Wasserstellen zurücklegen, was mit Schafen nicht möglich wäre. Große Viehherden wandern bis zu sechs Monate lang zu den Südmärkten. Rinderhäute können auf unterschiedlichste Weise verarbeitet werden: Grünhäute zu Seilen, Hobelriemen, Bettgestellen, Sesseln. Schafe können sich gegen Raubtiere weniger leicht verteidigen als Rinder. Rindvieh überlebt in Wüstenlandschaften und tropischem Klima und ernährt sich auch von Speergras, was Schafe auch nicht können. In manchen Ländern hat man Zuchtexperimente durchgeführt und robustere Arten erzeugt wie das Brahmanrind. Meiner Meinung nach könnte sich das Brahmanrind auch im australischen Klima bewähren, besonders im Gulf Country, vielleicht durch Kreuzung mit den hier landläufigen Short Horns.«

»Sie haben ganz schön viel gelernt, Nola«, stieß Hank mit unverhohlener Bewunderung hervor.

Auf Galens Stirn erschien eine große Falte. »Wollen Sie uns weismachen, Sie wären Expertin für Rinderzucht, Miss Grayson?«

»Natürlich nicht. Aber alle neuen Ideen scheinen anfangs radikal. Manchmal sieht ein Außenstehender die Dinge aus anderer Perspektive.«

»Außenstehende haben nichts, worauf sie ihr sogenanntes Wissen gründen können. Ich meine etwas, das man ›Erfahrung‹ nennt. Zwischen Ihren angelesenen Weisheiten und dem Leben, das wir hier führen, besteht ein himmelweiter Unterschied!«

»Das sehe ich ja ein«, bestätigte Nola bereitwillig.

»Sie verstehen gar nichts!« herrschte Galen sie an. Er war aufgestanden, stützte sich auf den Sims über dem Kaminfeuer und starrte in die Flammen.

»Nun gib ihr doch wenigstens eine Chance, Galen«, kam ihr Hank zu Hilfe.

Nola legte ihre Hand auf Hanks Arm. Sie lächelte verstohlen, wie um zu sagen, daß sie begriffen hatte und sich durch Galen oder das, was die nächsten Tage bringen würden, nicht beirren lassen würde.

»Ich muß noch zu den Boxen, die Pferde für die Nacht fertigmachen«, erklärte Hank leise.

»Danke für alles!«

»Wenn Sie noch irgendwas brauchen, mich finden Sie im Mannschaftshaus.«

Galen fuhr herum. »Ich sorge schon dafür, daß es Miss

Grayson an nichts fehlt, Hank.« Seine offene Feindseligkeit hatte sich zwar gelegt, aber er zog noch immer eine säuerliche Miene.

Hank erhob sich. »Dann gute Nacht!« Er schien ein wenig unschlüssig, ob er wirklich gehen sollte. Mit einer Hand auf Hanks Schulter führte Galen ihn hinaus und schloß die Tür hinter ihm. Als er sich umdrehte, bemerkte er, daß Nola ihn beobachtete.

»Essen Sie die Suppe auf, inzwischen bringe ich Shannon und Keegan zu Bett. Heute ist es zu spät, das Schulhaus für Sie herzurichten, meinetwegen schlafen Sie diese Nacht in Shannons Zimmer.«

»Ich möchte Ihnen keine Umstände bereiten, Mr. Hartford.«

Sein Blick verriet, daß es ihm sogar eine Menge Umstände bereitete, doch er blieb höflich und behauptete: »Keine Ursache, Miss Grayson.«

Sie schenkte ihm den Anflug eines Lächelns. »Dann nehme ich dankend an«, erwiderte sie würdevoll. Nola sah zu Shannon hinüber, der unsicher dreinblickte. »Wie ich höre, warst du krank, Shannon? Geht es dir jetzt besser?«

»Ich träum' noch immer schlecht, manchmal«, stammelte Shannon mit schuldbewußter Miene und einem Seitenblick zu Galen.

»Es ist das Fieber. Nachts kommt es wieder«, erklärte Galen.

»Keine Sorge, Shannon. Heute nacht bin ich bei dir und passe auf dich auf.« Das Kind belohnte sie mit einem zaghaften Lächeln, während sich die Miene des Vaters erneut verdüsterte.

Bei Galens Rückkehr hatte Nola die Suppenschalen gespült und den Badezuber geleert und gereinigt. Als er aus Shannons Zimmer kam, trug sie gerade eine kleine Menge Frischwasser in den Anbau.

»Haben Sie vielleicht ein Nachthemd übrig?« erkundigte sie sich.

Einen Augenblick lang wirkte er verwirrt. »Ich will sehen, ob ich etwas finde.«

»Es tut mir leid, daß meine eigenen Kleider weg sind und ich Sie damit behelligen muß.«

»Die hätten vermutlich sowieso nicht hierher gepaßt«, versetzte er grob.

»Wenn Sie damit andeuten wollen, sie wären aus Samt und Seide gewesen, kann ich Ihnen versichern, daß ich so etwas nicht besessen habe.« Ihre Entgegnung verblüffte ihn. »Ich bevorzuge eher das Praktische«, fügte sie hinzu. »Haben Sie etwas in der Art? Wenn nicht, wasche ich die Sachen, die Hank mir geborgt hat. Morgen früh dürften Sie trocken sein.«

»Da sind noch ... noch Kleidungsstücke, die meiner ... meiner ...« Er brachte es nicht fertig, seine Frau zu erwähnen. Nola bereute auf der Stelle, ihn an diesen Verlust erinnert zu haben.

»Verzeihen Sie. Ich wollte Sie nicht verletzen.«

»Haben Sie auch nicht.« Das klang weniger wütend als traurig, was Nola verwundert registrierte.

Sie durchquerte die Waschküche und fand draußen vor der Tür das Toilettenhäuschen. Das Mondlicht zeigte ihr in der Dunkelheit den Weg.

Galen hielt sich in seinem Schlafzimmer auf, als er einen gellenden Schrei hörte. Hastig lief er durch die Hütte in den Anbau.

»Was ist los?« fragte er, als Nola schwer atmend hereinkam.

»Da ist etwas ... da draußen!« Sie zeigte in Richtung des Aborts.

»Was denn? Eine Schlange?«

»Nein, ich – ich glaube nicht ...«

Als sie den Schrei hörten, kamen auch Heath und Keegan in die Waschküche gestürzt.

»Was zum Teufel soll's denn sein?« rief Galen ungeduldig. »Muß ich mein Gewehr holen?«

Nola sah verwirrt drein.

»Um Himmels willen, gehen Sie beiseite!« Galen eilte nach draußen und kam nach wenigen Sekunden wieder.

»Soll ich dein Gewehr holen, Papa?« bot Keegan an.

»Für einen Ochsenfrosch verschwende ich keine Kugel, mein Sohn.«

»Einen ›Frosch‹ nennen Sie das?« erkundigte sie sich ungläubig. »In England sind Frösche kleine, harmlose Geschöpfe. Dieses Biest kann doch kein Frosch gewesen sein!«

Galen drehte sich zu seinen Söhnen um, die verständnislos die Köpfe schüttelten. »Ich erkenne wohl noch einen Frosch im Dunkeln, Miss Grayson. Hier ist alles viel größer. Müssen wir damit rechnen, daß Sie jetzt jedesmal, wenn Sie eine Spinne, eine Schlange oder Eidechse sehen, das Haus zusammenbrüllen?«

»Nein, natürlich nicht«, empörte sich Nola. »Ich war nur nicht darauf vorbereitet. Das ist alles.«

Mit einem zynischen Blick, der dem seiner Söhne glich, reichte Galen ihr einen Besen. »Wenn Sie Mumm genug haben, läßt er sich damit verjagen.«

Sekundenlang verschlug es ihr regelrecht die Sprache. »Sie sind mir ja ein schöner Gentleman, Mr. Hartford«, brummte sie schließlich, als er sich mit den Kindern zurückzog.

Nola blieb längere Zeit in der Wanne. Trotz des wenigen Wassers, das ihr zur Verfügung stand, war es die erste richtige Erfrischung seit Tagen. Immer wieder kamen ihr Langford Reinhart und Galen Hartford in den Sinn. Irgendwie steckte mehr hinter ihrer Abneigung gegen Frauen, als sie von sich aus preisgeben wollten. Daß Frauen im Outback nichts zu suchen hatten, war doch nur ein Vorwand. Was war hier zuvor wirklich geschehen? Sie mochte nicht glauben, daß es nur die Dürrezeit war, unter der die Reinhart-Farm so schwer zu leiden hatte. Langford war merkwürdig verbittert, und Galen wirkte gleichfalls reserviert und teilnahmslos. Was war hier passiert, daß sie sich so verhielten? Sie nahm sich vor, es herauszufinden, bevor man sie zur Abreise zwang.

Während sie badete, wurde es still in der Hütte. Offenbar hatten sich Galen und die Jungs schlafen gelegt. Als sie die Tür zur Küche aufstieß, lag alles in tiefster Finsternis, vom schwachen Widerschein der Glut im erlöschenden Kaminfeuer abgesehen. Auf dem Tisch fand sie drei verschiedene Bekleidungsstücke: ein langes Kleid, ein Nachthemd und ein Tageskostüm. Außerdem eine Kerze.

Shannon schlief schon in seinem kleinen Bettchen am anderen Ende des Schlafzimmers. Nola zog das Bett näher an ihr eigenes heran, für den Fall, daß der Kleine in der Nacht wach wurde. Wenig später spürte sie Shannon neben sich in ihr Bett kriechen. Er fühlte sich eiskalt an, obwohl die Nacht schwül war, und Nola zog ihn an sich. Es dauerte nicht lange, bis er sich aufgewärmt hatte und sie beide friedlich einschliefen.

Im Morgengrauen, schreckte Nola hoch; ihr war merkwürdig unbehaglich zumute. Bald merkte sie auch, warum. Shannon hatte ins Bett gemacht, und er schämte sich furchtbar dafür. Nola stand auf, zündete die Kerze an und suchte in den Kinderkleidern nach einem frischen Nachthemd. Dann hob sie ihn aus dem Bett.

»Nicht weinen, Shannon. Ich packe dich ganz warm ein und bring dich in dein Bettchen zurück!« Dicke Tränen kullerten ihm über die Wangen. Nola wischte sie ab.

»Ich bin dir nicht böse, Shannon. So was kann doch mal vorkommen, wenn du krank gewesen bist!« Während Nola das Kind tröstete, zog sie es langsam aus, und dabei machte sie eine merkwürdige Entdeckung.

Nola stand in der Küche und kämpfte mit dem ölig qualmenden Herd, als Galen sein Zimmer verließ. In aller Frühe war sie aufgestanden und hatte das Bettuch und Shannons Nachtzeug in ihrem Badewasser von gestern gewaschen.

»Das verdammte Ding will einfach nicht anbleiben«, murrte sie und hustete.

»Sie wollen uns wohl die Hütte in Brand stecken!« schimpfte Galen.

»Ich habe die Zutaten für Pfannkuchen gefunden«, widersprach Nola.

Galen schnitt ihr das Wort ab. »Kochen gehört anscheinend nicht zu Ihren Spezialitäten, Miss Grayson.

Zweifellos sind sie gewohnt, daß die Bediensteten die Hausarbeit erledigen.«

Nola biß sich auf die Zunge und kämpfte das Bedürfnis nieder, Galen Hartford die Bratpfanne auf den Schädel zu schlagen. Er besaß ein unglaubliches Talent darin, ihr bei allem, was sie tat, das Gefühl zu vermitteln, vollkommen inkompetent zu sein.

Wenig später flackerte ein lebhaftes Feuer im Herd, und Galen hatte das Frühstück allein zubereitet. Da er Nolas Gegenwart nicht zur Kenntnis nahm, hatte sie schweigend und vor sich hingrübelnd dagesessen. Als Galen ihr wenig später die Pfannkuchen anbot, faßte sie sich ein Herz und stellte ihn zur Rede.

»Darf ich Sie etwas fragen, Mr. Hartford?«

Er blickte auf, gab aber keine Antwort. Das Zornfunkeln ihrer braunen Augen alarmierte ihn jedoch. Er vermutete, sie wolle ihn aushorchen, in sein tiefstes Innere eindringen, und wappnete sich, den vermeintlichen Angriff abzuwehren. Er war noch keiner Frau begegnet, die nicht neugierig war.

Nola war nicht aus der Ruhe zu bringen. »Wieso erziehen Sie Ihre Tochter als Jungen?«

Galen begehrte leidenschaftlich auf. »Mache ich doch gar nicht!«

»Und wieso hat Shannon keine Mädchenkleider? Wieso wird von ihr nicht mit ›sie‹ gesprochen? Wäre heute früh nicht ein kleines Malheur passiert, wüßte ich bis jetzt noch nichts davon.«

Galen seufzte tief auf und starrte auf seinen Teller. »Es war keine Absicht. Wahrscheinlich, weil es einfacher ist«, gab er leise zurück.

»Eine so schlechte Meinung von Frauen kann man

doch gar nicht haben, daß Sie der eigenen Tochter nicht gestatten, zu sein, was sie ist! Ich bin zwar selber sehr dafür, Mädchen alles zu erlauben, was Jungen dürfen. Aber wenn sie ihre Identität aufgeben müssen, geht es zu weit. Solange ich hier bin, werde ich das nicht zulassen.«

Galens Lippen wurden zu einem schmalen Strich. »Ich habe keine schlechte Meinung von Frauen. Sie gehören einfach nicht ins Outback. Ich verbiete Ihnen ausdrücklich, sich mit Shannon anzufreunden oder Mutterersatz für sie zu spielen. Solange Sie hier sind, werden Sie nur rein beruflich mit den Kindern verkehren. Shannon ist noch klein und würde sich an sie klammern. Meinen Kindern ist schon einmal das Herz wegen ihrer Mutter gebrochen, und ich lasse nicht zu, daß ihnen dies noch einmal passiert!«

Jetzt wurde Nola wütend. »Ich bin keine frustrierte alte Jungfer, die jedes Kind bemuttern will, das ihr in die Quere kommt. Und ich denke gar nicht daran, Ihren Kindern weh zu tun!«

»Absichtlich vielleicht nicht. Aber wenn Sie wieder weggehen ...« Er beendete den Satz nicht und verstummte.

Nola beruhigte sich ein wenig. »Wollen Sie mir nicht erzählen, was ihrer Mutter zugestoßen ist? Es könnte mir helfen, Ihre Kleinen besser zu verstehen!«

Er musterte das Kleid, das sie trug. Seine Frau hatte es für zu einfach gehalten, aber er hatte es gerade wegen seiner Schlichtheit immer gemocht. Nola konnte ihm den Schmerz vom Gesicht ablesen.

»Ich – ich kann nicht.« Mühsam rang er sich die Worte ab, erhob sich und trat zur Tür.

Dann wandte er sich noch einmal um. »Sie wären besser daheim in London geblieben, um ihre eigene Familie zu gründen.«

Nola klappte den Mund auf, doch bevor sie etwas erwidern konnte, war er fort.

4

Nola stand allein in der Küche, als Heath und Keegan durch die Hintertür kamen. Sie hatte geglaubt, daß sie noch in ihren Betten lägen, denn es war noch nicht einmal sechs Uhr früh. Um so mehr überraschte es sie, daß Heath eine Milchkanne trug und Keegan einen Korb frischer Eier.

»Ich dachte, ihr Jungs schlaft noch«, grüßte sie freundlich und überlegte, daß sie aufgestanden sein mußten, während sie an Shannons Bett gewacht hatte.

»Wir sind schon eine ganze Weile auf«, protestierte Keegan. Heath warf ihr lediglich einen mißbilligenden Blick zu.

Nola spürte den enormen Druck, unter dem die Kinder standen. Sie vermittelten ihr das Gefühl, ein unwillkommener Eindringling zu sein. Wie gern hätte sie die Kinder getröstet, aber sie hielt sich zurück.

Schmollend blickte sich Heath in der Küche um. Nola fiel auf, wie ähnlich er Galen war. Keiner von beiden duldete irgendeine Form von Schwäche, weder bei sich noch bei anderen.

»Wenn du deinen Vater suchst, der ist vor einer Weile weggegangen«, erklärte sie. »Wohin, hat er mir nicht gesagt.« Heath spähte zu seinem Bruder. Sehr leise murmelte er: »Ich gehe zum Stall 'rüber und sehe nach, ob ich ihn dort finde.«

Keegan ging in Shannons Zimmer, um seine Schwester zu wecken. Kurz darauf kam er wieder und hielt das verschlafene Mädchen an der Hand.

»Wenn du mit Heath gehen willst, gebe ich Shannon das Frühstück und ziehe sie an«, schlug Nola vor. Sie spürte deutlich, wie gern er wegwollte, doch zugleich war er unschlüssig. Gewiß übernahm sonst er die Verantwortung für die Kleine, die sich an ihn klammerte. Nichts hätte Nola lieber gesehen, als daß wenigstens er in ihrer Gegenwart lockerer wurde. Sie nahm Shannon an der Hand und legte mit der anderen mehrere Pfannkuchen auf einen Teller.

»Ihr müßt doch beide etwas essen«, mahnte sie Keegan. »Bitte nimm etwas mit zu den Boxen.« Als Keegan noch immer zögerte, setzte sie hinzu: »Euer Vater hat die Pfannkuchen gebacken. Bestimmt wäre es ihm gar nicht recht, wenn wir sie wegschmeißen müßten.«

Schließlich nahm er das Essen und ging, sichtlich hin- und hergerissen zwischen seinen Pflichten Shannon gegenüber und dem Bedürfnis, Vater und Bruder zu folgen. Ein paar Minuten später kam er mit dem leeren Teller wieder zurück und erklärte, er wolle mit den anderen beiden ausreiten, um nach versprengten Rindern zu suchen. Nola hatte nicht wirklich erwartet, daß Keegan gleich am ersten Tag zur Schule kommen würde; ein wenig enttäuscht war sie trotzdem.

Bei der Suche nach Shannons Kleidung stellte Nola fest, daß sie fast nur abgetragene Sachen ihrer Brüder besaß. Ganz unten in der Kiste, in eine Decke gehüllt, entdeckte sie mehrere Kleidchen, die viel zu klein waren.

Nola untersuchte sie und stellte fest, daß sie liebevoll bestickt und gepflegt worden waren. Der Größe nach zu urteilen, hatten die Kinder ihre Mutter vor mindestens drei Jahren verloren. Nola schnitt ein Schmuckband von einem der Kleidchen und wand es Shannon ins Haar. Dieses kleine, schlichte Zeichen von Weiblichkeit ließ die Kleine entzückt aufjauchzen.

Als sie die Hütte verließen, war draußen alles ruhig. Es war merkwürdig, keinen Straßenlärm und kein Pferdegetrappel zu hören, aber Nola empand die Ruhe als sehr angenehm. Desto besser konnte sie sich der Natur widmen – den Vögeln, der Sonne, der warmen Brise und den Bäumen. Eine Weile stand sie da und nahm die Stille in sich auf. Die Luft war soviel sauberer nach dem Gestank der Londoner Straßen, die von Kehricht und Pferdemist überquollen. Den Trubel des Stadtlebens würde sie hier bestimmt nicht vermissen. Aber davon mußte sie ihre Gastgeber noch überzeugen.

»Es sieht ganz danach aus, als müßtest du mein Reiseführer werden, Shannon«, schlug sie lachend vor.

Das Mädchen sah sie fragend an.

»Ein Reiseführer ist jemand, der dich herumführt und dir erklärt, wo sich alles befindet.«

»Das kann ich bestimmt«, nickte Shannon selbstbewußt. »Was wollen Sie als erstes sehen? Bestimmt das Schulhaus!«

»Das wäre ein guter Anfang.«

»Danach zeige ich Ihnen unsere Hühner und die Kuh.«

Shannons Lächeln war entwaffnend, fand Nola. Damit konnte sie selbst das härteste Herz zum Schmelzen bringen – vielleicht sogar das steinerne Herz von Langford Reinhart.

Als sie am Haupthaus vorübergingen, warf Nola einen Blick nach oben. Mehrere Fenster gingen vom Obergeschoß auf das Anwesen hinaus. Ihr war, als hätte sie hinter einer Gardine eine Gestalt wahrgenommen. Sie wandte sich ab, aber das ungute Gefühl, beobachtet zu werden, blieb.

Ihre Seekiste fand Nola im Eingangsbereich der Schule wieder, die ganz aus Ziegeln errichtet war. Nach der Hitze in der Holzhütte war es hier drinnen angenehm erfrischend. Fünf kleine Pulte und Stühle standen ineinandergeschoben an einer Wand, im vorderen Teil des Raumes befanden sich ein Schreibtisch und ein Stuhl. Links vom Kamin war eine Tafel angebracht, zur Rechten stand ein Bücherregal mit angestaubtem Lernmaterial, Kartons mit Kreide und Schwämmen.

Beim Anblick des Kamins kam Nola die Vermutung, daß das Schulgebäude ursprünglich ein Wohnhaus gewesen sei, vielleicht sogar das von Langford Reinhart, bevor das Haupthaus gebaut worden war. Als sie ein zweites Zimmer betrat, war sie dessen fast sicher. Jetzt wurde es als Materiallager benutzt, war aber vermutlich einmal ein Schlafzimmer gewesen. Überall standen Kartons herum; die meisten enthielten Bücher. Bei genauerem Hinsehen stellte Nola allerdings fest, daß es zumeist für Kinder ungeeignete Liebesromane waren. Sie fand das äußerst merkwürdig.

Shannon spielte mit der Kreide, während Nola den Boden kehrte und die Pulte in der Klasse so anordnete, wie sie es für zweckmäßig hielt. Alles war mit einer dicken rötlichen Staubschicht bedeckt. Während sie kehrte, geriet ihr der Staub in Augen, Nase, Kehle und Haar, selbst in die Ohren. Shannon schien er allerdings nicht zu stören, vermutlich war sie nichts anderes gewohnt.

Nach dem Saubermachen schaffte Nola die Bücherkisten aus dem Nebenraum und stapelte sie an der Rückwand des Klassenzimmers auf. Sie wollte den hinteren Raum später für sich als Schlafzimmer einrichten. Als Shannon sich erkundigte, was sie vorhatte, und Nola es ihr erklärte, runzelte die Kleine die Stirn, fast als hätte sie einen Schreck bekommen, dann schob sie trotzig die Unterlippe vor.

»Stimmt was nicht, Shannon? Hast du erwartet, daß ich heute nacht wieder bei dir schlafe?«

Das Kind senkte den Kopf und gab keine Antwort. Nola glaubte, daß sie verstanden hatte.

»Fürchtest du dich vor einem neuen Alptraum, Shannon? Oder vor einem anderen Unglück?«

Die Augen des Mädchens füllten sich mit Tränen.

Eingedenk der Warnungen Galens wußte Nola nicht so recht, was sie sagen sollte. Sie hockte sich hin und wollte das Mädchen an sich ziehen. Aber Shannon blieb steif und wehrte ihre Umarmung ab.

Wie gern hätte Nola sie getröstet, ihr gesagt, daß sie immer für sie da sein würde, aber da ihr Verbleib noch ungewiß war, wollte sie keine Versprechungen machen, die sich später als unhaltbar herausstellen würden. Sie trocknete Shannons Tränen und sah ihr fest in die runden, grünen Augen.

»Gestern nacht habe ich in deinem Zimmer schlafen dürfen, weil ich nirgendwo sonst untergekommen bin. Ich will so ehrlich mit dir sein wie möglich, Shannon.«

Das Kind verzog das Gesicht und fing wieder an zu weinen.

»Wir werden einander jeden Tag sehen, solange ich hier bin. Aber wie lange das sein wird, kann ich nicht vorhersagen.«

Es konnten Stunden, Tage, Wochen oder Monate sein. Sie hatte keine Ahnung. Ihre Zukunft lag in den Händen von zwei mürrischen Männern, die ihr auch nicht den kleinsten Schimmer Optimismus gönnten.

»Ich möchte dich jetzt um einen großen Gefallen bitten. Weißt du, was ein Gefallen ist?«

Shannon schüttelte den Kopf.

»Es ist etwas ganz Wichtiges, was du für mich tun sollst.«

Das Kind machte große Augen.

»Ich möchte, daß du meine persönliche Hilfskraft wirst in der Schule.«

Shannon schniefte. »Und was muß ich tun?«

Nola tat, als müsse sie angestrengt nachdenken. »Die Schulglocke läuten. Nach dem Unterricht die Tafel putzen. Stifte und Papier austeilen. Alle Bücher in Ordnung halten. Es gibt immer viel zu tun, und ich möchte dich bitten, weil ich weiß, daß du es kannst.«

»Kann ich auch!« rief Shannon begeistert. Daß sie vermutlich die einzige Schülerin bleiben würde, spielte keine Rolle.

»Du bist ein braves Mädchen. Meine persönliche Hilfskraft sitzt natürlich ganz vorn.«

Shannon wischte sich die Tränen mit dem Ärmel ab und strahlte.

Der Tag verging wie im Fluge. Nola fing an, Shannon

die ersten Buchstaben des Alphabets beizubringen und, nur so zum Spaß, ein paar Kinderlieder. Während der großen Pause zeigte Shannon ihr die Hühner. Jede Henne hatte ihren eigenen Namen. Als sie die Kuh zum ersten Mal zu Gesicht bekam, erschrak Nola, wie abgezehrt das Tier aussah, aber sie enthielt sich jeden Kommentars. Statt dessen suchte sie den Horizont ab und fragte sich, wo der Rest der Herde abgeblieben war. Wenn hier schon praktisch kein Grashalm mehr wuchs, um diese eine Kuh zu ernähren, wovon lebte dann die ganze Herde? Sie sah zum stahlblauen Himmel hinauf und begriff, was Tierman gemeint hatte, als er davon sprach, daß man ihn in den Dürreperioden hassen lernt.

Shannon öffnete die Tür zum Mannschaftshaus, einem schmalen Holzbau mit zehn an der Wand aufgereihten Bettgestellen. »Jimmy und Jack schlafen hier drin. Und Hank auch.«

»Wo sind denn Jimmy und Jack?«

»Sie helfen Papa, wenn sie hier sind. Manchmal gehen sie auf Wanderschaft, dann sehen wir sie lange Zeit nicht.«

Nola wußte nicht genau, was das Mädchen damit sagen wollte, und sie wurde auf der Stelle neugierig. Bestimmt fand sie noch heraus, was damit gemeint war. Shannon zeigte ihr auch die Großküche, die aber schon lange nicht mehr in Betrieb war. Als Nola einen Blick hineinwarf und die riesigen Öfen sah, wurde ihr bewußt, daß einmal viele Männer auf der Farm beschäftigt gewesen sein mußten. Außerdem gab es eine Lagerhalle und noch einen weiteren Raum, in dem vermutlich geschlachtet worden war. Wie im Schulhaus war auch hier alles mit einer dicken Staubschicht bedeckt.

Neben dem Mannschaftshaus lagen Stallungen und eine Koppel, wo Shannon ihr neben mehreren anderen Pferden voller Stolz ihr Pony ›Buttons‹ vorstellte.

»Papa sagt, ich reite gut!« prahlte Shannon. »Ich darf mit ihm reiten, wenn er die Zäune repariert, aber mit zur Herde darf ich nicht.«

»Das wäre auch bestimmt zu gefährlich«, bestätigte Nola.

»Papa sagt, ein Stier kann einen Menschen töten. Ein Stier ist der Mann von der Kuh.«

Nola mußte über Shannons dozierende Ausdrucksweise lächeln. »Da hat er recht, dein Papa.«

Den ganzen Tag bekamen sie niemanden zu Gesicht, aber wann immer sie über das Gelände lief, fühlte sich Nola von einem der Fenster im Obergeschoß des Haupthauses her beobachtet.

»Machst du auch das Abendessen, Miss Grayson?« erkundigte sich Shannon spät am Nachmittag.

Nola dachte an ihren Ärger mit dem Herd von heute früh. »Ja, aber nur wenn du mir hilfst.«

Shannon nickte gehorsam.

»Gut. Kennst du dich mit dem Herdfeuer aus?«

»Nein. Ich darf nicht so nah an den Herd.«

Nolas Mut sank. Am Morgen war sie zu wütend und entmutigt gewesen, um genau aufzupassen.

Es war schon dunkel, als die Männer und die Jungen wiederkamen. Mit Shannons Hilfe hatte Nola die nötigen Zutaten gefunden, um ein Stew zu schmoren. Wenige Tage vor ihrer Ankunft hatte man einen Ochsen geschlachtet, das Fleisch eingesalzen und in der Räucherkammer aufgehängt. Das Gemüsebeet lag in einer staubigen Ecke hinter der Hütte. Es war alles andere als fruchtbar und gab nur ein paar magere Karotten, Kartoffeln und Zwiebeln her. Nola hatte auch die Fenster putzen und den Boden aufwischen wollen, aber ihr Zweikampf mit dem Herdfeuer nahm sie vollkommen in Anspruch. Um den Qualm herauszulassen, mußte sie sämtliche Fenster und Türen öffnen, und im Handumdrehen wurde die Küche vom schwarzen Gewimmel der Buschfliegen erobert. Mit Shannon machte sie ein Spiel daraus, sie zu verjagen. Als sie sich endlich zum Essen setzten, waren beide zu Tode erschöpft.

Galens Augen wurden schmal, als er die Küche betrat; er schien verärgert zu sein. Schweigend hörte er zu, während Shannon ihm von allem berichtete, was sie tagsüber unternommen hatten. Es war Nola sehr peinlich, als sie auch das Fliegenverjagen erwähnte. Sie merkte, wie Galen das Band im Haar seiner Tochter anstarrte. Als die Kleine ihn fragte, ob es ihm gefiele, lächelte er kaum.

Nola nahm Hank beiseite. »Wann fahren Sie das nächste Mal nach Julia Creek?«

Erstaunt sah er sie an, und ihr wurde klar, daß er vermutete, sie wolle so schnell wie möglich abreisen. »Ich muß ein paar Einkäufe machen«, setzte sie rasch hinzu.

»Ach so! Normalerweise treffe ich mich samstags mit den Jungs von der Boulia-Farm.«

Ihr fiel ein, wie Phoebe Pillar erwähnt hatte, daß die meisten Farmbewohner samstags von allen Höfen her in die Städte kamen, und Nola war nicht überrascht.

»Keine Sorge, ich werd' mich schon nicht betrinken«, beteuerte er und verkniff sich ein Grinsen.

»Am besten komme ich mit und passe auf Sie auf.«

Als er überrascht die Brauen hob, fuhr sie fort: »Ich brauche einige Sachen für den Haushalt, und ein paar persönliche Dinge aus dem Laden. Haben sie ein ausreichendes Lager?«

»Nicht so wie in Winton, aber das meiste dürften Sie vorfinden. Orval oder Gladys bestellen alles, was Sie sonst noch brauchen, aus Charters Towers oder Townsville, sogar aus Maryborough. Der Zweispänner steht um acht Uhr früh abfahrbereit.«

»Nein, Hank. Lassen Sie uns reiten. Das wird leichter sein. Ich kaufe nichts, was in der Kutsche transportiert werden müßte. Hauptsächlich Nähzeug.«

Hank runzelte die Stirn. »Können Sie denn reiten?«

»Stellen Sie mir ein Pferd bereit, dann zeige ich's Ihnen.«

»Ich glaube nicht, daß wir einen Damensattel haben.«

Nola mußte lachen. »Diese Dinger sind doch völlig überflüssig. Wenn es Ihnen nichts ausmacht, Hank, ziehe ich noch einmal Ihre Hosen an. In Julia Creek kaufe ich mir dann eigene Reitstiefel und Breeches.«

Nola wandte sich ab und rührte im Stew, während Hank sich verwundert den Kopf kratzte und überlegte, welche Überraschungen sie wohl noch bereithielt.

»Das Stew duftet jedenfalls köstlich«, lobte er, zog einen Stuhl heran und setzte sich neben Heath und Keegan an den Tisch.

»Ich serviere, sobald ihr euch die Hände gewaschen habt.« Jetzt war es an Nola, die Brauen zu heben.

Hank und die Kinder blickten einander an, dann verschwanden sie wortlos im Anbau, und sie blieb lächelnd zurück.

Nolas Stew roch wirklich gut, aber der Ofen war so häufig wieder ausgegangen, daß sie nicht sicher war, ob es durchgegart war. Sie probierte selber, und mußte feststellen, daß das Fleisch zäh, zu stark gesalzen und das Gemüse nicht ganz durch war. Doch als sie den anderen zusah, die heißhungrig ihre Portionen vertilgten, glaubte sie, vielleicht doch ein wenig zu selbstkritisch zu sein. Auch wenn sie Langford Reinhart für einen alten Querkopf hielt, konnte sie ihm schlecht die Mahlzeit vorenthalten und stellte einen Teller für ihn beiseite.

Nola betrachtete Keegan, als sie beim Essen saßen. Er wirkte sehr abgekämpft nach dem langen Tagesritt. Eigentlich war er viel zu jung, um die Arbeit von Männern zu übernehmen.

»Das Klassenzimmer ist eingerichtet, wir könnten morgen früh mit Schreiben und Rechnen anfangen. Ich hoffe doch, du bist mit dabei, Keegan?«

Keegan kämpfte offenbar mit seinem schlechten Gewissen und bedachte Galen mit ängstlichen Blicken. Nola spürte, daß der Junge sich wie Heath verpflichtet fühlte, seinem Vater zu helfen.

»Du brauchst dich jetzt nicht zu entscheiden«, beruhigte sie ihn. »Denk in Ruhe darüber nach!«

Nachdem jeder einen Nachschlag bekommen hatte, war der Topf leer. Keiner gab einen Kommentar ab, doch die Kinder griffen herzhaft zu, worüber Nola glücklich war. Galen aß in gleichgültiges Schweigen gehüllt, aber Hank war so höflich, ihr mehrmals zu versichern, wie gut das Essen schmeckte. Merkwürdigerweise war es erst dies übertriebene Lob, das ihren Verdacht bestätigte, daß ihr Stew doch nicht so gut gelungen war.

Trotzdem lächelte sie ihm freundlich zu. Ein argwöhnischer Blick von Galen traf Hank, als der ihr Lächeln erwiderte. Wenn er sich nicht täuschte, hatte Hank Gefallen an der Schullehrerin gefunden. Aus unerfindlichen Gründen beunruhigte ihn das.

»Ich stelle fest, daß Sie Feuerholz für eine ganze Woche verbraucht haben, Miss Grayson«, verkündete Galen. »Bitte versuchen Sie, in Zukunft sparsamer damit umzugehen. Wenn wir nicht gerade schlafen, mustern wir die Rinder, wobei uns nur wenig Zeit bleibt fürs Holzhacken und ähnliche Tätigkeiten.«

Nola blieb der Mund offen stehen. »Ich ... es fiel mir schwer, den Kochherd in Brand zu halten.« Hilfesuchend sah sie sich nach Hank um und errötete.

»Ich hacke Ihnen noch etwas Kleinholz vor dem Zubettgehen, Nola«, versprach Hank. »Wir haben noch jede Menge Holz auf Vorrat.«

»Galen hat recht, Hank. Es gibt wirklich genug anderes zu tun. Ich mußte früher auch schon Holz hacken. Es ist wirklich kein Problem für mich.«

Hank grinste jungenhaft. »Mit dem Herd kommen Sie auch bald zurecht, Nola.«

Sie spürte deutlich seine Sympathie, und freute sich. Erleichtert nahm sie die Teller mit zum Spülbecken. Galen stand auf und nahm den Teller mit, den sie für Langford Reinhart bereitgestellt hatte.

Nach dem Abwaschen half Hank dabei, Nolas Bett zum Schulhaus hinüberzutragen.

»Was macht Langford Reinhart bloß den ganzen Tag?« wollte sie wissen, als sie am Gutshaus vorüberkamen.

»Der sitzt meist da und brütet vor sich hin.«

Nola stellte sich vor, wie er sie hinter der Gardine beobachtete, und erschauerte. »Und worüber?«

»Weiß ich nicht. Galen hält ihn über alles, was die Farm betrifft, auf dem laufenden. Ich glaube, er hofft noch immer, ihn von seiner Depression befreien zu können. Ob es ihm gelingt, ist allerdings zu bezweifeln. Es geht schon zu lange so. Wenn Sie mehr über den alten Mann wissen wollen, müssen Sie Galen fragen.«

Nola konnte sich kaum vorstellen, so unbefangen mit Galen zu sprechen wie jetzt mit Hank. Er wirkte so unnahbar. Ein Mann, der nur Männer ernst nahm. Hank seinerseits war viel umgänglicher. Obwohl sie sich erst kurze Zeit kannten, hatte Nola das Gefühl, mit ihm über alles reden zu können.

Als das Bett zurechtgerückt war, fing Nola an, es zu beziehen. Hank sah ihr dabei zu und reichte ihr Kissenbezüge und das Laken.

»Was haben Sie denn heute gemacht?« erkundigte sie sich.

»Im Morgengrauen sind wir zum Flußtal hinunter, um nach Rindern zu suchen, die im Schlamm steckengeblieben sind.«

»Im Schlamm! Am Flußufer, nehme ich an.«

»Es ist kein Fluß mehr da, Nola. Er ist abgeflossen.«

Sie konnte sich das trockene Flußbett kaum vorstellen, nachdem es erst gestern solche Mühe gemacht hatte, den reißenden Strom zu überqueren.

»Die Rinder spüren dort Pfützen auf, die aber so rasch verdampfen, daß sie dann im Schlamm steckenbleiben. Wenn die Dingos sie nicht anfallen, kommen die Aasgeier. Ein paar Rinder konnten wir herausziehen, aber für die meisten kam jede Hilfe zu spät.«

»Wie schrecklich!«

»Ja. Aber so ist das nun mal im Norden Australiens.«
Nola schüttelte erschüttert den Kopf.

»Nachmittags haben wir die Zäune einer Koppel ausgebessert. Morgen beginnt der Auftrieb der Herde.«

»Das klingt nach harter Arbeit für Sie und Galen, selbst wenn die Jungs mithelfen.«

»Mit einem halben Dutzend Treibern dauert es höchstens ein paar Tage. Wir werden Wochen dafür brauchen. Ein paar Kilometer von hier haben wir Jimmy Jumpbuck und Jack Emu getroffen. Sie werden uns morgen helfen. Kräftige Kerle sind das, und erstklassige Arbeiter. In ganz Australien finden Sie keinen, der Pferde so gut zureiten kann wie Jimmy. Jack kann einen Ochsen in Rekordzeit einfangen und fesseln. Angeblich rennt er schneller als ein Emu, und das will einiges heißen.«

»Shannon hat erwähnt, daß Jimmy und Jack auf Wanderschaft gehen. Wer sind sie, und was soll das heißen – ›Wanderschaft‹?«

»Sie sind Aborigines-Hirten. ›Wanderschaft‹ heißt, daß sie weggehen, wenn ihnen danach ist. Dann sind sie wochenlang unterwegs, manchmal werden Monate daraus. Nie bleiben sie längere Zeit an einem Ort. Ihre Lebensweise ist eben anders. Sie sind Halbnomaden, verstehen Sie? Nur gut, daß sie normalerweise im September zurückkommen, wenn wir das Vieh zählen. Sie sind exzellente Buschkenner und wissen mehr vom Überleben in der Wildnis, als wir je erfahren werden.«

»Warum lernen wir nicht von ihnen?«

»Sollten wir auch. Statt dessen bringen wir ihnen unser Wissen bei. Eigentlich ist das Unsinn, ich weiß.«

»Haben sie Familie? Frau und Kinder?«

»Ja. Aber sie leben nicht auf der Farm. Mr. Reinhart will hier keine Frauen haben.«

Nola wollte aufbrausen. »Kein Wunder, wenn Jimmy und Jack auf Wanderschaft gehen. Sie wollen doch sicherlich bei ihren Familien sein!«

»Ihre Familien gehen mit. Der ganze Stamm ist unterwegs.«

»Ach so. Gibt es viele Stämme in der Gegend?«

»Ja, einige. Vier oder fünf, würde ich sagen, vielleicht mehr.«

»Gibt es manchmal Konflikte zwischen den Stämmen, oder zwischen Stämmen und weißen Siedlern?«

»Ab und zu schon. In der Vergangenheit hat es viele Morde gegeben, auf beiden Seiten. Die Weißen jagten die Schwarzen, und die Schwarzen brachten die Farmer um. Aber jetzt haben wir seit langer Zeit keinen Ärger mehr gehabt. Die meisten der hiesigen Stämme sind friedlich, wenn man sie in Ruhe läßt.«

Nola war ein wenig beunruhigt, aber auch neugierig.

»Ich würde gern mehr über die Aborigines erfahren, ihre Sitten, ihre Religion.«

Hank schaute verblüfft auf. »Jimmy und Jack können Ihnen dabei helfen. Sie sprechen ganz gut Englisch. Beide sind unter Weißen aufgewachsen. Ihre Mütter haben auf Farmen gearbeitet, glaube ich. Wer weiß, vielleicht sind sie bereit, Sie zu ihrem Stamm zu bringen.«

»Glauben Sie wirklich?« fragte Nola ganz aufgeregt.

»Fragen schadet nicht. Aber passen Sie auf, daß Mr. Reinhart nichts davon mitbekommt.«

Nola war empört. »Was ich in meiner Freizeit mache, ist ja wohl meine Privatangelegenheit.«

»Er sieht das bestimmt anders.«

»Er hat mir deutlich zu verstehen gegeben, daß er mit mir nichts zu tun haben will, und ich gedenke nicht, ihm mitzuteilen, was ich außerhalb der Schule mache.«

Hank hob die Brauen. »Aber er hat Mittel und Wege, es herauszufinden!«

»Sie werden mich doch nicht verraten, oder, Hank?«

»Ich bestimmt nicht.«

»Galen vielleicht?«

»Für ihn kann ich nicht sprechen.«

»Bitte lies mir eine Geschichte vor, Miss Grayson!«

Nola hatte Shannon fest in die Bettdecke gewickelt und lächelte. »Einverstanden. Ich hole ein paar von den neuen Büchern, die ich mitgebracht habe, und du darfst dir die Geschichte aussuchen.«

Galen saß mit Heath und Keegan am Kaminfeuer, wo sie ihr Zaumzeug reinigten. Überall in der Hütte roch es nach Pferd, Öl und Leder. Als Nola an ihnen vorüberging, spürte sie Galens argwöhnischen Blick auf sich ruhen.

Sie kehrte mit den Büchern zurück und fand Galen im Schlafzimmer bei Shannon. Er saß auf der Bettkante, mit dem Rücken zur Tür, und hörte Nola nicht kommen, die im Türrahmen stehenblieb. »Miss Grayson wird mir was vorlesen«, hörte sie Shannon sagen.

»Wirklich?« Galens Stimme war tonlos. Er beugte sich vor und küßte seiner Tochter die Stirn.

»Ich glaube, ich mag Miss Grayson. Du auch, Papa?« wollte Shannon wissen.

Nola erstarrte. Einen Moment lang herrschte gespanntes Schweigen.

»Ich glaube nicht ...« begann er.

Noch bevor er ausreden konnte, unterbrach Nola. »Ich bin wieder da, Shannon!« Als sie vor das Bett trat, wandte sich Galen zum Gehen. In seinem Blick lag Bedauern. Er ahnte, daß sie ihn belauscht hatte und seine Worte mißverstand. In Wahrheit hatte er sagen wollen: »Ich glaube nicht, daß ich sie gut genug kenne, um mir ein Urteil erlauben zu können.« Tief im Innersten wollte er sie gar nicht erst kennenlernen, um sie womöglich zu mögen. Niemals wieder wollte er etwas für eine Frau empfinden.

Eine halbe Stunde später schlief Shannon tief und fest. Nola wünschte Heath und Keegan gute Nacht, die noch immer am Feuer saßen und Ringe und Messingknöpfe des Zaumzeugs auf Hochglanz polierten. Sie hatte sich kaum ein paar Schritte vom Haus entfernt, als sie hörte, wie ihr Name gerufen wurde. Als sie sich umdrehte, sah sie Galen, der aus dem Schatten der Veranda auftauchte. Offenbar hatte er auf sie gewartet.

»Darf ich Sie einen Moment sprechen, Miss Grayson?«

Sie blieb beim unpersönlichen Ton, der zwischen ihnen herrschte. »Gewiß, Mr. Hartford.«

Er sprach leise, aber drohend. »Ich hatte ausdrücklich darum gebeten, daß Sie sich nicht mit meinen Kindern einlassen, besonders nicht mit meiner Tochter. Und doch unterlaufen Sie meine Bemühungen, indem Sie anfangen, die Mutterstelle bei ihr einzunehmen.«

Nola gab sich Mühe, ruhig zu bleiben. »Ich versuche doch gar nicht, Shannon die Mutter zu ersetzen.«

»Und wieso lesen Sie ihr Gutenachtgeschichten vor?«

»Weil sie mich darum gebeten hat. Ich kann nicht kalt

und herzlos zu einem kleinen Mädchen sein, das meine Freundschaft sucht.«

»Dieses Problem würde gar nicht erst auftreten, wenn Sie ein Mann wären.«

Nola taumelte beinahe zurück. Als sie sich wieder einigermaßen gefaßt hatte, war sie unglaublich wütend.

»Es gibt einiges an mir, Mr. Hartford, das mir nicht gefällt. Ich wünschte, ich wäre nicht so groß, und ich bedaure häufig, daß ich freimütig und direkt bin. Manchmal wäre es mir lieber, ich würde Nähen und Stricken bevorzugen und nicht Pokern und Schwimmen. Aber noch nie in meinem Leben habe ich auch nur eine Sekunde lang bereut, eine Frau zu sein. Und das wird auch nie geschehen!«

Galens Augen wurden schmal.

»Bei Ihnen gibt es Männer im Übermaß, Mr. Hartford. Glauben Sie nicht, daß es gut für Shannon wäre, wenn sie gelegentlich mit einer Frau zusammen ist? Ich bin vielleicht nicht das ideale Rollenvorbild für sie, aber wenn sie gesund aufwachsen soll, muß sie auch mit Frauen und anderen kleinen Mädchen leben.«

»Ist das Ihre berufliche Meinung, Miss Grayson?«

»Nein, Mr. Hartford. Es ist meine persönliche Überzeugung. Und wenn Sie ehrlich wären mit sich selbst, um fair mir gegenüber zu sein, müßten Sie mir recht geben.«

»Ich habe Sie nicht nach Ihrer persönlichen Meinung gefragt, Miss Grayson. Sie hatten recht in ihrer Selbsteinschätzung; Sie sind zu direkt.«

»Manchmal ist das aber notwendig, besonders dann, wenn meine Motive angezweifelt werden. Man hat mir diese Position angeboten, gerade weil ich keine typische Frau bin.«

Galen schob höhnisch die Unterlippe vor. »Ach ja? Wie das?«

»Ich klatsche nicht gern und verzichte gern auf Einkaufsbummel, und ich glaube, daß Männer und Frauen gleichberechtigt sind. Anders als die meisten sogenannten ›Ladies‹ in London, habe ich eine eigene Meinung und keinerlei Hemmungen, sie auszusprechen.«

»Und das soll beweisen, daß Sie sich von anderen Frauen unterscheiden?«

Nola überhörte den feindseligen Ton in seiner Frage. »Wenn Sie sich die Zeit nehmen würden, mich kennenzulernen, Mr. Hartford, würden Sie erkennen, daß ich die Wahrheit sage.«

»Ich glaube kaum, daß mir viel Zeit bleibt, Sie kennenzulernen. Ich will auch gar nicht.« Er wirkte peinlich berührt, und Nola spürte, daß es ihm nicht wohl war dabei, sie zu verletzen, obwohl er genau das erreichen wollte.

Sie konnte nicht anders, als sich zu wehren. »Hank scheint mir der einzige Mann weit und breit zu sein, der aufgeschlossen und umgänglich ist. Wenn er nicht wäre und die Kinder, hätte ich sicherlich nicht das Bedürfnis, auch nur einen Tag länger zu bleiben, und keineswegs des rauhen Klimas wegen ...«

Für einen winzigen Augenblick hatte sie Galen aus der Fassung gebracht. »Dieser Ort hat nichts zu bieten für eine Frau aus der Stadt!«

»Wieso sagen Sie das?« fragte sie ruhig. Er sollte nicht glauben, daß sie sich von dem, was er sagte, irritieren ließ.

»Es wird nicht lange dauern, dann werden Sie sich langweilen und sich in die Zivilisation zurücksehnen!«

»Das kann ich mir nicht vorstellen!«

»Sie nehmen wohl gar nichts ernst von dem, was ich Ihnen sage? Begreifen Sie nicht, daß hier draußen die Seelen zerbrechen? Der Pioniergeist der Menschen, die mit diesem Land verwachsen sind? Diesen Geist können Sie nicht kaufen, und Sie finden ihn auch nicht auf der Straße. Entweder Sie haben ihn oder nicht. Das kann niemand verstehen, der aus der Stadt kommt. Warum glauben Sie, leben denn so wenig Frauen hier? Gehen Sie, bevor Sie meinen Kindern weh tun. Besonders Shannon ist so verwundbar ...« Er wandte sich zum Gehen.

»Ich glaube fest daran, daß ich ihr Leben bereichern kann mit Wissen, und das kann ich ebenso gut wie ein Mann. Ich werde nicht weglaufen, und ich lasse nicht zu, daß mich Langford Reinhart verjagt. Womit Sie und die anderen hier auf der Reinhart-Farm fertigwerden müssen, ich kann mich allem stellen. Zugegeben, ich bin nicht perfekt. Aber Sie werden meine Fehler akzeptieren müssen, ebenso wie ich Ihre hinnehmen muß, aber für Ihre Kinder will ich nur das Beste. Wenn einer von ihnen mir aufrichtig erklären kann, ich sei unerwünscht und werde nicht gebraucht, bin ich bereit zu gehen. Dann und nur dann, Mr. Hartford. Bitteschön – es liegt ganz bei Ihnen.«

Galen drehte sich noch einmal um. Sein Blick war voller Trauer und Verwirrung. Es schien, als suchte er die Antwort in ihren Augen. Er öffnete die Lippen, war aber nicht fähig zu sprechen. Der Schmerz war zu groß für ihn. Abrupt machte er kehrt und verschwand in der Hütte.

Nola hielt den Gedanken fest, daß er nicht imstande gewesen war, ihr das zu sagen, was er so gern gesagt hätte –

daß er sie nicht brauchte und nicht wollte. Das war immerhin eine schwache Hoffnung.

Mehr als eine Stunde lang lag Nola wach und konnte nicht einschlafen. Galens Worte gingen ihr noch immer im Kopf herum. Der schmerzliche Ausdruck in seinem Blick war erschütternd gewesen. Es war, als wäre seine Frau erst gestern verstorben. Sie wußte instinktiv, daß er sie sehr geliebt haben mußte.

Schließlich entzündete Nola eine Lampe und stand auf, um sich etwas zu lesen zu holen. Als sie an der offenen Eingangstür des Schulhauses vorüberkam, sah sie die Umrisse eines Mannes neben der Hütte, der eine Axt schwang. Erst dachte sie, Hank hätte sich doch entschlossen, Holz für sie zu hacken, und lächelte schon. Aber dann merkte sie, daß es Galen war. Verwundert schüttelte sie den Kopf. Er war ein schwieriger Mensch, und sie würde ihn wohl nie verstehen oder auch nur kennenlernen, dachte sie.

Sie nahm drei Bücher aus einer der Kisten und fing an, sie durchzublättern; zwei legte sie als uninteressant wieder zurück. Als sie das dritte öffnete, rutschte ein gefaltetes Stück Papier heraus. Es war eine Notiz ohne Unterschrift, von weiblicher Hand geschrieben:

Mein Lieber, ich lebe für Deine Liebe. Ohne sie könnte ich dieses Leben nicht aushalten.

Nola las die Worte wieder und wieder, viele Male. Wie wundervoll, dachte sie, mit solcher Leidenschaft und Intensität zu lieben und geliebt zu werden. Wieder trat sie an den Eingang und sah Galen zu, der mit energischen, kraftvollen Bewegungen die Axt handhabte, als wolle er sich dadurch von beunruhigenden Gefühlen befreien. Ihr fiel ein, wie Hank ihr erzählt hatte, daß Galens Ehefrau die Kinder in der Schule unterrichtet hatte. Hatte sie diese Worte an ihren Ehemann geschrieben? Wenn es so war, mußte sie ihn sehr geliebt haben. Ihr Tod war so tragisch. Nola verspürte das überwältigende Bedürfnis in sich wachsen, unbedingt herauszufinden, was Galens Frau zugestoßen war, aber von ihm würde sie wohl nie die Wahrheit erfahren.

5

Nola wurde vom heulenden Wind wach, und vom Dreck, der klatschend gegen das Fenster prallte. Ein merkwürdiger, erdiger Geruch lag in der Luft. Sie hatte keine Ahnung, wie spät es war – dunkel war es nicht mehr, aber es war auch nicht hell. Sie stand auf und trat ans Fenster. Was sie sah, versetzte ihr einen Schock.

Wirbel rötlichen Staubs stiegen zum Himmel empor und stürzten wieder in sich zusammen. Galens Hütte war nicht zu erkennen und nur ein Teil der Haupthausfassade. Ihr war, als hätte sie geschlafen und wäre auf einem anderen Planeten aufgewacht. Die Landschaft, der Himmel – alles war in rotbraune Farbe getaucht.

Nola schüttelte den Kopf und überlegte, ob dies ein böser Traum war. Dann tastete sie nach ihrer Taschenuhr, ein unerwartetes Abschiedsgeschenk von Tilden Shelby, die neben der Waschschüssel lag. Mit Schrecken erkannte sie, daß es schon acht Uhr war. Sie fragte sich, wieso sie verschlafen hatte, dann fiel ihr die handschriftliche Notiz wieder ein, der Grund, weshalb sie erst in den frühen Morgenstunden eingeschlafen war.

Nola zog sich rasch an und verließ das Schulhaus. Der Wind wehte kräftig und heiß, der Staub war erstickend. Nase und Mund im Ellbogen vergraben, den Kopf gesenkt, kämpfte sie dagegen an. Der kurze Weg schien eine Ewigkeit zu dauern, denn der Wind stieß sie mal in diese, mal in jene Richtung. Sie strebte der Hütte entgegen, verlor aber bald die Orientierung. Ihre Augen brannten, und der Dreck knirschte ihr zwischen den Zähnen. Schon glaubte sie, keine Luft mehr zu bekommen, und geriet in Panik. Hatte sie sich womöglich schon von der Farm entfernt? Als im wirbelnden Staub eine Mauer vor ihr auftauchte, suchte sie Schutz dort und merkte, daß sie bei den Boxen gelandet war.

Durch den heulenden Sturm waren Stimmen zu vernehmen. In einer Lücke der Stallmauer sah sie Galen, Hank und zwei Aborigines bei den Pferden stehen. Die Aborigines trugen Hüte, Latzhosen und Stiefel. Das mußten die von Hank angekündigten Farmarbeiter sein. Die Männer mußten brüllen, um das Geheul des Windes zu übertönen. Im Hof standen vier gesattelte Pferde. Staub und Wind machten sie nervös; sie wieherten und stampften mit den Hufen.

»Ich hoffe, ihr begreift, wie sehr die Zeit drängt«, erklärte Galen soeben. »Wenn wir das Vieh nicht einsammeln und in den nächsten Monaten verkaufen, ist es aus mit der Reinhart-Farm.«

»Glaubst du, daß wir auch nur ein Tier in dem Staub finden?« fragte Hank.

»Kann sein, daß es sogar noch leichter wird dadurch«, gab Galen zurück. »Sie werden Unterschlupf suchen und sich nicht von der Stelle rühren. Ich weiß, wie schlecht die Arbeitsbedingungen im Augenblick sind, aber wir haben keine Zeit zu verlieren!«

»Wir sind bereit, Boss«, versicherte einer der Aborigines.

»Gut, Jimmy. Heath und Keegan will ich bei diesem

Unwetter nicht dabeihaben. Ich will nicht riskieren, sie da draußen zu verlieren. Unterwegs habe ich zerrissene Seile und die Reste von Lagerfeuern gefunden. Sieht so aus, als würden sich Viehdiebe auf unserem Grund und Boden herumtreiben. Wenn das stimmt, werden sie bewaffnet sein für den Fall, daß wir sie erwischen.«

Galen wandte sich an Hank. »Besser, wenn wir uns darauf einstellen.« Er reichte Hank ein Gewehr und ermahnte die anderen. »Achtet auf Spuren, herumliegende Brandeisen und dergleichen.« Sie nickten.

Auch Jimmy und Jack bekamen von Galen je ein Gewehr. »Und denkt dran, macht nur Gebrauch von der Schußwaffe, wenn es gar nicht mehr anders geht!« Alle nickten einmütig.

»Hat irgendwer schon Nola gesehen heute früh?« wollte Hank wissen.

Echte Besorgnis schwang in seiner Stimme mit, und Nola freute sich ungemein darüber. Wenn Hank nicht wäre, würde sie es vermutlich gar nicht aushalten auf Reinhart, jedenfalls nicht angesichts der Feindseligkeit, die Langford und Galen ihr entgegenbrachten.

»Nein«, entgegnete der Verwalter, »unsere neue Schullehrerin mag wohl keinen Wind oder Staub, wie's scheint.«

Die Verachtung, mit der er von ihr sprach, war unverkennbar.

Hank trat gleich zu ihrer Verteidigung an. »Sie wird es mit der Angst bekommen. So etwas hat sie in England bestimmt nie erlebt. Wenn man sie läßt, wird sie sich dran gewöhnen.«

»Nicht mehr lange, und sie wird selbst einsehen, daß jemand aus der Stadt mit dem Leben hier draußen überfordert ist, Hank. Vor allem jemand, der bisher bei reichen Adligen angestellt war, mit palastähnlichen Villen und verzogenen Kindern. Kannst du dir vorstellen, was für ein Leben sie bisher geführt hat? In schicken Kutschen unterwegs, mit geräumigen Wohnungen, und das Essen, immer vom Feinsten ...«

»Ich glaube, daß sie bei allen möglichen Leuten beschäftigt war, Galen, bei Reichen und nicht ganz so Reichen. Wenn ihr Leben bisher wirklich so wunderbar gewesen ist, wie du behauptest, wäre sie wohl kaum zum Arbeiten hergekommen.«

Galen warf ihm einen skeptischen Blick zu. »Ich glaube kaum, daß sie reiten kann, Hank. Du glaubst doch nicht im Ernst, daß sie freiwillig im Outback bleibt und sich den Lebensbedingungen unterwirft, die wir gewohnt sind?« Der Zynismus, mit dem er von ihr sprach, kränkte Nola empfindlich. Sie ahnte, daß nichts ihn von seinem Vorurteil abbringen würde, und erst recht nicht von dem Argwohn, sie würde seine Kinder im Stich lassen. Es stimmte zwar, daß sie gelegentlich auch bei adligen Arbeitgebern angestellt gewesen war, und nach außen hin hatte sie im Wohlstand gelebt. Aber ebenso lange war sie arbeitslos gewesen, normalerweise durch eigene Schuld, und manchmal hatte sie kurz davor gestanden, ihr Obdach zu verlieren. Nur die Zeit würde Galen Hartford eines Besseren belehren. Aber konnte sie sich das leisten? Sie würde hart arbeiten müssen, um ihm zu beweisen, daß sie das Leben in Australien würde bewältigen können.

»Ich bin überzeugt davon, daß sie bleibt«, versicherte Hank. »Nola ist zäher als die meisten Männer. Wenn sie der Typ Frau wäre, für den du sie hältst, wäre sie ertrunken, bevor sie überhaupt herkam. Ohne Körperkraft und Willensstärke hätte sie die Sturzflut im Short Horn River nicht überstanden, und ich habe nicht einen Laut der Klage von ihr gehört ...«

In Nolas Ohren hörte es sich an, als sei Hank ein treuer Freund, aber Galen hielt ihn lediglich für verblendet.

»Willensstark oder nicht, Langford ist eisern entschlossen, sie mit dem nächsten Schiff nach England zurückzuschicken.«

»Dann solltest du ihn umstimmen«, riet Hank. »Schließlich sind es deine Kinder, die am meisten davon profitieren, wenn sie bleibt, besonders Shannon.«

»Du scheinst dich ja auffallend für Miss Grayson zu interessieren, Hank. Was weißt du wirklich von ihr?«

Nola war empört. Was wollte Galen mit seiner Frage andeuten?

»Ich weiß nicht viel von ihr, aber ich kenne mich mit Menschen aus. Ich für mein Teil finde, sie ist eine tapfere Frau, und genau das, was wir hier draußen brauchen. Es geht mich ja nichts an, aber ich finde nicht, daß du sie fair behandelst. Jemand wie Nola wäre für die Kinder genau das richtige!«

Eine kurze, angespannte Schweigeminute verging, bevor Galen antwortete. »Bist du vielleicht persönlich am Hierbleiben von Miss Grayson interessiert, Hank?«

Das war doch absurd, dachte Nola. Was sollte Hank schon gegen diese Unterstellung vorbringen? Sie wurde selbst rot, so peinlich war das alles. Sie wartete darauf, daß Hank Galens Frage als taktlos zurückweisen und jede persönliche Neigung zu ihr abstreiten würde.

»Zugegeben, ich mag Nola«, versetzte Hank überraschend. »Wenn sich zwischen uns mehr als Freundschaft entwickelt, würde ich mich glücklich schätzen. – Dafür ist es jetzt allerdings noch ein bißchen früh«, fügte Hank hinzu, »und es ist wohl auch ziemlich unwahrscheinlich.«

Nola schüttelte den Kopf, um klare Gedanken zu fassen. Daß Hank romantische Gefühle für sie hegte, kam für sie völlig überraschend. Sie hatte ihn bisher als Freund und Kollegen auf der Reinhart-Farm angesehen. Hatte er irgendwann angedeutet, was er für sie empfand? Sie konnte sich beim besten Willen nicht erinnern. Er war nett gewesen, und sie war ihm dankbar dafür, aber daß er tiefergehende Gefühle für sie hegte, wäre ihr nie in den Sinn gekommen.

Hank fuhr fort und riß sie aus ihren Gedanken: »Wir haben uns viel unterhalten, als ich sie herbrachte. Aus dem, was sie mir erzählt hat, habe ich den Eindruck gewonnen, daß sie ihren Beruf sehr ernst nimmt. Und ich bin der Ansicht, daß jeder, der bereit ist, hierher zu kommen, wenigstens eine Chance kriegen sollte.«

Plötzlich wurde Galen ungeduldig. »Über Miss Graysons Qualitäten zu diskutieren bringt uns jetzt auch nicht weiter, wenn wir am Ende die Farm verlieren. Ich schlage vor, daß wir jetzt losreiten und an die Arbeit gehen!«

Irritiert von dem, was sie zufällig mit anhören mußte, ging Nola davon. Daß sie nach einer Weile tatsächlich die Hütte fand, war reine Glückssache. Die Kinder saßen am Küchentisch und frühstückten, als sie ›hereingeweht‹ kam. Kurz darauf traten auch Galen und Hank ein, beide mit Halstüchern über Nase und Mund. Natürlich waren sie vollkommen überrascht, sie anzutreffen.

»Tut mir leid, daß ich nicht früher hier war«, entschuldigte sie sich und drückte mühsam die Tür hinter ihnen zu. »Ich konnte gestern nacht kaum ein Auge zutun und habe deshalb verschlafen.«

Hank zog sein Halstuch herunter und lächelte freundlich, als er sich Tee einschenkte. Nola mochte ihn kaum anschauen.

»Überrascht mich, daß der Sandsturm Sie nicht geweckt hat!« Er musterte sie vielsagend.

Es freute sie zwar, daß er sie gegen Galen in Schutz nahm, aber sein intensiver Blick war Nola unangenehm. Auch Galen starrte sie an, und während sie Tee einschenkte, versetzte sie so beiläufig wie möglich: »Hätte er das nur getan. Haben Sie schon gegessen?«

»Ja«, bemerkte Galen kurz angebunden. »Wir wollen jetzt losreiten. Die Jungen sollen heute hierbleiben.« Hinter seiner Schroffheit verbarg sich ernste Besorgnis.

»Ich komme mit dir!« Heath war aufgestanden und trat herausfordernd vor seinen Vater.

Galen zögerte nur kurz. »Na schön, aber bleib in meiner Nähe.« Er wandte sich seinem jüngeren Sohn zu. »Keegan, du bleibst hier. Wenn wir bei Einbruch der Dunkelheit noch nicht wieder da sind, haben wir zum Übernachten ein Lager aufgeschlagen. Sorg bitte dafür, daß die Pferde und anderen Tiere mit Futter versorgt sind.«

Keegan war nicht gerade begeistert. »Kann ich nicht auch mitreiten, Dad? Du brauchst doch alle Hilfe, die du kriegen kannst. Die Tiere kann Miss Grayson doch füttern.« Als sei Tiere füttern so ungefähr das einzige, was Nola seiner Ansicht nach fertigbrachte.

Galen merkte, wie Nola zusammenzuckte. Sie verstand recht gut, was Keegan damit sagen wollte. Andererseits wußte sie auch, daß Galen sich um die Sicherheit seines Sohnes sorgte.

Nola trat vor und sagte: »Ich könnte die Tiere füttern, Keegan, aber du kennst ihre gewohnten Zeiten besser als ich. Außerdem glaube ich, dein Vater möchte, daß du in seiner Abwesenheit nach dem Rechten siehst, falls etwas schiefgeht. Du weißt, was zu tun ist, wenn er Hilfe oder Verstärkung aus der Stadt brauchen sollte.«

Keegan blickte zu seinem Vater, und ein Anflug von Stolz spiegelte sich in seiner Miene. »Sei unbesorgt, Dad, ich kümmere mich um alles.«

Galen nickte und lächelte seinem Sohn zu. Er schaute zu Nola hinüber, und es schien ihr, als wäre sie ihm nicht mehr ganz so unsympathisch wie sonst, aber er sagte nichts.

Da sie es für zu gefährlich hielt, im Sturm den Weg zum Schulhaus zurückzulegen, beschloß Nola, mit Keegan und Shannon in der Hütte zu bleiben. Der heulende Wind draußen war zwar ungemütlich, aber sie tat ihr Bestes, die Stimmung zu verbessern. Sie begannen mit einem Gespräch über die Unterschiede zwischen England und Australien.

Über eine halbe Stunde unterhielt Nola die Kinder mit witzigen Anekdoten über Schneeballschlachten, Schneemannbauen, Ausrutschen auf Glatteis und wie man sich im Winter Frostbeulen holen kann. Nach einer Weile besserte sich Keegans Laune, und er vergaß die Enttäuschung darüber, daß sein Vater ihn nicht mitgenommen hatte.

Shannon erzählte Nola lustige Geschichten von Australiens Tierwelt, über die sie herzlich lachen mußten.

Goannas, sagte sie, seien Eidechsen, die groß wie Hunde werden konnten. Wenn sie in Panik gerieten, erklommen sie die nächstbeste Erhebung, notfalls auch Menschen. Nola wollte es gar nicht glauben, bis Keegan erzählte, wie einmal ein Goanna Hank auf den Rücken gesprungen war, der vor Angst kreischte, bis Jack ihn von dem Tier befreite. Als Nola versuchte, sich Hank dabei vorzustellen, konnte sie überhaupt nicht mehr aufhören zu lachen. Allerdings würde sie es sicherlich weit weniger amüsant finden, wenn ihr selber ähnliches zustoßen würde. Andere Eidechsen, berichtete Keegan, würden auf der Flucht ihre Schwänze verlieren. Die Kinder erzählten von Vögeln namens Kookaburras, deren Kreischen wie Gelächter klang. Nola hatte sie schon einmal gehört. Am meisten interessierte sie sich für ein Tier mit Pelz und Entenschnabel namens Platypus, das seine Jungen in einer Bauchfalte spazierentrug.

Als sie über das Alltagsleben in England und die englische Geschichte redeten, erwähnte Keegan, daß ihr Vater sie einmal in eine sehr große Stadt mitgenommen hatte, nach Sydney.

»Mich aber nicht!« widersprach Shannon.

»Du warst damals noch zu klein«, räumte Keegan ein. Er wirkte traurig, und Nola drang nicht weiter in ihn. Trotzdem war sie neugierig, was damals passiert war, und ob es vielleicht mit seiner Mutter zu tun hatte.

»Wie fühlt sich Schnee eigentlich an?« wollte Keegan wissen und wechselte das Thema.

Sie lächelte. »Ungefähr wie gefrorener Regen, würde ich sagen, nur weicher.«

»Und wie fühlt sich Regen an?« warf Shannon dazwischen.

Nola stockte der Atem. »Hast du noch nie gesehen, wie es regnet, Shannon?«

»Nein. Papa sagt, es hat mal geregnet, als ich noch ganz klein war, aber ich weiß nichts mehr davon.«

Nola war wie vor den Kopf geschlagen, und Tränen traten ihr in die Augen. »Es – es ist wunderschön«, stammelte sie. »Eigentlich regnet es so häufig in England, daß wir es für selbstverständlich halten und uns sogar manchmal darüber ärgern. Eigentlich schrecklich, wenn man bedenkt ...« Sie schüttelte den Kopf. »Tut mir leid, aber es überrascht mich wirklich, daß du keinen Regen kennst. Ich verspreche dir, Shannon, wenn es regnet, darfst du nach draußen und dich in den Regen stellen, und ich komme mit dir.« Sie schaute auf. »Du natürlich auch, Keegan.« Fast lächelte er ein bißchen.

Als es dunkel wurde, ließ der Wind ein wenig nach. Keegan stand am Fenster und wartete ängstlich auf die Rückkehr seines Vaters und der anderen. Shannon war bereits eingeschlafen. Während sie das Abendessen zubereitete, versuchte Nola den Jungen abzulenken, aber er machte sich ernsthaft Sorgen. Sie war selbst ein wenig besorgt, aber nach allem, was Hank von den Überlebenskünsten der Aborigines im Busch erzählt hatte, war sie zuversichtlich, daß sie wohlauf waren. Beunruhigend war allein der Gedanke an die Viehdiebe.

Sie stand neben ihm am Fenster und redete beruhigend auf ihn ein. »Ihnen geht es bestimmt gut, Keegan.«

»Im Sandsturm kann man sich leicht verirren«, gab er kleinlaut zurück. »Die Sicht reicht nicht weiter als zwei Pferdelängen im voraus, und der Staub verdeckt alle Spuren. Ohne Geländemarken zum Orientieren läßt sich die Richtung nicht bestimmen, und die Sonne ist ja auch nicht zu sehen.«

Nola wußte, daß er die Wahrheit sagte. Als sie heute früh das Schulhaus verließ, hatte sie zur Hütte gelangen wollen, war aber statt dessen beim Pferdestall gelandet. Beide Gebäude lagen weit auseinander, und das Gelände war ihr eigentlich vertraut.

»Ich bin sicher, daß keiner die Gegend besser kennt als dein Vater. Und Hank hat geschworen, daß Jimmy und Jack erfahrene Buschmänner sind.« Sie legte ihm tröstend den Arm um die Schultern, aber es schien ihm unbehaglich zu sein, so zog sie ihn wieder zurück.

Wie gern hätte er ihr geglaubt. »Ich gehe jetzt raus und füttere die Pferde und die anderen Tiere.«

»Ich helfe dir dabei«, bot Nola an.

»Ich kann das allein!« schnappte er zurück. Sie konnte ihm vom Gesicht ablesen, daß sie ihn gekränkt hatte. »Sie bleiben besser bei Shannon«, fuhr er in sanfterem Ton fort.

Als es stockfinster geworden war, setzten sie sich zum Essen. Erst jetzt fiel Nola ein, daß Langford Reinhart ganz allein in seinem öden Haus hockte. Sie beschloß, ihm einen Teller mit Abendessen zu bringen. Als sie im Schein einer Lampe den Hof überquerte, sah sie einen Vorhang, der sich im Obergeschoß bewegte. Wahrscheinlich wartete Langford auf Galen.

Sie klopfte am Hintereingang, doch als niemand antwortete, trat sie ein. Der Lampenschein fiel in die triste Küche und warf düstere Schatten an die Wände. Unter ihr knarrten gespenstisch die Dielenbretter, und ihre Schritte hallten im Hause nach, was ihr eine Gänsehaut über den Rücken jagte. Sie durchquerte die Diele und blieb am Fuß der Treppe stehen. Sie hob die Lampe und rief nach Langford. Ihre Stimme klang merkwürdig fremd hier im Haus und wurde von den nackten Wänden zurückgeworfen. Niemand antwortete.

»Ich weiß, daß Sie mich hören, Mr. Reinhart. Ich lasse einen Teller mit Essen auf der Treppe stehen!«

Sie wollte gerade gehen, als sie ein merkwürdiges, schlurfendes Geräusch vernahm. Das Herz klopfte ihr bis zum Hals, und sie schalt sich eine Närrin. Hier war niemand außer Langford, dem gebrechlichen alten Greis, von dem sie nichts zu befürchten hatte.

Obwohl es draußen noch immer sehr warm war, schien im Haus ein eisiger Hauch zu wehen, der nichts Gutes verhieß. Als sie aufschaute, stand jemand auf dem Treppenabsatz oberhalb der Stufen, teils im Schatten verborgen, und sie hielt den Atem an, bis ihr bewußt wurde, daß es nur Reinhart selbst sein konnte. In einem weißen Nachthemd wirkte seine gebeugte, blasse Gestalt gespenstisch. Flüchtig überlegte sie, ob er ihr absichtlich Angst einjagen wollte, aber sie verwarf den Gedanken wieder. Nicht einmal er könnte doch wirklich so hinterhältig sein?

»Wo ist Galen?« herrschte er sie plötzlich an.

Nola holte tief Luft und sammelte sich. »Er ist von der Viehzählung nicht zurückgekommen, aber er hatte uns schon vorher angekündigt, daß sie möglicherweise draußen lagern werden.«

Als der Alte keine Antwort gab, bückte sie sich und hob den Teller auf. »Ich habe Ihnen etwas zu essen mitgebracht.« Sie erklomm eine Stufe.

»Das Zeug, das Galen gestern abend 'rüberbrachte, würde ich nicht mal an Hunde verfüttern«, knurrte er. »So hilflos bin ich noch nicht, daß ich mir nichts zubereiten könnte, also sparen Sie sich künftig die Mühe. Hier ist Ihr Monatsgehalt.« Er hob etwas in die Höhe und schleuderte es ihr zu. Ein Umschlag mit Geld flog eine Stufe über ihrem Standort auf die Treppe.

Ungläubig starrte Nola den Umschlag an. Sie war so wütend, daß sie mehrmals durchatmen mußte, um nicht die Beherrschung zu verlieren. Aber die Wut brach sich dennoch Bahn.

»Sagen Sie mir bitte, Mr. Reinhart, was Sie sonst noch können, außer unglaublich unverschämt zu sein!«

»Was soll das heißen?«

»Können Sie beim Auftrieb helfen? Ein Rind mit dem Lasso einfangen?«

»Ich bin nicht bei bester Gesundheit.«

»Können Sie noch reiten?«

»Ich bin seit Jahren nicht mehr geritten.«

»Wenn Sie selbst nicht mehr mit zufassen können, dann stellen Sie doch mehr Leute ein, die Galen zur Hand gehen.«

Eisern schweigend funkelte er sie eine Weile an. »So einfach ist das nicht«, gab er schließlich zur Antwort.

»Hank hat gemeint, für Sie will keiner mehr arbeiten. Stimmt das?«

Er preßte seine Lippen zu einem schmalen Strich zusammen.

»Liegt es daran, daß Sie nicht soviel zahlen können wie auf anderen Höfen üblich? Ich kann gut verstehen, wie hart Sie die Dürreperiode trifft.« Sie bückte sich nach ihrem Honorar und hob den Umschlag auf. »Ich will gern auf mein eigenes Gehalt verzichten, wenn Ihnen das was nützt.« Den Kindern zuliebe würde sie es tun, um ihre Zukunft zu sichern, nicht seinetwegen.

»Was hier los ist, geht Sie gar nichts an, junge Frau. Verlassen Sie jetzt mein Haus.«

Nola war entsetzt über sein Benehmen, und sie bebte jetzt vor Zorn. Am liebsten hätte sie mit dem Teller nach ihm geworfen. Aber diese Genugtuung wollte sie ihm wahrlich nicht verschaffen, daß er eine dermaßen kindische Reaktion bei ihr provoziert hätte. Sie hatte doch nur versucht, die Situation zu entschärfen, und statt dessen begegnete er ihr mit unerträglicher Grobheit.

»Wenn sich Ihre Haltung nicht ändert, wird es nicht mehr lange Ihr Haus sein, richtig?«

»Mein Land und mein Haus werde ich nie aufgeben«, zischte er.

»Warum tun Sie dann nichts dafür, es zu retten? Ihr Vater gehörte zu den Pionieren dieses Landes. Er muß einen unglaublichen Mut besessen haben. Mit diesem Mut meistert man auch die schwierigsten Hürden.«

Langford blieb still. Obwohl sein Gesicht halb im Schatten lag, konnte sie sich vorstellen, wie er das Gesicht verzog.

»Daß Galen hart arbeitet, um die Farm zu retten, weiß ich«, fuhr sie fort. »Aber es ist offensichtlich, daß er allein sie nicht retten kann. Nicht einmal mit Hanks Hilfe. Wenn Sie die Farm verlieren, haben seine Kinder nicht einmal mehr ein Dach über dem Kopf. Wenigstens ihnen zuliebe könnten Sie endlich etwas unternehmen, bevor es zu spät ist.«

»Mit welchem Recht dringen Sie hier ein und sagen mir, was ich zu tun habe? Sie sind eine Außenstehende. Eine Frau! Sie haben absolut keine Ahnung vom Outback. Sie gehören nicht hierher! Gehen Sie, bevor Sie wünschen müssen, nie auf die Reinhart-Farm gekommen zu sein.«

Nola war vorübergehend wie gelähmt. Es war eine unmißverständliche Drohung.

»Was macht einen Mann so menschenverachtend und kalt, wie Sie es sind!« rief sie. »Was ist passiert in Ihrem Leben, das so schreckliche Folgen hatte?«

Nola spürte, daß sie damit einen wunden Punkt, ein finsteres Geheimnis berührt hatte, und doch fühlte sie kein Mitleid mit dem alten Mann. Instinktiv ahnte sie, daß etwas anderes dahintersteckte, das ihr Mitleid verdiente. Obwohl sie Langford nicht deutlich sehen konnte, spürte sie den Haß, der in ihm schwelte. Es war, als wagte er nicht zu antworten – aus Furcht, eine Welle des Zorns freizusetzen, so groß, daß sie alles mit sich reißen und zerstören würde.

Während er sie schweigend vom obersten Treppenabsatz her beobachtete, umklammerten seine knochigen Hände das Geländer derart fest, daß es in der Stille des Hauses hörbar knackte. Nola wandte sich um und verließ ihn, unfähig, den Schauer des Widerwillens zu bewältigen, der ihr den Rücken herunterlief.

Am anderen Morgen erhob sich Nola wieder bei Sonnenaufgang. Galen war bis Mitternacht nicht zurückgekommen, weshalb sie bei den Kindern in der Hütte geblieben war. Der Tag war ruhig, die Sonne stand wieder hell am stahlblauen Himmel. Nur eine dicke, rötliche Staubschicht, die sich über alles gelegt hatte, zeugte noch vom Unwetter des gestrigen Tages. Eine Stunde brauchte sie, um die Möbel in der Hütte einigermaßen abzustauben. Da sie kein Wasser verschwenden wollte, gab sie sich mit Kehrschaufel und Besen zufrieden.

Als Nola sich nach draußen wagte, hingen dicke Wolken am Himmel, doch nichts deutete auf den Regen hin, den sie innerlich herbeisehnte, und sei es nur, um endlich den gräßlichen Staub fortzuspülen. Shannon und Keegan ließ sie noch schlafen und suchte selbst nach den Eiern. Shannon hatte ihr die bevorzugten Legeplätze der Hennen gezeigt. Nachdem sie die Eier eingesammelt hatte, versuchte sie, die Kuh zu melken, wobei sie nur wenig Glück hatte. Das Tier wollte einfach nicht stillhalten und warf mit einem Huftritt auch noch den Eimer um.

Es war Samstag, und Nola fragte sich, ob Hank noch immer den Ausflug nach Julia Creek unternehmen wollte, wenn die Männer zurückkamen. Sie hielt es für eher unwahrscheinlich, nach dem, was sie von Galen gehört hatte. Vermutlich nutzten sie jede freie Minute, um die Rinder zusammenzutreiben. Beim Füttern der Tiere sah sie, wie sich eine große Staubwolke am Horizont türmte. Erst glaubte sie, es wäre ein Willy-willy, aber dann entdeckte sie drei Reiter in der Wolke. Keegan hatte ihr mitgeteilt, daß für die Viehzählung ein Camp errichtet worden war. Jimmy und Jack blieben vermutlich draußen bei den Rindern, die sie zusammengetrieben hatten.

Nola wartete zwischen den Boxen und sah, wie sich Galen, Hank und Heath näherten. Sie waren über und über mit rotem Staub bedeckt.

»Wir haben fünf Kilometer von hier übernachtet«, erklärte Hank. Weder Galen noch sein Sohn würdigten sie eines Blickes.

»Wie klappt es denn mit dem Auftrieb?« erkundigte

sich Nola. Ein Blick auf Galens Gesichtsausdruck sagte alles.

»Nicht besonders«, bestätigte Hank. »Bis jetzt haben wir nur fünfzig Tiere beisammen. Die Ochsen sind überall auf dem Gelände verteilt. Es wird Wochen dauern, sie alle zu finden.« Er saß ab. »Haben Sie immer noch Lust, nach Julia Creek zu reiten?«

Nola spürte, wie Galen sie verächtlich musterte. »Wollen Sie denn noch?«

»Klar. Ich muß einen Brief für Mr. Reinhart wegbringen.« Achselzuckend wandte er sich zu Galen um. »Wir werden bloß ein paar Stunden weg sein. Anschließend komme ich sofort zum Camp zurück.«

»Ich kann auch allein reiten«, bot Nola an. »Geben Sie mir den Brief doch mit. Desto mehr Zeit bleibt Ihnen für den Auftrieb.«

»Nein«, widersprach Galen bestimmt. »Wenn Sie unbedingt hinmüssen, wird Hank Sie begleiten.« Ohne eine Antwort abzuwarten, führte er sein Pferd in den Stall.

Nola wußte nicht, was sie davon halten sollte. Traute er ihr nicht einmal zu, einen Brief zur Postkutsche zu bringen? Oder war es zu gefährlich, allein auszureiten? Trieb sich etwa ein feindlicher Stamm der Aborigines in der Gegend herum?

»Ich mache dann erst mal Frühstück«, verkündete sie.

Hank grinste. »Hört sich gut an. Wir sind völlig ausgehungert.«

Natürlich blieb Galen nicht verborgen, daß sie versucht hatte, die Kuh zu melken: der umgekippte Schemel, die Milchreste am Erdboden. Er drehte sich um und sah sie verzweifelt an.

Hank folgte seinem Blick. »Hat wohl nicht ganz geklappt, das Melken heute früh?«

Sie nickte. »Ich hab' noch nie eine Kuh gemolken«, gestand sie kleinlaut.

»Der Schemel stand auf der falschen Seite«, beruhigte er sie freundlich.

»Hat die Kuh deshalb in den Eimer getreten?«

»Genau. Darin ist sie nun mal eigen.«

Nola konnte sich das Lachen nicht verbeißen.

Hank legte ihr den Arm auf die Schulter. »Kommen Sie, ich zeige es Ihnen.«

Nola warf einen Blick zur Hütte, wo Galen sie mit einer tiefen Falte zwischen den Brauen beobachtete.

Nach dem Frühstück ging Nola sich umziehen und streifte die geborgten Breeches von Hank über. Während er sich wusch und ankleidete, begab sie sich zu den Stallungen. Hank hatte zwar versprochen, ihr ein Pferd zu satteln, aber sie wollte ihm klarmachen, daß sie dazu auch selber in der Lage war. Außerdem wollte sie es Galen Hartford beweisen.

Sie hatte das Zaumzeug über eines der ruhigeren Tiere geworfen und wollte es gerade satteln, als sie gewahr wurde, daß Heath auf dem Koppelzaun saß und ihr zusah.

»Wieso satteln Sie Wirangi?« wollte er wissen. Es war das erste Mal, daß er das Wort an sie richtete, seit sie ihn kannte.

»Ist das sein Name? Ich möchte in die Stadt reiten.«

Der Junge machte große Augen. »Können Sie das denn?«

Nola nickte.

»Ja, äh ... wie gut reiten Sie denn?«

Nola schnallte den Gurt fest. »Gut genug«, beschied sie kurzerhand, und merkte, wie der Junge verstohlen grinste.

Wirangi war gesattelt, und Nola stieg auf, um die Steigbügel zu justieren. Das Tier ließ alles brav über sich ergehen, und Heath sah ihr völlig entgeistert zu. Aus den Augenwinkeln sah Nola, wie er behutsam herabglitt und sich hinter den Zaun der Koppel stellte. Sie schnallte die Zügel enger, bis sie ganz bequem sitzen konnte.

»Solche Sättel gibt es in England nicht«, erklärte sie. »Unsere sind viel schmaler und wiegen nicht so viel.«

»Das ist ein Sattel für Viehzüchter«, feixte Heath, der sich kaum das Lachen verkneifen konnte. Er hatte Geschichten von hochnäsigen englischen Reitclubs gehört, und stellte sich vor, wie Nola im sportlichen Reitdreß auf einem freundlichen Pony von makelloser Rasse daherritt.

»Wollen Sie, daß ich das Tor aufmache?« schlug er beflissen vor.

»Nein danke«, gab Nola zurück. »Ich reite ein bißchen um den Hof, um mich an das Tier zu gewöhnen und an diesen klobigen Sattel.«

Heath zog den Hut ins Gesicht und verbarg sein Grinsen, das Nola nicht entging.

Sanft ließ sie das Pferd erst im Laufschritt, dann im Trab gehen. Ein paar Minuten lang umkreiste sie den Hof, neugierig beargwöhnt von Heath. Hoch aufrecht saß sie im Sattel, und ihr Reitstil entsprach ganz seiner Vorstellung vom ›Ponyclub für Mädchen‹.

»Ist Wirangi ein Aborigines-Wort?« erkundigte sich Nola, als sie das nächste Mal an ihm vorüberritt.

»Ja. Ein schwarzer Landarbeiter, der ihn zugeritten

hat, gab ihm den Namen. Er kam von der Fingali-Mission, nahe der Grenze von Queensland nach Neusüdwales.«

»Und was bedeutet das, Wirangi?«

Heath wußte genau, was Wirangi bedeutete, aber er wollte es Nola vorerst lieber nicht verraten.

»Ich, äh – weiß nicht mehr ... irgendwas wie ›begeistert‹ oder so.«

Nola stieß dem Pferd mit dem Absatz in die Flanken. Doch statt in schnelleren Handgalopp zu verfallen, blieb das Tier plötzlich stehen, wobei sie fast gestürzt wäre. Es drehte seinen Kopf zu ihr herum, und ihre Blicke trafen sich. Sie riß die Augen auf, die des Braunen waren blutunterlaufen, was ihn bedrohlich wirken ließ. Hoffentlich stand Wirangi nicht für ›verrückt‹ oder ›unberechenbar‹, was man von wilden Ponys gelegentlich behauptete.

Doch was immer es hieß, vermutlich waren Wirangis Gelassenheit, seine fast apathische Haltung mit geneigtem Kopf nur ein Täuschungsmanöver. Nola straffte sich und rechnete damit, er werde buckeln oder sie rückwärts abschütteln. Sie preßte die Knie fest zusammen und nahm die Zügel fester. »Dann mal los, Wirangi«, flüsterte sie.

Als hätte es genau verstanden, schnaubte das Tier mit geblähten Nüstern und schoß überraschend los in Richtung des Zauns auf der anderen Seite des Hofs. In seiner Angst, sie könnte sich alle Knochen brechen und ihm würde man die Schuld geben, weil er sie auf Wirangi hatte reiten lassen, wurde Heath vor Schreck kreidebleich. Er hechtete auf den Koppelzaun und sah mit offenem Mund zu, wie Wirangi in hohem Bogen über die oberste Stange hinwegsetzte.

Im selben Augenblick tauchten Hank und Galen an der Koppel auf. Ein paar Sekunden hielten sie den Atem an und erwarteten, daß Nola abgeworfen würde. Wie durch ein Wunder hielt sie sich oben, und Wirangi galoppierte über die Ebene davon.

»Was stellt dieses verrückte Weib denn nun schon wieder an!« stieß Galen zwischen den Zähnen hervor.

Hank war sprachlos. Gespannt warteten sie eine Weile, doch Nola wollte – oder konnte – das Pferd anscheinend nicht zum Hof zurücklenken.

Dann stürzten Galen, Hank und Heath zu ihren Pferden und nahmen die Verfolgung auf. Drei Kilometer folgten sie der Staubwolke, die sich schließlich in nichts auflöste. Galen brachte sein Pferd als erster zum Stehen und ritt ein paar Kreise, um nach Spuren zu suchen. Heath und Hank unterstützten ihn dabei. Vor ihnen lag ein Eukalyptuswäldchen. Im Westen ging die Ebene in ein steiniges Tal über, das von niedrigem Gestrüpp bewachsen war. Im Osten erstreckte sich das Land, soweit das Auge reichte. Galen fand Hufspuren im Staub, doch sie kreuzten sich, als hätte das Pferd gebockt oder wäre im Kreis gegangen.

Mit einem häßlichen Aufprall fiel Nola zu Boden. Eigentlich war ihr jetzt fast wohler. Sie hatte keine Ahnung, was dies verrückte Pferd als nächstes vorhatte. Es raste herum und versuchte immer noch, sie abzuwerfen. Zwischendurch bockte es wie ein wildes Füllen und schnaubte, mit Schaum vor dem Maul. Selbst jetzt, nachdem sie schon abgestürzt war, tänzelte Wirangi noch um sie herum und schien seinen Sieg regelrecht zu genießen. Dann war er plötzlich verschwunden. Sie stöhnte auf. Es war ein weiter Weg zurück zum Hof, und das Schlimmste war: Sie hatte sich ein für allemal lächerlich gemacht.

Nola lag still auf dem Rücken und sammelte sich, prüfte ihre Gliedmaßen, ob irgendwas gebrochen sei. Sie verzog das Gesicht, als der Schmerz ihre Schulter durchfuhr. Ringsum ragten Eukalyptusbäume empor; durch das Laub blinkte unbarmherzig die Sonne und blendete sie. Nicht weit von dieser Stelle gab es Dornbüsche und kantige Felsen, und sie konnte noch froh sein, daß sie nicht dort abgestürzt war.

Plötzlich hörte sie das laute Wiehern des Pferdes, und als sie herumfuhr, sah sie Wirangi über ihr sich aufbäumen. Sie schrie auf und rollte zur Seite, um den niedersausenden Hufen zu entgehen. Staub und Kies spritzte auf, während er sich wieder und wieder aufbäumte. Den Kopf fest in die Arme gebettet, wartete Nola darauf, daß ihr die Vorderläufe den Schädel zerschmetterten.

»Es wäre ein Wunder, wenn das Biest sie nicht umbringt«, knurrte Galen, während sie die Suche nach Nola fortsetzten. Sein Zorn richtete sich jetzt gegen seinen Sohn. »Wie konntest du überhaupt zulassen, daß sie Wirangi sattelt? Du weißt doch, wie er ist.«

Heath war noch immer ganz blaß und schaute kleinlaut zu seinem Vater auf. »Ich dachte, er würde sie gleich abwerfen«, stammelte er heiser, »und wollte ihr eine Lektion erteilen.«

»Diese Lektion werden wir teuer bezahlen müssen!« schimpfte Galen, selber aschfahl im Gesicht.

»Da drüben ist sie!« rief Hank plötzlich und zeigte nordwärts. Erleichtert atmete er auf.

Galen und Heath rissen die Pferde herum und sahen Nola, die zwischen den Eukalyptusbäumen auftauchte. Zu ihrer Verwunderung saß sie aufrecht im Sattel, aber ihr Gesicht war ausdruckslos, als stünde sie unter Schock. Das Pferd schritt langsam aus, ließ den Kopf hängen, und hatte Schweißkrusten an den Flanken. Als Nola näherkam, verzog sie keine Miene, schien die Männer gar nicht zu bemerken. In erstauntem Schweigen sahen sie zu, wie sie an ihnen vorübertrabte.

Nola hatte keine Ahnung, in welcher Richtung das Anwesen lag. Sie ließ das Pferd einfach gehen, es würde instinktiv seinen Stall ansteuern.

»Alles in Ordnung?« rief Hank hinter ihr her.

Sie nickte nur flüchtig. Hank, der nicht wußte, was er davon halten sollte, wandte sich zu Galen, der verwirrt den Kopf schüttelte.

Es war offensichtlich, daß Nola abgeworfen worden war. Ihr Rücken war voller Staub, ihre Wangen zerkratzt und das Haar war aufgelöst. Doch ob sie sich ernstliche Verletzungen zugezogen hatte, ließ sich so nicht feststellen. Niemand konnte sich vorstellen, wie sie Wirangi wieder eingefangen hatte und aufgestiegen war. Nach einem solchen Abwurf wäre er normalerweise Hals über Kopf in seinen Stall zurückgaloppiert.

Schweigend folgten Hank, Galen und Heath der Reiterin und erwarteten halb, sie werde jeden Augenblick ohnmächtig vom Pferd fallen. Am liebsten hätte Galen ihr die Zügel abgenommen, doch ihre entschlossene Haltung war eine deutliche Warnung für ihn, sich herauszuhalten.

Als sie im Hof angekommen waren, stieg Nola unverzüglich ab.

Hank trat zu ihr. »Sind Sie verletzt?« erkundigte er sich besorgt.

»Nur mein Stolz«, gab Nola leise zurück.

Er griff nach ihrer blutenden Hand.

»Nur ein Kratzer.« Nola wich zurück.

Galens Erleichterung wandelte sich in Zorn. »Würden Sie eigentlich ein Kind auf einem Pferd losreiten lassen, mit dem es nicht die geringste Erfahrung hat, Miss Grayson?«

»Natürlich nicht«, seufzte sie resigniert.

»Warum tun Sie es dann selbst?«

Nola nahm sich fest vor, auf seinen Wutanfall nicht zu reagieren. Sie stand am Rande eines Nervenzusammenbruchs. »Ich bin eine erfahrene Reiterin, Mr. Hartford.«

»Ohne jede Erfahrung mit Viehpferden. Und dieses Biest hier ist kein normales Pferd.«

Beinahe hätte Nola gegrinst, als sie Wirangis kastanienbraune Mähne tätschelte, doch statt dessen zuckte sie zusammen, als der Schmerz durch ihre verrenkte Schulter schoß.

Galen merkte, daß sie Schmerzen hatte, und schnaubte verächtlich. Ihm entging nicht, wie rührend sich Hank um sie sorgte. »Ich vermute, Sie wollten es mal wieder wissen, Miss Grayson«, tadelte er sie streng. »Es wäre eine teure Lektion geworden, wenn Sie dabei umgekommen wären oder wir eins meiner wertvollen Viehpferde verloren hätten. Künftig fragen Sie erst einen von uns, bevor sie wieder eine solche Dummheit begehen!«

Nola war den Tränen nahe, deshalb zog sie es vor, zu schweigen.

Galen bedachte Heath mit einem durchbohrenden Blick, bevor er sich umdrehte und davonstapfte. Nola konnte sehen, wie wütend er war. Doch obwohl sein Zorn hauptsächlich ihr galt, gab er doch zum Teil seinem Sohn die Schuld, weil er sie nicht vorgewarnt hatte.

Heath senkte schuldbewußt den Kopf, und das bestätigte ihren Verdacht.

Tief durchatmend, tröstete sie ihn: »Es tut mir leid, wenn dein Vater böse auf dich ist. Es war nicht deine Schuld. Er hatte schon recht, ich wollte mir etwas beweisen. Selbst wenn du mich vor Wirangi gewarnt hättest, wäre ich trotzdem mit ihm ausgeritten. Ich wollte, daß er eine bessere Meinung von mir bekommt, und dachte, ich könnte ihm beweisen, wie gut ich mit Pferden umgehen kann.« Es fiel ihr merklich schwer, die Niederlage einzugestehen. »Damit bin ich wohl glatt gescheitert.«

Der Trotz des Jungen wich einem schlechten Gewissen. »Ich hätte Sie aufhalten müssen«, murmelte er. »Beinahe hätten Sie sich den Hals gebrochen!«

»Ich bin schon oft abgeworfen worden, weißt du. Sehr oft sogar. In Hecken, Flüsse, Sümpfe, einmal sogar in einen Schweinekoben. Und in stachlige Disteln und Brennesseln so oft, daß ich es gar nicht zählen kann. Wirangi war wenigstens so nett, mich auf einer weichen Sandbank abzusetzen.«

Heath runzelte die Stirn. »Sind Sie sicher, daß nichts gebrochen ist?«

»Bestimmt nicht. Wahrscheinlich habe ich ein paar blaue Flecken, aber nichts Ernsteres.«

Während sich Nola und Heath unterhielten, blieb Hank im Hintergrund. Jetzt nahm er Wirangi beim Zügel. »Wie haben Sie ihn bloß einfangen können, Nola? Das ist bisher noch keinem geglückt.«

Nolas Mundwinkel deuteten ein Lächeln an. »Eigentlich hat er mir sogar das Leben gerettet. Da durfte ich doch wohl annehmen, daß er mich auch gesund nach Hause bringt.«

Entgeistert starrte Hank sie an. »Ihr Leben gerettet! Was ist passiert?«

»Er warf mich ab und begann herumzutänzeln. Erst dachte ich, er wolle mir zeigen, wie stolz er auf sich sei.«

Hank und Heath sahen einander an und hatten Mühe, das Lachen zu verbeißen.

»Dann verschwand er«, fuhr Nola fort, »und ich vermutete, er wäre nach Hause zurückgaloppiert. Ich war ziemlich angeschlagen, also blieb ich erst mal liegen und versuchte herauszufinden, ob irgend etwas gebrochen war. Die Sonne schien durch das Blätterdach und blendete mich. Plötzlich hörte ich ein merkwürdiges Geräusch. Ich hielt die Hand über die Augen und sah Wirangi, wie er sich über mir aufbäumte. Natürlich dachte ich, er bringt mich gleich um, und rollte mich zusammen. Als er schließlich wieder still dastand, entdeckte ich, daß er mich gar nicht zu Tode trampeln wollte. Direkt hinter meinem Kopf hatte er eine braune Schlange getötet.«

»Eine braune«, ächzte Heath, »die sind tödlich giftig!«

»Ich weiß. Tierman Skelly hatte mich schon gewarnt. Eine Weile hat Wirangi mit den Hufen gescharrt, dann ließ er mich aufsitzen. Und wie ihr wißt, hat er sich auf dem Heimweg brav benommen. Vielleicht fühlt er sich verantwortlich für mich, jetzt, wo er mein Leben gerettet hat.«

»Wollen Sie noch immer in die Stadt?« fragte Hank, denn ihre Hand zitterte noch immer.

Nola nickte. »Ich mache mich nur ein bißchen sauber, dann können wir losreiten.«

»Ich sattle ein anderes Pferd für Sie. Wir haben eine ganz ruhige Stute.«

»Das wird nicht nötig sein, Hank.«

»Sie wollen doch nicht wirklich mit diesem Biest in die Stadt reiten?«

»Natürlich will ich. Ich habe absolutes Vertrauen zu Wirangi.«

Hank schüttelte den Kopf. »Aber er ist ein Viehpferd, kein Ackergaul, und ich traue ihm nicht über den Weg. Wirangi ist das Aborigines-Wort für verrückt, nicht wahr, Heath?«

Heath wurde puterrot. »Verrückt ... begeistert, irgendwas in der Art.«

Nola lächelte still für sich.

»Jimmy zieht ihn am Ohr, wenn er den Eindruck hat, daß Wirangi gleich mit ihm durchgeht.«

»Und das hilft?«

»Fast jedesmal!«

Hank mußte plötzlich lachen. »Jimmy wird wütend sein, wenn er davon hört. Er behauptet nämlich, er sei der einzige, der Wirangi reiten kann, und das Pferd haßt ihn. Er mußte schon weiß der Himmel wie oft zu Fuß zum Anwesen zurückkommen.«

Nola grinste und streichelte Wirangi über die Nase. »So schlimm ist er doch gar nicht.«

»Er kann störrisch sein wie ein Maultier und ist das unberechenbarste Tier, das je den Ehrentitel ›Viehpferd‹ tragen durfte!«

Als wenn er Hank Lügen strafen wollte, beschnupperte Wirangi Nola liebevoll.

Hank kratzte sich den Kopf.

»Vielleicht kann ich Ihnen beibringen, wie man Rinder einfängt?« schlug Heath vor.

Nola war überrascht und gleichzeitig hocherfreut. »Ist das ein ernstgemeintes Angebot? Ich wäre begeistert, wenn ich lernen könnte, bei den Herden mitzuhelfen.«

»Sicher«, nickte er zum Abschied und machte sich auf den Weg zur Hütte.

Als Nola und Hank zum Short Horn River kamen, war sie schockiert. Das Wasser war verschwunden, zurückgeblieben war ein ausgetrocknetes, von Rissen und Furchen durchzogenes Flußbett. An einzelnen Stellen lagen in Schlammlöchern verendete Rinder. Nola hörte die Buschfliegen, die in großen Schwärmen über den toten Leibern summten; auch Aasvögel machten sich bereits über die verwesenden Körper her.

Ausgebleichte Rinderskelette, dürres Gebüsch und die staubige Ebene erinnerten schmerzlich daran, wie wichtig Wasser für das Überleben von Mensch und Tier war.

»Wenn die Rinderzüchter Wasser fänden, wären eine Menge Probleme gelöst, nicht wahr, Hank?«

»Auf jeden Fall. Die Trockenheit nagt an Leib und Seele.« Als er fortfuhr, entsann sich Nola dessen, was Galen gesagt hatte, über den Pioniergeist, der in dieser Wildnis zugrunde geht. Jetzt konnte sie das nachempfinden.

»Man kann sich das kaum vorstellen«, erklärte Hank, »aber wenn es regnet, erwacht das ganze Land zu neuem Leben. Alles wird grün, und im Handumdrehen vergißt man all das Leid, das die Dürre mit sich bringt. Zeiten wie diese sind das Schlimmste, was ein Mann auf dem Land durchmachen muß.«

»Hat denn noch niemand nach unterirdischem Wasser gesucht?«

»Unterirdisch! Sie meinen, nach Quellen gebohrt?«

»Nein, artesische Brunnen. Ich habe gelesen, daß es fast überall in Australien Grundwasser gibt.«

»Wenn Sie wissen, wie welches zu finden ist, sagen Sie's gleich!«

»Ich nicht. Aber es muß doch jemanden geben, der das weiß?«

»Es gab einen alten Scharlatan, der sich als Wünschelrutengänger betätigte, aber bei seinem Hokuspokus ist nie etwas herausgekommen. Diese Leute sind verhaßt bei Farmern, die unter der Dürre leiden.«

Nola staunte. »Aber wieso?«

»Die meisten sind doch nur hinter dem Geld her.«

»Aber einige werden doch bestimmt Talent dazu haben.«

»Kann schon sein. Bloß pfuschen ihnen die Scharlatane ins Handwerk, und dann geben die Landeigentümer niemandem mehr die Gelegenheit, sein Glück zu versuchen.«

Nola beschloß, das Thema erst einmal nicht weiterzuverfolgen, bevor sie nicht mehr darüber in Erfahrung gebracht hatte.

Die Stadt war nicht mehr weit, als Nola ein Geständnis ablegte. »Hank, gestern habe ich zufällig mitbekommen, wie Galen über die Reinhart-Farm redete. Daß er das Vieh verkaufen müßte, um sie zu retten. Steht es wirklich so schlimm?«

»Leider ja. Mr. Reinhart hat ihm mitgeteilt, daß jemand versucht hat, ihn aufzukaufen.«

»Wer? Und was in aller Welt will jemand mit einer heruntergewirtschafteten Farm?«

Hank blickte sich nervös um. »Na schön, Ihnen kann ich es wahrscheinlich sagen, Galen hat es mir nicht direkt verboten. Es sieht so aus, als versuchte die Janus-Familie schon seit zwei Jahren, in den Besitz des Anwesens zu kommen.«

»Die Janus-Familie – sind die in der Gegend hier ansässig?«

»Nein. Sie werden's nicht glauben, aber Galen meint, sie sind die Angehörigen von Langfords verstorbener Frau.«

»Seiner Frau?« Nola hob erstaunt die Brauen. »War er denn verheiratet?«

»Scheint so. Merkwürdig, daß bis jetzt nie davon die Rede war. Ich habe nie danach gefragt, und Galen ist ziemlich verschwiegen. Ich weiß auch nicht, weshalb, aber es kommt mir so vor, als würde ein Geheimnis den Tod von Mrs. Reinhart umgeben.«

Schweigend ließ Nola diese Neuigkeit auf sich wirken. Daß es einen Grund gab, weshalb Langford Reinhart so verbittert war, ahnte sie längst. Hatte es vielleicht mit dem Tod seiner Frau zu tun?

Hank fuhr fort: »Nach Galens Informationen hat Langford einen Brief vom Anwalt der Janus-Familie bekommen. Er muß in der Post gewesen sein, die ich aus Julia Creek mitgebracht hatte. Offenbar haben die Schwiegereltern damals eine größere Summe für das Kapital beigesteuert, mit dem die Reinhart-Farm errichtet wurde. Sie starben vor etwa zwei Jahren, fast gleichzeitig, im

Abstand von nur wenigen Wochen. Ihnen gehörte eine der größten Schafherden auf den Darling Downs, glaube ich. Mrs. Reinhart hat aber kein Testament hinterlassen. Jetzt beanspruchen ihre Brüder eine Teilhaberschaft an der Farm. Und zwar als mitbestimmende Teilhaber!«

»Geht das denn so einfach? Schließlich ist Langford als ihr Ehemann der nächststehende Verwandte.«

»Dem Rechtsanwalt zufolge können sie auf legalem Wege einen Anteil beanspruchen. Die Gerichte werden darüber entscheiden. Sie haben vorgeschlagen, daß Mr. Reinhart sie auszahlt. Binnen dreißig Tagen soll er darüber entscheiden. Langford steht aber keine längere gerichtliche Auseinandersetzung mehr durch, behauptet Galen. Das hier ist die Antwort.«

»Und das wäre möglich?«

»Nur mit einem kleinen Wunder und ein bißchen Regen.«

»Aber warum machen die das? Dahinter steckt doch bloß Habgier. Es sei denn, sie haben etwas, das sie gegen Mr. Reinhart verwenden können. Wissen Sie etwas davon, Hank?«

»Nein. Ich verstehe das ebenso wenig wie Sie. Vielleicht weiß Mr. Reinhart Bescheid. Aber so, wie ich ihn einschätze, werden wir es von ihm wohl kaum erfahren.«

Einige Minuten ritten sie schweigend nebeneinander her.

Hank warf Nola verstohlene Seitenblicke zu. Dann druckste er herum: »Ich nehme an, Sie haben auch noch anderes gehört, was Galen von Ihnen gesagt hat, zum Beispiel.« Ihm schien das Ganze ebenso peinlich zu sein wie Nola selbst.

»Ich habe nicht absichtlich gelauscht, Hank. Eigentlich wollte ich zur Hütte, aber im Sandsturm habe ich mich verirrt und fand mich plötzlich an der Bretterwand des Pferdestalls wieder.«

Hank nickte. »Jedenfalls tut es mir leid, wenn Galens Äußerungen Sie gekränkt haben.«

»Das macht mir gar nichts, Hank. Die Zeit wird ihn eines Besseren belehren.«

»Immerhin haben Sie ihm bewiesen, daß Sie reiten können. Galen selbst würde nie auf dieses Pferd steigen.« Er deutete auf Wirangi, der völlig ruhig und gelassen wirkte.

»Im Ernst?«

»Aber verraten Sie nicht, daß Sie's von mir wissen.«

Nolas Laune besserte sich merklich.

Hank schaute immer wieder zu ihr hinüber und rutschte unruhig im Sattel hin und her. »Falls Sie auch Galens Bemerkung über mein persönliches Interesse an Ihnen gehört haben: keine Sorge, ich werde Sie schon nicht auf dem ganzen Hof verfolgen. Ich bewundere Sie, aber es ist noch zu früh, um über unsere Gefühle nachzudenken. Wir ...« Hank verhaspelte sich. »Wir haben noch soviel Zeit, uns kennenzulernen, nicht wahr?«

Nola war sprachlos, aber sie nickte lächelnd. Er vertiefte sich wieder in die Landschaft und ärgerte sich, daß er keinen passenden Ausdruck für seine Empfindungen fand. Eine Weile wußte keiner von ihnen etwas zu sagen, und die Stille wurde immer bedrückender.

Schließlich beschloß Hank, das Thema zu wechseln. Er war schon länger neugierig darauf, was Nola zu dem gemacht hatte, was sie heute war: eine entschlossene, abenteuerlustige Frau, die Tausende Kilometer weit in eine unbekannte Zukunft reist, mutterseelenallein.

»Haben Sie keine Familie drüben in England?« fragte er.

»Niemanden, der mir nahesteht.« Nola war froh über die Ablenkung.

»Sind Ihre Eltern beide verstorben?«

»Ja, mein Vater starb vor etwa fünf Jahren, und meine Mutter kurz danach. Sie waren beide nicht mehr ganz gesund, und man hatte ihnen geraten, in ein wärmeres Klima überzusiedeln, aber sie wollten England nicht verlassen.« Versunken betrachtete sie den Horizont, der in schwelendem Dunst flimmerte. »Daß sie diese Hitze überlebt hätten, ist schwer vorstellbar.«

Hank folgte ihrem Blick. »Viele können's nicht«, gab er zurück. »Waren Sie ein Einzelkind?«

»Nein. Ich hatte zwei ältere Brüder.«

Plötzlich lachte Hank.

»Was ist denn daran so amüsant?« erkundigte sich Nola argwöhnisch.

»Tut mir leid. Daß Sie nur Brüder hatten, erklärt, warum sie so ... anders sind!«

Sie tat, als hätte sie keine Ahnung, wovon er sprach. »Das erklären Sie mir aber bitte genauer.«

»Pardon. Ich wollte Sie nicht beleidigen. Es ist nur ... Ich glaube, Sie waren ein Wildfang unter Ihren Brüdern. Nicht, daß ich meine, Sie wären nicht weiblich genug ... das sind Sie schon. Bloß weil Sie, wie soll ich sagen, so außergewöhnlich sind. Einzigartig!«

Da war es wieder, das Wort. Nola kniff die Augen zusammen, und Hank errötete. Plötzlich befürchtete er, sie tief gekränkt zu haben.

»Schweigen Sie lieber, bevor Sie sich ihr eigenes Grab schaufeln, Hank. Ich weiß schon, worauf Sie hinauswollen.« Eine Zeitlang schwieg Nola, und Hank dachte schon, sie wäre beleidigt.

»Übrigens würden Sie überrascht sein«, fuhr sie schließlich fort, »wenn Sie erfahren, daß ich kein ›Wildfang‹ war, wie Sie sich ausdrücken. Schon deshalb, weil man mir alles verboten hat, was meine Brüder durften. Nicht, daß ich es nicht trotzdem versucht hätte – oft genug habe ich deshalb den Zorn meines Vaters auf mich gezogen.« Nola lachte trocken. »Komisch war bloß, daß meine Brüder äußerlich eher meiner Mutter glichen: klein und zart gebaut. Außerdem kränkelten sie ständig. Meine Eltern waren furchtbar besorgt ihretwegen, vor allem mein Vater. Ich war im Sport ein Naturtalent, während sich meine Brüder nur ungern bewegten. Sobald ich alt genug war, wurde ich in ein reines Mädcheninternat gebracht, wo man eine ›Dame‹ aus mir machen wollte. Als ich zurückkehrte, waren meine Brüder nach Amerika ausgewandert. Sicher waren sie es leid, ständig mit mir verglichen zu werden. Henry ist heute, glaube ich, Zahnarzt in Iowa, William hat einen Modesalon in New York. Wir schreiben uns schon seit Jahren nicht mehr.«

Hank bereute, daß er vorschnelle Schlüsse gezogen hatte. »Eigentlich schade«, meinte er. »Meine Familie lebt in Melbourne. Meine Mutter schreibt mir oft. Ich höre gern Neuigkeiten über meine Brüder und Schwestern. Haben Sie sich mit Ihrer Mutter besser verstanden?«

Nola seufzte. »Sie war eine schwierige, wenig umgängliche Frau. Ich glaube, sie verabscheute meine Größe und meine Unabhängigkeit. Aber einmal, als ich in den Ferien nach Hause kam, hat sie zu mir gesagt: ›Denk von mir, was du willst, Nola, aber ich bin stolz auf dich.

Wenn jemand die Situation der Frau in der künftigen Gesellschaft ändern wird, dann du!‹ Damals habe ich gar nicht verstanden, was sie meinte; ich war erst knapp sechzehn. Aber heute weiß ich es. Ihre Worte kommen mir oft in den Sinn. Besonders, wenn mir ein Mann einreden will, ich dürfte bestimmte Dinge nicht, weil ich eine Frau bin.«

»Ihre Mutter war wohl sehr weitsichtig«, lächelte Hank. »Haben Sie je in einer Schule unterrichtet?«

Nola seufzte. »Hätte ich – wenn ich nicht vorher Gouvernante geworden wäre.«

Hank hob fragend die Brauen.

»Mein Ruf ... ›unkonventionell‹ zu sein, hat sich rasch verbreitet in der Gesellschaft, und danach hätte mich keine anerkannte Schule mehr eingestellt. Meine Ideen waren einfach zu radikal.«

»Waren sie auch zu radikal für Ihre Verehrer?«

Nola machte große Augen, und Hank beeilte sich, eine Erklärung nachzuschieben.

»Wenn Sie einen Verlobten gehabt hätten, der ein bißchen Einfluß in den besseren Kreisen hat ...«

Nola lachte gezwungen.

»Sie haben ja keine Ahnung, wie viele Skandale ich in London provoziert habe, Hank. Männer von guter Reputation gingen zu mir möglichst auf Distanz.« Sie mußte an Leith Rodwell denken, die große Ausnahme. Anfänglich hatte sie ihn für einen außergewöhnlichen Mann gehalten. Der Mann, den sie geheiratet hätte – bis sie plötzlich mit anhören mußte, wie er seinem Vater offenbarte, was in der ganzen Londoner Gesellschaft von ihr geredet wurde. »Fast jeder in London wußte, daß ich für die Gleichberechtigung von Mann und Frau eintrete.

Kaum eine Frau hat meine Haltung damals unterstützt. Sie wollten wohl nicht als Rebellinnen dastehen. Sie würden nicht glauben, wie langweilig und herausgeputzt sie waren. Sie redeten über nichts als die Frage, welchen Hut man jetzt tragen solle zu welchem Kleid. Ich habe es nie begriffen, aber Männern scheinen solche Frauen besser zu gefallen als andere. Nur ganz wenige Männer sind bereit, sich mit einer Frau zu verloben, die ihren eigenen Willen hat und all diese spießigen Vorurteile hinterfragt.«

Hank bemühte sich vergebens, sich das Lachen zu verkneifen. Nola wurde rot, als sie merkte, daß er über sie lachte, aber sie hatte ja auch partout den Mund nicht halten können. Wie immer, wenn sie auf ihr Lieblingsthema zu sprechen kam.

Als Hank sich wieder ein wenig beruhigt hatte, stieß er hervor: »Wollen Sie mir mit Ihrer wortreichen Erklärung mitteilen, daß Sie wirklich nur selten in den Park ausgeführt worden sind?«

Jetzt war Nola wirklich empört. »Hank!«

Wieder lachte er. »Ich will Sie bloß ein bißchen aufziehen, Nola. Ich persönlich mag Frauen, die ihre Meinung sagen. Ich wünschte, ich wäre dabei gewesen, wie Sie einigen aus dieser Gesellschaft entgegengetreten sind.«

Nola verbannte die schmerzliche Erinnerung an die Affäre mit Leith Rodwell in den hintersten Winkel ihrer Gedanken und grinste. »Wenn Sie wirklich interessiert sind, erzähle ich Ihnen heute abend vielleicht ein paar Geschichten ...«

»Ich würde mich freuen!« strahlte er.

Nola merkte, daß er ein grundehrlicher Mensch war, und sie fühlte sich gleich ein wenig besser. Erst jetzt wurde ihr wirklich bewußt, wie sehr sie jemanden wie Hank hier brauchte.

»Bleiben Sie so, wie Sie sind!« erklärte sie augenzwinkernd.

Er schenkte ihr ein schräges Grinsen, was mutmaßlich seine Art und Weise zu flirten war. Hank war ein Mann, der mit der richtigen Frau an seiner Seite wachsen konnte. Er war nicht gerade schön und auch nicht mit jenem Charme gesegnet, der eine Frau dahinschmelzen läßt. Aber je besser man ihn kennenlernte, desto sympathischer wurde er.

Im Lebensmittelgeschäft von Julia Creek gab Hank den Brief Langfords an Orval Hyde weiter, der in dieser Gegend als Postmeister wirkte. Dann begab er sich ins Hotel und ließ Nola ihre Einkäufe machen.

Gladys und Orval waren überaus hilfsbereit, und ihr Sortiment war sehr reichhaltig. Besonders Gladys freute sich, eine andere Frau kennenzulernen, zumal sie sogar aus London kam. Esther hatte bereits alles Wissenswerte über Nola berichtet. Gladys ständiges Fragen machte es schwer für Nola, sich auf ihre Einkäufe zu konzentrieren. Gladys wünschte, alles über London zu hören, die Läden, die neueste Mode, die Königsfamilie. Nola antwortete so kurz wie möglich, während sie ihre Sachen zusammensuchte.

Nola wollte ein paar Mädchenkleider für Shannon nähen und kaufte Garn und Baumwolle. Gladys hatte mehrere Frauenkleider auf Lager, aber keins, das Nolas Größe entsprochen hätte. Sie war schockiert, als Nola gleich mehrere Reithosen kaufte, einige Hemden und Stiefel, wobei sie bemerkte, diese seien viel praktischer für das Leben auf der Farm. Die Auswahl im Laden erschien ihr überraschend groß. Es gab eine Menge Dinge, von denen Nola nie geglaubt hätte, daß sie vorrätig wären, besonders, da die Speisekammer auf der Farm so karg bestückt war. Sie beschloß, eine größere Bestellung aufzugeben und sie mit ihrem Monatsgehalt zu bezahlen. »Ich komme nächsten Samstag wieder und hole die Einkäufe ab«, versprach sie.

»Ich kann's Ihnen auch bringen«, schlug Orval vor.

»Würden Sie das machen? Das wäre wunderbar.«

Sie bestellte Butter, Käse und Reis, Obst- und Gemüsekonserven, Möbelpolitur, Stärke und Wäscheklammern. Wenn sie auf der Farm bleiben würde, wollte sie es sich so bequem wie möglich machen, auf ihre eigenen Kosten selbstverständlich.

Eine Stunde später hatte Nola sich endlich von Gladys und ihrem schier unendlichen Geplauder losreißen können. Sie traf Hank auf der Veranda des Hotels wieder. Esther war bei ihm.

»Hallo, Kleine!« sagte Esther, die sich riesig freute, Nola wiederzusehen.

»Sie waren ja lange weg«, bemerkte Hank. »Sie haben wohl den ganzen Laden leergekauft?«

Nola bemerkte, daß er eine Teetasse in der Hand hielt. Neben Esther stand ein Tablett auf dem Tisch. »Eigentlich nicht, aber ich habe eine Bestellung aufgegeben. Orval bot mir freundlicherweise an, die Sachen vorbeizubringen.«

»Der freut sich, wenn er von Gladys wegkommt. Die Frau kann ein Loch in die Wand reden.«

»Sie plaudert nun mal gern.«

»Hank hätte dich vorwarnen sollen, Kleine«, mischte

sich Esther ein. Sie warf ihm einen vorwurfsvollen, aber augenzwinkernden Blick zu. Nola fragte sich, ob die beiden eine Beziehung miteinander hatten.

»Alle Frauen mögen Klatsch, dachte ich?!« verteidigte er sich.

Esther hob die Brauen. »Du solltest die Männer mal hören – an der Theke!«

»Wo wir gerade von der Theke sprechen, Hank«, erkundigte sich Nola, »wieso sind Sie nicht drinnen, bei den Kollegen aus der Boulia-Farm?«

»Die sind alle in Winton.«

»Alle Welt ist heute dort«, setzte Esther indigniert hinzu. »Hier ist so viel los wie im Leichenschauhaus!«

Nola setzte sich neben Hank, und Esther schenkte ihr einen Tee ein. »Was ist denn los in Winton?«

»Eine Tanzveranstaltung. – Ich hatte ganz vergessen, daß sie dieses Wochenende ist«, setzte Hank enttäuscht hinzu.

Daß er gern mitgegangen wäre, war offensichtlich.

»Wenn irgendwo Tanz ist, weiß hier jeder Bescheid«, warf Esther dazwischen. »In den großen Städten gibt's das jedes Jahr einmal. Und die Leute strömen von überallher zusammen.«

»Warum organisieren Sie nicht selbst einmal so etwas, Esther?« schlug Nola vor.

Esther runzelte überrascht die Stirn. Hank auch. »Aber wie? Wir können doch nicht auf allen Höfen Bescheid sagen«, warf Esther ein. »Die liegen viel zu weit auseinander.«

»In London werden solche Veranstaltungen mit Plakaten angekündigt. Man könnte mehrere hier aufhängen, draußen und in der Bar, und im Laden auch. Schickt auch welche nach Winton. Tierman ist sicher bereit, sie auf seiner Postkutschentour zu verteilen. Und der Post könnte man notfalls kleinere Flugzettel beilegen. Schließlich wird die Post doch jedesmal von Leuten aus der Farm abgeholt, oder?«

»Richtig!« Esthers Interesse war plötzlich erwacht. »Gladys würde bestimmt mitmachen. Es wäre ja auch gut für ihr Geschäft. Allerdings weiß ich gar nicht, wie man so ein Plakat macht ...«

»Ich werde eins für Sie malen, dann können Sie es vervielfältigen. Heute abend fange ich damit an. Wann möchten Sie ihr erstes Tanzfest feiern?«

»Ach, ich weiß nicht ...« Esther war ganz aus dem Häuschen. »Weihnachten vielleicht? Dann haben alle frei!« Sie wandte sich zu Hank um. »Was hältst du davon?«

»Klingt gut.«

»Am Weihnachtsabend also!« rief Nola. »Hank kann das Plakat nächsten Samstag in die Stadt mitbringen. Und Sie hätten zweieinhalb Monate Zeit zur Vorbereitung. Wenn ich Ihnen irgendwie helfen kann, sagen Sie einfach Bescheid.«

»Danke, Kleines!«

Als Hank und Nola die Stadt verließen, war Esther schon dabei, Pläne zu schmieden – für das allererste Tanzfest in Julia Creek.

6

Nach dem Essen nahm sich Nola die Näharbeit mit auf die Veranda. Die Kinder spielten Karten mit Hank. Wäre es Poker gewesen, hätte sie sogar mitgemacht. Shannon war schon zu Bett gebracht worden; Galen hatte schon vor über einer Stunde einen Teller mit dem Abendessen zu Langford Reinhart gebracht und war seither nicht wieder aufgetaucht.

Die Abende auf der Farm waren ganz angenehm, von den Stechmücken einmal abgesehen, die auf jeden Quadratzentimeter nackte Haut lauerten. Dem flammenden, raschen Sonnenuntergang folgte gewöhnlich eine sanfte, warme Brise, die nach der drückenden Tageshitze sehr willkommen war. Nola lauschte, wie der Wind in die Blätter der Eukalyptusbäume fuhr, die das ausgetrocknete Bett eines Baches säumten. Neben dem Bach stand eine Windmühle, die einst Wasser aus einer unterirdischen Ader in einen Wassertank gepumpt hatte. Doch die Ader war irgendwann erschöpft gewesen, und der Tank fast leer. Auch neben dem eigentlichen Haupthaus stand ein Tank, der das Regenwasser vom Dach sammeln sollte. Inzwischen war dieser natürlich ebenfalls fast leer. Man hatte mehrere weitere Auffangbehälter gebaut, selbst neben der Hütte, aber der Regen, der sie füllen sollte, ließ auf sich warten.

Als es dunkel wurde, zündete Nola eine Lampe an, die Hunderte geflügelter Insekten anzog, darunter auch einige riesige Nachtfalter. Die Insekten lockten wiederum die Geckos an, kleine Eidechsen, die über Mauern und auf das Dach der Veranda flitzten, wo sie sich an den flatternden Insekten gütlich taten. Während sie den Faden wieder in die Nadel einführte, blickte Nola mehrmals zum Fenster im Obergeschoß des Gutshauses, und sie dachte über Langford nach. Worüber unterhielt er sich wohl mit Galen? Und würde er ihren Besuch von gestern abend erwähnen?

Spät kehrte Galen heim. Er staunte, als er Nola auf der Veranda antraf.

»Schlafen die Kinder?« erkundigte er sich. Nola fand seine rauhe Stimme sehr angenehm.

»Shannon schon«, gab sie zurück. »Die Jungs spielen Karten mit Hank.«

»Kein Poker?« fragte er spöttisch.

»Nein – leider!« Nola wunderte sich, daß er sich an ihre Leidenschaft für Poker erinnerte.

Er lehnte sich über das Geländer der Veranda und starrte in die finstere Ebene hinaus. Nola spürte, wie angespannt und befangen er war, und er tat ihr leid. Es war Schicksal, daß seine Zukunft nicht weniger ungewiß war als ihre. Da sie ihn als äußerst verschlossenen Menschen kannte, rechnete sie nicht damit, daß er gerade mit ihr seine Probleme besprechen würde. Nicht nur, weil sie ihm völlig fremd, sondern weil sie nicht seinesgleichen war. Sie war ›eine Frau‹. Schlimmer noch – ›eine Frau aus der Stadt‹.

Nola arbeitete an einem einfachen Sommerkleid für Shannon. »Gefällt es Ihnen?« fragte sie und hielt es hoch.

Gleich als sie von Julia Creek wiederkamen, hatte sie den Stoff zugeschnitten, und jetzt mußte er gesäumt werden. Er war blaßgrün getönt, ähnlich wie Shannons Augenfarbe.

Galen warf einen flüchtigen Blick darauf und runzelte die Stirn, sagte aber nichts.

»Ich werde einen Kragen ansetzen, der jetzt sehr in Mode ist, und es mit Seidenbändern schmücken«, erklärte sie. »Zugegeben, für Handarbeiten fehlt mir das Talent, aber im Sommer wird es angenehm zu tragen sein.«

Er schwieg noch immer.

»Sind sie verärgert, weil ich für Shannon ein Kleid nähe?« fragte sie umstandslos und setzte ihn damit in Erstaunen.

Er starrte sie an. »Ich begreife einfach nicht, wieso Sie das machen!« murrte er. »Ich weiß, sie braucht diese Dinge, aber ...«

»Ja, sie braucht sie, – dringend. Aber was sie noch mehr braucht, ist ihre eigene Identität.«

»Das war's nicht, was ich sagen wollte ...«

Sie wußte schon, was jetzt kam. Daß sie auf der Reinhart-Farm nicht mehr lange bleiben würde. Daß Langford Reinhart entschlossen war, sie auf das nächste Schiff nach England zu setzen. »Ich tue, was in meinen Kräften steht, egal, wie wenig Zeit noch bleibt.«

»Aber ich werde Ihre Arbeitszeit und das Material bezahlen!«

»Werden Sie nicht!« begehrte sie heftig auf.

Er seufzte. »Es wird immer klarer, daß Sie eine sehr dickköpfige Frau sind, Nola Grayson!«

Ihr gefiel es, wie er ihren Namen aussprach. »Diese Eigenschaft gehört zu meinem ganz besonderen Charme, wissen Sie!« Ihre Augen funkelten. Als sich ihre Blicke trafen, blieben sie für einen Moment aneinanderhaften, bevor er sich abwandte.

Plötzlich wurde sie verlegen und nähte noch ein paar Minuten still vor sich hin. Dann hob sie den Kopf, und ihr stockte der Atem. Galen, der sich wunderte, was sie zusammenzucken ließ, folgte ihrem Blick.

»So einen wunderschönen Himmel habe ich noch nie gesehen«, seufzte sie still.

Das klang so aufrichtig, daß es selbst Galen rührte. Millionen von Sternen glitzerten wie Juwelen vor schwarzsamtenem Hintergrund. Der Mond war rund und voll und warf sein blasses Licht über die Erde. Galen fragte sich, ob der Himmel heute tatsächlich besonders schön war, oder ob er sich das nur einbildete? Er hatte keine Ahnung, wann er sich den Himmel das letzte Mal angeschaut hatte. War er schon so in die Probleme des Alltags verstrickt, daß er Schönheiten wie diese nicht mehr wahrnahm? Offenbar ja.

»In England ist der Himmel anscheinend ständig bewölkt. Natürlich gibt es auch bei uns Sommernächte und ausgedehntere Dämmerstunden, aber mehr als ein paar Sterne hier und da konnte ich nie sehen. Jedenfalls nichts, was sich hiermit vergleichen ließe!«

Während sie gemeinsam emporblickten, bemerkte Galen, wie ein Mondstrahl in ihren Augen blinkte. Normalerweise machte er sich keine Gedanken darüber, wie sie da drüben in England lebten, und ob einem der ewige Regen dort wohl auf die Nerven ging.

»Astronomen behaupten, Australien wäre der beste Ort auf der Welt, um Sterne zu beobachten«, murmelte er.

»Das trifft bestimmt zu. Besser als hier ist es nirgends.

Ich könnte die ganze Nacht hinaufstarren!« Obwohl sie spürte, daß Galen sie von der Seite betrachtete, wandte sie den Blick nicht vom Sternenhimmel ab.

»Bloß können ein paar Sterne die Lichter der Großstadt nicht ersetzen«, wandte er ein. »Sie vermissen bestimmt das Theater, die schicken Restaurants mit der feinen Küche.« Obwohl ihm das Stadtleben wenig gefiel, dachte er an das ganz andere Leben, das Nola geführt haben mußte.

Nola hörte die Skepsis in seinen Worten, aber sie beschloß, sie zu ignorieren. »Glauben Sie, was Sie wollen«, versetzte sie, immer noch emporblickend, »aber ich habe ein sehr ruhiges Leben geführt. Ein einziges Mal im Leben war ich auch im Theater. An meinem siebzehnten Geburtstag nahm meine Mutter mich mit, weil sie beschloß, daß ich ein wenig Kultur nötig hätte. Schon nach dem ersten Akt bin ich eingeschlafen. Meine Mutter war unglaublich wütend auf mich, weil sie soviel Geld für die Karten ausgegeben hatte. Danach hielt sie Kultur, was mich betraf, für Zeitverschwendung. Glauben Sie mir, Mr. Hartford, zwischen den Sternen und den Lichtern der Großstadt ist kein Vergleich möglich. Sie sollten einmal das wirkliche Leben in einer Metropole wie London kennenlernen, damit Sie nicht immer denken, alles dort wäre Glanz und Glitzer.«

»Was verstehen Sie unter ›wirklichem Leben‹?«

»Die baufälligen Hütten der Armen, die Bettler in den verdreckten Straßen, das Verbrechen.«

Von den Schattenseiten der Großstadt hörte Galen zum ersten Mal. Offenbar mußte er für manches dankbar sein hier draußen.

Nola lenkte seine Aufmerksamkeit auf etwas anderes.

»Wenn ich die Sterne anschaue, denke ich immer, wie dumm es ist zu glauben, ich könnte einen auch nur annähernd bedeutenden Beitrag zum Dasein in der Welt leisten.«

Galen sah wieder hinauf, dann musterte er Nola. Die Intensität seines Blicks entging ihr. »Unterrichten ist ein anständiger Beruf«, stellte er fest. »Man kann das Leben anderer Menschen verändern.«

Wieder vertiefte sie sich in ihre Näharbeit. »Nur bei denjenigen, die lernen wollen.«

In ihrer Stimme schwang leise Resignation mit, und er wußte, daß sie an Keegan und Heath dachte. Ohne groß über sein Motiv oder seine Gefühle nachzudenken, wollte er sie ein bißchen aufheitern. »Keegan meint, er will ab Montag in die Schule gehen.«

Sie machte große Augen. »Wirklich?« Es fiel ihr schwer, ihre Freude zu verbergen, die Galen für ein wenig kindisch hielt, und er unterdrückte ein Lächeln.

»Irgendwas haben Sie gestern gemacht, was ihn umgestimmt hat.«

Plötzlich glänzten ihre Augen wie die Sterne. »Wir haben gar nichts besonderes unternommen. Eigentlich waren wir nicht mal in der Schule, weil wir uns nicht in den Sturm trauten. Wir blieben in der Hütte und haben uns mit England und Australien beschäftigt.«

»Ihm hat es offensichtlich gefallen.«

»Es freut mich, daß er zur Schule kommt.« Sie nähte weiter. »Es gibt vieles, das ich ihm beibringen möchte.«

Galen schwieg einen Augenblick. Als er wieder sprach, sah er sie nicht an und er redete sehr leise. »Ihre Mutter wollte sie in die Stadt aufs Internat schicken, aber ich wollte, daß sie das Land kennenlernen.«

Nola war erschüttert, ihn von seiner Frau sprechen zu hören. »Vermutlich ist es das Beste, wenn man sich in beiden Welten zurechtfindet«, gab sie zurück. »Persönlich glaube ich, daß Kinder zu ihren Eltern gehören, während sie heranwachsen. Ich weiß zwar, daß es nicht immer möglich ist, aber die Trennung ist hart für sie.«

Galen nickte kaum merklich.

Sie musterte ihn, versuchte seine Reaktion abzuschätzen auf das, was sie als nächstes sagte. »Keegan hat mir erzählt, Sie wären mit ihm und seinen Geschwistern sogar schon mal in der Stadt gewesen. Ich glaube, er sprach von Sydney.«

Stirnrunzelnd fuhr er herum. »Er hat unseren Ausflug nach Sydney erwähnt?«

»Ja. Wir sprachen über Städte wie London und stellten Vergleiche an.«

Sogar im schwachen Schein der Lampe konnte Nola sehen, daß Galen verstört war. Ihr fiel ein, wie aufgeregt Keegan gewesen war, als er die Reise erwähnte, und fragte sich erneut, was damals passiert sein mochte. Aber jetzt war kaum der richtige Moment, Fragen zu stellen. Deshalb zog sie es vor, das Thema zu wechseln.

»Wenn es Ihnen nichts ausmacht, daß ich davon anfange ... aber es überrascht mich, daß Mr. Reinhart bereit war, einen Lehrer einzustellen, wo die Farm ohnehin bereits unrentabel ist.«

»Drei Kinder ins Internat zu schicken ist viel teurer. Und sie wären auch gar nicht damit einverstanden, ich übrigens auch nicht. Trotzdem brauchen sie ja wohl eine Ausbildung.«

»Daran hatte ich nicht gedacht.« Sie fädelte noch mehr grüne Baumwolle ein. »Wissen Sie, eigentlich brauche ich nicht viel. Besonders hier draußen.« Sie blickte von ihrem Nähzeug auf, sah, daß er die Stirn runzelte.

»Wo sollten Sie's hier auch ausgeben«, bestätigte er.

»Ob Sie's glauben oder nicht, mein Geld für Luxus zu verschwenden, hat mich sowieso nie interessiert. Für mich reicht völlig, was Gladys und Orval zu bieten haben. Wenn es helfen würde, können Sie mir mein Gehalt auch in anderer Form auszahlen, wie bei den Treibern.« Immerhin hatte sie schon ihren ersten Wochenlohn für Lebensmittelkonserven und andere notwendige Dinge ausgegeben.

»Langfold hat mir schon erzählt, daß Sie auf Ihr Gehalt verzichten wollten. Das war sehr großzügig von Ihnen. Aber auf dem Land haben die Leute auch ihren Stolz.«

Hoffentlich hinderte der Stolz ihn nicht daran, die Konserven und die übrigen Dinge aus dem Lebensmittelladen anzunehmen, dachte sie. »Stolz ist schön und gut, Mr. Hartford, aber auch unpraktisch. Stolz wird die Reinhart-Farm nicht retten, und das ist doch das Hauptziel!«

»Unser Ziel, Miss Grayson, nicht Ihres!«

Seine Worte schmerzten.

Galen wandte sich ab. Eine Zeitlang schwiegen sie.

»Wir haben versucht, andere Treiber anzuheuern«, seufzte er. »Aber jemand hat dafür gesorgt, daß keiner zu uns kommt. Hank ist bestimmt auch schon bedroht worden, obwohl er zu loyal ist, um es zuzugeben.«

»Warum sollte jemand die Arbeiter bedrohen, die auf Reinhart gebraucht werden?« fragte Nola bestürzt.

»Wenn ich das wüßte!«

»Nehmen wir an, Sie schaffen es, das Vieh durchzuzählen. Wohin bringen Sie es dann?« Sie versuchte unpersönlich zu klingen, wie eine Außenseiterin, als die er sie sah.

»Wir würden versuchen, sie auf einen Markt im Süden zu treiben.«

»Hank meint, sie müssen verkauft werden, wenn Reinhart erhalten bleiben soll.«

Er verzog überrascht das Gesicht. »Das ist richtig. Wir könnten dann ganz neu anfangen.«

»Eine neue Rinderzucht?«

»Ja, und zwar von Grund auf. Wir geben uns nicht geschlagen.«

Für ein ungeübtes Ohr hätte er zuversichtlich geklungen, doch Nola besaß genügend Einfühlungsvermögen, die unterschwellige Verzweiflung herauszuhören.

»Wie schade, daß Mr. Reinhart zu alt ist, um beim Auftrieb zu helfen«, gab sie zu bedenken.

Galen seufzte. »Er sieht älter aus, als er ist. Eigentlich ist er nur drei Jahre älter als Hank.«

Das hätte Nola nun wirklich nicht gedacht. »Ich hätte Hank auf Ende Vierzig oder Anfang Fünfzig geschätzt!«

»Er ist siebenundfünfzig Jahre alt.«

»Wirklich? Er sieht gut aus für sein Alter.« Nola spürte, wie Galen sie verstohlen musterte; schließlich glaubte er, Hank sei persönlich an ihr interessiert. Ob er wohl annahm, sie würde Hanks Gefühle erwidern? »Daß Langford erst sechzig sein soll, kann ich kaum glauben«, stieß sie hervor. »Verzeihen Sie, es klingt unhöflich, aber ich hielt ihn für mindestens fünfundsiebzig. Ist er krank gewesen?«

»Auf der Farm war er früher sehr aktiv. Sein Lebenstraum war es, die beste Rinderfarm im ganzen Gulf

Country zu besitzen, und er hat sie buchstäblich aus dem Nichts aufgebaut. Früher war es großartig hier. Er arbeitete härter als wir alle zusammen, und damals waren wir etwa zehn Festangestellte, alle wesentlich jünger als Langford.« Er hielt einen Augenblick inne, und Nola sah ihn an. »Er hat mir alles beigebracht, was ich über die Viehzucht weiß, und dafür werde ich ewig in seiner Schuld stehen. Nach dem Tod seiner Frau ging es ihm gesundheitlich sehr schlecht, und er alterte zusehends.«

»Er muß sie sehr geliebt haben«, gab Nola leise zurück und dachte, daß beide Männer ihren Frauen immer noch verbunden waren, über ihren tragischen Verlust hinaus. Das erklärte vielleicht, weshalb sie so verbittert waren. Aber wieso glaubten sie so felsenfest daran, Frauen gehörten nicht ins Outback?

Galen senkte den Kopf und grub seine Stiefelspitze in den Staub vor der Veranda, sagte aber nichts.

»Waren Sie schon hier, als sie starb?« wollte Nola wissen. Sie konnte regelrecht sehen, wie er sich verschloß. »Bitte vergessen Sie, daß ich gefragt habe«, sagte sie. »Es geht mich wirklich nichts an.«

Galen wandte sich zum Gehen, und sie glaubte schon, er werde sie ohne ein weiteres Wort verlassen, aber dann blieb er stehen. »Würden Sie morgen vielleicht gerne mit den Kindern zur Viehzählung rausreiten?«

Nola war erstaunt und gleichzeitig erfreut. »Liebend gern!«

»Aber ich warne Sie! Es ist sehr staubig da draußen, und heiß.«

»Etwas anderes als Staub und Hitze erwarte ich gar nicht.«

»Es kann auch gefährlich werden, besonders für Keegan und Shannon!«

Nola nickte.

»Hank und ich werden sehr früh losreiten, aber ich lasse Heath da; er soll Ihnen den Weg zeigen. Wir nehmen ein paar Vorräte mit, zusätzliches Wasser, Salz und Mehl, aber wenn Sie Brot und etwas kalten Braten fürs Mittagessen mitbringen könnten, würden wir Zeit sparen, weil wir nicht kochen müßten.«

Damit öffnete er die Tür zur Hütte.

»Galen!« Es war das erste Mal, daß sie ihn beim Vornamen nannte.

Er fuhr herum. »Ja?«

»Ich verspreche, daß ich nichts tun werde, was auch nur eines der Pferde wieder in Gefahr bringen könnte. Ich weiß inzwischen, daß sie für die Farm von unschätzbarem Wert sind. Es war eine Dummheit von mir, über den Zaun zu springen und zu riskieren, daß Wirangi sich verletzt.«

»Wirangi verletzen?« Er schüttelte den Kopf. »Ich begreife noch immer nicht, wieso er nicht versucht hat, Sie umzubringen! Hat Hank Ihnen erzählt, daß er Jimmy dreimal die Beine gebrochen hat?«

»Nein, das hat er nicht. Ich bin mit ihm in die Stadt geritten, und er hat sich ganz brav verhalten. Vielleicht mag er Frauen. Ich habe einige Pferde gekannt, die so ihre Vorlieben hatten.«

Galen warf ihr einen überraschten Blick zu. Ihre Worte beschworen eine Erinnerung aus seiner Kindheit herauf, etwas, das er längst vergessen hatte. Das Pferd, das seine Mutter zu reiten pflegte, Starr, ließ niemanden sonst auf seinen Rücken, nicht einmal seinen Vater, der es zugeritten hatte. Nola glaubte, ein flüchtiges Lächeln auf seinen Lippen zu erkennen.

»Sie könnten recht haben«, nickte er und war verschwunden.

Galen und Hank waren noch vor Anbruch des Tages zum Camp aufgebrochen. Nola und die Kinder folgten ihnen ein paar Stunden später. Das Camp lag etwa vier Kilometer außerhalb in nordwestlicher Richtung. Nola und die Jungs ritten in gemächlichem Tempo, damit Shannon auf ihrem Pony nachkam.

Sie überquerten mehrere ausgetrocknete Flußbetten; in den roten Eukalyptusbäumen ringsum krächzten Kakadus. Steine ragten hinter kleineren Hügeln empor und warfen ihre Schatten auf einige vertrocknete Fettpflanzen. Mehrmals kreuzten graue Kängurus und Emus ihren Weg, die vergebens nach Wasser suchten. Die Landschaft war schön, wenn auch ringsum verbrannt. Sie hatten gerade angehalten, um mehrere Wüstenwarane im Flußbett zu beobachten, als vier Wildkamele aus dem Gestrüpp hervorbrachen und die Pferde erschreckten. Aufgescheucht vom Anblick der Menschen, flitzten die sandfarbenen Vierfüßler davon. Heath erklärte, daß die Kamele einst als Lasttiere für turbangeschmückte Eroberer gedient hatten, um Vorräte in unwirtliches Gelände zu tragen. Wie die Büffel, die von Chinesen nach Australien eingeführt worden waren, kamen die Kamele von weit her, aus Afghanistan, waren weggelaufen oder ausgesetzt worden und hatten sich unter den Umweltbedingungen des Outback vermehrt.

Der Lagerplatz, bei dem sie schließlich eintrafen, bestand nur aus einer rohen Zeltplane hinter Abfall- und

Werkzeughaufen, die über die staubige Erde verteilt waren. Jimmy traute seinen Augen nicht, als er Nola auf Wirangi sah. Er verließ die kleine Rinderherde im Behelfsgatter und näherte sich Nola winkend.

»Pferd sein vom bösen Geist besessen, Missus!« sagte er, als Nola abstieg.

»Das glaube ich nicht, Jimmy«, erwiderte sie, doch der Viehtreiber betrachtete das Tier mißtrauisch. Hank rührte gerade Teeblätter in den Blechtopf, der auf dem rauchenden Holzfeuer stand. Sie zog eine Grimasse, als sie den schwarzen Tee sah, und kramte eine kleine Büchse aus der Satteltasche hervor.

Hank machte große Augen, als sie einen Schuß Milch in den Tee gab. »Ihr englischen Ladies!« sagte er kopfschüttelnd.

»Mit Moskitos kann ich leben, Hank, auch mit Fliegen und selbst mit Sandstürmen, aber nicht mit schwarzem Tee.« Nola hörte Keegan und Shannon laut losprusten, und wollte wissen, worüber sie sich so amüsierten. Jimmy stand mit dem Rücken zu Wirangi, der die Zähne bleckte und die Ohren anlegte, als wolle er ihn beißen. Noch bevor Nola ihn warnen konnte, schnappte das Pferd nach seinem Hosenboden. Jimmy schrie vor Schreck auf, nahm den Hut ab und schlug mit ihm nach Wirangi, bis er ihn losließ.

»Hab' doch gesagt, das Pferd ist verrückt, Missus!« Empört rieb er sich sein Hinterteil.

Nola verbiß sich das Lachen und wies Wirangi mit strenger Stimme zurecht. Nicht im mindesten schuldbewußt, schnaubte das Tier verächtlich und kratzte mit dem rechten Vorderhuf im Sand.

Acht Jungbullen, die noch ohne Brandzeichen waren,

hatte man mit ein paar älteren, weniger aggressiven in eine besondere Koppel gesperrt. Heath wählte diese Gruppe, um Nola zu zeigen, wie man ein Rind von der Herde trennt. Mit gemischten Gefühlen sah sie, wieviel Umsicht und Geschick von Pferd und Reiter nötig waren.

»Ein gutes Viehpferd weiß, was es tun muß, ohne vom Reiter dirigiert zu werden«, erklärte Galen.

»Auch Wirangi?« hakte sie nach.

»Wir füttern ihn bestimmt nicht durch, weil er so schön eigensinnig ist«, grinste Galen. Es war das erste Mal, daß sie ihn richtig lächeln sah, was sie seltsam beunruhigte.

»Sie sollten öfter lächeln«, sagte sie mutig, während sie Wirangi wieder bestieg. Seine Stirn verdüsterte sich wieder, aber sie konnte sich den Zusatz nicht verkneifen: »Oder wollen Sie sich ebenso launisch verhalten wie Wirangi?«

Shannon und Keegan kicherten, und Galen wandte sich betreten ab. Doch Nola war schon zu Heath unterwegs, der ihr einen Ochsen zeigte, den sie von den anderen trennen und dann wegtreiben sollte. Seinem Vater versicherte er, daß er einen ›Coacher‹ – ein ruhiges Tier, ausgesucht hatte, das gutwillig mitmachen würde. Heath erklärte Nola, was zu tun war, und entfernte sich.

Plötzlich wurde Nola nervös. »Woher weiß denn Wirangi, welchen Ochsen ich von den übrigen trennen will?« fragte sie über die Schulter zurück.

»Er wird es wissen!« rief Heath lachend.

Die Männer beobachteten sie voller Neugier.

Zögernd wagte sich Nola vor und schrak zusammen,

als ihr mehrere Ochsen entgegenstürmten. Wirangi, eindeutig an solche Situationen gewöhnt, ließ sich nicht beirren, und Nola faßte Mut. Wirangi war sehr gut abgerichtet und reagierte schon auf sanftesten Druck von Knie oder Fersen oder auf eine Bewegung der Zügel. Er gab ihr das gute Gefühl, erfahren zu sein, und schien instinktiv zu wissen, auf welchen Ochsen Nola es abgesehen hatte. Wenn der Ochse mal hierhin, mal dorthin entkommen wollte, kam ihm das Pferd jedesmal zuvor. Seine Bewegungen erinnerten an Tanzschritte. Der Ochse war im Handumdrehen von der Gruppe getrennt. Nola war begeistert und wiederholte das Manöver mehrere Male. Als sie jedoch einen Freudenschrei ausstieß, wurden die Männer plötzlich ärgerlich.

»Verjagen Sie mir bloß die Rinder nicht!« schimpfte Galen, und Nola hatte allen Grund, verlegen zu sein.

Jimmy hatte unterdessen die Gegend nach versprengten Rindern abgesucht. Als er wiederkam, berichtete er Galen von etwa zwanzig Stieren, die einen Kilometer nördlich des Camps grasten. Anscheinend waren sie schon seit gestern abend da, aber Jimmy und Jack allein konnten sie nicht einkesseln, ohne die Herde aufzuscheuchen.

Mitten in den Staubwolken servierte Nola den Männern in den Pausen Mittagessen und Tee. Viel Zeit nahmen sie sich nicht dafür. Es reichte eben, um eine größere Kanne Tee zu leeren, einem dringenden Bedürfnis nachzukommen und sich dann eine Scheibe Brot mit Braten zu schnappen. Galen pausierte als letzter.

Während er aß, bemerkte Nola, daß einige der Tiere auf sie ziemlich ungestüm wirkten. Immer wieder gingen sie aufeinander los oder stießen die Hörner ans Gatter.

»Es wird wohl nicht ganz einfach werden, sie zu überführen«, stellte sie fest.

Galen ahnte, daß ihr die verwilderten, eben erst hereingetriebenen Tiere Angst machten, die brüllend gegen die Behelfszäune anrannten. »Wir haben da so unsere Tricks, um sie ruhiger zu machen«, gab er zur Antwort. »Wenn sie gereizt sind, lassen wir sie zum Beispiel über steinigen Boden laufen. Sie müssen aufpassen und können uns nicht durchgehen. Aber das darf man nicht zu lange machen, sonst verletzen sie sich die Hufe.«

»Ich habe gelesen, daß sie sich gegen den Wind leichter treiben lassen. Stimmt das?«

Galen nickte. »Sie wittern gern, was vor ihnen liegt. Wasser können sie kilometerweit riechen.«

»In der Stadt weiß kein Mensch, wieviel Arbeit die Viehzucht macht.« Eigentlich war das gar nicht für Galen bestimmt, sondern laut gedacht, aber Nola entging nicht der ironische Blick, mit dem er sie bedachte.

»Viehzählung benötigt viel vorausschauende Planung«, nickte er. »Das ist mehr als ausreiten, ein paar Kühe zusammensuchen und sie nach Hause treiben.«

»Aber das Essen darf man dabei auch nicht vergessen«, lächelte Nola.

»Klar. Harte Arbeit macht hungrig. Jemand muß uns die Mahlzeiten zubereiten oder herausbringen. Wenn wir in einer baumlosen Gegend kampieren, wird das Holz mitgebracht, um am Feuer kochen zu können. Und wenn es kein Wasser gibt, brauchen wir eigene Vorräte. Dafür nehmen wir die Packesel mit.«

»Das Vieh muß doch auch furchtbar Durst haben!«

»Stimmt, aber wenn wir an einem Tag eine weite

Strecke mit ihnen zurücklegen, dürfen wir sie tagsüber nicht trinken lassen, sonst kommen sie nicht mehr vom Fleck. Bis zum Einbruch der Dunkelheit müssen wir die Wasserlöcher umgehen. Das ist nicht immer leicht mit einer durstigen Meute, die jeden Tropfen Wasser riechen kann.«

Plötzlich hörte Nola, wie sie von Heath gerufen wurde. »Jack hat zwei Jungochsen hinten zwischen den Bäumen entdeckt. Wollen Sie mit ihm reiten, sie einfangen?«

Nola sah zu Galen herüber.

»Warum nicht?« meinte er. »Ich passe schon auf Shannon auf. Aber seien Sie vorsichtig ...«

Nola hörte ihn kaum noch. Sie saß schon im Sattel und galoppierte zu Jack hinüber. Galen sah ihr hinterher. Sie war so ganz anders als seine Frau, die niemals zum Auftrieb ins Camp mitgekommen wäre.

Jack und Nola jagten die Jungochsen fast zwei Kilometer weit. Wenn die Tiere sich unter den Bäumen trennten, machten sie es ebenso. Doch die Bäume machten es viel schwieriger, sie einzufangen. Endlich hatte Nola aufgeholt und trieb den Ochsen, den sie gejagt hatte, zurück. Während sie ihn dem Camp entgegentrieb, fiel ihr eine dünne Rauchsäule auf. Irgendwo in der Ferne brannte noch ein weiteres Lagerfeuer. Sie hielt noch immer Ausschau danach, als Jack sie einholte.

»Schau mal, Jack. Ein Lagerfeuer!« rief sie. »Könnten das Viehdiebe sein?«

»Nein, Missus. Vielleicht Wanderer«, antwortete er. »Wir bringen Ochsen zurück.«

»Laß uns erst nachschauen, wer es ist!« schlug Nola vor.

»Nein, Missus.«

Etwas in seiner Stimme ließ Nola aufhorchen. Er wirkte nervös. »Was ist es, Jack?«

Als er nicht antworten wollte, fügte sie hinzu: »Müssen wir uns Sorgen machen? Ist es vielleicht ein Stamm aus einer anderen Gegend, der uns angreifen könnte?«

»Missus Boss nix sagen«, bat er und runzelte ängstlich die Stirn.

Nola nickte. »Versprochen!«

»Lager vom Wana-Mara-Stamm«, erklärte er.

»Dein Stamm?«

»Ja. Mein Vater Weißer. Meine Mutter von Wana Mara.«

Nola war überrascht. »Lebt dein Vater beim Stamm?«

»Nein. Vater weg, schon lange her. Mutter beim Stamm geblieben. Hat starken Aborigines-Glauben. Jimmy auch von Wana Mara. Großer Boss mag keine Stämme hier. Wird viel böse.«

»Mr. Reinhart?«

»Jawohl.«

Wütend auf Langford, schüttelte Nola den Kopf. »Keine Sorge. Von mir erfährt Mr. Reinhart nichts. Weiß Mr. Hartford Bescheid?«

»Sagt weiß nichts, aber kluger Mann.«

Offenbar drückte Galen ein Auge zu, und da Langford nie das Haus verließ, würde er auch kaum davon erfahren.

»Und die Reste des Lagerfeuers, die Galen entdeckt hat? Vielleicht waren die auch von deinem Stamm?« überlegte sie.

»Nein, Missus. Feuer von Weißen.«

Nola hatte keine Ahnung, worin der Unterschied bestehen mochte, wollte sich aber ihr Unwissen nicht anmerken lassen.

»Wie viele gehören zum Wana-Mara-Stamm, Jack?«

»Das Lager da nur kleiner Teil von Stamm.« Er gestikulierte mit den Händen, nicht fähig es ihr zu erklären.

»Wie viele Männer wie du?« fragte sie.

Jack verzog nachdenklich das Gesicht, dann hielt er neun Finger hoch.

»Neun?« fragte sie.

Er nickte und hielt vier Finger hoch. »So viele wie Mr. Hartfords großer Sohn.«

»Heath?«

»Jawohl, Missus. Keine Lubras.«

»Lubras?«

»Frauen. Weiße Männer nennen sie Gins.« Er grinste verschmitzt.

»Ach so ...« Plötzlich hatte Nola eine Idee. »Würdest du mich irgendwann einmal mitnehmen zu deinem Stamm, Jack? Ich würde gern mehr von ihnen erfahren.«

Jacks Grinsen wurde breiter. »Vielleicht.«

Während sie ins Camp zurückritten, nutzte Nola die Gelegenheit, Jack noch ein wenig auszufragen.

»Weißt du, wie man Wasser im Busch findet, Jack?«

»Jawohl.«

»Viel Wasser?«

»Nicht viel. Genug zu trinken und nicht sterben. Wo Rind oder Schaf sich niederlassen, Wasser in der Nähe. Meist auf Hügel. Muß suchen, nach rotem Eukalyptus, groß und stark. Wasser ganz nahe. Unter Erde.«

»Wer könnte eine große Menge Wasser unter der Erde finden, Jack?«

»Nicht weiß, Missus. Besonderer Mann vielleicht?«
»Ein Wünschelrutengänger?«

Jack verstand sie nicht und legte den Kopf schief. Seine Augen waren dunkel und unergründlich, von zahllosen Runzeln umgeben. Immer schienen sie zu lächeln. Jetzt wirkte er schüchtern und empfindlich, aber Nola ahnte, daß er sehr tapfer sein konnte.

»Warum arbeitest du auf der Farm, Jack, anstatt bei deinem Stamm zu bleiben?«

Jack schaute auf, und zum ersten Mal bemerkte sie so etwas wie Schmerz in seinen lächelnden Augen. »Gehöre nicht dazu, Missus«, gab er zurück.

Nola begriff nicht, was er meinte. »Weshalb nicht?«

»Weil ich Blut von weißem Mann habe, ich sein in Niemandsland.«

»Niemandsland? Was soll das heißen, Jack?«

»Weiße Leute mich nennen schwarz. Schwarze Leute mich nennen weiß. Ich nirgends gehöre.«

Nola war schockiert. Das hatte sie nicht gewußt. »Also lebst du zwischen den zwei Welten?«

»Jawohl. Großer Streit, wenn Baby in Stamm geboren mit heller Haut. Normal wird Baby zur Farm gebracht. Wird groß bei weißer Familie. Ich auf Peterson-Farm, bei Charters Towers. Sehr gute Leute dort. Viele Piccaninnies aufgezogen. Waren sehr alte Leute. Sehr lieb gehabt. Jetzt gestorben.«

Als sie im Camp eintrafen, unterhielten sich Galen und Hank über das Vieh. Heath und Jimmy öffneten das Tor, und die beiden Ochsen wurden in eine eigene Koppel getrieben. Von dort durchquerten sie mehrere Gatter, bis sie der Herde der ›Coacher‹ zugesellt wurden. Shannon saß unter einem Baum im Schatten.

Nola trat auf Galen zu, der Shannon gerade zu trinken gab.

»Wie viele Pferde haben Sie?« wollte sie wissen.

»Zehn, einschließlich der Zugpferde am Wagen, und natürlich die zwei Packesel«, gab er zur Antwort. »Warum?«

»Gibt's hier Wildpferde in der Nähe?«

»Ja, Brumbies. Aber worauf wollen Sie hinaus, Miss Grayson?«

»Sie könnten doch noch ein paar Männer gebrauchen, oder?«

Er kniff die Augen zusammen. »Das wissen Sie so gut wie ich. Aber da ich nicht mehr habe ...«

Sie winkte ihn beiseite. »Einen Kilometer von hier lagern Aborigines«, raunte sie leise. »Sie gehören zu Jimmys und Jacks Stamm – die Wana Maras. Jack sagt, daß neun Männer und vier Jungs in Heaths Alter dabei sind. Wenn Sie ein paar Wildpferde einfangen und zureiten, und die Ureinwohner beim Auftrieb helfen, wären alle Probleme gelöst. Zur Entlohnung können Sie ihnen Fleisch geben.«

Galen war wie vom Schlag gerührt. »Langford würde das nie zulassen. Er weiß nicht, daß sie auf seinem Grund und Boden kampieren.«

»Sie brauchen es ihm doch nicht zu erzählen! Sie machen doch die ganze Arbeit und treffen alle Entscheidungen. Mir scheint, er ist mit dieser Regelung auch ganz zufrieden.«

Galen hob eine Braue.

»Solange die Rinder rechtzeitig auf den Markt kommen und die Farm gerettet wird, ist er zufrieden. Ihr Stolz würde nicht verletzt und seiner auch nicht.«

Galen schüttelte den Kopf.

»Wo liegt dann das Problem?« fragte Nola ungeduldig.

»Nur die wenigsten Aborigines können reiten. Und wenn sie im Stamm leben, ziehen sie ihre eigene Nahrung dem Rindfleisch vor.«

»Das Reiten könnten Jimmy und Jack ihnen schnell beibringen. Und was das Fleisch betrifft, es käme auf einen Versuch an ...«

»Wildpferde sind schwer genug zuzureiten. Ich glaube kaum, daß uns noch Zeit dafür bleibt. Im letzten Jahr haben nur wir so viele Pferde behalten, wie wir füttern konnten. Normalerweise benutzen wir für jede Aufgabe andere Pferde, aber die wir behalten, lassen sich überall einsetzen. Schon die Fohlen brauchen eine besondere Ausbildung, damit sie nicht herumspringen und die Herde scheu machen.«

»Ich weiß schon, was Sie denken«, versetzte sie leise.

»Wirklich? Und was, wenn ich fragen darf?« Er runzelte die Stirn.

»Sie halten es für unverschämt, daß ich Ihnen sagen will, wie Sie den Auftrieb bewältigen sollen.«

Sekundenlang war er verblüfft von ihrer Aufrichtigkeit. »Ich muß zugeben, daß mir genau das durch den Kopf ging.«

»Ich versuche doch nur, zu helfen!«

Er seufzte. »Daß die Ureinwohner für uns nicht arbeiten werden, steht fest. Die kleine Gruppe, die Sie beobachtet haben, vollzieht gerade ein Stammesritual. Sie führt die Jungen ins Erwachsenenleben ein.«

Nola wunderte sich nicht über das, was Galen sagte, sondern darüber, daß Jack recht behielt. Galen wußte

Bescheid über die Wanderungen der Stämme. »Von dem Ritus hat Jack nichts erwähnt. Das hätte ich mir gern angeschaut.«

»Miss Grayson, Frauen dürfen bei so etwas nicht zugegen sein. Da haben sie sehr strenge Regeln!« Er musterte sie verzweifelt. »Sie haben doch nicht bemerkt, daß Sie sie beobachten, oder?«

Nola hob trotzig das Kinn. »Nein. Wir blieben auf Abstand. Eigentlich habe ich nur den Rauch des Lagerfeuers gesehen. Jack hat mir erzählt, daß es sein Stamm ist.«

»Ich hoffe, sie haben wirklich nicht gemerkt, daß sie beobachtet wurden. Ärger mit den Ureinwohnern können wir jetzt nicht brauchen. Wir haben so schon genug zu tun. Wir können von Glück sagen, daß Jimmy und Jack für uns arbeiten, und das auch nur, weil sie auf einer Farm aufgewachsen sind.«

»Hätten ihre weißen Väter die Finger von den Mädchen im Stamm gelassen, könnten sie bei ihren eigenen Leuten aufwachsen, statt im Niemandsland.«

Galen schaute sie verblüfft an.

»Das Leben muß schwer sein, wenn man nirgends hingehört«, suchte Nola sich zu verteidigen.

Sie bemerkte die Verwirrung in seinem Gesicht, denn er wandte sich ab und ging davon. Nola folgte ihm. »Ich wollte doch Sie nicht verantwortlich machen für ihr Schicksal«, beteuerte sie.

»Danke, Miss Grayson, nicht alle weißen Männer lassen sich mit Lubras ein, wissen Sie!«

Als Galen zum Viehhof kam, rief er nach Jack. Nola hätte sich ohrfeigen mögen. Jetzt würde Jack erfahren, daß sie ihn verraten hatte.

»Bitte vertreiben Sie den Stamm nicht von der Farm«, flehte sie. »Es sind doch Nomaden, Grundstücksgrenzen bedeuten gar nichts für sie. Ich habe Jack versprochen, daß ich niemandem davon erzähle.«

Galen schüttelte den Kopf. »Diese Leute leben hier seit mehreren hundert, vielleicht tausend Jahren, Miss Grayson. Die Farm gehört zu ihren Jagdgründen. Ich müßte schon komplett verrückt sein, wenn ich sie hier wegschicke. Der Stamm könnte uns binnen Minuten vernichten. Andere Rinderzüchter versorgen sie sogar mit Schnaps, damit sie Frieden halten, aber das vergrößert die Probleme noch, weil sie dadurch unberechenbar werden. Wie schon gesagt, ich will keinen Ärger!«

Nola errötete. Jedesmal, wenn sie den Mund aufmachte, redete sie dummes Zeug und bewies, wie wenig sie von alledem verstanden hatte.

Jack kam herübergeritten. Er sah sie an, und sie schlug die Augen nieder.

»Ja, Boss!« rief er.

»Ob die Männer in deinem Stamm wohl interessiert wären, mir bei dieser Durchzählung als Treiber zu helfen? Ich kann allerdings nichts dafür geben außer Rindfleisch.«

Jack grinste breit und zeigte ebenmäßige weiße Zähne. »Muß Stammesältesten fragen, Boss. Fleisch vielleicht gute Abwechslung zu Wurzeln.«

Nola mußte lächeln, und Galen starrte sie wütend an. Anscheinend war er wirklich überrascht, aber noch immer skeptisch.

»Dann los, Jack«, beschied er dem Reiter. »Wir haben keine Zeit zu verlieren. Außerdem brauchen wir mehr

Pferde. Frag deine Leute, ob sie wissen, wo welche grasen. Und wenn sie für mich arbeiten wollen, mußt du ihnen gemeinsam mit Jimmy das Reiten beibringen!«

Galen wandte sich zu Nola. »Wenn sie wirklich mitmachen, was ich kaum glaube, kann ich schon jetzt sagen, daß sie nicht lange dabeibleiben. Wie Sie schon richtig gesagt haben, es sind Nomaden. Sie haben eine andere Einstellung zur Zeit. Sobald es ihnen richtig erscheint, gehen sie einfach.«

»Fragen schadet jedenfalls nicht?« versetzte Nola.

»Ich hoffe bloß, daß wir unsere wertvolle Zeit nicht verschwenden! Es steht soviel auf dem Spiel!«

Nola schickte ein stilles Stoßgebet zum Himmel, daß ihn die Aborigines nicht im Stich ließen. Wenn es nicht klappte, würde sie sich Vorwürfe machen, und zweifellos würde auch Galen ihr die Schuld geben.

Schließlich kehrte Jack zurück und erklärte, der Stammesälteste hätte fünf Männern erlaubt, für Galen zu arbeiten. Und sie wußten auch, wo sich ein paar Wildpferde in der Gegend aufhielten.

»Fleisch nicht wollen, Boss«, verkündete Jack. »Sie glauben, große Ehre zu lernen wie Pferd reiten wie die Weißen!«

Galen staunte. »Hank und ich behalten die Herde im Auge, während du mit Jimmy nach ein paar Ponys suchst. Nach Hause bringen und dort in aller Ruhe zureiten kommt nicht in Frage, wir müssen es hier draußen machen. Wenn sie zugeritten sind, ziehen wir zum nächsten Lagerplatz, dort, wo das kleine Wasserloch ist. Da kannst du deinen Leuten dann beibringen, wie sie im Sattel bleiben!«

Die nächsten Stunden vergingen rasch. Während Jimmy und Jack die Ponys einfingen, hatten Hank, Galen und die beiden Jungen alle Hände voll zu tun, um eine weitere Behelfskoppel zu errichten. Der Zaun wurde aus knorrigen Ästen der umliegenden Bäume gezimmert, in Windrichtung und angemessener Entfernung von der Herde, damit das Vieh nicht scheu wurde. Die Koppel war zweigeteilt; in dem kleineren schmalen Teil wurden, wie Hank erklärte, die Pferde bestiegen. Nola war schon ganz aufgeregt vor Erwartung.

Als Jimmy und Jack wieder im Camp eintrafen, trieben sie zehn Wildponys vor sich her. Gleichzeitig tauchten fünf Aborigines urplötzlich aus dem Gebüsch auf, kräftige junge Männer allesamt. Nola hatte ihre Anwesenheit gar nicht bemerkt, sie verschmolzen regelrecht mit der sie umgebenden Landschaft.

Die Wildpferde wurden in die Koppel getrieben, und Galen suchte fünf heraus, die zugeritten werden sollten. Nola hörte fasziniert zu, wie die Qualitäten jedes einzelnen Ponys bewertet wurden, von den Sprunggelenken bis zum Widerrist. Die anderen fünf Tiere ließ man wieder frei, und sie galoppierten davon.

Die verbliebenen Tiere waren die unbändigsten Biester, die Nola je gesehen hatte. Sie stürmten in der Koppel herum, wieherten und warfen sich wütend gegen das Behelfsgatter, die Hufe hoch in der Luft, die Augen weit aufgerissen vor Angst.

Hank, Jimmy und Jack und sogar die Jungen wirkten aufs Äußerste gespannt. Die Neulinge vom Stamm der Aborigines hielten sich schüchtern, fast ängstlich im Hintergrund. Nola hielt Shannon möglichst fern vom Zaun, damit sie nicht zertrampelt wurde, falls eins der

Tiere ausbrechen sollte. Die Pferde schrien und stießen mit aller Kraft ihrer muskulösen Beine zu. Sie bissen einander, jagten im Kreis herum, staksten auf den Hinterbeinen und wirbelten dabei jede Menge Staub auf.

Jimmy war der erste, dem es gelang, einem schwarzen Hengst auf den Rücken zu klettern, ein enormes Tier, das wiehernd die gelben Zähne bleckte. Jetzt verstand Nola auch, weshalb die innere Koppel so klein bemessen war. Das Pferd bockte und bäumte sich nicht nur auf, es versuchte auch vergebens, den Reiter zu beißen. Jimmy hielt sich wacker, die dünnen Beine kraftvoll um den breiten Leib des Tiers geschlungen; die Umstehenden riefen ihm Mut zu und zählten die Sekunden. Nach fünf Sekunden landete er mit einem scheußlichem Aufprall im Sand und wurde von dem wütenden, schnaubenden Hengst vom Platz gejagt.

Jack versuchte, ein hellgeflecktes Pferd zu zähmen, das sich bereits ahnungsvoll aufbäumte und ihn zu erschlagen versuchte. Glücklicherweise sprang er rechtzeitig beiseite und humpelte davon. Das Tier erhob sich mit blutenden Vorderbeinen, doch sonst unverletzt, und bockte siegesgewiß in der Koppel herum.

Nach allem, was sie von Galen und den Aborigines wußte, galt Hank auf der Boulia-Farm als legendärer Meister im Zureiten. Gleich darauf bewies er, wie gut er war und ritt zwei Pferde in relativ kurzer Zeit zu, doch den schwarzen Hengst konnte auch er nicht brechen. Jimmy und Jack riefen »Boss, Boss!«, was bedeuten sollte, daß jetzt Galen an der Reihe war.

Nola erschrak, als Galen mit einem Satz auf den Hengst sprang. Sein Hut segelte davon, als der Hengst sich aufbäumte, doch Galen ließ nicht locker, während ringsum die Sekunden gezählt wurden. Das Wildpferd schien all seine Kräfte für Galen aufgespart zu haben, dessen Körper nach allen Seiten geschleudert wurde. Als er sich über acht Sekunden auf dem Rücken des Pferds gehalten hatte, pfiffen und johlten die Umstehenden. Zweimal prallte es gegen den Zaun, und Nola befürchtete schon, Galens Bein wäre gebrochen, aber er blieb auf dem bockenden Pferd sitzen, bis es allmählich langsamer wurde und sich seiner Führung unterwarf. Nola war beeindruckt von Galens Kraft und Geschicklichkeit. Die Aborigines respektierten die prachtvollen Pferde, die ihr Land bevölkerten. Nola bemerkte die ehrfürchtigen Blicke, mit denen sie Galen beobachteten. Nicht nur, weil er der »weiße Boss« war, er hatte auch noch dieses wilde und kraftvolle Lebewesen bezwungen.

»Glück hat er gehabt, daß wir ihn schon müde gemacht hatten, was, Jimmy?« rief Hank, und Galen lachte.

Später erklärte ihr Galen, daß er die Pferde sonst langsamer einzureiten pflegte. Die Gewöhnung an Zaumzeug, Decke und Sattel allein brauchte Wochen, bevor er versuchte, sie zu reiten. Unglücklicherweise konnten sie sich diesen Luxus jetzt nicht leisten.

Spät am Nachmittag sorgte Nola für Brot und Tee. Jack hatte ein paar Jamswurzeln ausgegraben, und er zeigte ihr, wie man sie am Feuer rösten konnte. Die Männer waren müde und erschöpft, freuten sich aber über die Pferde, die jetzt zum Satteln bereit waren. Als die Sonne unterging, blieb die Rinderherde ungestört auf der eingezäunten Weide, und die Wildpferde hatten sich beruhigt. Die Maultiere waren angepflockt und konnten ein wenig grasen. Nach einer Ruhepause brachen sie zur

Farm auf und ließen Jimmy und Jack mit den neuen Treibern im Camp zurück.

Nola ritt neben Galen her. Sie spürte, daß er noch immer Sorgen hatte. Instinktiv ahnte sie, daß es mit der Wasserversorgung zu tun hatte.

»Wie lange wird das Wasserloch für die Herde ausreichen?« erkundigte sie sich.

»Zwei oder drei Tage höchstens. Mag sein, daß wir sie weiter nordwärts bringen müssen, bis nach Flinders River hinaus, um noch Wasser zu finden, bevor wir nach Süden aufbrechen.«

»Woher wissen Sie, daß der Fluß noch Wasser führt?«

»Das wissen wir nicht. Das Risiko müssen wir eingehen.«

»Warum versuchen wir nicht, hier welches unterirdisch zu finden?«

»Sie können Löcher an zwanzig Stellen bohren und doch nichts finden. Die Grundwasserströme in der Nähe des Anwesens, von denen wir abhängig sind, sind längst ausgetrocknet. Andere wahrscheinlich auch. Was wir noch im Tank haben, wird nicht mehr lange reichen. Wenn es nicht bald regnet, verlieren wir alles.«

»Brauchen Sie keinen Koch auf der Reise?« hakte Nola nach.

»Diesmal nicht, Miss Grayson. Heath kann uns eventuell begleiten, aber Sie müssen sich um Keegan und Shannon kümmern.«

An diesem Abend begab sich Nola zum Mannschaftshaus, um ein Wort mit Hank zu reden. Das Thema war heikel, und sie wollte Galen auf keinen Fall über den Weg laufen.

»Wissen Sie noch, wie wir von den Wünschelrutengängern geredet haben, Hank?«

Hank beäugte sie argwöhnisch. »Schon.«

»Kennen Sie welche hier in der Gegend?«

»Warum fragen Sie?«

»Gibt es welche, Hank?«

Er kratzte sich den Kopf. »Nur einen, von dem ich weiß, und der ist ein Säufer. Und das schon seit Jahren. Andere diesseits von Winton kenne ich nicht. Wie ich schon sagte, Nola, die meisten sind Scharlatane! Ich würde keinem über den Weg trauen. Wenn Sie gegenüber Mr. Reinhart was von Wünschelrutengängern erwähnen, bekommt er einen Tobsuchtsanfall! Er hat schlechte Erfahrungen mit denen gemacht, glaube ich.«

»Die Herde braucht dringend Wasser. Und wir auch. Was haben wir zu verlieren, wenn wir es versuchen?«

»Bloß unser Geld.«

»Wir sagen ihm klipp und klar: kein Wasser, kein Geld. Aber wenn er eine Wasserader ausfindig macht, zahle ich ihm, was er verlangt.«

Skeptisch verzog er das Gesicht.

»Wo finde ich diesen Mann?« fragte sie.

»Der ist seit Jahren nicht mehr nüchtern gewesen. Wenn Sie mich fragen, ist er längst tot.«

Nola war fest entschlossen. »Wenn er noch lebt, werde ich ihn ausnüchtern.«

Hank seufzte resigniert. »Esther wird wissen, wo er sich aufhält. Haben Sie Galen schon darauf angesprochen?«

Sie reckte trotzig das Kinn.

»Hatte ich auch gar nicht angenommen«, winkte Hank ab.

»Wenn dieser Mann Wasser findet, werde ich es ihm schon sagen. Ich nehme an, euer Ausflug nach Flinders River wird zwei Tage dauern. Mehr Zeit brauche ich nicht. Wenn es nicht funktioniert, haben wir nichts verloren.«

»Und was ist mit Keegan und Shannon? Sie wollen die Kleinen doch nicht mitnehmen, wenn Sie nach diesem Mann suchen!«

Nola lächelte stillvergnügt. »Ich kenne jemanden, der morgen nichts vorhat, und dem ein bißchen Gesellschaft bestimmt guttun würde.«

Hank starrte sie zweifelnd an, dann sackte ihm der Unterkiefer herab. »Sie meinen doch nicht ...«

»Genau den meine ich.«

»Aber Nola! Das macht er nie!«

»Es wird ihm nichts anderes übrigbleiben.«

Hank faßte sich an die Stirn. »Fast bin ich erleichtert, daß ich für ein paar Tage weit weg sein werde«, erklärte er.

Nola grinste. »Feigling!«

7

Es war fast Mitternacht. Nola wanderte ruhelos über die Dielen des Schulhauses und wünschte, es wäre schon morgen, damit sie nach Julia Creek aufbrechen könne. Obwohl sie so unruhig war, freute sie sich auch, endlich etwas Nützliches unternehmen zu können, um das Problem des Wassermangels auf der Reinhart-Farm zu lösen.

Eine Stunde lang hatte sie an dem Plakat gearbeitet, das sie Esther versprochen hatte, konnte sich aber nicht recht darauf konzentrieren. Während sie sich im Klassenzimmer umsah, fiel ihr Blick unversehens auf die Bücherkisten. Welche rätselhaften Botschaften mochten die sorgfältig weggepackten Bände noch enthalten? Von unstillbarer Neugier getrieben, öffnete sie eine Kiste und begann, in den Büchern herumzublättern. Die halbe Kiste war bereits geleert, ohne daß sie etwas gefunden hatte. Enttäuscht wollte sie schon aufgeben, als eine weitere Notiz zum Vorschein kam. Sie lag in einem Roman namens *Gebrochene Herzen, zerstörte Illusionen* von einer gewissen Carolyn Whey. Sie war fast sicher, daß sie den ersten Zettel in einem Buch der gleichen Autorin gefunden hatte.

Auf dem Zettel stand:
»*Meine Liebe, Worte allein können nicht fassen, was*

mir die letzte Nacht bedeutete. Wenn wir nicht beisammen sind, kann ich nicht leben.«

Die Mitteilung war unterzeichnet mit ›E‹.

Nola zerbrach sich den Kopf. Warum hatte die Schreiberin dieser Zeilen, falls es Galens Ehefrau war, sie nicht an ihn weitergegeben? Nachdenklich begab sie sich zu Bett.

Nach einer unruhigen Nacht, heimgesucht von wirren Träumen, wurde Nola früh wach. Als sie zur Hütte kam, wollten Galen und Hank gerade losreiten.

»Wir werden mindestens zwei Tage wegbleiben, vielleicht auch drei«, erklärte Galen und stopfte Wäsche zum Wechseln in einen Leinenbeutel.

»Keine Sorge, wir kommen zurecht«, versprach Nola. »Viel Glück mit den Wildpferden und beim Viehzählen!«

»Das können wir brauchen. Wildpferde zähmen ist ein hartes Stück Arbeit, und dann müssen die Aborigines noch lernen, sie zu reiten. Das ist ihnen leider nicht angeboren. Seltsam, aber wenn sie es dann erst einmal gelernt haben, wie Jimmy und Jack, sind sie exzellente Reiter.«

»Kommen Sie noch mal zurück, bevor Sie den ganzen Bestand nach Flinders Rivers treiben?«

»Weiß ich nicht genau«, gab er zurück. »Es kommt drauf an, wie lange das Wasserloch bei unserem Camp noch vorhält.«

Nola spürte, daß Hank ihr noch etwas sagen wollte, aber ihm schienen die Worte zu fehlen. Sie grinste verschwörerisch zu ihm hinüber, und er verdrehte die Augen. Dann machte er sich mit Galen auf den Weg.

Beim Frühstück erfuhren Keegan und Shannon von Nola, was sie vorhatte. »Heute muß ich nach Julia

Creek«, verkündete sie unbekümmert. »Ich kann euch leider nicht mitnehmen, weil es schnell gehen muß.«

Keegan war verwirrt. »Wo müssen Sie denn hin?« fragte er.

Nola setzte sich und drückte die Kinder fest an sich. »Ihr wißt ja, daß wir ganz dringend Wasser brauchen«, erklärte sie. Beide nickten.

»Man hat mir von einem Mann erzählt, der welches für uns findet. Ich will ihn aufsuchen und ihn nach Möglichkeit hierherbringen.«

»Wie kann er Wasser finden, wenn Papa keins findet?« wollte Keegan wissen.

»Man braucht eine bestimmte Gabe, unterirdische Wasseradern zu finden.«

»Und wie macht er das?« fragte Shannon.

»Soviel ich weiß, benutzt er Weidenruten, oder Ochsendraht. Jemanden, der auf diese Weise Wasser finden kann, nennt man einen Rutengänger.«

»Und warum fragt Papa den Mann nicht, für uns zu suchen?«

»Nicht jeder glaubt, daß es Menschen gibt, die mit ihrer besonderen Gabe Wasser entdecken.«

»Glaubt Papa an diese Leute?«

»Das weiß ich nicht genau. Während dein Papa unterwegs ist, will ich es mit dem Mann versuchen. Sollte er Wasser finden, wär es doch eine schöne Überraschung für deinen Papa, wenn er heimkommt, oder?«

»Papa wird sich freuen!« strahlte Shannon.

»Wenn es klappt, ja.« Inwendig betete Nola, daß sie Erfolg haben möge.

Keegan runzelte die Stirn. »Wie lange werden Sie denn wegbleiben?«

»Ich komme so schnell wie möglich wieder. Nur ein paar Stunden, hoffentlich. So lange lasse ich euch zwei bei Mr. Reinhart.«

Keegan und Shannon machten große Augen.

»Papa meint, Mr. Reinhart mag keine Kinder!« sagte Shannon verdrießlich.

»Natürlich mag er euch«, beteuerte Nola so überzeugend wie möglich. »Jeder Mensch mag Kinder. Mr. Reinhart hatte bloß noch nicht das Glück, viel Zeit mit Kindern zu verbringen. Schließlich hat er keine eigenen. Stellt euch das mal vor, ganz allein zu wohnen, und nie kommt jemand zu Besuch! Ist das nicht schrecklich?«

»Besuchen würden wir ihn schon, wenn er wollte«, versetzte Keegan lustlos. »Aber er hat uns nie zu sich ins Haus eingeladen.« Die Idee, bei Langford Reinhart zu bleiben, gefiel ihm ganz und gar nicht, und Nola konnte es ihm nicht verdenken.

»Er ist immer so mürrisch«, fügte Shannon hinzu.

»Wahrscheinlich ist er schon so lange allein, daß er nicht mehr weiß, wie er mit den Leuten verkehren soll, besonders mit Kindern«, räumte Nola ein. »Ich bin sicher, daß es ein Lichtblick für ihn ist, wenn ihr beide ihm Gesellschaft leistet.« Sie senkte die Stimme. »Laßt ihm etwas Zeit, sich daran zu gewöhnen!« Sie blinzelte Shannon zu. »Dann ist er auch nicht mehr so brummig!«

Nola merkte, daß sie Keegan nicht überzeugt hatte, aber Shannon gab sich anscheinend mit der Versicherung zufrieden, daß sie in dem ›großen Haus‹ schon irgendwie willkommen seien.

Nola spülte das Frühstücksgeschirr, Keegan und Shannon halfen beim Abtrocknen. Sie überlegte, wie sie ihnen den Namen ihrer Mutter entlocken konnte, ohne schlimme Erinnerungen zu wecken.

»Wißt ihr«, begann sie, »ich unterrichte nun schon viele Jahre, aber ich bin noch keinen Kindern mit so hübschen Namen wie euren begegnet!«

»Mama hat uns die Namen gegeben, sagt Papa«, erklärte Shannon.

Keegan wirkte bedrückt.

»Wirklich?« fragte Nola munter zurück. »Also, mir gefällt ihre Wahl.« Sie wollte Keegans Stimmung aufheitern. »Was haltet ihr denn von Namen wie ›Hildegard‹ oder ›Nelda‹?«

»Hildegard – wie furchtbar!« Keegan verzog angewidert das Gesicht.

»Nelda klingt lustig!« kommentierte Shannon kichernd.

»Es waren zwei ganz schön schreckliche Mädchen«, berichtete Nola lachend. »Sie waren Zwillinge und hatten ein Kindermädchen namens Zetta.«

»Zetta!« riefen Shannon und Keegan gleichzeitig, bevor sie sich vor Lachen ausschütteten.

»Die letzten beiden Mädchen, die ich unterrichten mußte, hießen Magdalene und Georgina. Sie waren furchtbar verwöhnt und ständig beleidigt. Und die Mädchen davor hießen Parnella und Philopena.«

»Lustige Namen sind das!« wunderte sich Keegan. »Haben alle in England so seltsame Namen?«

»Aber nein. Manche haben auch schöne Namen, wie Evelyn, Elizabeth und Emily.«

»Unsere Mutter hieß auch Emily!« verkündete Keegan stolz.

Nola lächelte. »Emily klingt wunderschön«, nickte sie und wußte jetzt, daß beide Notizen von ihrer Mutter stammen mußten.

»Mami fehlt uns so sehr«, bemerkte Shannon. »Aber wir freuen uns, daß Sie da sind!«

Nola war gerührt und fühlte, wie ihr die Tränen kamen. Sie legte den Arm um die Kinder und hielt sie fest. »Ich danke euch. Ich bin gern hier!«

Nola war ganz sicher, daß Langford Reinhart sich weigern würde, auf die Kinder aufzupassen, schon allein weil sie es war, die ihn darum bat. Aber dennoch war sie fest entschlossen, ihren Willen durchzusetzen. Wenn er nicht bereit war, etwas zur Rettung seiner Farm beizutragen, konnte er sich wenigstens um die Kinder kümmern, das würde sie ihm schon deutlich zu verstehen geben. Allerdings durfte sie auf keinen Fall preisgeben, was sie in Julia Creek zu besorgen hatte.

Ohne anzuklopfen betraten Nola und die Kinder das Gutshaus durch die Hintertür und kamen durch die Küche in die Eingangshalle. Keegan hielt sich dicht neben ihr, und Shannon umklammerte ihre Hand. Beide sahen sich ängstlich in dem düsteren Haus um. Nola glaubte, Langford sei im Obergeschoß, und war überrascht, ihn im Arbeitszimmer anzutreffen. Er war in irgendwelche Papiere vertieft und hatte sie nicht kommen hören. Er runzelte die Stirn, und Nola fragte sich, ob er sich wohl mit Briefen der Janus-Familienanwälte beschäftigte. Als er aufschaute, erschrak er bei ihrem Anblick, mit den Kindern in der Diele. Sekundenlang starrte er sie mit offenem Mund an.

»Guten Morgen, Mr. Reinhart!« grüßte Nola fröhlich und drängte die Kinder ins Arbeitszimmer.

Vollkommen sprachlos blieb Langford hinter dem Schreibtisch sitzen. Entgeistert sah er die Kinder eintreten, dann schien er Nola mit seinem stahlblauen Blick durchbohren zu wollen.

Bevor er noch etwas sagen konnte, fuhr Nola fort. »Galen und Hank sind heute früh zum Viehcamp aufgebrochen. Ich muß dringend nach Julia Creek und habe deshalb den Kindern versprochen, daß sie bei Ihnen bleiben können.«

Langford starrte die Kinder ungläubig an, dann stand er auf und trat vor den Schreibtisch, wo Nola sich aufgebaut hatte. »Ich passe nicht auf Kinder auf«, bellte er.

»Das wäre doch wohl das mindeste, was Sie tun können, nachdem wir alle daran arbeiten, Ihre Farm zu retten! Sie werden keine Last mit ihnen haben. Ich habe Bücher und Stifte mitgebracht und ihnen einfache Rechenaufgaben gestellt, bei denen Sie ihnen helfen können.«

Langford schüttelte den Kopf. »Sie haben mir gar nichts zu befehlen, Miss Grayson! Ich bin hier der Chef, nicht Sie. Und Sie sind eingestellt worden, um die Kinder zu betreuen!«

Shannon und Keegan schauten entmutigt zu ihr auf. Nola legte den Arm um beide und lächelte tröstlich.

In gleichbleibend heiterem, unbeschwertem Ton stellte sie klar: »Ich bin froh, daß wir wenigstens darin einer Meinung sind, Mr. Reinhart. Aber befohlen habe ich Ihnen nichts. Die Kinder würden sich freuen, wenn sie hier bei Ihnen im Haus sein dürfen. Und Sie haben doch nichts dagegen, oder?« Sie provozierte ihn geradezu, aber er hätte doch der kaltherzigste Mensch auf Erden sein müssen, um sich zu weigern. Plötzlich wurde ihr klar, daß es nicht klug war, ihn auf die Probe zu stellen. Soweit sie ihn bisher kannte, hatte er nicht mal ein Herz aus Stein, sondern gar keines.

Er musterte die Kinder, die ihn flehentlich anblickten.

»Ich bin so schnell wie möglich wieder da«, versprach Nola, noch ehe er etwas erwidern konnte. Sie verabschiedete sich von den Kindern, machte auf dem Absatz kehrt und ließ ihn stehen, während Langford indigniert hüstelte und sein sonst so farbloses Gesicht sich vor Verzweiflung und Wut verzog.

Auf Wirangi legte Nola den Weg zügig zurück. Beim Julia-Creek-Hotel stieg sie ab und wunderte sich über die zahlreichen Pferde und Kutschen, die dort standen. Sie betrat das Hotel durch die Vordertür, doch das Hotel selbst war verwaist. Esther stand an der Hintertür und sah zu, was draußen vorging.

Auf dem Grundstück hinter dem Hotel stand eine große Gruppe von Männern beisammen. Eine hitzige Debatte über die Folgen der Dürreperiode war in vollem Gang. Hinter Esther stehend, hörte Nola einen Augenblick zu.

»... jede Woche Hunderte von Rindern verloren! Wir können doch nicht die ganze Herde aufs Spiel setzen.«

»... Familien leiden auch. Einige sind schon mit Sack und Pack aufgebrochen und verlassen die Farm.«

»... wenn wir wirklich den Treck nach Süden antreten, verlieren wir den ganzen Bestand, bevor wir nach Charleville kommen.«

»... ich hab's schon immer gesagt! Wir hätten schon längst etwas unternehmen sollen. Aber auf mich wird ja nicht gehört ...«

Nola tippte Esther auf die Schulter, die überrascht herumfuhr. So sehr sie sich freute, Nola zu sehen, war Esther anscheinend ganz durcheinander.

»Ich hatte gar nicht erwartet, dich so früh wiederzusehen!« rief sie entzückt. »Warum bist du in der Stadt? Stimmt etwas nicht? Wo bleiben Galen und Hank? Haben sie denn vergessen, daß heute Versammlung ist?«

»Alles in Ordnung, Esther. Niemand hat etwas von einer Versammlung gesagt, aber sie haben im Augenblick auch so viel anderes im Kopf.«

»Da sind sie nicht die einzigen! Deswegen findet die Versammlung ja statt. Der Wassermangel hat einen kritischen Punkt erreicht.«

»Auch Galen und Hank denken an nichts anderes. Sie wollen das Vieh zum Flinders River hochtreiben, um nach Wasser zu suchen.«

»Da wünsche ich ihnen Glück. Und was bringt dich hierher?«

»Hank hat gemeint, Sie wüßten vielleicht, wo ich jemanden finde, den ich dringend suche.«

»Ach nee! Wen denn, Kleines?« Sie schob sich das wirre Haar aus der verschwitzten Stirn.

»Seinen Namen kenne ich nicht. Er ist ein Wassersucher. Hank meint, er ist ständig betrunken, daher nehme ich an, daß er zuviel trinkt. Weißt du vielleicht, wen er meinen könnte, und wo ich den Mann finde?«

»Der einzige, auf den diese Beschreibung zutrifft, ist Wade Dalton. Verflixt, den hab' ich schon seit Monaten nicht mehr gesehen. Allerdings kommt das häufig vor. Hank hat recht. Er schaut immer zu tief ins Glas. Für mein Geschäft ist das gut, für ihn weniger. Irgendwer hat mir auch erzählt, er hätte sich das Bein gebrochen. Vielleicht läßt er sich deshalb schon so lange nicht mehr blicken. Er lebt ganz allein für sich in Black Crow Ridge, wo er eine Mine betreibt. Nicht, daß er sich überarbeitet ...«

»Wie finde ich dorthin, Esther?«

»Was willst du denn von ihm, Kleines?«

»Er soll uns Wasser suchen, auf Reinhart.«

Esther lachte schallend, aber Nola ließ sich nicht beirren.

»Wade Dalton fände nicht mal Wasser, wenn er reinfällt, Kleines!« Sie holte tief Luft. »Vor vielen Jahren, da war das noch anders, soviel ich weiß. Aber das war lange vor meiner Zeit. Ein paar von den alten Veteranen behaupten, daß er ganz gut war damals. Aber niemand, der auch nur ein bißchen Verstand hat, würde ihm heute noch vertrauen.«

»Und wie finde ich ihn, Esther?«

Die Ältere seufzte. »Ich möchte nicht, daß du auf ihn reinfällst, Nola. Du bist eine gute Frau. Sind nicht viele von uns hiergeblieben.« Esther lachte über ihren eigenen Witz, aber Nolas Interesse wurde von der Versammlung angezogen.

Der Mann, der in der Mitte stand, fragte soeben, ob irgendwer einen nützlichen Vorschlag zu machen hätte.

»Alles, was bisher hier vorgetragen wurde, ist Gezeter und Gejammer«, stellte er fest. »Und das bringt unser Vieh auch nicht zur Tränke.«

Plötzlich wurde es sehr still im Saal.

»Ich habe eine Idee!« verkündete Nola und trat einen Schritt vor. Verblüfft drehte sich der Mann nach ihr um.

»Wer ist das denn?« rief jemand im Publikum.

»Mein Name ist Nola Grayson. Ich bin auf der Reinhart-Farm angestellt.«

»Was wissen Sie schon!« brüllte eine Frau, und die Versammlung johlte.

»Ich möchte hören, was sie zu sagen hat«, sagte der Mann, der vorhin das Wort geführt hatte.

Er wandte sich Nola zu. »Mein Name ist William Ashborne, und ich bin Vorsitzender des Rinderzüchtervereins Nordaustralien. Wenn Sie einen Vorschlag haben, bitteschön – lassen Sie hören!«

Die Gruppe murrte und beobachtete sie mit offener Feindseligkeit. Nola war nahe dran, kehrtzumachen.

William Ashborne hob die Hand und gebot den Umstehenden, zu schweigen. »Jeder darf hier seine Meinung sagen, aber nacheinander. Die Dame hat das Wort!«

Nola faßte all ihren Mut zusammen. »Ich weiß, daß ich noch nicht lange genug im Outback lebe, aber auch so kann man erkennen, daß die Situation allmählich kritisch wird. Die Trockenheit betrifft alle. Wenn wir auf der Farm leiden, leiden auch die Leute in der Stadt. Ich bin ganz sicher, daß Esther sowie Orval und Gladys Hyde Ihnen das bestätigen würden.« Sie hielt nach Esther Ausschau, die begeistert nickte, ebenso wie Gladys und Orval.

Ringsum entstand Gemurmel, und die meisten blieben spöttisch.

»Galen Hartford ist deshalb nicht hier, weil er sich verzweifelt bemüht, das Vieh auf der Reinhart-Farm zu retten.«

»Galen würde keine Außenseiter an seiner Stelle herschicken!« brüllte ein Mann. »Und schon gar keine Frau!«

Nola blieb ruhig, obwohl die kalte Wut in ihr emporstieg. »Er hat mich nicht ›hergeschickt‹. Ich bin aus freiem Willen hier, ich möchte wenigstens versuchen, ihm zu helfen. Ich suche einen Mann, der unterirdisches Wasser für uns entdeckt.«

Ein Mann, der direkt vor Nola stand, verschränkte die Arme. »Und wer soll das sein?« verlangte er zu wissen.

Nola zögerte. »Ich glaube, sein Name ist Wade Dalton.«

Das Publikum hielt einen Moment die Luft an, bevor es in schallendes Gelächter ausbrach. Nola warf William Ashborne einen Blick zu, der voller Mitgefühl mit den Achseln zuckte.

»Auf den würde ich mein Vertrauen nicht setzen, und schon gar kein Geld. Sie würden beides verlieren«, warnte er.

Nola hob die Hand, und es wurde wieder still. Es dauerte eine Weile, aber dann waren alle wieder aufmerksam.

»Galen hat mir schon gezeigt, daß niemand etwas annehmen würde, was ich vorschlage.«

»Recht hat er!« rief jemand.

Nola ignorierte den Zwischenrufer. »Er meinte, keiner hier gäbe etwas auf die Meinung eines Zugereisten aus der Stadt, der seine Meinung lieber für sich behalten solle.«

»Stimmt doch auch! ... Nie und nimmer werden Stadtmenschen unsere Probleme begreifen ...«

»Nun gut, ich komme aus einer Großstadt in England. Ich bin zur Reinhart-Farm gekommen und wußte nichts von Rinderzucht und Landwirtschaft. Ich bin gekommen, um zu unterrichten, aber ich lerne ebensogern. Als Lehrerin bin ich für alles Neue aufgeschlossen. Lernen hat auch damit zu tun, daß man offen bleibt für alle möglichen Auswege. Wenn ihr das nicht seid, wird sich gar nichts ändern. Ich bin willens, mein Geld und mein Vertrauen in Wade Dalton zu investieren oder in jeden anderen, der behauptet, Grundwasser finden zu können. Wenn ihr Wade Dalton nicht glaubt, findet jemand anders, dem ihr glaubt!«

»Rutengänger sind allesamt Scharlatane«, rief ein Mann von ganz hinten.

»Scharlatane gibt es in jedem Beruf«, entgegnete Nola. »Soviel ich gehört habe, war Wade früher einmal sehr gut. Ich sehe nicht ein, warum sich das geändert haben soll.«

»Weil er säuft, Kleine!« warf eine Frau dazwischen.

»Solange ihr keine Regentänze aufführen könnt, solltet ihr Wade – oder jemandem wie ihm – wenigstens eine Chance geben!« gab Nola zurück.

»Sie sind nicht die erste, die hier aus der Stadt angerauscht kommt und uns weise Lehren erteilen will«, knurrte der Mann in der ersten Reihe. »Und ich nehme an, auch nicht die letzte!« Beifallheischend sah er sich um.

»Wir werden diese Dürre schon überleben, wie viele andere auch«, versicherte seine Frau, die neben ihm stand.

»Wahrscheinlich schon«, räumte Nola ein. »Aber wird auch euer Vieh überleben?« Nola kehrte zu Esther zurück. Im Hintergrund ließen sich wütende Pfiffe vernehmen.

»Bitte sagen Sie mir jetzt endlich, wo ich Wade Dalton finde, Esther.«

Die Ältere musterte Nola und erkannte, wie ernst es ihr war. »Du willst dich also nicht davon abbringen lassen. Na schön, Kleine. Ich finde, du verschwendest deine

Zeit, aber das ist dein Problem. Du nimmst die Straße nach Süden, bis die Stadt hinter dir liegt. Etwa drei Kilometer weiter biegst du links ab. Diesem Weg folgst du etwa acht Kilometer. Sie überquert zwei trockene Bachbetten. Hinter dem zweiten findest du einen abgeknickten Wegweiser, auf dem Black-Crow-Schlucht steht. Dieser Richtung folgst du noch anderthalb Kilometer, bis du an eine Weggabelung kommst. Der Weg bergab führt in die Schlucht, aber du nimmst den anderen bis zur Mine. Aber sieh dich vor, Wade mag keine Besucher. Ich weiß auch bloß von der Mine, weil er mir viel Geld gezahlt hat, um ihm Schnaps zu liefern, als er in die Grube fiel und sich Arme und beide Beine brach. Das ist schon über ein Jahr her, vielleicht zwei. Damals lohnte sich der Schürfbetrieb noch. Er hat sogar ein paar Opale gefunden. Mehr ist dort längst nicht mehr zu holen, er will's bloß nicht wahrhaben.«

»Danke, Esther.« Nola wandte sich zum Gehen.

»Warte noch«, hielt Esther sie auf. »Nimm etwas Kaffee mit. Davon brauchst du jede Menge, wenn du was Vernünftiges von ihm hören willst. Persönlich glaube ich zwar nicht, daß er dazu imstande ist, aber ich hoffe für dich, daß du Glück hast.«

So entschlossen Nola auch war, nach Black Crow Ridge zu reiten, bangte ihr doch vor dem, was sie dort vorfinden würde.

Nola folgte dem Weg, den Esther ihr beschrieben hatte, bis sie zur Mine kam. Sie wirkte heruntergekommen und ziemlich unsicher. Außerdem wirkte sie verlassen, und das beunruhigte sie erst recht. Eine Bretterhütte enthielt nichts als ein paar Töpfe und Pfannen, eine Lampe, einen wackligen Tisch und einen Stuhl. Alles war staubig und sah danach aus, als wäre es seit einer Ewigkeit nicht mehr benutzt worden.

Nola sah sich um, in der Hoffnung, irgendwo einen Hinweis darauf zu finden, wo Wade Dalton sich aufhielt, als jemand leise klickend seine Waffe entsicherte.

»Keine Bewegung, oder ... ich schieße!« Die letzten Worte klangen zwar lallend, aber unmißverständlich.

Nola hob die Hände und drehte sich ganz langsam um. »Ich bin nicht hier, um zu stehlen. Ich suche nach Wade Dalton!« Vor ihr stand ein Mann, der sein Gewehr direkt auf sie gerichtet hielt. Immer wieder riß er die Augen auf und kniff sie zusammen. Daß er stark schwankte, machte Nola erst recht nervös. Was, wenn sich unversehens ein Schuß löste?

»Eine ... Frau!« ächzte er verblüfft. Von hinten, mit dem Haar unter ihrem Hut und in Hosen, hatte er sie mit ihrer Körpergröße für einen Mann gehalten.

»Eine tote Frau, wenn Sie weiter mit dem Gewehr auf mich zielen.«

Wieder machte er große Augen, ließ aber dann den Lauf sinken. »Sie ... allein?« fragte er.

»Ja.« Zu Nolas großer Überraschung stürzte er zu Boden.

Eine halbe Stunde später kam Wade Dalton wieder zu sich. Nola tupfte ihm die Stirn mit einem feuchten Tuch.

»Was zu trinken ...« stöhnte er.

Sie hob den Kopf und hielt ihm einen Becher an die Lippen. Gierig schluckte er den Inhalt hinunter. Indigniert sah Nola zu, wie er ausspie und das Gesicht zu einer Grimasse verzog.

»Wollen Sie mich vergiften?« brüllte er zornig.

»Es ist nur Wasser«, gab sie beleidigt zurück.

»Weiß ich! Was zu trinken wollte ich ... etwas Richtiges!«

Nola stand auf und stemmte die Fäuste in die Seiten. »Wenn Sie mit ›was Richtigem‹ Schnaps gemeint haben, haben Sie Pech gehabt.«

Er hob den Blick und kniff die Lider zusammen. »Für eine Frau sind Sie ganz schön groß!«

Sie ignorierte seine Bemerkung.

»Bringen Sie mir einen echten Drink!«

»Während Sie ohnmächtig waren, Mr. Dalton, habe ich Ihren gesamten Schnaps weggekippt – jedenfalls das, was ich finden konnte.«

»Sie haben *was* ...?« Er erhob sich und tastete nach seinem Gewehr, bevor er mit Schrecken gewahr wurde, daß es in Nolas Händen war.

»Sie können Schnaps haben, soviel Sie wollen, nachdem Sie einen Job für mich erledigt haben. Die Beine gebrochen haben Sie sich doch nicht, oder?«

Verwirrt runzelte er die Stirn. »Nicht daß ich wüßte. Welchen Job meinen Sie?«

»Rutengehen.«

Er schüttelte den Kopf. »Mache ich seit Jahren nicht mehr.«

»Ich bin sicher, daß Sie es nicht verlernt haben. Es ist eine Gabe – wenn Sie kein Schwindler sind.« Sie wollte an seinen Stolz appellieren, und nach seinem Gesichtsausdruck zu schließen, war es ihr gelungen.

»Im Gegenteil, ich bin so echt, wie Sie nur wollen! Und ich mach' es für Geld, wissen Sie, aber nicht mit vorgehaltener Waffe!«

»Keine Sorge. Ich bin bereit, Sie gut zu bezahlen,

wenn Sie Wasser finden. Aber erst müssen Sie nüchtern werden!«

»Sie sind verrückt, Madame. Ich bin seit Jahren nicht mehr nüchtern gewesen und will's auch nie mehr sein. Also drücken Sie endlich ab, oder verschwinden Sie von hier!« Er sank zurück, und Sekunden später schnarchte er tief und fest.

Nola seufzte. »Sie werden noch merken, Mr. Dalton, daß ich nicht so schnell aufgebe.«

Nola zündete ein Lagerfeuer an und braute eine Kanne starken Kaffee. Wade Dalton schnarchte lauter, als sie jemals jemanden schnarchen gehört hatte. Als der Kaffee fertig war, beugte sie sich über ihn, kniff ihm mit Zeigefinger und Daumen die Nase zusammen und drückte einen Lumpen auf seinen Mund. Für einen Moment reagierte er nicht, plötzlich wurde er rot, dann tiefblau. Als er zu zucken begann, ließ sie ihn frei. Verzweifelt nach Luft schnappend, setzte er sich auf.

»Willkommen im Land der Lebenden«, begrüßte sie ihn. »Trinken Sie das!« Damit reichte sie ihm den Kaffeebecher.

»Ich hatte einen gräßlichen Traum«, stöhnte er. »Mir war, als ob ich ersticke!« Er nahm den Kaffee und stürzte ihn mit einem Schluck hinunter.

»Vorsicht, der ist noch heiß. – Es ist eine bekannte Tatsache, daß zuviel Alkohol die Atemwege beeinträchtigt Mr. Dalton«, erklärte sie seelenruhig.

»Komisch ... ist mir bisher noch nie passiert«, murmelte er und kratzte sich am Hinterkopf. »Was machen Sie hier überhaupt?«

»Ich sagte es schon, bevor Sie ohnmächtig wurden. Ich möchte, daß Sie für mich nach Grundwasser suchen.«

»Ach ja, stimmt. Wenn ich Sie dadurch loswerde und die Kasse stimmt, mache ich's. Und wo soll das sein?«

»Reinhart-Farm.«

Wad spuckte einen Schluck Kaffee in den Sand. »Da geh' ich nicht hin!« erklärte er aufgebracht.

Nola war verblüfft. »Warum nicht?«

Plötzlich wurde er wieder mißtrauisch. »Typisch Frau. Neugierig!«

»Wenn Sie auf Reinhart Wasser finden, soll es Ihr Schade nicht sein. Ich bin als Lehrerin auf der Farm eingestellt und werde sehr gut bezahlt. Wie wäre es mit zwei Wochenlöhnen?«

Klingt großzügig, dachte er und beäugte sie mißtrauisch. Seine Augen waren so blutunterlaufen, daß man sie kaum noch als blau erkennen konnte. Sein Kinn bedeckte ein tagealter Bart, und seine Kleider waren speckig und zerknittert. Das angegraute Haar stand ihm vom rötlich gefleckten Schädel. Nola überlegte, wie alt er wohl war. Hier im Outback, hatte sie gelernt, alterten die Leute viel schneller, auch wenn sie nicht so heftig dem Alkohol zusprachen wie Walton. Bei vorsichtiger Schätzung hielt sie ihn für etwa sechzig, obwohl er auch älter sein mochte, oder sogar viel jünger. Es war fast unmöglich, ihn richtig einzuschätzen.

»Ich bin sicher, Sie können das Geld brauchen – für ›Nachschub‹«, fuhr sie fort. »Sieht nicht aus, als ob Ihre Mine noch viel hergibt.«

Er schien sie nicht gehört zu haben. »Lebt Langford Reinhart noch?« erkundigte er sich und kniff die Brauen zusammen, doch den Grund dafür konnte Nola nicht erraten.

»Schon. Aber er ist nicht mehr gesund. Seit seine Frau

tot ist, lebt er zurückgezogen wie ein Einsiedler. Er verläßt das Haus nicht mehr.«

Er brummelte etwas Unverständliches. »Und Galen? Ist der noch da?« bohrte er nach.

»Kennen Sie Mr. Hartford?«

Er nickte.

»Im Augenblick ist er unterwegs. Er arbeitet hart, um den Hof zu erhalten, aber uns fehlt Wasser. Sonst geht alles verloren.«

»Wie heißen Sie?«

»Nola Grayson.«

»Wieso unterrichtet Galens Frau nicht mehr?«

»Sie ist verstorben, glaube ich.«

Wade wirkte ehrlich geknickt. »Wie traurig! War eine nette Dame.«

»Sie kannten Sie?«

»Seit sie zur Reinhart-Farm kam. Sie war ein hübsches, nettes Ding, aber auf dem Land fühlte sie sich offenbar nicht wohl. Soweit ich weiß, hatten die beiden ein Kind, einen kleinen Jungen.«

»Das dürfte Heath sein. Inzwischen hat er einen Bruder und eine Schwester: Keegan und Shannon.«

Er schüttelte den Kopf. Daß die Kinder ohne Mutter aufwuchsen, bekümmerte ihn. »Irgendwer hat mir mal erzählt von den anderen Kindern, glaube ich.« Es war schon lange her, mindestens zehn Jahre, seit er Galen getroffen hatte. Die meiste Zeit hatte er in einem schnapsverhangenen Nebel verbracht ...

Was er dann hinzufügte, war so voller Haß, daß Nola zusammenzuckte. »Für Langford Reinhart würde ich keinen Finger rühren, und wenn er direkt vor meinen Augen stirbt. Von mir aus können Sie sich davonscheren.«

»Ich habe Sie nicht gebeten, Langford zu helfen. Die Familie seiner verstorbenen Gattin will ihm das Grundstück wegnehmen.«

»Wie schön für sie. Hoffentlich gelingt es ihnen.«

Nola war verwundert über die Entschlossenheit in seinen Worten und verärgert, daß er nicht an Galen und die Kinder dachte. Aber sie schluckte ihren Ärger herunter und versuchte, ihn ihretwegen zu überreden.

»Wenn Galen das Vieh nicht zum Markt bringen kann, werden seine Kinder obdachlos. Langford hat kein Mitleid verdient, zugegeben, aber denken Sie doch an Heath, Keegan und Shannon! Sie lieben die Farm, ebenso wie Galen. Es bricht ihm das Herz, wenn er trotz der Mühe, die er sich gibt, alles verliert. Die Farm soll doch seinen Kindern eine Zukunft sein.«

Wade Dalton musterte sie eine Zeitlang schweigend, als müßte er ihre Worte abwägen. Immerhin, sie wußte ihre Sache zu vertreten. Kinder können jedes Herz erweichen.

»Na schön«, schloß er. »Ich mach es für die Kleinen. Und für Galen. Der ist ein anständiger Kerl.« Das war er Galen wohl schuldig. »Langford Reinhart hat nichts anderes verdient, als in der Hölle zu schmoren, und wenn's nach mir geht, sähe ich ihn dort lieber heute als morgen.«

Nola fragte sich, warum Wade Langford so sehr haßte. Aber ihr blieb keine Zeit, ihn zu fragen. Nachdem er sich einmal durchgerungen und ein Ziel gesetzt hatte, kam er schneller und energischer auf die Beine, als sie ihm zugetraut hatte.

Nach Nolas Abschied waren Shannon und Keegan zurückgeblieben und hatten Langford Reinhart schweigend angestarrt. Eine Ewigkeit, wie es schien, starrte er zurück. Er konnte sich selbst kaum erinnern, je mit Kindern zusammengewesen zu sein, und hatte nicht die geringste Ahnung, was er tun sollte. Schließlich konnte er ihnen nicht mehr ins Auge sehen und wandte sich wieder dem Schreibtisch zu. Sollten sie sich doch mit sich selbst beschäftigen, dachte er. Doch als er Platz nahm, stellte er zu seinem Mißvergnügen fest, daß sie ihm folgten.

»Ach was«, knurrte er. »Was soll ausgerechnet ich mit euch anfangen?«

Shannon war ihm hinter den Schreibtisch gefolgt und stand dicht neben ihm. Er erstarrte regelrecht und wußte nicht, wohin mit seinen Händen. Gegenüber legte Keegan Papier und Stifte auf die Arbeitsfläche und stützte sich mit dem Ellbogen auf, wobei er den alten Mann nicht aus den Augen ließ. Langford wäre am liebsten aufgestanden und in das obere Stockwerk geflüchtet, aber instinktiv ahnte er, daß sie ihm auch dorthin folgen würden.

Ohne sich zu regen, beobachtete er Shannon aus den Augenwinkeln. Sie blickte ihn aus großen, blanken Kinderaugen an und wartete ab, was er als nächstes unternehmen würde.

»Miss Grayson hat schon gesagt, daß Sie zuerst etwas brummig sein würden«, sagte sie. »Aber sie meint, jeder Mensch mag Kinder, und Sie wären einsam. Stimmt das?«

Langford wandte sich ab. Schon die Erwähnung von Miss Grayson ging ihm auf die Nerven. »Ihr solltet nicht alles glauben, was Miss Grayson sagt!« schimpfte er.

»Warum nicht? Sie würde uns nicht belügen«, behauptete Shannon.

Langford hätte ihr gerne widersprochen, und gesagt, daß alle Frauen lügen, aber er biß sich rechtzeitig auf die Zunge.

»Miss Grayson kennt sich in der Welt aus«, bekräftigte Keegan. »Und sie liest eine Menge, so daß sie aus Büchern lernt.«

»Frauen denken immer, sie wüßten alles besser!« murrte er. »Das wirst du schon noch lernen, wenn du groß bist.«

»Hank ist groß und er mag sie gern«, mischte sich Shannon ein. »Und Papa auch, glaube ich.«

»So?« Das überraschte Langford. Bisher hatte er eher den Eindruck, sein Verwalter wolle sie ebenso gern loswerden wie er.

»Ja. Mir hat sie ein hübsches neues Kleid genäht und Papa gezeigt, und sie macht auch ein Tischtuch für unsere Küche. Im Haus sieht es viel schöner aus, seit sie da ist.«

»Wirklich?« Da hatte sie sich also schon langsam, aber sicher bei den Kindern eingeschmeichelt mit ihren weiblichen Tricks, dachte er verbittert. Wie raffiniert sie doch war!

»Ich habe keinen Stuhl, Mr. Reinhart. Darf ich auf Ihrem Schoß sitzen?!« fragte Shannon.

»Ich, äh ...« Bevor er es verhindern konnte, kletterte sie schon auf seine Knie. Langford versteifte sich. Er wußte nicht, was er machen oder dazu sagen sollte. Shannon nahm keine Notiz davon. Sie studierte ihr Blatt mit Rechenzahlen, die sie abschreiben sollte.

»Können Sie mir dabei helfen?« bat sie und blickte zu Langford auf, der wie eine Statue dasaß und unverwandt geradeaus starrte. Mit beiden Händen faßte sie ihn am

Kinn und drehte sein Gesicht zu sich. »Mr. Reinhart, können Sie mir die Zahlen vorlesen?« Widerwillig vertiefte er sich in die großen, grünen Augen und dann in Shannons Rechenblatt.

»Das ist ganz leicht, Shannon. Eins, zwei und drei ...« Er hielt drei Finger hoch, und sie strahlte.

»Wenn Sie Shannon geholfen haben, würden Sie auch mal bei mir nachschauen, Mr. Reinhart?« fragte Keegan.

Langford musterte den Jungen. Er war wirklich ein hübscher Bursche. Und das Mädchen sah auch gut aus. Er hatte Heath vom Fenster aus beobachtet. Er hatte so unglaublich viel von Galen, den Langford fast als seinen Sohn betrachtete. Plötzlich gab es ihm einen Stich ins Herz, als ihm klar wurde, wie gern er Kinder gehabt hätte, als er noch jung war. Seine Frau auch; sie war nie darüber hinweggekommen, daß sie keine bekamen.

Allmählich dämmerte ihm, daß diese Kinder und ihr älterer Bruder, wenn er einst nicht mehr war, als einzige auf Reinhart übrigblieben. Sie würden mit einer wachsenden, sich rasch verändernden Industrie fertigwerden müssen, ebenso wie mit den Dürrezeiten, Überschwemmungen, Seuchen und Buschfeuern. Und überdies mußten sie sich Leute wie Travis und Wendell Janus vom Leib halten. Waren sie darauf vorbereitet?

Auf dem Weg in die Stadt schaute Wade bei einem anderen Mann vorbei, der ebenfalls allein in einer Wellblechhütte an einer nahegelegenen Mine hauste. Wade erklärte Nola, daß er über zwanzig Jahre lang mit Ben Cranston zusammengearbeitet hatte. Er würde Ben brauchen, um nach Wasser zu graben, meinte Wade. Sie mußten Ben aus dem Tiefschlaf wachrütteln, wobei sich bemerkbar machte, daß auch Ben gern dem Alkohol zusprach. Beide Männer hatten vor einiger Zeit zusammen ihr Glück beim Abbau von Opalen versucht.

Während sie auf Ben warteten, erkundigte sich Nola nach den Minen. »Haben Sie viele schöne Opale gefunden?«

Wade lachte. »Nein. Ein paar hübsche Stücke, aber nichts von besonderem Wert.«

»Warum versuchen Sie es dann noch immer? Es scheint, als ob Sie mehr in die Sache hineinstecken, als sie wert ist!«

»Irgendwie muß ich doch leben. Und im Busch fühle ich mich wohler. Die Aborigines haben eine abergläubische Scheu vor Opalen und lassen mich in Ruhe. Mir haben sie schon mal 'nen Speer durchs Bein gejagt. Aber seit ich in der Mine arbeite, gab es keinen Ärger mehr.« Ben tauchte auf, noch ziemlich benommen, aber bereit. »Stimmt's nicht, Ben? Aborigines halten sich von den Opalminen fern.«

»Stimmt genau. Wir haben Glück, daß sie sich vor den merkwürdigsten Dingen fürchten. Merkwürdig für uns, natürlich. Ihnen kommt das ganz normal vor.«

Sie schirrten Bens Pferd vor einen Karren mit Werkzeug und brachen auf.

Unterwegs hielt Wade bei Orval Hydes Laden und erstand Röhren, eine Pumpe und eine Winde, alles auf Kredit und gegen Nolas Unterschrift, die das Geld aufbringen wollte. Ferner Windmühlenflügel und einen Wassertank in Einzelteilen, dazu eine Menge roter Gummifolie. Ben und Orval luden alles, was Wade brauchte, auf den Karren. Währenddessen ging Nola zu Esther und bestellte einen Stapel Sandwiches, wobei sie inständig hoffte, daß all die teuren Gerätschaften irgendwann ihren Zweck erfüllten.

Das Treffen der Farmer löste sich bereits auf. Diejenigen, an denen Nola auf dem Weg ins Hotel vorüberkam, bedachten sie mit unfreundlichen Blicken. Als sie wieder zum Karren kam, stellte sie fest, daß ihr Aufbruch von der Veranda des Hotels aus beobachtet wurde. Die Leute wirkten neugierig, aber skeptisch. Ein paar machten sich lustig über sie, aber Nola tat, als hörte sie ihre spöttischen Bemerkungen nicht.

»Was ist denn hier los?« wollte Wade wissen.

»Die Landeigentümer haben vorhin über die Folgen der Dürre beraten«, erklärte Nola. »Aus der ganzen Umgebung sind sie in die Stadt gekommen.«

»War Galen auch dort?« fragte Wade.

»Nein. Er und Hank Brady bringen das Vieh nach Norden, wo sie Wasser zu finden hoffen.«

»Aber Sie sind hingegangen?«

»Ja, ich war kurze Zeit dabei.«

Wade warf ihr einen fragenden Blick zu. Sie wußte schon, was er dachte.

»Sie haben den Leuten doch nicht etwa vorgeschlagen, sie sollten mich nach Wasser suchen lassen!« bestätigte er ihre Vermutungen.

»Um die Wahrheit zu sagen, ich habe sogar zugegeben, daß ich Sie anheuern will!« gab sie zurück.

Waden schüttelte ungläubig den Kopf. »Die Reaktion kann ich mir vorstellen!«

»Ich gelte sowieso als Außenseiter, deshalb war die Reaktion vorhersehbar. Besonders, da ich eine Frau bin.«

»Immerhin sind Sie lange genug hier, um zu wissen,

daß kilometerweit im ganzen Umkreis niemand mir was zutraut!«

»Er war der Beste«, mischte sich Ben ein, »und ist es noch immer.«

»Ich rechne fest damit, Ben!« schloß Nola.

Als sie auf Reinharts Ländereien kamen, ritten sie neben mehreren ausgetrockneten Bachbetten her, bevor Wade absaß und seine Wünschelrute aus der Satteltasche zog. Er benutzte Ochsendraht von etwa fünfzehn Zentimetern Länge, mit zwanzig Zentimeter langen Griffen. Die Ruten hielt er parallel zueinander, die Griffe richtete er abwärts, und setzte sich langsam in Bewegung. Fasziniert sah Nola ihm zu.

Mehrmals blieb Wade stehen, als sich die Drähte anscheinend wie von selbst überkreuzten. »Haben Sie schon was entdeckt?« fragte Nola ungeduldig.

»Zu tief«, winkte Wade ab und setzte seinen Fußweg fort. Ben folgte ihm mit dem Karren, Nola zu Pferd.

Das Gehöft war schon zu sehen, aber noch in weiter Ferne, als Wade stehenblieb. »Hier ist Wasser«, erklärte er. »Vier bis sechs Meter tief, würde ich sagen, eher vier.«

Nola war plötzlich furchtbar aufgeregt. Ben sprang vom Karren und schnappte sich die Schaufel.

Nie hätte sie damit gerechnet, wie hart Ben und Wade arbeiten konnten. Der Schweiß lief wirklich in Strömen, und sie machte sich ernstlich Sorgen. Etwa drei Stunden später hatten sie ein vier Meter tiefes Loch ausgeschachtet, und tatsächlich quoll Feuchtigkeit hervor. Nola zitterte vor Erregung. Als sie immer tiefer gruben, legten sie die rote Gummifolie zu beiden Seiten des Lochs aus, damit der Sand nicht wieder einbrach.

»Ist es viel Wasser?« rief Nola Wade zu. Ben hatte

Erde aus dem Loch geschafft, die immer feuchter zu werden schien.

»Jede Menge!« brüllte er.

Nola war fassungslos. Sie freute sich schon auf das Gesicht, das Galen machen würde, wenn er wiederkam.

Zwei Stunden später verließ sie die beiden. Pumpe und Windmühlenturm waren bereits aufgestellt, und den Tank hatten sie schon fast zusammengeschraubt. Als Nola sah, wie stark der Strahl der Pumpe war, jauchzte sie laut auf vor Glück. Sie händigte Wade alles Geld aus, was sie noch hatte, und machte sich auf den Heimweg.

»Bitte noch eine Geschichte, Mr. Reinhart!« drängte Shannon. Sie war vollkommen hingerissen von seinen Geschichten, vor allem von dem Kameltreck quer durch Australien in seiner Jugendzeit. Er wußte so viele lustige Begebenheiten zu erzählen von den Kamelen, ihrem merkwürdigen Benehmen und ihrem eigenwilligen Charakter.

Sie saßen im Wohnzimmer, auf einem Sofa, das mit einem Laken überzogen war. Es war das einzige Möbelstück in diesem Raum, was den Kindern nicht weiter auffiel. Die Kinder saßen links und rechts von Langford, der sie beide im Arm hielt. Liebenswerte Kinder waren das, und so freundlich. Er mußte sich eingestehen, daß er lange keinen Tag mehr so genossen hatte wie diesen, seit Jahren schon nicht mehr. Er hatte sich sogar dabei ertappt, daß er mehrmals lächeln mußte. Daß die Zeit so schnell verging, konnte er selbst kaum glauben. Normalerweise schlichen die Minuten im Schneckentempo dahin. Er hatte Nolas Rückkehr noch gar nicht erwartet.

»Miss Grayson wird bald wieder da sein«, seufzte er.

»Ob sie wohl den Mann gefunden hat, nach dem sie sucht?« überlegte Keegan ahnungslos.

»Den Mann? Welchen Mann?« fragte Langford, der nichts Gutes ahnte.

»Ein Mann mit einer besonderen Begabung«, verkündete Shannon.

»Begabung? Was denn für eine Begabung?« Er zog die Stirn kraus.

»Er kann unterirdisches Wasser finden«, erklärte Keegan. »Miss Grayson nennt ihn einen ... Wünschelrutengänger, oder so.«

»Ein Wünschelrutengänger?« Seine Stimme wurde laut. »Sie ist in die Stadt gefahren, um einen Wünschelrutengänger zu holen?« Langford rappelte sich auf. Im selben Moment hörte er die Hintertür und Nolas Stimme.

»Shannon! Keegan! Wo seid ihr?« Nola kam lächelnd in die Diele gestürzt. So düster es hier auch war, ihre Augen strahlten vor Glück.

Shannon und Keegan rannten ihr entgegen. »Ich habe wunderbare Neuigkeiten, Kinder!« Sie hockte sich hin und nahm beide Kinder in die Arme. »Wir haben Wasser gefunden. Jede Menge Wasser! Euer Vater wird überglücklich sein.« Stehend wirbelte sie die Kinder herum, und sie lachten aus purer, ungetrübter Freude.

Langford stand im Türrahmen und bebte vor Wut. »Was unterstehen Sie sich, ohne meine Erlaubnis einen Wünschelrutengänger auf mein Grundstück zu holen?«

Nola hatte damit gerechnet, daß er verärgert sein würde, aber sie war vollkommen überrascht, daß er vor Zorn regelrecht bebte.

»Ich habe es getan, um die Farm zu retten! Sie sollten

zufrieden sein. Jetzt haben wir eine Chance, durchzuhalten!«

»Wen haben Sie hergebracht?« brüllte er, und die Kinder zuckten ängstlich zusammen.

»Ist das denn so wichtig?«

»Wen!« herrschte er sie an.

Nola wich einen Schritt zurück. »Es besteht keine Veranlassung, mich derart anzubrüllen im Beisein der ...«

Bedrohlich rückte er ihr zu Leibe. »Ich habe Sie etwas gefragt! Antworten Sie!«

»Wade Dalton«, hauchte sie, ohne zu begreifen, was das ausmachen sollte.

Seine Augen weiteten sich beängstigend, und er wurde leichenblaß.

»Morgen früh werden Sie die Farm verlassen und nie wiederkehren. Haben Sie verstanden? Ich will, daß Sie verschwinden ... für immer!«

Der Ausdruck seiner Stimme jagte selbst Nola einen Schreck ein. Shannon fing an zu weinen und vergrub das Gesicht in Nolas Kleidern. Keegan umklammerte ihre Hand so fest er konnte.

Nola nahm die Kinder und verließ das Haus. Das Glücksgefühl, das sie noch vor ein paar Minuten verspürt hatte, war restlos dahin. Langford Reinhart meinte, was er sagte. Morgen würde sie gehen müssen.

8

Nola sah aus dem Fenster der Hütte und nahm die ganze, fast schmerzhaft empfundene Schönheit ringsum in sich auf. Es war ein atemberaubendes Schauspiel, als die ersten Strahlen der Sonne über den Horizont blinkten und ein diffuses Licht über die dürre Ebene warfen. Der erste Hauch der Dämmerung tunkte den Himmel in sanftes Rosa, hier und da von einem farbigen Streifen durchzogen, wenn ein Schwarm Vögel durch die kühle Morgenluft segelte.

Die Teetasse in der Hand, trat Nola auf die Veranda. Sie wollte in die Stille ›hineinlauschen‹. Bevor sie hierher gekommen war, in die grenzenlosen Weiten dieses Landes, hatte sie nie soviel Ruhe erlebt, und würde sie vermutlich nirgends mehr finden.

Minutenlang war wirklich alles vollkommen still. Dann hörte sie das leise Glucken der Hühner, das Krächzen eines Kakadus im fernen Eukalyptuswäldchen. Kurze Zeit später muhte eine Kuh, und ein Pferd schnaubte. Wieder senkte sich die Stille über das Land. Hier gab es niemanden, der Lärm machte. Kein Klappern von Droschkenrädern auf Kopfsteinpflaster, keine Trödler, die ihre Ware feilboten. Keine ungeduldigen Kutscher, die über ein Hindernis fluchten, keine Bettler, keine Schritte auf dem Bürgersteig. Friedliche, ungestörte Ruhe!

Ihre eigene Seelenruhe war allerdings erschüttert, wenn sie an den vergangenen Abend dachte, an Shannons Tränen und Keegans Verzweiflung. Es krampfte ihr förmlich das Herz zusammen. Wie sehr würde sie die Kinder vermissen, und die Farm – mehr, als sie je geglaubt hätte. Im australischen Outback hatte sie etwas entdeckt, was in den vornehmen englischen Villen fehlte. Das Gefühl der Zugehörigkeit. Den Eindruck, daß sie im Leben der Hartford-Kinder eine wichtige Rolle spielte, die ihrerseits ebenso wichtig für ihr Leben geworden waren. Dann erfaßte sie die Ironie ihrer Überlegungen: Langford Reinhart war entschlossen, ihr die ›Zugehörigkeit‹ zu verweigern. Und sie war sich nicht sicher, wie Galen darüber dachte.

In den Häusern der Reichen, ihren Stadtvillen ebenso wie den schloßähnlichen Anwesen auf dem Land, hatte sich Nola mehr wie ein lebendes Inventar gefühlt, wie ein teures Accessoire, das zu einem luxuriösen Lebensstil einfach dazugehörte. Man zeigte ihr nie, daß sie gebraucht wurde, ebensowenig wurde der Einfluß anerkannt, den sie auf ihre Schüler ausübte. Die verwöhnten Kinder ihrer früheren Arbeitgeber bekamen Musik- und Tanzunterricht, Reit- und Malstunden bei den unterschiedlichsten Lehrern. Und diese waren allesamt exzentrisch. Nach Nolas Überzeugung waren einige dieser Lehrer geistig nicht ganz gesund und benahmen sich mindestens so exzentrisch wie ihre Schützlinge, während Nolas eigene Rolle eher als nebensächlich galt. Plötzlich wußte sie, weshalb sie immer wieder rebellierte, bis sie ihre Arbeitgeber zur Verzweiflung gebracht hatte. Auf diese Weise beachtete man sie wenigstens.

Anfangs war Galen Hartford nicht weniger entschlossen gewesen, sie wegzuschicken, als Langford Reinhart, doch inzwischen glaubte sie, daß er anfing, sich für ihr Bleiben zu erwärmen. Und sie setzte alles daran, seinen Respekt zu gewinnen. Merkwürdig, wie wichtig ihr das war. Und sie wollte ihm helfen, die Farm zu retten. Jetzt würde sie niemals mehr eine Chance bekommen.

Nola spähte zur oberen Fensterreihe des Gutshauses empor. Die ganze Nacht hatte sie fieberhaft überlegt, weshalb Langford sich so sehr darüber aufregte, wenn Wade Dalton herkam und Wasser auf seinem Grundstück fand. Sie hätte zu gerne erfahren, warum diese zwei Männer sich so leidenschaftlich haßten. Doch war wohl kaum damit zu rechnen, daß auch nur einer von beiden es ihr verraten würde.

Im Innern der Hütte hörte sie, wie Keegan nach Shannon rief. Plötzlich stürzte er heraus, sein kindliches Gesicht war angstverzerrt. »Wissen Sie, wo Shannon ist, Miss Grayson?«

»Sie schläft doch noch, oder?«

»Nein! Ihr Bett ist leer, und ich kann sie nirgends finden!«

Nola sah, daß seine Augen dunkel umrandet waren. »Bist du sicher?« fragte sie. »Ich hab' doch die ganze Nacht ...« Sie wollte schon sagen ›kein Auge zugetan‹, verkniff es sich aber. Er brauchte nicht zu wissen, wie ernst sie Langfords Machtwort nahm. »Für die Nacht hatte ich sie eingewickelt, und heute früh kam sie nicht aus dem Zimmer. Deshalb dachte ich, sie schläft!«

Nachdem Nola die ganze Nacht ziellos auf- und abgegangen war, hatte sie in den frühen Morgenstunden kurzzeitig in einem Sessel beim Herd geschlafen. Noch vor dem ersten Licht des Tages war sie wieder auf den Beinen gewesen.

Nola kniete sich vor Keegan und sah ihm in die verstörten Augen. »Mach dir keine Sorgen. Wir finden Shannon. Vielleicht ist sie ganz früh losgezogen, um Eier zu holen. Weit kann sie nicht sein.« Sie bemühte sich, Ruhe zu bewahren, obwohl sie selbst um das kleine Mädchen bangte. »Hast du schon in der Waschküche nachgesehen?«

»Ja. Aber da war sie nicht!« jammerte er. »Die ganze Hütte habe ich abgesucht. Sie war gestern so aufgelöst, daß ...«

Nola kämpfte die aufkommende Panik nieder. »Schau du im Hühnerhaus nach und in den Mannschaftsräumen. Ich suche im Küchentrakt und im Schulhaus! Daß sie ins Haupthaus geht, glaube ich nicht, aber da probiere ich es trotzdem.«

Schule und Küchentrakt hatte Nola schnell überprüft – nichts! Dann eilte sie zum Haupthaus hinüber. Von Zimmer zu Zimmer laufend, rief sie Shannons Namen. Das öde Halbdunkel war alles andere als beruhigend. Ihre Stimme hallte verloren im stillen, leeren Stockwerk wider. Als sie einen Blick ins Treppenhaus warf, stand Langford auf dem oberen Absatz. Daß auch er nicht geschlafen hatte, war nicht zu übersehen.

»Das Kind ist nicht hier«, stellte er kühl fest. »Weit kann sie nicht sein.«

Nola verlor keine Zeit mit einer Antwort. Sie machte kehrt und floh.

Draußen traf sie auf Keegan. »Nirgends zu finden«, keuchte er, den Tränen nahe.

Nola nahm seine Hand. »Laß uns die Ställe absuchen.«

Als sie zu den Boxen kamen, fehlte ›Buttons‹.

»Wohin kann sie bloß sein?« fragte Nola, vor Angst wie gelähmt.

Keegan schüttelte den Kopf. Sein Gesicht war weiß wie die Wand. Gemeinsam spähten sie über die riesige Ebene. Wie sollten sie ein kleines Kind dort draußen finden? Wo mit dem Suchen anfangen?

Es war fast Mittag. Die Sonne brannte unbarmherzig nieder und machte ihnen allen zu schaffen. In der Ferne schimmerte eine grausame Fata Morgana des Wassers, das sie so dringend benötigten, die aber jedesmal weiter zurückwich, für immer unerreichbar. Galen, Hank und Heath ritten vor der Herde her, über fünfhundert Rinder. Hinten schlossen Jimmy und Jack auf mit ihren neu angelernten Stammesbrüdern, die das Vieh in einer Staubwolke vor sich hertrieben. Sie kamen vom Flinders River zurück, der keinen Tropfen Wasser mehr führte. Andere Farmer waren auf die gleiche Idee gekommen. Einige waren von Norden gekommen und hatten ihre Herden verloren; die Ufer des Flußbetts und der Wegrand waren mit Rinderleichen gesäumt. Verglichen damit konnte Galen fast noch von Glück sagen. Er hatte insgesamt nur zwanzig Stück Vieh verloren, ältere Ochsen zumeist.

Die Tiere ließen die Köpfe hängen, ihre baumelnden Zungen waren staubbedeckt und trocken wie die Erde selbst. Verzweifelt rollten sie mit den braunen Augen. Einige stöhnten klagend, andere schnüffelten in der Luft nach Wasser. Auf beiden Seiten ließen Jimmy und

Jack die Peitschen knallen, um sie in Bewegung zu halten.

Als sie noch knapp fünf Kilometer von der Reinhart-Farm entfernt waren, schlug die Stimmung plötzlich um. Immer mehr Rinder hoben die Köpfe, das Brüllen wurde lauter. Allmählich liefen sie immer schneller.

Jack holte auf und ritt neben Galen. »Sie können Wasser riechen, Boss!« brüllte er, den Donner der Hufe übertönend.

»Unmöglich«, wehrte Galen ab. »Da vorn ist kein Wasser.«

Sie beobachteten die Herde, während die Spannung wuchs. Einige der Tiere brachen aus, andere wollten ihnen folgen. Daß sie immer aufgeregter wurden, konnte Galen nicht leugnen, aber er begriff nicht, weshalb. Geregnet hatte es doch nicht!

»Reit voraus, Hank. Schau nach, was uns dort erwartet.«

Hank gab seinem Pferd die Sporen und sprengte davon. Galen, Heath und die Aborigines hatten alle Hände voll zu tun, die Herde im Zaum zu halten und ihr Tempo zu drosseln.

Als Hank wiederkam, grinste er über das ganze Gesicht. »Du wirst es nicht glauben«, brüllte er von weitem. »Da vorn ist Wasser. Eine Windmühle, und ein ganzer Tank voll von reinem Wasser!«

Galen geriet aus der Fassung. »Wir müssen die Meute beruhigen!« warnte er Heath, Jimmy und Jack. »Hank, nimm zwei Aborigines und einen kleinen Teil der Rinder mit voraus. Denen gibst du Wasser. Heath und Jimmy und noch einer, ihr nehmt den zweiten Teil. Die übrigen halten den Rest zurück.«

Alle wußten, eine durchgehende Herde würde den Tank und die Windmühle umwerfen und niedertrampeln, und das Wasser, das sie so dringend brauchten, wäre ein für allemal verloren.

Zwei Stunden später waren Rinder und Männer zufrieden. Alle hatten ihre Portion wunderbarsten Wassers erhalten. Hank arbeitete unermüdlich, die Tröge zu füllen, während die Rinder ihren Durst stillten. Galen konnte es kaum glauben, als er etwa zwei Kilometer vom Gehöft den Wassertank und die Pumpe sah. Wie das alles hierhergekommen war, war ihm ein absolutes Rätsel. Er hatte allerdings das Gefühl, daß Nola dahintersteckte, aber er war viel zu erleichtert und glücklich, als daß er sich darüber Gedanken machen wollte. Hauptsache, das Wunder war geschehen.

Nachdem sich die Herde niedergelassen hatte, zum Teil im Halbschatten der Eukalyptusbäume und Akazien, verabschiedeten sich Galen, Heath und Hank von den anderen und machten sich auf den Heimweg. Sie ließen die Pferde in den Stallungen und wollten gerade zur Hütte hinübergehen, als Galen seinen Jüngsten an der Hintertür des Haupthauses sah. Langford Reinhart stand hinter ihm. An Keegans Gesichtsausdruck konnte Galen sofort ablesen, daß hier etwas nicht stimmte.

Schluchzend rannte Keegan seinem Vater entgegen. »Shannon ist verschwunden! Wir können Sie nirgends finden ...«

»Was meinst du mit verschwunden?« fragte Galen besorgt. »Wo ist denn Miss Grayson?«

»Sie sucht nach ihr«, entgegnete Keegan. »Als ich heute früh aufstand, war ihr Bett leer. Ich glaube, sie ist weggerannt. Ihr Pony ist auch nicht mehr da.«

»Soll das heißen, Miss Grayson ist da draußen – ganz allein?«

Keegan nickte. So jung er noch war, begriff er doch, daß seinen Vater die Angst erfaßte.

Galen hielt Ausschau jenseits der Farm, in der schimmernden Landschaft, die zu den unwirtlichsten des Erdkreises gehört. Kaum zu fassen, daß Miss Grayson oder Shannon, allein oder zu zweit, da draußen herumirrten ...

Galen wandte sich Langford zu. »Was war hier los? Weshalb sollte Shannon weglaufen wollen?«

»Was weiß ich. Wahrscheinlich hat die Frau sie verscheucht.« Der Alte machte kehrt und verschwand im Zwielicht seines Hauses.

Galen ließ sich auf die Knie nieder und legte Keegan beide Hände auf die Schultern. Er spürte, wie sein Sohn zitterte. Er mußte sich aus irgendeinem Grund furchtbar aufgeregt haben, ebenso wie seine Schwester. Keiner von ihnen hatte je auf eigene Faust das Anwesen verlassen.

»Ist während meiner Abwesenheit etwas vorgefallen, Keegan?«

Der Junge schlug die Augen nieder.

»Du mußt es mir sagen, Junge. Es könnte mir helfen, Shannon wiederzufinden.«

»Ich glaube, Shannon war verzweifelt, weil ... weil Mr. Reinhart wollte, daß Miss Grayson heute abreist«, erwiderte er kleinlaut.

»Und warum? Haben sie sich gestritten?«

»Miss Grayson brachte einen Mann her, der Wasser entdeckt hat. Sie war so glücklich, Papa. Sie wollte dir helfen. Und Mr. Reinhart war so wütend auf sie. Er wollte, daß sie verschwindet.«

Galen erhob sich, ließ aber die Hand auf der Schulter des Jungen, und seine Gedanken schweiften zurück. Jetzt war alles klar. Es mußte Wade Dalton sein, der die Wasserader entdeckt und damit die Herde und womöglich die ganze Farm gerettet hatte. Und wenn er Gold gefunden hätte, Langford wäre nichts weniger als glücklich gewesen. Es würde ihn die Vergangenheit nicht vergessen lassen.

Galen kehrte zur Herde zurück, um Jimmy zu holen. Als sie beim Anwesen anlangten, begann Jimmy, nach Spuren von Shannons Pony zu suchen. In kürzester Zeit wurde er fündig.

»Mädchen da lang gegangen«, entschied er und deutete nordwärts. »Frau da lang.« Nola war nach Osten unterwegs.

Galen erklärte Hank, in welcher Richtung er Nola verfolgen sollte, und machte sich gemeinsam mit Jimmy auf die Suche nach seiner Tochter.

Ungefähr eine Stunde folgten Galen und Jimmy der Spur des Ponys. Jimmy schätzte, daß die Hufabdrücke acht oder neun Stunden alt waren. Shannon mußte das Anwesen noch vor Anbruch der Dämmerung verlassen haben. Diese Feststellung beunruhigte Galen erst recht. Im Dunkeln konnte ihr alles mögliche passiert sein. Vielleicht lag sie irgendwo verletzt, oder war eine Beute der Dingos geworden. Er zwang sich, ruhig zu bleiben, aber die Schreckensbilder ließen sich nicht abschütteln.

Die Spur führte schließlich an den Rand einer steilen Schlucht. Galen sah Jimmy voller Entsetzen an.

»Pferd nicht dá rüber«, wandte Jimmy ein.

Galen befürchtete das Schlimmste. »Wenn das Pony plötzlich stehengeblieben ist, kann Shannon heruntergerutscht und dort abgestürzt sein!« Seine Wangen wurden aschfahl, und er wischte sich den Schweiß von der Stirn.

»Pferd wär' zur Farm zurück«, erklärte Jimmy und stieg ab. Er untersuchte den Boden, die nächsten Büsche und Zweige in der Umgebung. Galen rief mehrmals nach Shannon, bekam aber keine Antwort. Keiner der Männer wollte glauben, daß sie im Abgrund lag. Als Galen hinunterschaute, wurde ihm klar: Diesen Sturz konnte niemand überleben. Der Abhang fiel steil und steinig ab. Hinter kleinen Felsvorsprüngen wucherte Dorngestrüpp, überall loses Geröll über der bedrohlichen Tiefe. Der Gedanke, Shannon könne hinuntergefallen oder abgeglitten sein, ließ ihm das Herz stillstehen. Ohne Rücksicht auf sich selbst machte er sich zum Abstieg bereit, als Jimmy ihn aufhielt.

»Da unten keine Pflanzen oder Zweige geknickt. Ich sehen Spur hier lang, Boss.« Er kletterte wieder auf sein Pferd. Erleichtert folgte ihm Galen, der fest entschlossen war, sich an jede Hoffnung zu klammern, daß Shannon in Sicherheit war. Die Spuren führten am Rand der Schlucht entlang und erst dort hinunter, wo ein relativ sicherer Abstieg möglich war.

Sie folgten ihrer Spur den Abhang hinunter bis auf den Grund der Schlucht. Dort stieg Jimmy erneut vom Pferd und hielt nach Spuren Ausschau. Galen hörte nicht auf, ihren Namen zu rufen. Jimmy entdeckte Hufabdrücke und Shannons Fußspuren mitten im glatten Kies, der einst, vor Hunderten von Jahren, ein Flußbett gebildet hatte. Schließlich entdeckten sie Shannons Pony. Galen saß ab und untersuchte das Tier, das, von ein paar Kratzern abgesehen, in guter Verfassung war. Wieder rief er mehrmals nach Shannon, ohne eine Antwort zu bekommen. Vor seinem geistigen Auge spielten sich die scheußlichsten Szenen ab. Shannon, von wilden Dingos weggezerrt, oder lebendig entführt von vorüberkommenden Aborigines ... Jimmy hielt angestrengt Ausschau, bis er auf neue Fußspuren stieß.

»Hier entlang, Boss«, winkte er, die Augen noch immer an den Boden geheftet. Ein paar Schritte weiter fanden sie Shannon – eingerollt im Schutz eines kleinen Felsens, in tiefen Schlaf versunken. Ob sie verletzt war, ließ sich auf den ersten Blick nicht feststellen.

Vor Erleichterung überwältigt, nahm Galen seine Tochter auf den Arm. Sie erwachte und legte die winzigen Ärmchen um seinen Hals.

»Bist du verletzt, Shannon?« fragte er.

»Nein, Papa. Ich fand den Weg nach Hause nicht mehr und wurde müde. Außerdem war mir kalt.«

»Kein Wunder, Shannon. Du trägst ja nur ein Kleid.« Ein Kleid, das Nola genäht hatte. Seit sie es von Nola überreicht bekommen hatte, trug sie kaum noch etwas anderes. So drückend die Hitze auch tagsüber war, war es früh morgens sogar ziemlich kalt, besonders auf dem Grund einer solchen Schlucht. Galen untersuchte sie genau und merkte zu seiner Erleichterung, daß ihr nichts fehlte.

Er gab ihr aus seiner Feldflasche zu trinken. »Warum bist du denn ganz alleine so weit geritten? Wir haben uns große Sorgen gemacht! Du weißt doch, das Anwesen darfst du nie allein verlassen!«

Dicke Tränen quollen ihr unter den Augenlidern hervor und rollten über die schmutzigen Wangen.

»Ich hab' nach dir gesucht! Mr. Reinhart will Miss Grayson wegschicken, Papa. Sie soll aber nicht gehen.

Kann sie nicht bleiben, Papa? Bitte!« Shannon barg ihr Gesicht in seinem Hemd, und Galen drückte das weinende Mädchen an sich.

Als der Tränenstrom versiegte, hielt er sie von sich weg und sah ihr in die Augen. Der verlorene Blick machte ihm das Herz schwer. Er ahnte ja nicht, wie eng sich seine Tochter Nola in der kurzen Zeit angeschlossen hatte! Aber es hatte ja so kommen müssen. Mit einem Mal wurde ihm klar, daß es nicht fair gewesen war, seine Tochter jeder weiblichen Gesellschaft zu entziehen. Diese Erkenntnis traf ihn wie ein Schlag.

»Du weißt, daß Miss Grayson uns eines Tages verlassen wird, Shannon. Sie sollte nicht für immer auf der Reinhart-Farm bleiben. Vermutlich hat sie selbst Familie und Freunde in England, die sie wiedersehen wollen. Bestimmt wird sie dort auch vermißt.«

»Hat sie nicht, Papa. Sie hat es mir erzählt. Ich glaube, sie sollte hierherkommen, weil ich keine Mama mehr habe. Ich will nicht, daß sie weggeht. Ich gehe gern zur Schule, und ich habe Miss Grayson so lieb! Bitte, Papa, bitte, kannst du nicht Mr. Reinhart überreden, sie bei uns zu lassen?« Schluchzend warf sich das Kind an seine Brust und begann erneut zu weinen. Galen drehte sich zu Jimmy um, der sie beobachtete, selbst seine Augen waren feucht vor Rührung.

»Miss Grayson ist nicht deine Mutter, Shannon, egal, wie sehr du sie liebst. Sie kann nicht für immer bleiben.«

»Kann sie wohl, wenn du sie heiratest!« triumphierte Shannon und hob den Kopf. »Dann wäre sie meine Mutter. Keegan sagt, das stimmt!«

Galen war schockiert, aber er begriff die kindliche Logik. Er mußte sie zur Vernunft bringen. Das Leben der

Erwachsenen war nicht so einfach, wie sie sich das vorstellte. »Ich kann Miss Grayson nicht heiraten, nur damit du eine Mutter bekommst, Shannon. Versteh das bitte. Sei ein großes Mädchen. Das wäre auch nicht nett für Miss Grayson.«

Schuldbewußt blickte Shannon auf. »Tut mir leid, Papa.«

»Mir tut es auch leid, Shannon. Ich weiß, daß du eine Mutter brauchst, aber fürs erste muß eine Lehrerin reichen. Miss Grayson wird immer deine Freundin sein, auch wenn sie Reinhart verläßt. Ich bin sicher, sie würde dir schreiben, wenn du sie darum bittest.«

Shannon nickte. »Aber sie wird mir fehlen!«

»Das weiß ich doch. Laß uns heimkehren«, schlug Galen vor und kletterte, mit Shannon im Arm, aufs Pferd. Unterwegs betete er innerlich, daß auch Miss Grayson wieder da war. Shannon wäre todunglücklich, wenn ihr irgend etwas zugestoßen war.

Nola hatte das Gefühl, seit einer Ewigkeit unterwegs zu sein. Erst hatte sie Wirangi gesattelt und war in schnellem Galopp losgeritten. Sie wollte das Gehöft umkreisen. Sie rief Shannons Namen, bis sie heiser wurde. Schließlich verlor sie selbst die Orientierung, aber sie war nicht mehr in der Lage, vernünftig zu denken.

Wirangi schwitzte, war erschöpft und trottete langsamer. Selbst matt geworden, aber fest entschlossen, das Kind zu finden, ließ sie sich zu Boden gleiten und suchte vergebens nach irgendwelchen Hinweisen. Eigentlich erwartete sie es nicht anders, aber vielleicht geschah ja ein Wunder.

»Galen würde mir nie verzeihen, wenn Shannon etwas

zustößt«, seufzte sie laut. »Ich würde es mir selbst nicht verzeihen.«

Mehrere Stunden später blieb Nola stehen und blickte sich um. Das Land kam ihr mittlerweile vollkommen gleichförmig vor. Einen klar begrenzten Horizont gab es nicht mehr. Himmel und Erde schienen miteinander verschmolzen. Nichts hier wirkte vertraut, und von dem Anwesen war weit und breit nichts zu sehen. Sie ahnte, daß sie sich hoffnungslos verirrt hatte. So groß war ihre Angst um Shannon, daß sie kaum noch einen klaren Gedanken fassen konnte. Ihre Gedanken weilten bei dem kleinen Mädchen, das ebenso ziellos umherwanderte, und sie mußte weinen.

»Ach, Shannon! Wo bist du?«

Die Sonne brannte hernieder, ein gnadenlos glühender Feuerball. Nola ging zu Fuß und führte Wirangi, der mit apathisch hängendem Kopf hinter ihr hertrottete. Ab und zu reckte er den Hals und stellte die Ohren auf, und Nola faßte Mut.

»Was kannst du hören, alter Knabe?« fragte sie. »Ruft uns Shannon?«

Doch das Pferd ließ den Kopf wieder hängen, und ihre Hoffnung schwand.

Nola war vollkommen erschöpft und so durstig, daß ihre Zunge sich anfühlte wie der Sand unter ihren geschwollenen Füßen. Sie hatte das Anwesen ohne Wasser und Verpflegung verlassen, was wieder einmal zeigte, wie wenig sie sich als Anfängerin auskannte. Selbst wenn sie Shannon finden sollte, würden sie womöglich beide am Wassermangel sterben, nur weil sie wieder gedankenlos gehandelt hatte. Leise schalt sie sich selbst eine Närrin.

Mehr an Wirangi denkend als an sich selbst, suchte Nola Schutz unter ein paar Bäumen, den ersten, die sich seit einer ganzen Weile zeigten. Ihr Schatten bot willkommene Erleichterung in der Sonnenglut.

»Lange können wir hier nicht bleiben, Wirangi. Ich muß Shannon finden!« Sie ließ sich nieder, lehnte sich an einen Baumstamm und schloß die Augen. Das Pferd blieb ruhig hinter ihr stehen, sein Schwanz wedelte die Buschfliegen fort. Ein paar Minuten später öffnete Nola die Augen und starrte in die öde Landschaft ringsum. Der Schweiß lief ihr in die Augen, und sie wischte ihn mit dem Handrücken weg. Als sie geradeaus sah, fiel ihr Blick auf eine leichte Erhebung am Boden, in Form eines Sargs. Ein Grab. Plötzlich überlief sie ein eiskalter Schauer, der Hitze zum Trotz. War dieses Ende auch ihr bestimmt und der armen Shannon? War das ihr beider Ende? Nola rappelte sich auf.

»Wir dürfen nicht sterben. Ich lasse das nicht zu«, schwor sie sich. Sie ließ Wirangi im Schatten zurück und stolperte in die Sonne.

»Shannon!« rief sie.

Hank hatte beinahe jede Hoffnung aufgegeben, Nola noch lebend zu finden, als er sie weit vor sich ausmachte. Sie hockte unter dem einzigen Baum in kilometerweitem Umkreis, neben sich Wirangi. Beide wirkten zu Tode erschöpft. Hank war dermaßen erleichtert, sie zu sehen, daß er abstieg und sie einfach in die Arme nahm.

Sie freute sich, daß er da war, aber ihr erster Gedanke galt Shannon.

»Habt ihr Shannon gefunden?« wollte sie wissen.

»Galen und Jimmy suchen nach ihr. Sie werden sie bestimmt finden. Jimmy ist der beste Spurenleser des Nordlands. Gott sei Dank bist du gerettet, Nola. Ich fürchtete schon, dich nie wiederzusehen. Du hättest auf uns warten müssen. Hier draußen ist man ohne Wasser verloren!«

»Ich hab' überhaupt nicht nachgedacht, Hank. Ich hatte so furchtbare Angst um Shannon. Ich hatte nichts im Sinn, als sie zu suchen!«

»Versprich mir, daß du nie wieder allein wegreitest, ja? Ich war schon völlig verzweifelt, wenn ich daran denke, was alles hätte passieren können!« Er umarmte sie leidenschaftlich.

Nola war überwältigt von seinen Gefühlen, aber zu müde, um zu verstehen, was um sie herum geschah. Er gab ihr eine Feldflasche und leerte eine weitere in seinen Hut, um Wirangi zu tränken. Während Nola und das Pferd tranken, fiel auch Hank der kleine Erdhügel ein paar Meter weiter auf. Merkwürdig, dachte er, daß hier ein Grab war, unmarkiert und so weit vom Anwesen.

»Laß uns zurückreiten«, schlug er vor. »Shannon ist bestimmt bald wieder da.«

Als Galen, Jimmy und Shannon zurückkehrten, wartete eine völlig erschöpfte Nola bei den Ställen auf sie: Sie weinte vor Erleichterung, als sie die Reiter in der Ferne entdeckte und Shannon an der Seite ihres Vaters sah.

Während sie in den Hof ritten, trocknete sie ihre Tränen und versuchte, sich zusammenzureißen.

»Ach, Shannon! Wo bist du gewesen?« Sie versuchte streng zu klingen wie eine Schulmeisterin, aber es gelang ihr nur schlecht. Die überwältigende Erleichterung, die sie empfand, war deutlich zu hören.

Shannon löste sich aus Galens Armen und rannte Nola entgegen, die sie fest an sich drückte.

»Laß dich anschauen.« Mühsam rang Nola um Beherrschung. »Bist du verletzt? Du hast uns allen einen Riesenschreck eingejagt, vor allem dem armen Keegan. Du darfst nicht allein weggehen, verstanden? Bist du hungrig? Oder durstig?«

Galen beobachtete, wie Shannon auf Nola reagierte. Eins war klar – seine Tochter brauchte diese Frau, ganz gleich, wie er darüber dachte.

Nola blickte zu Galen auf und erwartete, daß er wütend sein würde. Schließlich hätte sie auf Shannon aufpassen sollen. Die Verantwortung hatte ganz bei ihr gelegen.

»Es tut mir leid«, hauchte sie. Dann verschwand sie in der Hütte, noch bevor Galen beteuern konnte, daß es nicht ihre Schuld gewesen war.

Im Treppenhaus des Hauptgebäudes nahm Galen zwei Stufen auf einmal. Im Korridor blieb er vor Langfords Zimmer stehen und atmete durch. Der Alte saß wieder in seinem Lehnstuhl am Fenster. Zum ersten Mal erschien er Galen als eine bemitleidenswerte Seele, und er tat ihm wirklich leid. Vor Jahren hatte er sich in eine der hinteren Kammern zurückgezogen, möglichst weit vom vorderen Schlafzimmer, das er mit seiner Frau geteilt hatte. Dessen Tür war, soviel Galen wußte, abgeschlossen und seit ihrem tragischen Tod nie mehr geöffnet worden.

»Wie ich sehe, hast du deine Tochter gefunden«, bemerkte Langford, der seine Gegenwart wahrnahm, ohne ihn eines Blickes zu würdigen.

Galen betrat das Zimmer. »Ja.«

»Ist ihr etwas zugestoßen?«

»Nein, aber sie ist ganz außer sich.«

Langford gab keine Antwort. Unverwandt starrte er aus dem Fenster.

»Ich möchte darüber reden, was gestern passiert ist.«

Langford wandte sich um, die Mundwinkel nach unten gezogen und mit kaltem, abweisendem Blick. »Die Frau muß weg«, stieß er hervor. »Ich will sie hier nicht mehr sehen.«

Galen nickte. »Wenn dein Entschluß feststeht, gibt es wohl keine andere Wahl.«

»Sehr wahr.« Langford war zufrieden, daß Galen seine Ansicht teilte.

»Aber dann werde ich auch gehen müssen«, setzte Galen leise hinzu.

Langford sog scharf die Luft ein. »Was meinst du damit? Du kannst doch nicht die Reinhart-Farm im Stich lassen!«

Galen hockte sich auf die Bettkante und betrachtete seine Hände, verschränkte die Finger. »Heute ist mir klargeworden, wie grausam es war, meiner Tochter die Liebe und Zuwendung einer Frau zu entziehen. Sie braucht dringend ein Vorbild, und das kann nicht ich sein. Wenn Miss Grayson geht, werde ich Shannon in der Stadt großziehen müssen.«

»Und was wird aus den Jungen? Sollten sie nicht auf dem Land leben, die Rinderzucht erlernen wie du?«

»Auch sie müssen zuerst eine Ausbildung haben. Darüber waren wir neulich einig. Ich glaubte, mit einem Lehrer wäre beides auf einmal möglich. Du weißt selbst, wie schwierig es ist, jemanden zu finden, der hier draußen leben will. Es würde Monate brauchen, vielleicht Jahre, Ersatz für Miss Grayson zu suchen.«

Langford schwieg.

»Was sie getan hat«, fuhr Galen fort, »Wade Dalton hierherzubringen – hat die Herde gerettet. Der Flinders River führt kein Wasser mehr. Zwanzig Ochsen habe ich unterwegs verloren. Die übrigen Tiere hätten keinen weiteren Tag durchhalten können. Kannst du die Vergangenheit nicht endlich vergessen, Langford?«

»Vergessen?« Langford hob die Stimme zu einem schrillen Keifen. »Wie soll ich je vergessen, was der Mann mir angetan hat!«

»Das ist doch schon lange her«, murmelte Galen. »Es muß doch die Zeit kommen, wo man vergißt und sein Leben weiterführt.« Galen war sich bewußt, daß er Langford Ratschläge erteilte, die er vor Jahren besser selbst befolgt hätte. Für ihn war es vielleicht noch nicht zu spät.

»Frauen gehören nicht hierher, Galen. Sie können die Einsamkeit nicht ertragen. Sie unternehmen manches, was sie sonst nie tun würden. Das hat Wade Dalton ausgenutzt. Ich werde ihm nie vergeben, geschweige denn vergessen. Häng dein Herz nicht an diese Frau, wie bereits deine Kinder. Weißt du nicht mehr, was mit Emily passierte? Sie gehören nicht hierher.«

Galen stand auf. Ein Muskel zuckte in seinen verkrampften Kiefern. Langford musterte ihn und versuchte, die Wirkung seiner Worte einzuschätzen.

Als Galen endlich sprach, war er ruhig und entschlossen. »Entweder sie bleibt, oder ich gehe, Langford. Was ist dir lieber?«

Langford sackte niedergeschlagen zusammen. Galen wandte sich zum Gehen.

»Sei kein Narr, Galen«, flüsterte der Alte.

Auf der Türschwelle blieb Galen stehen. Vor sich sah er noch immer Shannons verzweifeltes Gesicht. »Ich muß an meine Kinder denken, Langford. An meine Tochter ebenso wie an meine Söhne. Ihre Bedürfnisse gehen vor.« Damit verließ er den Gutsbesitzer.

Langford wandte sich wieder dem Fenster zu, und sein Herz war schwer. Wenn er Galen verlor, war alles verloren.

9

Als Galen in die Hütte kam, fand er Hank und die Kinder beim Abendessen vor.

»Wo ist Miss Grayson?« fragte er.

»Im Schulhaus«, brummte Hank und überlegte, was wohl in Galen vorging.

»Hat sie schon gegessen?«

Kegan blickte auf. »Sie meint, sie wäre nicht hungrig, aber wir haben ihr einen Teller beiseite gestellt, falls sie es sich anders überlegt.«

»Ich bring es ihr hinüber«, gab Galen zurück. »Ich habe ihr etwas Wichtiges mitzuteilen.« Er sah sich nach Shannon um, die ihn mit einem für ihr Alter viel zu traurigen Ausdruck in den Augen betrachtete. Dann lächelte er. »Mr. Reinhart läßt Miss Grayson hierbleiben, wenigstens vorerst.«

»Oh, Papa!« Shannon stand auf und stürzte auf ihn zu. Er hob sie auf den Arm und schmiegte sich an sie. Auch Hank und den Jungen war die Freude deutlich anzusehen.

Galen klopfte an der Tür des Schulhauses und hörte, wie Nola »Herein!« rief. Ihre Stimme klang bedrückt. Er trat ein, aber sie drehte sich nicht zu ihm herum. Sie kniete am Boden und räumte ihre Bücher in die Seekiste.

»Hier ist etwas zu essen«, sagte er.

Als sie sich umwandte, war sie sekundenlang überrascht. »Ach, Mr. Hartford! Ich dachte schon, es wäre ... Danke, aber hungrig bin ich nicht.«

Wahrscheinlich hatte sie Hank erwartet, dachte er. »Sie sollten trotzdem etwas essen«, mahnte er und stellte den Teller auf ihrem Schreibtisch ab. Sie antwortete nicht, sondern verpackte weiter sorgfältig ihre Bücher.

»Sind Sie mir sehr böse?« fragte sie, ohne aufzublicken.

»Ganz und gar nicht. Wieso fragen Sie?!«

»Aber Sie hätten allen Grund dazu, verärgert zu sein. Ich hatte die Verantwortung für Shannon. Ich hätte sie nicht aus den Augen lassen dürfen. Ich wußte, daß sie vollkommen verstört war ... Als ich merkte, daß sie weg war, konnte ich an nichts anderes mehr denken, als daß ich sie wiederfinden muß. Nicht einmal Wasser habe ich mitgenommen. Dann habe ich mich auch noch verirrt. Selbst wenn ich sie gefunden hätte, wäre ich keine Rettung für sie gewesen. Ich habe schon damit gerechnet, daß Sie mich entlassen werden, aber ich fürchte, damit kommen Sie zu spät. Langford ist Ihnen zuvorgekommen ...«

»Kein Wort mehr, bitte«, unterbrach Galen. »Sie müssen noch viel lernen, das stimmt. Aber gehen Sie nicht zu hart mit sich um. Fehler machen wir alle mal ...«

»Ich mache Fehler genug für die anderen mit, wie es scheint.« Sie dachte an Wade, und konnte die Tränen nicht mehr zurückhalten. Sie wollte nicht, daß Galen sah, wie sie weinte, und vertiefte sich wieder in ihre Seekiste.

Er beugte sich vor und hielt ihren Arm fest. »Das wird nicht mehr nötig sein«, erklärte er.

Sie blickte ihn forschend an, eine stille Hoffnung flakkerte in ihr auf. Er sah, daß sie den Tränen nahe war.

»Was meinen Sie damit?« fragte sie.

Er merkte plötzlich, daß er sie noch immer festhielt, und zog, plötzlich befangen, seine Hand zurück. »Langford ist einverstanden, daß Sie bleiben.«

Sie starrte ihn ungläubig an. »Das kann ich nicht glauben. Aber was ... wie haben Sie ihn umstimmen können?«

»Ich habe ihm die Wahrheit gesagt. Daß meine Kinder Sie dringend brauchen. Besonders Shannon.« Daß er mit der eigenen Kündigung gedroht hatte und damit, seine Kinder in der Stadt aufwachsen zu lassen, verriet er ihr nicht.

Nola war sprachlos. Nicht nur, daß die Nachricht sie überraschte, auch seine Offenheit war ungewohnt. Sie sah zu, wie er hinter den Schreibtisch trat und auf ihrem Stuhl Platz nahm. Mit seinen kräftigen Händen fuhr er sich durch das dichte, dunkle Haar. Als er aufschaute, merkte Nola, wie zerrissen er innerlich war.

»Ich habe die Augen verschlossen vor den Nöten meiner Tochter«, seufzte er. »Als sie ihre Mutter verlor, habe ich den Kopf in den Sand gesteckt und einfach weitergemacht wie bisher. Ich habe gearbeitet bis zur völligen Erschöpfung und mir keine Zeit zum Nachdenken gegönnt. Der arme Keegan mußte sich praktisch dauernd um seine Schwester kümmern. Obwohl er noch ein junger Kerl ist, mußte er von heute auf morgen erwachsen werden. Heath wich mir Tag und Nacht nicht von der Seite. Fast als fürchtete er, mich aus den Augen zu lassen. Ich weiß, daß er mich ablenken wollte, weil er meinen Schmerz spürte. Er gab sich soviel

Mühe, alles zu lernen, was zur Leitung einer Farm gehört, um mich ein wenig zu entlasten. Mein Glück, daß ich so wundervolle Söhne habe.« Er blickte sich im Zimmer um. »Ich habe versucht, meinen Kindern den Verlust der Mutter erträglich zu machen, aber ich kann sie nicht ersetzen.«

»Niemand kann das«, wandte Nola leise ein.

Er sah ihr direkt in die Augen. »Aber Shannon braucht ein Vorbild. Als sie noch sehr klein war, wollte ich sie nach Adelaide bringen, zu einer Tante. Ich hatte sie nur einmal beim Begräbnis meines Vaters gesehen, und sie hatte angeboten, Shannon zu nehmen, aber wir kannten uns kaum, wechselten höchstens ein oder zwei Briefe. Ich brachte es nicht über mich, Shannon wegzugeben. Ich wußte, daß es das beste für sie wäre, aber ich war unfähig, sie loszulassen.«

»Nach meinem Eindruck haben Sie damit völlig richtig entschieden«, warf Nola ein. »Ich wurde als Kind auf ein Internat geschickt, und glauben Sie mir, nichts geht über die eigene Familie. Etwas geht verloren ... eine Verbindung zu den Angehörigen, die man nie wiedererlangt. Daß Shannon ihre Mutter verloren hat, ist tragisch genug. Müßte sie auch noch ihr Elternhaus, ihre Brüder und ihren Vater aufgeben, wäre das mehr, als so ein kleines Kind aushalten könnte!«

»Meine Tante hat auch nicht darauf beharrt. Wahrscheinlich haben Sie recht – aber, ich bitte Sie, bleiben Sie hier – Shannon zuliebe. Daß Sie gerade von mir nicht erwarten würden, solche Worte zu hören, weiß ich. Ich hätte es selbst nie geglaubt. Aber meine Tochter hat mich die Wahrheit erkennen lassen. Ich weiß, daß Sie eines Tages weggehen werden, aber wenn Sie vorerst bleiben, gewinne ich wenigstens Zeit, mir eine Lösung für Shannon zu überlegen.«

Nola war elend zumute. Er war ein stolzer Mann, und sein Herz vor ihr auszuschütten, fiel ihm bestimmt nicht leicht. Er war außerdem ein sehr verschlossener Mensch, so daß sie sich sehr geehrt fühlte, in sein Vertrauen gezogen zu werden.

»Ganz gleich, was wird; Sie haben für Ihre Kinder getan, was in Ihren Kräften stand. Es kann nicht leicht gewesen sein, besonders nicht mit einer so jungen Tochter. Aber ich bin Ihrer Meinung. Eines Tages wird Shannon eine Mutter brauchen, mit der sie reden und der sie vertrauen kann. Eine Weile ginge es vielleicht noch so, aber der Tag wird unweigerlich kommen. Bis dahin kann ich ihr beibringen, was ich auch die Jungen lehre, und ich glaube, sie fühlt sich in meiner Gesellschaft wohl.«

»Ganz sicher«, nickte er zuversichtlich. Dann stand er auf und ging zur Tür. Im Öffnen drehte er sich noch einmal um. Nola glaubte schon, er wolle noch etwas sagen, doch statt dessen schloß er leise die Tür hinter sich.

Sekundenlang rührte Nola sich nicht von der Stelle und lauschte dem Nachhall seiner Worte. Ein feines Lächeln umspielte ihre Lippen, und sie verspürte unbändige Freude. Sie durfte bleiben, und das sogar mit Galen Hartfords persönlichem Einverständnis! Nie hätte sie geglaubt, daß sie so glücklich darüber sein würde. Plötzlich heißhungrig geworden, machte sie sich über das Abendessen her, das er dagelassen hatte, und räumte die Bücher weg. Später dachte sie an Langford Reinhart. Es wäre nett gewesen, wenn er selbst ihr die Erlaubnis zum Bleiben gegeben hätte. Dann hätte sie die

Gelegenheit gehabt, ihn zu fragen, warum die Anwesenheit von Wade Dalton ihn so wütend stimmte. Doch daran war vorerst nicht zu denken. Statt dessen fing sie an, die Lektionen für den nächsten Tag vorzubereiten.

Es war noch früh am Abend, als Nola fertig war mit der Unterrichtsvorbereitung. Zum Nähen hatte sie heute keine Lust, und das Plakat für Esther war auch schon fast fertig. Ihrer guten Laune zum Trotz fühlte sie sich seltsam ruhelos. So viele unbeantwortete Fragen gingen ihr im Kopf herum, und keine Antwort. Sie mußte an Galen und seine unverhoffte Offenheit denken, und an seine Frau. Es war ihr bestimmt nicht schwergefallen, einen solchen Mann zu lieben – gutaussehend, wenn auch ein wenig rauh, und seine Zurückhaltung ließ ihn attraktiv erscheinen. Dadurch wurden die seltenen Augenblicke, in denen er sich offenbarte, erst recht bemerkenswert. Und was hatte Wade Dalton von Emily gesagt? Daß sie zart und empfindlich gewesen war, und das Leben auf dem Land nicht ausgehalten hatte. Wo mochte sie herkommen, fragte sich Nola, und wieso hatte sie sich auf der Farm nicht wohlgefühlt? Vielleicht fand sich die Antwort in ihren Büchern ...

Nola öffnete nacheinander jeden der Kartons, den sie noch nicht durchgesehen hatte, und suchte nach weiteren Romanen von Carolyn Whey. In den drei letzten Kartons fand sie jeweils einen. Aufschlußreich waren schon die Titel: *Erloschene Sehnsucht, Kein Verlaß auf deinen Schwur, Welke Blätter deiner Liebe.* Schon bevor Nola das erste aufschlug, wußte sie, daß sie weitere Aufzeichnungen finden würde.

Aus dem Buch *Erloschene Träume* fiel ein Zettel:

»*Ich möchte hier nicht mehr leben. Laß uns fortgehen, weit weg von hier. – E.*«

Die Botschaft in *Kein Verlaß auf deinen Schwur* lautete:

»*Meine Liebe, wenn ich hierbleiben muß, werde ich sterben. Ich flehe dich an, bring mich fort! – E.*«

Ein unbehagliches Gefühl beschlich Nola. Was hatte Emily damit gemeint? Mit zitternden Fingern griff sie nach dem letzten der drei Bücher, *Welke Blätter deiner Liebe*, und blätterte darin.

Diesmal war die Notiz länger, die Handschrift unsicher. Sie lautete:

»*Zu spät. Wir sind entdeckt. Ich habe mehr Angst um dich als um mich selbst. Komm nie wieder, Liebster. Verzweifle nicht; die Saat unserer Liebe wird weiter in mir wachsen. Dies ist unser Abschied. Die Blätter unserer Liebe sind welk geworden. – E.*«

Nola las diese letzte Mitteilung viele Male und bemühte sich verzweifelt, sie zu verstehen. Was – oder wen – hatte Emily fürchten müssen? Wer hatte sie entdeckt? Der einzige Schluß, den ihre Zeilen erlaubten, war schockierend; offenbar hatte Emily einen Liebhaber, und Galen war dahintergekommen. Wenn dies der Fall war und sie um ihr Leben fürchten mußte, oder um das ihres Geliebten, war Galen ein Mann mit einer dunklen Seite, vor dem man auf der Hut sein mußte.

Eine Frage, die unbeantwortet blieb, ging ihr nicht mehr aus dem Kopf. Was war mit Emily geschehen? Wie war sie gestorben? Wäre sie einer Krankheit erlegen, könnten sich Heath und Keegan daran erinnern und hätten sicherlich davon gesprochen. Obwohl Nola es nicht glauben wollte, schien es, als wäre sie eines sehr plötzlich Todes gestorben. Dieser Gedanke ließ sie schaudern. Eins wußte sie – wenn sie eine Antwort auf diese Frage finden würde, würde sie zugleich alle übrigen beantworten.

Nola verließ das Schulhaus und ging umher, ohne Sinn für ihr Ziel und ihre Richtung. Als sie zum Mannschaftshaus kam, traf sie auf Jack, der vor der Türschwelle saß und rauchte.

»Kannst du auch nicht schlafen, Jack?« fragte sie und lehnte sich an die Bretterwand.

»Drinnen schlafen nicht gewohnt«, erklärte er. »Unter den Sternen besser schlafen.«

»Es ist sicherlich auch viel zu heiß da drinnen. Hier draußen ist es angenehmer.«

»Dort, wo herkommen – ist es da auch so heiß, Missus?«

»Nein, Jack. Nicht wie hier. Nicht so – drückend.«

»Aus großer Stadt kommen, Missus? Weit weg?«

»Ja, Jack. Aus London. Eine sehr, sehr große Stadt in England. Die Reise von dort hat lange gedauert, auf einem Schiff.«

»Nie große Stadt gesehen, Missus.«

»Es gibt sehr viele Häuser in London. Viele Straßen.«

Jack schüttelte verwundert den Kopf.

»Hast du schon einmal ein großes Schiff gesehen, Jack?«

»Nein, Missus. Freund sagen, große Schiffe kommen an unser Land, bringen viele Weiße mit, viele neue Sachen. Ist Schiff größer als Julia-Creek-Hotel?«

Zu ihrem Schrecken merkte Nola, daß die Frage ganz ernst gemeint war. »Aber ja, Jack. Ein Schiff ist noch viel,

viel größer als die ›Stadt‹ Julia Creek.« Angesichts seiner Verblüffung konnte Nola sich das Lachen nicht verbeißen.

Wieder schüttelte Jack den Kopf und konnte kaum fassen, was sie ihm erzählte, aber es störte ihn nicht weiter. Seine Haltung stimmte Nola nachdenklich. Wie mochte das Leben sein, das er hier führte?

»Du hast mir erzählt, du wärst auf einer Farm großgeworden, Jack. Und trotzdem bist du viel bei deinem Stamm gewesen?«

»Ja, Missus. Wenn der Stamm auf ›Wanderschaft‹ geht, ich mitgehen. Viel Zeit mit meiner Mutter verbracht. Sie wollte, daß ich Stammesleben kenne.«

»Erzähl mir mehr vom Stammesleben, Jack.« Nola hockte sich neben ihn auf die Treppenstufen zum Mannschaftshaus.

»Was wissen wollen, Missus?«

»Welche Rolle spielen Frauen in eurem Stamm?«

Jack verzog ratlos das Gesicht. Schließlich merkte sie, daß er nicht begriff, was sie mit ›Rolle‹ meinte.

»Die Arbeit der Frauen. Was tun die Lubras?«

»Jeder im Stamm muß etwas tun. Lubras kümmern sich um Piccaninnies.«

»Piccaninnies! Du meinst – kleine Kinder?«

Jack grinste. »Ja, Piccaninnies. Lubras sammeln Jams oder andere Wurzeln, Beeren und Nüsse. Lubras kennen jeden Obstbaum, jedes Wurzelfeld in Umgebung. Wo Tiere und Insekten sind, Frauen sehen, immer und immer wieder. Augen offen, die ganze Zeit. Schauen nach Bienen, wissen, wo Honigwaben zu holen mit Beil. Töten auch Eidechsen, Kaninchen, kleinere Tiere.«

»Aber wie?«

Jetzt mußte Jack lachen, als er Nolas Gesichtsausdruck sah. »Frauen tragen Werkzeug, ein Grabstock, aus hartem Holz, an beiden Enden spitz. Über Feuer hart gemacht. Zum Graben, auch zum Töten kleiner Tiere benutzen, und zum Kämpfen.«

»Kämpfen?«

Wieder lachte er, als sie ungläubig die Stirn runzelte. Seine weißen Zähne leuchteten im Dunkel, die ebenholzfarbene Haut glänzte. »Manchmal! Kinder sammeln Feuerholz. Männer jagen nach Fleisch. Immer Speer und Speerwerfer mitnehmen. Wenn Jagd auf Tiere und Vögel, Mann muß Spuren lesen und andere Zeichen, um richtiges Wissen zu haben. Sie nicht sehen, was wir sehen, Missus. Wir Geräusche machen können wie Tiere, und Leben der Tiere kennen. Müssen Windrichtung kennen, leise und so schnell wie möglich durch Unterholz gehen, und Beute nicht verschrekken.« Während Jack sprach, bewegte er Hände und Füße, als wolle er seinen Bericht nicht bloß vortragen, sondern nachspielen. Erst sehr viel später sollte Nola lernen, daß sich die Ureinwohner mit Tänzen ihre Geschichten erzählen.

»Jäger reiben sich auch ein mit Schlamm oder Ocker zur Tarnung, versteckt eigenen Geruch. Wenn Tiere fängt, Frau bereiten für Kochen vor. Ziehen Emu die Federn aus und all das.«

Nola war fasziniert und wollte mehr davon hören.

»Gibt es Heiler in eurem Stamm, Jack? Einen ... Medizinmann?«

»Ja, Missus. Er viel mächtig.«

»Wer bestimmt ihn dazu?«

»Die Ältesten, und Medizinmann selbst, suchen nach

jemand, der immer nachdenkt, oder der oft bei Medizinmann hilft und lernt. Vielleicht jemand mit besonderen Kräften, alles sehen. An seinen Augen erkennen guten Medizinmann.«

»Augen? Wie meinst du das, Jack?«

»Gute Augen können hier sehen!« Jack deutete auf seine Brust, und Nola glaubte, er meinte, sie sehen in die Seele. »Medizinmann kann Krankheit wegnehmen, oder jemand krank machen und sterben!«

Nola war überrascht. »Wie ein ... Hexendoktor?«

»Ja, Missus. Mächtige Medizin.«

»Sieht er anders aus, als die Mitglieder des Stammes, Jack?«

»Wenn Medizinmann gewählt, er bekommt Loch in Zunge.«

»Warum sollte der Hexendoktor jemanden krank machen, Jack? Ist seine Aufgabe nicht, zu heilen?«

»Bevor er werden, muß selber sterben! Sein Inneres von Stamm herausgenommen, damit Platz für Geister in Körper. Hexendoktor trägt Quartzsteine, Knochen und Geisterschlange im Inneren. Kann Reisen durch Himmel und Himmelsland besuchen. Kann Feinde töten mit besonderer Kraft, auch jemand von anderem Stamm.«

»Gibt es noch andere Stämme in der Gegend? Ich kenne nur deinen Stamm.«

Jack grinste. »Missus nicht sehen. Im Osten, nahe Grenze, sind die Workia, südlich die Goa, und die Pitta Pitta.«

»Sind diese Stämme freundlich zueinander?«

»Alle freundlich zu Wana Mara, aber jeder Stamm eigene Jagdgründe. Andere Stämme von weiter im Norden, von Daley Rinver, nicht freundlich.«

»Die Pitta Pitta, die Workia und die Goa, sprechen sie andere Sprachen als die Wana Mara?«

»Anders, ja. Aber wir verstehen.«

Nolas Wißbegierde wurde durch seine Auskünfte nur noch gesteigert. »Könntest du mich einmal nachts zu deinem Stamm mitnehmen, nach der Arbeit, Jack? Ich würde wirklich gern mehr von ihnen erfahren.«

Er konnte sehen, daß ihr Interesse aufrichtig war. »Sie uns Geschichten von England erzählen, Missus, und wir Ihnen erzählen von unserer ›Traumzeit‹!«

Nola lächelte, und Jack nickte ihr zu. »Einverstanden.« Sie reichte ihm die Hand, und damit war der Bund zwischen ihnen geschlossen.

Es war fünf Uhr früh, und es dämmerte bereits. Nola hatte nicht viel geschlafen. In ihrer Kammer war es drückend heiß, und sie konnte Jack nachfühlen, daß er nicht gern im Haus schlief. Sie selbst hätte auch viel lieber ihr Nachtlager unter den Sternen aufgeschlagen. Sie hatte den dringenden Wunsch nach frischer Luft. In der Hütte wurde sie erst in anderthalb Stunden erwartet; daher beschloß sie, einen kleinen Ausritt zu machen.

Sie sattelte Wirangi und ließ ihn zum Viehcamp traben, wo die Rinder gezählt wurden. Die kühle Morgenluft war erfrischend, auch wenn ihre aufgewühlte Seele dadurch nicht ruhiger wurde. Sie hatte schon begonnen, sich an Galen zu gewöhnen, ihn für einen zuvorkommenden Mann zu halten. Aber die Briefe, die sie gefunden hatte, ließen ernsthafte Zweifel in ihr aufkommen. Daß er nie ein Wort über seine Frau verlor, steigerte ihren Argwohn noch.

Kurz bevor Nola im Camp eintraf, hörte sie plötzlich

Schüsse. Sie zog die Zügel, ließ Wirangi stehenbleiben und lauschte. Erneutes Knallen. Das waren eindeutig Gewehrschüsse! Klopfenden Herzens trieb Nola ihr Pferd an. Als sie auf eine Erhebung kam, von der man das Camp von Norden überblicken konnte, sah sie berittene Männer unter den Rindern, die in die Luft schossen. Die verängstigten Tiere rannten in alle Richtungen auseinander, ebenso die unbewaffneten Aborigines. Jimmy und Jack waren ebenfalls dort und feuerten von ihren Pferden aus auf die Männer. Viehdiebe! Ihr fiel ein, wie Galen von Viehdieben erzählt und seine Leute vor ihnen gewarnt hatte.

Während Nola das Geschehen beobachtete, was ihr wie eine Ewigkeit vorkam – in Wirklichkeit war es nur ein kurzes Innehalten –, nahm die Hauptmasse der Herde plötzlich Kurs in ihre Richtung. Wenn sie sich nicht beeilte, würde sie unter Hunderten trampelnder Hufe zerschmettert! Im Bruchteil einer Sekunde wendete sie das Pferd und sprengte seitwärts davon. Aber die Herde wechselte ebenfalls die Richtung, von den Gewehrschüssen eines Viehdiebs getrieben.

Plötzlich fand sich Nola mitten in einer Herde von zahllosen wütenden Rindern. Der Donner ihrer Hufe war furchteinflößend. Verzweifelt bemühte sie sich, nicht den Kopf zu verlieren, und galoppierte mit der Menge. Sie hörte, wie jemand schrie, und die Rinder erhoben ein vielstimmig dröhnendes Gebrüll. Hörner streiften ihre Beine. Sie hörte Wirangi vor Schmerz wiehern und ahnte, daß ihn das Horn eines verschreckten Stiers getroffen hatte. Kugeln zischten an ihrem Kopf vorbei und verfehlten sie nur knapp.

Einen Augenblick später spürte sie ein Brennen im

Rücken, wie von einem rotglühenden Feuerhaken. Wieder nahm die Herde eine andere Richtung, und Wirangi ließ sich mit ihnen treiben. Sie waren jetzt vor der Hauptmasse der Herde, und Nola lenkte Wirangi zur Seite und ließ ihn halten. Er blutete aus einem Riß in der Nähe des Sattelgurts. Seine Augen waren voller Angst und Schmerz. Als die Herde weit genug weg war, stieg Nola ab und untersuchte die Verletzung. Sie riß sich einen Ärmel vom Hemd und preßte den Stoff gegen die Wunde, um den Blutstrom einzudämmen. Beim Anblick des Bluts wurde ihr schwindlig vor Angst, und der Schmerz im Rücken wurde immer stärker. Plötzlich merkte sie, wie sich in großer Eile ein Reiter näherte. Fast panisch fuhr sie herum, aber dann erkannte sie Jack.

»Auf Pferd steigen!« rief er und umkreiste sie.

»Ich kann nicht! Wirangi ist verletzt.«

Jack hielt neben ihr und sah sich die Wunde an. »Aufsteigen!« beharrte er trotzdem.

Ohne Widerrede stieg Nola aufs Pferd und folgte Jack. Sie ritten zu einer Felsengruppe, hinter der sie Deckung suchten. Kaum war sie wieder abgestiegen, als Jack erneut aus seinem Gewehr ein paar Schüsse abgab. Sie hatte gar nicht gemerkt, daß sie verfolgt wurden, aber das Feuer wurde erwidert. Nola duckte sich und hielt das Pferd beim Zügel, aber Wirangi bäumte sich auf und riß sich los.

»Pferd gehen lassen«, schrie Jack.

Wirangi schoß davon. Einige Minuten später war alles ruhig. Jack blieb hinter dem Felsen und hielt noch immer Ausschau, und Nola hielt sein Pferd ruhig.

»Männer weg«, raunte Jack.

In diesem Augenblick sackte Nola zu Boden. »Wirangi ist verletzt. Er wird sterben!« jammerte sie.

»Pferd geht zu Farm zurück«, widersprach Jack. »Nicht schlimm verletzt.«

Nola wurde schwarz vor Augen, und wieder wurde ihr schwindelig. Jack kniete neben ihr. »Räuber Sie geschossen, Missus!« Jack beugte sich über sie und betastete ihre Schulter.

»Nicht tief, Missus«, stellte er fest. »Aber müssen Blutung stoppen.«

»Ich bin gleich wieder okay, Jack. Es ist nur ein Kratzer. Wir müssen nachsehen, ob den anderen etwas zugestoßen ist!«

Galen und Hank waren gerade unterwegs ins Camp, als Jimmy ihnen wie ein Rasender entgegengeprescht kam.

»Was ist los?« rief Galen, als er in Hörweite war.

Jimmy war so außer Atem, daß er sich kaum verständlich machen konnte. »Viehdiebe! Mit ... Gewehren!«

Galen warf Hank einen Blick zu. »Los!«

Auch Galen und Hank ritten zu der Erhebung, die Aussicht auf das Viehcamp bot. Von dort beobachteten sie unbemerkt, wie vier berittene Räuber einen am Boden liegenden Aborigine umkreisten. Lachend quälten sie ihn und schossen – die Kugeln verfehlten ihn nur knapp. Sie genossen ihr grausames Spiel und merkten nicht, daß sie nicht mehr allein waren. In der Ferne trieben zwei ihrer Kumpane ein paar Rinder fort.

Galen zog leise das Gewehr aus der Halterung an der Satteltasche, zielte und feuerte. Man hörte die Kugel pfeifen, und einem der Viehdiebe fiel plötzlich das Gewehr aus der Hand. Völlig entgeistert wandten sie sich in die Richtung, aus der der Schuß gekommen war, und sahen zu ihrem Entsetzen die drei Männer angreifen. Hank hatte jetzt ebenfalls sein Gewehr im Anschlag und traf einen der Kerle ins Bein. Daß einer von ihnen verletzt und einer entwaffnet war, verwirrte sie lange genug, so daß Jimmy den Unbewaffneten mit seinem Lasso vom Pferd holen konnte. Der Verwundete lag bereits am Boden, die beiden anderen ergriffen hastig die Flucht.

»Laß sie abhauen«, winkte Galen ab, als Hank die Verfolgung aufnehmen wollte. »Die beiden hier werden schon reden.«

Er stieg ab und half Jimmy beim Fesseln, während sich Hank um den Verletzten kümmerte. Sie kannten die Männer nicht, aber Galen ahnte schon, für wen sie arbeiteten.

»Wo bleibt Jack?« erkundigte sich Hank bei Jimmy.

»Nicht weiß, Boss!«

»Schau dich besser mal um!« befahl Galen, der sich Sorgen zu machen begann. »Vielleicht ist er verletzt, oder Schlimmeres!«

Jimmy stieg auf sein Pferd und sprengte davon.

Galen wandte sich an die Fremden. »Wer hat euch angeheuert?«

Die beiden warfen sich einen Blick zu und machten den Mund nicht auf.

»Sieht aus, als wenn wir noch viel Spaß miteinander kriegen«, knurrte Galen.

Wieder blickten die Viehdiebe einander ratlos an.

Inzwischen stellten sich die Aborigines einer nach dem anderen wieder ein. Galen war froh, daß keiner von ihnen verletzt zu sein schien. Hank holte ihre Pferde, die in der Nähe standen. Als jeder der Ureinwohner wieder aufsitzen konnte, gab Galen ihnen Anweisung, mit dem Einsammeln der Rinder zu beginnen, bevor sie zu weit weggetrieben würden.

»Wir sagen nichts!« erklärte einer der Gefesselten herausfordernd.

Galen und Hank nickten einander zu, und ein gefährliches Glitzern trat in ihre Augen.

Eindeutig waren sie von jemandem angeheuert worden, dessen Einfluß groß genug war, ihnen selbst in dieser Situation noch ein trügerisches Gefühl von Sicherheit zu geben.

Galen baute sich vor ihnen auf. »Ihr seid nicht aus dieser Gegend, oder?« Als er erwartungsgemäß keine Antwort bekam, fuhr er fort. »Denn wenn ihr es wärt, hättet ihr allen Grund dazu, vor Angst zu zittern. Wir haben hier draußen unsere eigenen Regeln, wißt ihr!« Während er sprach, drehte er eine Schlinge in sein Lasso. Worauf das hinauslaufen sollte, war den Viehdieben nicht entgangen. Doch noch immer hielten sie es für einen Trick, um ihnen Angst einzujagen.

»Da ihr es wagt, unsere Herde am hellichten Tag zu überfallen, scheint ihr ja zu wissen, daß im Umkreis von hundert Kilometern kein Sheriff zu finden ist. Was ihr allerdings nicht wißt, ist, daß wir Rinderzüchter so unsere ganz eigene Art haben, mit Leuten euren Schlages umzugehen. Falls ich mich nicht klar genug ausgedrückt haben sollte, es bedeutet: Euer Schicksal liegt ganz in meiner Hand, Gentlemen. Was immer auch mit euch geschieht, das wird nie ein Mensch erfahren, und wenn doch, interessiert es keinen. Viehdiebe gelten hier draußen als übelster Abschaum. Für das, was ihr getan habt, gibt es absolut keine Strafe, die hart genug ist. Darin sind wir Rinderzüchter alle einer Meinung. Und bei der Wahl unserer Mittel können wir sehr einfallsreich sein, wenn ihr versteht, was ich meine.«

Die Viehdiebe musterten ihn angespannt. Galen spürte, daß sie noch immer nicht überzeugt davon waren, wirklich in Gefahr zu sein.

»Ihr seid selbst keine Rinderzüchter, ihr wißt nicht, wieviel Mühe allein es kostet, das Vieh auch nur am Leben zu erhalten. Da können wir es nicht einfach zulassen, daß jemand kommt und uns bestiehlt.«

»Sie werden uns doch nichts antun«, entfuhr es dem jüngeren der beiden, der mit starkem Akzent sprach. »Wir haben uns doch bloß einen kleinen Spaß erlaubt. Die richtigen Viehdiebe sind mit ihren Rindern längst abgehauen. Wir sollten nur ein bißchen Lärm machen, die Herde aufmischen. Wir haben niemanden verletzt!«

»Das wird sich noch herausstellen, und Gott steh' euch bei, wenn es nicht stimmt!« Galen wandte sich zu Hank um, und beide grinsten. Ihre zur Schau getragene Härte zeigte allmählich Wirkung.

»Seht ihr den Baum da drüben?« fragte Galen.

Die Männer wandten ihre Köpfe. Etwa zehn Meter entfernt stand ein einzelner Eukalyptus mit kräftigen Ästen.

»Würde es euch auch gefallen, unter ihm begraben zu werden – nachdem wir euch gehängt haben?«

»Uns hängen? Das soll wohl ein Scherz sein!« Der Mann versuchte zu lachen, aber das Geräusch erstarb ihm in der Kehle. »Wo ich herkomme, gilt das als ungesetzlich ... Nur Mörder werden gehängt!«

»Ach ja? Wo kommt ihr denn her?« Galen hob eine Braue.

»Aus der Stadt ...« stotterte der Jüngere.

Der Ältere stieß ihn an. »Halt den Mund, Idiot!«

Galen blickte von einem zum anderen. »Welche Stadt?«

Der Jüngere blickte seinen Komplizen an. »Sag' ich nicht!« gab er großspurig zurück.

»Macht auch nichts.« Galen war fast sicher, daß einer der beiden Franzose war. Das würde es leichter machen, seinen Namen herauszubekommen. »Ich war nur neugierig. Wir brauchen euch nicht zu hängen. Aber sollte einer meiner Viehtreiber getötet worden sein, werde ich keinen Augenblick länger zögern. Falls ihr Glück habt, und alle unversehrt und am Leben sind, behandeln wir euch wie streunendes Vieh, das sich auf unser Land verirrt. Aber keine Sorge, Hank weiß gut mit dem Brandeisen umzugehen, stimmt's, Hank?«

Hank grinste sadistisch.

»Ihr blufft doch nur«, warf der Ältere ein, dessen eines Auge nervös zuckte.

»Schür das Feuer, Hank. Zufällig habe ich ein Brandeisen in der Satteltasche. Zeigen wir den Herrschaften aus der ›Stadt‹ einmal, daß wir hier draußen nicht bluffen.«

An Händen und Füßen gefesselt, sahen die Viehdiebe schweigend zu, wie Hank und Galen Holz und Gestrüpp einsammelten und zu der noch glühenden Feuerstelle in der Nähe brachten. Eine halbe Stunde später war das Feuer glühend heiß und das Brandeisen in der Glut.

Alle paar Minuten holte Hank das Eisen heraus und prüfte es, einen harten Glanz in seinen Augen. Währenddessen erklärte Galen den beiden Männern, unter welchen Mühen er die ganze Woche über das Vieh zusammengetrieben hatte. Wie er kilometerweit geritten war, um Wasser zu finden, und daß sie viele hundert Kilometer weit würden reiten müssen, um die Herde auf den Viehmarkt zu bringen. Während er sprach, ließ er sie absichtlich spüren, wie wütend er war, um ihnen unzweifelhaft klarzumachen, daß sie verdient hatten, was ihnen drohte.

»Wer von euch beiden will als erster drankommen?« fragte Hank beiläufig und hielt das rotglühende Eisen in die Luft. Den Männern stand der Schweiß auf der Stirn.

»Das wagen Sie nicht!« stieß der Ältere hervor, den erste Zweifel plagten, ob ihnen wirklich nichts zustoßen würde. »Es ist barbarisch! Und was ist mit meinem verletzten Bein?«

»Einem Mann den kargen Lebensunterhalt rauben, wiegt hier draußen schlimmer als alles andere. Ich dachte, ich hätte mich da klar ausgedrückt.«

Galen faßte den jüngeren Mann beim Arm und zerrte ihn ans Feuer. Mit einer einzigen heftigen Bewegung riß er ihm das Hemd herunter. Hank trat heran und hielt das Eisen nah genug an seine Haut, daß er die sengende Hitze spürte.

»Ich geb' dir eine letzte Chance, zu reden, mein Freund, oder du wirst für immer das Reinhart-Brandzeichen tragen!«

In diesem Moment erscholl Hufgetrappel, und Galen fuhr hoch. Jimmy und Jack kamen herangeritten; als sie näherkamen, stellte er zu seiner Überraschung fest, daß Nola hinter Jack saß. Fast wäre sie heruntergefallen, als Jack sein Pferd zum Halten brachte. Galen eilte zu ihr, um sie aufzufangen, und erschrak, denn sie war kreidebleich.

»Lady angeschossen«, rief Jack.

»Es ist ... alles in Ordnung«, stöhnte Nola. »Nur ein Streifschuß.«

»Nein, das glaube ich nicht«, widersprach Galen und war fassungslos, als er das Blut sah, das das Rückenteil ihrer Bluse durchtränkte. »Was machen Sie hier draußen?« Als sie morgens nicht in der Hütte erschienen war, hatte Galen geglaubt, sie hätte verschlafen, und Heath bei Keegan und Shannon gelassen.

»Ich war ausgeritten und hörte plötzlich Schüsse. Als nächstes fand ich mich mitten in einer Stampede wieder. Wirangi ist verletzt. Ihm wurde vom Horn eines Stiers der Bauch aufgeschlitzt.«

»Machen Sie sich keine Sorgen um Wirangi. Der ist hart im Nehmen. Jetzt lassen Sie sich aber mal ansehen.«

Nola bemerkte den Mann, der am Boden saß, mit nacktem Rücken, und dann Hank, der noch immer das Brandeisen ins Feuer hielt.

»Was geht hier vor?« wollte sie wissen und konnte kaum glauben, was sie vor sich sah. Als Hank nicht antwortete, wandte sie sich entsetzt Galen zu »Ihr werdet doch nicht ...« Sie schwankte im Stehen. Galen wollte sie stützen, aber sie wich vor ihm zurück. Er spürte, wie die beiden Viehdiebe sie beobachteten. Jetzt mußte er sehr genau aufpassen, was er sagte, sonst würde er sein Ziel nicht erreichen. »Es sind Viehdiebe«, erklärte er, und ein harter, unnachgiebiger Zug trat in sein Gesicht.

Nola war schockiert. So vieles ging ihr im Kopf herum, und auf einmal paßte alles zueinander. Jetzt begriff sie, wovor Emily Angst gehabt hatte. Das unbezeichnete

Grab fiel ihr ein, das sie bei der Suche nach Shannon entdeckt hatte. »Sie ... Sie können diese Leute doch nicht brandmarken wie streunendes Vieh? Dann würden Sie ja noch schlechter handeln als sie!«

Galen sah das Entsetzen in ihrem Blick und trat einen Schritt vor. Er wollte mit ihr unter vier Augen reden, sie beiseite ziehen, aber Nola wich noch weiter zurück.

»Zeigen Sie mir Ihre Wunde, Nola!« bat er.

So lange hatte sie gewartet, daß er sie beim Vornamen nennen würde, und sie hatte sich darauf gefreut, aber jetzt war sie vollkommen verstört.

»Nennen Sie mich nicht so!« zischte sie.

Der Gefesselte, der noch immer zu Hanks Füßen kauerte, nahm ihre Reaktion wahr und beschloß, sie zu seinem Vorteil zu nutzen.

»Brandmarken Sie mich nicht!« flehte er. »Es ist grausam! Ich flehe Sie an, bitte, verschonen Sie mich!« Er senkte den Kopf, beobachtete Nola jedoch aus den Augenwinkeln. Galen wußte genau, was er vorhatte. Ein einziger Blick in Noras entsetztes Gesicht bewies ihm, daß der Viehdieb sein Vorhaben erreicht hatte. Sie war zutiefst entsetzt, und sie empfand für ihn nur noch abgrundtiefe Verachtung.

»Bring mich zurück zum Anwesen, Jack.« Die Augen brannten ihr von den ungeweinten Tränen, als sie sich abwandte.

Jack blickte Galen an, der seinerseits nickte. »Nehmen Sie mein Pferd«, empfahl er steif.

Galen sah Nola davonreiten und war innerlich vollkommen aufgewühlt. Plötzlich wurde ihm klar, daß es ihm nicht gleich war, was sie von ihm dachte, und im Augenblick dachte sie offensichtlich das Schlimmste von ihm. Er wandte sich zu Hank, sah Verständnis in seinen Augen und sagte: »Wir haben hier ja noch etwas zu erledigen.«

Hank nickte. »Wenn Sie soweit sind, kann's losgehen, Boss.«

10

Als Nola und Jack beim Anwesen eintrafen, wartete Wirangi bereits bei den Stallungen auf sie. Ihre eigenen Verletzungen ignorierend, weigerte sich Nola, ins Haus zu gehen, bevor Jack sich nicht um das Pferd gekümmert hatte. Sie hielt Wirangis Zaumzeug und redete dem verängstigten Tier zu, bis es ruhig genug war, daß die Wunde untersucht und gesäubert werden konnte. Wie Jack schon vermutet hatte, war es nur ein leichter Ritz, der keine dauerhaften Schäden hinterlassen würde.

In der Hütte beobachteten Heath, Keegan und Shannon besorgt, wie Jack Nola die Schußwunde auswusch. Die Kugel steckte nicht in ihrem Rücken –, hatte aber eine häßliche Schürfwunde hinterlassen. Jack trug eine Medizin der Aborigines auf, einen Brei aus Wildkräutern, der die Heilung beschleunigte und vor Infektionen schützte. Nola bestand darauf, daß er das Mittel auch bei Wirangi anwandte.

Nola ruhte sich bereits im Schulhaus aus, wo Shannon ihr Gesellschaft leistete, als Keegan eintrat. Sein Vater und die Treiber hätten die Herde in die Nähe des Anwesens gebracht, berichtete er, wo sie besser bewacht werden konnte.

»Was hat er mit den Viehdieben gemacht?« getraute sie sich zu fragen.

»Sie liegen gefesselt im Mannschaftshaus«, sagte er, und seine Augen glühten vor jungenhaftem Eifer. Das Einfangen von Viehdieben hielt er vermutlich für ein großartiges Abenteuer.

Shannon konnte seine Begeisterung nicht teilen. Sie rückte näher an Nola heran, die zaghaft fragte: »Sind sie gesund?«

»Ja«, gab er zurück, was fast enttäuscht klang. »Einer hat eine Wunde am Bein, aber Hank hat die Kugel herausgeholt und ihn verbunden.«

Nola wunderte sich. »Bist du sicher, daß sie nicht ... irgendwelche Verbrennungen haben?« Keegan schüttelte ein wenig ratlos den Kopf. Plötzlich bemerkte Nola eine Bewegung an der Tür. Sie drehte sich um und sah Galen dort stehen, der seinen Hut in den Händen hielt. Sie spürte, wie sie rot wurde.

»Ich möchte gern mit Miss Grayson allein sprechen«, erklärte er mit entschlossener Miene.

Nola schlug das Herz bis zum Hals, als sie sich an die Kinder wandte. »Geht bitte die Hühner füttern und die Kuh melken, ja?«

»Wir kommen später wieder und schauen nach, ob Sie was brauchen«, versprach Keegan. Shannon beugte sich vor und küßte ihr die Wange.

Als sie an ihrem Vater vorbei nach draußen gingen, schlug Galen vor: »Wenn ihr damit fertig seid, könnt ihr Hank bei der Windmühlenpumpe helfen und ein paar Wasserkanister abfüllen!«

»Danke, Papa«, gab Keegan zurück.

»Darf ich heute abend mit ganz viel sauberem Wasser baden, Papa?« fragte Shannon.

Galen blickt ihr in die großen grünen Augen, die vor

Aufregung leuchteten, und mußte trotz seiner bedrückten Stimmung lachen. »Das können wir alle«, nickte er.

Voller Vorfreude beratend, wer als erster in die Wanne gehen dürfte, eilten die Kinder davon.

Als sie das Schulhaus verlassen hatten, schloß Galen die Tür hinter sich. »Jack meint, er hätte Ihre Wunde versorgt. Haben Sie noch Schmerzen?«

»Nein. Es geht mir schon viel besser, danke. Aber Sie sind doch bestimmt nicht gekommen, um sich nach meinem Befinden zu erkundigen!«

Galen war erschüttert, wie kühl sie sich ihm gegenüber verhielt, und ihren vorwurfsvollen Blick konnte er nicht ignorieren.

»Ich hätte mich gestern bei Ihnen bedanken müssen, weil Sie Wade Dalton geholt hatten, um Wasser zu suchen. Im Flinders River war kein Wasser mehr, und zweifellos haben Sie durch Ihren Einsatz die ganze Herde gerettet. Und ohne die Herde könnten wir die Farm gleich aufgeben. Langford und ich sind Ihnen eine Menge schuldig.«

Nola schlug die Augen nieder. »Es war ein Wagnis, aber wenigstens hat es sich ausgezahlt. Mich hat überrascht, daß Sie nicht selbst daran gedacht haben, Wade Dalton zu holen. Sie wußten doch von seinen Fähigkeiten, oder nicht?«

»Um ehrlich zu sein, ich habe nicht daran geglaubt, daß er dazu noch imstande ist.«

»Manchmal bringt uns ein bißchen Vertrauen ein großes Stück weiter.«

Galen nickte; der Doppelsinn ihrer Worte war ihm nicht entgangen. »Wade war jahrelang mehr betrunken als nüchtern.«

»Man hatte mich vorgewarnt, bevor ich zu ihm ging.«

Ihm fiel wieder ein, daß Hank sie als eine sehr entschlossene Person bezeichnet hatte, und so wunderte er sich keineswegs, daß sie sich von den Warnungen nicht hatte abschrecken lassen. »Wie haben Sie ihn denn so schnell ausgenüchtert hierher gebracht?«

»Das war nicht ganz einfach. Langford gegenüber ist er sehr nachtragend, er haßt ihn regelrecht, aber Ihnen und den Kindern fühlt er sich verpflichtet.«

Galen wich ihrem Blick aus.

»Woher kommt dieser abgrundtiefe Haß auf Langford?«

»Das ist eine lange Geschichte, eine, die besser nicht erzählt werden sollte. Ich bin aber aus einem bestimmten Grund hier.«

»Und der wäre?«

»Ich möchte Ihnen erklären, was wir an diesem Nachmittag gemacht haben. Vermutlich haben Sie einen völlig falschen Eindruck bekommen.«

»Das glaube ich kaum. Was Sie vorhatten, war unschwer zu erkennen.«

Galen starrte sie ungläubig an. »Sie werden doch nicht glauben, daß wir diese Leute wirklich gebrandmarkt haben?«

»Was ich gesehen habe, war eindeutig. Hier draußen, nehme ich an, haben die Rinderzüchter ihre eigenen Gesetze, egal wie grausam sie sind.«

»Was Sie gesehen haben, war nur, daß Hank und ich den beiden angedroht haben, sie zu brandmarken. Es war lediglich ein Trick, um Informationen aus ihnen herauszuholen.«

Nola starrte ihn mit zusammengepreßten Lippen an. Wie gern hätte sie ihm geglaubt, aber die Botschaften, die sie in den Büchern gefunden hatte, sprachen dagegen. Emily war wirklich verängstigt gewesen, und Nola bezweifelte nicht, daß sie ihren Mann gut hatte einschätzen können.

»Wie ich sehe, glauben Sie, daß ich lüge«, stieß Galen verzweifelt hervor und starrte sie düster an. »Halten Sie mich wirklich für einen Mann, der dazu fähig wäre?«

Nola wollte schon sagen, daß sie nicht mehr wußte, was sie wirklich denken sollte. Statt dessen schlug sie die Augen nieder und schwieg. Galen schüttelte den Kopf und starrte aus dem Fenster. Ein paar Minuten lang sprach niemand ein Wort.

Es war Nola, die das Schweigen brach, als sie mit leiser Stimme fragte: »Und was wird jetzt aus den Viehdieben?«

»Wir bringen sie in eine Stadt mit einer Gerichtsvertretung. Ich bin ziemlich überzeugt, daß die Janus-Brüder sie angeheuert haben.«

Nola erschrak. »Schließen Sie das aus ihren Aussagen?«

»Nein. Sie haben nicht geredet. Nach Ihrem Besuch wußten sie, daß wir gebluft haben mit dem Brandeisen. Sie haben es aber auch nicht bestritten. Ob sie gegen die Janus-Brüder aussagen, wird sich noch zeigen.«

»Wie viele Rinder haben Sie verloren?«

»Ungefähr sechzig.«

»Werden Sie versuchen, sie zurückzuholen?«

»Die restliche Herde hat nicht mehr viel zu grasen. Wir dürfen keine Zeit mehr mit Suchen verlieren. Wir müssen mit der Zählung fortfahren und so bald wie möglich zum Markt nach Sydney aufbrechen. Wenn die Regenzeit erst begonnen hat, kommt die ganze Arbeit mit den Rindern zum Erliegen. Glücklicherweise haben wir noch genug Tiere, die uns das nötige Geld zur Rettung der Farm einbringen werden. Es hängt allerdings eine Menge davon ab, in welchem Zustand die Tiere den Viehmarkt erreichen, und wie viele wir unterwegs verlieren.«

»Wie lange brauchen Sie, bis Sie den Markt erreichen?«

»Es kann bis zu sechs Monaten dauern, je nach dem Wetter und dem Zustand der Herde. Soviel Zeit haben wir aber diesmal nicht, drei Monate höchstens, aber dafür brauchen wir ein Wunder.«

Nola überlegte einen Augenblick. »Wunder kann ich nicht bewirken«, erklärte sie ganz ernsthaft. »Aber ich hätte einen praktischen Vorschlag zu machen. Ob Sie bereit sind, ihn in Erwägung zu ziehen, liegt ganz bei Ihnen!«

Galen Augen funkelten, und er konnte ein Lächeln kaum unterdrücken. »Ich höre!«

Nola musterte ihn sekundenlang und fragte sich, ob sein überlegenes Lächeln und der Glanz in seinen Augen bedeuteten, daß er sich über sie lustig machen wollte. Aber es gab nur ein Mittel, das herauszufinden.

»Auf meiner Reise hierher mußten wir im Hafen von Sydney umsteigen. Dort sah ich Schafe, die vom Schiff getrieben wurden. Ich fragte mich, woher sie wohl kommen mochten. Erst als ich im Hafen von Maryborough eintraf und die Schafe sah, die an Bord getrieben wurden, habe ich es herausgefunden. Ich bin zwar kein Experte, aber ich darf wohl sagen, daß die in Sydney von

Bord getriebenen Schafe in guter Kondition waren. Daß die Bedingungen im Lagerraum eines Fährschiffs nicht ideal sind, weiß ich aus eigener Erfahrung, und für Schafe sind sie wahrscheinlich noch schlechter. Aber es ging ihnen bestimmt besser, als wenn sie tausend Meilen und mehr getrieben worden wären, und Zeit wurde auch gespart.«

Galen hob interessiert die Brauen. »Mit Rindern wurde das noch nicht versucht, und auch mit Schafen erst in jüngster Zeit«, erklärte er. Seine Stirn legte sich in nachdenkliche Falten. »Ich müßte die Kosten gegen die zu erwartenden Einnahmen aufrechnen, bevor ich es ernsthaft in Erwägung ziehe. Aber die Idee lohnt, darüber nachzudenken.«

Nola freute sich, daß er ihren Vorschlag ernst nahm, aber ihr war auch klar, daß sie längst nicht alle Aspekte berücksichtigt hatte.

»Tut mir leid. Über Kosten und Organisationsprobleme bei der Verschiffung einer Rinderherde habe ich mir keine Gedanken gemacht. Sie werden immens sein. Sie müßten für Futter sorgen und für Männer, die sie auf der Reise betreuen. Das wird nicht billig.« Nola war sicher, daß weder Galen noch Langford diese Summen würden aufbringen können.

Als könne er ihre Gedanken lesen, erwiderte Galen: »Ihnen wird gewiß aufgefallen sein, daß die meisten Zimmer in Langfords Haus leerstehen. Nachdem seine Frau ... Er hat jedenfalls viele Stücke veräußert, die ihr lieb und teuer waren. Er konnte die ständige Erinnerung nicht ertragen ... jedenfalls hat er genug Geld gespart. Ich bin sicher, daß er es gern zugunsten seiner Farm investieren würde.«

Nola nickte. »Ich habe mich bereits gefragt, wieso nirgends Möbel im Haus stehen, zugegeben. Ich dachte schon, sie seien verkauft worden, um der Farm finanziell über die Durststrecke hinwegzuhelfen. Daß er sie loswerden wollte, weil er die Erinnerung an seine Frau nicht ertrug, hätte ich mir nicht träumen lassen!« Eindeutig war nur, dachte Nola, daß diese obsessive Art zu lieben nicht gerade gesund war. Sie mußte an die Fotos denken, die Hank ihr gezeigt hatte. Einst war das Anwesen viel stattlicher gewesen, und die umliegenden Gärten waren liebevoll gepflegt. Wahrscheinlich wäre Langfords Frau damit einverstanden gewesen, daß ihre Möbel dazu beitrugen, ihr einst so wunderbares Heim vor dem Untergang zu retten. Könnte sie es im jetzigen Zustand sehen, würde ihr gewiß das Herz brechen.

»Verkauft wurde aber nicht allzu viel. Aus Gründen, die ich nicht erklären kann, hat Langford viele Möbel in den ersten Stock geschafft. Damals behauptete er, die unten gelegenen Zimmer anstreichen zu wollen, was aber nie geschah. Anfangs fragte ich ihn manchmal danach, aber dann gab ich es auf. Vor allem Gemälde, Schmuck und Nippes hat er verkauft; viele persönliche Dinge, die seine Frau liebte.«

Nola nickte, aber Galen konnte ihr ansehen, daß es ihr schwerfiel, seine Erklärungen nachzuvollziehen. Er konnte sich vorstellen, was in ihr vorging.

»Langford war nicht mehr Herr seiner selbst, seit er seine Frau verlor«, schloß er ohne weitere Erläuterung.

Als sich Galen zum Gehen wandte, hielt ihn Nola auf. »Darf ich Ihnen noch eine Frage stellen?«

Sie spürte, wie seine Miene wachsam wurde. »Natürlich!«

»Als ich gestern nach Shannon suchte, stieß ich auf ein unbezeichnetes Grab. Könnten sie mir sagen, wer dort liegt?«

Nola beobachtete ihn genau. Galen schloß halb die Augen, und alle Farbe wich aus seinem Gesicht. Einen Moment lang schweiften seine Blicke durch das Zimmer, und er suchte offenbar nach den richtigen Worten.

»Es könnte ... jeder könnte dort liegen. Im Lauf der Jahre waren eine Menge Wanderarbeiter für kurze Zeit bei uns ...«

»Und einen Arbeiter würden Sie begraben, ohne ein Kreuz oder wenigstens ein Namensschild auf dem Grab? Das fällt mir schwer zu glauben.«

»Ich, ... woher wissen Sie, daß es ein Grab ist?«

»Ich denke, ich erkenne ein Grab, wenn ich eins sehe. Hank hat es auch gesehen.«

»Wirklich? Ich werde ihn fragen. Wenn ich Zeit finde, gehe ich der Sache nach. Es kann auch schon dagewesen sein, bevor ich zur Farm kam, oder den Aborigines gehören.«

Nola blieb keine andere Wahl, als sich mit seiner Erklärung zufriedenzugeben. Er war sehr blaß geworden, als sie das Grab erwähnte, und sie war daher überzeugt, daß er wußte, wem es gehörte. Sie wurde das Gefühl nicht los, daß es Emily war, die dort lag.

Nola las gerade, als Hank später am Abend kam, um sie zu besuchen. Wie immer freute sie sich sehr, ihn zu sehen.

»Ein bißchen mehr Farbe hast du wenigstens schon wieder im Gesicht«, lobte er, sichtlich erleichtert.

»Mach dir bitte keine Sorgen um mich, Hank. Setz dich, unterhalten wir uns ein bißchen!«

»Ich kann leider nicht bleiben, Nola, so sehr ich möchte!« Seine Augen waren voller Wärme. Jetzt, wo sie seine Gefühle für sich kannte, fragte sich Nola, weshalb sie ihr vorher entgangen waren. »Ich soll mich heute möglichst früh zu Bett begeben. Galen und ich reiten morgen nach Winton.«

»Winton?« Davon hatte Galen gar nichts erwähnt vorhin.

»Genau. Der Lebensmittelladen in Winton verfügt über einen Telegraphen. Damit können wir die Gesetzeshüter in Barcaldine bitten, die Viehdiebe abzuholen, und uns in Maryborough nach einem Frachter erkundigen, der die Herde aufnimmt. Ich vermute, der Schiffstransport war deine Idee, und Galen zieht es ernsthaft in Erwägung!«

Nola triumphierte innerlich. »Nehmt ihr die Viehdiebe mit nach Winton?«

»Ja, zum Hotel. Der Keller dort dient im Notfall als Behelfsgefängnis. Da sind sie sicher, bis das Gesetz sich um sie kümmert. Wir werden den ganzen Tag unterwegs sein. Galen will die Antwort vom Hafen in Maryborough abwarten. Sollte die Antwort positiv ausfallen, bleibt uns mehr Zeit für den Auftrieb, da wir nicht ganz so früh in den Süden aufzubrechen brauchen, wie wir vorhatten. Jetzt muß ich aber wirklich los. Ich wollte nur schnell nachschauen, wie es dir geht!«

»Danke, Hank. Das war sehr nett von dir.«

Er warf ihr einen warmen, zärtlichen Blick zu, der sie überraschend verunsicherte, und sie schlug die Augen nieder.

»Gute Nacht«, sagte er vertraulich. Er war schon fort, bevor sich Nola erkundigen konnte, ob er die Viehdiebe wirklich hatte brandmarken wollen. Wie gern wollte sie Galen glauben! Und Hanks Antwort hätte sie vielleicht überzeugen können.

Nola fand auch in dieser Nacht keinen Schlaf. Wirre Gedanken kreisten in ihrem Kopf. Auch mit Hank konnte sie über Galen nicht reden, jetzt, wo sie von seinen Gefühlen für sie wußte, und natürlich konnte sie nicht mit Galen über Hank sprechen. Ihre Beziehung zu beiden Männern wurde von Tag zu Tag komplizierter und beunruhigender. Am liebsten wäre sie wieder ausgeritten. Jack fiel ihr ein und der Wana-Mara-Stamm. Jack war zwar nicht weit, er übernachtete im Viehcamp, aber auch die Viehdiebe waren noch nicht alle gefaßt und trieben sich irgendwo da draußen herum. Sie mußte sich schützen, am besten mit einer Waffe. Hank hatte bestimmt ein Gewehr im Mannschaftshaus, das sie sich ausborgen konnte.

Die Tür zum Mannschaftshaus stand offen, und Hank schlief tief und fest, als Nola leise hereinschlich. Im Mondlicht, das schräg durch den Eingang fiel, zeichneten sich die Umrisse des Gewehrs neben seinem Nachtlager ab. Geräuschlos nahm Nola es an sich und zog sich wieder zurück. Sie sattelte Buttons, Shannons Pony, und ritt zur Viehweide hinaus.

Als Nola eintraf, umkreisten Jimmy und drei weitere Aborigines die Herde zu Pferd. Sie hatte geglaubt, die anderen würden bereits schlafen. Jimmy war sehr überrascht, Nola zu sehen, erklärte ihr aber, wo sie Jack finden konnte. Jack hörte den Hufschlag des Ponys und war auf den Beinen, bevor sie absitzen konnte.

»Was machen hier draußen, Missus?«
»Ich kann nicht einschlafen, Jack. Ich hatte gehofft, du

könntest mich zu deinem Stamm bringen – das heißt, wenn du nicht zu müde bist.«

»Geht in Ordnung, Missus. Konnte auch nicht schlafen.«

Nola war ganz aufgeregt, als sie im Lager der Aborigines eintrafen. Die Stammesmitglieder saßen um zwei Feuerstellen herum und erzählten Geschichten; wie Jack erklärte, war das in den Abendstunden ihr liebster Zeitvertreib. Er redete mit einem alten Mann in der Stammessprache, und dieser antwortete mit raschen Worten. Dann wandte sich Jack zu Nola um.

»Was hast du ihm gesagt?« wollte sie wissen.

»Ich habe Mirijula erklärt, Sie wären große Lehrerin, von einem Land in weiter, weiter Ferne.«

»Oh! Und was hat er geantwortet?!«

»Er bittet Missus, sich neben ihn zu setzen.«

Nola blickte zu Mirijula auf. Sein Haar war stellenweise silbrig, doch sein Gesicht wirkte im Mondlicht noch recht jugendlich. Wachsam und mit düsterer Miene beobachtete er sie.

»Es wäre mir eine Ehre«, gab sie zurück. Jack redete rasch auf Mirijula ein, der Nola winkte, sich neben ihn zu hocken. Als sie es sich bequem gemacht hatte, stellte Jack sie einander vor. Er sagte ihr, Mirijula bedeute soviel wie ›Furchtsamer Dingo von der Art des Geisterhundes‹. Nola fragte sich, ob der Name zu seinem Charakter paßte. Er sah sie nicht an, sondern saß mit geradem Rücken da und starrte in die Glut. Er wirkte befangen, fast abweisend.

»Mein Stammesname ist Jardijardi, was soviel heißt wie ›starker Mann‹«, erklärte Jack lachend.

»Mein Name bedeutet ›berühmt‹. Oder, in meinem

Fall, ›berüchtigt‹«, erwiderte Nola und rollte mit den Augen. Als Jack verständnislos die Stirn runzelte, setzte sie hinzu: »›Berühmt‹ heißt, von vielen gekannt sein.«

»Ach!« Jack war beeindruckt. Jetzt sprach er wieder mit Mirijula.

Mirijula musterte Nola, schüttelte dann den Kopf und antwortete Jack, der wieder übersetzte. »Mirijula meint, er Missus nie vorher gesehen.«

Nola mußte lachen, ob sie wollte oder nicht.

Dieser Teil des Stammes zählte ungefähr zwanzig Erwachsene und mehrere Kinder. Die Frauen und Kinder waren größtenteils um ein anderes Lagerfeuer gruppiert. Nola sah die Reste einer Mahlzeit. Kinder und mehrere Hunde knabberten an den Knochen herum. Im Hintergrund erkannte Nola anspruchslose Buschhütten. Alle Aborigines wirkten mager und gelenkig, aber was Nola am meisten faszinierte, waren ihre Füße, mit schrecklich trockener Haut und dicken, verhornten Fußsohlen, verursacht sicherlich durch das Laufen über sonnenverbrannte Erde und durch dorniges Gestrüpp.

Eine der Frauen bot Nola ein Stück Fleisch an. Sie war zwar nicht hungrig, doch um ihre Gastgeber nicht zu kränken, nahm sie es lächelnd entgegen. Sogar im Licht des Mondes konnte sie erkennen, daß es noch halb roh war.

Jack sah ihr zu. »Aborigines denken, Weiße kochen Fleisch zu lang.«

Nola verzog das Gesicht beim Gedanken daran, halbrohes Fleisch essen zu müssen. »Ich glaube, ich bin es gewohnt, meine Steaks gut durchgebraten zu essen.«

»Fleischkochen ist Ritual bei allen Stämmen.«

»Wirklich? Und von welchem Tier stammt dieses hier?« Es mußte ein großes Tier gewesen sein, dachte sie, vielleicht ein Känguruh. Etwas Undefinierbares steckte noch in der Haut.

»Emu«, teilte Jack ihr im selben Moment mit, als sie erkannte, daß es angesengte Federn waren.

»Ach ja?« Sie gab sich alle Mühe, ihren Abscheu zu verbergen. »Wie fängt und kocht man so einen großen Vogel?«

»Emu machen viel Lärm. Läßt sich leicht reinlegen. Mann liegt am Boden, so« – er demonstrierte es, indem er mit den Füßen in der Luft strampelte. »Emu kommen, sehen nach. Andere Männer verstecken, springen auf und erschlagen mit Bundi. Gibt gutes Essen!«

Die Frauen lachten. Mirijula starrte noch immer ins Feuer.

»Emu in Erdloch gekocht. Eine Grube wird ausgehoben, Feuer unten angemacht. Wenn viel Asche und heiße Kohle, gerupfter Vogel in Grube gelegt. Heiße Steine, in Laub gewickelt, in den Emu gelegt, heiße Kohle und Asche von anderem Feuer oben drauf. Vogel ganz mit Blut eingeschmiert. Erde oben drauf, Emu kocht. Schnabel und Beine ragen aus Erdboden hervor. Wenn Rauch kommt aus Schnabel, Vogel ist gar!«

So sehr sich Nola auch für die Gebräuche der Aborigines interessierte, ihr Appetit war ihr jetzt vollkommen vergangen.

»Gibt es ein Ritual, sich das Fleisch aufzuteilen?« erkundigte sie sich und legte ihre Portion vorsichtig neben sich, wo einer der räudigen Hunde sie sich sicherlich schnappen würde.

Er nickte. »Älteste kriegen bestes Fleisch, wie Schwanz.

Jüngste das zähere Fleisch. Kindern sagt man, wenn Schwanz essen, ihr Haar wird grau.«

Nola warf einen Blick zu Mirijula. »Dann kann er kein besonders braves Kind gewesen sein«, raunte sie, und Jack lachte schallend. Mirijula schnatterte jetzt heftig los, und Nola erstarrte.

»Übersetz ihm nicht, was ich gerade gesagt habe«, flehte sie. »Bitte, Jack! Er wird beleidigt sein.«

Jack wandte sich Mirijula zu und redete in der Wana-Mara-Sprache. Nola wartete auf Mirijulas Reaktion. Er sah sie mit dunklen Augen durchdringend an, und sie rang sich ein Lächeln ab, um die peinliche Situation zu überbrücken.

»Es sollte bloß ein Witz sein«, entschuldigte sie sich, obwohl er sie ja doch nicht verstand. Plötzlich brüllte Mirijula vor Lachen. Alle andern ringsum stimmten ein, und berichteten denen, die weiter wegsaßen, von Nolas Bemerkung. Bald lachte der ganze Stamm.

Später boten sie Nola ›Steintee‹ an, der ihr vorzüglich schmeckte. Sie hatte verfolgt, wie die Frauen ihn zubereitet hatten, und Jack erklärte ihr, daß man ihn nur trank, wenn es etwas zu feiern gab, beispielsweise einen hohen Besuch wie der ihre. Nola fühlte sich sehr geehrt. Heiße Steine wurden in ein Gefäß mit Wasser gelegt und Kräuter hinzugegeben. Dann ließ man das Ganze eine Weile ziehen. Während sie ihren Tee trank, erkundigte sich Nola, aus welchem Material das ›Gefäß‹ gefertigt war. Es war nicht getöpfert, und nach gegerbter Haut sah es auch nicht aus.

»Tierblase«, erklärte Jack, und sie hätte sich beinahe verschluckt.

Zwei Stunden später war Nola zum Umfallen müde, aber sie hatte den Besuch wirklich genossen. Sie hatte den Geschichten von den Sternen und vom Mond gelauscht, der nach Meinung der Aborigines einst als Mensch gelebt hatte und nachts herauskam, um über das Volk zu wachen, bevor sein Geist wieder in die Erde zurückkehrte. Sie hatten sich über die Jahreszeiten unterhalten, die von den Aborigines wahrgenommen wurden durch das Wachsen oder das Welken bestimmter Früchte und Pflanzen. Den Frühling genossen sie, weil es zahlreiche reife Früchte gab und die Tiere sich frei bewegten. Der Herbst war die Zeit des Welkens und des Mangels an Nahrung. Sie waren ein Volk, dessen Leben nicht von der Zeit bestimmt war. Wenn ein besonderer Zeitpunkt benannt werden mußte, bezogen sie sich auf die vier Phasen des Mondes. Nola erzählten sie Geschichten von den Sternen, von ihren Mythen und ihrer ›Traumzeit‹, als alles anfing. Sie glaubten, daß der Mensch eins sei mit dem Land, das sie für geheiligt hielten. Alles kehrte in die Erde zurück. Wenn das Lager abgebrochen wurde, hatte Jack ihr berichtet, würde niemand mehr erkennen, daß sie dagewesen waren, weil alles, was sie benutzten, dem Land zurückgegeben wurde. Ganz anders als die weißen Siedler, dachte Nola.

Nola war fasziniert von einer Steinaxt, die neben Mirijula lag. Als sie die Hand danach ausstreckte, faßte Jack sie beim Arm.

»Nicht berühren, Missus«, warnte er. »Eine ›Wilida‹ kann nur von besonderen Leuten benutzt werden.«

»Warum das denn?« erkundigte sich Nola.

»Ein Zauber. Mirijula sie nachts von einem Geist bekommen. Mit ›Wilida‹ reicht ein einziger Schlag, um zu töten. Falscher Besitzer würde mit Fluch beladen, oder Krankheit.«

Allmählich merkte Nola, wie abergläubisch die Aborigines waren.

Bereits seit einiger Zeit hatte sie immer wieder ein Kind husten gehört. Es war ein tiefes, trockenes Husten, das ihr Sorgen machte. Endlich, als sie eigentlich schon gehen wollte, ging sie, um sich das Kind anzusehen. In einer der Buschhütten, die recht bequem wirkten, fand sie eine schwangere Frau, die neben einem kranken Kind kauerte. Das Kind lag auf einer Unterlage aus Känguruhfell, die nach Jacks Angaben mit Schilf gestopft war.

»Das Kind hat Keuchhusten«, stellte sie fest. Die Mutter wirkte völlig verstört.

Nola wandte sich an Jack und deutete auf das Krankenlager. »Ich kann ihr helfen, wenn sie mich läßt.«

Jack redete in der Wana-Mara-Sprache mit der Mutter, die ihr besorgte Blicke zuwarf, bevor sie Jack antwortete.

»Was hat sie gesagt?« wollte Nola wissen.

»Sie Angst, welche Medizin Missus benutzen.«

»Keine Hexendoktor-Medizin«, gab Nola entschlossen zurück und trat ans Feuer, wo ein Wasserkessel kochte. Sie schleppte den Kessel ans Bett der Kleinen, dann suchte sie nach irgendeinem Tuch. Schließlich entdeckte sie zu ihrer Überraschung ein zerknittertes Kleid, das ihr irgendwie vertraut erschien. Als sie es näher untersuchte, stellte sie fest, daß es ihr eigenes war. Offenbar hatte der Klan ihren verlorengegangenen Koffer entdeckt. Sie lächelte still in sich hinein und riß ein Stück

Stoff ab, dann hob sie das Kind vor das dampfende Wasser und legte ihm das Tuch über den Kopf.

»Die Mutter soll der Kleinen sagen, daß sie den Dampf einatmen muß«, bat sie Jack. Er übersetzte, und die Mutter wies das hustende Kind entsprechend an. Ein paar Minuten später war der Husten vorüber. Die Mutter legte das kleine Mädchen wieder ins Bett, und es schlief ruhig ein.

Mit Jacks Hilfe wies Nola die Mutter an, die ganze Nacht das Wasser am Feuer heißzuhalten, und genauso zu verfahren, falls die Kleine wieder husten sollte. Die Mutter war überglücklich und pries Nola als Wunderheilerin, als Frau mit besonderen Kräften.

Als Nola das Lager verließ, hatte sie viel von ihren neuen Freunden gelernt. Sie versprach, wiederzukommen und dem Stamm von England zu erzählen. Auf dem Heimweg übermittelte Jack ihr die Freude der Mutter und erzählte ihr, der Stamm wolle Nolas besondere Medizin erlernen.

»Ich verstehe gar nicht soviel von Medizin, Jack, aber die Kinder in England bekommen oft solchen Husten, und Wasserdampf inhalieren hat immer sehr gut gewirkt.«

»Wana Mara haben nicht viel Vertrauen in ihren Hexendoktor. Mirijula will ihn verbannen, aber er drohen ganzem Stamm mit Zauberbann. Er sagt, er werden Land überfluten oder Regen für lange, lange Zeit abhalten.«

»Vielleicht hat er es schon getan«, seufzte Nola, die an die Dürreperiode dachte.

»Kann sein«, gab Jack zu.

Als Nola am anderen Morgen zur Hütte kam, traf sie Heath vor der Tür. Galen und Hank waren unterwegs zu den Stallungen.

»Miss Grayson, ich wollte mit Ihnen sprechen.«

»Mit mir? Aus einem bestimmten Grund?«

»Während Papa und Hank heute wegreiten, bleiben Keegan und ich bei der Herde, um Jimmy und Jack zu helfen.«

Nola war bestürzt. »Und wenn die Viehdiebe zurückkommen? Das könnte gefährlich werden.«

»Ich glaube kaum, daß noch welche kommen«, wandte Galen ein, der sich ihr von hinten näherte.

Nola fuhr herum.

»Ich würde sie nicht gehen lassen, wenn ich es für gefährlich hielte«, fügte er hinzu.

»Wenn Sie sich sicher sind ...?« Immer wieder war Nola verwirrt, wenn sie Galen sah. Ihr Herz sagte ihr, daß er ein untadeliger Charakter war, und dennoch wurde sie von Zweifeln und Fragen geplagt.

Galen begab sich ins Haupthaus, um mit Langford zu reden. Der alte Mann saß in einem Sessel am Fenster im oben gelegenen Schlafzimmer. Auch am Vorabend war Galen bei ihm gewesen und hatte ihm über die Viehdiebe berichtet. Außerdem hatten sie Galens Plan erörtert, die Herde per Schiff nach Sydney zu transportieren. Galen ließ ihn absichtlich nicht wissen, daß es Nolas Idee war, damit er die Angelegenheit unbefangen erwog. Langford hatte begeistert zugestimmt.

»Ich mache mich jetzt auf den Weg nach Winton«, sagte Galen, der auf der Türschwelle stehengeblieben war.

»Wann kommst du zurück?« wollte Langford wissen, der sich nur halb zu ihm umdrehte.

Galen fand, daß er noch niedergeschlagener wirkte als sonst. »Hoffentlich noch heute nachmittag. Allerspätestens irgendwann in der Nacht. Ich will auf das Antworttelegramm von Maryborough warten. Heath und Keegan kümmern sich draußen um die Herde, aber ich bin fast sicher, daß die Viehdiebe nicht zurückkommen, besonders nicht, solange wir zwei ihrer Kumpane in unserer Gewalt haben. Sie werden möglichst Abstand halten von uns, denke ich.«

»Diese Frau, Miss Grayson – was wird sie tun, während du weg bist?« Langford wandte sich wieder zum Fenster und blickte hinaus, während er sprach. Er wollte nicht, daß Galen die Feindseligkeit in seinem Blick wahrnahm, wenn er auf Nola zu sprechen kam.

»Miss Grayson bleibt hier mit Shannon. Ihre Verletzung heilt gut, doch ich habe ihr geraten, sich ein paar Tage zu schonen.«

Langford nickte. »Ich habe nichts zu essen im Haus. Kannst du sie bitten, mir Abendessen zu bringen, wenn sie etwas für sich und das Kind kocht?«

»Möchten Sie, daß ich noch etwas aus der Hütte hole, bevor ich losreite?«

»Nein, es wird ihr nichts ausmachen. Reite los. Je schneller du abreist, desto früher bist du zurück.«

»Einverstanden. Ich werde in der Stadt Nachschub für Sie besorgen.«

Galen wunderte sich über Langfords Bitte, aber er verbarg seine Gefühle. Er war fast sicher, daß der alte Mann lieber verhungern würde, als Nola zu sehen, aber es schien, als hätte er sich allmählich damit abgefunden, daß sie auf Reinhart lebte. Wenn sie aus Sydney zurückkehrten, würde er ihm vielleicht gestehen, daß es Nolas

Idee gewesen war, die Herde zu verschiffen. Vielleicht würde es seine Meinung über Frauen auf der Farm ein für allemal ändern. Fürs erste war es ein Segen für alle, daß er seine Haltung ihr gegenüber änderte, selbst wenn es nur vorübergehend sein sollte.

Galens Überraschung war jedoch nichts im Vergleich zu der von Nola, als sie erfuhr, daß der Alte das Essen ausdrücklich von ihr gebracht haben wollte. Aber sie ließ sich Shannon gegenüber nichts anmerken. Heimlich hegte sie jedoch Argwohn gegen Langford Reinhart. Von ihrem Besuch im Lager der Wana Mara hatte sie niemandem erzählt, aber sie hatte vor, auch diese Grenzen zu durchbrechen, die Langford errichtet hatte. Sie konnten so viel von den Aborigines lernen, und ihrerseits von ihrem Wissen etwas weitergeben. Sie glaubte fest daran, daß beide Teile davon profitieren würden.

Die Viehdiebe, deren Hände auf dem Rücken gefesselt waren, wurden auf die Pferde gesetzt, und Galen und Hank führten sie weg. Nola beobachtete vom Fenster der Hütte aus, wie sie losritten. Anschließend ging sie mit Shannon zum Stall, wo Heath und Keegan ihre Pferde sattelten.

»Bitte seid vorsichtig, Jungs!« mahnte Nola.

»Machen wir«, versprach Heath. »Ruhen Sie sich heute so viel wie möglich aus.«

Nola war gerührt über seine Besorgnis. »Versprochen«, lächelte sie.

Den Arm schützend um Shannon gelegt, stand sie am Gatter der Koppel, als die Jungs davonritten. In der Ferne erhob sich eine Staubwolke, wo die Herde wartete. Tröstlich zu wissen, daß sie nicht allzuweit weg waren.

Kurz nachdem sich Galen, Hank und die Jungs verabschiedet hatten, traf Orval mit ihrer Bestellung ein. Während sie ihm half, die Fuhre abzuladen, redete er ununterbrochen und erzählte ihr alles, was in der Gegend vor sich ging. Er ist besser als eine Zeitung, dachte Nola. Er berichtete ihr von allen ›Nachbarn‹, die Dutzende von Meilen entfernt wohnten. Nola war außerordentlich interessiert an allem, was auf den Farmen ringsum passierte, und merkte, wie sehr ihr die Gesellschaft von anderen Frauen fehlte.

»Die Frauen haben ihr eigenes Treffen am Samstag in unserem Laden«, berichtete er, »wenn die Männer in der Stadt sind. Sie planen eine Zusammenkunft über das Dürreprogramm in Winton. Ich glaube, sie werden Delegierte wählen, die nach Brisbane gehen und die Regierung um Hilfe bitten. Einige der Gutsbesitzer stehen kurz davor, alles zu verlieren. Sie können ihre Raten nicht mehr bezahlen. Ihre Familien werden nicht mehr satt. Wer irgend kann, schlägt sich mit Lebensmittelspenden durch.«

»Bitte erlauben Sie mir, zu helfen.« Nola reichte ihm etwas Geld. »Damit können sie ein paar Konserven kaufen.«

»Danke. Jede Spende hilft uns weiter. Versuchen Sie doch, auch zum Treffen zu kommen, wenn möglich!«

»Wenn Sie meinen. Ich würde mich gern beteiligen, aber ich weiß nicht, ob ich willkommen bin. Das letzte Mal, als ich bei der Versammlung war, reagierten die meisten sehr feindselig. Sie haben mir deutlich zu verstehen gegeben, daß ich eine Außenseiterin bin!«

»Nehmen Sie sich das nicht so zu Herzen. Die Stimmung war sehr aufgebracht. Als Einheimische werden sie nicht betrachtet, solange sie nicht mindestens zwanzig Jahre und mehr im Outback gelebt haben.«

Nola war schockiert, aber so schlecht wie vorher war ihr nicht mehr zumute. Sie war sicher, daß es außer ihr noch viele andere gab, die noch gar nicht so lange in der Gegend lebten.

Als die letzten Lebensmittel abgeladen waren, bot Nola Orval etwas zu trinken an. Sie ahnte nicht, daß Langford jede ihrer Bewegungen vom Fenster im Obergeschoß des Hauptgebäudes beobachtet hatte. Außerdem hatte er jedes Wort gehört, das zwischen ihnen gewechselt wurde.

»Kennen Sie keine Viehtreiber, die Arbeit suchen, Orval?«

Er kratzte sich den kahlen Schädel und setzte den Hut wieder auf. »Aus dem Stand nicht, aber ich kann mich umhören. In der Stadt sind vor kurzem ein paar Fremde aufgetaucht. Ich werde auch noch mal ans Schwarze Brett schauen. Dort klebt jeder einen Zettel hin, der Arbeit sucht. Manchmal fragen sie auch im Hotel nach, Esther müßte davon wissen. Ich werde sie fragen und gebe Ihnen dann Bescheid.«

»Danke«, gab Nola zurück, als er auf den Kutschbock kletterte und davonfuhr.

Nola sah ihm nach, wie er, eine Staubwolke hinter sich herziehend, verschwand.

Bevor sie ins Schulhaus zurückkehrte, knetete sie einen Teig, mit Shannons Beistand, weil ihre Schulter noch immer schmerzte. Gemeinsam überlegten sie sich ein köstliches Mahl. Nola öffnete eine Dose dunkler, saftiger Pflaumen für Shannon und mußte lachen, als ihr der Sirup über das Kinn herabtroff. Sie deckte den Teig ab und ließ ihn stehen, damit er aufgehen konnte, und ging mit Shannon nach draußen, wo sie sich bei der Arbeit an der Schüssel Pflaumen gütlich taten.

»Heute darfst du ein bißchen zeichnen, Shannon«, ermunterte Nola das Mädchen, als sie das Grundstück überquerten. »Es ist nicht allzu heiß heute, und wir können draußen im Schatten sitzen.« Shannon war begeistert von der Idee.

Nola fand ein kühles Plätzchen im Schatten des Schulhauses und breitete eine Decke auf dem Boden aus. Die fernen Hügel, die alte Windmühle und das ausgedörrte Flußbett waren ideal zur Darstellung einer Landschaft. Nola selbst liebte die Malerei, und sie war begeistert, daß Shannon trotz ihrer jungen Jahre großes Talent bewies.

Während Nola Shannon beim Zeichnen zusah, hörte sie merkwürdige Klopfgeräusche aus dem Hauptgebäude. Sie fragte sich, was Langford wohl gerade machte. Eine Stunde vor Mittag kehrte sie in die Hütte zurück und stellte den Teig zum Backen in den Ofen und kehrte dann zu ihrer Zeichnung zurück. Wieder hörte Nola das Hämmern im Gutshaus. Es hörte sich an, als würden Nägel in die Wand geschlagen. Aber diesmal schienen die Geräusche vom Vordereingang des Hauses zu kommen. Sie fragte sich, ob Langford womöglich anfing, eigenhändig kleinere Reparaturen in Angriff zu nehmen? Obwohl es ihr unwahrscheinlich vorkam, wollte Nola die Hoffnung noch immer nicht ganz aufgeben, daß der alte Mann irgendwann aus seiner selbstgewählten Einsiedelei herauskam.

Als Nola schließlich ein Poltern hörte, beschloß sie, im Gutshaus nach dem Rechten zu sehen. Mit Shannon an ihrer Seite trat sie durch die Hintertür ein. Kaum war sie drinnen, beschlich Nola das ungute Gefühl, daß etwas nicht stimmt. Sie unterdrückte den Gedanken und redete sich ein, ihre Furcht vor der zwielichtigen Umgebung hier sei völlig grundlos, während sie zielstrebig die Küche bis zur großen Eingangshalle durchquerte.

Am Fuß der Treppe holte sie Luft und rief: »Mr. Reinhart? Ist alles in Ordnung?« Keine Antwort. Sie blickte zu Shannon hinunter, die sie ängstlich beobachtete, und lächelte beruhigend.

»Vielleicht schläft er«, raunte sie.

»Sollen wir nicht raufgehen und in sein Zimmer gukken?« schlug Shannon im Flüsterton vor.

Nola nickte. Ganz wohl war ihr nicht bei dem Gedanken, aber ihr würde nichts anderes übrigbleiben, schon um vor dem Kind nicht als ängstlich dazustehen. Der Eindruck, daß hier etwas ganz und gar nicht stimmte, blieb, obwohl sie ihn hartnäckig zu verdrängen suchte. Was, wenn der alte Mann in seinem Bett gestorben war? Nein, wie dumm von ihr. Wer hätte denn dann den Radau veranstalten sollen, das Klopfen? Vielleicht lag er irgendwo hilflos und verletzt am Boden, konnte ihr nicht antworten. Dann fiel ihr ein, daß er doch wohl den ganzen Vormittag lang gearbeitet haben mußte. Sie war fast sicher, daß er wohlauf war, und trotzdem wurde sie das Gefühl nicht los, daß irgendwo eine Gefahr lauerte. Aber was in aller Welt ...

Als sie die Stufen hinaufstiegen, suchte Nola nach Spuren von Heimwerkerei. Sie entdeckte nichts, woran Langford gearbeitet haben konnte. Das Haus war düster und freudlos wie immer, und sie fröstelte trotz der Hitze draußen. Staub und Spinnweben waren überall. Wäre er ein anderer Mensch, hätte sie sich Besen und Kehrschaufel geschnappt und ihm das Haus geputzt. Aber es war sehr zu bezweifeln, daß er überhaupt zulassen würde, daß sie etwas für ihn tat. Es kam ihr schon merkwürdig und ganz untypisch vor, daß er von ihr verlangte, ihm das Abendessen zu bringen.

Die erste Tür oben an der Treppe war nur leicht angelehnt. Hand in Hand mit Shannon stieß Nola sie weit auf. Dies war offenbar Langfords Zimmer. Das Bettlaken war zerknittert. Am Fenster stand sein Stuhl. Ihr schauderte, wenn sie daran dachte, wie er sie von diesem Stuhl aus ständig beobachtete. Abermals rief sie seinen Namen, aber wieder kam keine Antwort.

»Und wenn wir in den anderen Zimmern nachsehen?« fragte Shannon.

Nola nickte stumm. Mit Shannon im Gefolge, die ihre Hand fest umklammerte, probierte sie eine Tür nach der anderen auf dieser Etage. Wie Galen schon erzählt hatte, waren drei Zimmer mit Möbeln vollgestellt, die mit Planen und Schondecken überzogen waren. Ein Zimmer stand leer, ein weiteres war abgeschlossen. Nola vermutete, daß hinter der verriegelten Tür das Eheschlafzimmer lag. Als sie den Türknauf drehte, war sie einen Augenblick verwirrt. Wer weiß, ob Langford nach dem Tod seiner Frau das Zimmer je wieder betreten hatte! Wenn sie sich ins Gedächtnis rief, was man ihr schon alles erzählt hatte, verstand sie einiges.

Sie stieg wieder die Treppe hinunter und probierte es in den Zimmern im Erdgeschoß. Immer wieder rief sie nach Langford, aber das Haus war beunruhigend still. Eigentlich müßte sie jetzt nur noch auf der vorderen Veranda nachsehen, weshalb sie zum Vordereingang ging und den Türknauf drehte. Zu ihrer Überraschung war abgeschlossen, und von innen steckte kein Schlüssel. Eine Gänsehaut überlief sie, und sie mußte tief durchatmen. Hank hatte behauptet, daß im Outback kein Mensch bei sich abschließt, und auch diese Tür war unverschlossen gewesen an jenem Abend, als sie hier angekommen war. Weshalb war sie jetzt versperrt?

»Wo ist Mister Reinhart?« wollte Shannon wissen, der Nolas wachsende Unruhe nicht verborgen blieb. »Er geht doch sonst nie nach draußen!«

»Ich habe keine Ahnung, wo er sich aufhalten könnte«, gestand Nola und warf dem Kind einen Blick zu. »Vielleicht ist ihm gar nichts zugestoßen. Vielleicht sollten wir später noch mal nachsehen.« Ohne zu wissen, weshalb, verspürte Nola den heftigen Drang, so schnell wie möglich hier herauszukommen. Das war nichts als ein irrationales Gefühl, aber es ließ sich nicht länger unterdrücken. Noch immer Shannons Hand fest im Griff, kehrte sie durch die Diele in die Küche zurück und wandte sich zur Hintertür. Verwundert stellte sie fest, daß auch hier abgeschlossen war, und auch hier fehlte plötzlich der Schlüssel. Vielleicht klemmte die Tür bloß; Nola probierte mehrere Male vergebens. Panik begann, in ihr aufzusteigen, doch nach außen gab sie sich gelassen, Shannon zuliebe. Sie ging ans Küchenfenster und wollte gerade den Fensterladen öffnen, als sie mit Schrecken bemerkte, daß er an den Rahmen genagelt war. Jetzt wußte sie, was für ein Hämmern sie gehört hatte. Ihr Verstand protestierte, hielt es für unmöglich, doch der Beweis war unübersehbar. Langford hatte sie festgesetzt!

Mit Shannon an der Hand lief sie ins Arbeitszimmer, um die Fensterläden dort zu öffnen. Auch sie waren festgenagelt. Ihr Herz schlug wie wild, und der bloße Gedanke kam ihr völlig absurd vor, während sie verzweifelt versuchte, eines der Fenster aufzustoßen. Aber keines ließ sich bewegen. Weshalb hatte Langford die Läden an die Rahmen genagelt, wieso die Türen abgeschlossen, sie eingesperrt? Nola begriff das alles nicht.

Sie überlegte gerade, ob sie eines der Fenster einwerfen sollte, als sie ein Geräusch vernahm und herumwirbelte. Im Zwielicht beobachtete sie wie hypnotisiert die Tür. Sie merkte kaum, daß Shannon schluchzte und an ihrem Ärmel zupfte. Ohne die Tür aus den Augen zu lassen, und den Schmerz in ihrer Schulter ignorierend, nahm sie das Kind in den Arm.

Sekunden später tauchte Langford im Türrahmen auf. Auf die Entfernung wirkten seine hagere Gestalt und seine spitzen Gesichtszüge grauenerregend. Er schien viel stattlicher, als sie ihn in Erinnerung hatte; die Hände hatte er zu Fäusten geballt und in die Seiten gestemmt. Sein Krückstock war verschwunden, und mit ihm auch der Eindruck eines hilflosen, schwachen Greises.

Langfords blaue Augen glänzten wie Perlen, als er seine Gefangenen musterte wie ein Raubvogel, als fieberte er geradezu darauf, daß sie einen Ausbruchversuch wagten, nur um ihre Hilflosigkeit zu genießen – denn es gab keinen Ausweg.

11

Eine Ewigkeit schien zu verstreichen, während Nola und Langford einander musterten. Nola wollte sprechen, ihn fragen, weshalb er sie eingesperrt hatte, aber sie brachte kein Wort heraus. Endlich war es Langford, der das Schweigen brach. Mit überraschend sanfter Stimme, fast flüsternd, erklärte er: »Ich lasse nicht zu, daß Sie mir Galen wegnehmen!«

Nola fragte sich, ob sie richtig gehört hatte. »Galen wegnehmen?« begehrte sie auf. »Wovon reden Sie überhaupt?«

»Sie sind erst seit kurzer Zeit hier, und schon redet er davon, Reinhart zu verlassen!«

»Das ist das erste, was ich höre ...«

Langford unterbrach sie mit erhobener Stimme. »Er gehört hierher! Ich lasse nicht zu, daß Sie einen Keil zwischen uns treiben. Auch Emily habe ich daran gehindert. Galen ist wie ein Sohn für mich. Mein Stammhalter, der Erbe, den ich nie hatte. Ihn darf ich nicht auch noch verlieren.«

Nola war völlig verwirrt. Das ergab alles keinen Sinn. Sie ermahnte sich, ruhig zu bleiben, schon um ihn nicht unversehens zu reizen. Aus seiner Art zu sprechen schloss sie, daß er dem Wahnsinn nahe war.

Sie mußte ihn beruhigen, mit ihm über seine Befürchtungen sprechen, damit er einsah, wie sehr er sich irrte. »Ich verstehe nicht, weshalb Sie meinen, daß Galen weggehen möchte. Er liebt die Farm. Er würde alles tun, was in seinen Kräften steht, um sie zu retten. Für seine Kinder sieht er nur hier eine Zukunft, besonders für die Jungens. Heath interessiert sich schon jetzt leidenschaftlich für Rinderzucht. Das wissen Sie doch bestimmt!«

»Ich weiß genau, was Sie vorhaben«, gab Langford hart zurück. »Sie denken, ich wäre dumm, so wie Emily damals.« Seine Stimme senkte sich. »Und wie meine Ellen.«

Nolas Herz klopfte wie wild. Langford hatte von ›Ellen‹ gesprochen. Der Name seiner verstorbenen Frau war ›Ellen‹ gewesen. Auf einmal geriet alles ins Wanken, was ihr bislang als völlig sicher erschienen war.

Langford trat ein paar Schritte vor und blieb auf der anderen Seite des Schreibtisches stehen.

»Frauen sind allesamt Lügnerinnen!« Er hieb mit der Faust so fest auf den Tisch, daß Nola zusammenzuckte. Shannon fing an, hemmungslos zu weinen.

Nola drückte das Kind fest an sich. Sie bemühte sich, in möglichst unbeteiligtem Ton zu sprechen, um ihn nicht noch mehr zu reizen.

»Ich habe keinen Grund, Sie zu belügen, Mr. Reinhart. Welchen Zweck sollte das haben? Ich bin hergekommen, um zu unterrichten, sonst nichts. Ich weiß nichts von Ihrem Leben davor, und nichts von dem, was in der Vergangenheit passiert ist. Wie kommen Sie also dazu, mich mit Galens verstorbener Frau zu vergleichen, oder gar mit Ihrer eigenen?«

»Ihr seid doch alle gleich. Emily konnte das Leben hier draußen nicht aushalten, Ellen ebensowenig. Die

Einsamkeit ist schuld. Deshalb gehören keine Frauen hierher. Wie oft hab' ich das Galen erklärt. Ich dachte, er hätte es begriffen!«

»Mir gefällt die Einsamkeit. Nach all dem Hin und Her in der Großstadt genieße ich die Ruhe hier, den Frieden ...«

»Unsinn. Das hat Emily auch immer behauptet. Und dann ist sie nach Winton aufgebrochen und wurde nie mehr gesehen. Galen ist ihr nachgeritten ...« Seine Stimme erstarb, und Nola war ratlos. »Wenn Sie verschwinden, wird Galen auch gehen wollen.«

Nola begriff nicht, worauf er hinauswollte. Sie wollte fragen, weshalb Galen würde gehen wollen, was aus Emily geworden war, aber mit Shannon auf dem Arm ging das nicht. »Lassen Sie Shannon in die Hütte zurück«, bat sie, »dann sind wir unter uns und können uns ungestört unterhalten.«

»Kommt nicht in Frage!« schrie er. Shannon bebte vor Angst. Sie entwand sich Nolas Armen und rannte fast hysterisch aus dem Zimmer.

»Shannon!« rief Nola und stürzte ihr hinterher, aber Langford vertrat ihr den Weg.

»Was haben Sie eigentlich vor, Mr. Reinhart?« brauste Nola mit gespielter Unerschrockenheit auf.

Jetzt trennten sie nur noch Zentimeter voneinander. Nola konnte erkennen, daß Langford nicht mehr Herr seiner Sinne war. Seine Augen waren glasig, sein Atem ging stoßweise. In der Stille des Hauses hörte sie Shannon weinen. Es klang weit weg, vielleicht war sie zur Hintertür gelaufen.

»Lassen Sie mich zu dem Kind«, flehte Nola. »Das arme Kind wird ja völlig verstört!«

Langford ignorierte ihre Bitte. »Wieso mußten Sie hier aufkreuzen und mir alles verderben? Galen war glücklicher ohne Sie! Gerade fing er an, einzusehen, daß er ohne Emily viel besser dran ist.«

Das war ihre Chance, da Shannon ihre Frage nicht hören konnte, ebensowenig die Antwort: »Was ist aus Emily geworden?«

»Ich sagte schon, sie verschwand. Galen sagte, sie sei für immer gegangen.«

Nola schluckte. Sie hatte also recht gehabt. Es war Emilys Grab, das sie gefunden hatte, und Galen ... Galen mußte sie umgebracht haben! Es verschlug ihr die Sprache, und sie nahm kaum noch Langford Reinhart wahr, der sich bedrohlich vor ihr aufbaute. Ihre Gedanken kreisten so wild durcheinander, daß ihr beinahe schwindlig wurde.

»Wozu haben Sie eigentlich diesen miesen Schuft Wade Dalton hier angeschleppt?« zischte er.

Sein haßerfüllter Tonfall brachte Nola in die Gegenwart zurück.

»Weshalb verabscheuen Sie ihn so?« wollte sie wissen.

»Er hat mein Leben zerstört. Ich lebte mit meiner Ellen in Ruhe und Frieden, bevor er auftauchte. Wir hatten alles in diese Farm gesteckt. Unser Geld, unsere Arbeitskraft, unsere Hoffnungen, sogar unsere Seelen. Und er hat das alles zerstört. Er kam her unter dem Vorwand, Wasser für uns zu suchen, und statt dessen hatte er nur im Sinn, mein geliebtes Weib zu verführen! Ellen und ich gehörten doch zusammen – für immer und ewig!«

Nola fiel auf, daß er zu zittern anfing.

»Und was ist aus Ellen geworden?« forschte sie nach.

Langford warf ihr einen Blick zu, aber er nahm sie gar

nicht wahr. Sein Blick war verschwommen, in die Vergangenheit gerichtet – in den Abgrund jenes schicksalhaften Tages.

»Ich konnte sie doch nicht einfach gehen lassen«, stieß er fast schluchzend hervor. »Ich liebte sie doch. Er hatte ihr nichts zu bieten.«

Nola holte tief Luft. »Was wollen Sie damit sagen, Sie durften sie nicht gehen lassen?« Sie starrte hinter ihm ins Treppenhaus, richtete den Blick aufwärts. »Sie ist doch nicht etwa immer noch hier?! Halten Sie sie wie eine Gefangene?«

Nola drängte an ihm vorbei und rannte die Stufen hoch, zum abgeschlossenen Zimmer.

»Ellen, sind Sie da drin?« Sie donnerte mit den Fäusten gegen die Tür. Dann versuchte sie vergebens den Türknauf zu drehen und rammte schließlich mit der Schulter gegen die Tür. »Ellen!« schrie sie. »So melden Sie sich doch!?«

»Sie ist nicht da drin.«

Nola fuhr herum, die Handflächen noch immer auf der Tür. Langford stand hinter ihr. Er wirkte wieder ruhiger, seine Gesichtszüge hatten sich entspannt. Wie in Trance holte er einen Schlüssel aus der Tasche und sperrte die Tür auf. Er drehte den Knauf und stieß die Tür auf, machte jedoch keinen Versuch, einzutreten. Ausdruckslos starrte er sie an, und Nola starrte zurück. Sie wußte, wenn sie jetzt auch nur den kleinsten Fehler beging, würde er sie hier einschließen.

Nicht imstande, ihre Neugier zu verbergen, wandte sie sich um und starrte ins Zimmer, fast ängstlich, was sie vorfinden würde. Es war noch genau so, wie es damals verlassen worden war, vom Staub abgesehen, der überall die Möbel bedeckte, und den Spinnweben. Eine Bürste, Kamm und Spiegel lagen auf der Frisierkommode zusammen mit einem geöffneten Schmuckkästchen. Eine Perlenkette lag zerrissen daneben. Die Perlen lagen verstreut wie die Überreste von Ellens Leben.

Nola drehte sich zu Langford um. »Wo ist Ellen?«

Unvermittelt wurden seine Augen feucht. »Sie war schwanger von ihm, wissen Sie! Ich konnte ihr kein Kind schenken ... aber er hat's geschafft.« Seine Worte fielen schwer und schmerzlich in die Stille.

»Wer?« fragte Nola, krampfhaft bemüht, den Sinn seiner Geschichte zu ergründen.

»Wade Dalton!« Fast erstickte er an diesem Namen. Ein Schluchzer blieb ihm im Hals stecken. Nola war wie vor den Kopf geschlagen.

»Und dennoch, auch diesen Fehltritt hätte ich ihr vergeben können«, fuhr er fort. »Ich wußte ja, wie sehr sie sich wünschte, Mutter zu werden. Aber sie wollte mehr. Sie wollte mich verlassen, sich davonstehlen mit ihm!« Zwei einsame Tränen rannen ihm über die Wangen.

Plötzlich verspürte Nola Mitleid mit ihm. Sie mußte an die Billets denken. Offenbar waren sie von Ellen verfaßt, nicht von Emily.

»Die Bücher«, begann sie, »die Bücher im Schulhaus. Gehörten sie einst Ellen?«

Er ließ den Kopf hängen und gab keine Antwort. Das war auch gar nicht nötig. Die Regale seines Arbeitszimmers waren leer, weil er sämtliche Bücher abgeräumt und weggepackt hatte. An ihnen haftete die Erinnerung, wie an einzelnen Möbelstücken, an Schmuck und Porzellan.

Langford trat an den obersten Treppenabsatz und

blickte hinunter wie so viele, viele Male schon. Jedesmal, wenn er dort stand, holte ihn die Erinnerung ein. Man konnte es ihm ansehen, erkannte es an seiner plötzlichen Blässe, an seiner gebückten Gestalt. Alles an ihm schrie geradezu nach Tragödie. Nola fürchtete schon, er werde sich die Treppe hinunterstürzen, seinem Leben ein Ende machen. Aber dann verwarf sie den Gedanken wieder. Warum sollte er das ausgerechnet jetzt noch versuchen, nach all den Jahren?

Sie stand am Geländer, beobachtete ihn und wartete. Sie wollte von ihm erfahren, was damals geschehen war. In seinem Gesicht arbeitete es; Myriaden von Gefühlen wechselten einander ab. Er tastete nach dem Griff des Geländers und hielt sich fest, umklammerte es, bis seine Knöchel weiß wurden, während die Bilder der Erinnerung seinen Geist überschatteten.

Nola wurde durch das Geräusch von Schritten abgelenkt.

Shannon rannte schluchzend zum Fuß der Treppe. »Ich sehe Rauch aus dem Dach der Hütte kommen, Miss Grayson. Ich habe Angst. Ich will, daß mein Papa wiederkommt.«

Nola stöhnte. »Mein Gott! Ich hab' das Brot noch im Ofen. Wahrscheinlich brennt die Hütte!«

Langford hörte gar nicht hin. Er war nicht mehr bei Sinnen. »Du darfst nicht gehen. Ich lasse dich nicht fort!« kreischte er.

»Ich muß aber!« schrie Nola zurück. »Begreifen Sie nicht? Die Hütte steht in Flammen!«

»Ich werde dich niemals mit ihm gehen lassen!« brüllte Langford. »Niemals!«

Nola blickte von Shannon zu Langford, aber der starrte ins Leere. Seine Worte jagten Shannon Angst ein, und sie rannte zur Vordertür, trommelte mit ihren kleinen Fäusten dagegen und versuchte vergebens, den Türknauf zu drehen. Nola versuchte, Langford beiseite zu drängen, um ihr zu Hilfe zu eilen, aber der alte Mann stemmte sich dagegen. Mit nahezu übermenschlichen Kräften hielt er sie am Handgelenk fest. Nola sah zu Shannon hinüber, bemerkte die Panik in ihrem Blick. Dann zeichnete sich eine Silhouette im Fenster neben dem Haupteingang ab. Jemand stand draußen vor der Tür.

»Nola!« rief eine dumpfe Stimme. Galen war es nicht, auch nicht Hank.

Schreiend schlug Shannon immer noch gegen die Tür, rief nach ihrem Vater.

»Du darfst nicht gehen!« heulte Langford und hielt Nola umklammert.

»Lassen Sie mich los, verrückter alter Mann! Die Hütte brennt. Ich muß hin, bevor sich das Feuer ausbreitet.«

Draußen begann der Mann gegen die Türe zu treten, um das Schloß aufzubrechen. Nola bäumte sich verzweifelt gegen Langfords Griff auf, aber er hielt ihren rechten Arm, der noch immer geschwächt war durch die Schußverletzung. Vor Schmerz wurde ihr beinahe schwarz vor Augen.

»Ich liebe dich, Ellen!« schrie er. »Du darfst nicht gehen. Ich lasse dich nicht weg!«

Mit einem Mal gab die Tür nach. Grelles Sonnenlicht fiel herein und umrahmte die Silhouette von Wade Dalton.

»Du!« Langford schwankte, wurde puterrot, und Schweiß trat auf seine Stirn. Die Vergangenheit holte ihn ein, mit allen Ängsten, allen Gefühlen. Der Schmerz, so überwältigend, wurde unerträglich; diesmal würde er die Frau nicht verlieren, die er mehr liebte als sein eigenes Leben. »Raus!« herrschte er den Fremden an. »Raus! Meine Ellen wirst du mir nicht nehmen.«

»Laß sie los, Langford! Die Hütte brennt.«

Nola sah erst Wade an, dann Langford. Sein Gesicht wurde aschfahl. Er trat einen Schritt nach vorn, an die Kante der obersten Stufe, und seine Knie gaben nach. Nola wollte ihn greifen, ihn festhalten, den gefährlichen Sturz verhindern, aber sie stolperte und wäre beinahe selbst hinuntergestürzt. Ans Geländer geklammert, mußte sie hilflos mit ansehen, wie er sich überschlug. Wie in einem entsetzlichen Alptraum rollte er fast wie in Zeitlupe nach vorn und polterte ins Treppenhaus hinunter. Wade schoß vor, die Stufen hinauf. Doch der Sturz riß auch ihn mit, bis beide Männer am Fuß der Treppe auf dem Boden aufschlugen.

Nola stieg die Treppe hinunter und fand Langford bewußtlos am Boden liegend. Wade stöhnte vor Schmerz. Behutsam schob sie Langfords leblosen Körper von Wade herunter und bettete ihn sanft daneben auf den Boden.

»Sind Sie verletzt?« fragte sie Wade.

»Ich fürchte, ich habe mir die Schulter ausgerenkt!«

Nola stöhnte, als sie seine schrecklich verkrümmte Schulter sah. »Oh, Wade! Sie müssen ja unerträgliche Schmerzen haben!«

»Hab' mir ein paarmal die Knochen gebrochen, das tat

viel weniger weh. Kann auch sein, weil ich damals sturzbetrunken war. Was ist mit Langford?«

»Er hat eine Beule an der Stirn, groß wie ein Gänseei, und sein Knie gefällt mir ganz und gar nicht.« Sorgfältig untersuchte sie seine dünnen Knochen. »Das Knie schwillt furchtbar an. Es muß gebrochen sein!«

Wade setzte sich vorsichtig auf, hielt den Arm seitlich angewinkelt und musterte den alten Mann. »Das Knie muß bandagiert werden, um die Schwellung zu stoppen. Aber zuerst muß ich los und das Feuer in der Hütte bekämpfen. Sie werden mir helfen müssen!«

Shannon kam weinend zu Nola gerannt.

»Alles wird wieder gut!« besänftigte Nola sie und nahm das Kind in ihre Arme.

»Ist Mr. Reinhart jetzt tot?« wollte Shannon schluchzend wissen.

»Nein, Liebling. Er ist verletzt, aber bald wird er wieder gesund.« Nola betete, daß sie damit recht behielt. »Geh ins Schulhaus, Shannon, und da bleibst du, bis ich dich holen komme!«

»Wir müssen Wassereimer vom Pferdetrog holen!« rief Wade, als sie zur Hütte rannten.

Gerade als sie dort eintrafen, kamen Galen und Hank im vollen Galopp angesprengt. »Wir haben den Rauch gesehen«, keuchte Galen atemlos beim Absitzen. »Was ist passiert? Wo ist Shannon?«

»Shannon ist sicher im Schulgebäude. Der Ofen brennt. Das Brot!« stieß Nola hervor.

Galen riß die Tür zur Hütte auf, und schwarzer Qualm waberte ins Freie. Hank kam mit einem Wassereimer angelaufen und folgte Galen ins Innere.

Wade hielt Nola zurück. »Das Dach könnte einstürzen«, warnte er. An seiner Totenblässe erkannte Nola, daß er furchtbare Qualen litt.

Wenige Minuten verstrichen; ihr erschienen sie wie Stunden. Man hörte undeutliche Rufe und das Platschen von Wasser; offenbar verwendeten sie das Badewasser, um die Flammen einzudämmen. Hoffentlich reicht es aus, dachte Nola, denn sie hatten keinen Tropfen Wasser zuviel. Endlich tauchten Galen und Hank in der Rauchwolke wieder auf, hustend und mit Ruß bedeckt.

»Wir haben es gelöscht«, meldete Galen, dessen Augen vom beißenden Rauch tränten.

»Seid ihr unverletzt?« fragte Nola.

Beide Männer nickten.

»Wie schlimm ist es?« fragte sie ängstlich.

»Die Küche ist verbrannt, und das Dach nicht mehr sicher. Im übrigen Teil der Hütte sind nur Rauchschäden. Was in aller Welt ist passiert?«

»Kommt mit in Langfords Haus, dann erklären wir euch alles!« sagte Nola.

Galen musterte Wade und sah, daß er große Schmerzen litt. »Was ist mit Ihrer Schulter los? Sie haben sich doch nicht geprügelt mit dem Alten?«

»Langford ist verletzt«, drängte Nola. »Eilt euch, bitte!«

Das Entsetzen packte Galen, als er Langford bewußtlos am Fuß der Treppe vorfand. Während Wade erklärte, was vorgefallen war, untersuchte er den alten Mann gründlich. Nola ging nach oben und suchte frische Bettlaken, um Langfords Bett neu zu beziehen. Als alles fertig war, rief sie den anderen zu, ihn hochzubringen.

»Es tut mir so leid um die Hütte«, stammelte Nola, als

sie allein mit Galen an Langfords Bett saß. Sie hatten es dem alten Mann so bequem wie möglich gemacht, sein geschwollenes Knie bandagiert und geschient. Mehr konnten sie nicht für ihn tun, bis er das Bewußtsein wiedererlangte.

»Nach allem, was Wade erzählt, haben Sie sich nichts vorzuwerfen. Wahrscheinlich bin ich es, der sich entschuldigen müßte. Ich kann mir kaum vorstellen, was Sie durchgemacht haben müssen, als er Sie im Haus eingeschlossen hat. Mit Shannon habe ich schon gesprochen. Das arme Kind ist vollkommen verstört. Ich glaube allerdings, daß sie gar nicht mal selbst so viel Angst vor Langford gehabt hat. sondern davor, was er Ihnen antut! Ich weiß nicht, was in ihn gefahren ist. Einen Teil der Schuld habe ich mir selbst zuzuschreiben. Ich hätte mißtrauisch werden müssen, als er vorschlug, daß Sie ihm das Essen bringen sollten.«

»Ich mache Ihnen keine Vorwürfe. Jetzt, wo ich weiß, was damals vorgefallen ist, kann ich wenigstens begreifen, weshalb er sich so verhält.«

»Besser, ich hätte Ihnen rechtzeitig von Ellen erzählt. Das hätte Sie wenigstens vorgewarnt.«

»Was geschehen ist, ist geschehen. Wir wollen nicht mehr daran denken und uns lieber darauf konzentrieren, daß er wieder gesund wird – wenigstens körperlich.«

Vom Erdgeschoß her hörten sie plötzlich einen schmerzerfüllten Schrei. Beide sprangen auf und rannten hinunter. Unten trafen sie Hank neben Wade stehend, der sich vor Schmerzen krümmte.

»Was ist los?« wollte Galen wissen.

»Ich habe ihm die Schulter wieder eingerenkt«, erklärte Hank.

»Weißt du denn, wie man so etwas macht?« fragte Nola.

»Keine Sorge. Ich hab' das schon oft machen müssen. Mein Bruder hatte eine empfindliche Schulter. Leider wird es eine Zeitlang dauern, bis der Schmerz nachläßt.«

Im Schulhaus bettete Nola Shannon in ihr eigenes Bett und zog das Moskitonetz um sie herum. In kürzester Zeit schlief die Kleine tief und fest. Als Nola zum Haupthaus zurückkehrte und in Langfords Zimmer kam, traf sie Wade zu Füßen des Krankenlagers an.

»Wird er wieder auf die Beine kommen?« erkundigte sich Wade bei ihr.

»Zweifellos. Aber wenn er aufwacht, wird er wieder der alte Griesgram sein wie zuvor, besonders wenn er mich als Krankenpflegerin vor sich sieht. Abgesehen davon wird die Zeit wohl alle körperlichen Wunden heilen. Was seinen Verstand betrifft, bin ich allerdings nicht ganz so sicher.«

Wade nickte. Gemeinsam gingen sie ins Treppenhaus und setzten sich auf die oberste Stufe.

»Warum erklären Sie mir nicht endlich, was damals vorgefallen ist?« forderte Nola ihn auf.

Wade senkte den Kopf. »Das ist keine schöne Geschichte, Nola, und ich bin gar nicht stolz darauf, sie zu erzählen.« Er seufzte rauh und starrte ins Leere, ganz ähnlich wie Langford vor einer knappen Stunde.

»Nehmen Sie sich Zeit! Fangen Sie einfach damit an, mir zu erzählen, was Sie eigentlich gerade heute hierher geführt hat ...«

»Ich wollte Ihnen das Geld zurückgeben«, murmelte er und zog ein Bündel Scheine aus der Hosentasche.

»Aber wieso? Sie haben es sich redlich verdient! Ich war froh, daß ich es Ihnen geben konnte. Das Grundwasser, das Sie entdeckt haben, hat die Herde gerettet.«

Nola wartete geduldig, bis er seinen Bericht begann. Sie selbst war völlig verwirrt. Sie brauchte dringend jemanden, der ihr half, ihre Gedanken zu ordnen! Langford Reinhart lag bewußtlos in seinem Zimmer. Emilys Verschwinden war ein geheimnisvolles Dunkel. Langfords Frau hatte offenbar versucht, mit Wade davonzulaufen. Was war aus ihr geworden, und was war mit dem Kind, das sie unter dem Herzen trug? All das war viel zu kompliziert, um es zu begreifen. Wie Einzelteile eines Puzzles, die sich nicht zusammenfügen ließen.

»Es ist über vierzehn Jahre her, daß ich zum ersten Mal auf Reinhart war. Ich hatte Langford im Julia-Creek-Hotel kennengelernt, und er bat mich, auf seiner Farm nach Wasser zu suchen. In jenen Tagen hatte ich noch alle Hände voll zu tun. Ich versprach mit meiner Wünschelrute zu kommen, sobald ich Zeit hätte. Fast ein Monat verstrich, bis ich einen freien Nachmittag fand. Zum Anwesen ging ich erst gar nicht, denn Langford hatte mir erzählt, daß er mit einer Herde nach Süden unterwegs sein würde. Ich wußte nicht mal, daß er verheiratet war.« Er hielt inne, und seine Gedanken wanderten weit zurück. Die Erinnerung ließ seine Züge weich werden.

»Eines Tages ritt Ellen aus, und wir begegneten uns. Langford war schon seit über drei Wochen weg, wie sie sagte. Ich merkte sofort, wie einsam sie war. Ellen Reinhart war eine Schönheit, und ich muß gestehen, daß sie es mir auf der Stelle angetan hatte. Daß es nicht recht war, wußte ich nur zu gut, und ich verbarg meine Gefühle.

Eine Zeitlang redete ich mir ein, ich empfände nichts als Freundschaft für sie, aber es fiel mir immer schwerer, denn sie kam nun jeden Tag heraus, um mich zu treffen. Ich fing an, absichtlich Fehler zu machen, um anderntags wiederzukommen. Ich fand Wasser neben einem ausgedörrten Flußbett nicht weit vom Haus und nahm mir unendlich viel Zeit mit dem Graben und dem Zusammenbau der Pumpe, der Mühle, des Wassertanks ...« Wieder seufzte er, und Nola spürte, wie sehr er sich schämte.

»Als Langford einige Wochen später schließlich zurückkam, konnten wir unser Verliebtsein nicht länger voreinander verheimlichen. Anfangs merkte Langford nichts. Er lud mich bereitwillig zu sich nach Hause, bot mir andere Jobs an, worauf ich bereitwillig einging, schon um ihr nahe zu sein. Daß es nicht gutgehen konnte, war mir klar, aber meine Liebe zu ihr drängte mein schlechtes Gewissen in den Hintergrund. Ellen verbrachte viel Zeit auf der Veranda und las Liebesromane. Ihre Lieblingsautorin war eine ... Carolyn ...« Er unterbrach sich und durchforstete sein Gedächtnis.

»Carolyn Whey«, half Nola nach.

»Genau. Woher wissen Sie?«

»Ich habe ein paar Bücher gefunden ...« Mehr wollte sie nicht sagen.

Wade fuhr fort mit seiner Geschichte. »An manchen Abenden saßen wir zu dritt auf der Veranda. Ich interessierte mich für Bücher, und Ellen empfahl mir das eine oder andere. Manchmal steckte sie mir Liebesbriefchen zwischen die Seiten, wovon Langford nichts ahnte. Manchmal hinterließ sie ihre Nachrichten sogar an der Windmühle, immer in Büchern verborgen.« Er streifte

Nola mit einem Blick. »Ich wollte Langford nicht hintergehen«, verteidigte er sich, »aber er hatte keine Ahnung, wie unglücklich Ellen war, wie einsam. Verzweifelt sehnte sie sich nach Kindern. Seit fast zehn Jahren war sie nun schon mit ihm verheiratet und noch immer nicht in anderen Umständen. Sie wußte, daß ihr die Zeit davonlief.« Er schwieg eine ganze Weile, kämpfte mit seinen Gefühlen. Nola wartete schweigend ab.

»Zwei Monate, nachdem wir uns unsere Liebe eingestanden hatten, war sie schwanger. Ellen erlebte es als ein Wunder. Sie war überzeugt, wir seien füreinander bestimmt. Wir nahmen uns vor, gemeinsam zu fliehen, aber vermutlich hat Langford irgendwie Wind davon bekommen. Ich glaube, er hat uns schon eine ganze Weile nachspioniert.«

Er senkte den Kopf und starrte auf seine Schuhspitzen. Nola mußte an Ellens Notiz denken, in der es hieß, sie seien entdeckt. Offenbar hatte die Nachricht Wade nie erreicht.

Er hob wieder an. »Wir hatten uns zu einem bestimmten Zeitpunkt verabredet für die Flucht, aber Ellen ist nicht erschienen. Ich ahnte, daß etwas schiefgegangen war, und begab mich zum Gutshaus. Von der Veranda her hörte ich sie schon schreien. Wie besessen trat ich die Tür ein. Sie standen am obersten Treppenabsatz. Ellen war in Tränen aufgelöst, fast hysterisch. Dann wandte sie sich um und sah mich. In ihren Augen stand die nackte Angst. Ich werde es nie vergessen. Ich war so wütend, ich hätte Langford am liebsten umgebracht. Sie wollte zu mir, aber er hielt sie am Arm fest – genau, wie er heute Sie gepackt hielt! Er schrie, daß ich sie nie besitzen, daß er sie niemals gehen lassen würde. Sie kämpfte wie eine Furie, riß sich los, stolperte und fiel die Treppen hinunter. Ich habe mein Bestes versucht, konnte sie aber nicht retten ...«

Tränen rannen über Wade Daltons zerfurchtes Gesicht. »Bevor sie in meinen Armen starb, flüsterte sie meinen Namen und gestand, daß sie mich liebte«, stammelte er und wischte sich die Tränen mit dem Rücken seiner rissigen Hand.

Nola berührte ihn am Arm. Seine Geschichte war so tragisch – nicht nur, daß er die Frau verlor, die er liebte, er hatte auch sein ungeborenes Kind verloren.

»Danach fiel Langford über mich her. Ich bin fast sicher, daß er mich umgebracht hätte. Ich war wie gelähmt, rührte mich nicht, konnte mich nicht wehren. Wenn Galen nicht gewesen wäre, hätte er sein Ziel erreicht. Damals wußte ich es noch nicht, aber auch Galen hatte Ellens Schreie gehört. Gerade als er durch die Hintertür hereinkam, wurde er Zeuge ihres Sturzes. Er trennte mich von Langford und hielt ihn in Schach, bis ich weg war. Mehrere Stunden später suchte er mich im Julia-Creek-Hotel auf. Unter Drohungen befahl er mir, den Vorfall vor niemandem zu erwähnen und die Reinhart-Farm nie wieder zu betreten.«

Eine Zeitlang sprach keiner von ihnen.

»Der Rest ist wahrscheinlich Geschichte«, schloß Wade endlich. »Ich fing an zu trinken. Langford wurde zum Einsiedler. Heute bin ich wiedergekommen, um Ihnen das Geld zurückzubringen. Ich hatte das Gefühl, daß ich Galen etwas schuldig bin, und hätte niemals ein Honorar annehmen dürfen. Als ich das kleine Mädchen schreien hörte, war es, als ob sich die Katastrophe wiederholte. Der Himmel vergebe mir, aber seit das damals passiert ist, habe ich mir jeden Tag gewünscht, daß es Langford gewesen wäre, der zu Tode gestürzt ist!«

Nola stand auf, und Wade folgte ihr ächzend die Treppen hinunter. »In gewisser Weise ist er wohl schon vor Jahren gestorben«, murmelte sie. »Offenbar lebte er seither mit Selbstvorwürfen und seinem schlechten Gewissen, und das führte ihn in diese völlige Isolation.« Nola blickte zu Wade auf und merkte erst jetzt, daß er vollkommen nüchtern war. Ihre Blicke trafen sich, und instinktiv wußte er, woran sie dachte.

»Ich habe keinen Tropfen Alkohol mehr angerührt, seit ich hier war und Grundwasser entdeckt habe«, erklärte er leise.

Nola verzog die Brauen zu einem Stirnrunzeln. Sie überlegte, was ihn so plötzlich umgestimmt haben mochte.

Nebeneinander traten sie auf die Veranda hinaus. »Die Sauferei fing an in der Nacht, als Ellen starb. Aber Trauer läßt sich nicht wegspülen. Egal, wieviel ich trank, ich konnte sie nicht vergessen, ebensowenig das, was passiert war. Immer denke ich, ich wäre es ihr schuldig, in meinem Leben voranzukommen und wenigstens die letzten Jahre, die es mir noch bietet, mit Würde und Anstand zu verbringen, soweit möglich.«

»Ganz meine Meinung«, nickte Galen, der auf der Türschwelle stand.

»Bei all dem Durcheinander habe ich ganz vergessen zu fragen, ob Sie Nachrichten aus Maryborough mitbringen?« erkundigte sich Nola.

»Die Antwort ist ja. Drei Schiffe liegen im Hafen vor Anker, die das Vieh aufnehmen können.«

»Das ist ja wunderbar!«

»Unglücklicherweise ist es nur möglich, weil ein anderer Pech hatte. Eine Schiffsladung Schafe sollte eigentlich abgehen, aber wegen der Trockenheit haben die Farmer den Großteil ihrer Herden verloren. Ich reite ins Viehcamp hinaus und rede mit den Jungs«, erklärte Galen. »Der Auftrieb kann fürs erste nicht mehr weitergehen.«

»Wieso nicht?«

»Ich darf Langford nicht allein lassen. Der Transport wird sich verzögern.«

»Sie dürfen die Viehzählung und den Treck nicht aufschieben«, widersprach Nola. »Um Langford kann ich mich kümmern. Wade kann ja bei mir bleiben. Er ist sowieso noch lange nicht imstande, zu reiten.«

»Ich will gern mein Bestes tun, wenn irgend möglich«, mischte sich Wade ein.

»Sind Sie sicher?« bohrte Galen nach.

»Ganz sicher. Wir werden gut miteinander auskommen. Jetzt sind Sie schon so weit gekommen, bei der Rettung der Herde, daß Sie es auch zu Ende bringen sollten.«

»Ich reite nach Julia Creek und versuche, den Doktor zu verständigen, damit er herauskommt und nach Langford sieht, und nach Ihnen, Wade.«

»Ich bin in Ordnung, Galen.«

»Warten wir ab, was aus Langford wird. Wenn sich sein Zustand in ein paar Tagen nicht bessert, kann ich mich selbst nach Julia Creek aufmachen, um nach einem Arzt zu suchen«, versprach Nola.

Galen nickte.

»Bitte sagen Sie mir, wo Ellen begraben liegt?« meldete sich Wade zu Wort. »Immer wollte ich ihr Grab besuchen und ihr die letzte Ehre erweisen, Abschied von ihr nehmen ...«

»Davon habe ich keine Ahnung«, versetzte Galen.

Wade war bestürzt.

»Nachdem sie gestorben war«, beeilte sich Galen zu erklären, »hielt Langford sie noch stundenlang in den Armen und wollte mir nicht erlauben, sie zu beerdigen. Als ich nach Julia Creek ausritt, um Sie aufzusuchen, war es bereits dunkel. Eigentlich wollte ich sie anderntags beerdigen, aber während meiner Abwesenheit hat er das selbst erledigt. Er war in einem furchtbaren Zustand. Wahrscheinlich weiß er selbst nicht mehr, wo er sie begraben hat. Mich hat er schwören lassen, nicht nach ihrem Grab zu suchen, und auf einer so großen Farm käme das sowieso der Suche nach einer Stecknadel im Heuhaufen gleich. Komisch ist nur, daß ich nie darauf gestoßen bin. Er wollte nicht, daß irgendwer erfährt, wie es passiert ist. Den anderen Arbeitern auf der Farm hat er erzählt, sie wäre weggegangen. Dann verkroch er sich in sein Haus und kam nie wieder ins Freie.«

Nola war bestürzt, und plötzlich wußte sie, daß es Ellens Grab sein mußte, auf das sie bei ihrer Suche nach Shannon gestoßen war. Ihr wurde auf einmal klar, wie sehr sie sich in Galen getäuscht hatte. Noch immer wußte sie nicht, was seiner Frau zugestoßen war, doch daß er ihr nichts zuleide getan hatte, davon war sie mittlerweile überzeugt.

Galen drehte sich zu ihr um. »Sie kennt die Stelle, wo das Grab ist, glaube ich«, setzte er hinzu.

Sie nickte. »Mein Gott, wenn ich die Wahrheit gewußt hätte ...!« Sie unterbrach sich.

Wade warf ihr einen prüfenden Blick zu. »Wollen Sie mir die Stelle zeigen?«

»Ich bin nicht sicher, ob ich sie wiederfinde, aber Hank könnte bestimmt ...« Nolas Augen füllten sich mit Tränen. »Es hat keinen Grabstein«, flüsterte sie.

»Ich würde ihr gern einen setzen«, sagte Wade. Dann wandte er sich zu Galen. Seine Gefühle überwältigten ihn, so daß er kaum ein Wort herausbrachte. »W-wenn ... natürlich nur, wenn Sie einverstanden sind, versteht sich ...«

Galen nickte stumm.

Aus einem der Zimmer der oberen Etage schleppten Galen und Hank ein Bett nach unten und stellten es in die Bibliothek. Sie bestanden darauf, daß Wade sich erst einmal zum Ausruhen hinlegte. Noch immer hatte er fürchterliche Schmerzen, deshalb widersetzte er sich auch nicht. Nola ging, um nach Shannon zu sehen und stellte zu ihrer Beruhigung fest, daß sie fest schlief. Es war ein schwerer Tag für sie gewesen, und Nola vermutete, daß sie erst in ein paar Stunden wieder aufwachen würde.

Galen und Hank kehrten wieder zur Herde zurück, und Nola ging in der Hütte umher, den Schaden begutachtend. Das Feuer hatte furchtbar gewütet. Die Küche war schwarz von Ruß, und im Dach klaffte ein großes Loch. Hier konnten sie unter diesen Umständen wirklich nicht mehr wohnen. Ob es sich überhaupt lohnte, die Hütte wiederherzustellen, vermochte Nola nicht zu sagen. Wenigstens waren die Lebensmittelkonserven, die sie angeschafft hatte, unversehrt, Butter, Käse und Reis waren allerdings ein für allemal dahin.

Nie zuvor war Nola, als sie jetzt ziellos über das Grundstück streifte, dankbarer für das unablässig schöne Wetter im Outback gewesen. Es war angenehm, allein zu sein und über alles nachdenken zu können. So vieles war geschehen, und obwohl sie es vor den anderen nie zugegeben hätte, es hatte sie in ihren Grundfesten erschüttert.

Nola wanderte zu den Ställen, beugte sich über das Gatter im Hof. Eine Zeitlang hatte sie so dagestanden, als sich ihr plötzlich eine Hand auf die Schulter legte. Sie drehte sich um und sah einen struppigen Jungen vor sich, einen Aborigine, nicht viel älter als Heath, der sich hinter den Zaun duckte. Offenbar wollte er nicht, daß ihn außer Nola irgendwer bemerkte.

»Lady kommen, wir in Not!« zischte er. »Lady kommen, wir in Not!« Diese Worte stieß er immer wieder hervor, als hätte er sie wie ein Papagei auswendig gelernt. Nola zögerte. Nach allem, was sie hinter sich hatte, war sie ziemlich mit den Nerven fertig.

»Jardijardi sagen, Lady kommen!«

»Jack! Hat Jack ... ist Jardijardi in Not?«

Nola wollte ins Haus eilen, aber der Junge zupfte sie am Ärmel. »Lady kommen!« drängte er.

Sie wollte Hilfe holen, aber Galen und Hank waren zur Herde unterwegs und Wade gesundheitlich nicht imstande, ihr Beistand zu leisten. Sie glaubte, Jack wäre ebenfalls draußen bei der Herde, aber wenn, dann waren auch die neuen Farmarbeiter bei ihm. Wo konnte er sein, und weshalb ließ er sie holen?

»Ich muß jemandem sagen, daß ich weg bin«, erklärte sie. Dann fiel ihr ein, wie töricht das war, denn der Junge konnte sie doch nicht verstehen.

Wieder griff er nach ihrem Ärmel, zog sie heftig weiter vom Gatter weg.

Nola blieb nichts übrig, als dem Jungen zu folgen. Er ließ sie gerade noch Shannons Pony aufzäumen, und ohne Sattel ritt sie dem Jungen nach, der im Eiltempo zu Fuß vor ihr herrannte.

Nach einer Weile wurde Nola klar, daß der Junge keineswegs das Viehcamp ansteuerte, sondern dorthin lief, wo der Wana-Mara-Stamm sein verstecktes Lager hatte. Daraus ließ sich nur schließen, daß Jack vermutlich dorthin zurückgekehrt und ihm irgendetwas zugestoßen war. Oder hatte das kranke Kind einen neuen Hustenanfall? Aber was immer sie erwarten mochte, bei aller Ungewißheit konnte sie die Laufkünste des Jungen nur bewundern. Selbst mit dem Pony gelang es ihr kaum, Schritt zu halten, und doch zeigte er keinerlei Anzeichen von Erschöpfung.

Im Lager der Aborigines hielt Nola nach Jack Ausschau, konnte ihn aber nirgends entdecken. Der Junge winkte sie in die Behausung, wo sie das kranke Kind besucht hatte, und dort sah sie die Mutter, die offenbar in den Wehen lag. Sie war eine so zierliche Person, daß Nola neulich ihre Schwangerschaft gar nicht bemerkt hatte; bei Tageslicht wirkte sie überdies viel jünger. Ohne Jack als Übersetzer wußte Nola nicht, was von ihr erwartet wurde.

Die Frau war völlig verängstigt und schien große Schmerzen zu haben. Obwohl sie versuchte, sich zusammenzureißen, war offensichtlich etwas nicht in Ordnung. Schlimmer noch, sie starrte Nola aus großen Augen an, als erwarte sie ein weiteres ›Wunder‹ von ihr.

Nola kniete sich neben sie und tastete nach dem Unterleib der Frau. Mit Schwangeren hatte sie keinerlei Erfahrung, und ihr fiel nichts anderes ein, was sie sonst tun konnte. Die übrigen Frauen standen in der Nähe, und obwohl Nola ihre Sprache nicht verstand, zeigten sie deutlich, daß sie das Schicksal ihrer Stammesschwester für besiegelt hielten. Sie riefen immer wieder »dubi Deringa«, ein ums andere Mal, »dubi Deringa«, und rollten die Augen gen Himmel.

Während Nola den Bauch der jungen Frau abtastete, stellte sie fest, daß sich das Baby in Steißlage befand. Es kam ihr seltsam vor, die Beine in Höhe des Köpfchens zu ertasten. Innerlich flehte sie um Erleuchtung, als sie das Getrappel von Pferdehufen hörte. Sie fuhr herum und sah Jack, der vom Pferd stieg.

»Sie hier, Missus. Danke! Herde unruhig, darum ich nicht weggehen können.«

»Jack, ich freue mich, daß du kommst. Weshalb hast du jemanden nach mir geschickt? Als Geburtshelferin bin ich vollkommen hilflos!«

»Frau Sie wollen. Andere Frauen nicht helfen. Sagen, ›Deringa‹ hätte sie verflucht.«

»Sie sagen ständig ›dubi Deringa‹. Was soll das heißen?«

»Dubi heißt Hexendoktor. ›Deringa‹ ist sein Name. War viel Streit mit Mirijula, weil er erlauben, daß Sie krankem Piccaninny von Frau helfen. Ungeborenes Kind von Frau jetzt mit Fluch belegt!«

»Oh, Jack! Nicht nur, daß ich keine Hebamme bin, jetzt muß ich auch noch zusätzlich die Künste eines mächtigen Hexendoktors besiegen.«

Jack verzog traurig das Gesicht. Seufzend tätschelte Nola ihm die Hand.

»Ich will tun, was in meinen Kräften steht. Wo ist Deringa jetzt?«

»Stamm glauben, er tot. Einige Totems aus heiligem Medizinbeutel wurden vor steilem Abgrund gefunden.«

»Totems?«

»Kleine Heiligtümer, wenig von Haar. Geist des Hexendoktors wird jetzt ganze Gegend heimsuchen. Keiner von Stamm jemals wieder gehen dorthin.«

Jetzt gesellte sich Mirijula zu Nola und Jack. Er warf einen Blick auf die Frau, und seine Miene wurde ernst. Die Schwangere brach in Tränen aus. Nola bemerkte ein Armband, das Mirijula trug, und das aus Menschenhaar geflochten schien. Jack folgte ihrem Blick und erklärte, um was es sich handelte.

»Es ist Deringas Haar. Wana Mara tragen Haare von Toten, um seine Geister zu verscheuchen. Geist kommen und einen mitnehmen. Normalerweise einen, den sie geliebt haben in Leben, aber diesmal ...« Er musterte die Frau. »Deshalb Rauchfeuer brennen, um Geist des Hexendoktors zu verwirren.«

Nola wurde wütend. Sie griff nach dem Armband und zerrte es Mirijula vom Handgelenk. Verblüfft sah er zu, wie sie es der gebärenden Frau anlegte. Dann wandte sich Nola an Jack, der mit schreckgeweiteten Augen verfolgte, was geschah, und wie Mirijula auf die ungeheure Anmaßung reagieren würde.

»Sag ihm, diese Frau braucht jetzt alle Hilfe, die sie bekommen kann!« Nicht, daß Nola an die Geister der Toten oder ihre Rache an den Lebenden glaubte, aber die Frau, die in den Wehen lag, glaubte daran. Nola wußte, der Geist eines Menschen besaß eine mächtige Kraft, und wenn die Frau sich geschützt fühlte, würde ihr das helfen.

Ihr erneuter Aufschrei riß Nola aus ihren Gedanken.

»Schick diese Frauen weg«, befahl sie. »Auch Mirijula, vor dem fürchtet sie sich. Eine Steißgeburt ist sowieso schon schwer genug, ohne daß wir sie mit Gespenstern ängstigen. Bitte sag ihr, daß ich nichts mit Hexerei zu schaffen habe, daß sie überleben wird, und das Kind ebenso.«

Jack wurde ärgerlich. »Baby tot! Deringa hat Steine in die Frau versenkt. Er hat Baby getötet.«

»Wovon redest du überhaupt, Jack?«

Jack kniete nieder und wollte Nola zeigen, wo die Steine, normalerweise Quarzkristalle, eingeführt worden seien. Die Narbe eines operativen Eingriffs war aber nirgends zu sehen.

»Das ist Hexendoktor-Blödsinn, Jack. An der Frau ist keine Operation vorgenommen worden. Ich fühle, wie sich das Baby bewegt. Es ist quicklebendig. Und jetzt schaff diese Leute hier raus!«

Als Jack noch immer zögerte, nahm Nola die Sache selbst in die Hand und drängte die Frauen und Mirijula beiseite, der grenzenlos empört war. Anschließend kauerte sie sich neben die Frau, hielt ihr die Hand und lächelte.

»Alles wird gut!« tröstete sie.

Jack beobachtete sie und schien noch immer nervös.

»Übersetz ihr, was ich gesagt habe, Jack. Aber so, als ob du es selber glaubst!«

Jack tat, wie ihm geheißen, und es hörte sich einigermaßen überzeugend an, auch wenn er nach Nolas Eindruck eher an die Medizin des Hexendoktors glaubte. In all ihrer Qual wirkte die Frau doch ein bißchen erleichtert.

»Wenn du ein Mittel gegen die Schmerzen hast, Jack«, riet Nola, »dann hol es. Und zwar so viel wie möglich.«

Man reichte der Frau einen Kräutertrunk, und Nola sorgte dafür, daß sie ihn in großen Mengen zu sich nahm. Anschließend wirkte sie leicht benommen, und Nola war sehr dankbar dafür. Es schien unvermeidlich, das Kind als Steißgeburt auf die Welt kommen zu lassen, eine scheußliche Komplikation, aber was konnte sie schon dagegen tun? Es war viel zu spät, das Baby umzudrehen, selbst wenn sie viel davon verstanden hätte.

Der Rauch in der Luft verschlimmerte die Hitze des Nachmittags noch. Nola tränten ununterbrochen die Augen, und der Schweiß floß ihr in Strömen. Die Frau litt unsäglich; ihre Schreie ängstigten die anderen Frauen und Kinder des Stammes, die glaubten, ihr werde die Seele aus dem Leib gerissen. Die Männer hockten singend am Feuer und schienen die leidende Stammesschwester gar nicht wahrzunehmen. Nola hielt sie für herzlos; ihr selbst fehlte die Geduld, mit Geistern zu reden.

Der Singsang, der Rauch und die Schreie der Unglücklichen zerrten an ihren Nerven. Trotzdem hielt sie die Frau bei der Hand und tat ihr möglichstes, sie zu beruhigen. Äußerlich gab sie sich vollkommen ruhig und zuversichtlich, daß alles gut ausgehen würde. Anscheinend funktionierte es, denn die Frau blickte sie voller Zutrauen an und wartete ergeben auf die eigene Rettung ebenso wie die ihres Kindes. Nola betete, daß sie sich nicht täuschen möge in dieser Hoffnung.

Die Minuten zogen sich wie Stunden hin. Nola konnte den Anblick der armen jungen Frau kaum noch ertragen, die kaum älter als sechzehn sein konnte und sich vor Schmerzen wand. Fast glaubte Nola schon selbst, sie werde nicht durchhalten, als die Frau gellend aufschrie, daß es die Umstehenden innerlich zerriß, und im selben Augenblick kamen Hintern und Hüften des Neugeborenen zum Vorschein. Aufgeschreckt faßte Nola das Baby um die Taille und zog sanft an ihm. Die Mutter wurde ohnmächtig, während das blutüberströmte Etwas ruckweise hervorkam.

»Weck sie auf!« rief Nola, »sie muß den Kopf herauspressen!«

Jack schüttelte die arme Frau und goß ihr Wasser über den Kopf, bis sie die Augen aufschlug.

»Sag ihr, noch einen Stoß, das Baby ist fast da!«

Jack hatte nie zuvor eine Geburt erlebt und sah selber aus, als würde er auf der Stelle ohnmächtig, folgte aber getreulich ihren Anweisungen. Daß er überhaupt hier sein mußte, schien unerhört; hätten die anderen Frauen geholfen, wäre er vom Schauplatz verbannt gewesen, und er wäre noch froh darüber gewesen, so weit weg wie möglich zu sein.

Mit der letzten Kraft, das ihr noch blieb, preßte die junge Frau, Nola zog, und das Baby kam schließlich zur Welt.

Nola war drauf und dran, vor Erleichterung und Freude zu weinen, aber dazu blieb keine Gelegenheit. Sie war körperlich und seelisch zu Tode erschöpft, als sie dem kleinen Mädchen, das sie in der Hand hielt und das leise quäkte, die Nabelschnur durchtrennte. Die Frauen des Stammes waren wieder aufgetaucht und nahmen das Kind entgegen, ungläubig die Stirn runzelnd darüber, daß es lebte. Ältere Frauen bückten sich über die halbbewußtlos dahindämmernde Mutter und reinigten sie. Und alle lächelten.

Beinahe wäre Nola vor Müdigkeit zusammengebrochen. Mirijula trug Wasser herbei, und seiner ehrfürchtigen Miene war abzulesen, daß er glaubte, sie habe erneut ein ›Wunder‹ vollbracht. Als er sie ansprach, blickte sie zu Jack hinüber.

»Mirijula sagen, du tapfere Frau, und deine Medizin sehr mächtig.«

Jetzt erst merkte Nola, daß Jack nicht eben gesund aussah. Er war ihr eine große Hilfe gewesen, was sie zu schätzen wußte. »Das hast du gut gemacht, Jack. Danke für deine Hilfe. Du bist wirklich ein starker Mann.« Sie deutete auf den Kopf, um auf seine Geisteskraft anzuspielen, und Jack lächelte wissend.

»Bevor Mirijula auf dumme Gedanken kommt, erklärst du ihm bitte, daß ich gar nichts dazu beigetragen habe, was diese Frau hier geleistet hat. Sie ist es, die eine Tapferkeitsmedaille verdient hätte. Nach dem, was sie heute überstanden hat, wird sie mit allem im Leben fertig.«

Jacks Miene wurde wieder unergründlich, aber er nickte und übersetzte, was sie gesagt hatte, für Mirijula. Ein hitziger Wortwechsel entstand zwischen den beiden Männern, während Nola ungläubig zusah.

»Worum geht es, Jack?« erkundigte sie sich, als er sie sorgenvoll musterte.

»Mirijula sagen, Sie jetzt verantwortlich für Seele von Frau und Kind, und Sie müssen mitnehmen, um vor Deringas Fluch schützen.«

Nola fiel aus allen Wolken. »Das geht doch nicht, Jack ... Das würde Mr. Reinhart nie erlauben ... Zu allem

Unglück hat es in unserer Hütte gebrannt! Da können wir nicht länger wohnen, und die Familie muß ins Haupthaus zu Mr. Reinhart ziehen. Galen wird lange unterwegs sein, und ich muß auch noch Langford und Wade Dalton pflegen ...« Nola wanderte vor Jack auf und ab und zählte tausend Gründe auf, weshalb sie die Frau und das Kind nicht bei sich aufnehmen könne. Plötzlich blieb sie stehen, weil ihr einleuchtete, daß keine der von ihr vorgebrachten Ausreden rechtfertigen konnte, die Frau und ihr Neugeborenes einem Risiko auszusetzen.

»Mirijula sagt, schicken andere Lubra mit, ihr und dem Kind helfen. Nur Medizin von Missus schützen sie.«

Nola wischte sich den Schweiß von Stirn und Nacken. »Wo bleibt denn der Vater des Kindes, Jack? Der Vater wird doch ein Wörtchen mitreden wollen, wenn seine Familie weggeschickt wird?«

»Mirijula ist Vater«, erklärte Jack ohne mit der Wimper zu zucken.

Nola war sprachlos. Voller Abscheu musterte sie Mirijula und murmelte etwas von »... alt genug, ihr Großvater zu sein«. Laut sprach sie aus: »Sie ist doch selbst noch ein Kind. Laß mich bloß nicht wissen, wie alt sie war, als sie ihr erstes Baby kriegte.«

Augenzwinkernd zuckte Jack die Achseln.

Voller Unbehagen dachte Nola an die Rückkehr aufs Anwesen. Sie verließ den Stamm zusammen mit den zwei Frauen, dem Neugeborenen und dem ersten Kind der Mutter sowie einem großen Vorrat schmerzstillender Kräuter für Wade Dalton und Langford Reinhart. Eine geflochtene Tragbahre wurde dem Pony angehängt, auf dem die Mutter und ihre Kinder lagen. Die andere Frau saß rittlings hinter Jack auf dem Pferd. Nola bemerkte, daß sie einen kleinen Welpen im Arm hielt.

»Wieso bringt sie den Hund mit?« fragte sie Jack. Noch bevor er antworten konnte, murrte sie: »Bist du sicher, daß ich nicht noch ein paar mehr Gäste mitbringen soll? Ein paar Kinder vielleicht, um meine Schulklasse aufzufüllen?«

Jack hob achtlos die Schultern. »Mutter von Hund großer Fänger von Klapperschlangen, Missus.«

Nola mußte an die Schlangen denken, die bei ihr im Holzstapel hausten. »Hoffentlich hat er ihr Talent geerbt«, gab sie seufzend zurück.

Das Anwesen kam in Sicht, und Jack mußte sie verlassen, um zur Herde zurückzukehren. Als sich ihre Wege trennten, erklärte er, sein Stamm habe noch immer große Angst vor dem bösen Deringa-Geist. Wenn Kind und Mutter überleben sollten, mußten sie bei Nola bleiben, bis die bösen Geister verschwunden waren.

12

Als Galen und Hank die Herde erreichten, fanden sie die Tiere in der Nähe der Wasserstelle, wo Wade Dalton und Ben Cranston die Windmühlenpumpe und den Brunnen errichtet hatten. Einige lagerten im Schatten der nahegelegenen Bäume, wo die Sonne nicht ganz so grausam auf ihre knochigen Leiber niederbrannte. Als Heath und Keegan ihr Kommen bemerkten, ritten sie den Erwachsenen im gestreckten Galopp entgegen.

»Woher kam die Rauchsäule?« fragte Heath, als er, eine Wolke von Staub aufwirbelnd, sein Pferd neben dem seines Vaters zum Stehen brachte.

»Ist zu Hause alles in Ordnung?« stimmte Keegan in die sorgenvolle Frage seines Bruders ein. Die angesengten Haarspitzen seines Vaters und die rußverschmierten Gesichter der beiden waren ihnen nicht entgangen.

»Die Hütte hat gebrannt«, stieß Galen hervor.

Beiden Jungen stand fast das Herz still vor Schreck.

»Und was ist mit Shannon und Miss Grayson? Ist ihnen etwas zugestoßen?« wollte Keegan wissen.

Galen hörte die Besorgnis, die in seiner Stimme mitschwang. »Sie sind wohlauf und in Sicherheit. Aber es wird ein schweres Stück Arbeit, bevor wir wieder in der Hütte wohnen können!«

Heath runzelte die Stirn. »Und wie ist das Feuer ausgebrochen?«

Galen spürte, wie ihn seine Söhne aufmerksam beobachteten, und warf Hank einen Blick zu. »Das Brot im Ofen fing Feuer und die Flammen verbreiteten sich dann durch die ganze Küche.«

Daß ihr Vater nicht die ganze Wahrheit sagte, war nicht zu überhören. »Willst du damit sagen, es sei Miss Graysons Schuld gewesen?« erkundigte sich Heath.

»Nein«, gab Galen abwehrend zurück.

Die Jungen blickten einander verwirrt an.

»Miss Grayson war in Langfords Haus, als das Feuer ausbrach. Du weißt ja, wie unberechenbar der Herd sein kann ...«

»Sie muß doch gewußt haben, daß der Teig im Ofen steht!« maulte Keegan vorwurfsvoll.

»Es war nicht ihr Fehler«, grollte Galen. Er hatte seinen Söhnen die Einzelheiten ersparen wollen, aber plötzlich wurde ihm klar, daß Shannon ihnen sowieso alles erzählen würde, was passiert war. Besser, wenn sie die Wahrheit von ihm erfuhren. Wieder sah er sich nach Hank um, der betreten wirkte.

Auch Heath warf Hank einen Blick zu und merkte, wie unangenehm ihm das alles war. »Irgendwas willst du uns verschweigen, Papa«, stellte er fest. »Wenn etwas nicht stimmt, wollen wir es wissen!«

Galen zögerte noch immer. Er wußte nicht, wieviel er ihnen erzählen wollte. Wie er seine Söhne kannte, würde die kleinste Information zu hundert neuen Fragen führen. Ob sie alt genug waren, zu verstehen, was damals passiert war, bezweifelte er. Die unerfreulichen Seiten von Langfords Biographie wollte er ihnen lieber ersparen. Daß Nola Grayson in ihr Leben getreten war, machte sie neugierig auf alles, was mit ihrer Mutter zusammenhing. Galen hielt das zwar für durchaus natürlich, aber er war sich nicht sicher, ob er selbst schon bereit dafür war. »Miss Grayson hat das Brot in den Backofen gestellt und wollte nach Langford sehen. Shannon ging mit ihr. Langford hat sie im Haupthaus eingeschlossen ... Das unbeaufsichtigte Brot fing Feuer, und da ...«

Keegan wirkte erschüttert.

Heath musterte seinen Vater. »Warum sollte Mr. Reinhart sie ins Haus einschließen?«

»Das kann ich euch nicht sagen, mein Sohn, weil ich es selbst nicht genau weiß.« Galen konnte seine Erschöpfung nicht verbergen. »Offenbar kam Wade Dalton auf das Grundstück und brach durch die Vordertür ein, als er Shannon weinen hörte. Langford hielt Miss Grayson auf dem Treppenabsatz im ersten Stock fest. Als er Wade hereinkommen sah, stolperte er und fiel die Treppe hinunter. Er ist noch immer nicht bei Bewußtsein, daher weiß ich nicht, weshalb er sich so merkwürdig benommen hat.«

»Wird Mr. Reinhard wieder gesund?« fragte Heath.

Galen nickte.

»Er muß doch irgendeinen Grund gehabt haben, sie da einzuschließen. Könnte Miss Grayson irgend etwas getan haben ...?«

Galen fiel ihm ins Wort. »Vielleicht ist es sogar meine Schuld. Ich will Langford ja nicht entschuldigen, aber ich denke, irgend etwas von dem, was ich gesagt habe, hat ihn dazu gebracht, sich so unmöglich aufzuführen.«

»Was könnte man dir denn vorwerfen, Papa?« fragte Keegan.

Galen seufzte und sah nacheinander jeden seiner Söhne an, und dann Hank, der ein ernstes Gesicht machte. Galen hatte auch Hank nicht erklärt, was passiert war, und Hank traute sich nicht zu fragen.

Da er annahm, daß Galen mit seinen Söhnen allein sprechen wollte, schlug Hank vor: »Ich sehe mal nach Jimmy und Jack. Vielleicht kann ich ihnen ein wenig zur Hand gehen.«

Galen schüttelte den Kopf. »So sehr ich deine Hilfe und Einsatzbereitschaft schätze, Hank. Aber wenigstens will ich versuchen, einen Sinn in das Ganze zu kriegen.«

Einen Moment lang hielt Galen inne und überlegte, wie er anfangen sollte. »Als Langford kurz davorstand, Miss Grayson wegzuschicken, erklärte ich ihm, wenn er sie zwingen würde, zu gehen, hätte ich keine andere Wahl, als euch Jungs und Shannon in die Stadt zu bringen, um für eure Ausbildung zu sorgen. Das war der einzige Grund, weshalb er sie dableiben ließ. Es mag unlogisch klingen, nach allem, was heute passiert ist, aber ich könnte mir denken, daß er Miss Grayson die Schuld an meinem Ultimatum gibt.«

»Warum hast du denn so etwas zu Mr. Reinhart gesagt?« fragte Heath. »Du würdest doch nie weggehen von der Farm, und wir auch nicht. Das weiß Mr. Reinhart doch bestimmt.«

Galen blickte über die glühenden, staubigen Weiden, das Land, das er so unendlich liebte, und suchte nach Worten, um den Jungen seine Gedanken verständlich zu machen. Er hatte keine Ahnung gehabt, wie schwer es ihm fallen würde, mit Heath und Keegan über die Vergangenheit zu sprechen, über seine Motive, nicht mehr zu heiraten und ihnen die Mutter wiederzugeben. Wie Langford hatte er geglaubt, daß Frauen nicht ins Outback gehören. Es galt als ausgemacht, daß sie die Einsamkeit nicht ertrugen, den harten Kampf ums Dasein. Doch in den vergangenen vierundzwanzig Stunden hatte er die schmerzliche Wahrheit erfahren müssen, eine, die er seit vielen Jahren vor sich selbst verbarg. »Shannon ist weggelaufen, weil sie sich aufgeregt hat, daß Langford Miss Grayson von der Farm vertreiben wollte. Dadurch habe ich erkannt, daß bei dem Leben hier draußen ihre natürlichen Anlagen verkümmern. Mit einer Frau aufzuwachsen, die ihr die Mutter ersetzt, und andere Mädchen zum Spielen zu haben, wäre genau das richtige für sie. Ich war überzeugt, das Leben hier draußen sei zu rauh für eine feine Dame aus der Stadt. Aber vielleicht habe ich mich geirrt.«

Heath war älter als sein Bruder und seine Schwester, und konnte sich daher besser an den Verlust seiner Mutter erinnern. Er wußte, weshalb sein Vater meinte, die Lebensbedingungen im Outback seien unerträglich für Frauen. »Hast du deine Meinung über Miss Grayson geändert?« hakte er nach. »Glaubst du jetzt, daß sie hier draußen zurechtkommen wird?«

»Es ist zu früh, um abschließend darüber zu urteilen, mein Sohn. Jedenfalls gibt sie sich alle Mühe, und mehr können wir nicht verlangen. Manchen Frauen wird dies Leben hier sicherlich gnadenlos erscheinen, aber ich hätte nicht unterstellen sollen, daß dies für alle Frauen gilt. Shannon braucht weibliche Gesellschaft, um ihre Identität zu finden. Eines Tages, und der Tag wird schneller kommen, als ich mir jetzt vorstellen kann, wird Shannon zur Frau herangereift sein. Andere Kinder auf den umliegenden Gütern haben ihre Mütter gehabt, manchmal auch Schwestern oder Kinder von Aborigines. Wenn ich darüber nachdenke, was ich in letzter Zeit nicht oft getan habe, hatte Shannon nichts als Zureiter, Viehtreiber, Jackaroos und uns. Keine anderen Kinder von gleichem Geschlecht, und keine Frauen.«

»Wir haben sie doch gern und spielen auch mit ihr, wenn wir können!« widersprach Heath.

»Weiß ich, mein Sohn. Wir haben unser Bestes getan, aber das reicht nicht aus. Unbewußt haben wir sie wie einen Jungen behandelt. Es ist eher mein Fehler gewesen als eurer. Nie habe ich ihr irgendwelche Mädchensachen gekauft, bevor ... Sie ist schon fast fünf, und Miss Grayson merkte erst, als sie ihr die Kleider auszog, daß sie ein Mädchen war. Was meint ihr, wie mir das zusetzt?! Ich muß mich diesen Fragen jetzt stellen, obwohl ich eigentlich schon lange ahne, daß sie auf mich zukommen würden. Shannon braucht eine Frau, um erwachsen zu werden. Ein Vorbild. Ich dachte, ich könnte ihr Vater und Mutter ersetzen, aber ich habe mich geirrt. Sie braucht eine Vertraute, mit der sie ihre Sorgen und Nöte besprechen kann, jemand, der sie anleitet, wie nur eine Frau es vermag.« An das, was er selbst entbehren mußte, wollte er gar nicht erst denken.

»Sie mag Miss Grayson, aber sie wird eines Tages wieder weggehen. Und wenn es soweit ist, müssen wir dann in die Stadt?«

Galen nahm seinen Hut ab und wischte sich mit dem Ärmel den Schweiß von der Stirn. Hank bemerkte es, und ihm schwante, welche Bürde Galen auf sich genommen hatte, seine drei Kinder allein großzuziehen. Galen hatte geglaubt, Nola könne ihm einen Teil dieser Last abnehmen, aber inzwischen war die Lösung ein Teil des Problems geworden. Shannon fühlte sich von Nola Grayson sehr angezogen.

»Was in der Zukunft wird, weiß ich nicht, Heath. Im Augenblick müssen wir all unsere Kräfte und unsere Zeit der Rettung der Farm widmen.«

Jimmy näherte sich ihnen mit dem Ochsenziemer in der Hand. »Bringen wir die Herde noch immer nach Maryborough, Boss?«

»Ja, Jimmy. Morgen früh geht es los.«

»Und was ist mit Mr. Reinhart?« fragte Keegan. »Wer kümmert sich inzwischen um ihn?«

»Miss Grayson und Wade Dalton.«

Die Jungen blickten einander verständnislos an.

»Gibt ein Problem, Boss«, unterbrach Jimmy.

Galen warf ihm einen Blick zu, und die Schweißperlen liefen ihm die sonnenverbrannten Schläfen herab. »Worum geht's, Jimmy?«

»Stammesleute gehen auf Wanderschaft. Jack sucht nach ihnen. Wenn er kann finden, bringen zurück.«

Galen seufzte, ganz und gar nicht überrascht, aber zutiefst enttäuscht. Den Zeitpunkt hätten sie nicht schlechter wählen können. Damit fehlten ihm plötzlich fünf Männer. Ihm kam in den Sinn, was Nola gesagt hatte. So weit war er nun gekommen im Kampf um die Farm. Jetzt durfte er nicht mehr aufgeben. »Das wird Jack wohl kaum gelingen, Jimmy.« Er wandte sich seinen Söhnen zu. »Sieht aus, als wenn ihr beiden Grünschnäbel euch auf euren ersten großen Rindertreck vorbereiten solltet.«

Keegan und Heath grinsten einander verschwörerisch an.

Wie aufgeregt sie waren, war Galen nicht entgangen. Sie hatten keine Ahnung, was es bedeutete, eine Herde Hunderte von Kilometern weit zu treiben. Und diese Tour würde besonders hart werden, weil sie nur so wenige Arbeitskräfte hatten. Vom ersten Sonnenstrahl bis zum Einbruch der Dunkelheit würden sie im Sattel sitzen und den erstickenden Staub einatmen. Sie würden schweißgebadet sein, belästigt von Fliegen, und abends zu wundgeritten, um sich noch ans Lagerfeuer zu setzen. Wenn er sie nicht so dringend brauchen würde, hätte es sich Galen dreimal überlegt, sie mitzunehmen, besonders Keegan.

Galen wandte sich um und begutachtete die Herde. Es würde an ein Wunder grenzen, wenn sie es überhaupt bis Maryborough schafften. Und sollten sie tatsächlich bis dorthin kommen, konnte es noch immer sein, daß alles umsonst war! Würden die Janus-Brüder am Ende doch alles gewinnen?

An diesem Abend saßen Hank, Nola und Wade in Langfords Haus beisammen, und Hank berichtete, daß die Aborigines auf Wanderschaft gegangen waren. Offenbar war Jack kurz nach Galen bei der Herde eingetroffen und hatte bestätigt, daß der ganze Stamm nach Norden aufgebrochen war. Ein Glück, daß sie die zugerittenen Wildpferde nicht mitgenommen hatten. Auf diese Weise hatten sie unterwegs wenigstens Ersatzreittiere. Doch selbst so war Galen nicht sicher, ob die Anzahl der Männer ausreichte, eine Rinderherde über eine so weite Strecke zu treiben. Nola konnte es ihm nachfühlen. Sie fragte sich, ob Orval Hyde sich wirklich nach Treibern erkundigt hatte, die auf Arbeitssuche waren, und flehte innerlich, daß ihm Erfolg beschieden war.

Als Nola an diesem Nachmittag aus dem Wana-Mara-Lager zur Hütte zurückgekehrt war, traf sie Wade beinahe außer sich vor Besorgnis. Sie erzählte daraufhin, wo sie gewesen und was passiert war. Die beiden Aborigines-Mädchen und das Baby, das Kind und das Hundejunge hatte sie im Schulhaus untergebracht und hatte versucht ihnen verständlich zu machen, möglichst dort zu bleiben, und daß sie hier vollkommen sicher seien. Das war nicht einfach gewesen, weil sie zu glauben schienen, daß sie nur außer Gefahr waren, wenn sie selbst sich bei ihnen aufhielt.

Als Nola ins Haupthaus zurückkam, erfuhr sie, daß Langford das Bewußtsein wiedererlangt hatte. Sie eilte nach oben und traf Galen, der eben aus seinem Zimmer kam und die Tür leise hinter sich schloß. Eigentlich erwartete sie, ihn aufatmen zu sehen, doch ganz im Gegenteil, er wirkte erst recht beunruhigt,

»Wie geht es Langford?« flüsterte sie.

Galen konnte sie kaum anschauen. »Er ist sehr müde, und sein Bein macht ihm sehr zu schaffen.«

Nola sah ihm direkt in die Augen. »Sie verschweigen mir doch etwas. Ich möchte nicht, daß Sie mir die Wahrheit vorenthalten. Auch wenn Sie mir keine Schuld geben an Langfords Unfall, fühle ich mich doch verantwortlich.«

»Daß er die Treppe hinunterstürzte, war ebenso wenig Ihre Schuld, wie er verschuldet hat, daß seine Frau starb. Das schlechte Gewissen hat ihn in all den letzten Jahren geplagt, und Sie wissen ja, daß es ihm keineswegs gutgetan hat.« Er hielt inne und starrte zu Boden. »Schuldgefühle können einem das ganze Leben zerstören. Langford und ich sind die besten Beispiele dafür.« Nola hoffte insgeheim, daß Galen sich endlich einen Ruck geben und von seiner Frau erzählen würde. Doch statt dessen wechselte er das Thema.

»Langford meint, er sieht nur noch verschwommen.«

»Das war zu erwarten. In ein paar Tagen wird es sich bestimmt bessern.«

»Glauben Sie wirklich? Er spricht auch so undeutlich. Könnte es nicht sein, daß er einen Schlaganfall erlitten hat?«

Nola schüttelte den Kopf.

Galen fuhr sich mit den langen, braungebrannten Fingern durch das dichte, dunkle Haar. »Allmächtiger, ich hoffe, daß es keine bleibenden Schäden sind.«

Nola streckte die Hand aus und legte sie vorsichtig auf seinen braungebrannten, muskulösen Arm. »Gewiß nicht. Er war schon vorher nicht gesund, und der Sturz hat ihm heftig zugesetzt. In ein paar Tagen wissen wir mehr. Machen Sie sich bitte keine Sorgen, während Sie unterwegs sind. Sie haben mein Wort, daß ich mich mit aller Kraft um ihn kümmern werde.«

Galen nickte. Er zweifelte nicht, daß sie sich liebevoll um den alten Mann kümmern würde – wenn der es bloß zuließ! – »Wir haben keine schmerzstillenden Medikamente im Haus. Vielleicht können Jack oder Jimmy etwas besorgen.«

»Das wird nicht nötig sein.« Nola langte in die Taschen ihrer Hosen und holte die Kräuter hervor, die sie von den Aborigines bekommen hatte.

»Woher haben Sie das?« fragte Galen stirnrunzelnd.

Nola erzählte ihm alles von Anfang an. Er lauschte geduldig, aber sie konnte seinem Gesichtsausdruck entnehmen, wie verblüfft er darüber war, daß sie sich draußen beim Stamm aufgehalten hatte, und noch mehr wunderte es ihn, daß ihr erlaubt worden war, bei einer Geburt zu helfen. Wie er allerdings ihre nächste ›Überraschung‹ aufnehmen würde, wußte sie nicht. »Als ich sah, wie gut der Trank der armen Frau während der Geburt geholfen hat, habe ich darum gebeten, etwas davon für Wade und Langford mitnehmen zu dürfen.«

Galen musterte sie schweigend. »Das war sehr weitsichtig von Ihnen«, entgegnete er leise, musterte sie aber weiterhin, bis sie sich unbehaglich zu fühlen begann.

»Stimmt etwas nicht?« fragte sie, als sie seinen Blick nicht länger ertragen konnte.

»Das müssen Sie mir sagen, Miss Grayson!« Er beobachtete, wie sie ihm auswich. »Gibt es noch etwas, das Sie mir vielleicht mitteilen wollen?«

Jetzt war Nola an der Reihe, die Augen niederzuschlagen. Konnte dieser Mensch denn Gedanken lesen? fragte sie sich ärgerlich. »Um die Wahrheit zu sagen ...« Sie blickte auf und wäre unter dem kühlen, forschenden Blick seiner grünen Augen am liebsten im Boden versunken. Sie holte tief Luft, um sich zu beruhigen, und straffte die Schultern. Was hatte sie sich schon vorzuwerfen? Für das, was sie getan hatte, brauchte sie sich nicht zu schämen, und sie war entschlossen, für ihre Grundsätze einzutreten. »Würden Sie bitte nachher noch einmal zum Schulgebäude kommen, wenn Sie Langford den Kräutertrank gegeben haben.«

Er nickte.

Hocherhobenen Hauptes stieg Nola die Treppe hinunter.

Galen blickte ihr lange nach. Er hatte ihr direkt angemerkt, daß sie ihm etwas verschwieg – und fragte sich, was sie im Schilde führte, das es zu verheimlichen galt.

Im Schulhaus fand Nola Shannon, die mit dem Mädchen und dem Welpen spielte. Das Herz ging ihr auf, als sie Shannon wieder lachen hörte, während das Hündchen bellend um die Kinder herumhüpfte.

Gerade wollte sie sich um die junge Mutter kümmern, als Galen zur Tür hereinkam. Nola erstarrte, als er schockiert die Brauen hob. Die Kinder waren so sehr in ihr Spiel vertieft, daß sie seine Anwesenheit gar nicht bemerkten. Nola selbst hielt den Atem an und wartete auf den unvermeidlichen Wutausbruch. Überrascht und erleichtert bemerkte sie, wie sich ein Lächeln auf seine Lippen stahl, als er seiner Tochter beim Herumtollen zuschaute.

Doch dann wandte sich Galen um und entdeckte die beiden Frauen. Seine Miene verdüsterte sich. »Was geht hier vor, Miss Grayson?«

Hastig berichtete Nola von den Ängsten des Stammes vor den Hexenkünsten und dem Fluch Deringas.

»Auch wenn ich ihren Glauben nicht teile«, setzte sie hinzu, »war nicht zu übersehen, daß sie echte Panik, Furcht und Verfolgungsängste empfinden ...«

»Miss Grayson«, unterbrach Galen, der seinen Zorn nur mühsam beherrschte, »ich lebe lange genug hier draußen, um zu wissen, daß man den Glauben der Aborigines nicht auf die leichte Schulter nehmen darf.«

»Dann verstehen Sie auch, weshalb ich guten Gewissens nicht anders handeln konnte ...?«

»Das habe ich nicht gesagt«, versetzte er stirnrunzelnd.

»Ich hatte doch keine Wahl!« beteuerte Nola gekränkt. »Was hätte ich denn tun sollen?«

»Wenigstens hätten Sie mich vorher fragen können. Vielleicht wäre mir eine bessere Lösung eingefallen.«

Nola hob den Blick und betrachtete ihn. Offenbar hatte es keinen Zweck, mit ihm herumzustreiten. Sie mußte wohl oder übel eine andere Taktik probieren. »Vielleicht haben Sie recht«, gab sie unbekümmert zurück.

So sind die Frauen nun mal, dachte Galen. Wenn ich es am wenigsten erwarte, geben sie nach.

Seinem stechenden Blick ausweichend, wandte sich Nola Shannon zu und lächelte. »Ist doch schön, daß Ihre Tochter so glücklich ist, oder?«

Galen merkte sehr wohl, was Nola vorhatte, aber auch er blickte zu Shannon hinüber. Als er sich wieder Nola zuwandte, war sein Gesichtsausdruck milder geworden.

»Ich möchte annehmen, daß der Stamm und unsere neuen Mitarbeiter nicht zuletzt wegen Dcringa und ihrer Angst vor seinem Fluch auf Wanderschaft gehen«, erklärte sie.

»Ganz sicher hat ihr Aufbruch auch mit ihrem Aberglauben zu tun«, versetzte er. »Und sie werden nicht wiederkommen, bis sie sich sicher fühlen. Darauf können wir aber nicht warten. Wir müssen das Vieh weiter zusammentreiben, wenn wir auch nur die geringste Chance haben wollen, die Farm zu retten.« Er seufzte schwermütig. »Wenn Langford herausfindet, daß sich Frauen und Kinder der Aborigines auf seiner Farm aufhalten, wird hier die Hölle los sein. Früher oder später ist es soweit. Sie werden das nicht allzu lange geheimhalten können.«

»Es tut mir aufrichtig leid. Ich laste Ihnen anscheinend nur noch mehr auf, als wäre Ihre Bürde nicht schon schwer genug. Aber ich fühle, daß dies arme Mädchen meine Hilfe benötigt, und die kann ich ihr nicht verweigern, nach allem, was sie durchgemacht hat. Selbst wenn ich nicht an Dämonen glaube, bin ich mir der Wirkung ihres Aberglaubens bewußt, der großen Einfluß auf sie hat. Ich will versuchen, Langford alles zu erklären. Irgendwie überzeuge ich ihn schon. Die Kinder werden niemanden stören, das verspreche ich. Die beiden Frauen können mir sogar zur Hand gehen.«

Galen schüttelte den Kopf. Er glaubte nicht, daß sich der alte Mann darauf einlassen würde. »Wie heißen sie überhaupt?«

»Weiß ich noch gar nicht. Selbst wenn ich es wüßte, könnte ich ihren Namen wahrscheinlich gar nicht aussprechen.«

»Die Leute auf anderen Gütern geben den Aborigines, die bei ihnen leben, englische Namen. Denen scheint das vollkommen egal zu sein.«

»Das stimmt auch wieder. Jack erklärte mir, sein Stammesname sei Jardijardi.« Nola wandte sich den Mädchen zu. »Ich denke, die Frauen werde ich Lizzie und Mary nennen. Und das kleine Mädchen kann Minnie heißen.«

»Ihr Name ist Tilly, Miss Grayson«, widersprach Shannon.

Nola blickte Galen aus großen Augen an.

»Woher weißt du denn das, Shannon?« fragte Galen seine Tochter.

»Sie hat's mir gesagt, Papa«, gab Shannon zurück.
Galen drehte sich zu Nola um. »Ob das wohl stimmt? Was meinen Sie?« flüsterte er.
»Keine Ahnung. Aber Tilly ist als Name so gut wie jeder andere. Ich werde Jack bitten, die Frau zu fragen, ob sie gegen die von mir gewählten Namen etwas einzuwenden hat.«
»Und wie nennen wir den Hund, Miss Grayson?« fragte Shannon.
Nola überlegte einen Augenblick. »Seine Farbe erinnert mich an Sand. Wie wär's mit Sandy?«
»Das gefällt mir«, lächelte Shannon.
Galen grinste ihr verschwörerisch zu. »Und was ist mit dem Baby?«
»Warten wir ab, wie Mary ihre Tochter nennen will.«
»Gebt dem alten Mann ein wenig Zeit, bevor er von ›Lizzie‹ und ›Mary‹ erfährt.«
Nola hielt ihre Chancen allerdings für besser, solange Langfords Widerstandskraft noch nicht wiederhergestellt war, aber das behielt sie lieber für sich.
Galen sah zu der jungen Mutter und dem Baby, das geräuschvoll an ihrer Brust nuckelte, und drehte sich befangen zur Seite. »Sind Sie sicher, daß Sie mit Langford, Wade *und* den Frauen und Kindern zurechtkommen?«
Nola nickte und mußte lachen. »Wenn Sie wüßten! Einige der Kinder, um die ich mich habe kümmern müssen, hätten den Teufel das Fürchten gelehrt.« Sie lächelte ihm freundlich zu. »Wenigstens haben Shannon und ich auf diese Weise ein bißchen Gesellschaft, wenn ihr unterwegs seid.«
Galen sah, wie seine Tochter mit ihren neuen Spielkameraden auf dem Boden herumtollte.

Ihre Augen strahlten, als sie zu ihm aufschaute. »Schau, Papa. Das Hündchen mag mich!«

Galen nickte. »Es scheint, deine neue Freundin kann dich auch gut leiden.« Es war Ironie des Schicksals, daß diese Kind ausgerechnet ein Mädchen war. Endlich hatte Shannon ein anderes kleines Mädchen gefunden, mit dem sie spielen konnte. Tilly lag gerade bei Shannon auf dem Schoß und kicherte ungehemmt, ein Lachen, das selbst er ansteckend fand.

»Ich mag sie auch, Papa. Noch nie hatte ich eine richtige Freundin. Es ist so schön!« Sie glühte förmlich vor Begeisterung. »Danke, daß Sie mir eine Freundin mitgebracht haben, Miss Grayson!«

Nola stiegen Freudentränen in die Augen, und sie wandte sich ab, um ihre Rührung zu verbergen. Galen beobachtete sie. In diesem Moment erkannte er, daß sie mehr für ihre Kinder empfand als jeder Lehrer, dem er sie sonst anvertraut hätte. Ihre liebevolle Art, ihre Großzügigkeit machten ihm deutlich, daß er sicherlich von Glück sagen konnte, sie hier zu haben.

Weil er fürchtete, Nola könne seine Gedanken lesen, wandte er sich den Lubras zu. »Ich nehme mal an, wir müssen ein paar Lebensmittel für sie zusammensuchen«, bemerkte er.

»Ich werde ein paar von den Konserven aufmachen, die ich im Laden gekauft habe. Übrigens habe ich Orval gefragt, ob er sich nicht nach Viehtreibern umhören kann, die zufällig vorbeikommen und nach Arbeit suchen.«

»Da wird er wohl kaum Erfolg haben. Nachdem die Dürre schon so lange anhält, kommen nicht viele Wanderarbeiter in diese Gegend. Sie wissen, daß es hier nicht viel zu holen gibt, weil die Farmer selbst von der Hand in den Mund leben.«

»Er meinte, in letzter Zeit seien häufiger Fremde in die Stadt gekommen.«

Galen hob überrascht die Brauen. »Der Himmel weiß, daß ich jede Hilfe brauche, aber fest damit rechnen können wir nicht.«

Nola dachte an die Viehtreiber, die ihn im Stich gelassen hatten. Er hatte geahnt, daß es so kommen würde, aber sie hatte ihn überredet, wertvolle Zeit mit dem Zureiten der Wildpferde und mit Reitstunden für die Aborigines zu verschwenden. Typisch für sie – wieder einmal war sie impulsiv ihren Ideen gefolgt und hatte sich und auch Galen, trotz seiner Vorbehalte, davon überzeugt, es sei eine gute Idee. Die Kosten könnten katastrophale Ausmaße annehmen. Wie gern hätte sie ihm etwas von seiner Last abgenommen, wäre ihm von Nutzen gewesen, aber sie war anscheinend dazu verurteilt, das Gegenteil zu tun. Nie hatte sie sich mehr als ignorante Außenseiterin gefühlt als jetzt.

Galen beugte sich über Shannon und redete leise mit ihr, als Nola einen Schritt vortrat, um sich bei ihm zu entschuldigen. Immer schon war es ihr schwergefallen, einen Fehler einzugestehen. Es war ihr inzwischen so wichtig geworden, was Galen Hartford von ihr hielt – ihm jetzt zu sagen, daß es ihr leid tue, kostete sie einige Überwindung. »Galen, ich muß Ihnen etwas sagen ...« begann sie. Die Kinder lachten, und das Hündchen bellte wieder, so daß er sie nicht verstehen konnte. Er hatte so vieles andere zu bedenken. War es ein Wunder, daß ihn alles andere mehr interessierte? Noch bevor sie aussprechen konnte, wie leid es ihr tat, war er gegangen.

In Langfords Küche machte Nola Corned Beef warm und kochte Gemüse. Der Herd war zwar nicht so widerspenstig wie der in der Hütte, aber er bedurfte dringend der Reinigung. Ganz offensichtlich hatte Langford versucht, für sich zu kochen, das Essen verschüttet und anbrennen lassen. Wie im übrigen Teil des Hauses fehlte auch in der Küche die Hand einer Frau.

Als Nola ein wenig Essen zum Schulhaus brachte, stellte sie fest, daß die junge Frau selbst ein paar Lebensmittel mitgebracht hatte, doch um sie nicht zu kränken, akzeptierten die Aborigines das, was sie ihnen anbot. Sie merkte, daß Lizzie und Mary glaubten, Shannon wäre ihr Kind, und während sie bei ihnen war, fühlten sie sich vor dem Fluch Deringas geschützt. Alles klappte vorzüglich, bis Shannon sich weigerte, sich auch nur eine Minute von ihrer neuen Freundin Tilly zu trennen.

Nach der Mahlzeit, die alle zu genießen schienen, fing Galen an, mit Hilfe von Hank die Möbel umzuräumen, die in den Zimmern im Obergeschoß gelagert waren. Anfangs hatte Galen gezögert, irgendwelche Veränderungen im Haus des alten Mannes vorzunehmen.

»So, wie das Haus jetzt ist, können die Kinder hier nicht wohnen«, beharrte Nola. »Und Sie auch nicht.«

»Im Schlafsaal ist Platz genug für uns«, wandte Galen ein.

»Da bin ich mir sicher. Aber dieses riesige Haus steht leer. Sie haben doch mit Sicherheit bemerkt, daß eines der größten Probleme von Langford seine Einsamkeit ist.«

»Aber ich komme mir dabei vor, als würde ich es ausnutzen, daß er krank ist.«

Nola wollte das nicht wahrhaben. »Er weiß doch von

dem Feuer. Hat er diesbezüglich etwas zu Ihnen gesagt?«

Galen nickte. »Er hat mich aufgefordert, ins Haupthaus zu ziehen, aber ich bin nicht sicher, ob es ihm recht ist, wenn wir die Möbel umräumen.«

Nola war entschlossen, dafür zu sorgen, daß Langford wieder gesund wurde, sowohl körperlich wie geistig. Das hieß aber auch, daß er wieder ein normales Leben führen mußte.

»Er kann doch nicht verlangen, daß Sie und die Kinder auf dem Boden schlafen oder gar dort essen. Wenn das Haus wieder belebt ist und er sieht, daß die Kinder glücklich sind, wird es auch zu seinem Wohlbefinden beitragen.«

Galen schien immer noch unsicher. Nola wollte die Entscheidung ihm überlassen; sie hatte ihn schon oft genug falsch beraten.

»Gewiß, es kann nicht so weitergehen wie in den vergangenen zehn Jahren«, überlegte Galen. »Wenn wir die Farm verlieren, wird er sowieso umziehen müssen. Und wenn nicht, muß Langford einen Neuanfang machen.« Plötzlich erschien auf seiner Stirn eine Falte. »Was ist denn mit Ihnen? Mit all Ihren Gästen im Schulhaus ist dort auch kein Platz mehr für Sie.«

»Stimmt auch wieder. Daran habe ich noch gar nicht gedacht.«

»Sie könnten mit Shannon in einem Zimmer wohnen. Ihr würde das gefallen, und es wäre tröstlich für sie, während wir mit den Rindern unterwegs sind. Außerdem wären Sie näher bei Langford, falls er Ihre Hilfe braucht.«

»Das stimmt. Wenn ich bei Shannon bleibe, werden

ihre Ängste abgebaut, und ich bin näher bei Langford, vor allem nachts.«

»Das wäre also beschlossene Sache. Ziehen wir alle zusammen.« Plötzlich lächelte er zu Nolas Überraschung. »Sieht aus, als müßten wir uns alle ein wenig arrangieren«, setzte er hinzu.

Der Salon wurde eingerichtet, und sie schleppten mehrere Möbelstücke die Treppe hinunter. Einige waren ausgesprochen geschmackvoll, wie Nola entzückt feststellte. Galen gab ihr zu verstehen, daß Langford die meisten Möbel selbst gezimmert hatte. Mit ihren Einkäufen hatte Nola auch Möbelpolitur kommen lassen, für die sie jetzt gute Verwendung hatte. Zusätzliche Betten und Stühle wurden von der Hütte herübergeschafft, wieder hergerichtet und in die Zimmer gestellt. Sie hatten alle Hände voll zu tun und merkten gar nicht, wie rasch die Nacht hereinbrach. Sobald die Lampen hell brannten und die Möbel im Kerzenlicht schimmerten, sah Langfords Villa zum ersten Mal seit langer Zeit wieder wie ein richtiges Zuhause aus.

Nachdem er sich vergewissert hatte, daß Langford ungestört schlief, kam Galen die Treppe herunter und gesellte sich zu den anderen, die bei einer Tasse Tee am Küchentisch saßen. Nola war in das Tagebuch vertieft, das Sheridan Reinhart auf seiner Entdeckungsreise im Inneren des australischen Kontinents geführt hatte, und diskutierte mit Hank über die Fotoaufnahmen. Als Galen hereinkam, fragte sie ihn nach den Anfängen der Reinhart-Farm und nach dem Schicksal von Sheridan Reinhart.

Galen schenkte sich einen Tee ein und begann zu erzählen. »Sheridan und seine Frau starben ein paar Jahre, nachdem sie an Tuberkulose erkrankt waren. Ich glaube, damals lebten sie in Victoria. Die Reinhart-Farm war Langfords Lebenswerk, nicht das seines Vaters.«

»Es muß nicht leicht gewesen sein damals, die Farm zu gründen, das Anwesen aufzubauen und mit der Rinderzucht zu beginnen«, bemerkte Nola voller Respekt.

»Als ich herkam, lebten Langford und Ellen noch im Schulgebäude, aber das Haupthaus war schon fast fertig. Langford war von morgens bis abends auf der Weide und arbeitete nachts an diesem Haus. Er war entschlossen, seinen Traum zu verwirklichen, wie er es sich vorgenommen hatte, und steckte seine ganze Arbeitskraft hinein. Die Zeit von damals gehört zu meinen schönsten Erinnerungen. Langford war damals so voller Vitalität, so fest davon überzeugt, die Reinhart-Farm würde eines Tages ein blühendes Anwesen sein.« Während Galen sprach, leuchteten seine Augen vor Begeisterung. »Heute möchte man es kaum noch glauben, aber was sich ihm auch in den Weg stellte, Langford war immer zuversichtlich. Und damals gab es eine Menge Hindernisse zu überwinden. Sein steter Optimismus feuerte auch mich an. Er hat mein Leben völlig verändert, nachdem ich meine Eltern und unsere kleine Farm verloren hatte.«

»Er hatte ja auch eine gute Frau an seiner Seite«, murrte Wade. »Ich gehe besser mal nach draußen und kümmere mich um die Pferde.« Damit stand er auf, verließ die Küche und behielt seine eigenen Erinnerungen für sich.

Langford hatte oft von seiner eigenen Kindheit in Wales gesprochen, wie Galen erzählte. Über viele Generationen waren die Reinharts Bergarbeiter in den Kohlezechen von Aberfan gewesen. Nachdem er seinen ältesten Sohn bei einem Grubenunglück verloren hatte, beschloß Sheridan Reinhart, daß Langford nie unter Tage arbeiten sollte. In Langfords vierzehntem Lebensjahr wanderten sie nach Australien aus. Das weite, unerschlossene Gebiet war voller Geheimnisse und verlockte Sheridan, es mit seiner Familie zu erkunden.

Sie durchquerten Australien auf einem Kameltreck, und Sheridan hielt seine Erlebnisse im Tagebuch fest. Als er sich schließlich in der Bergarbeiterstadt Bendigo niederließ und eine Zeitung gründete, wollte Langford seinen eigenen Traum verwirklichen, erwarb das Land und begann mit der Rinderzucht. Sheridan gab ihm einen wertvollen Rat mit auf den Weg: »Immer von den Besten lernen.«

Um die nötigen Erfahrungen zu sammeln, begab er sich auf eine Rundreise zu den größten und ertragreichsten Rinderfarmen im Land. Dabei lernte er Ellen Janus in den Darling Downs kennen und verliebte sich auf der Stelle in sie. Seine Leidenschaft und Entschlossenheit wirkten ansteckend, und sie ließ sich von seinem brennenden Ehrgeiz mitreißen. Wie schon sein Vater, besaß Langford auch die nötige Courage, um sein Lebensziel in die Tat umzusetzen. Mit seiner geliebten Ellen brach er schließlich in den Gulf Country auf.

»Langford Charles Aloysius Reinhart ließ sich 1886 hier nieder«, berichtete Galen. »Er nahm sich vor, eine der stattlichsten Rinderfarmen in ganz Queensland zu gründen. Und eine Zeitlang ist es ihm auch gelungen. Ich war noch ein Junge von fünfzehn Jahren, als er mich unter seine Fittiche nahm. Er hat mir alles beigebracht, was man wissen muß, um auf diesem Land Rinder zu züchten. Was ich von ihm gelernt habe, kann ich jetzt an meine Söhne weitergeben. Ich kann nicht sagen, wann genau es passierte, aber irgendwann in diesen Jahren wurde Langfords Traum auch meiner. Und als Langford Ellen verlor und damit sein Lebensglück, schwor ich, alles in meinen Kräften Stehende beizutragen, daß es weitergeht. Ich bete täglich darum, daß es nicht vergebens war.«

In diesem Augenblick trat Wade wieder in die Küche und war ungewöhnlich blaß. »Mit den Pferden ist alles in Ordnung«, murmelte er.

»Um Himmels willen, was ist los, Wade?« rief Hank. »Du siehst ja aus, als hättest du ein Gespenst gesehen.«

Nola und Galen blickten einander an und mußten sich das Lachen verbeißen.

Wade mißdeutete ihre Geste. »Ich schwöre, daß ich nichts getrunken habe, Lady! Aber mir war, als sähe ich das Gesicht einer schwarzen Frau am Fenster im Schulhaus ...«

Jetzt brach Nola in helles Gelächter aus.

Wade runzelte verwirrt die Stirn, ebenso Hank und die Jungen.

»Ich hätte es dir früher sagen sollen, Wade. Miss Grayson hat Gäste bei sich«, stellte Galen klar. »Zwei weibliche Aborigines, ein kleines Kind, seit neuestem Shannons beste Freundin, ein neugeborenes Baby und einen Hund.« Er warf Nola einen Blick zu. »Habe ich jemanden vergessen?«

»Nein«, lächelte Nola zurück. »Ich glaube, Sie haben alle erwähnt.«

Die Jungen blickten einander an, dann sprangen sie auf und rannten aus der Küche. Lachend schüttelte Galen den Kopf. »Wenn wir mit dem Auftrieb fertig sind, haben Sie vermutlich schon eine Pension gegründet, mit Ferien auf dem Land!«

»Wenn es etwas einbringt, würde ich es mir überlegen!« versetzte sie.

Galen seufzte. »Ich hoffe, wir kriegen das Vieh zusammen und lebend auf die Märkte – damit wir genug verdienen, um die Farm zu retten.«

Stirnrunzelnd schaute Nola in ihre Teetasse.

Hank vermutete, daß sie über etwas nachgrübelte, und wenig später zeigte sich, daß er recht gehabt hatte.

Sie blickte auf und setzte zweimal an, bevor es aus ihr herausbrach: »Sie haben recht behalten!«

Er wirkte überrascht. »Inwiefern?«

»Wegen der Aborigines. Daß sie auf Wanderschaft gehen, wenn es ihnen paßt«, stieß sie hervor. »Ich war wohl allzu optimistisch zu glauben, daß sie sich als nützlich erweisen würden. Besser, wenn ich auf Sie gehört hätte. Wieder mal haben Sie recht behalten.«

Zu ihrer Überraschung zwinkerte ihr Galen belustigt zu.

»Die Aborigines waren uns sehr nützlich beim Auftrieb«, widersprach er, »und auch beim Ritt nach Flinders River. Dafür bin ich Ihnen sehr dankbar, Miss Grayson.«

»Darf ich fragen, was daran so amüsant ist?«

»Daß ich nie geglaubt hätte, so etwas aus Ihrem Mund zu hören!«

»Was zu hören?«

»Daß ich recht hatte!«

Sie merkte, daß er sie neckte, und lächelte. »Aber erwarten Sie das nicht allzu oft von mir.«

Galen lachte. Doch kurz darauf wurde er wieder ernst. Er musterte Wade eindringlich, und der ältere Mann wußte auch ohne viele Worte, was in ihm vorging.

»Sie können auf mich rechnen, Galen. Ich weiß, was ich zu tun habe, falls wir unliebsamen Besuch bekommen.«

Galen nickte und klopfte Wade leicht auf die Schulter. »Ich weiß das zu schätzen, Wade. Der alte Mann wird eine Zeitlang nicht bei Kräften sein.«

»Und wenn er es ist, werde ich das Weite suchen müssen.«

Als Nola im Schulgebäude nach dem Rechten sah, weigerte sich Shannon, im Haupthaus zu übernachten. Sie wollte bei Tilly und den Stammesfrauen bleiben, und natürlich in der Nähe des Hündchens. Nola hätte nichts einzuwenden gehabt, wäre sie sich wirklich absolut sicher gewesen, daß von ›dubi Deringa‹ keine Gefahr mehr drohte. Sie wollte Shannon nicht unnötig enttäuschen, aber ihr war es lieber, in Langfords Nähe zu bleiben, falls er nachts wach wurde und sie brauchte. Als sie darüber nachdachte, was zu tun war, tauchte Galen an der Tür auf.

»Habt ihr euch auch gut eingerichtet?« fragte er.

»Shannon möchte heute nacht hier schlafen«, gab Nola zur Antwort. »Ich würde mit ihr hierbleiben, aber wer weiß, ob Langford diese Nacht durchschläft!«

Während sie noch überlegten, trugen die Frauen Decken und Kissen nach draußen. Nach längerer Diskussion in ihrer Stammessprache errichteten sie ihr Nachtlager an der Wand des Schlafsaals.

»Ich habe sowieso nicht geglaubt, daß sie im Haus schlafen würden«, bemerkte Galen.

»Das hätte ich mir denken können«, erwiderte Nola. »Jetzt ist in meinem Schlafzimmer wieder jede Menge Platz.«

»Heute nacht kümmere ich mich um Langford. Dann können Sie hierbleiben.«

»Danke. Für morgen nacht überlege ich mir was anderes.«

Am anderen Morgen ritten Galen und Hank noch vor dem ersten Sonnenstrahl ins Viehcamp hinaus. Galen hatte für Langford das Frühstück bereitet, ein gekochtes Ei, und ihm erklärt, daß sich Nola während seiner Abwesenheit um ihn kümmern würde. Offenbar hatte der alte Mann keine Einwände, jedenfalls sagte er kein Wort, so glaubte Galen, er würde seine Situation vielleicht akzeptieren. Doch von der Kräutermedizin wollte er nichts wissen.

»Hat er denn keine Schmerzen mehr?« erkundigte sich Nola, als sie es von Galen erfuhr.

»Ich bin sicher, daß er furchtbar leidet.«

»Und wieso macht er solche Schwierigkeiten?«

»Ich habe die Mixtur extra in eine Flasche aus der Küche gefüllt, aber der Alte läßt sich nicht so leicht hereinlegen. Er weiß, daß es Stammesmedizin ist.«

Mißbilligend schüttelte Nola den Kopf. Bei dieser Einstellung hat er es nicht besser verdient, dachte sie.

»Er kann ausgesprochen stur sein«, fuhr Galen fort. »Aber wenn ihn der Schmerz überwältigt, wird er zur Vernunft kommen. Das hoffe ich auch um Ihretwillen. Ich liebe den alten Mann wie einen Vater, aber seit er sich in seine Einsiedelei verkriecht, geht er mir manchmal ganz schön auf die Nerven.« Er seufzte trübsinnig. »Es ist so schade um ihn.«

Nola ahnte, daß ihr noch allerhand Ärger mit Langford bevorstand, aber sie richtete sich innerlich darauf ein. »Kommen Sie heute abend ins Gutshaus zurück?«

»Ich glaube kaum. Die nächsten Tage werden ganz schön hart. Wir müssen mit dem ganzen Camp ein paarmal umziehen. Unsere Nachbarn von der Hall's-Gap-Farm, die MacDonalds, sind ebenfalls mit dem Auftrieb beschäftigt. Wir treffen uns, um ihr Vieh von unserem zu trennen. Und dann müssen diejenigen, die noch kein Brandzeichen haben, gekennzeichnet werden.«

Nola brühte einen Tee auf und brachte ihn Langford aufs Zimmer.

»Guten Morgen!« grüßte sie heiter.

Langford ignorierte sie.

»Wie geht es Ihnen heute morgen?«

»Ist dieser Kerl noch immer da?«

Statt einer Antwort klopfte Nola die Bettlaken glatt.

»Raus mit der Sprache, Mädchen!«

Nola verschränkte die Ellbogen und musterte ihn eindringlich. Daß Langford Beschwerden hatte, war nicht zu übersehen. Er krümmte sich, sobald er auch nur einen Finger rührte. »Wade hat sich die Schulter ausgerenkt, um Ihnen das Leben zu retten. Er leidet ebenso große Schmerzen wie Sie, aber wenigstens ist er vernünftig genug, seine Kräutermedizin zu nehmen!«

»Erwarten Sie bloß nicht, daß ich ihm auch noch dankbar bin. Ich will ihn auf der Farm nicht mehr sehen. Sorgen Sie dafür, daß er binnen einer Stunde verschwunden ist und nie mehr wiederkommt. Und bringen Sie mir einen Schnaps. Ich habe mein eigenes Hausmittel gegen Schmerzen.«

»Wir haben keinen Schnaps, und wenn wir welchen hätten, würden Sie von mir keinen bekommen. Ich weiß – dies ist Ihre Farm, und ich bin nur eine Angestellte, und das bedeutet, ich soll tun, was Sie mir auftragen ...«

»Genau so ist es. Aber Gehorsam ist nicht gerade Ihre starke Seite, wie, Miss Grayson? Ich sollte Sie vielleicht auch besser Ihre Sachen packen lassen!«

Nola runzelte die Stirn; es fiel ihr schwer, ruhig Blut zu bewahren. »Wenn ich auch nur einen Funken Verstand hätte, säße ich längst in der Postkutsche nach Maryborough. Ich muß verrückt gewesen sein, als ich angeboten habe, Sie zu pflegen, damit Galen entlastet wird und Ihre Farm retten kann. Er hat schon mehr auf sich genommen, als ein Mann allein bewältigen kann, und nur ihm zuliebe werde ich meinen Teil dazu beitragen.«

Der Alte preßte die Lippen zu einem dünnen Strich zusammen.

»Ich erwarte keine Dankbarkeit. Wade auch nicht. Aber er bleibt, und Sie finden sich besser damit ab. Ich brauche ihn, und Galen hat er versprochen, daß er uns vor den Viehdieben schützt, falls sie wieder auftauchen.«

Schweigend starrte der Alte zur Tür.

»Heute früh hab' ich alle Hände voll zu tun. Brauchen Sie noch irgendwas?«

»Ich habe Ihnen schon gesagt, was ich will, und jetzt verlassen Sie schleunigst mein Zimmer!«

»Mit Vergnügen!« Sie schlug die Tür hinter sich zu und schwor sich, ihn für eine Weile schmoren zu lassen.

In der Küche traf sie Wade, der sich einen Tee einschenkte.

»Wie geht es Ihrer Schulter heute früh?« erkundigte sie sich.

»Solange ich die Medizin nehme, geht es einigermaßen. Und was macht Langford?«

»Immer noch so liebenswürdig wie sonst.« Nola holte eine Tasse für sich selbst aus dem Schrank.

»Sagt er, daß ich gehen soll?«

»Wenn er bei Kräften wäre, würde er uns beide rausschmeißen.« Plötzlich mußte Nola lachen, und ihr Groll verflog. »Er verlangt Schnaps gegen die Schmerzen im Bein, aber ich habe es ihm rundheraus verweigert. Man stelle sich vor, wie schwierig es mit ihm werden würde, wenn er auch noch betrunken ist!«

Wade nickte. »Ich kann mich nicht erinnern, daß er früher viel Alkohol getrunken hat.«

»Er wird so störrisch, wenn es um die Kräutermedizin geht, nur weil sie von den Aborigines kommt. Aber sobald der Schmerz unterträglich wird, ändert er seine Meinung mit Sicherheit.«

Als Nola zum Schulgebäude kam, hatten die Frauen bereits Hühnereier gesammelt und für sich und die Kinder, einschließlich Shannon, am Lagerfeuer gekocht. Sie staunte, wie gut sie sich zu helfen wußten. Mary war wieder auf den Beinen, und das Baby wirkte kräftig und munter. Inzwischen hatte Nola beschlossen, ins Haupthaus zu ziehen, und ihre neue ›Familie‹ würde wohl oder übel mitkommen müssen. Langford würde zwar der Schlag treffen, doch damit würde sie schon irgendwie fertig.

Nola machte sich an die Hausarbeit und kümmerte

sich um die Kinder. Es gelang ihr, Langford drei Stunden lang zu ignorieren, dann ging sie mit seinem Mittagessen hinauf in sein Zimmer. Er würdigte sie kaum eines Blickes. Während des Nachmittags schaute sie stündlich bei ihm herein, was sich schon bald als großer Fehler erwies. Immer fand er irgend etwas auszusetzen, und wenn nicht, stellte er unsinnige Forderungen. Aber als Nola bemerkte, daß der Flüssigkeitsspiegel in der Flasche mit dem Kräutertrunk allmählich sank, triumphierte sie insgeheim. Aber allmählich gingen ihr seine Undankbarkeit und Arroganz auf die Nerven.

Mal war das Brot, das sie ihm gab, zu hart, mal war die Suppe zu salzig. Er mochte nicht von ihr gewaschen werden. Er wollte nicht, daß sie bei ihm saubermachte und seine Sachen anrührte. Wenn sie nicht im Zimmer war, klopfte er mit seinem Krückstock auf den Boden, bis sie angerannt kam, dann verlangte er etwas zu trinken, oder daß sie sein Fenster öffnete oder schloß, oder ihm etwas vorlas. Sein Verband saß zu straff gewickelt, oder nicht straff genug. Erst wollte er, daß die Tür offen blieb, dann machte ihm Shannon zuviel Lärm. Hatte sie schon etwas von Galen gehört? Und wann würde er endlich zurückkommen?

Nola bemühte sich, geduldig zu bleiben, aber Langford brachte sie mehrmals an den Rand eines Wutausbruchs.

»Ist ein Hund hier im Haus?« wollte er wissen, als sie ihm das Abendbrot brachte. »Ich bin ganz sicher, daß ich einen Hund bellen hörte.«

Auf diese Frage hatte Nola schon längst gewartet. Daß er die Tür zum Flur offenstehen haben wollte, geschah doch nur, um zu kontrollieren, was im Haus vor sich ging. Und die Kinder zum Schweigen zu bringen, oder gar das Baby, war ein Ding der Unmöglichkeit.

Sie holte tief Luft und bereitete sich auf seinen Wutanfall vor. »Ja. Wir haben einen Welpen im Haus. Sein Name ist Sandy, und Shannon hat viel Spaß mit ihm.« Nola tat, als starrte sie aus dem Fenster; in Wirklichkeit sollte der alte Mann ihr die Nervosität nicht an den Augen ablesen. Angst hatte sie keine, aber einem Streit mit ihm ging sie lieber aus dem Weg. Schon um der Kinder willen wollte sie den Hausfrieden wahren.

»Wo kommt dieser Hund her?« fragte Langford unnachgiebig.

»Was macht das schon«, gab sie achselzuckend zurück.

Langford kniff die kalten, stahlblauen Augen zusammen. Sie spürte seinen kaum verhaltenen Zorn. »Ich verlange eine Antwort, Miss Grayson!«

Sie wandte sich um und ordnete die Bücher auf seinem Nachttisch. »Wenn Sie es unbedingt wissen müssen, Lizzie hat ihn mitgebracht. Offenbar war seine Mutter eine großartige Fängerin von Klapperschlangen ...« Nola musterte Langford aus den Augenwinkeln. Er hob verwundert die Brauen.

»Und wer ist Lizzie?« stieß er atemlos hervor.

»Sie kümmert sich um Mary und das Baby.« Wieder warf sie ihm einen verstohlenen Blick zu. Jetzt blieb ihm der Mund offen stehen.

»Wovon zum Teufel reden Sie da? Wer sind Lizzie und Mary?«

»Möchten Sie sie kennenlernen? Einen Augenblick, ich hole sie nach oben.« Mit ein paar Schritten war Nola an der Tür.

»Miss Grayson!« explodierte Langford und stieß sich das Knie am Bettpfosten.

Nola blieb einen Augenblick stehen. »Ich bringe sie nachher mit. Ruhen Sie ein wenig aus, ich muß erst Shannon zu Bett bringen.« Damit verließ sie das Zimmer und schloß die Tür hinter sich.

Eine Zeitlang blieb es still in Langfords Zimmer. Nola ahnte, daß er den Schreck erstmal verarbeiten mußte. Kaum war sie in der Küche, als er wie ein Verrückter mit dem Krückstock auf den Boden klopfte, aber sie beschloß, ihn diesmal zu ignorieren.

Sie hatte abwarten wollen, bis er sich soweit beruhigt hatte, um Vernunft anzunehmen, aber bis dahin würden sie wohl alle alt und grau geworden sein.

13

Nola brachte Shannon in einem der Doppelbetten unter; im Schlafzimmer, das im Obergeschoß nach vorn heraus lag. Da die Aborigines nicht unter einem Dach schlafen, ihr aber unbedingt so nahe wie möglich sein wollten, schuf sie ihnen ein Matratzenlager auf dem Balkon, wo die Sterne zu sehen waren und gelegentlich eine schwache Brise über die Steppe wehte. Anfangs fürchteten sich die Frauen vor der Höhe und waren erst nach einiger Überredung durch Shannon und Nola bereit, auf den Balkon hinauszutreten. Nachdem sie sich sicherer fühlten, lachten sie und hatten ihren Spaß dabei, sich für die Nacht einzurichten.

Leise an Langfords Tür klopfend, spähte sie hinein. Eine Öllampe brannte neben dem Bett, doch der alte Mann schien zu schlafen, was sie aufatmen ließ. Nola hatte keine Lust auf eine weitere Auseinandersetzung mit ihm. Auf Zehenspitzen schlich sie zum Fenster, das sie leise öffnete, damit die kühle Nachtluft ins stickige Zimmer wehen konnte. Als sie sich umdrehte, zuckte sie zusammen vor Schreck. Langford hatte sich aufgesetzt und beobachtete sie.

»Ich – ich wollte Sie nicht wecken«, stammelte sie atemlos.

»Wie kann ich schlafen, wenn ich nicht weiß, was in meinem eigenen Haus vor sich geht?«

Plötzlich schämte sich Nola ein wenig. Irgendwie hatte Langford recht, dachte sie. Schließlich gehörte das Haus wirklich ihm, und sie war tatsächlich bloß seine Angestellte, und da war es nicht fair, wenn er als Letzter erfuhr, was los war.

»Wenn Sie versprechen, die Ruhe zu bewahren, will ich alles erklären.«

»Ich habe keinerlei Veranlassung, Ihnen irgendwelche Versprechungen zu machen, Miss Grayson, also behandeln Sie mich bloß nicht wie einen Ihrer Schüler. Setzen Sie sich. Sie sind zu groß, um sich über meinem Bett zu erheben.«

Nola starrte ihn an und fragte sich, wie er wohl früher gewesen war, bevor eine Katastrophe sein Leben so drastisch verändert hatte. Es fiel ihr schwer, sich ein anderes Bild von ihm zu machen als das eines unerträglich rüden Scheusals, als das er sich jetzt aufführte.

Sie stellte einen Stuhl neben sein Bett und setzte sich. Eine Zeitlang schwieg sie, knetete ihre Finger und überlegte, welchen Weg sie einschlagen sollte, um ihm die Sache mit den Aborigines-Frauen zu erklären. Offen und ehrlich zu sein war ihr noch nie schwergefallen, Langfords gesundheitlicher Zustand ließ sie jetzt allerdings zögern.

Der alte Mann musterte sie eindringlich und spürte ihre Unschlüssigkeit. »Sie sind doch sonst immer so direkt bis zur Unverschämtheit, Miss Grayson, und ich erwarte nicht von Ihnen, daß Sie jetzt rücksichtsvoller sind.«

Nola hob das Kinn. »Na schön, wie Sie wollen«, holte sie aus, und war versucht, ihn mit voller Wucht zu treffen. Aber sie biß sich auf die Zunge und musterte ihn flüchtig. Offenbar war er ruhig genug, die Wahrheit zu hören. »In der Zeit, die ich auf der Farm bin, habe ich das Lager des Wana-Mara-Stammes besucht – zweimal schon.«

»So komisch es klingt, aber das überrascht mich gar nicht!« unterbrach Langford, und sein verkniffener Blick traf sie eiskalt.

Nola ignorierte die Bemerkung. »Wußten Sie, daß Jimmy und Jack zum Wana-Mara-Stamm gehören?«

»Ihre Väter waren weiß. Eigentlich gehören Sie nirgendwo hin.«

»Ihre Mütter waren Aborigines, die an den Bräuchen ihres Volks festhalten. Dieser Haltung wegen fühlen sie sich verloren, im Niemandsland.« Eigentlich hätte Nola gerne gefragt, ob er eine Ahnung davon hatte, daß der Stamm auf seinem Grundstück kampierte, aber jetzt beschlich sie das Gefühl, er wisse längst Bescheid.

Mühsam um Beherrschung ringend, fuhr Nola mit ihrer Geschichte fort. »Bei meinem ersten Besuch traf ich ein kleines Mädchen, das an Keuchhusten erkrankt war. Ich zeigte ihrer Mutter, wie sie das Leiden lindern konnte. Mit Hexerei hatte das nichts zu tun, in England haben die Kinder ständig Keuchhusten. Dennoch kam die Mutter zu dem Schluß, ich hätte übernatürliche Kräfte. Gestern Nachmittag war ich gerade bei den Ställen, als sich ein Aborigines-Junge heranwagte und mich holen wollte. Er bestand darauf, daß ich mit ihm ins Lager komme. Dort fand ich eben dieselbe Frau mitten in den Wehen vor. Ich muß gestehen, ich bekam es mit der Angst, denn von Geburten verstehe ich fast gar nichts. Es war allerdings nicht schwierig, festzustellen, daß sich das Baby in Steißlage befand. Es war bereits zu spät, es irgendwie umzudrehen, selbst wenn ich gewußt hätte, wie man das macht. Aber ich hatte nicht die geringste Ahnung. Dann ist Jack aufgetaucht, und er meinte, die Mutter wolle mich dabei haben, weil ich ihrem kranken Kind geholfen hatte. Offenbar hat der Medizinmann des Stammes einen Fluch über das Kind verhängt, weil es mir gelungen ist, sein Husten zu lindern, wozu er nicht imstande war. Die junge Frau glaubte ernsthaft, ich sei ihre letzte Hoffnung. Niemand aus ihrem Stamm war bereit, ihr zu helfen. Sie waren überzeugt, sterben zu müssen, das Baby hielten sie bereits für tot, obwohl ich es noch strampeln spürte.«

Nola stand auf und wanderte im Zimmer auf und ab, erinnerte sich an die Gesänge, den Rauch, die gequälten Schreie der Mutter und an die ganz furchtbaren Ängste, die der ganze Stamm ausgestanden hatte.

»Die Geburt war schrecklich. Das arme Mädchen litt furchtbare Qualen. Glücklicherweise hat Jack übersetzen können. Mit seiner Hilfe konnte ich sie überzeugen, daß ihr keine Gefahr mehr vom bösen Geist des Dubi Deringa droht. Sie glaubte mir, als ich versprach, sie nicht sterben zu lassen. Jack gab ihr den schmerzstillenden Trank, den ich Ihnen und Wade mitgebracht habe. Ohne ihn hätte sie mit ziemlicher Sicherheit nicht überlebt. Nachdem wir sie stundenlang schreien hörten, glaubte ich kaum noch, daß sie überleben und das Kind ganz normal zur Welt bringen würde. Und plötzlich schien ihr der ganze Unterleib aufzureißen, dann kam das Baby, mit dem Hintern zuerst. Ein kleines, kerngesundes Mädchen. Ich bin voller Bewunderung für die junge Mutter. Sie hat mehr Courage gezeigt als ich je besessen habe. Ich war schon vom bloßen Zusehen, wie sie um das Überleben ihres Kindes gekämpft hat, vollkommen erschöpft.« Die Leiden des Mädchens sich noch einmal zu vergegenwärtigen, rief bei Nola heftige Gefühle hervor, aber Langford schien gänzlich unberührt von ihrer Geschichte. Sie konnte nicht glauben, daß er so kalt blieb, so fühllos, so unbeteiligt angesichts der Schicksalsschläge, die andere Menschen in seiner nächsten Umgebung erlitten.

»Ich wollte gerade das Lager verlassen, als Jack mir erklärte, daß der Stammesälteste Mirijula die Verantwortung für die Seele des Mädchens in meine Hände legt. Und daß sie mit mir kommen müsse, um sie vor dem Fluch ›Dubi Deringas‹, des Medizinmanns, zu schützen. Das Mädchen war furchtbar verängstigt, das war nicht zu übersehen. Nach allem, was sie durchgemacht hatte, und bei der Tapferkeit, die sie gezeigt hatte, wollte ich sie nicht im Stich lassen.«

»So brachten Sie sie hierher?« stellte Langford ungläubig fest.

Nola nickte. »Zusammen mit einer anderen jungen Frau, die sie und das Baby pflegt, so daß ich nicht weiter belastet bin.«

»Sie werden sie fortschicken, und zwar auf der Stelle!«

Nola spürte, wie sich ihre Nackenhaare aufstellten. Nach allem, was sie vorgetragen hatte, ließ Langford auch nicht einen Funken Mitleid erkennen. »Der Stamm ist auf Wanderschaft gegangen. Sie können doch nicht erwarten, daß ich sie schutzlos wieder wegschicke! Galen hat das verstanden, warum nicht Sie?«

»In die Stammesgesetze hätten Sie sich gar nicht erst einmischen dürfen. Wäre diese junge Frau gestorben, hätte man Ihnen die Schuld gegeben, und wahrscheinlich Rache an uns allen hier auf der Farm genommen. Ich weiß, wovon ich rede, Miss Grayson. Auch ich habe mich einmal in Stammesangelegenheiten eingemischt, und zur Strafe wurden zwei meiner Viehtreiber getötet!«

Nola blieb die Luft weg. »Ich glaube kaum, daß wir etwas zu befürchten haben von den Aborigines. Schließlich war ich auf ihren ausdrücklichen Wunsch dort.«

Langford schüttelte den Kopf. »Sie haben auch so schon genug zu tun, ohne zusätzliche Verantwortung für zwei Frauen und ein Baby!«

»Diese Frauen können sehr gut für sich selbst sorgen. Sie sind es gewöhnt, mitzuhelfen, und eine andere Lebensweise würden sie sich gar nicht angewöhnen. Ich glaube, daß sie mir von Nutzen sein können. Dies ist ein großes Haus. Sie können nicht ernsthaft erwarten, daß ich alles allein bewältige, wo ich auch noch die Kinder unterrichten muß.«

»Wenn Galen zurückkommt, wird er sie auf meine Anweisung fortschaffen«, verkündete Langford herzlos.

»Galen freut sich, daß Shannon eine Spielgefährtin gefunden hat. Wußten Sie, daß er schon überlegte, sie nach Adelaide zu bringen, um sie von einer Tante erziehen zu lassen, weil sie sonst gar keine weibliche Gesellschaft hat? Jetzt ist sie begeistert, daß die kleine Tilly mit ihr spielt.«

Nola konnte Langford vom Gesicht ablesen, daß er sich noch nie irgendwelche Gedanken über Galens Pläne oder seine Sorgen um Shannons Wohlergehen gemacht hatte. »Bitte lassen Sie die Frauen dableiben, wenigstens bis Sie wieder auf den Beinen sind. Ich bin sicher, daß sich die Geschichte mit ›Dubi Deringa‹ früher oder später aufklären wird.«

Langford schwieg, die dünnen Lippen zu einem Strich gepreßt.

»Haben sie etwa Vorurteile gegen Aborigines, Mr. Reinhart?«

»Machen Sie sich nicht lächerlich, junge Frau«, schnappte er zurück. »Schließlich lasse ich auch Jimmy und Jack für mich arbeiten, nicht wahr?«

»Und weshalb zeigen Sie dann keinerlei Mitgefühl?«

Langford schaute weg.

»Das einzige Gefühl, das ich je an Ihnen erlebt habe, ist Zorn. Sind Sie denn innerlich völlig tot?«

Der alte Mann vermied es, sie anzusehen.

Plötzlich überkam Nola die Müdigkeit, geistig ebenso wie körperlich. Sie erhob sich. »Es war ein langer Tag. Ich gehe jetzt schlafen.« Damit ging sie zur Tür, aber Langford wünschte ihr keine gute Nacht.

»Rufen Sie mich, wenn Sie irgendwas brauchen«, bot sie an.

»Machen Sie die Tür zu«, erwiderte er mit bestimmtem Ton.

Als Nola in ihr Zimmer zurückkehrte, schliefen die Frauen und Kinder schon fest. Bloß der kleine Hund fand noch keine Ruhe. Immer wieder sprang er auf ihr Bett und wollte spielen. Schließlich jagte sie ihn nach draußen, wo er langgezogen jaulte, weil er sich einsam fühlte. Endlich schloß ihn Nola im Schulhaus ein und gab ihm einen alten Schuh, um darauf herumzukauen. Sie lauschte nach Langford, aber der rief nicht nach ihr.

Die Nachtluft war drückend, und Nola schwitzte

noch mehr als sonst. Gegen Morgen war ihr ganzer Körper von einem juckenden Ausschlag bedeckt. Noch vor dem ersten Morgengrauen wanderte sie hinunter und badete, aber es schien nicht zu helfen. Sie sah kurz in der Bücherei nach Wade und stellte fest, daß er schon wach war. Die Falten in seinem Gesicht und die dunklen Ringe um seine Augen verrieten ihr, daß auch er eine unruhige Nacht hinter sich hatte. Nola fiel auf, daß er sich nie beklagte, was ihr sehr imponierte. Dann goß sie Tee für sie beide auf, den sie auf der vorderen Veranda tranken, um ein wenig von der Morgenkühle zu profitieren. Der erste Strahl der Dämmerung zeigte sich am grauen Firmament. Die Morgendämmerung war, ebenso wie der Sonnenuntergang, stets ein sehenswertes Schauspiel.

»Es ist so dunstig heute früh«, bemerkte Nola. »So etwas habe ich, glaube ich, noch nie gesehen.«

»Alles ist voller Staub«, bemerkte Wade. »Muß eine windige Nacht gewesen sein.«

»Stimmt. Ich war die meiste Zeit draußen, mit Sandy. Ein heißer, trockener Wind war das. Ist das Donner da in der Ferne? Fast ist mir, als könnte ich Regen riechen.«

»Der ist noch weit weg«, gab Wade zurück. »Machen Sie sich bloß keine Hoffnung. Das Vorspiel zur Regenzeit ist ziemlich grauenhaft.«

Einen Augenblick saßen sie gemeinschaftlich schweigend da und lauschten den Kakadus, die in weit entfernten Eukalyptusbäumen krächzten. Mit Ausnahme des Staubs war alles, was die Känguruhs und die Rinder von der Vegetation noch nicht abgefressen hatten, gelb. Nola freute sich auf den Regen, aber nach allem, was sie wußte, war die ›Regenzeit‹ mindestens genauso unangenehm wie die Dürreperiode.

»Bevor ich hierherkam«, begann Nola, »hat man mir eine Fotographie des Anwesens gezeigt. Es wurde vom Hügel dort drüben aufgenommen, nach meiner Einschätzung vor sehr langer Zeit. Auf dem Foto war deutlich zu erkennen, daß die Häuser in viel besserem Zustand waren als jetzt, aber es war andererseits zu weit weg, um Einzelheiten zu erkennen. Zugegeben, ich habe eine sehr lebhafte Phantasie. Ich stellte mir diese Veranda hier vor, überwachsen mit roten oder violetten Bougainvilleas. Ich dachte mir, saftigen Rasen vorm Haus, mit abgeteilten Gartenbeeten, voller Azaleen und rot-orangenem Hibiskus. Obwohl man mir von der Trockenheit erzählt hat, wäre ich nie auf die Idee gekommen, daß dieses Anwesen inmitten einer staubigen, menschenleeren Steppe liegt.«

»Ich kann mich erinnern, daß Ellen längs der gesamten Veranda Blumen gepflanzt hatte. Die Namen der einzelnen Blumen kenne ich nicht, aber soviel ich weiß, war im Frühling alles voller Farben. Außerdem standen an jeder Seite des Vordereingangs zwei große Wasserzuber, und Korbstühle.« Nola beobachtete Wade, dessen Gedanken weit in der Vergangenheit weilten. Der Glanz in seinen Augen zeigte ihr, wieviel Liebe er für Ellen empfunden hatte. Als er sich umdrehte, um sie anzusehen, zog sein trauriges Lächeln viele Falten durch sein Gesicht.

»Inzwischen haben wir eine gute Wasserversorgung«, erklärte Wade. »Ich weiß, daß sie nicht sehr nahe ist, aber wer weiß, ob ich nicht doch noch eine Wasserader näher beim Haus finde? Wenn nicht, könnte man ohne viel Aufwand genug Wasser für den Garten herschaffen. Planen Sie, was immer Sie haben wollen. Ich helfe Ihnen!«

Nolas Miene hellte sich auf. »Sie haben recht, Wade. Ich könnte Blumen pflanzen und Gras säen, und eine Unmenge Gemüse großziehen.« Schon beim bloßen Gedanken daran lachte Nola vergnügt, und sie wurde ganz übermütig davon.

»Ich frage mich, wie sie mit dem Viehzählen vorankommen?« Wade riß sie unvermutet aus ihren Träumen. »Heute früh habe ich darüber nachgedacht. Wenn ich mir die Schulter nicht ausgerenkt hätte, könnte ich Galen und den Jungen doch helfen!«

»Sind die Schmerzen noch immer so stark?«

»Normalerweise ist es auszuhalten. Bloß im Bett ist es schwierig, es sich bequem zu machen. Ich war schon immer ein unruhiger Schläfer ...«

In diesem Augenblick tauchte Sandy an der Ecke des Hauses auf, den einzelnen Schuh zwischen den Zähnen, und sprang an Nola hoch. Dicht hinter ihm folgten Shannon und Tilly.

»Da freut sich wohl jemand, die Freiheit wiedererlangt zu haben«, lachte Nola. »Mich überrascht, wieviel Energie das Tier noch hat, nachdem es mich die ganze Nacht auf den Beinen hielt.« Sie kraulte ihm die Ohren, und er rollte sich auf den Rücken, seine langen Beine strampelten wild in der Luft. Nola hörte hinter sich jemanden lachen. Als sie aufschaute, bemerkte sie die jungen Frauen, die sie beobachteten. Nola winkte ihnen, herunterzukommen.

In der Küche ließen sich Lizzie und Mary von Nola zeigen, wie man am Herd kocht, wo sie Spiegeleier und ein Fladenbrot bereiteten. Lachend machten sich die Frauen an die Arbeit, während Nola das Baby versorgte und die

Aufsicht führte. Als das Frühstück fertig war, nahm sie ein Tablett, um es Langford zu bringen. Vom Treppenabsatz sah sie, wie die Frauen ihr nachsahen. Immer wollten sie wissen, wo sie sich gerade aufhielt, damit sie sie nicht aus den Augen verloren.

Bereits beim ersten Blick in Langfords Gesicht konnte Nola erkennen, daß er in seiner üblichen schlechten Laune war.

»Wie kann ein Mensch schlafen, wenn der Hund die halbe Nacht heult?« schimpfte er.

Nola gab sich Mühe, die Fassung zu wahren. »Er ist ein Welpe, und nicht ans Alleinsein gewohnt.«

»Das Baby hab' ich auch gehört.«

»Das hat höchstens ein bißchen gequengelt heute früh, als es hungrig war. Es ist ein ausgesprochen ruhiges Kind!«

»Und die ganze Nacht war so ein Pochen im Knie.«

»Dafür steht Ihnen ein Gegenmittel zur Verfügung, auf dem Nachttisch neben Ihnen. Falls Sie das nicht nehmen, müssen Sie eben weiter leiden.« Nola untersuchte sein Knie. »Sieht so aus, als würde die Schwellung allmählich nachlassen. Ein gutes Zeichen.«

»Ich kann mich noch immer nicht rühren, und überall habe ich Schmerzen.«

»Sie haben sich ganz schön überschlagen bei dem Sturz. Es ist also kein Wunder, wenn alles voller blauer Flecken und Abschürfungen ist. Mit der Zeit wird alles verheilen. Sie können von Glück sagen, daß Sie keine schlimmeren Verletzungen davongetragen haben.«

»Mir ging's besser, läge ich drei Meter unter der Erde.«

Nola hatte genug. Sein ständiges Gemäkel machte sie wütend. Da sie kein Auge zugetan hatte und der Hitzeausschlag ihr zu schaffen machte, war sie sehr gereizt. Jedenfalls war sie nicht in der Stimmung für einen weiteren Tag gefüllt mit Langfords ständigem Gejammer.

»Sie hören wohl nie auf zu jammern, wie? Daß Sie einst ein junger, aufstrebender Pionier gewesen sein sollen, der sich durch nichts beirren ließ, ist für mich unvorstellbar.«

»Wer hat das denn behauptet?«

»Galen.«

»Das ist lange her, das war ein ganz anderes Leben damals ...«

»Offenbar haben Sie sich sehr zu Ihrem Nachteil verändert, was ich nur bedauern kann. Wade hatte ebenfalls eine sehr schlechte Nacht wegen seiner verrenkten Schulter, und er hat heute früh nicht die winzigste Klage hören lassen. Weder über die Schulter, noch über den Hund oder das Baby oder irgendwelche anderen Unannehmlichkeiten, die er mit Sicherheit hat. Es ist traurig, daß Sie nicht wenigstens ein bißchen sind wie er.«

Langford klappte den Mund auf. Ohne ihm Gelegenheit zu einer Erwiderung zu geben, ließ Nola sein Frühstückstablett stehen und stürmte türenschlagend hinaus. Als sie draußen war, bereute sie, so gereizt dem alten Mann gegenüber gewesen zu sein. Sie mußte viel geduldiger werden, ermahnte sie sich, aber er brachte sie nunmal ständig zur Weißglut. Wenn er sich doch nur von dieser Schwermut befreien könnte! Sie hätten seine Hilfe bitter nötig.

Später begann Nola zu putzen und staubte die Möbel ab, doch eine Stunde später bedeckte der rötliche Staub erneut alle Oberflächen, die sie gesäubert hatte. Es war entmutigend. Überall Staub; sie roch und schmeckte ihn wie Kreidemehl. Überall setzte er sich fest. Dennoch war sie fest entschlossen, das Haus sauber zu bekommen und stürzte sich in die Arbeit, unterstützt von den beiden Mädchen. Sie schrubbten Fußböden, Holztäfelung, Schrankwände. Nola machte sich über den Herd her und ließ nicht locker, bis er blitzblank war. Jedesmal, wenn sie sich umdrehte, entdeckte sie Ameisen, besonders in der Küche. In der Hütte war es dasselbe gewesen. Galen glaubte, sie suchten nach Wasser. Die Mädchen fegten die vordere Veranda, während Shannon und Tilly in der Nähe mit Sandy spielten. Und während sie arbeiteten, machte sich Wade in der Hütte zu schaffen, reparierte, was sich noch aufzuheben lohnte, und riß ab, was nicht mehr zu gebrauchen war.

Den Frauen fiel auf, daß sich Nola die geröteten Stellen ihrer Haut kratzte. Auch Shannon hatte einen Hitzeausschlag unter den Armen. Sie untersuchten Shannon und verschwanden nach draußen. Kurze Zeit später kehrten sie mit einer ockerfarbenen Paste zurück. Mit der Paste rieben sie Shannon ein und boten das, was übrig war, Nola an.

Nola fragte Shannon, ob die Paste ihr nicht unangenehm sei, aber das Mädchen antwortete, sie würde sich kühl anfühlen, und der Ausschlag juckte auch nicht mehr. Dadurch ermutigt, schmierte sich Nola die juckenden Stellen mit der Ockerpaste ein und empfand auf der Stelle Linderung. Sie lachte aus purer Freude darüber auf, und die Frauen stimmten in ihr Gelächter ein.

Nach dem Essen tauchte Orval Hyde auf, der sie besuchen wollte. Zu Nolas Überraschung hatte er zwei Mutterziegen hinter seinem Wagen angebunden.

»Ziegen!« entfuhr es Nola. »Wo bringen Sie denn die hin?«

»Die können hierbleiben, wenn Sie wollen. Ich dachte mir, Sie könnten Käse machen für die Kleinen.« Er sprang von seinem Kutschbock. »Ihren Nachwuchs habe ich einem Ihrer Nachbarn verkauft. Aber die Muttertiere wollten sie nicht haben, höchstens um sie zu erschießen und zu Hundefutter zu verarbeiten. Die weiße Ziege heißt Nanny. Sie ist schon ziemlich betagt, aber sie gibt noch immer Milch. Die schwarzweiße Ziege, ihre Tochter, heißt Nelly. Sie kann ein wenig tückisch sein, aber sie gibt unglaublich viel Milch. Übrigens fressen Sie alles, also lassen Sie bloß nichts Eßbares herumliegen!«

»Wie umsichtig von Ihnen, Orval. Die kommen uns wie gerufen. Ein bißchen Milch können wir gut gebrauchen.«

»Sie haben ja Zuwachs bekommen, wie ich sehe!« staunte er und deutete auf die Frauen und Kinder. »Wie geht's denn Langford?«

Nola begriff den geheimen Hintersinn seiner Frage. Was Langford über Frauen im Outback dachte, war mit Sicherheit allgemein bekannt. »Er ist gestürzt. Sein Knie ist übel angeschwollen. Davon abgesehen ist er ganz der Alte.«

Orval hob amüsiert die Brauen und verkniff sich gerade noch ein Grinsen.

»Hat sich etwas ergeben bei Ihrem Versuch, Treiber zu finden, die Galen und Hank beim Vieh helfen können?« wollte Nola wissen.

»Ich fürchte nein. Da waren ein paar Fremde im Ort, aber am Viehtrieb waren sie nicht interessiert. Um ehrlich zu sein, Esther behauptet, es wären etwas merkwürdige Typen gewesen. Offenbar haben sie sich nach Reinhart erkundigt.«

Nola nahm sich vor, mit Wade darüber zu reden, wenn Orval gegangen war. Immerhin könnten die Fremden Komplizen der Viehdiebe sein!

»Übrigens, das Treffen, von dem ich Ihnen erzählt habe, findet übermorgen statt, falls Sie noch immer interessiert sind. Nur eine Handvoll Frauen wird dabei sein, denke ich. Sie treffen sich gegen Mittag im Hinterzimmer des Hotels. Gladys und Esther sind natürlich dabei, und eine Reihe von Frauen aus dieser Seite von Winton. Mrs. Ellery von der Miller's-Hill-Farm organisiert das Ganze. Wahrscheinlich ist sie Ihnen schon bei der Dürrekonferenz aufgefallen. Eine sehr lautstarke Persönlichkeit. Sie koordiniert die Verteilung der Lebensmittel bei der Hilfe für die Dürreopfer.«

»Ich will auf jeden Fall versuchen zu kommen, wenn es irgend geht. Wie Sie sehen, habe ich zur Zeit alle Hände voll zu tun.«

»Ich verstehe. Brauchen Sie noch irgendwas?«

»Wir hatten eine Brand in der Hütte, und haben dabei die meisten der verderblichen Lebensmittel eingebüßt, die ich bei Ihnen gekauft hatte. Wenn ich es morgen in die Stadt schaffe, gebe ich eine neue Bestellung auf. Ich brauche auch ein paar Blumensamen, oder Grünpflanzen, falls Sie so etwas führen.«

»Saat und ein paar Setzlinge sind vorrätig. Ich werde eine neue Lieferung zusammenstellen. Hoffentlich sehen wir Sie beim Treffen, aber wenn es nicht klappt, bringe ich Ihnen die Sachen hierher.«

»Danke, Orval. Kommen Sie doch herein und trinken Sie etwas.«

Nola brachte die Mutterziegen in einer leeren Pferdekoppel unter und machte sich auf die Suche nach Wade. Er hatte in der Hütte ganze Arbeit geleistet, und die Erschöpfung war ihm anzumerken. Sein sonst braungebranntes Gesicht wirkte aschfahl. Nola spürte, daß er starke Schmerzen litt. Sie entschloß sich, die Sache mit den merkwürdigen Fremden in der Stadt erst später zur Sprache zu bringen.

»Sie müssen sich ausruhen, Wade«, drängte sie. »Für heute haben Sie genug getan.« Als er sich ohne Protest aus der Hütte holen ließ, wußte sie, daß er unsäglich litt. Während sie das Anwesen überquerten und zum Haupthaus kamen, blickte sie zufällig auf und sah Langford am Fenster stehen. Daß er aufgestanden war, überraschte sie. Demnach war sein Bein gar nicht so schlimm verstaucht, wie er vorgab. Eigentlich hätte sie sich freuen sollen, aber sie war eher wütend, weil Wade trotz seiner Verletzung so hart arbeitete. Nie wollte er etwas für sich. Wenn sie überlegte, wie oft Langford sie die Treppe 'rauf und 'runter hatte laufen lassen, um ihn zu versorgen, begann sie innerlich regelrecht zu kochen.

Nola überredet Wade, sich hinzulegen und sich eine Weile auszuruhen. Sie hatte ihn gerade verlassen und wollte einen Tee aufbrühen, als sie Sandy aufgeregt bellen hörte. Es stellte sich heraus, daß sich die Ziegen aus der Pferdekoppel befreit hatten. Shannon berichtete, sie wären durch das Gatter geklettert, das natürlich nicht auf Ziegenhaltung ausgerichtet war. Der Hund rannte im Kreis um sie herum, und die Ziegen versuchten, ihn mit den Hörnern zu stoßen.

Kopfschüttelnd und verzweifelt bereitete Nola den

Tee für Wade und nahm ein Tablett mit zu Langford nach oben. Er lag wieder im Bett.

»Wie geht es Ihrem Bein?« fragte sie und erwartete, daß die Jammerei wieder von vorn losging.

»Wade lärmt den ganzen Tag in dieser Hütte herum. Was zum Teufel tut er da?«

Nola fühlte, wie die Wut in ihr wieder hochkam. Sie setzte das Tablett ab und ging zur Tür. Eigentlich hatte sie vorgehabt, das Zimmer einfach wortlos zu verlassen, aber das schaffte sie nun doch nicht. Es wurde Zeit, Langford offen entgegenzutreten. Aus welchem Grund auch immer hatte Galen sein Verhalten viel zu lange durchgehen lassen.

Sie wandte sich um und sah dem alten Mann direkt in die Augen. »Ich werde Ihnen sagen, was er tut. Er macht sich nützlich, anstatt herumzuliegen und sich selbst zu bemitleiden. Vielleicht wäre es an der Zeit, es ihm gleichzutun? Ein Paar helfende Hände mehr können wir mit Sicherheit brauchen.«

Nola verzehrte ihr Abendessen und versorgte die Kinder, bevor sie Langford sein Essen brachte. Sie war noch immer so wütend auf ihn, daß sie sich kaum in seine Nähe wagte. Jemanden zu pflegen, der ihre Hilfe brauchte, hätte ihr nichts ausgemacht, aber sie haßte es, ausgenutzt zu werden.

Wortlos setzte sie das Tablett neben seinem Bett ab und wandte sich zum Gehen.

»Ich höre Ziegen meckern. Was haben Ziegen hier zu suchen?«

»Ich will etwas Käse aus der Milch machen. Die Kuh gibt nicht genug her für uns alle.«

»Mutterziegen locken Wildziegen an. Das kann sehr schlimme Folgen haben.«

»Wunderbar. Dann kann Wade die Wildziegen schießen und wir bekommen Fleisch auf den Tisch.«

Sie ließ ihn mit dem Essen allein.

Am anderen Morgen kam Nola die Treppe herunter und bemerkte zu ihrem Entsetzen ein Gewimmel schwarzer Käfer, das über den ganzen Boden verteilt war. Wade, der gerade aus der Bibliothek kam, hielt sich die Nase zu.

»Nicht drauftreten! Das sind Stinkkäfer.«

»Um Gottes willen!« Nola traute ihren Augen nicht. Sie rief die Aborigines-Frauen herbei, und gemeinsam mußten sie Tausende der Käfer aus dem Haus fegen. Der Gestank, den sie hinterließen, war grauenhaft. Als sie es nicht länger ertrugen, bedeckten sie Mund und Nase mit Tüchern, aber nichts konnte diesen Gestank vertreiben.

Fast den ganzen Tag waren sie damit beschäftigt, die Käfer zusammenzukehren, die sich in jeder denkbaren Ritze verkrochen. Wade berichtete von Heuschreckenplagen, die nicht selten einer Stinkkäferplage direkt folgten.

»Ich könnte mir Schlimmeres vorstellen«, seufzte Nola. »Es könnten Ratten sein.«

»Eine Rattenplage hatten wir im vorletzten Jahr«, erwiderte Wade. »Sie fressen alles! Praktisch nichts ist vor ihnen sicher. Wie oft bin ich aufgewacht, weil sie schon anfingen, meine Zehen anzuknabbern!«

Nola wurde kreidebleich, und Wade lachte schallend.

»Und wenn der erste Regen fällt, bricht eine Sturzflut fliegender Ameisen über uns herein!«

»Mit fliegende Ameisen habe ich keine Probleme. Aber wenn die Ratten kommen, gehe ich!«

Vorder- und Hintertür standen offen, während sie versuchten, der gräßlichen Stinkkäferplage Herr zu werden. Die Kinder tobten ständig durchs Treppenhaus, gefolgt von dem Hündchen, gelegentlich auch von den Ziegen, die sich damit vergnügten, Vorhänge und Polstermöbel anzuknabbern. Jedesmal jagte Nola sie wieder nach draußen, bis sie vollkommen erschöpft war. Wade versuchte, das Pferdegatter so herzurichten, so daß die Ziegen nicht mehr ausbrechen konnten, aber irgendwie schafften sie es immer wieder. Gegen Abend schloß er sie in einen Pferdestall ein, nur damit Nola endlich zur Ruhe kam.

Nach dem Abendessen ruhte sich Wade in einem Sessel auf der Veranda aus, während Nola, die Frauen und Kinder einen Spaziergang unternahmen. Es war herrlich, wenigstens vorübergehend den übelriechenden Stinkkäfern zu entfliehen. Die Aborigine-Frauen deuteten auf einige Punkte am Horizont, in denen Shannon Wallabies erkannte. Ihre Kenntnisse beeindruckten Nola. Sie entdeckten Sandechsen und Dingo-Spuren. In den Bäumen sahen sie bunte Wellensittiche und Finken. Der ganze Busch schien voller Wildtiere zu sein, doch Nola fiel auf, daß es kaum Anzeichen von Rindern gab.

Anderntags mußte Nola früh aus den Federn, weil sie die Wäsche machen wollte. Wieder war das Haus voller Stinkkäfer, und ihr widerlicher Geruch schien jedes Kleidungsstück zu durchdringen, so daß ihr speiübel davon wurde. Natürlich hatte Langford schon gestern den ganzen Tag gezetert, besonders, als die Käfer auch in sein Zimmer eindrangen.

Nola hatte Wade gebeten, hinter dem Haus eine Wäscheleine zu ziehen. Sie hatte vor, die Wäsche dort aufzuhängen und so rasch wie möglich wieder einzusammeln, bevor die Stinkkäfer darin herumkrabbelten. Als sie eine Stunde später mit dem Korb hinausging, mußte sie zu ihrem Schrecken feststellen, daß die Ziegen die aufgehängten Kleidungsstücke durch den Staub zerrten. Sie verjagte die Tiere mit einem Stock und schimpfte verzweifelt hinter ihnen her. Während sie aufsammelte, was dereinst ihre saubere Wäsche gewesen war, hätte sie am liebsten geheult.

Nola hatte die ganze Nacht überlegt, ob sie zu der Versammlung in Julia Creek gehen sollte oder nicht. Seit einiger Zeit fühlte sie sich nicht besonders gut. Sie war empfindlicher als sonst, und für jemanden, der normalerweise gesund war wie ein Pferd, wirkte sie erschreckend blaß.

»Ich muß für ein paar Stunden weg«, erklärte sie Wade. »Solange die Frauen mit Shannon zusammen sind, stellen sie kein Problem dar. Werden Sie auch ohne mich mit Langford fertig?«

»Aber klar doch«, nickte er, denn er verstand, daß auch Frauen manchmal unter ihresgleichen sein wollten. »Egal, wie lange Sie wegbleiben, wir schaffen das schon!«

14

»Wie schön, dich zu sehen!« rief Esther begeistert, als Nola das Hotel betrat. Sie wirkte ungewöhnlich durcheinander. »Siehst aus, als hättest du einen Drink nötig, Kleines! Setz dich, und ich hol' uns was Feines ...«

»Danke.« Nola sank in den nächstbesten Sessel.

»Wahrscheinlich bist du wegen der Versammlung gekommen, stimmt's?« fragte Esther hinter der Theke.

»Ja, ich will mithelfen, so gut ich kann.«

Esther überlegte, weshalb Nola so erschöpft klang.

»Ich habe mich gefreut, als Orval mir erzählte, du wolltest vielleicht teilnehmen. Täte uns gut, wenn jemand ein paar neue Ideen einbringt!« Esther reichte Nola einen Drink und setzte sich ihr gegenüber. »Sonst setzt Bertha Ellery wie immer ihren eigenen Kopf durch.«

»Bin ich denn die erste, die gekommen ist?«

»Ja. Eartha Dove und ihre Schwägerin dürften in der Postkutsche sein, aber die hat Verspätung. Hoffentlich sind sie nicht verunglückt, denn wenn Tierman auf dem Bock sitzt, ist alles möglich! Die arme Josie Hughes kann nicht kommen. Ihr macht das Leben auf der Farm arg zu schaffen. Michael, ihr Ehemann, hat sie vor zwei Jahren angeschleppt, nachdem er das Land geerbt hatte, und seitdem hat sie noch jeden Tag verwünscht, den sie hier ist. Ihre Familie lebt in Maryborough, und wann immer sie eine Ausrede findet, kehrt sie heim. Daß Michael nicht gerade glücklich ist mit ihrer ständigen Abwesenheit, kann ich verstehen, und die Ehe leidet auch darunter. Wenn er sich nicht entschließt, zu verkaufen, werden sie sich über kurz oder lang trennen!«

»Wie traurig. Ist das so eine hochgewachsene Frau, mit kastanienbraunem Haar und ausgemergelten Gesichtszügen?« Nola war sich nicht sicher, aber sie vermutete, daß Josie und ihre zwei Jungs mit ihr auf der Kutsche nach Julia Creek gewesen waren.

»So groß wie du ist sie nicht, aber es hört sich schon danach an. Ausgemergelt war sie schon immer. Mit den Jungs kommt sie schon gar nicht klar. Das sind aber auch ein paar Racker! Sie toben wie ein Willy-willy-Sturm herum, wenn sie hier sind. Entweder sie schmeißen Steine aufs Dach, oder hecken eine andere Teufelei aus. Ich kriege jedesmal einen Nervenzusammenbruch, wenn sie herkommen. Bertha Ellery reitet mit Sicherheit hoch zu Roß selbst ein. Und kommt wie immer zu spät. Sie liebt es, jedesmal den ganz großen Auftritt zu haben.« Die letzten Worte untermalte Esther mit pathetischen Gesten. »Macht aber nichts, wenigstens haben wir somit Zeit für ein kleines Schwätzchen. Meine Kunden kommen erst in einer Stunde, und Tierman hat versprochen, mich hinter der Bar zu vertreten, bis die Versammlung geschlossen wird. – Jetzt aber mal raus mit der Sprache, Nola, was ist los, weshalb so niedergeschlagen? So verstört hab' ich dich ja noch nie erlebt. Die Männer sind zur Viehzählung unterwegs, stimmt's?«

»Ja, und die Jungs sind bei ihnen.« Nola seufzte und schloß für einen Moment die Augen. »Ich weiß gar nicht, wo ich anfangen soll, Esther. Die letzten paar Tage waren die Hölle für mich. Erst brennt uns die Hütte ab. Langford muß mit seinem verstauchten Bein gepflegt werden, und Wade Dalton hat eine ausgerenkten Schulter. Langford nörgelt den ganzen Tag herum, ganz im Gegensatz zu Wade, Gott sei Dank. Zwei Aborigine-Frauen, ein Neugeborenes und ein Kind sind bei uns als Hausgäste eingezogen. Gestern brachte Orval auch noch zwei Mutterziegen mit. Ich wollte sie einzäunen, aber sie kommen durch jeden Zaun. Heute früh haben sie mir die Wäscheleine mit der ganzen frisch gewaschenen Wäsche durch den Dreck gezogen! Ach so, das Hundejunge habe ich ganz vergessen, das mir mit seinem Gejaule den Schlaf raubt. Und zu allem Unglück haben uns auch noch die Stinkkäfer heimgesucht ...«

Esther schüttelte den Kopf und lächelte. »Nach Outback-Maßstäben habt ihr ein paar ruhige Tage gehabt, ›ohne besondere Vorkommnisse‹ ...«

Jetzt mußte Nola selbst grinsen.

»Schon besser, Kleines. Laß dich dadurch nicht entmutigen! Das Dasein im Busch ist unberechenbar. Nichts läuft hier nach Plan. Das ist die eigentliche Herausforderung, wenn man hier lebt. Was die Stinkkäfer angeht – eine echte Landplage, stimmt. Aber die gute Nachricht ist, daß sie so schnell wieder verschwinden, wie sie gekommen sind!«

»Wollen wir hoffen.« Nola trank ihr Glas leer. »Das war jetzt genau das Richtige, Esther!«

»Möchtest du noch einen?«

»Nein, wirklich nicht, danke. In letzter Zeit bin ich irgendwie nicht mehr ganz auf der Höhe. Ich weiß auch nicht, was mit mir los ist. Ich bin normalerweise kein sehr rührseliges Wesen, aber in letzter Zeit habe ich mich kaum mehr unter Kontrolle. Für jemanden, der es eigentlich gewohnt ist, mit Katastrophen umzugehen, bin ich inzwischen erschreckend häufig kurz davor, in Tränen ausbrechen ...«

»Klingt, als wäre das alles ein bißchen viel für dich gewesen. Gönn dir selbst mal eine Pause, Nola. Du bist schließlich auch nur ein Mensch, wie wir alle!«

Nola nickte. »Daß ich mit irgendwas nicht fertigwerde, bin ich nicht gewöhnt, Esther. Heute früh beim Aufstehen wurde mir regelrecht schwarz vor Augen. Ich bin noch nie in meinem Leben ohnmächtig geworden.«

»Wollen nicht hoffen, daß du krank wirst, Kleines!«

»Ich fühle mich auch nicht krank, Esther. Um die Wahrheit zu sagen, ich hab' es erst heute früh gemerkt, aber mein Zyklus ist völlig durcheinandergeraten. Seit ich England verließ, habe ich meine Tage nicht mehr gehabt, aber das habe ich auf die Reise geschoben. Den meisten Frauen auf dem Dampfer erging es nicht anders. Der Schiffsarzt meinte, das würde sich schon alles geben mit der Zeit.«

»Doc Mason kommt in zwei Wochen wieder vorbei. Möchtest du nicht mal in seine Sprechstunde gehen?«

»Das wird wohl nicht nötig sein. Mit ein bißchen Geduld wird sich das schon irgendwann wieder einrenken.«

»Möglich, aber eine Untersuchung kann nicht schaden! Der Arzt kommt bloß alle halbe Jahre hier ins Dorf.«

»Vielleicht hast du recht. Ist schon eine Ewigkeit her, daß ich beim Arzt war.«

»Es geht mich ja nichts an, Schatz. Aber deine Symptome kommen mir ziemlich vertraut vor!«

»Vertraut? Was willst du damit sagen?«

»Mir ging es auch nicht anders in den ersten Wochen meiner Schwangerschaft. Könnte es nicht sein, daß du ... äh ... in anderen Umständen bist?«

Nola erbleichte. »Um Himmels willen! Sag doch nicht so was, Esther!«

»Tut mir leid, Kleines. Es geht mich ja auch wirklich nichts an. Ich hätte wohl besser den Mund halten sollen.«

Nola starrte ins Leere. »Aber daß ich nicht selbst darauf gekommen bin! Irgendwie habe ich nie daran gedacht ...«

Esther musterte sie ausdruckslos. »Willst du damit sagen, es wäre ... nicht ausgeschlossen?«

Nola nickte.

Esther blieb beinahe die Luft weg. »Aber wer ist der Vater? Ist es Galen? Oder Hank?«

Nola schüttelte heftig den Kopf.

»Aber doch bestimmt nicht der alte Mann ...«

»Nein!« Nola sah Esther flehend an. »Bitte, sag zu niemandem ein Wort, Esther. Auf gar keinen Fall. Schwörst du mir das?!«

»Von mir erfährt niemand ein Sterbenswörtchen, Kleines. Versprochen!«

»In London hatte ich eine Liebesaffäre mit einem adligen Herrn. Sie endete einen Monat, bevor ich mich nach Australien einschiffte. Die Affäre war, um ganz ehrlich zu sein, sogar ziemlich leidenschaftlich und hat in der feinen Gesellschaft für einigen Wirbel gesorgt.«

Obwohl sie schockiert war, konnte Esther ihre Neugier nicht verbergen. »Gehörte er ... zur Königsfamilie?«

»Er war der Sohn eines Lords. Ich hoffe, du denkst

jetzt nicht das Schlimmste von mir, Esther. Normalerweise lasse ich mich nie derart gehen ... außerdem war ich überzeugt, daß wir heiraten würden. Er sah unglaublich gut aus, war witzig und intelligent. Und er besaß geradezu unverschämt viel Sex-Appeal. Normalerweise bin ich gegenüber Männern ziemlich reserviert. Die meisten von ihnen sind mir geistig sowieso weit unterlegen. Aber mit Leith war das anders. Ich war völlig hingerissen von seinem Charme, ich war ihm regelrecht hilflos ausgeliefert.«

Esther machte große Augen. »Du Glückliche!«

Nola grinste schelmisch, aber das Grinsen verging rasch wieder.

»Ich vermute mal, irgendwas ging schief, sonst wärst du jetzt wohl nicht hier, Kleines!«

Nola wollte sich lieber nicht näher darüber auslassen. »Es ging so ziemlich alles schief, was schiefgehen konnte. Aber das ist eine lange Geschichte, darüber besser ein andermal.«

Esther war enttäuscht, daß ihr ausgerechnet die interessanten Details vorenthalten wurden.

Nola stand auf und wanderte im Zimmer umher. Sie konnte kaum fassen, daß ausgerechnet sie schwanger sein sollte.

»Was wirst du tun, wenn du nun tatsächlich schwanger bist, Kleines? Ist dieser Mann ehrenhaft genug, dich am Ende zu heiraten?«

Nola malte sich den Skandal aus, den sie heraufbeschwören würde, und die Reaktion von Lord Rodwell. »Das würde er mit Sicherheit, wenn er dürfte«, gab sie leise zurück. Sie versuchte, sich als Ehefrau von Leith Rodwell vorzustellen, aber es gelang ihr nicht. Die Gefühle, die sie einst für ihn hegte, waren erloschen. Heuchelei lag ihr nun mal nicht. Und sie konnte um keinen Preis die Schwiegertochter Lord Rodwells werden, ein Mann, den sie verabscheute. Aber wenn Leith wirklich Vater wurde, hatte er nicht ein Recht darauf, es zu erfahren?

Wenn Nola schon nicht weiterwußte, so schien Esther vollkommen verblüfft.

»Zur Zeit mache ich mir darüber keine Sorgen, Esther«, gab sie zur Antwort und beendete damit das Gespräch. »Wahrscheinlich spielt ja doch bloß mein Zyklus verrückt. Er war noch nie wirklich regelmäßig.«

Unter den schattigen Bäumen hinter dem Hotel hatte Esther einen Tisch gedeckt.

»Mrs. Bertha Ellery würde das Hotel nie betreten, nicht einmal das Damenzimmer!« erklärte sie Nola und schob ihre Nasenspitze mit dem Finger nach oben. »Sie findet es unanständig, wenn Frauen eine Trinkhalle besuchen.«

Innerlich stöhnte Nola auf. Sie hatte schon viele Bertha Ellerys kennengelernt, und von keiner war sie besonders erbaut gewesen.

»Unter den Bäumen ist es ganz angenehm«, sagte sie laut und versuchte, unvoreingenommen zu bleiben. »Ich freue mich, ein paar andere Frauen aus dem Distrikt kennenzulernen. Ich muß sogar gestehen, nachdem ich jetzt doch schon einige Zeit auf der Farm bin, und jede Minute vor eine andere Herausforderung gestellt werde, interessiert mich ganz besonders, wie es den anderen Frauen hier draußen ergeht. Sie haben auf alle Fälle meine volle Bewunderung.«

»Da kommt Gladys«, rief Esther. »Ab jetzt wird keine von uns mehr zu Wort kommen.«

Beide lachten, als sich die übersprudelnde Gladys näherte und schon losquasselte, kaum daß sie sie erblickt hatte.

Kurze Zeit später fuhr die Postkutsche vor, und zwei Frauen betraten das Hotel, dicht gefolgt von Tierman. Esther schenkte ihnen Limonade ein. Sie wirkten ein wenig derangiert und durchgerüttelt. Offenbar war die Reise haarsträubend gewesen. Nola erinnerte sich lebhaft an Tiermans Fahrstil und fühlte mit ihnen.

»Tut mir leid, daß wir so spät sind. Ein Rad löste sich von der Achse«, erklärte die Ältere der beiden Frauen und warf Tierman einen vernichtenden Blick zu. Dieser blieb unbeeindruckt, freute sich sichtlich, Nola wiederzusehen und verschwand bald hinter der Theke, wo er sich mit Esthers Genehmigung selbst ein Bier zapfte und auch die anderen Kunden bediente, die sich nach und nach einstellten.

»Und sorg' ja dafür, daß korrekt bezahlt wird!« rief sie ihm nach.

Nachdem sie sich ein wenig frischgemacht hatten, wurden die Frauen Nola vorgestellt. Eartha Dove kam von der Donella-Farm, westlich von Winton, und Mora, ihre Schwägerin lebte auf der benachbarten Lanton-Ridge-Farm. Eartha war der untersetzte, großmütterliche Typ, ganz offensichtlich stolze Mutter einer vielköpfigen, ausgewachsenen Sippschaft, von der noch drei auf der Farm lebten, zusammen mit acht Enkelkindern. Ihr braunes Haar war hier und da bereits von grauen Strähnen durchzogen, und ihre blauen Augen funkelten vor Lebensweisheit. Nola konnte sie auf Anhieb gut leiden. Ihre Schwägerin war das genaue Gegenteil von ihr. Sehr mager, sehr blond, bedeutend jünger und irgendwie zurückhaltend. Sie war höflich, aber distanziert. Nola spürte jedoch, daß sie nicht hochnäsig war, sondern schüchtern.

Die Frauen redeten über die Dürre und die Schwierigkeiten, mit denen die Farmer und ihre Familien fertig werden mußten, als Mrs. Bertha Ellerly aus der Miller's-Hill-Farm seitlich um das Hotelgebäude kam. Sie rauschte förmlich über das Grundstück heran und unterbrach durch ihr Erscheinen das Gespräch. Selbstverständlich kannte sie alle Anwesenden, mit Ausnahme von Nola. Sie mußte etwa fünfzig sein, ein wenig matronenhaft von Statur, mit dunklem Haar und sonnenverbrannten Zügen. Zweifellos war sie einmal sehr attraktiv gewesen, aber die Jahre und die rauhe Umgebung hatten ihr ziemlich zugesetzt. Nola vermutete, daß die meisten Frauen im Busch dieses leicht verwitterte Äußere bekamen und schwor sich, nur noch mit einem breitrandigen Hut in die Sonne zu gehen.

Esther stellte sie einander vor. Als die beiden Frauen sich gegenseitig musterten, merkten sie, daß sie sich bereits flüchtig kannten.

»Sie waren die Frau, die bei der Dürreversammlung das Wort ergriffen hatte«, stellte Mrs. Ellery verächtlich fest.

»Ganz recht. Meine Ansicht fand wenig Zustimmung.«

»Ihr Vorschlag war ja auch ziemlich radikal ...«

Wie oft schon hatte Nola das hören müssen!

»... und die Landeigentümer hier haben nun einmal ihre eigenen Regeln«, fuhr Mrs. Ellery fort.

»Man hatte mich vorgewarnt, daß sie von Außenseitern keinen Rat hören wollen. Schon gar nicht von Frauen.«

»Sehen Sie das Ganze doch mal aus ihrem Blickwinkel. Nach den Maßstäben des Outback sind Sie gerade mal fünf Minuten hier. Verglichen mit den Familien, unserer beispielsweise, die seit sechs Generationen im Gulf Country wohnt. Gegenwärtig sind wir mit vier Generationen auf der Miller's-Hill-Farm. Mein Vater John Miller, ich selbst und mein Ehemann. Meine Söhne James und William, und ihre Söhne David und John junior, und ihre Tochter Isabelle. Das ergibt einen Vorsprung von Jahrhunderten.«

Nola fühlte, daß sie gerade in ihre Schranken verwiesen wurde.

»Wir haben schon viele Dürrezeiten mitgemacht und ebensoviele Überschwemmungen. Ich will nicht behaupten, daß es leichter würde dadurch, oder neue Ideen nicht willkommen sind. Ich will bloß, daß Sie begreifen, weshalb man Sie nicht mit offenen Armen empfängt.«

»Ich denke, daß habe ich längst, aber ich habe bloß helfen wollen.«

»Ihren guten Willen in allen Ehren, aber zu glauben, daß Sie alle unsere Probleme mit einem Schlag lösen könnten, war ziemlich anmaßend.«

»Das hatte ich gar nicht vorgehabt. Ich war vorher schon überzeugt, daß niemand bereit sein würde, Wade Dalton eine Chance zu geben. Wasser zu finden, während das Vieh verdurstet, hielt ich für vordringlich, und nicht für die Antwort auf alle Fragen. Glücklicherweise hat sich mein Vorschlag für die Reinhart-Farm ausgezahlt. Wade ist auf Grundwasser gestoßen und hat unsere Herde gerettet.«

»Wie man hört, ja. Und dafür, daß Sie ihn ausnüchtern und zur Arbeit bewegen konnten, haben Sie meine volle Anerkennung. Freut mich für Langford und Galen. Doch ein Brunnen allein ist nur eine vorübergehende Lösung. Das Vieh braucht Futter. Ohne Regen wird nichts nachwachsen. Was uns wieder zum Thema der heutigen Versammlung zurückbringt. Sollen wir nicht lieber zur Tagesordnung übergehen?«

Die ›Versammlung‹ war, wie es schien, nicht einberufen worden, um zu diskutieren und Entscheidungen zu treffen. Bertha hatte längst entschieden, was wohin geschickt werden sollte, und wie man die Versorgung bedürftiger Farmer und ihrer Familien am besten sicherstellte. Sie informierte alle, die gekommen waren, wer was zu tun hatte und von wem. Die anderen stimmten zu, entweder zufrieden mit dem Arrangement oder zu ängstlich, ihr zu wiedersprechen.

»Ich habe noch eine Idee«, schlug Nola vor, als Bertha fertig zu sein schien.

Alle wandten sich zu ihr um. Bertha machte ein konsterniertes Gesicht.

»Dann schieß los, Kleines«, schlug Esther aufmunternd vor. »Laß hören!«

»Wir könnten den Weihnachts-Tanzabend nutzen, um Spenden zu sammeln. Laßt uns einen Tanzwettbewerb ausschreiben und die Mitwirkenden um eine kleine Teilnahmegebühr bitten. Die Gewinner bekommen einen Preis, den irgendwer stiftet. Und da ich vermute, daß die meisten eine weite Anreise haben, werden sie wohl über Nacht bleiben. Andertags könnten wir ein Picknick veranstalten, vielleicht mit einem Wettrennen, dessen Einsätze ebenfalls dem Fond zugunsten der Hilfsbedürftigen zugute kommen. Und ich hätte noch eine Menge weiterer Vorschläge, meine Damen, wenn sie das Projekt befürworten.«

Minutenlang sprach niemand ein Wort. Nola sah eine nach der anderen an und fragte sich erneut, ob sie schon wieder etwas Falsches gesagt hatte.

»Das ist eine wunderbare Idee, Nola«, platzte Esther plötzlich heraus.

Eartha nickte beifällig, ebenso Mora.

»Da eine Menge Leute zu unserem Tanzabend kommen, wird auch einiges zusammenkommen«, sinnierte Gladys. »Was hältst du davon, Bertha?«

Bertha studierte Nola von oben bis unten. »Bis Weihnachten ist noch lange hin. Die Leute auf den Viehfarmen brauchen unsere Hilfe jetzt.«

»Die Lebensmittel müßten wir natürlich jetzt verteilen«, sagte Nola. »Aber die Finanzierungsprobleme bleiben. In der ›Regenzeit‹ wird wohl niemand sein Vieh zum Markt treiben, vermute ich.«

»Ganz recht«, bekräftigte Eartha. »Die nächsten paar Monate werden die schlimmsten.«

»Es bleibt ein Risiko«, gab Bertha zu bedenken. »Da wir noch nie einen Tanzabend in Julia Creek veranstaltet haben, können wir nicht im voraus wissen, wieviele überhaupt kommen. Wahrscheinlich geben wir viel Geld aus für die Vorbereitungen, und dann taucht keiner auf.«

»Aber die Rückmeldungen sind bislang recht vielversprechend«, warf Esther ein.

»Die Kosten halten wir so klein wie möglich«, versicherte Gladys. »Für die Musik sorgen die Einheimischen. Esther stellt uns ihre Räumlichkeiten zur Verfügung.«

»Auf den Plakaten, die ich überall verteilen ließ, wird jeder aufgefordert, etwas für das Buffet mitzubringen«, fügte Esther hinzu. »Für das leibliche Wohl ist also auch schon gesorgt.«

»Wir könnten einen Ochsen stiften und am Spieß braten«, sagte Eartha. »Das bringt sicher eine Menge ein.« »Das wäre wunderbar, Eartha«, sagte Esther »Auch das Picknick mit dem Rennen ist eine gute Idee. die meisten werden nach der Tanzveranstaltung hier in der Stadt bleiben. Sie wohnen zu weit weg, um im Dunkeln nach Hause zu fahren. Außer Pferderennen sind die Männer ganz wild darauf, Eidechsen oder Hühner rennen zu lassen, sogar Käfer. Da sie auf alles mögliche wetten, würden wir damit ein bißchen Geld sammeln.«

»Es ist immerhin Weihnachten«, gab Bertha zu bedenken. »Die Familien werden zum Essen daheim sein wollen.«

»Sie könnten recht haben, Bertha«, nickte Nola und registrierte Berthas selbstgefälligen Blick. »Aber stellen Sie sich vor, Weihnachten mit allen zusammen zu feiern. Die Atmosphäre wäre großartig.«

»Vor dem Picknick könnten wir eine Messe abhalten«, schlug Gladys vor.

»Stimmt«, nickte Eartha. »Ich finde diesen ganzen Plan herrlich. Nach dem schrecklichen Jahr, das wir hinter uns haben, würde es die allgemeine Stimmung ein wenig heben. Nola, Sie haben wunderbare Ideen.«

»Kein Wunder, schließlich ist sie doch Lehrerin!« verkündete Esther stolz. »Sie wird immerhin dafür bezahlt, einen scharfen Verstand zu haben.« Als Nola sie zornig anfunkelte, mußte Esther lachen.

»Eine Lehrerin? Hier in der Stadt?« wunderte sich Eartha.

»Ich bin auf der Reinhart-Farm angestellt, für Hartfords Kinder. Bis jetzt hatte ich allerdings nur Shannon im Unterricht, denn Heath und Keegan helfen Galen beim Auftrieb.« Daß ein Verkauf der Farm drohte, wollte sie lieber nicht erwähnen, sonst hätte es sich bald im ganzen Distrikt herumgesprochen.

Eartha war sichtlich beeindruckt. »Die Hartford-Kinder können von Glück sagen. Und ich hielt diesen Langford immer für einen alten Geizkragen! Ich schätze, da habe ich mich geirrt. Ich wünschte, wir könnten auch mehr für unsere Kinder tun. Aber Lehrer sind rar, selbst in der Großstadt. Unsere mußten für ihre Ausbildung nach Brisbane ins Internat.«

»Gibt es viele Kinder draußen auf den Viehfarmen?« fragte Nola. »Ich denke nämlich über eine Samstagsklasse nach, die ich hier im Dorf einrichten würde. Jedes Kind, daß teilnehmen möchte, wäre mehr als willkommen. Natürlich nehme ich kein Schuldgeld dafür.«

»Wie wundervoll!« sagte Gladys. »Draußen auf den Farmen leben etwa fünfzig Kinder, vielleicht sogar mehr. Mindestens zwanzig davon kommen samstags nach Julia Creek, entweder mit ihren Vätern oder mit beiden Eltern. Es wären nicht immer dieselben Kinder, denn manche Familien kommen nur alle vierzehn Tage, andere nur einmal im Monat, je nachdem, wie weit sie anreisen müssen und was sie auf den Farmen zu tun haben. Die Anwesen von Reinhart, MacDonald und MakKenzie liegen noch am nächsten. Einige anderen liegen bis zweihundert Kilometer entfernt. Die Kinder sind zum Teil regelrecht verwahrlost, besonders die Hughes-

Jungs. Sie ahnen nicht, was die alles anstellen inzwischen. Und sie verleiten andere Kinder auch noch zum Mitmachen!«

»Ich habe immer noch eine zerschlagene Fensterscheibe vorne am Hotel«, warf Esther dazwischen.

»Und ständig plantschen sie in den Pferdetrögen herum«, zählte Gladys auf. »Sie haben sogar Juckpulver unter die Satteldecke vom alten Bill MacDonald gestreut. Den ganzen Heimweg bockte seine Stute wie verrückt!«

»Letztes Jahr haben sie Feuer im Hotelklo gelegt. Als sie Schießpulver hineinwarfen, ist alles explodiert.« Esther schüttelte angewidert den Kopf. »Die Kloschüssel landete auf dem Hoteldach. Und den Gästen haben sie Schlangen in die Betten gelegt.«

»Und Spinnen in die Handtaschen der Damen!« fügte Mora hinzu.

»Und wißt ihr noch, wie sie im Laden ein Termitennest zwischen die Reissäcke gesteckt haben?« stöhnte Gladys. »Sie haben einen Sack Mehl gestohlen und Mehlbomben daraus gebastelt. Haben wir einen Schreck gekriegt, als wir das Hotel verließen. Das Mondlicht auf dem Mehl überall, wir dachten schon, es hätte geschneit ...!«

»Man traute seinen Augen nicht«, bestätigte Mora.

»Dann kam der Wind und wehte das Mehl überall hin«, prustete Gladys los. »Jeder in der Stadt hatte weißes Haar. Wir sahen alle aus wie um fünfzig Jahre gealtert. Zu komisch war das! Obwohl wir stocksauer waren, aber lachen mußten wir trotzdem.«

»Eine Samstagsschule wäre ein Gottesgeschenk«, nickte Esther. »Wir würden dich sogar dafür bezahlen!«

»Gerade dich würde ich zahlen lassen«, scherzte Nola.

»Sie kommen nur auf dumme Gedanken, weil sie sich langweilen«, meinte Eartha. »Ich bin sicher, daß sie liebend gern zur Schule gingen. Einige bekommen Fernunterricht, aber die Post kommt ja auch nur unregelmäßig. Andere lernen nur das, was ihre Eltern ihnen beibringen können, und das ist oft nicht allzuviel, weil die meisten mit der Farm alle Hände voll zu tun haben.«

»In welchem Alter sind denn die Kinder?« erkundigte sich Nola, schon ganz aufgeregt bei der Aussicht, den Kindern zu helfen.

»Zwischen fünf und vierzehn, würde ich sagen. Die Älteren müssen schon auf der Farm mitarbeiten.«

»Würde es dir etwas ausmachen, wenn ich sie hier im Garten unterrichte, Esther? Nur solange, bis ich einen geeignete Raum gefunden habe.«

»Überhaupt nicht!«

Plötzlich mischte sich Bertha ein. »Wie geht es eigentlich Langford in letzter Zeit?«

»Ganz gut.« Nola wandte sich den anderen Frauen zu. »Wären Sie bereit, meine Samstagsschule überall anzukündigen, meine Damen?«

»Aber sicher!« nickte Eartha bereitwillig.

»Ich hänge einen Zettel im Laden auf«, versprach Gladys.

»Und ich sag's heute nachmittag in der Kneipe weiter«, fügte Esther hinzu.

»Wo haben Sie denn zuletzt unterrichtet, bevor Sie herkamen?« wollte Mora wissen, die sich allmählich an Nola zu gewöhnen schien.

Nola spürte, daß Bertha Ellery sie immer noch beobachtete. »Ich war Gouvernante in London.«

»London! Nach England wollte ich schon immer

mal«, rief Mola lebhaft. Plötzlich merkte sie, daß sie den geheimsten ihrer Wünsche laut ausgesprochen hatte, und zog sich beschämt in sich zurück.

»Wenn Sie sich so sehr danach sehnen«, lächelte Nola aufmunternd, »sollten Sie die Reise eines Tages auch antreten. Es ist nie zu spät, sich einen Traum zu erfüllen. Das saftige Grün der Wiesen auf dem Land, und einige der Dörfer so malerisch ...«

Fast wollte Mora glauben, daß ihr Traum einmal wahr werden sollte, und ihre Augen leuchteten.

»Wir könnten uns einmal zusammensetzen, und ich Ihnen alles von England erzählen«, bot Nola an. »Ich habe einige Bücher dabei, in denen hübsche Abbildungen sind.«

Mora schien überglücklich, und ihre strengen Gesichtszüge schmolzen zu einem Lächeln.

»Daß Langford einen Lehrer engagieren wollte für Galens Kinder, hatte ich gehört«, unterbrach Bertha. »Aber ich hatte den Eindruck, er hätte lieber einen Mann für den Job!«

»Bedauerlicherweise gibt es nicht allzu viele Lehrer in London, die hierherziehen würden, Mrs. Ellery. Sie haben Familien, Häuser, Kinder im Internat oder sind sonstwie gebunden. Ich dagegen war frei von allen Bindungen, jung genug und unvoreingenommen. Nichts hinderte mich, die Reise anzutreten. Außerdem war ich schon immer ein wenig auf Abenteuer aus. Es war also eine ideale Gelegenheit für mich.«

»Glück für sie, eine wie dich gefunden zu haben, Kleines!« Esther grinste und wandte sich den anderen Frauen zu. »Möchte eine von euch etwas trinken?«

Bertha ignorierte das Angebot. »Auf Reinhart sind

doch gar keine Frauen beschäftigt, Miss Grayson. Deshalb hat Langford wohl auch einen männlichen Lehrer verlangt. Ich nehme an, Sie haben eine Anstandsdame mitgebracht. Eine Reisegefährtin vielleicht?«

»Ein Reisegefährte war nicht nötig, Mrs. Ellery. Auf dem Dampfer waren Hunderte Mitreisende. Übrigens hatte ich schon immer meinen eigenen Kopf. Zugegeben, ich tue meistens, wonach mir der Sinn steht, ohne mich um die Meinung der Männer zu kümmern. Diesem Grundsatz bin ich auch gefolgt, als die Stellung auf Reinhart angeboten wurde. Ob Frauen auf der Farm leben, hat mich kein bißchen interessiert. Alles, was zählte, waren doch die Kinder! Und falls es Sie interessiert, ich bin längst nicht mehr die einzige Frau auf Reinhart.«

Bertha verzog überrascht das Gesicht.

»Sie haben zwei Aborigines-Frauen dort einquartiert«, erklärte Esther.

»Aborigines? Um Himmels willen, aber die können doch nicht als Anstandsdamen gelten! Sie haben weder Sitte noch Moral, so wie wir, ihnen fehlen alle christlichen Grundwerte ...«

Langsam wurde Nola wütend. Sie hatte nicht damit gerechnet, daß Bertha Ellery derart engstirnige Vorurteile hegte. Hoffentlich waren die anderen nicht derselben Meinung. »Mag sein, daß sie einen anderen Glauben haben als wir – aber sie haben sehr strenge Sitten und Gebräuche! Und ich glaube nicht, daß ich eine Anstandsdamen brauche. Die Zeiten ändern sich, und wir uns mit ihnen. An der scheinheiligen Moral der Männer brauchen wir uns jedenfalls nicht messen zu lassen.«

Esther, Gladys, Mora und Eartha verfolgten wortlos,

was sich zwischen Nola und Bertha abspielte. Es war das erste Mal, daß irgend jemand, weiblich oder männlich, Berthas Ansichten in Frage stellte. Ihr Vater war einer der ersten gewesen, die im Gulf Country mit der Viehzucht begonnen hatten. Er war ein harter Mann gewesen, und Bertha stand ihm in nichts nach. Jeder, der sie kannte, begegnete ihr mit Respekt. Selbst ihr Ehemann zitterte vor ihr, und um des lieben Friedens willen widersprach er ihr nie.

»Ein kleiner Rat, Miss Grayson. Manche Dinge werden sich niemals ändern. Auch wenn Sie anscheinend lieber Hosen tragen, wird die Männer nichts davon abhalten, über Sie zu reden. So ist das nun mal auf dem Land. In einem kleinen Dorf wie hier ist sonst nicht viel los. Da interessiert man sich um so mehr für das Privatleben anderer Leute.«

»Ich hätte nicht gedacht, daß leben in einem kleinen Dorf auch bedeutet, die Leute dort hätten auch nur einen kleinen Verstand, Mrs. Ellery. Aber ich nehme an, Sie wissen am besten, wovon Sie reden.«

Das war ein subtiler, aber unverkennbarer Angriff, und den anderen Frauen blieb vor Staunen die Luft weg.

»Gleichviel«, schloß Nola, »machen Sie sich bitte keine Sorgen um meinen guten Ruf. Für meine radikalen Ansichten bin ich seit jeher bekannt und gebe nicht viel auf das, was man über mich redet.« Nola erhob sich. »Leider muß ich Sie jetzt verlassen, meine Damen. Wir hatten einige kleinere Probleme auf der Farm, weshalb ich nicht allzu lange wegbleiben will. Es hat mich sehr gefreut, Sie kennenzulernen, Eartha und Mora. Ich hoffe, daß wir uns bald einmal wiedersehen!«

»Das hoffe ich auch, Nola«, erwiderte Eartha freundlich, während Mola zustimmend nickte. Eartha nahm Nolas Hände und drückte sie warmherzig. »Hier draußen im Busch könnten wir noch mehr Frauen wie sie brauchen. Ich wünsche Ihnen viel Glück. Wenn ich Ihnen irgendwie behilflich sein kann, lassen Sie es mich wissen!«

»Vielen Dank«, freute sich Nola. Dann wandte sie sich Bertah zu.

»Auf Wiedersehen, Mrs. Ellery.«

Bertha nickte, die Lippen zu einem dünnen Strich gepreßt.

»Ich bringe dich noch nach draußen«, meinte Esther. »Danach muß ich mich um die Kneipe kümmern. Über kurz oder lang werden die Kunden über mich herfallen ...«

»Ich werde mich auch auf den Weg machen«, erklärte Gladys, die schon aufgestanden war. »Ben Cranston hat Orval im Laden ausgeholfen, während ich weg war, aber bei den vielen Familien, die jetzt Lebensmittel kaufen, wird er alle Hände voll zu tun haben. Und Bestellungen müssen wir auch ausliefern. Immer vergißt er, was wir noch auf Lager haben!«

»Mach dir nichts aus dem, was Bertha sagt«, erklärte Esther, als Nola ihr Pferd bestieg.

»Stimmt es denn, Esther? Reden die Männer über mich, seit ich auf Reinhart arbeite?«

»Ich will dich nicht anlügen, Nola. Seit du am Tag deiner Ankunft Hank mit Wasser übergossen hast, sind ihre Zungen regelrecht heißgelaufen. Das war nicht anders zu erwarten. Hier gibt es wenig Abwechslung. Der ganze Distrikt ist voller Junggesellen, und du bist noch ledig. Damit wirst du hierzulande zum Freiwild. Aber glaub mir, deinen guten Ruf hat noch niemand angezweifelt. Wenn du mich fragst, sie würden es nicht wagen.«

Nola konnte sich ein Grinsen nicht verkneifen.

Auf dem Heimweg fand Nola genug Zeit, um nachzudenken. Sie hatte sich oft überlegt, wie es wäre, ein Kind zu bekommen. Wenn sich herausstellte, daß sie tatsächlich schwanger war, konnte sie nicht länger auf Reinhart bleiben. So sehr hatten sich die Zeiten nun auch nicht geändert, daß ihr Zustand nicht Schande über Langford Reinhart und Galen Hartford bringen würde. Man würde ihre Moral in Frage stellen, wenigstens so lange, bis sich die Wahrheit herumsprach. Und was sollte dann aus ihr werden? Sie konnte in die Großstadt ziehen, oder nach England zurückkehren, damit ihr Kind auch seinen Vater kennenlernen könnte. Wovon sie leben sollte, war ihr schleierhaft. Mit Sicherheit würde Lord Rodwell dafür sorgen, daß sie keine Anstellung mehr fand, und ob Tilden Shelby ihr würde helfen können, stand dahin. Natürlich konnte sie Leith zwingen, Unterhalt zu zahlen, aber so weit wollte es Nola nicht kommen lassen. Sie war viel zu stolz und unabhängig, sein Geld zu akzeptieren.

Es war früher Abend, als Nola auf die Farm zurückkam. Wade saß auf der vorderen Veranda, Sandy schlief zu seinen Füßen. Sie war überrascht, wie entspannt und ausgeglichen Wade wirkte.

»War es ein schöner Tag?« erkundigte er sich, als sie näherkam.

Sandy sprang auf, um sie zu begrüßen. »Aufschlußreich. Und bei euch?«

»Keine besonderen Vorkommnisse.«

Nola blieb der Mund offen stehen. »Das kann ich kaum glauben!«

»Es stimmt aber. Im Gegenteil, gute Nachrichten – die Stinkkäfer sind weg.«

Nola war noch so verwirrt, daß sie das noch gar nicht bemerkt hatte. Sie blickte sich um. Tatsächlich, ein paar tote Käfer lagen zwar noch herum, aber ansonsten waren sie spurlos verschwunden.

»Mir fällt ein Stein vom Herzen«, seufzte sie. »Esther hat mir schon prophezeit, daß sie so schnell verschwinden, wie sie gekommen sind. Aber ich muß gestehen, richtig überzeugt war ich nicht davon. Ich wage kaum zu fragen, wie es Langford geht?«

»Soviel ich weiß, nicht schlecht.«

»Haben Sie gar nicht nach ihm geschaut, Wade? Er hat doch hoffentlich zu essen bekommen, während ich weg war?«

»Ich nahm an, daß er mich nur ungern am Krankenbett sähe, und habe Shannon und Tilly mit Mittag- und Abendessen zu ihm geschickt, das die Frauen zubereitet hatten. Übrigens waren die Mädchen fast den ganzen Nachmittag bei ihm.«

Nola stöhnte. »Da wird er sich bitterlich beklagen, wenn ich ihm unter die Augen trete.« Innerlich konnte sie ihn schon zetern hören.

»Glaube ich eigentlich nicht. Ich habe die Mädchen ziemlich laut lachen hören. Jetzt sind sie mit den Frauen oben, und wie es scheint, recht guter Dinge.«

Nola trat von der Veranda zurück und hielt nach dem Balkon Ausschau. Die Aborigines-Frauen beugten sich über das Geländer und lächelten ihr zu. Offenbar freuten sie sich über ihre Rückkehr. Sie hörte Shannon und Tilly im Hintergrund kichern. Nola setzte sich auf den Boden der Terrasse, erleichtert, daß nichts Schlimmes vorgefallen war, und streichelte Sandy über das strubbelige Fell.

»Die Ziegen sind im Pferdestall, und Ihre große Wäsche haben Lizzie und Mary übernommen. Und das Abendessen für Sie haben sie im Ofen warmgestellt.«

»Ich glaube, ich muß euch öfter mal alleinlassen, Wade. Ohne mich habt ihr anscheinend alles im Griff!« Plötzlich spürte Nola einen Bärenhunger und stand auf. »Was haben Lizzie und Mary denn Schönes gekocht?«

»Keine Ahnung, was es war«, bemerkte er beiläufig, »aber es hat ausgezeichnet geschmeckt.«

»Ich bin so hungrig, daß ich jetzt alles essen würde.«

Wade folgte ihr ins Innere des Hauses. »Übrigens, Sandy hat heute eine Schlange erwischt!«

»Wirklich? Wie wunderbar.«

»Ich glaube, sie kam aus dem Holzstapel. Die Frauen waren ganz aufgeregt. Sie nahmen sie ihm ab und freuten sich, als wäre es ein Weihnachtsgeschenk.«

Nola blieb plötzlich wie angewurzelt stehen. Dann wandte sie sich zu Wade um, der verschwörerisch grinste.

»Es war wirklich köstlich, Nola.«

15

»Guten Morgen«, grüßte Nola freundlich, als sie Langfords Zimmer mit dem Frühstückstablett in der Hand betrat.

Er schien sie schon voller Ungeduld zu erwarten. »Was hatten Sie denn gestern im Dorf zu tun?« knurrte er.

Sie fragte sich, weshalb er so neugierig war. »»Ihnen auch einen schönen guten Morgen, Miss Grayson‹«, parodierte sie. »»Wie geht es Ihnen heute? Mir geht es gut, vielen Dank.‹« Nola stellte das Tablett ab und sah auf den Greis herunter, die Fäuste in die Hüften gestemmt. Er beobachtete sie mit dem üblichen säuerlichen Gesichtsausdruck. »Shannon hat mir erzählt, Sie hätten gestern tatsächlich gelacht. Warum nur, fällt es mir so schwer, das zu glauben?«

Der alte Mann wandte sich ab. Nola glaubte, einen schwachen Schimmer Farbe auf seinen bleichen Wangen zu sehen. Sie hätte schwören mögen, daß er beinahe lächelte, wahrscheinlich unbewußt, weil er sich daran erinnerte, wieviel Freude ihm die Kinder gemacht hatten.

Das Essen rührte er nicht an und schien erst ihre Antwort abzuwarten.

»Ich war im Hotel bei einer Versammlung, bei der es um Hilfen für die Dürreopfer geht. Sie sammeln Lebensmittelspenden ein für diejenigen, die vor dem Nichts stehen. Auf der Versammlung wurde beschlossen, wie die Spenden zu verteilen sind.«

»Und wer nahm alles teil?« wollte Langford so beiläufig wie möglich wissen, aber Nola hatte ihn längst durchschaut. Andere Menschen waren sein einziger Kontakt zur Außenwelt, so betrüblich es war.

»Esther, Gladys, Mora und Eartha Dove und«, fügte sie gespielt melodramatisch hinzu, »Mrs. Bertha Ellery.«

Schnaubend nahm Langford das Tablett auf. »Bertha ist eine alte Wichtigtuerin. Ich möchte wetten, daß sie euch schon vorgeschrieben hat, wer welche Spenden zugeteilt kriegt.«

Nola zog eine Grimasse. »Allerdings. Und zwar wie, wann und wem!«

Langford schüttelte den Kopf und nahm einen gigantischen Bissen von seinem Marmeladenbrot. Er wußte noch gut, wie bestimmt Bertha Ellery sein konnte. »Gemessen an dem Einfluß, den sie anderen zubilligt, stellt sie gut und gerne eine ganze Versammlung für sich allein dar«, stellte er geräuschvoll kauend fest.

»Sie kennen sie gut?«

»Ich ›kannte‹ sie gut, aber es klingt, als hätte sie sich nicht ein bißchen geändert.«

»Sie hat sich nach Ihrem Wohlergehen erkundigt.«

»Interessiert sie sowieso nicht. Die will bloß ihre Nase in meine Angelegenheiten stecken.«

»Ich habe sie schon früher kennengelernt, bei einem anderen Dürretreffen. Sie hat damals schon nicht sonderlich erfreut auf meine Vorschläge reagiert und ich fürchte, meine Vorschläge von gestern finden auch nicht gerade ihre Billigung.«

Erneut wirkte Langford aufrichtig überrascht. »Wieso nehmen Sie dann teil?«

Nola hob die Brauen. »Weil ich helfen möchte, wenn ich kann. Fällt es Ihnen derart schwer zu glauben, daß ich mich dafür interessiere, wie es den Leuten auf den anderen Farmen ergeht?«

Langford wirkte unangenehm berührt. »Kein Zweifel, Sie vermissen es, unter Menschen zu sein.«

»Ich bin unter Menschen – auch wenn es weniger als früher sind. Um ehrlich zu sein, ich war neugierig auf die Frauen aus der Nachbarschaft. Das Leben hier stellt einige Anforderungen, besonders an die Frauen. Ich bewundere ihre Entschlossenheit. Man muß ganz andere Prioritäten setzen, wenn man hier draußen bestehen will, und man muß erkennen, daß die Belohnungen andere sind.«

Langford wußte, daß sie die Wahrheit sprach. Aber daß jemand, der aus der Großstadt kam, soviel Einsicht und Vernunft besaß, überraschte ihn. Er wollte, daß sie ihm das näher erklärte. »Und wie kommen Sie darauf?«

Nola überlegte einen Augenblick. »Mary bei der Geburt zu helfen, war eine Erfahrung, die ich so in der Stadt niemals hätte machen können. Daß sie sich so vollkommen darauf verließ, ich würde ihr Kind retten, war entsetzlich für mich, aber zugleich vielleicht das Wichtigste, was ich in meinem ganzen bisherigen Leben unternommen habe. Sie werden es nicht glauben, aber die Verantwortung dafür, Galens Kinder zu erziehen, beeinflußt mein Leben nicht weniger als ihres.« Nola blickte aus dem Fenster. »Ich kann verstehen, wie schwer es Ihnen fallen muß, das zu verstehen«, schloß sie leise.

Doch Langford verstand mehr, als Nola ahnte. Die

Farm aufzubauen und Galen in der Rinderzucht zu unterweisen war eine lohnende Aufgabe gewesen. Doch all das war mit einem Schlag erloschen, als er Ellen verlor. Damals zerbrachen all seine Träume. Und diese Tragödie war, wie er jetzt, nach all den Jahren erstmals erkannte, vielleicht nicht weniger schrecklich als ihr Tod.

Nola merkte, daß Langford tief in Erinnerungen versunken war, und wechselte das Thema. »Bertha glaubt, mein Ruf sei in Gefahr, wenn ich hier draußen allein unter Männern bin.«

Langford sah sie aufmerksam an. Nola Grayson, davon war er überzeugt, sorgte sich nicht mehr um ihren Ruf als um die Frage, ob das Kleid, das sie trug, zu ihrer Augenfarbe paßte. Aber er wollte herausfinden, was in ihr vorging. »Und? Wie denken Sie darüber?«

Nola blinzelte amüsiert. »Sehe ich besorgt aus?«

Die Augen des alten Mannes funkelten ebenfalls. Diese Miss Grayson war doch eine recht ungewöhnliche Person. Jeden Tag sorgte sie für neue Überraschungen.

»Wie geht es denn heute Ihrem Bein?« Nola untersuchte das verletzte Knie und stellte fest, daß die Schwellung fast völlig abgeklungen war. »Sie sollten jetzt häufiger aufstehen und ihr Bein bewegen, damit es nicht steif wird!« riet sie.

»Ich kann nicht«, gab er störrisch zurück. Er spürte, daß sein Leben in den letzten paar Tagen eine neue Wendung erfuhr, und er war sich nicht sicher, ob er bereit war zur Rückkehr in den normalen Alltag. Plötzlich merkte er, daß er sich davor fürchtete. Und verängstigt war er nicht mehr derselbe wie zuvor.

»Unsinn. Neulich habe ich Sie erst am Fenster stehen sehen!«

Diesmal war Nola ganz sicher, daß Langford sich schämte. Sie hockte sich auf die Bettkante, was ihn noch mehr verunsicherte. »Orval Hyde hat mir erzählt, daß neulich zwei Männer in der Stadt waren, die ihn über die Reinhart-Farm ausfragen wollten. Es waren offensichtlich keine Viehtreiber, und nach Arbeit suchten sie auch nicht. Glauben Sie, daß es Viehdiebe waren, oder ob sie womöglich die Kerle kennen, die es auf Ihre Rinder abgesehen hatten?«

Langford runzelte die Stirn. »Möglich wäre es, aber ich glaube kaum, daß sie den Mut haben, hier erneut aufzukreuzen.«

»Sollten wir nicht besser Vorsorge treffen? Galen hat alle Gewehre aus den Schränken im Mannschaftshaus mitgenommen.«

»Ein paar Gewehre sind in der untersten Schublade der Kommode. Dort finden Sie auch eine Schachtel Munition.«

»Wade habe ich noch nichts davon erzählt, aber er sollte Bescheid wissen, für den Fall, daß Fremde herkommen und Herumschnüffeln.«

»Ich denke, Galen wird heute abend herüberkommen«, gab Langford zurück. »Sagen Sie ihm besser nichts von der Sache. Er hat schon genug am Hals.«

»Sie haben recht. Bestimmt wagt sich keiner mehr hierher, nachdem zwei ihrer Komplizen gefangen und der Behörde übergeben wurden.«

»Glauben Sie, der Köter, den Sie neulich angeschleppt haben, würde bellen, falls sich irgendwer nachts auf dem Grundstück herumtreibt?«

Nola tat, als wäre sie beleidigt. »Er ist jung. Woher soll ich das wissen? Offenbar hat er gestern zumindest eine

Schlange erwischt. Manches bringt eben der Instinkt mit sich.« Daß ihm die Schlange zum Abendessen aufgetischt worden war, wollte Nola lieber nicht erwähnen. Sie hatte selbst erst nichts essen wollen, aber schließlich hatte der Hunger gesiegt, und Wade hatte zusätzlich an ihre Abenteuerlust appelliert. Und sie mußte zugeben – es war sehr schmackhaft gewesen.

Am späten Nachmittag kehrten Galen und Hank auf das Anwesen zurück. Offenbar war der Auftrieb zuerst rasch vorangeschritten, bis sie plötzlich durcheinander gekommen waren. Daraufhin mußte alles neu durchgezählt werden, was einen ganzen zusätzlichen Tag kostete. Hank trug ein sehr junges Kalb quer über dem Sattel.

»Hier ist dein erstes Milchkalb, Nola. Ich glaube nicht, daß es das letzte sein wird. Wir haben es den Dingos gerade noch vor der Nase weggeschnappt.«

»Was ist denn aus dem Muttertier geworden?«

Die Männer wechselten bedeutungsvolle Blicke, und wollten nicht vor den Kindern mit der Wahrheit herausrücken.

»Sie hatte das Bein gebrochen«, bemerkte Galen leise.

»Wirst du es wieder heil machen, Papa?« fragte Shannon, die das Kalb streichelte.

Galen wandte sich zu Nola um, und sie wußte, es war zu spät. »Wir versuchen unser Bestes. Bis dahin hilfst du Miss Grayson, sich um ihr Baby zu kümmern. Im Mannschaftshaus findest du eine Nuckelflasche!«

»Ein schönes Tier«, lobte Nola und bückte sich, das weiche Fell zu kraulen. Das Kalb war karamelbraun und hatte riesige braune Augen. Shannon und Tilly waren sichtlich entzückt.

»Vielleicht kannst du ihm Nannys Milch geben«, schlug Nola Shannon vor.

»Wer ist Nanny?« wollte Galen wissen und runzelte argwöhnisch die Stirn.

»Eine der Ziegen«, gab Nola unbekümmert zurück.

Galen sah Hank an und schüttelte den Kopf. »Wehe, man läßt sie ein paar Tage allein.«

»Wieviele Ziegen haben wir denn?« erkundigte sich Hank amüsiert.

»Nur zwei!« gab sie scherzhaft-wütend zurück. »Orval war so freundlich, sie uns herauszubringen, damit ich Käse mache.«

»Weiß Langford von den Frauen?« wollte Galen wissen und deutete auf das Schlafzimmerfenster des alten Mannes.

»Ja. Machen Sie sich um ihn keine Sorgen. Sein Knie ist gut verheilt, und er kann schon wieder aufstehen. Sie werden feststellen, daß er sich sehr verändert hat. Inzwischen interessiert er sich wieder für seine Umgebung. Er spielt sogar mit den Mädchen.«

Galen war sichtlich schockiert.

Shannon, die noch immer das Kalb streichelte, schaute auf. »Mr. Reinhart hat mir und Tilly gezeigt, wie man Mühle spielt, Papa. Es war lustig. Immer wieder hat er die Steinchen versteckt, bis keins mehr übrig war.«

Verblüfft wandte sich Galen Nola zu. Früher war Langford ganz versessen auf Mühle-Spielen gewesen, hatte aber das Brett seit Jahren nicht mehr hervorgeholt. »Sie haben wohl ein Wunder bewirkt, während wir unterwegs waren!«

»Wade war mir eine große Hilfe«, wehrte Nola ab.

»Wir haben euch etwas frisches Fleisch mitgebracht«, sagte Hank.
Nola lächelte. »Danke. Wenigstens mal eine Abwechslung zu Schlange ...«
Wieder blickten Galen und Hank einander an, beiden stand der Mund vor Staunen offen, und Nola brach in helles Gelächter aus.

Später bereiteten Nola und die Frauen einen riesigen Topf Ochsenschwanzsuppe, die durch die vereinten kulinarischen Kräfte der drei Frauen überaus köstlich schmeckte. Zur allgemeinen Überraschung verlangte selbst Langford einen Nachschlag. Nola hatte noch einige Einkäufe von Julia Creek mitgebracht, unter anderem Käse, frisches Gemüse und Butter. Besonders freute sie sich aber, daß sie preisgünstig Blumensamen und Setzlinge bekommen konnte.
Während die Sonne allmählich dem Horizont entgegensank und die glühende Hitze sich ein wenig legte, machte sich Nola daran, die Setzlinge einzupflanzen, darunter drei Obstbäume, und die Blumensamen auszusäen. Währenddessen waren Galen und Hank bei Langford. Die Frauen nahmen Shannon, Tilly und Sandy auf einen Spaziergang mit, blieben aber stets in Sichtweite des Haupthauses. Das Baby, das Mary inzwischen Allira nannte, schlief in einer als Krippe dienenden Hutschachtel auf der Veranda, eingehüllt in ein Moskitonetz.

Hank kam schließlich auf die Veranda, um eine Zigarette zu rauchen und setzte sich, um Nola beim Wässern ihrer neu gepflanzten Samen und Setzlinge zuzuschauen.

»In etwa drei Wochen müßte man eigentlich, das erste Grün sehen können!« seufzte Nola.

Hank bemerkte. »Ein paar Grünpflanzen oder Bäume, die Schatten geben, würden hier draußen einiges verändern.« In Wirklichkeit dachte er gar nicht so sehr an den Garten, sondern er beobachtete Nola. Ihre Haut war inzwischen goldbraun; und ihr honigfarbenes Haar war mit hellen, von der Sonne gebleichten Strähnchen durchzogen. »Hast du mich vermißt?« grinste er verhalten.

»Tut mir leid, aber ich war viel zu beschäftigt dafür, und du doch wohl auch.«

»Ich habe immer Zeit gefunden, dich zu vermissen«, gab er ernsthaft zurück. Besonders nachts am Lagerfeuer, dachte er, wenn er zu den Sternen emporschaute.

»Du kannst von Glück sagen, daß du nicht hier warst. Ein Stinkkäferschwarm hat uns heimgesucht.«

Er verzog angewidert den Mund. »So einen hatten wir letztes Jahr auf Boulia. Der Gestank hat uns fast in den Wahnsinn getrieben.«

»Wie viele Rinder habt ihr inzwischen getrieben?«

Hank mußte lachen. »Nicht getrieben, Nola. Wir sind keine Yankee-Cowboys.«

»Tut mir leid. Ich wußte gar nicht, daß es da Unterschiede gibt. Wie viele Tiere habt ihr zusammengetrieben?«

»Klingt schon besser. Inzwischen müssen es an die siebenhundert Tiere sein. Von den Reinhart-Rindern war ein ganzer Haufen zu Bill MacDonalds Grundstück übergelaufen und hatte sich dort unter die Herde gemischt. Als wir beide Herden wieder voneinander getrennt hatten, hat sich herausgestellt, daß wir weit besser dastehen als wir dachten.«

»Und was ist mit den Kälbern, die unmarkiert sind? Woher wißt ihr, welche zu wem gehören?«

»Die Kälber werden ganz gerecht verteilt.«

»Und wo ist die Herde jetzt?«

»Wir haben das Lager in der Nähe des Brunnens eingerichtet, den Wade gebohrt hat, so daß sie mit Wasser versorgt sind. Unsere nächste Sorge ist, sie nach Maryborough zu bringen. Mit nur sechs Leuten können wir diese Menge nicht vor uns hertreiben. Wir würden die meisten Tiere verloren haben, bevor wir dort eintreffen. Galen bespricht das gerade mit Langford.«

»Und was habt ihr vor?«

»Bill MacDonald möchte einen Teil seines Viehs verkaufen. Er hat uns einen Vorschlag unterbreitet, der sich gut anhört.«

»Und das wäre?«

»Er hat angeboten, seine Männer für Galen auf dem Viehtrieb arbeiten zu lassen, vorausgesetzt, sein Vieh kommt mit. Galen hält es für eine gute Idee. Langford wird mit Sicherheit zustimmen. Eigentlich bleibt uns gar keine andere Wahl. Und wie ist es euch hier ergangen? Die Frauen sehen aus, als hätten sie sich schon eingelebt.«

»Sie haben sich erstaunlich schnell angepaßt, Hank. Eigentlich ist es ganz angenehm, sie hier zu haben. Wenn es sie von hier fortzieht, werde ich sie vermissen. Sie haben mir jedenfalls sehr geholfen. Wie du siehst, sind Shannon und Tilly unzertrennlich. Sie kommen gemeinsam zum Unterricht, und Tilly macht sich erstaunlich gut. Sie hat schon ein paar Worte Englisch gelernt. Dafür kommt Shannon plötzlich mit ganz merkwürdigen neuen Wörtern an. Wahrscheinlich hat sie etwas von der Aborigines-Sprache aufgeschnappt.«

Hank blickte erfreut. »Und Langford? War er wieder unmöglich?«

Nola lächelte. »Wir hatten einige heftige Auseinandersetzungen, aber inzwischen können wir uns tatsächlich zivilisiert unterhalten. Ich hätte nie gedacht, daß wir eines Tages miteinander auskommen würden. Es ist angenehm.«

»Ich muß zugeben, daß er nie besser bei Kräften war als jetzt. Ich glaube sogar, er hat zugenommen?«

»Jedenfalls ißt er mit viel Appetit. Vorhin hat er sogar mehr gegessen als wir alle!«

Hank entschuldigte sich, denn er wollte nach den Pferden sehen, und Nola setzte sich auf die Veranda, von wo sie stolz das Werk ihrer Hände begutachtete. Ohne Feuchtigkeit war der Boden hart und rissig geworden, aber wenigstens hatten die Ziegen das Unkraut abgefressen. Sie freute sich darauf, die kleinen Pflanzen zu Büschen und Bäumen heranwachsen zu sehen.

»Wollen Sie einen Garten anlegen?« ließ sich Galens Stimme hinter ihr vernehmen.

Überrascht fuhr sie herum. »Es ist wenigstens ein Anfang. Orval hat mir aus Maryborough noch ein paar Setzlinge mehr bestellt. Und nun sitze ich da und überlege, wie ich die Ziegen davon abhalten kann, alles wieder kahlzufressen. Es ist so schwer, sie an einem Ort festzunageln. Die Setzlinge sollten wenigstens eine Chance haben, emporzukeimen. Ich freue mich schon darauf, die ersten Früchte zu ernten, den ersten Busch in aller Farbenpracht blühen zu sehen.«

Galen ließ sich neben ihr nieder. »Vielleicht hätten Sie besser Kakteen anpflanzen sollen.«

»Ich wollte eigentlich Bougainvilleas haben, da muß ich mich in Geduld üben. Ich hatte gehofft, die Dornen würden sie abhalten.«

»Ich bezweifle, daß es überhaupt irgendetwas gibt, wovon sich Ziegen abhalten lassen. Wir sollten besser einen ordentlichen Zaun um den Garten ziehen, später, nach den Viehtrieb.«

»Gibt es hier denn noch Holz?«

»Klar. Jede Menge davon.«

»Vielleicht kann ich mit Wade schon anfangen, den Zaun zu zimmern.«

»Ich zeige ihm, wo das Holz liegt, und suche ein paar Nägel dazu.«

»Großartig.« Voller Zuversicht blickte Nola hinüber zu ihrem Garten, und vor ihrem geistigen Auge tauchten schon die schlanken Bäume auf und die üppigen Blumenbeete.

»Wenn ich in Maryborough ein paar schöne Pflanzen sehe, bringe ich Ihnen einige davon mit.«

»Wie schön! Hank hat mir berichtet, Sie können Viehtreiber vom MacDonald-Gut mitnehmen, um die Herde nach Maryborough zu bringen.«

»So ist es. Langford hält die Idee für ausgezeichnet.«

»Und wie gefällt er Ihnen? Er hat sich sehr auf Ihre Rückkehr gefreut.«

»Ihm geht's ganz gut, denke ich. Irgendetwas hat sich grundlegend verändert bei ihm. Nicht nur, daß er bedeutend gesünder aussieht, auch sein ganzes Verhalten scheint besser denn je. Die Frauen oder die Kinder hat er mit keinem Wort erwähnt. Wie finden sie das? Ich hätte nie gedacht, daß er ihre Anwesenheit so bereitwillig hinnimmt.«

»Hat er auch nicht. Jedenfalls nicht am Anfang. Er war besorgt, weil ich mich in die Angelegenheiten des Stammes eingemischt hatte. Eigentlich wollte er sie auf der Stelle wegschicken. Er hat es zwar nicht weiter ausgeführt, aber er hat erwähnt, daß einmal zwei seiner Viehtreiber aus Rache getötet worden sind, weil er in Konflikte mit den Stammesgesetzen geraten ist.«

Galen nickte. »Stimmt schon. Ich war damals erst ein paar Monate auf Reinhart, als Langford einen Aborigine daran gehindert hat, eine Frau mit seinem Langspeer zu durchbohren, von der es hieß, sie sei ihrem Mann untreu geworden. Langford hatte die Situation nicht richtig eingeschätzt. Seiner Meinung nach hatte er einen kaltblütigen Mord verhindert. Die Frau, die lautstark ihre Unschuld beteuerte, war offenbar vom Stamm zum Tode verurteilt worden, und sie nahmen es uns sehr übel, daß wir ihre Rechtsprechung angezweifelt haben. Die Farmer haben sich zusammengetan und wollten sie anreifen, aber Langford suchte einen friedlichen Ausgleich. Er fühlte sich für den Tod der beiden Viehtreiber verantwortlich und wollte weiteres Blutvergießen verhindern. Mit Jack als Dolmetscher überzeugte er den Stamm, die Frau am Leben zu lassen, und versprach ihnen, wenn sie auf seine Wünsche eingingen, würden sie nicht mehr von den Weißen angegriffen. Die Frau wurde nie mehr gesehen. Jack hat Langford später dann erzählt, sie sei zwar nicht umgebracht, aber von ihrem Stamm verbannt worden.«

»Kein Wunder, daß er sich derart aufgeregt hat, weil ich im Wana-Mara-Lager gewesen bin. Aber ich konnte ihn überzeugen, daß ich den Segen des Stammesältesten hatte, als ich die Frauen mitnahm. Trotzdem wollte er keine Frauen im Haus haben. Ich hab' ihn daraufhin gefragt, wie ich seiner Meinung nach sonst mit diesem riesigen Haushalt fertigwerden und dabei auch noch die Kinder unterrichten sollte? Außerdem habe ich ihn daran erinnert, wie glücklich Shannon ist, eine Spielgefährtin gefunden zu haben. In den ersten Tagen hat er mich mit seinem ständigen Gezeter über alles und jeden zur Weißglut getrieben, und mehr als einmal ist mir wirklich der Geduldsfaden gerissen. Der Wendepunkt kam wohl, als ich ihm klarmachen konnte, wie Wade überall mit anpackt, ohne einen Laut der Klage über seine Verletzung. Er mußte begreifen, daß wir mehr brauchen als nur weise Ratschläge. Wir brauchen dringend jemanden, der mit anfaßt!« – Nola sah auf ihre Uhr und erhob sich. »Kommen Sie mit?«

»Wohin gehen Sie?«

»Zu den Stallungen. Das ›Baby‹ wird hungrig sein!«

Noch bevor sie den Stall erreicht hatten, hörten sie das Kalb schon brüllen. »Klingt, als wäre es sogar sehr hungrig«, bemerkte Nola. Das Kalb war in einer Box untergebracht, die dem Verschlag mit den Ziegen gegenüberlag. »Shannon hat ihm die Flasche gegeben, aber das ist schon ein paar Stunden her. Will doch mal sehen, ob Nanny das Kleine bei sich trinken läßt. Würden sie mir helfen?«

Auch Hank war im Stall, am anderen Ende der Boxen. Er wandte ihnen den Rücken zu und reinigte Zaumzeug. Galen führte Nanny in die Box mit dem Kalb und

Nola führte sie an Nannys Euter heran. Das Kalb roch die Milch und begann sofort zu saugen. Nanny wandte den Kopf und sah zu, rührte sich aber nicht von der Stelle. Nola lächelte, Freudentränen in den Augen. Auch Galen mußte lächeln, aber sein Blick war von Trauer umwölkt. Er mußte daran denken, daß Emily mit den Tieren nie zurechtgekommen war. Immer hatte sie behauptet, sie zu mögen, war ihnen aber möglichst ferngeblieben. Merkwürdig, aber mit Ellen war es dasselbe gewesen. Nola war ein ganz anderer Mensch. Wieder wurde ihm bewußt, wie ungeeignet Emily für das Leben im Outback gewesen war.

Während sie noch dastanden und zuschauten, wie Nanny das Kalb trinken ließ, bemerkte Galen: »Sie können gut mit Tieren umgehen, sie reagieren auf Sie.«

»Tiere reagieren wie Menschen, auf Liebe.«

»Aber bei Tieren ist das nicht selbstverständlich«, wandte Galen ein.

»Bei Menschen auch nicht.«

Eine Zeitlang schwieg Galen. Er warf einen Blick ans andere Ende der Stallungen, aber Hank schien sie gar nicht bemerkt zu haben.

»Meine Frau hatte immer den Ehrgeiz, Schauspielerin zu werden. Obwohl wir uns liebten, waren wir uns im Grunde fremd.«

Nola wußte nicht, was sie daraufhin sagen sollte.

»Ich hätte sie nie hier herausbringen dürfen«, seufzte Galen.

»Wie haben Sie sich kennengelernt?«

»Ich sollte Vieh auf den Märkten von Sydney ankaufen. Dort traf ich Emilys Vater, einen sehr interessanten Mann. Er besaß mehrere Zuchtfarmen in England. Die

Familie reiste offenbar überall in der Welt umher und kaufte Zuchttiere. Dann lud er mich zum Dinner in seinem Hotel ein. Als ich Emily vorgestellt wurde, war ich auf der Stelle hingerissen von ihrer zarten Schönheit.« Er schaute zu Nola hinüber. »Daß sie so zerbrechlich wirkte, hätte mich vorwarnen sollen. Für das Leben im Busch war sie nicht geschaffen. Aber damals war ich wohl nicht ganz bei Verstand.«

»Das ist nun mal so, wenn man verliebt ist«, gab Nola zurück und dachte an ihre eigenen Erfahrungen.

»Einer angehenden Schauspielerin kann wohl nichts Schlimmeres passieren als einen Farmer kennenzulernen. Ich weiß noch, wie sie mir erzählte, daß sie bei verschiedenen Theatern in Sydney gewesen war und für kleinere Rollen vorgesprochen hatte. Auch von einem Agenten hat sie erzählt, der sie für talentiert hielt. Ich hörte ihr zwar zu, nahm sie aber nicht halb so ernst wie ich es hätte tun sollen. Ihre Träume, ihre Karriere, all das wurde hinweggefegt, als wir uns zur Heirat entschlossen. Ihre Eltern waren schockiert, aber es ging um das Glück ihrer Tochter, also akzeptierten sie mich als Schwiegersohn. Wir haben dann alles sehr schnell arrangiert, damit sie die Hochzeit noch miterleben konnten, bevor sie nach England zurückkehren mußten.« Damit verstummte er und stand minutenlang gedankenverloren da.

»Dann brachte ich sie hierher. Wir bekamen drei Kinder, und ich hatte absolut keine Ahnung, wie sehr sie sich nach der Bühne zurücksehnte. Daß sie tagtäglich, wöchentlich, alljährlich immer wieder träumte, vor Publikum zu stehen. Die Arbeit auf der Farm nahm mich ganz in Anspruch, und ich war oft wochenlang unterwegs. Zu

Ellens Lebzeiten hatte sie wenigstens weibliche Gesellschaft. Aber wie einsam sie sich fühlen mußte, als nur noch die Kinder da waren, habe ich nicht bedacht. Wissen Sie, wie man sich fühlt, wenn man die Wahrheit über seine Ehe herausfindet?« Er sah Nola an, und sie erkannte in seinem Blick, wie sehr er darunter gelitten haben mußte.

»Selbst wenn hundert Leute hier wohnten«, gab sie zurück, »wäre es nichts für jemanden gewesen, der nicht gerne hier lebt. Kinder leisten einem Gesellschaft, Tiere ebenso. Wer mit sich und seinem Leben zufrieden ist, kann sich sogar selber Gesellschaft leisten und guter Dinge sein.«

»Sie haben Recht. Wie oft habe ich nachts am Lagerfeuer gesessen, neben meinem Pferd, und mich nicht einsam gefühlt. Manchmal war es sogar angenehm.«

Nola nickte. »Dann haben Sie es begriffen. Sie brauchen sich keine Vorwürfe zu machen, weil Emily einsam war.«

»Eines Tages wachte ich auf, und sie war fort. Als Langford und die Kinder fragten, wo sie wäre, behauptete ich, sie sei zum Einkaufen nach Winton geritten. Eine bessere Ausrede fiel mir nicht ein. Ich war ganz sicher, daß sie eines Tages wiederkommen würde, wenigstens den Kindern zuliebe. Aber die Tage vergingen, und nichts passierte. Da ich die Kinder nicht allein lassen konnte, schickte ich einen Viehtreiber nach Winton. Er fand heraus, daß sie die Kutsche nach Rockhampton genommen hatte. Ich versuchte, mir vorzustellen, wohin sie sich wenden würde. Ich war schon fast krank vor Sorge, als ein Brief eintraf. Sie schrieb, daß sie als Schaupielerin in Sydney arbeiten würde und glücklich sei. Und schlug vor, daß ich mit den Kinder kommen solle um ihre erste große Premiere mitzuerleben. Das schrieb sie einfach so, und ich war wie vor den Kopf geschlagen. Kein Wort darüber, weshalb sie von einem Tag auf den anderen weggegangen war, kein Gedanke an die Kinder, die plötzlich ohne Mutter dastanden. Ein paar Tage später nahm ich die Kinder und wir fuhren nach Sydney. Selbst Langford hatte ich die Wahrheit verheimlicht, aber er stellte keine Fragen.«

Jetzt konnte sich Nola vorstellen, weshalb der Ausflug nach Sydney für Galen und die Kinder von solcher Bedeutung gewesen war.

»Was uns in Sydney erwarten würde, konnte ich nicht ahnen. Wir fanden das Theater, an dem sie angeblich engagiert sein sollte, aber dort war sie gänzlich unbekannt, und niemand konnte uns sagen, wo sie sich aufhielt. Wir klapperten all die anderen Bühnen ab, ohne Erfolg. Nach ein paar Tagen bat ich Colin Rafferty um Hilfe, der bei der Polizei in Sydney beschäftigt ist. Es gelang ihm, den Agenten ausfindig zu machen, den Emily vor vielen Jahren gekannt hatte. Und jetzt stellte sich heraus, daß er ein schmieriger Kerl war, der tatsächlich junge Schaupielerinnen weitervermittelt ... als Prostituierte!« Galen war ganz blaß geworden, und ihm versagte die Stimme. Nola hielt den Atem an vor Schrecken.

»Als sie mir endlich gegenüberstand, war sie furchtbar heruntergekommen. Kaum wiederzuerkennen. Er hatte sie völlig aushungern lassen und geschlagen. Sie hielt sich im schmuddeligen Hinterzimmer eines heruntergekommenen Variété-Theaters auf. Dort führte ihr der ›Agent‹ die Kunden zu ... Er hatte versprochen, ihr die Welt zu Füßen zu legen, und machte statt dessen ihr Leben zur Hölle. Ich hätte ihn mit bloßen Händen erwürgt, wenn Colin nicht dazwischengetreten wäre. Ich brachte Emily ins Krankenhaus, und Colin kümmerte sich um den Agenten. Ein paar Tage später war sie tot. Die Kinder haben sie nur ein paar Minuten gesehen. Heath erinnert sich noch am besten. Ihr Leben wäre ganz anders verlaufen, hätte sie ... hätte sie mich nicht kennengelernt!«

»Machen Sie sich keine Vorwürfe, Galen«, begütigte Nola. »Sie war ihrem Traum nachgejagt. Einer Phantasie. So sehr hat sie sich danach gesehnt, Schauspielerin zu werden, daß sie nicht mehr bei klarem Verstand war. Das ist die ganze Tragödie, die sie ins Elend gestürzt hat.«

»Das hat Colin auch immer wieder gesagt. Emily hat einen hohen Preis dafür bezahlt, daß sie sich in ihrer Rolle täuschte. Sie sagte mir, ich solle mir keine Vorwürfe machen.« Sein Blick verlor sich, und er lächelte verhalten. »Einmal hat sie sogar Kleopatra gespielt, an einer kleinen Bühne.«

»Dann muß sie sehr schön gewesen sein«, flüsterte Nola.

Er nickte. »Nach zwei Wochen mußten sie schließen, aber der Traum war Wirklichkeit geworden, wenigstens einmal. Kurz bevor sie starb, hat sie mir erzählt, sie bereue nichts. Ich wünschte, ich könnte dasselbe von mir sagen.« Er hob die Hände und bedeckte das Gesicht. Nola streckte den Arm aus und legte ihm die Hand auf die Schulter. Sekunden später lagen sie sich in den Armen, und er hielt sie fest.

»Ich bin froh, daß du es mir erzählt hast«, murmelte sie und war den Tränen nahe.

»Ich auch«, gab er heiser zurück. Sein ganzer Körper

erzitterte in einem Seufzer, und er fühlte sich zum ersten Mal seit Jahren von einer schweren Last befreit.

Sie hielten einander fest und merkten gar nicht, daß Hank sie beobachtete; ihm brach es das Herz.

Galen hob den Kopf und sah ihr in die Augen. »Ich war hart zu dir, als du zum ersten Mal auf die Farm kamst«, murmelte er. »Das hattest du nicht verdient.«

Nola lächelte. »Ich mache dir keine Vorwürfe. Ich habe einige unglaublich törichte Sachen gemacht. Jeder andere in deiner Lage hätte mich auf der Stelle entlassen. Ehrlich, für gewöhnlich haben sie es getan.«

Galen lächelte. »Was sie verloren haben, ist ein Gewinn für uns.«

»Darüber ist das letzte Wort noch nicht gesprochen.« Plötzlich wurde Nola wieder sehr ernst. »Jetzt, wo du mir die Sache mit Emily erzählt hast, verstehe ich deine Motive besser.«

»Trotzdem tut es mir leid. Meine Kinder waren untröstlich, als sie die Mutter verloren. Ich hätte alles unternommen, um ihnen diesen Schmerz ein zweitesmal zu ersparen. Jetzt, wo ich weiß, daß du willens bist, unser Leben hier zu teilen, weiß ich, daß ihnen kein Leid geschieht.«

Nola dachte daran, daß sie möglicherweise schwanger war. Wenn dem tatsächlich so war, dann würde sie die Farm möglicherweise viel schneller wieder verlassen als ursprünglich geplant.

Sie wandte sich ab und gab vor, mit dem Kalb beschäftigt zu sein.

Galen fragte sich, ob er etwas Falsches gesagt hatte. Er hatte ihr noch viel mehr sagen wollen. Er wollte ihr sagen, wie er sich jetzt auf jeden neuen Tag freute, ganz anders als in den vergangenen Jahren, in denen er sich regelrecht davor gefürchtet hatte, morgens aufzuwachen. Er hatte begonnen, das Outback mit ihren Augen zu sehen, und es wirkte ganz anders auf ihn. Das Leben selbst hatte eine andere Farbe angenommen.

»Glaubst du, wir können das Kalb ohne weiteres bei Nanny lassen?« fragte Nola, das Thema wechselnd.

»Es scheint, als würden sie sich gut miteinander vertragen. Ich wüßte nicht, was dagegen spricht.«

Nur Nelly machte viel Aufhebens. Sie war ganz und gar nicht damit einverstanden, von Nanny getrennt zu sein, deshalb brachte Galen sie ebenfalls in der Box unter. Das Kalb hatte sich, gesättigt von der guten Milch, zufrieden schlafengelegt. Die Ziegen legten sich daneben ins Stroh.

Als Galen und Hank zum Rindercamp aufbrachen, war es gerade dunkel geworden. Ein herrlicher Vollmond tauchte die Landschaft in silbriges Licht und leuchtete auf ihrem Pfad. Galen hatte angekündigt, daß sie in zwei Tagen nach Maryborough aufbrechen würden, mit einer tausendköpfigen Rinderherde und elf Männern, die sie trieben.

»Sind Heath und Keegan mit dabei?« hatte sich Nola erkundigt, als sie mit ihnen zur Pferdekoppel ging. Sie fürchtete, es könne gefährlich werden.

»Möglicherweise kämen wir auch ohne sie aus. Aber je mehr Hilfe wir haben, desto besser. Tausend Stück Vieh sind keine Kleinigkeit, und die Tiere neigen dazu, auszubrechen. Abgesehen davon kann ich es ihnen jetzt nicht mehr verbieten. Sie wären viel zu enttäuscht.«

Nola wußte, wie recht er hatte. Von etwas anderem als dem Viehtrieb war gar nicht mehr die Rede. Die beiden

Jungs hatten draußen im Freien übernachtete, mit Jimmy und Jack und einigen von MacDonalds Männern und seinen beiden Söhnen, die ungefähr im gleichen Alter waren. Bestimmt waren sie schon im siebten Himmel, wie Galen meinte.

Nola fiel auf, daß Hank merkwürdig still war. Kaum, daß er sie anschaute, als sie sich verabschiedeten. Galen seinerseits war liebevoll und zärtlich. Nola freute sich zwar, daß die Schranken zwischen ihnen endlich gefallen waren, aber was aus der Beziehung werden würde, war ungewiß. Mit der Aussicht auf ein Baby, das sie vielleicht erwartete, war plötzlich alles so unsicher geworden.

16

Nola wurde durch Lizzie aus dem Tiefschlaf gerissen, die nahezu hysterisch schien. Sie war sich sicher höchstens ein paar Stunden geschlafen zu haben. Sie setzte sich auf, rieb sich die Augen und tastete dann vergeblich nach ihrer Armbanduhr, bevor ihr einfiel, daß sie sie schon seit einiger Zeit vermißte.

»Stimmt etwas nicht?« fragte sie schläfrig und hatte für einen Moment vergessen, daß Lizzie sie nicht verstehen konnte. Im Hintergrund sah Nola die Silhouette von Mary, die ihr Baby umklammert hielt, während ihr Tilly am Bein hing. Beide Frauen wirkten zutiefst verängstigt.

»Dubi Deringa!« beschwor Lizzie wieder und wieder. »Dubi Deringa!«

»Deringa?«

Lizzie deutete durch die Balkongitter und rasselte etwas in ihrer Sprache herunter.

Nola glaubte zu verstehen, was sie sagen wollte. »Draußen? Das muß ein Irrtum sein.« Doch trotz ihrer Schläfrigkeit hörte Nola Sandy wütend bellen. Als sie zu Bett gegangen waren, hatte er noch friedlich auf der Veranda gelegen.

»Ich werde schon herausbekommen, was da los ist«, murmelte sie. »Ihr bleibt jedenfalls hier!« Sie gestikulierte den Frauen, bis diese begriffen hatten. Sie hockten sich eng umschlungen in eine Ecke, die dunklen Augen geweitet vor Angst.

Shannon war wach geworden, war aber noch ganz verschlafen. »Du bleibst hier bei Tilly und den Frauen, verstanden?« mahnte Nola. »Versprich mir, das Zimmer nicht zu verlassen!«

Das Kind nickte schläfrig und kuschelte sich wieder ins Bett, bevor es nach Tilly rief. Als Nola das Zimmer verließ, hatten sich die Frauen und Tilly hinter Shannons Bett verkrochen.

Nola schlich die Treppe hinunter und öffnete leise die Vordertür. Helles Mondlicht ließ sie Sandys hochgestellten Schweif am hinteren Ende der Veranda erkennen; mit der Schnauze schnüffelte er hinter der Hausecke. Sein Fell war gesträubt, und er knurrte bedrohlich. Nola überlief eine Gänsehaut. Hastig zog sie sich ins Innere des Hauses zurück und eilte in Langfords Schlafzimmer. Sie war überrascht, den alten Mann am Fenster stehend vorzufinden. Das Mondlicht fiel durch die zurückgezogenen Gardinen und erhellte das Zimmer.

Alarmiert zuckte Langford zusammen, als er jemanden hinter sich hörte.

»Tut mir leid, Sie erschreckt zu haben«, wisperte Nola. Sie wollte nicht, daß Shannon sie hörte. »Irgendwas stimmt da nicht. Der Hund bellt, die Frauen sind fast verrückt vor Angst. Lizzie behauptet, der Hexendoktor sei hier.«

»Mir war gerade, als hätte ich zwei Männer über das Grundstück zum Schulhaus laufen sehen«, zischte Langford. »Jetzt sehe ich nur noch einen. Der ist unterwegs zum Mannschaftshaus. Holen Sie die Gewehre.«

Nola trat vor die Kommode und zog die Schublade auf. »Glauben Sie, daß sie recht haben? Daß Dubi Deringa gekommen ist, Mary zu holen?«

»Aborigines tragen keine Reithosen, Stiefel oder Hüte.«

Nola fand die Gewehre und lud rasch alle drei mit Munition. »Ich gehe 'runter und wecke Wade«, erklärte sie und nahm zwei Gewehre mit.

»Seien Sie vorsichtig! Ich bleibe hier und beobachte, wohin sie gehen. Bleiben Sie bloß drin, und verriegeln Sie alle Türen!«

Nola lief in die Bibliothek, aber Wade lag nicht in seinem Bett. Sie schlich zur Hintertür, die offenstand. Silbernes Licht floß über die Dielen, aber draußen auf dem Grundstück regte sich nichts, außer einigen Wolken, die über die Mond hinwegzogen.

»Wade!« rief sie halblaut, und überlegte, ob er es gewesen war, den Langford auf dem Gelände beobachtet hatte, wie er bei den Nebengebäuden nach dem Rechten sah. Aber dann fiel ihr ein, daß Langford von zwei Männern gesprochen hatte, und Wade Dalton würde Sandy nicht verbellen.

Das eine Gewehr stellte sie in die Ecke neben der Hintertür, dann trat Nola nach draußen und rief leise nach dem Hund, der sofort angerannt kam. Er rannte um sie herum, die Ohren erwartungsvoll gespitzt.

»Was ist es, Kleiner, hm? Was hast du da draußen entdeckt?«

Schaudernd schlich Nola über den Platz zum Schulhaus, und auch Sandy schien sich an ihrer Seite sicher zu fühlen.

Langford hörte das Knarren von Schritten auf der Treppe und wandte sich um. Er drückte sich in die Wandnische neben dem Fenster, tief in den Schatten. Seine Gedanken rasten wild durcheinander. War es Shannon, die da so leise wie möglich durchs Treppenhaus ging, oder eine der Frauen? Oder kam Wade die Treppe herauf? Daß es Nola nicht sein konnte, wußte er. Sie hatte sich törichterweise mit Sandy nach draußen gewagt, obwohl er ihr strikt befohlen hatte, im Haus zu bleiben. Als draußen vor seiner Tür wieder ein Dielenbrett knarrte, erstarrte Langford, und sein Herzschlag raste. Er hob den Gewehrlauf und richtete ihn auf die Tür.

Sekunden schienen ihm wie Stunden, als Langford dort stand und wartete. Drüben im Eheschlafzimmer auf der anderen Seite des Korridors hörte er die Frauen angstvoll wimmern. Jetzt wurde seine Tür langsam mit einem Gewehrlauf aufgedrückt, und die Silhouette eines riesigen Mannes füllte den Türrahmen aus.

Ein Mondstrahl fiel auf das zerwühlte, leere Bett. Der Eindringling konnte Langford im Schatten an der Wand nicht sehen. Beunruhigt wandte er den Kopf in die Richtung, aus der das Wimmern der Frauen zu hören war. Langford wußte, würde er diesen Mann jetzt nicht aufhalten, würde er dem Gejammer nachgehen und das Versteck der Frauen und Kinder finden.

Langfords Gewehr war bereits entsichert, weshalb er nur den Lauf zu heben und den Abzug durchzuziehen brauchte. Es gab ein Klicken, aber nichts geschah. Fast panisch probierte er es erneut – aber vergebens! Der Zündbolzen klemmte. Der Kopf des Fremden fuhr herum. Binnen Sekunden hatte er erraten, was geschehen war, und ein grausames Lächeln umspielte seinen häßlichen Mund. Im Schatten neben dem Fenster konnte er nunmehr die Umrisse einer Gestalt ausmachen, und sah im Mondlicht ein Gewehr blinken.

In diesem Augenblick, während der Eindringling erbarmungslos und bedächtig sein Gewehr hob und auf ihn anlegte, sah Langford sein gesamtes Leben vor seinem inneren Auge vorbeihuschen. Langford war überzeugt, daß er in diesem Augenblick dem Tod entgegensah. Die tiefe Trauer, die er so lange mit sich herumgetragen hatte, war mit einem Mal verflogen.

Ich will nicht sterben, dachte er. Nicht hier. Nicht jetzt.

Plötzlich krachte es laut, und splitterndes Holz flog durch den Türrahmen. Der Fremde kippte vornüber zu Boden, das Gewehr glitt ihm aus der Hand und rutschte unter das Bett. Wade stürmte herein, die Rückenlehne des zerborstenen Stuhls noch immer in der Hand. Er war durch die Vordertür ins Haus zurückgekehrt, als der Fremde gerade den oberen Flur erreicht hatte. Wade war unbewaffnet und hatte keine Ahnung, was er anstellen sollte, während er vorsichtig die Stufen erklomm. Ein Stuhl, der vor Langfords Zimmer im Flur stand, war alles, womit er den Fremden daran hindern konnte, den alten Mann zu töten.

Noch völlig benommen, versuchte der Fremde allmählich wieder auf seine Füße zu kommen und brüllte dabei vor Schmerz und Wut. Er packte Wade, als wäre er nur eine Porzellanpuppe, und schleuderte ihn aus dem Zimmer in den Flur hinaus, wo er gegen die Wand krachte. Langford tastete mit bebenden Händen unter das Bett, konnte aber das Gewehr des Fremden nicht finden. Ohne eine Sekunde zu verlieren, holte er mit seinem eigenen nutzlosen Gewehr zum Schlag gegen den Mann aus, verschätzte sich jedoch und traf nur den Türrahmen. Im selben Augenblick begannen die Frauen zu kreischen, sie stießen einen derart schrillen Schrei aus, der Tote zum Leben erweckt hätte. Der Eindringling rannte die Treppen hinunter und aus dem Haus. Wade hatte sich rasch wieder gefaßt, aber der Schmerz in seiner verletzten Schulter ließ ihn beinahe ohnmächtig werden. Langford hatte endlich das Gewehr des Fremden gefunden.

»Alles in Ordnung, Langford?« fragte Wade.

»Mach dir um mich keine Sorgen. Nola ist draußen, und ein anderer Mann schleicht dort noch herum.« Er hielt Wade die Waffe hin. »Nimm das hier mit!«

Nola war im Schatten des Mannschaftshauses stehengeblieben. Drinnen hörte sie jemanden rumoren. »Ivan! Jacques!« rief eine Stimme.

Sandy fing erneut an zu bellen, und der Mann kam durch die geöffnete Tür nach draußen.

»Pst, Sandy!« wisperte Nola und entsicherte ihre Waffe. Das Herz klopfte ihr bis zum Hals, und ihr war schwindlig. Alles, woran sie denken konnte, waren die Kinder, die schutzlos im Schlafzimmer der oberen Etage schliefen. Sie mußte diesen Mann daran hindern, ins Haupthaus zu gelangen.

Millimeterweise tastete sich Nola zum Eingang des Mannschaftshauses. Sie hörte das Quietschen von Lederstiefeln, die ebenfalls näherkamen. Sandy gab ein tiefes, unheilverkündendes Grollen von sich, und verstummte erst, als Nola ihm beruhigend die Hand auf den Schädel legte. Der Eindringling mußte jetzt so nahe sein, daß sie ihn hätte berühren können, wenn sie die Hand durch den Türspalt stecken würde. Schon hörte sie seinen rasselnden Atem und roch seinen Schweiß ...

In diesem Augenblick wurde Nola abgelenkt, als ein anderer über das Grundstück rannte. Im selben Moment stieß der Mann drinnen die Tür auf und feuerte in ihre Richtung. Eine Kugel schwirrte an ihrer Schläfe vorbei, verfehlte sie nur um Millimeter und blieb in der Holzwand der Unterkunft stecken. Der Fremde rollte durch den Staub, sprang wieder auf die Füße, jetzt direkt auf sie zielend. Voller Panik erwiderte Nola blindlings das Feuer. Sie hörte, wie der andere eine Verwünschung ausstieß, dann machte er auf dem Absatz kehrt und floh hinter das Schulhaus, den Hund immer noch auf den Fersen.

»Sandy!« rief Nola. »Komm zurück!«

Wenige Augenblicke später hörte sie Sandy aufjaulen, und dann das Geräusch von sich entfernenden Pferdehufen.

Wade kam die Treppe heruntergerannt und traf mit Nola an der Hintertür zusammen.

»Sie sind weg«, keuchte sie und rang nach Luft.

Er zog sie ins Haus, und als sie sich umdrehten, wären sie beinahe mit Langford zusammengeprallt. Nola war verblüfft, ihn hier unten zu sehen.

»Dem Himmel sei Dank«, stieß er hervor. »Ich dachte schon, Sie wären ...« Plötzlich wurde er wütend. »Ich hatte Ihnen doch ausdrücklich untersagt, nach draußen zu gehen! Ich habe noch niemals eine Frau getroffen, die tut, was man ihr sagt?!«

»Beruhigen Sie sich doch. Ich bin unverletzt«, wehrte sie ab. »Aber es hätte doch Wade sein können, den Sie auf dem Grundstück sahen. Ich wollte nicht, daß Sie versehentlich vom Fenster aus auf ihn schießen.«

»Wir haben Schüsse gehört. Was ist passiert?« wollte Wade wissen.

»Einer von ihnen hat auf mich geschossen. Als ich das Feuer erwiderte, bekam er den Schreck seines Lebens und rannte davon.«

Langford konnte kaum glauben, wie gefaßt und besonnen Nola sich verhielt. Sie schien die Situation besser eingeschätzt zu haben als er selbst oder Wade. Aber das mochte daran liegen, daß ihre Lehrerausbildung sie dazu befähigte, auch in Krisenzeiten vernünftig zu bleiben. Als er daran dachte, daß sie auch das defekte Gewehr hätte erwischen können, stand ihm fast das Herz still.

An der Tür hörten sie plötzlich etwas kratzen.

»Sandy!« Nola öffnete, und der Hund flitzte herein, mit wedelndem Schwanz, obwohl er ein wenig eingeschüchtert wirkte. Er hechelte wild.

»Er hat sie verfolgt«, erklärte Nola den anderen. »Ich hörte, wie er aufjaulte, aber er hat nicht aufgegeben. Er muß ihnen noch eine hübsche Strecke weit gefolgt sein.« Sie kniete neben dem Tier nieder, strich ihm mit der Hand über den Rücken und suchte nach irgendwelchen Verletzungen. An den Rippen schien er etwas empfindlich zu sein. »Bist ein braves Hundchen«, lobte sie, und er leckte ihr dankbar die Hand. »Kann sein, daß er einen Bluterguß hat, aber sonst ist alles in Ordnung.« Nola schob ihm eine große Schüssel Wasser hin.

Langford ließ sich in einen Küchenstuhl fallen, und der Hund nahm neben ihm Platz. »Für einen derart kleinen Köter hast du dich tapfer geschlagen«, grunzte er und tätschelte Sandy hinter den Ohren.

Nola zündete eine Petroleumlampe an. »Ein richtiger Held, wenn man bedenkt, wie jung er noch ist. – Und Sie? Alles in Ordnung?« fragte sie den alten Mann.

»Mir geht es gut. Lassen Sie mich nur wieder zu Atem kommen. Geben Sie lieber Wade ein wenig von der Kräutermixtur. Ihm wurde jetzt schon zum zweitenmal die Schulter zerschlagen!«

Nola fuhr herum und sah, wie Wade sich vor Schmerzen wand. »Was ist denn passiert?«

»Einer der Kerle hat sich nach oben geschlichen«, berichtete Langford. »Er hatte gerade vor, mich zu erschießen, als Wade ihm einen Stuhl über den Schädel zog. Er war so groß und so verrückt wie ein angeschossener Bär. Er hat Wade gegen eine Wand geschleudert, und dann ist er nach unten gerannt. Ich habe keine Ahnung, was ihn vertrieben hat. Er hätte uns beide mit Leichtigkeit fertigmachen können!«

»Himmel hilf, die Kinder!« entfuhr es Nola. Sie hatte geglaubt, keiner der Männer hätte das Haus betreten.

»Den Kindern ist nichts zugestoßen. In deren Zimmer ist er gar nicht gewesen.«

»Ich muß sofort hinauf und nachsehen«, widersprach Nola entschlossen, sich selbst zu überzeugen.

»Oben ist auch noch was von der Kräutermedizin!« rief Langford ihr hinterher.

Ein Stein fiel ihr vom Herzen, als Nola feststellte, daß Frauen und Kinder wohlauf waren. Sie brauchte einige Minuten, um sie davon zu überzeugen, daß ›Dubi Deringa‹ nicht mehr auf dem Anwesen war. Schließlich gab sie auf und versuchte statt dessen sie davon zu überzeugen, er sei wieder verschwunden. Aber nichts konnte sie beruhigen. Sie weigerten sich, das Zimmer zu verlassen. Da

Tilly und Shannon immer noch schliefen, beließ es Nola dabei.

Als sie nach unten kam, hatte Langford einen Kessel Wasser aufgesetzt.

»Warum legen Sie sich nicht ein bißchen hin«, bot er Wade an. »Ich bringe Ihnen den Tee herein.«

Wade widersprach nicht, seine Miene war schmerzverzerrt, was ihn zehn Jahre älter aussehen ließ. Nola gab ihm von der Kräutermedizin, die er in einem großen Schluck herunterkippte.

»Der arme Wade. Seine Schulter fing gerade an, abzuheilen!« sagte Nola zu Langford.

»Ich wünschte, ich hätte ihm besser helfen können«, erwiderte der alte Mann.

Langford musterte Nola und sah, daß sie den Tränen nahe war. Sie konnte sich kaum mehr beherrschen, und der Schock zeigte seine Wirkung.

»Sie hätten einfach nicht 'rausgehen sollen«, wiederholte Langford freundlich und nötigte sie in einen Sessel. »Sie hätten getötet werden können.«

»Ich dachte nur an die Kinder. Ich wollte keinen dieser Männer ins Haus kommen lassen.« Sie blickte zu Langford hoch, und ihre Augen füllten sich mit Tränen. »Sie hatten doch ein Gewehr! Warum haben sie es nicht benutzt?«

»Das verdammte Ding klemmte! Es war gerade noch gut genug, um damit nach ihm zu schlagen. Und dann verfehle ich ihn auch noch! Als der Kerl mit seiner Waffe auf mich zielte, glaubte ich, ein toter Mann zu sein. Gott sei Dank tauchte Wade hinter ihm auf und schlug ihn mit dem Stuhl.« Langford setzte sich auf einen Stuhl Nola gegenüber. »Ich verdanke Wade mein Leben«, murmelte er, offenbar selber noch ganz benommen. »Und ich schulde es mir, nichts mehr von dem, was davon noch übrig ist, zu vergeuden.«

Einige Zeit später traten Nola und Langford mit ihrem Tee auf die Veranda hinaus, um den Sonnenaufgang zu bewundern.

»In all den Jahren, seit ich hier lebe, ist mir etwas Derartiges noch nie passiert«, erklärte Langford. Nola fiel auf, daß er noch immer am ganzen Leib zitterte. Ihre eigene Anspannung hatte sich allmählich gelegt.

»Mir fällt gerade ein, daß der Mann, der den Schlafsaal durchsucht hat, nach Ivan und Jacques rief. Das müssen die Viehdiebe sein, die Galen und Hank nach Winton mitgenommen haben.«

»Wahrscheinlich dachten sie, wir halten sie noch immer hier fest.« Langford bedachte Nola mit einem amüsierten Seitenblick. »Sie sind mir schon eine!« erklärte er augenzwinkernd. Daß Nola ihr eigenes Leben aufs Spiel setzte, nur um die Kinder zu schützen, war für ihn völlig unverständlich. Sie war doch nicht einmal ihre Mutter und lebte erst seit ein paar Wochen auf der Farm. Eine Frau wie diese war ihm noch nie begegnet!

»Was wollen Sie damit sagen?« hakte sie nach.

Er lächelte sie an. Es war das erste Mal, daß sie ihn lächeln sah. »Nichts von Bedeutung, Mädchen. Ich bin froh, daß Sie hier sind.« Damit wandte er sich ab und ließ den Blick über seine Ländereien schweifen, sein geliebtes Reinhart-Land, das jetzt wieder still und friedlich im Morgenlicht lag. Nola wußte, daß er nichts mehr dazu sagen würde.

Langford dachte, wie herrlich es war, wieder mal draußen zu sein. Das Panorama vor der Veranda hatte er vermißt in seinem Zimmer da oben. Trotz der furchtbaren Dürreschäden war es noch immer ein erhebender Anblick. Im Stillen beschloß er, nie wieder einen Sonnenaufgang zu verpassen, auch kein Abendrot mehr. Nie wieder!

Nola beobachtete ihn aus den Augenwinkeln. Sie hatte den Eindruck, daß Langford von heute an ein anderer Mensch sein würde. Die Nähe des Todes hatte ihn gelehrt, das Leben wieder zu schätzen.

Sie beugte sich vor und legte ihre Hand auf seine. »Es ist wirklich wunderbar, hier zu sein!« versicherte sie.

Der Nachmittag wurde heiß, aber im aus Stein erbauten Schulhaus blieb es überraschend kühl. Nach der durchwachten Nacht fühlten sich alle ein wenig mitgenommen. Shannon und Tilly hatten zuerst ein wenig im Schulhaus gespielt, bevor sie auf den Betten einschliefen. Die Frauen blieben im Haupthaus und kochten das Abendessen. Sie weigerten sich den ganzen Tag standhaft, das Haus zu verlassen. Nola blätterte in ihren Schulbüchern nach interessanten Geschichten für Shannon. Ohne Breeches und Hemd legte sie sich neben die Kinder, ein Buch in der Hand, aber bald war auch sie eingenickt.

Sie schreckte hoch, als sie glaubte, ein merkwürdiges Geräusch zu vernehmen. Shannon schlief ruhig neben ihr, aber Tilly war fort, offenbar auf der Suche nach ihrer Mutter.

»Das wird Wade gewesen sein«, dachte Nola. Er arbeitete noch immer bei der Hütte. Einen Moment lang betrachtete sie Shannon, die friedvoll weiterschlief nach dieser unruhigen Nacht. Dann schloß auch Nola wieder die Augen.

Wenig später legte sich eine rauhe Hand auf ihren Mund. Sie blickte auf und starrte in das furchterregendste Gesicht, das sie je gesehen hatte. Es war das Gesicht eines Aborigines, der Stirn und Oberkörper mit ockerfarbenen Zeichen bemalt hatte. Die dunkeln Augen waren weit aufgerissen und wachsam und funkelten von abgrundtiefem Haß. Mit einer Bewegung seines starken Arms zerrte er sie aus dem Bett ans offene Fenster, die andere Hand verschloß ihr die Lippen. Nola wehrte sich nach Leibeskräften, trat und kratzte ihn, aber er war zu stark für sie. Er stieß sie durch das Fenster, und sie schlug mit dem Kopf so heftig gegen das Fensterbrett, daß sie das Bewußtsein verlor.

Nola merkte kaum, wie sie durchs offene Fenster gezerrt und verschleppt wurde. In ihrer Ohnmacht wurde sie halb getragen, halb durch den glühend heißen Sand geschleift, der ihre Haut an den Füßen und Unterschenkeln verbrannte. Rund hundert Meter entfernt vom Anwesen warf er sie unter einen Baum. Noch immer benommen und desorientiert, blickte sie auf und sah, wie ihr Entführer nach irgend etwas Ausschau hielt. Sie flehte zu Gott, daß er die Frauen und Tilly nicht entdeckt hatte. Vielleicht ahnte er nicht, daß sie sich auf dem Anwesen aufhielten, sonst hätte er sicherlich nicht ausgerechnet sie mitgenommen. Voller Panik dachte sie an Shannon – was würde sie denken, wenn sie aufwachte und merkte, daß sie alleine war?

»Ich darf Shannon nicht alleinlassen«, sagte sie laut, aber niemand hörte ihr zu. Ihr Entführer hatte ihr die Hände gefesselt und mit einem langen Seil verknotet. Wieder starrte er in die Ferne, bevor er sich in Bewegung setzte und Nola auf ihre Füße zerrte.

»Nein, halt!« schrie sie.

Er drehte sich um und stürmte auf sie zu, die Faust drohend erhoben. Sein Arm verhielt in der Luft, knapp vor ihrem Gesicht, als sie sich duckte.

Nola fing an zu schluchzen. »Bitte. Lassen Sie mich zu dem Kind zurück!«

Ihre Beschwörungen wurden mit offener Feindseligkeit erwidert. Der Aborigine brüllte sie in seiner fremdartigen Sprache an und deutete nach Osten, weit weg vom Anwesen. Wieder schrie er und hob drohend die Faust. Nola wurde klar, daß sie sich fügen und mitgehen mußte, wenn ihr das Leben lieb war. Wieder marschierte er los und zerrte sie hinter sich her. Der trockene, heiße Boden schmerzte ihr an den Fußsohlen, die scharfen Stacheln von Disteln und Gestrüpp verletzten das weiche Fleisch, das zu bluten begann. Ohne Kopfbedeckung ließ die Glut der Sonne sie beinahe erblinden. Mehrere Male brach sie in die Knie, aber das konnte ihren Kidnapper nicht aufhalten, der achtlos weiterlief. Wenn sie das Gleichgewicht verlor, schleifte er sie so lange hinter sich her, bis sie sich wieder auf ihre Füße gekämpft hatte.

Als Shannon wach wurde, rief sie zuerst nach Nola. Neben sich auf dem Bett fand sie eine Emufeder, die mit Ocker bemalt war. Sie wollte Nola zeigen, was sie gefunden hatte, und lief, sie immer wieder beim Namen rufend, ins Haupthaus.

In der Küche stieß sie auf Wade.

»Wo ist Miss Grayson?« fragte sie. »Ich wollte ihr etwas zeigen.«

»Ich hab' sie auch nicht gesehen, Shannon. Ich dachte, sie wäre bei dir!«

Shannon rannte die Treppe hoch, wo sie die Frauen vorfand. Mary fütterte das Baby, und Lizzie spielte mit Tilly. Langford lag auf seinem Bett und schlief.

Plötzlich stießen die Frauen einen gellenden Schrei aus, der die Fensterscheiben klirren und die Wände erzittern ließ.

Langford stürmte aus seinem Zimmer, gerade als Wade den obersten Treppenabsatz erreicht hatte.

»Was zum Teufel ist hier los?« fragte Langford.

Die Frauen stürzten hysterisch kreischend an ihm vorbei.

Shannon trat aus dem Schlafzimmer, und ihre Miene drückte fassungslose Verwirrung aus.

»Stimmt was nicht, Shannon?« fragte Langford freundlich. Er konnte sehen, daß die Kleine kurz davor stand, in Tränen auszubrechen.

»Ich weiß nicht. Ich habe nach Miss Grayson gesucht. Lizzie und Mary haben meine Feder gesehen und fingen an zu schreien.«

Langford nahm die Feder entgegen und untersuchte sie gründlich.

»Die stammt von Aborigines«, erklärte Wade.

»Und wo hast du sie gefunden?« erkundigte sich Langford.

»Auf dem Bett im Schulgebäude, wo Miss Grayson geschlafen hat. Und jetzt kann ich sie nirgendwo mehr finden!«

Langford und Wade blickten einander an. Das Schlimmste stand zu befürchten.

Wade Dalton galoppierte, so schnell er konnte, auf die Herde zu. Er brauchte eine Zeitlang, bis er Galen unter den Männern ausmachen konnte, die die Herde umkreisten. Als Galen ihn kommen sah, wußte er sofort, daß etwas nicht stimmte.

»Ist Nola hier?« rief er, während er sein Pferd in einer Staubwolke zum Stehen brachte.

»Nicht, daß ich wüßte. Ist sie denn nicht auf dem Anwesen?«

»Nein! Wir haben alles gründlich abgesucht. Ihre Sachen sind alle noch da. Die Kleider, die sie trug, lagen auf dem Bett verstreut, wo sie geschlafen hatte. Sie trägt bloß ihre Unterwäsche. Langford glaubt, daß dieser Hexendoktor sie verschleppt hat. Wir haben eine dieser Emufedern gefunden, dort, wo sie geschlafen hat. Die Aborigines-Frauen sind bei ihrem Anblick vollkommen durchgedreht.«

»Fehlen Pferde im Stall?«

»Kein einziges. Wirangi und Buttons sind immer noch in ihren Boxen.«

Galen trat auf Jack zu. »Weißt du, woher das stammen könnte?«, fragte er und reichte ihm die Feder.

Jack stockte der Atem vor Angst. »Dubi Deringa!« murmelte er, und riß die Augen soweit auf, daß das Weiße sichtbar war.

»Was meinst du damit?«

»Feder von Hexendoktor!«

»Miss Grayson wird auf dem Anwesen vermißt. Diese Feder hat man auf dem Bett gefunden, in dem sie zuletzt schlief.«

»Deringas Geist hat Missus mitgenommen!«

»Sein Geist? Mach' dich nicht lächerlich, Jack. Wir müssen Miss Grayson suchen!«

»Kein Suchen, Boss. Böse Geister.«

Galen stritt noch eine ganze Weile mit Jack und Jimmy herum, aber beide waren viel zu eingeschüchtert, um auch nur über den Geist des ›Dubi Deringa‹ zu reden. Nach und nach stellte sich heraus, daß einige der Stammesmitglieder Totems von Deringa am Rand eines steilen Abgrunds gefunden hatten, und daß der Stamm glaubte, der Medizinmann habe sich heruntergestürzt. Sein Leichnam wurde allerdings nicht gefunden, denn in der Angst, sein Geist könne sie überwältigen, traute sich niemand auch nur in die Nähe der Schlucht. Es stand zu vermuten, daß er seinen Tod nur vorgetäuscht hatte, aber weder Jack noch Jimmy wollten irgendwas davon hören.

Zum Schluß nahm Hank Galen beiseite. »Bedräng sie nicht zu sehr. Sie sind völlig verängstigt und sehr abergläubisch. Oder willst du, daß sie abhauen wie der Rest ihres Stammes? Wir brauchen sie, und zwar dringend!«

Galen war wütend, und die Sorge um Nola nahm ihn furchtbar mit. Aber Hank hatte recht, das wußte er. »Ich brauche sie, um diesem Deringa nachzustellen. Ich muß Nola finden, bevor ...«

Hank spürte Galens Verzweiflung. Je länger Nola verschwunden blieb, desto geringer wurde ihre Chance, sie noch lebend aufzufinden. Er wandte sich an Jimmy und Jack. »Wo hat euer Stamm die Totems von Deringa gefunden?«

Jimmy weigerte sich zu antworten, und auch Jack zögerte zuerst. »Schwarze-Felsen-Gegend. Nicht hingehen, Boss. Ganz, ganz böse Geister!«

»Gibt es irgendeinen Grund, weshalb Dubi Deringas ›Geist‹ Nola entführen will?« erkundigte sich Galen.

»Weiß nicht, Boss. Vielleicht er böse, weil sie Frauen

hat ihre Medizin gezeigt. Stamm glauben, er hat Alliras Baby getötet, aber sie Medizin bringen und Kind retten!«

Allira war offenbar identisch mit ›Mary‹. Galen hatte genug gehört.

»Werdet ihr bei der Herde bleiben?« fragte er.

Jack und Jimmy sahen einander an. Dann nickten sie einmütig.

Galen und Hank ritten zum Anwesen zurück und suchten nach Spuren, in der verzweifelten Hoffnung, die Richtung auszumachen, in die Nola entführt worden war. Sie brauchten nicht lange, bis sie die aufgewühlten Stellen im staubigen Erdboden entdeckten und feststellen mußten, daß man Nola gegen ihren Willen weggeschleift hatte.

Rund anderthalb Kilometer folgten sie ihrer Spur. Unterwegs fanden sie zerrissene Fetzen von Nolas Unterkleid. Blutflecken und deutliche Anzeichen dafür, daß sie gestürzt war, versetzten sie in Angst und Schrecken.

»Er hat ihre Hände gefesselt und zerrt sie hinter sich her«, stöhnte Galen wütend.

»Wohin glaubst du, bringt er sie?« fragte Hank.

»Zum Abgrund. Er wird sich denken können, daß wir die Verfolgung aufnehmen, also hat er irgendein Versteck im Sinn. Aber wo? Wohin könnte er sich verkriechen?«

»Gibt's denn keine Höhlen in der Nähe der Schlucht? Vielleicht auf der Bergseite?« wollte Hank wissen.

Galen musterte ihn durchdringend, dann starrte er zur Felswand, die ein, zwei Kilometer ostwärts lag. »Ich bin nur einmal unten in der Schlucht gewesen, als Jack und ich nach Shannon gesucht haben, aber möglich wäre es. Da gibt's jede Menge Felsnasen und Überhänge.«

Er sah wieder zu Hank hinüber, und seine Einbildungskraft ging mit ihm durch. Er dachte darüber nach, was Nola eigentlich getan hatte, als sie das Baby rettete. Ohne es zu bemerken, hatte sie Dubi Deringa lächerlich gemacht, der sowieso schon beim Stamm in Ungnade gefallen war. Er würde unbarmherzige Rache nehmen. Überzeugt, daß Dubi Deringa vorhatte, Nola umzubringen, spürte Galen, wie ihm das Blut in den Adern gefror.

Zur gleichen Zeit erreichte Deringa die Höhle. Er schäumte vor Wut. Mehrere Male hatte er Nola angeschrien, hatte sie geschlagen, sie an den Haaren wieder auf ihre Füße gezerrt, um weiterzueilen. Es war ihm gleichgültig, daß ihre weiße Haut von der Sonne furchtbar verbrannt wurde und daß ihre Füße blutig und zerstochen waren. An seiner Unbarmherzigkeit merkte Nola, wie ernst es ihm damit war, sie zu töten. Zum ersten Mal mußte sie ernsthaft um ihr Leben fürchten. Ihr blieb nichts anderes übrig, als abzuwarten, um herauszufinden, was er als nächstes vorhatte.

Nachdem er Nola seitwärts einen steilen, nur stellenweise mit Gras bewachsenen Felsen hinuntergezerrt hatte, brachte Deringa sie zur schmalen Öffnung einer Höhle. Dort ließ er sie an der rückwärtigen Wand liegen. Sie bemerkte einen kleinen Stapel Holz, den er aufgeschichtet hatte, und einige seiner Besitztümer, unter anderen einen Medizinbeutel und einige rituelle Gegenstände. Ihr Entführer war gut vorbereitet.

Während er ein Feuer entfachte, verhielt Nola sich ruhig und gab vor, halb ohnmächtig zu sein. Aus zusammengekniffenen Augen beobachtete sie, wie er einige der Gegenstände neben dem Feuer anordnete und anschließend in eine Art Trance verfiel.

Vorsichtig richtete sich Nola auf. Beißender Schmerz durchzuckte Kopf und die Arme. Als sie die Hände hob und ihr Gesicht betastete, spürte sie klebriges Blut, das aus einer Wunde an ihrer Schläfe sickerte. Der Aborigine schien immer noch in Trance zu sein, während ihm der Rauch ins Gesicht wehte. Jetzt stampfte er rhythmisch mit dem Fuß auf den sandigen Boden, wie zu einem rituellen Tanz. Seine Augen traten glasig hervor, und gelegentlich berührten seine Fußsohlen die rote Kohlenglut des Feuers, ohne daß er auch nur zurückwich.

Nola warf einen Blick auf die Utensilien, die er bereitgelegt hatte, und war schockiert, unter den Emufedern, Knochen, Stöckchen und Quarzgestein ihre Armbanduhr zu sehen. Die Uhr fehlte ihr seit mindestens zwei Tagen. Überall hatte sie danach gesucht, bis sie endlich zu dem Schluß gekommen war, daß sie ihr vom Handgelenk gerutscht sein mußte, als sie vom Wana-Mara-Lager zurückkehrte. Plötzlich kam ihr der Verdacht, daß dieser Mann ›Deringa‹ war, der vom Wana-Mara-Stamm verstoßene Medizinmann. Sie erinnerte sich, daß von ihm erzählt worden war. Der Stamm hielt ihn für tot, aber niemand hatte erwähnt, wie und wann er gestorben sein sollte.

Die Höhlenöffnung lag auf der anderen Seite des Feuers, und andere Wege nach draußen gab es nicht. Hier lag Nolas einzige Chance zu fliehen. Sie mußte sich vorsichtig rund um das Lagerfeuer tasten, dem Felsspalt entgegen, und hoffen, daß Deringa in seinem Trancezustand nichts davon bemerkte.

Nola begann, sich an der Felswand entlangzudrücken, wobei sie ihren Wärter nicht aus den Augen ließ. Nur wenn er ihr den Rücken zukehrte, bewegte sie sich millimeterweise vorwärts. Ihr Herz raste, und ein Schwindel erfaßte sie, aber sie zwang sich, bei Bewußtsein zu bleiben.

Plötzlich hielt er in seinem Singsang inne und wandte sich direkt zu ihr um. Sein nahezu unheimliches Wahrnehmungsvermögen versetzte ihr einen Schock, denn sie hatte sich schon mehrere Meter von der Stelle entfernt, wo er sie vorhin achtlos liegengelassen hatte. Seine Augen waren dunkel wie die Nacht, und er starrte sie so unverwandt an, als wolle er ihre Seele mit Blicken durchbohren. Das Haar stand ihm vom Schädel ab, durchzogen von zwei grauen Strähnen, die aussahen, als sollten sie Hörnern gleichen. Seine Haut war ebenholzfarben und von Schweiß überzogen. Die geblähten Nasenlöcher, fast flach im Gesicht liegend, gaben ihm ein furchterregendes Aussehen, aber am bedrohlichsten war seine Körperhaltung. Er richtete einen Speer auf sie, die Knie leicht gebeugt, als wolle er ihn im nächsten Moment auf sie schleudern.

Ganz langsam und Beschwörungen murmelnd stach er immer wieder damit in die Luft. Mit jedem Schritt, den er näherrückte, wurde seine Stimme lauter. Im Gesicht loderte abgrundtiefer Haß. Nola schrie auf und duckte sich. Ihr Rücken berührte das eisige Gestein der Höhle. Sie schloß die Augen, als die Speerspitze nur noch Millimeter vor ihrem Gesicht entfernt war. Der Tod schien ihr unvermeidlich, doch war sie entschlossen, ihn wenigstens nicht kommen zu sehen. Sie wartete ab, aber nichts geschah. Sie öffnete die Augen und sah gerade noch, wie der Aborigine ihr eine Locke vom Haar schnitt. Er wandte sich um und legte sie, unaufhörlich singend und stampfend, sorgfältig zu seinen anderen Besitztümern, die er ausgebreitet hatte. Dann kam er zurück und zerrte sie näher ans Feuer. Sie wurde mit Händen und Füßen am Boden festgepflockt. Sie schrie, aber er ohrfeigte sie so kräftig, daß ihr die Luft wegblieb.

Nola lag eine Weile benommen da und lauschte seinem monotonen Singsang, während er das Feuer umkreiste. Ständig wedelte er sich Rauch ins Gesicht und fuchtelte mit den Armen. Plötzlich hielt er inne, mit dem Rücken zu Nola, warf den Kopf zurück und begann zu stöhnen, während er ganz langsam etwas aus seinem Oberkörper herauszog. Nola blieb das Herz stehen, als sie erkannte, was es war: eine lebende Schlange! Er krümmte sich als habe er Schmerzen, sang aber weiter, während die Schlange nach und nach aus seinem Körper aufzutauchen schien. Als er die Schlange ausgerollt hatte, schwang er sie über den Rauch und schleuderte sie dann Nola vor die Füße. Beinahe wäre sie vor Angst ohnmächtig geworden, als sie die Schlange so nah bei sich züngeln sah.

Eine Zeitlang bewegte sich der Aborigine nicht, dann langte er in seinen Medizinbeutel und holte etwas heraus. Er baute sich vor Nola auf, die mit Schrecken auf seiner ockerfarben und weiß bemalten Brust einen Streifen Blut glitzern sah, obwohl keine offene Wunde zu erkennen war. Er schob ihre Unterhemden zurück, entblößte ihren Bauch, und begann, mit seinen kräftigen

Fingern in ihr Fleisch zu bohren. Nola schrie jetzt vor Angst, und ihr Schrei brach sich an den Wänden der Höhle. Voller Grauen beobachtete sie, wie Deringa ihr schimmernde Kristalle auf den nackten Bauch legte und in die Haut drückte. Zu ihrem größten Erstaunen verschwanden sie darin. Als er keuchend die Zunge herausstreckte, sah sie ein großes Loch darin klaffen. Er trat zurück und plazierte sorgfältig einen Knochen so, daß er auf sie zeigte, und intonierte einen Zauberspruch. Seine schwarzen Augen waren riesig, grauenerregend und schienen alles zu umfassen. Sie wußte, er hatte sie soeben verflucht.

Tränen flossen ihr über die Wangen, und sie verspürte einen unerklärlichen Schmerz im Unterleib. Mit geschlossenen Lidern flehte sie zum Himmel, daß es alles nicht wahr sei, daß sie nur einen Alptraum erlitt, daß ihr Baby vor diesem Gespenst geschützt war. Doch als sie die Augen wieder öffnete, lag sie noch immer gefesselt in der Höhle. Deringa war merkwürdigerweise spurlos verschwunden. Nur die Schlange lag noch zusammengerollt zu ihren Füßen. Von Rauch und Feuer irritiert, bewegte sie schwankend den Kopf auf der Suche nach einer Bedrohung. Deringa hatte sie zum Tode verurteilt. Er hatte einen Fluch über sie verhängt. Und mit der Giftschlange sicherte er sich zusätzlich ab.

Galen und Hank waren gerade erst abgestiegen und führten die Pferde zur Schlucht, als sie den Rauch aus einer kleinen Felsspalte aufsteigen sahen. Die Öffnung war von Gestrüpp überwuchert und lag mehrere Meter unterhalb des Abhangs.

»Da unten klettert jemand an den Klippen die Felswand rauf«, murmelte Hank.

»Das muß Deringa sein«, erwiderte Galen knapp.

Die beiden Männer sahen sich an, beide fragten sich, ob Nola noch am Leben sein mochte.

»Lassen wir die Pferde hier, vielleicht erwischen wir ihn, wenn er oben ankommt!«

Kurz bevor Hank und Galen die Klippe erreichten, war Deringa schon über den Rand geklettert. Er hatte gespürt, daß sie kamen und hatte sich beeilt.

»Ich bleib an ihm dran«, rief Hank. »Du suchst Nola!«

Galen nickte und fing an, die Felswand hinunterzuklettern, dem Höhleneingang entgegen.

Im Innern der Höhle glitt die Schlange gerade über Nolas linkes Bein, ihrem Oberkörper entgegen. Sie wagte kaum zu atmen oder auch nur den Blick von dem Reptil zu wenden, selbst als sie ein Geräusch vom Höhleneingang her vernahm.

Galen betrat die Höhle und blieb wie angewurzelt stehen, als er sie angepflockt dort liegen sah, eine Schlange an ihrer Seite. Instinktiv riß er das Gewehr hoch, aber er konnte nicht feuern, weil er mit Sicherheit auch Nola getötet hätte. Er fühlte sich hilflos und vor Angst wie gelähmt, als er erkannte, daß dies eine rotbäuchige Schwarznatter war, eine der tödlichsten Schlangen der Welt.

»Nicht bewegen, Nola«, hauchte er, während er millimeterweise vorrückte. »Nicht einmal blinzeln!«

Eine einzige Träne glitt aus ihrem Augenwinkel, während Erleichterung und Entsetzen in ihr durcheinanderwirbelten. Sie starrte zur Höhlendecke empor, aber die Schlange näherte sich unaufhaltsam ihrem Gesicht. So wie Deringa sie angepflockt hatte, hatte die Schlange keine andere Möglichkeit, als über ihren Körper hinwegzugleiten, denn die andere Richtung war durch das Feuer versperrt.

Nolas Unterhemd war noch immer hochgeschoben, der Unterleib entblößt und die Brüste kaum bedeckt. Noch immer an die Höhlendecke starrend, fühlte sie, wie das Reptil ihre Haut berührte, wie seine kalten Schuppen über sie hinwegglitten. Nola blinzelte, und die Schlange hielt sofort inne in ihrer Bewegung.

Galen kauerte jetzt zu ihren Füßen und kroch langsam näher. »Nicht bewegen, Nola. Bleib um Gotteswillen so ruhig wie möglich liegen. Denk an irgendwas Schönes ...«

Nola traute ihren Ohren kaum, als sie hörte, was Galen von ihr verlangte. Eine tödliche Giftschlange glitt über ihren Leib, und sie sollte an etwas ›Schönes‹ denken?

»Shannon wartet auf dich, Nola.«

Ihr ist also nichts zugestoßen, dachte Nola. Ihr fiel ein Stein vom Herzen.

»Morgen ziehen wir mit der Herde los, Nola. Es ist das erste Mal, daß die Jungs mitreiten dürfen. Sie sind ja schon so aufgeregt!«

Nola fürchtete schon, Galen sei verrückt geworden. Was redete er da von seinem Rindertreck, und von seinen aufgeregten Jungs?

Plötzlich sah Nola vor sich etwas aufblitzen. Sie glaubte, die Schlange hätte sie angegriffen, und versuchte zu schreien, aber kein Laut kam über ihre aufgeplatzten Lippen. Dann hörte sie einen stumpfen Schlag, und Galen war auf einmal neben ihr.

»Du bist gerettet, Nola. Die Schlange ist tot.«

Sie wagte, ihm ins Gesicht zu schauen, in seine Augen, die voller Zuneigung waren.

»Hat ... hat sie mich gebissen? Muß ich jetzt sterben?« Ein Schluchzen erstarb in ihrer Kehle.

»Nein. Ich habe sie gerade noch rechtzeitig erlegt.«

Sie hob den Kopf ein wenig, gerade so viel, daß sie die tote Schlange mit dem abgetrennten Kopf neben sich liegen sah. Ein Stock lag dort. Der Blitz vorhin war der Stock gewesen, mit dem Galen zugeschlagen hatte.

Mit seinem Messer durchtrennte er die Stricke, die sie an die Pflöcke fesselten, und hob sie in seine Arme, bevor sie in Tränen der Erleichterung ausbrach.

17

Als Nolas Tränenstrom endlich versiegte, streifte Galen sein Hemd ab und legte es ihr um die Schulter. Sie stand noch unter Schock und nahm den Zustand ihrer Kleidung gar nicht wahr.

»Es ist ausgestanden, Nola. Tut mir leid, daß du all das durchmachen mußtest.«

Sie schüttelte den Kopf. »Es war ja nicht deine Schuld.«

»Wir müssen Hank Bescheid geben, daß du in Sicherheit bist. Kann ich dich für eine Minute allein lassen.«

Sie riß die Augen auf, und weinte von neuem. »Laß mich nicht alleine, bitte!«

»Gut, ich bleibe hier. – Aber wir müssen so schnell wie möglich zum Anwesen zurück!«

Sie schaute ihm in die Augen. »Ich muß sterben. Er hat mich verflucht! Er hat mir Quarzsteine in den Bauch gelegt...« Mit der flachen Hand strich sie sich über den Unterleib, fühlte aber keine Anzeichen einer Verletzung. Sie dachte an ihr Baby, und erneut flossen die Tränen.

Galen runzelte die Stirn. »Das ist doch Hexendoktor-Unsinn, Nola! Du weißt genau, daß er dir keine Steine in den Bauch legen kann.«

Ihr Verstand sagte, daß Galen recht haben mußte, aber Nola konnte es noch immer nicht fassen. »Aber ich habe doch gesehen, wie die Steine in meinem Bauch verschwanden. Und er hat sich diese Schlange da aus seinem Körper gezogen. Ich hab' es gesehen!« Wieder wurde sie von heftigen Weinkrämpfen geschüttelt.

Galen packte sie an der Schulter und spürte, wie sie zitterte. Dann sah er ihr tief in die Augen. »Glaub mir, Nola. Du wirst nicht sterben! Es war nur eine Illusion. Die Medizinmänner machen sich die Einbildungskraft zunutze.«

Plötzlich merkte er, wie sie zusammenbrach. Ihr Kopf fiel an seine Brust und blieb dort, während er ihr übers Haar strich.

»Ich bin so schrecklich müde«, flüsterte sie.

Auf dem Rückweg zur Farm ließen sich Galen und Nola von Hank berichten, wie er Deringa an einem riesigen, weit über den Abgrund hinausragenden Felsen gestellt hatte. Der Aborigine schien auf sonderbare Weise erregt zu sein. Vergebens hatte Hank versucht, ihn vom Rand des Felsens wegzulocken, aber Deringa sprang in den Tod und zerschellte tief unten auf den steinigen Klippen.

Daheim reinigte und verband Galen Nolas Füße; anschließend schlief sie drei Stunden hintereinander. Als sie die Augen aufschlug, war es stockfinster draußen, und er saß neben ihrem Bett.

»Wie fühlst du dich?« Trotz des Kerzenlichts konnte er sehen, daß sie wieder ein wenig Farbe bekommen hatte.

»Klebrig!«

»Ach ja, entschuldige. Ich habe deinen Sonnenbrand mit einem Brei aus Blättern der Aloepflanze eingerieben. Sie hat erstaunliche Heilkräfte. Dadurch wird sich deine Haut nicht pellen oder Blasen schlagen.«

Nola sah sich um. Sie lag in ihrem Zimmer in Langfords Haus. Die Balkontür stand offen, und eine leichte Brise wehte herein. Sie war froh, nicht im Schulgebäude zu sein. Sie konnte sich nicht vorstellen, daß sie dort jemals wieder würde schlafen wollen. »Ich hatte gehofft, es wäre alles ein Alptraum gewesen ...« Plötzlich überkam sie wieder das Grauen von vorhin.

Galen nahm ihre Hand. »Du hast Schreckliches durchmachen müssen, aber jetzt ist alles vorbei.«

Allem Trost zum Trotz wirkte sie noch immer völlig verängstigt.

»Nola, du glaubst doch nicht immer noch, daß du sterben mußt, oder?«

Sie schlug die Augen nieder. »Nein. Ich war wohl nicht ganz bei Sinnen.«

»Das wundert mich nicht. Du hast unter Schock gestanden.«

Galen wußte, daß Jimmy und Jack überzeugt davon waren, daß sie krank werden und binnen drei Tagen sterben würden. Er hatte sie gewarnt, ihr keine Angst einzujagen. Aber er befürchtete, daß die Aborigines sie merkwürdig anschauen oder sie sogar meiden würden.

»Ich habe mich wie ein Dummkopf verhalten«, seufzte Nola. »Als ich herkam, nahm ich an, ich würde mit allem fertig werden. Ich war ganz sicher, daß mich das Outback nicht besiegen würde. Und jetzt kann ich froh sein, daß ich noch lebe ...« Wieder füllten sich ihre Augen mit Tränen.

»Aber laß dir gesagt sein, daß du dich unglaublich tapfer geschlagen hast!« Er tupfte mit seinem Taschentuch über ihre Wangen.

»Es ist merkwürdig, wie klar das Denken plötzlich

wird, wenn man zu sterben glaubt. Man sieht seine ganzen Schwächen und Fehler vor sich ausgebreitet ...«

»Das Leben hier im Outback trägt dazu bei, Schwächen und Fehler unbarmherzig ans Licht zu zerren.«

Nola spürte, daß er aus eigener Erfahrung sprach.

»Und ich hab' mich nie so ... so verletzlich gefühlt!« Sie zuckte und wand sich.

»Tut dir was weh?«

»Nur wund, überall!«

»Langford ist ganz außer sich über das, was dir zugestoßen ist. Er gibt sich selbst die Schuld.«

»Aber wieso? Er kann doch nichts dafür.«

»Das habe ich auch versucht, ihm klarzumachen, aber er fühlt sich für dein Wohlergehen verantwortlich.«

»Weil ich seine Angestellte bin?«

»Ich glaube, dahinter steckt noch mehr. Inzwischen scheint er dich sogar sehr gern zu haben.«

Nola war verwundert, freute sich aber insgeheim. »Wir haben uns in den letzten paar Tagen besser kennengelernt«, gestand sie. »Wir hatten natürlich keine andere Wahl, aber trotzdem – ich mag ihn inzwischen auch sehr gern.«

Galen hatte darauf gehofft, aber daß sie sich so rasch miteinander aussöhnen würden, hatte er sich nicht vorstellen können. »Wie ich höre, hattet ihr gestern nacht zwei Besucher.«

»Stimmt, leider. Es war entsetzlich, aber gottseidank sind wir alle mit dem Leben davongekommen. Nur der arme Wade hatte Pech. Es hat ihn schon wieder an der Schulter getroffen.«

»Wahrscheinlich waren es dieselben Kerle, die auch draußen bei der Herde aufgekreuzt sind und fast eine

Stampede verursacht haben. Zwei von MacDonalds Leuten sind verletzt. Einer wurde vom Pferd geworfen und niedergetrampelt. Der andere hat eine Schußverletzung im Oberschenkel. MacDonald hat die Behörden verständigt. Diesmal werden sie geschnappt und vor Gericht gestellt.«

Nola war schockiert. »Soll das heißen, du hast zwei Männer weniger für den Rindertreck?!«

Galen nickte. »Eigentlich fehlen noch mehr, denn Bill MacDonald ruft seine Viehtreiber zurück. Er möchte das Risiko nicht eingehen, daß es weitere Verletzte gibt, und ich kann es ihm nicht verdenken.«

»Und was wirst du jetzt tun?«

»Langford hat mir mitgeteilt, daß er beabsichtigt, mit uns zu kommen.«

Überrascht wandte Nola den Kopf. »Glaubst du denn, daß er das schafft?«

»Er ist jedenfalls fest entschlossen. Und mehr noch, er will, daß du auch mitkommst. Hier draußen ist es nicht sicher genug, um dich oder Shannon allein zu lassen. Ich bin da zwar anderer Meinung, aber er besteht darauf!«

Nola runzelte die Stirn. »Aber wir können doch nicht all die Männer ersetzen ...«

»Braucht ihr auch nicht. Unsere Aborigines-Treiber sind wieder da!« Er strahlte vor Begeisterung. »Mit denen zusammen könnten wir es schaffen!«

»Wirklich?« freute sich Nola, wurde aber plötzlich wieder ernst. »Und was wird aus den Aborigines-Frauen?«

»Sie sind vor ein paar Stunden zu ihrem Stamm zurückgekehrt. Dieser Mirijula ist auf die Farm gekommen, hat nach ihnen gerufen und sie sind ihm gefolgt.«

Daß sie Sandy nicht mitgenommen hatten, wußte Nola bereits. Der schlief zusammengerollt unter ihrem Bett. Sie wußte nicht, was sie davon halten sollte. Ihr würden Lizzie und Mary sehr fehlen, und Shannon würde Tilly sehr vermissen. Aber vielleicht war es besser, wenn sie wieder bei ihren eigenen Leuten lebten. »Und wer soll sich inzwischen um die Farm kümmern, die Tiere füttern und so?«

»Langford hat Wade darum gebeten, und er war einverstanden.« Galen musterte sie besorgt. »Ich bin nicht sicher, ob du die Reise nach Maryborough schon antreten kannst, Nola.«

Nola war sich selbst nicht sicher. Wenn sie daran dachte, was mit Shannon hätte passieren können, wenn die Viehdiebe sie gefunden hätten, gefror ihr das Blut in den Adern. »Für Shannons Sicherheit, glaube ich, wäre es das Beste, wenn wir zusammen aufbrechen.«

»Wir nehmen sowieso immer einen Planwagen mit, für den Proviant. Könntest du notfalls einen Vierspänner lenken? Shannon würde bei dir auf dem Wagen bleiben.«

»Das schaffe ich bestimmt.«

»Es ist ein sehr beschwerlicher Weg!«

»Für Shannon kann es nur gut sein, wenn sie von den Vorfällen letzte Nacht abgelenkt wird. Ich habe dir nie davon erzählt, aber sie leidet noch immer unter Alpträumen, in denen sie sich im Busch verirrt. Und gestern hat sie mich mehrmals gefragt, ob diese Kerle wiederkommen würden.«

»Die arme Shannon. Sie hat in ihrem kurzen Leben

bisher schon soviel durchmachen müssen. Es ist ein Segen für uns alle, daß du ihr beistehen kannst!« Galen erhob sich und vergrub die Hände in den Taschen. »Nach allem, was du durchgemacht hast, ist es ein Wunder, daß du noch normal bist, Nola.«

»Vielleicht bin ich das doch gar nicht. Aber allmählich finde ich Gefallen an der Idee, mit auf euren Treck zu gehen!« Sie lächelte schwach.

Er fuhr sich mit seinen langen Fingern durch sein dunkles Haar. Nola konnte ihm anmerken, wie anstrengend die letzten paar Tage für ihn gewesen waren.

»Wie lange braucht der Treck nach Maryborough?«

»Etwa zwei Wochen.«

»Und was essen wir unterwegs? Wo finden wir Wasser für das Vieh?«

»Wir nehmen Vorräte mit, die wir aber mit allem ergänzen müssen, was uns auf der Reise über den Weg läuft. Eidechsen, Schlangen, Känguruhs – das, was wir den ›Buschimbiß‹ nennen!«

Als Nola angewidert das Gesicht verzog, konnte er ein Grinsen nicht verkneifen. »Für dich wird es eine harte Schule sein, Nola. Besser, du gewöhnst dich gleich daran, deinen Tee schwarz zu trinken!«

Sie blinzelte spöttisch. »Hier bist du im Irrtum, Galen. Einige der Kühe in der Herde haben ein Kalb bei sich. Die stört es bestimmt nicht, wenn ich etwas Milch für meinen Tee abzweige ...«

Jetzt brach Galen in schallendes Gelächter aus. So gut es tat, ihn bei guter Laune zu sehen – dennoch wurde sie zornig, weil er sich über sie lustig machte. »Was ist denn daran nun so komisch?« verlangte sie zu wissen.

»Man kann eine Kuh, die gewöhnlich auf der Weide

umherläuft, nicht einfach so melken, selbst wenn man wüßte, wie's geht!«

Sie hob trotzig das Kinn. »Hank hat mir schon ein paar Tips gegeben.«

»Das sind keine Hoftiere, wie unsere Kühe hier. Sie würden ausschlagen und dich mit ihren Tritten den ganzen Weg bis Maryborough befördern.«

Nola ließ sich nicht beirren. »Wir werden ja sehen!«

Galen, der sie inzwischen gut genug kannte um zu wissen, daß eine Auseinandersetzung mit ihr keinen Sinn hatte, schüttelte den Kopf. Dann wurde er wieder ernst. »Was das Wasser für die Herde betrifft, müssen wir nach Möglichkeit welches finden. Manchmal überläßt einem ein Farmer seine Tränke, wenn er selbst genug hat. Es gibt auch Flüsse und Bäche unterwegs. Aber die Trockenheit hat so lange angehalten, daß ...« Seine Stimme erstarb. Nola wußte, er war zutiefst beunruhigt. Der Treck war ein Risiko, aber ein Risiko, das sie eingehen mußten!

Galen warf ihr einen eindringlichen Blick zu. »Nachdem die Herde in Maryborough auf dem Frachter verladen ist, werde ich mit dem Zug und der Postkutsche nach Süden weiterreisen, bis Sydney, und sie dort erwarten. Sie sind wohl nur einen Tag länger unterwegs als ich. Langford hat vorgeschlagen, daß du mit den Kindern in der Postkutsche nach Julia Creek zurückkehrst, während Hank mit Jimmy und Jack die Pferde und den Planwagen zurückbringen.«

»Darüber werde ich mit Langford noch reden. Lieber fahre ich den Planwagen zurück, als in Tierman Skellys Postkutsche zu sitzen. Dreißig Kilometer mit ihm, und du bist um Jahre gealtert.« Nola unterdrückte ein Gähnen.

»Ruh dich erst einmal aus, und ich sehe mal nach, was wir dir zum Abendessen servieren können«, versprach er.

»Ich bin eigentlich nicht hungrig.«

»Wenn du nichts ißt, mußt du mir wenigstens versprechen, jede Menge Wasser zu trinken!«

Sie nickte und schloß die Augen.

Draußen stieß Galen beinahe mit Hank zusammen, der ein Tablett in den Händen hielt.

»Ich bringe ein wenig Suppe für Nola«, erklärte er in gedämpftem Ton. »Wie geht es ihr?«

»Sie ist gerade wieder eingeschlafen. Nach außen hält sie sich tapfer, aber es hat sie wirklich stark mitgenommen. Ich habe sie noch nie so ... so emotional erlebt!«

»Wenn man bedenkt, was sie hinter sich hat«, erwiderte Hank kopfschüttelnd. »Das hätte jedem von uns den Rest gegeben. Würde mich nicht wundern, wenn sie nach England zurückkehrt.« Er warf Galen einen Blick zu, dessen Miene sich verdüsterte.

»Langford kommt mit auf den Treck, Nola und Shannon auch. Langford meint, es sei viel zu riskant, sie hier zurückzulassen.«

»Sie sollte mindestens eine Woche lang im Bett bleiben«, gab Hank wütend zurück, »und nicht einen Marsch durch die Hölle antreten!«

Am nächsten Morgen machten sich Langford und Wade daran, einen Zaun um Nolas Garten zu ziehen. Als Nola das Gehämmere und Geklopfe vernahm, kam sie die Treppe herunter, um nach dem rechten zu sehen.

»Wenn wir wieder da sind, werden schon die erste Pflanzen zu sehen sein«, mutmaßte Langford.

Nola lächelte. Daß die beiden Todfeinde Langford und Wade Seite an Seite arbeiteten, um ihr den Garten einzuzäunen, war unfaßbar. So vieles hatte sich in den wenigen Wochen, die sie auf Reinhart war, bereits verändert.

Es war im ersten Licht der kühlen Morgendämmerung, als sie aufbrachen. Wade winkte zum Abschied, und Sandy bellte aufgeregt an seiner Seite. Nola hatte Shannon neben sich auf dem Kutschbock sitzen und war vollauf damit beschäftigt, den mit Lebensmitteln, Federbetten und Wasserfässern beladenen Planwagen einigermaßen sicher zu führen. Bisher hatte sie allenfalls auf leichten Einspännern gesessen, weshalb ihr dieser schwerfällige Wagen reichlich zu schaffen machte. Aber sie tat, was sie konnte. Buttons und Wirangi waren hinten angebunden.

Nola ließ Shannon nicht aus den Augen, während sie den Rindern folgten, die sich wie eine riesige Welle über Berg und Tal bewegten. Immer wieder hörte man Galen, Jimmy und Jack Emu mit den Peitschen knallen und Pfiffe ausstoßen. Heath und Keegan ritten an den Flanken der Herde und fingen Ausreißer ein. Langford bildete zusammen mit den Aborigines die Vorhut.

Als die Sonne sich langsam im Osten erhob und den Himmel mit einem Flammenspektakel glühender Farben überzog, war Nola seelig, Teil dieses großartigen Unternehmens zu sein. Allmählich gelang es ihr, die Schrecken der letzten paar Tage aus dem Hinterkopf zu verbannen und sich von Shannons Erregung anstecken zu lassen. Die Aloesalbe hatte ihre Haut davor bewahrt, sich zu pellen, und bei den Verbrennungen wahre Wunder bewirkt. Eines der großen, klebrigen Blätter hatte sie in ein feuchtes Tuch gewickelt und mitgenommen, für den Fall, daß Shannon einen Sonnenbrand bekam.

Während der Vormittag voranschritt, wurde es immer heißer, der Staub unerträglich und die Fliegen eine wahre Plage. Nola verlangsamte die Fahrt und versuchte, die Herde im Blick zu behalten, während sich der Staub legte. Galen sah ständig nach ihnen und drängte sie, viel Wasser zu trinken. Nola wußte seine rührende Fürsorge sehr zu schätzen.

Sie kamen nur langsam voran, blieben aber ständig in Bewegung. Gegen Mittag hielten sie für eine kurze Rast. Die Männer waren schweißgebadet und staubbedeckt, aber niemand beklagte sich. Nola hatte Brot mitgebracht, das sie unter ihnen verteilte. Zum Teekochen blieb keine Zeit. Sie tranken Wasser aus ihren Feldflaschen, bevor sie sich wieder auf den Weg machten.

Noch am selben Nachmittag türmten sich große Wolken über ihnen.

»Sieht nach Regen aus«, rief Nola aufgeregt, als Galen angeritten kam.

»Es wird nicht regnen«, gab er zurück. »Die Wolken sind zu hoch.«

»Bist du sicher?« Es wäre eine willkommene Abwechslung zur staubigen Hitze gewesen.

»Völlig sicher. Hier sieht's oft nach Regen aus, Nola. Da brauchen wir uns gar keine Hoffnung zu machen. Jemand weiter im Süden wird ihn abbekommen.« Dann sprengte er davon, einem verirrten Rind hinterher.

Shannon schlief sehr unruhig diesen Nachmittag. Nola deckte ein Moskitonetz über sie, um die lästigen Fliegen abzuhalten. Kurz vor Einbruch der Dunkelheit schlugen sie ihr Lager auf. Sie bemerkte, daß Keegan schon fast im Stehen einschlief, obwohl er es nie zugegeben hätte. Auch Langford sah erschöpft aus, aber auch so glücklich wie nie vorher. Endlich war er wieder mit seinen Männern draußen und ging seiner Lieblingsbeschäftigung nach. Auch Nola war ebenfalls todmüde, aber es war eine gesunde Erschöpfung. Heute nacht würden sie alle gut schlafen, da war sich sich sicher.

Während die Männer das Vieh zur Ruhe brachten, half Shannon Heath bei der Suche nach Holz für das Lagerfeuer. Nola fiel ein, was Galen über Schlangen- und Eidechsen als Reiseverpflegung gesagt hatte. Schlangenfleisch hatte sie ja schon mit Genuß verzehrt, und sie war bereit, alles Mögliche andere auch zu probieren. Als sie für sich und Shannon im hinteren Teil des Planwagens ein Bett aufschlug, sah sie aus den Augenwinkeln, wie Jimmy irgendetwas ins Feuer warf. Kurze Zeit später tat Jack es ihm gleich. Sie wollte sich lieber nicht ausmalen, was es gewesen sein könnte. Ein paar Minuten später wehte der Duft von Gegrilltem herüber, und sie mußte zugeben, daß es köstlich roch. Die Reise hatte sie alle furchtbar hungrig gemacht.

Dann saßen sie um das Feuer und tranken Tee, mit Ausnahme von Nola, die Wasser trank. Vergebens hatte sie den Versuch gewagt, sich einer der Kühe in der Herde zu nähern. Galen hatte Teig geknetet und ihn in heiße Kohlen gebettet. Als alles gar war, holte er ihn mit einem Stock wieder heraus. ›Fleisch‹ und Brot waren außen etwas angebrannt und sahen nicht sonderlich appetitlich aus. Als das Essen abgekühlt war, schnitt Galen einzelne Stücke heraus und reichte jedem seine Portion. Jack und Jimmy nahmen ihre Essen mit sich, ebenso wie die Stammesangehörigen, denen die erste Nachtwache bei der

Herde zufiel. Nola war schon aufgefallen, daß Jimmy und Jack ihr häufig seltsame Blicke zuwarfen. Wahrscheinlich warteten sie auf die ersten Anzeichen einer Krankheit, dachte sie. Sie schenkte ihnen ein strahlendes Lächeln, aber das Mitleid in ihren Blicken blieb. Was damit gemeint war, ließ sich nicht übersehen.

Shannon betrachtete skeptisch ihr ›Fleisch‹ und wollte wissen, was es war. Galen merkte, wie Nola in Erwartung einer Antwort erstarrte. Sie besah sich das, was er ihr gegeben hatte, mißtrauisch, konnte aber nicht erkennen, ob es vorher gekrochen, gehüft, geflogen oder geklettert war. Das Äußere war schwarz, aber das Fleisch im Inneren war weiß. Wenigstens eins wußte sie mit Sicherheit, daß es kein Emufleisch war, aber wenigstens war es gut durchgebraten.

»Es ist wie Hühnchen!« sagte Nola unbekümmert zu Shannon. Sie hatte den Verdacht, daß es Echsen- oder Schlangenfleisch war, aber wenn sie das Shannon erzählen würde, würde sie es womöglich nicht essen. Ihre schlimmste Erfahrung mit einer Schlange lag noch nicht sehr weit zurück, weshalb sie lieber nicht lange darüber nachdachte. Aber das Mädchen schien abzuwarten, daß sie selbst den ersten Bissen tat. Da ihr keine andere Wahl blieb, nahm Nola einen Bissen. Sie kaute vorsichtig und war überrascht, wie saftig das Fleisch war. Der Geschmack war ungewöhnlich, aber nicht übel. »Hmmmm«, machte sie mit vollem Mund, um dem Kind zu bedeuten, wie lecker es sei; daraufhin lächelte Shannon strahlend und fing selbst an zu essen. Als Nola sich zu Galen umwandte, spürte sie seinen Blick auf ihr ruhen. Wie stolz er in diesem Moment auf sie war, ahnte sie nicht.

Als Shannon eingeschlafen war, gesellte sich Nola zu den Männern ans Feuer. Sie spielten Poker, und sie bat darum, mitspielen zu dürfen. Sie gewann nahezu jedes Spiel und mußte angesichts ihrer langen Gesichter lächeln.

»Ich hab' dich doch vorgewarnt, daß ich für mein Leben gerne Poker spiele«, erklärte sie, als Galen sie zweifelnd anstarrte.

»Gut, daß wir nicht um Geld gespielt haben«, gab er grinsend zurück.

Langford lachte schallend.

Mehrmals in der Nacht wurde Nola von merkwürdigen Geräuschen geweckt. Jedesmal, wenn sie die Plane beiseiteschlug, sah sie Galen oder Langford, die rund um den Behelfs-Drahtzaun des Lagers patrouillierten. Einmal hörte sie, wie Jack flüsterte: »Ich glaube, ich hab' einen gesehen, Boss.«

»Halt die Augen offen«, gab Langford angespannt zurück. Sie sah, daß er ein Gewehr trug, und wußte, daß sie jetzt für lange Zeit nicht wieder würde einschlafen können.

Nola fragte sich, über wen sie wohl gesprochen hatten. Der Treck wurde doch mit Sicherheit nicht verfolgt? Sie mußte an Wade denken, der allein auf dem Anwesen war, und sorgte sich um seine Sicherheit. Als sie sich voneinander verabschiedet hatten, hatte sie ihn gefragt, womit er sich während ihrer Abwesenheit beschäftigen würde. Das Trinken hatte er aufgegeben, und die Tage würden ihm lang und einsam sein.

»Als erstes werde ich mich um Ellens Grab kümmern«, erklärte er, »und einen schönen Grabstein für sie machen.«

Hank hatte ihn am Nachmittag vor ihrer Abreise zu der richtigen Stelle geführt.

Außerdem nahm sich Wade vor, Langfords Anwesen instand zu setzen. »Es sind eine Menge kleinerer Reparaturen nötig«, befand er. »Das war mal ein stattliches Haus hier. Vielleicht können wir ihm die einstige Pracht wenigstens teilweise wieder zurückgeben.«

Nola war nicht wohl bei dem Gedanken, daß er allein mit seinen Erinnerungen zurückblieb, zumal es nicht ganz ungefährlich war.

»Machen Sie sich um mich keine Sorgen«, hatte er versichert, als er ihre Unruhe spürte. »Ich werde gar keine Zeit haben, mich einsam zu fühlen vor lauter Arbeit. Und ganz ungeschützt bin ich nicht.« Damit schob er die Lederweste zurück und deutete auf die Pistole, die er im Gürtel trug. »Ben kommt voraussichtlich herüber und hilft mir bei den Reparaturen. Es ist soviel zu tun!«

»Ich freue mich schon jetzt darauf, bei unserer Rückkehr sehen zu können, was Sie geschafft haben!« hatte sie erwidert.

Am dritten Tag ihrer Reise waren die Rinder fast wahnsinnig vor Durst. Sie trieben die Herde auf den Diamantina River zu, der von Süden kam. Galen war fast sicher, daß der Fluß nicht ganz ausgetrocknet sein würde. Seine Hoffnungen bestätigten sich, als das Vieh zu wittern begann und schneller wurde. Durstige Rinder können Wasser kilometerweit riechen. Gegen Nachmittag brüllten sie immer wieder vor Aufregung, was auf eine nahe Wasserstelle hindeutete.

Die Sonne brannte gnadenlos auf sie herab und versengte das Land. Nola hielt sich möglichst fern von der Herde, um dem erstickenden Staub auszuweichen. Shannon schlief, von der Plane geschützt, hinten im Wagen. Die Hitze und Helligkeit machten auch Nola zu schaffen. Ihre Hände waren ganz rissig geworden und ständig verschwitzt, während sie die Lederzügel umklammerte.

Nola wußte nicht was sie dazu veranlaßt hatte, sich umzudrehen, aber zu ihrem Schrecken sah sie hinter sich eine Rauchsäule aufsteigen. Links hinter ihr dasselbe. Als sie den Vierspänner nach rechts lenkte, entdeckte sie, daß hinter ihr im Halbkreis ein Feuer brannte. Dicker Qualm stieg in die Luft empor; orangefarbene Flammen züngelten aus der trockenen Vegetation empor. Sie versuchte, einen der Männer vorn zu rufen, aber die brüllende Herde übertönte ihre Stimme.

Mühsam die Beherrschung wahrend, schlug sie fest mit den Zügeln und zwang die Zugpferde zu galoppieren. Dann hörte sie Schreie und sah hinter sich vier Reiter, die sie verfolgten. Galen hatte ein Gewehr im Wagen verstaut, als Vorsichtsmaßnahme, und Nola zog es hervor. Das Herz klopfte ihr bis zum Hals, während sie die Pferde über den steinigen Boden lenkte und gleichzeitig mit wunden Fingern versuchte, das Gewehr zu entsichern. Durch das hohe Tempo begann der Planwagen zu schlingern, und Shannon schreckte hoch.

»Was ist?« fragte sie schläfrig.

»Bleib unten, Shannon!« brüllte Nola zurück.

Jemand galoppierte neben ihr her. Nola hatte das Gewehr schußbereit, als sie Hanks Stimme hörte.

»Weiter, Nola!« rief er, während er neben ihr ritt. »Wir sind von drei Seiten durch Feuer eingeschlossen. Jetzt versuchen wir, den Fluß zu erreichen, der direkt vor uns liegt. Hoffen wir, daß genug Wasser drin ist, um uns zu retten!«

»Sind die Jungs wohlauf?« schrie Nola.

»Die sind in Sicherheit.«

Vier Männer galoppierten von hinten auf sie zu. Hank schnappte sich das Gewehr und zielte. Als Nola sich umdrehte, löste sich die Gruppe der Verfolger auf, von Hanks Gewehrkugeln auseinandergetrieben. Er verließ sie nur ungern, aber die Herde war so verschreckt, daß eine Stampede zu befürchten war.

»Geh und hilf den anderen!« schrie Nola. »Wir kommen schon zurecht.« Sie nahm ihm das Gewehr wieder ab, und Hank ritt zögernd voraus.

Als nächstes bedeckte Nola Mund und Nase mit ihrem Halstuch. Der Rauch, verbunden mit dem alles durchdringenden Staub, nahm ihr den Atem. Ihre Augen brannten, und sie bekam kaum noch Luft. Durch einen kräftigen Nordwind angefacht, fraß sich das Feuer überraschend schnell voran und hatte sie beinahe eingeschlossen. Wildtiere wie Kängurus, Kaninchen, Eidechsen und Emus, kreuzten in heilloser Flucht ihren Weg. Ganze Schwärme von Kakadus erhoben sich in die Lüfte und verschwanden in dem grauen Rauch. Nola hatte Schwierigkeiten, ihr Gespann unter Kontrolle zu halten, und hinter dem Wagen wieherten Wirangi und Buttons vor Verzweiflung.

Als die vorderste Reihe der Herde das Flußufer erreichte, hatte das Feuer schon jeden anderen Fluchtweg abgeschnitten. Glühende Fetzen segelten durch die Luft, und die Hitze war kaum noch zu ertragen. Es grenzte an ein Wunder, daß sie plötzlich durch einen Hohlweg kamen und sich dadurch in Sicherheit brachten. Ohne innezuhalten, stürzte sich das Vieh brüllend in die kühlen, trüben Fluten des Diamantina River. Galen und die anderen knallten mit den Peitschen und trieben sie weiter, um für die nachfolgenden Tiere den Weg ins Wasser zu bahnen. Innerlich betete er, daß auch Nola und Shannon es rechtzeitig schaffen würden, dem Feuer zu entrinnen.

Nola war fast erblindet vom Rauch und konnte kaum noch sehen, welchen Weg sie einschlagen mußte. Plötzlich vernahm sie das Schlagen von Hufen dicht hinter sich, sie drehte sich um und bemerkte einen Mann, der neben Wirangi aufholte. In ihrer Angst, er könnte in den Planwagen springen, riß sie das Kind dicht an ihre Seite. Sie brüllte den Pferden zu, schneller zu werden. Als sie sich umwandte, hatte der Verfolger das Seil durchgeschnitten, mit dem Wirangi am Wagen festgebunden war. Im vollen Galopp sprang er auf Wirangis Rücken, denn sein eigenes Pferd hatte schlimme Brandwunden davongetragen.

Nola richtete den Blick starr nach vorn. Jetzt würde er sie mit Sicherheit einholen. Als sie den Fluß erreichten, kam Galen ihnen entgegengelaufen. Die meisten Rinder schwammen bereits im Wasser oder hatten das sichere Ufer erreicht. Sie hörte jemanden schreien und drehte sich um, das Gewehr im Anschlag. Wirangi bockte wie ein junges Wildpferd, sein Reiter fluchte und schrie um Hilfe, während er sich verzweifelt an die Mähne des Tieres klammerte. Galen hielt die anderen drei Verfolger in Schach und feuerte ein paar Schüsse in ihre Richtung. Sekunden später landete Wirangis Reiter mit einem dumpfen Schlag auf den Boden, und das Pferd galoppierte zum Fluß hinunter. Galen schnappte sein Zaumzeug und brachte Wirangi zum Stehen. Nachdem er ihn wieder angeschirrt hatte, führte er den Planwagen zur Böschung hinunter, während Hank und Langford vom anderen Ufer Feuerschutz gaben.

Das Buschfeuer fraß sich unaufhaltsam vorwärts. Die Männer, die es gelegt hatten, saßen in ihrer eigenen Falle. Galen befahl Hank, das Feuer einzustellen; dadurch gelang es auch den Brandstiftern, das rettende Wasser zu erreichen. Das war mehr als sie verdient hatten. Viele der wildlebenden Tiere hatten kein solches Glück. Als die letzten Rinder ans andere Ufer kamen, waren ihre Verfolger stromabwärts entkommen.

Nola hatte alle Hände voll damit zu tun, den Planwagen durch den Strom zu lenken. Shannon zitterte vor Angst, und Galen hob sie in seinen Sattel. Das erschöpfte Gespann mühte sich mit dem überladenen Wagen ab. Sie hatten es fast bis ans Ufer geschafft, als die Räder im Schlamm des Flußbettes feststeckten. Nola sprang vom Bock und trieb die Pferde voran.

»Zurück auf den Wagen!« rief Galen. Hank kam herangeritten und nahm die Zügel des vorderen Gespanns auf.

Galen stieg vom Pferd und half Nola das schlammige Ufergelände hoch. »Du hättest auf dem Planwagen bleiben sollen«, sagte er. »Deine Füße sind noch nicht verheilt!«

»Mir geht es gut«, widersprach Nola. »Es war eine Erleichterung, ins Wasser zu springen. Das Feuer war so heiß.« Sie blickte sich ratlos um. »Wo sind die Viehdiebe abgeblieben?«

»Sie sind uns entwischt«, erklärte Galen. Er wußte, wer sie beauftragt hatte, und fragte sich, was ihnen noch alles passieren würde, bevor sie Maryborough erreichten.

Nola bemerkte, wie Hank mit einem scharfen Taschenmesser etwas aus dem Unterbauch seines Reittiers entfernte.

»Was machst du da?« fragte sie.

»Ich entferne Blutegel«, gab Hank arglos zurück. »Eigentlich wäre das nicht nötig. Wenn sie sich ordentlich vollgesogen haben, fallen sie von selbst ab. Aber das Pferd tut mir leid.«

Als Nola nichts erwiderte, drehte er sich zu ihr um. Auch Galen sah sie an.

Der Mund stand ihr offen, und sie war kreidebleich geworden. Ungläubig starrte sie auf ihre Arme und ihre Brust, wo ihre zartbraune Haut über und über mit schwarzen Streifen bedeckt schien. Plötzlich drehte sich alles, und ihr wurde schwarz vor Augen.

18

Hab' ja gesagt, Missus stirbt heute«, entfuhr es Jimmy. »Ist der Fluch, Boss!«

»Sie ist nur bewußtlos. Weiße Damen mögen nun mal keine Blutegel.« Galen hob Nolas Hand und tätschelte ihr den Handrücken.

»Wach auf, Nola«, rief er leise. Als sie nicht reagierte, trat Jack einen Schritt zurück. »Missus nicht aufwachen, Boss. Ist vom bösen Geist Deringas besessen.«

Nolas Lider flatterten, dann schlug sie die Augen auf. Die beiden Aborigines japsten erschrocken nach Luft.

»Was ist passiert?« wollte sie wissen und setzte sich auf.

»Du bist ohnmächtig geworden«, stellte Galen fest und bot ihr seine Feldflasche zum Trinken.

»Ich bin in meinem ganzen Leben noch nicht ohnmächtig geworden«, stieß Nola ungläubig hervor. Dann fielen ihr die Blutegel wieder ein. Sie starrte auf ihre Unterarme, und die Erleichterung überkam sie.

»Wir haben alle entfernt, die wir finden konnten«, nickte Galen.

Nola schauderte noch nachträglich vor Ekel. Sie zog sich das Hemd aus und examinierte ihre Brüste, während die Männer wegschauten. Blutegel waren keine mehr zu entdecken, und sie betete, daß ihr keine in der Hose steckten. »Warum hat mir keiner gesagt, daß es im Fluß von Blutegeln wimmelt?«

»Das ist nicht immer so. Besonders, wenn der Fluß eine ganze Weile ausgetrocknet war. Dann rechnet man irgendwie nicht damit.«

»Ich kann noch immer nicht glauben, daß ich ohnmächtig war.« Nola schämte sich zutiefst. Unbewußt tastete sie mit der Hand über den Bauch.

»Sie haben gestern einen häßlichen Schlag auf den Kopf bekommen, und einen Schock obendrein«, gab Langford ihr zu verstehen und lächelte aufmunternd. »Gehen Sie nicht zu streng mit sich ins Gericht!«

Sie blickte zu Jimmy und Jack auf, die sie anstarrten, als wäre sie von den Toten auferstanden.

Galen funkelte sie böse an. »Zurück zur Herde«, befahl er barsch, und sie entfernten sich Hals über Kopf.

»Nimm es ihnen nicht übel«, begütigte Nola, als sie aufstand. »Ihr Glaube ist tief in ihnen verwurzelt.«

»Ich weiß«, gab Galen zurück. »Aber nach allem, was du mitgemacht hast, kannst du Pessimismus wohl am wenigsten brauchen.«

Während der Nachmittag voranschritt, wurde die Luftfeuchtigkeit fast unerträglich. Nola fühlte sich wie in einem Dampfbad ohne Ausgang. Zusammen mit dem Staub und den Insekten, die entweder bissen oder stachen, sorgte das drückende Klima für angespannte Nerven und zehrte an den Kräften von Mensch und Tier. Der Schweiß floß in Strömen, und kein Lufthauch spendete auch nur die geringste Erleichterung.

Sie waren jetzt seit fast einer Woche unterwegs, und noch eine ganze Tagesreise von Baracaldine entfernt, das auf halber Wegstrecke lag. Das Vieh war zweieinhalb Tage hintereinander ohne einen Schluck Wasser gelaufen. Die Rinder schleppten sich mühselig voran, mit hängenden Köpfen, schwach und bereits gefährlich nahe daran, zu verdursten. Brach eines der älteren Tiere zusammen, saßen Galen und Hank ab und versuchten, es wieder auf die Beine zu stellen. Manchmal funktioniert das. Manchmal auch nicht – und zwar in der Mehrzahl der Fälle. Um den Rindern den schrecklichen Tod durch Verdursten zu ersparen, gab Galen ihnen den Gnadenschuß. Jedesmal, wenn Nola Gewehrfeuer hörte, wußte sie, daß mit dem leidenden Tier ein Stück Hoffnung für die Zukunft der Farm starb. Wenn der Planwagen dann an dem toten Tier vorbeikam, schirmte sie Shannons Blick ab und wandte selbst den Kopf, um ihre Tränen zu verbergen.

Galen betete insgeheim, daß der Barcoo River noch Wasser führte. Wenn nicht, würde er über die Hälfte seiner Herde verlieren. Daß dieser Teil des Trecks der beschwerlichste sein würde, hatte er vorher gewußt. Aber es war schlimmer, als er es sich hatte vorstellen können. Früher hatte es wenigstens noch Wasser in kleinen Rinnsalen in den Felsen gegeben, und Reste von Vegetation für die Tiere zum fressen. Inzwischen gab es nichts mehr. Die jahrelange Dürreperiode hatte ihren Tribut gefordert. Wann immer sie eine Farm passierten, sahen sie trockene Dämme, Gerippe von Schafen und Rindern und Windmühlen, die nur noch Staub förderten. Hier brauchte er gar nicht erst nach Wasser zu fragen.

Nola verbarg sich vor der sengenden Hitze, so gut es ging, aber sie drang durch die Leinwand der Wagenplane, durch ihren Hut und ihr Hemd. Ihr Kopf glühte, ihr Haar klebte naß an Stirn und Schläfen. Die Haut war verbrannt und verschorft, die Kleider schmutzig. Für ein Bad hätte sie alles gegeben, aber darüber sagte sie nichts zu den anderen. Sie alle fühlten dasselbe.

Gegen Nachmittag, als Shannon fest schlief, trotteten die Pferde nur noch lustlos voran, und Nolas Gedanken begannen zu wandern. Sie dachte an England, die saftigen grünen Wiesen auf dem Land, den Lake District mit seinen Seen, Kornblumen und Rotkehlchen, Nebelschwaden, Schnee und Kälte. Obwohl sie den Schnee im Geiste genau vor sich sah, als weißes Tuch, das ringsum alles bedeckte, fiel es ihr schwer, sich zu erinnern, wie kalt er eigentlich war. Sie malte sich aus, wie es sich anfühlte, im Schnee zu liegen, und versuchte in ihrer Phantasie, die erfrischende Kühle zu spüren.

Als sie zum blauen Himmel emporschaute, fielen ihr Tiermans Worte wieder ein: »In Dürrezeiten werden Sie den blauen Himmel noch hassen lernen.« Sie versuchte sich in Erinnerung zu rufen, was sie gedacht hatte, beim ersten Blick in dieses unendliche Blau, nach so vielen Jahren stumpfer und grauer Dauerbewölkung? Wie ihre Wahrnehmung sich doch verändert hatte. Jetzt wünschte sie sich nichts sehnlicher als eine dunkle, schwere Wolkendecke. Sie wäre unendlich dankbar. Kaum vorstellbar, daß Shannon noch nie in ihrem ganzen Leben Regen gesehen hatte. Wenn sie jetzt in den Himmel blickte oder über das verdorrte Land, war ihr fast, als sollte sie selber nie mehr Regen sehen oder spüren dürfen.

Galen holte neben ihr auf, und sie reichte ihm eine Feldflasche. Er nahm nur einen winzigen Schluck Wasser, bevor er sie zurückgab.

»Du brauchst mehr«, mahnte sie.

»Mir geht's gut.«

Sie wußte, daß er nur an die anderen dachte. Ihr Trinkwasservorrat ging dramatisch zur Neige, und sie hatten schon das allerletzte Faß angebrochen.

Galen war ausgelaugt bis zur Erschöpfung, und ebenso niedergeschlagen. Ständig zwang er sich, bis zum Äußersten zu gehen, tat nachts kaum ein Auge zu und wartete auf den nächsten Anschlag, den die Viehdiebe gegen sie aushecken. Tagsüber kam er gar nicht mehr aus dem Sattel.

»Ich versuchte gerade, mich zu erinnern, wie es ist, wenn man friert«, berichtete Nola in der Hoffnung, ihn etwas abzulenken.

»Solch eine Kälte kann ich mir gar nicht vorstellen«, gab er zurück. »Wünschst du dir, wieder in England zu sein?«

»Nein. So heiß und unangenehm es hier ist, der Kältetod ist ein weit schlimmeres Schicksal. Als kleines Mädchen habe ich mir mal leichte Erfrierungen zugezogen. Es war entsetzlich. Die Schule, auf die ich geschickt wurde, lag ziemlich weit weg von meinem Elternhaus. Es war dunkel, wenn ich morgens den Schulweg antrat, und dunkel, wenn ich nachmittags heimkehrte. Die Tage sind so kurz im Winter. Ich brauchte jedesmal gut eine Stunde bis zur Schule. Wenn ich dort endlich eintraf, war ich erfroren bis zu den Knien, konnte meine Finger nicht mehr fühlen, und meine Nase war rot angelaufen und tropfte unablässig. Nicht mal den Stift konnte ich in der Hand halten zum Schreiben. Und auf dem ganzen Weg nach Hause dachte ich nur daran, neben dem Kaminfeuer zu sitzen und meine Finger und Zehen aufzutauen. Ich hatte ständig Frostbeulen.«

Zum ersten Mal erfuhr Galen etwas aus ihrer Vergangenheit.

»Sag mal, wie bist du eigentlich Lehrerin geworden?« wollte er wissen.

Sie freute sich über sein Interesse. »So weit ich zurückdenken kann, wollte ich schon immer unterrichten.«

»Wolltest du nie eine Familie gründen, eigene Kinder haben?«

»Natürlich wollte ich einen Mann, und eigene Kinder dazu. Aber ich traf nie einen, der mich gleichberechtigt behandelte, und das ist es, was ich will. In der feinen englischen Gesellschaft haben verheiratete Frauen keine eigenen Rechte. Daher fand ich diese Vorstellung nie besonders verlockend.«

»Wahrscheinlich ist es in anderen Ländern nicht anders«, gab Galen zu bedenken. »Ich finde, der Mann sollte das Familienoberhaupt sein, aber jederzeit auch auf die Wünsche seiner Frau eingehen.«

Nola war froh, daß er so dachte. »Einverstanden, aber nur die wenigsten Männer halten sich daran. Deshalb habe ich auch so oft meine Stellung verloren.«

Galen hob überrascht die Brauen. »Wollen Sie damit sagen, Miss Grayson, daß Sie gefeuert wurden, und zwar mehr als einmal, weil Sie es wagten, sich den Anordnungen Ihrer Arbeitgeber zu widersetzen?«

Nola mußte über seinen Gesichtsausdruck lachen. »Ich weiß, das ist bei mir schwer vorstellbar!« neckte sie ihn. Sie war selbst überrascht, es sich einzugestehen, aber sie fühlte, sie konnte sich ihm anvertrauen. »In der Tat.

Ich habe nun mal den unerwünschten Tick, Mädchen das beizubringen, was nur Jungen lernen dürfen.«

Er war nicht überrascht, aber neugierig geworden. »Was denn zum Beispiel?«

»Pokerspielen, mit Pfeil und Bogen schießen, Zäune ziehen. Die beiden Mädchen, die ich zuletzt unterrichtet habe, habe ich bei einem steifen Londoner Club Kricket spielen lassen. Übrigens haben sie gesiegt!«

Galen lachte so laut, daß er beinahe vom Pferd gefallen wäre. Nola sah ihn lächelnd an. »Du hättest ihre Mutter sehen sollen. Sie stürmte in Samt und Seide auf den Krikketplatz und ist vor all ihren gutsituierten Freundinnen in den Schlamm gefallen! Ich möchte bezweifeln, daß sie je wieder zu einem Ball oder zum Nachmittagstee eingeladen worden ist.«

Galen schüttelte den Kopf und überdachte, was Nola ihm erzählt hatte.

»Außerdem war ich berüchtigt, weil ich Zigarren geraucht und Schnupftabak genommen habe«, gestand sie unverblümt. »Jetzt weißt du auch, weshalb Tilden Shelby es so eilig damit hatte, mich nach Australien zu verfrachten. Das hat er mir auch deutlich zu verstehen gegeben, als er mir von der Stellung erzählte. Ich war wieder einmal ›gefeuert‹ worden, als ich sein Büro betrat, am selben Tag, an dem ihn euer Brief erreichte. Diese Gelegenheit konnte er doch nicht ungenutzt verstreichen lassen. Ich glaube, der Ärmste hätte wirklich alles getan, um mich loszuwerden. Im Outback, beteuerte er, könne ich endlich machen was ich wollte, ohne daß mir Lord oder Lady Soundso über die Schulter blickt.«

Galen musterte sie, und in seine grünen Augen trat ein Lächeln. »Ich bin froh, daß du hergekommen bist!«

»Wirklich?« Sie erwiderte sein Lächeln. »Aber du kannst beruhigt sein, du bist einigermaßen sicher.«

»Was meinst du damit?«

»Schließlich hast du nur eine Tochter!«

Er entdeckte die Ironie in ihren Worten und lachte erneut. »Und selbst die wollte ich als Jungen großziehen!«

Jetzt war es Nola, die lachen mußte.

Eine Zeitlang sprach keiner von beiden. Galen ritt neben ihr, die Rinder trotteten stumpf vor ihnen dahin. Sie konnten hören, wie Hank, Jimmy und Jack die Peitschen knallen ließen, um die Herde weiterzutreiben. Langford und die Aborigines-Viehtreiber waren hinter der Staubwolke nicht mehr zu erkennen.

»Ich muß dir noch etwas anderes sagen«, begann Nola in ernstem Ton.

Er wandte sich ihr zu. Sein Gesicht unter dem schwarzen Hut war tiefgebräunt und schweißglänzend. »Wird es mich schockieren?«

»Ich glaube ja.«

»Dann fang an!«

»Ich habe Briefchen in den Büchern des Schulgebäudes gefunden. Ich weiß jetzt, daß sie von Ellen Reinhart stammen müssen, doch damals glaubte ich, sie wären von deiner Frau.«

»Wie kamst du denn darauf?« Er warf einen Blick über die Herde, während er auf ihre Antwort wartete.

»Sie waren nur mit einem großen E unterzeichnet, und die Kinder hatten den Namen deiner Frau erwähnt, Emily. Man hatte mir erzählt, daß sie im Schulhaus unterrichtet hat, deshalb nahm ich an, daß die Bücher ihr gehörten.«

»Und jetzt weißt du, wie es wirklich war. Was macht das schon?«

Nola blickte ihn forschend an. »Es macht etwas, weil ich unfair zu dir war. Ich fing an zu glauben, daß du einige dunkle Seiten hast.« Er warf ihr einen kurzen Blick zu, und sie merkte, daß er nicht begriff. Aber Nola mußte fortfahren. »Um ganz ehrlich zu sein, ich war fast davon überzeugt, du hättest deine Frau getötet.«

Jetzt war unübersehbar, wie zutiefst geschockt Galen war.

»Es war völlig falsch. Das weiß ich jetzt, und ich bitte dich, meine Entschuldigung anzunehmen.«

»Bist du deshalb so wütend geworden, als du glauben mußtest, ich würde die Viehdiebe brandmarken? Du hast geglaubt, ich sei ein gewalttätiger Mensch der zu allem fähig ist?«

Sie atmete tief durch. »Leider ja. Am Abend vorher hatte ich eine besonders erschreckende Stelle gelesen in einem der Briefe. Alles schien zusammenzupassen. Ich wollte nicht glauben, daß du so sein könntest. Du bist zwar ein guter Vater, aber ...«

Galen seufzte, und sie fürchtete, ihn schwer enttäuscht zu haben. Das konnte sie ihm wahrhaftig nicht übelnehmen.

»Es kommt mir jetzt so töricht vor, daß ich so etwas überhaupt denken konnte. Schlimmer hätte ich mich nicht in dir irren können!«

»Ganz unrecht hattest du gar nicht.« Wieder seufzte er. »Ich würde fast alles tun, um meine Familie zu schützen. Und wer weiß, zu was ich fähig wäre, um die Herde zu retten, falls die Viehdiebe erneut zuschlagen.«

»Du hättest Sie im Feuer umkommen lassen können. Aber du hast sie aus Großmut entkommen lassen.«

»Ja, das habe ich.« Er senkte den Kopf. »Ich bin mir

jetzt ganz sicher, daß die Janus-Brüder dahinterstecken. Wenigstens übermitteln die Viehdiebe, wenn ich sie laufen lasse, Wendell und Travis eine Nachricht: daß ich nicht aufzuhalten bin. Wenn die Janus-Brüder schon so verzweifelt sind, daß sie zu solchen Mittel greifen, und nahezu bereit sind, uns zu töten, neige ich zu der Annahme, daß mit ihrem Anspruch auf das Reinhart-Land etwas nicht stimmt. Ich habe nicht genug Geld, um ihnen vor Gericht entgegenzutreten, und allmählich verspüre ich immer weniger Lust, ihnen auch nur einen Pfennig zu geben, wenn wir das Vieh verkauft haben. Um ehrlich zu sein, von Tag zu Tag neige ich mehr dazu, die Angelegenheit lieber hier, auf offenem Gelände auszukämpfen als vor den Gerichten. Deshalb liegst du vermutlich gar nicht so falsch mit deiner Einschätzung.«

Noch bevor sie etwas erwidern konnte, ritt er davon. Es war unschwer zu erkennen, warum er so verzweifelt war. Ohne Futter und ohne einen Tropfen Wasser würden die Rinder sterben. Wenn ihn die Janus-Brüder vor Gericht brachten, hatte er keine Geldmittel, um den Prozeß zu bezahlen, und er würde alles verlieren. Galen selbst erschien die Lage immer hoffnungsloser. Nola konnte seinen Standpunkt nachvollziehen, und es tat ihr in der Seele weh.

Wieder ging ein Tag vorüber. Inzwischen fiel es den Männern immer schwerer, die Herde in Bewegung zu halten, so geschwächt war sie von Hunger und Durst. In den letzten paar Stunden hatten sie weitere zwanzig Rinder verloren. Nola hatte jetzt vier Kälber auf dem Vierspänner. Sie ließ nicht zu, daß Galen und Hank sie erschossen.

Hank ritt an Galens Seite. »Da stimmt etwas nicht«,

rief er. »Die Tiere müßten das Wasser längst gerochen haben. Der Barcoo River kann nicht mehr als zwei Kilometer entfernt sein.«

Galen biß die Zähne zusammen. Er starrte über das dörrende, geborstene Land. »Sieht aus, als hätte es nicht mehr geregnet, seit ich den Weg zum letzten Mal mit einer Rinderherde geritten bin. Das ist vier Jahre her. Ich kann mich nicht erinnern, daß es hier je so trocken gewesen ist. Offenbar ist kein Wasser im Fluß. Es ist aus, Hank. Wir sind verloren.« Er wußte, daß Langford den Verlust der Farm nicht überleben würde. Auch Hank wußte es. Es gab nichts, was er hätte sagen können.

Später am Nachmittag erreichten sie das Flußbett. Wie Galen vorhergesagt hatte, war es ausgetrocknet. Der Barcoo River entspringt in Südaustralien. Rund fünfhundert Kilometer hinter der Grenze nach Queensland teilt er sich in zwei Flußarme. Deshalb überquert ihn die Viehtransportstrecke eigentlich zweimal. Zwischen den beiden Furten liegen knapp fünfzig Kilometer. Niemand sprach, als sie durch das trockene Flußbett ritten. Dazu waren sie zu niedergeschlagen.

»Ob ich jemals Regen sehen werde?« fragte Shannon kleinlaut, als Nola ihr erklärte, weshalb der Fluß kein Wasser führte.

»Aber natürlich wirst du, Shannon.« Nola wußte, daß es nicht sehr überzeugend klang, aber ihr war nahezu keine Hoffnung mehr geblieben. In diesem Moment begriff sie, was die Menschen hier meinten, wenn sie sagten, daß dieses Land die Seelen zerbreche. Seit Tagen hatte sie zusehen müssen, wie Galens und Langfords Seelen nach und nach zerbrachen.

Sie kampierten auf dem Hochplateau zwischen den trockenen Flußbetten. Das geschwächte Vieh brach förmlich zusammen, wo es stand. Man brauchte es nicht mehr zu bewachen, nur zwei oder drei Männer umkreisten die Herde und vertrieben die Wildhunde. Selbst ein einzelner Dingo hätte sich seinen Teil holen können, ohne auf allzuviel Widerstand zu stoßen.

Schweigend saßen sie um das Lagerfeuer herum und starrten in die Flammen. Die Stimmung war mißmutig und bedrückend. Nola saß auf Galens rechter Seite, Hank zu seiner Linken, und Langford saß ihm gegenüber.

»Wie weit ist es zum nächsten Fluß?« wollte Nola wissen.

»Fünfhundert Kilometer zum nächsten größeren Strom, aber dazwischen gibt es noch eine Reihe kleinerer Bäche«, gab Galen zurück. »Aber die Herde schafft es nicht mehr bis zur Flußgabelung des Barcoo.« Die Enttäuschung, die in seiner Stimme mitschwang, war herzzerreißend. »Es ist vorbei. Wir haben verloren.« Er warf Langford, der ihn schweigend musterte, einen schmerzlichen Blick zu.

»Könnten wir nicht nach Wasser graben, Jimmy?« wollte Nola wissen.

»Nicht reicht für Herde«, gab Jimmy zurück. »Genug für einen Mann. Vielleicht zwei.«

»Wir hätten Wade mitnehmen sollen. Bestimmt könnte er Wasser für das Vieh finden.«

»Ich bin diese Route schon oft geritten, Nola. Hier hat es seit Jahren nicht mehr geregnet. Auch das Grundwasser wird dementsprechend kaum zugänglich sein.«

»Ich kann nicht glauben, daß es vorbei sein soll. Ich will nicht.« Sie stand auf und lief in die Nacht hinaus.

An einen verdorrten Baum gelehnt, betrachtete Nola die Herde. Wäre nicht ihr jammervolles Blöken gewesen, hätten es ebensogut Felsblöcke in der Dunkelheit sein können. Ab und zu fand eins der Tiere die Energie zu einem sanften Muhen, ein erbärmlicher Klagelaut, der wie ein verzweifelter Hilferuf klang. Über Nolas Wangen liefen stille Tränen.

»Ihr dürft nicht sterben«, sagte sie in die Finsternis. »Ihr könnt nicht. Nicht so. Das wäre einfach nicht gerecht.«

Sie hörte ein Geräusch und fuhr herum. Galen stand hinter ihr. Sekunden später lag sie in seinen Armen, und er drückte sie fest an sich.

»Können wir denn nichts mehr für sie tun?« fragte sie schluchzend. »Wir sind doch verantwortlich für sie. So weit haben wir sie schon gebracht. Wir können sie doch nicht einfach sterben lassen!«

»Das liegt nicht mehr in unserer Hand. Es sei denn, es geschieht ein Wunder!« Er umarmte sie, bot ihr den Trost, den er geben konnte, und fühlte sich selbst ein wenig getröstet.

Kurz darauf blickte Nola zum Himmel empor: »Wo sind die Sterne abgeblieben?«

Galen schaute nach oben, dann sahen sie sich an.

»Sie sind von Wolken verdeckt«, flüsterte sie.

Er spürte, wieviel Hoffnung in ihrer Stimme mitschwang, und liebevoll sah er sie an. »Nola, ich hab' es dir schon gesagt. Es wird nicht regnen.«

»Vielleicht aber doch! Irgenwann muß die Dürrezeit doch vorbei sein!«

»Was meinst du, wie oft wir das schon geglaubt haben, nur um jedesmal unsere Hoffnung sich wieder zerschlagen zu sehen.«

»Du mußt nur fest daran glauben, Galen. Das lehrt einen das Leben.« Ein ferner, schwacher Donner verlieh ihren Worten noch größeres Gewicht.

»Selbst wenn wir einen kleinen Schauer kriegen, würde das nicht reichen, um die Herde ausreichend tränken zu können. Es würde sie nicht retten.«

Nola erinnerte sich, was Hank damals gesagt hatte, als es nach ihrem Aufbruch von Julia Creek zu regnen begann – das sei gerade mal genug, um das Vieh verrückt zu machen und die Farmer zu enttäuschen. Der rissige Boden würde das Wasser schneller aufsaugen, als die Tropfen fielen.

»Galen, du hast einmal gesagt, in diesem Land zerbrechen die Seelen derer, die es lieben. Ich bin ein Neuling, ein Mädchen aus der Stadt. Und doch spüre ich, wie du leidest, und wie die da draußen leiden.« Sie deutete zur Herde. »Aber ich will nicht aufgeben. Es *wird* regnen. Wir müssen es bis Maryborough schaffen. Wenn dazu ein Wunder geschehen muß, wird es geschehen. Ich habe jeden Tag unserer Reise darum gebetet, und ich glaube daran. Du weißt, daß ich über eine große seelische Kraft verfüge, und ich denke, bei dir ist es genauso. Sag mir, daß du glaubst, daß wir es schaffen. Ich brauche die Kraft deiner Worte. Sprich es aus ...«

Galen seufzte. Er blickte zur Herde hinüber, dann zum Himmel empor. Als er Nola wieder ansah, spürte er, wie verzweifelt sie sich an diese Hoffnung klammerte, obwohl sie eigentlich längst keine mehr hatten. »Also gut. Also, wenn ein Mädchen aus der Stadt an solche Wunder noch glaubt, kann ich es vermutlich auch.«

Wieder weinte Nola, aber diesmal waren es Tränen der Freude, der neu erwachten Hoffnung.

19

Während die Dämmerung heraufzog, wälzte sich Nola rastlos im Schlaf. Es war so heiß unter der Plane gewesen, als sie sich gegen Mitternacht in den Wagen zurückgezogen hatte, daß sie sie jetzt ein Stück zurückschlug, um für Shannon und sich selbst ein wenig frische Luft hereinzulassen.

Sie hatte geträumt, mit einem Eimer Wasser zwischen den Rinder herumzugehen und ihre teilnahmslos hängenden Schädel zu heben, damit sie trinken konnten. Sie schluchzte, Tränen rannen über ihre Wangen, und tropften in den Eimer hinein.

»Ich komme schon«, rief sie ab und zu, wenn ein Rind in seiner Not brüllte. Die Herde schien gar kein Ende zu nehmen, und sie bemühte sich verzweifelt, sie alle zu versorgen. Dann fing es an zu regnen. Sie sah hinauf, und große zerplatzende Tropfen landeten ihr im Gesicht, mischten sich mit den salzigen Tränen. »Danke, Herr im Himmel«, flüsterte sie.

Der Traum war so realistisch gewesen, daß sie die Regentropfen zu spüren glaubte. Sie atmete tief durch und genoß den erdigen Duft des Regens auf verbrannter Erde. Immer wieder legte sie das Gesicht in den Nacken, genoß die Feuchtigkeit wie Balsam auf rissiger Haut. Wieder hörte sie das Brüllen der Rinder und stellte sich vor, wie sie sich die Tropfen von den Mäulern leckten. So glücklich war sie, daß sie gleichzeitig lachte und weinte.

Dann öffnete sie die Augen, nur einen winzigen Spalt, gerade genug, um den Himmel zu sehen. Er war grau. Einen Moment lang überlegte sie, wie spät es sein mochte. Wieso war der Himmel nicht blau – und schwarz? Plötzlich riß sie die Augen weit auf. Mit ihrer Hand fuhr sie sich durch das Gesicht. Es war naß – wirklich naß! Nicht von Tränen, sondern von Regentropfen. Entgeistert blieb sie einen Augenblick liegen. Unaufhörlich fielen die Tropfen, platschten auf ihre Haut. Mit jedem Tropfen wuchs ihre Freude. Die Regentropfen waren nicht stechend oder eisig wie in England, sondern warm und erfrischend. Das war etwas ganz Neues für sie.

Sie tastete nach dem Kind, das neben ihr schlief. »Shannon! Shannon! Wach auf! Es regnet!«

Shannon schlug die Augen auf und fuhr hoch. Sie blinzelte ein paar Mal, versuchte wach zu werden, und riß dann staunend die Augen auf. Sie wandte sich zu Nola um und strahlte sie an. Ihre kleine Hand tastete über Nolas nasses Gesicht, dann über das eigene.

»Es regnet wirklich!« sagte sie und lachte. Dann kletterten sie aus dem Planwagen und stolperten mit erhobenen Händen im Regen herum, wie berauscht.

Der Regen fiel stärker und stärker. Ein rumpelnder Donner ließ Shannon zusammenzucken, aber Nola lachte und erklärte ihr, was das war. Nicht die ganze Wahrheit, aber eben das, was alle Kinder glaubten, bis sie es eines Tages besser wußten: daß es die Wolken waren, die prallvoll mit Regen aneinanderstießen. Keegan und Heath kamen zu ihnen, und Hand in Hand tanzten sie im Kreis herum und lachten aus reiner Freude. Dann tauchte Galen auf, und Nola blieb stehen und starrte ihn an, während sie kaum noch wahrnahm, wie die Kinder um sie herum weiter vergnügt sangen und hüpften.

Völlig fassungslos betrachtete Galen den Himmel. Als Nola zu ihm hinüberging, löste sie ihr Haar und fuhr sich mit der Hand über das Gesicht, als ließe sich dadurch Staub und Schweiß der letzten Tage einfach abstreifen. Wäre sie allein gewesen, hätte sie sich wahrscheinlich nackt ausgezogen. Galen merkte erst, daß sie vor ihm stand, als sie ihm die Hand auf die Schulter legte.

»Das ist richtiger Regen, Nola. Nicht bloß ein Schauer«, murmelte er ungläubig.

»Ist das nicht wundervoll, Galen? Ich wußte, es würde regnen. Ich wußte, daß meine Gebete erhört würden.«

Er starrte sie an, und sie war sich sicher, daß ihm die Tränen in den Augen standen. »Es ist ein Wunder«, stammelte er und umarmte sie.

»Ja«, sagt sie und hielt ihn fest. »Ein echtes Wunder.«

In diesem Moment kam Shannon angelaufen. »Papa, Papa! Es regnet!« Galen wurde sich bewußt, daß Shannon wirklich zum ersten Mal Regen sah, und seine Freude verdoppelte sich, was er nie für möglich gehalten hätte. »Ist es nicht wundervoll, Shannon!« Er hob sie hoch und wirbelte sie in der Luft herum. Nola lachte glücklich. Die Jungen kamen zu ihnen herüber, dann auch Langford, und so standen sie, dicht beieinander, und teilten diesen wundervollen Moment miteinander.

Im Hintergrund brüllten die Rinder. Wie in Nolas Traum leckten sie sich die Regentropfen von den Mäulern. Die meisten Tiere waren aufgestanden. Neue Tränen strömten über Nolas Gesicht, als sie die Kälber sah, die so verspielt waren wie neugeborene Lämmer. Natürlich, sie hatten in der Nacht ja auch Milch von ihren Müttern bekommen, weshalb sie mehr Energie besaßen als die älteren Tiere. Es war auch für sie das erste Mal, daß sie Regen spürten. Obwohl sie nicht wissen konnten, wie nahe sie dem Tod gewesen waren, begriffen sie auf ihre Weise, wie wundervoll der Regen war.

Der Niederschlag nahm kein Ende. Galen beschloß, die Herde weiter zum Fluß zu treiben, wo sie getränkt werden konnte. Neu belebt, trabten sie zufrieden los. Als sie den Fluß erreichten, stieg das Wasser rasch an. Während sich Rinder und Pferde zum Saufen über das trübe Wasser beugten, füllten die Männer ihre Wasserbehälter. Nola nutze die Gelegenheit und wusch sich und Shannon gründlich – aber zuvor mußten ihr Galen und Hank schwören, daß es hier keine Blutegel gab. Sie gingen ein Stück stromaufwärts und fanden eine flache, verborgene Stelle. Das Wasser fühlte sich so himmlisch an, daß sie es nur ungern wieder verlassen wollten.

Die Männer trieben nun die Herde voran; Nola und Shannon folgten im Vierspänner und fanden Schutz unter der Plane. Sie hatten saubere, trockene Sachen an und fühlten sich zum ersten Mal seit langer Zeit wieder so richtig wohl. Shannon hielt immerzu die Hand in den Regen hinaus. Dieses Kind wird den ersten Regen seines Lebens nie mehr vergessen, dachte Nola. Diese Erinnerung würde ihm für den Rest seines Lebens bleiben. Durch Shannons Augen schien es ihr, als könnte sie den Regen sehen, als wäre es das erste Mal. Sie schwor sich, Regen nie wieder als etwas selbstverständliches zu beachten.

Nola war verblüfft über die wunderbare Verwandlung der Natur ringsum. Innerhalb weniger Stunden war die Landschaft von einem schwachen grünen Schimmer überzogen. Als sie mittags rasteten, zupften die Ochsen bereits an frisch aufgeschossenem Mitchellgras, von dem Tierman ihr erzählt hatte, daß es nach jedem kleinen Schauer sofort zu sprießen begann. Nola hätte es wohl nicht geglaubt, würde sie es nicht mit eigenen Augen gesehen haben. Der Anblick der Rinder, die mit gesenkten Häuptern nach etwas Eßbarem suchten, war ein Vergnügen.

Später an diesem Tag folgten sie der Eisenbahnlinie, als plötzlich eine Lokomotive herankam. Nola war vollkommen überrascht, als sie neben dem Treck zum Stehen kam. Die Insassen rissen die Fenster auf und riefen ihnen etwas zu. Galen ritt mit Langford zwischen Waggons und Lok und winkten mit ihren Hüten.
»Was wollten sie denn?« erkundigte sich Nola.
»Es regnet oben im Norden«, rief Langford. »Hinter Winton!«
»Die Dürrezeit ist wirklich vorbei!« schrie Galen.
Hank stieß zu ihnen, zusammen mit Jimmy und Jack, und alle brachen in Freudengeschrei aus. Freudentränen liefen über Nolas Wangen, und sie zog Shannon an ihre Brust. Es war unglaublich, daß ein ganzer Zug eigens anhielt, damit die Passagiere ihnen vom Regen im Nordland erzählen konnten. Aber allmählich wurde ihr bewußt, was dies für das ganze Land bedeutete. Die Reisenden wußten, wieviel gerade den Rinderzüchtern dieser Regen bedeutete. Und ebenfalls wußten sie, daß Galen seine Herde lieber in den Süden brachte, wie so viele andere, als sie tatenlos verenden zu lassen.
Nola war sehr beeindruckt, wie die Menschen im Outback füreinander da waren, wie eng sie durch das Überleben in rauher Umgebung zusammengeschweißt

wurden. Sie dachte an London, wo jemand auf der Straße umfallen konnte und von der Mehrzahl der Passanten einfach übersehen wurde. Taschendiebe würden ihn noch als leichte Beute erkennen und ihn ausrauben, wo er auch lag. Das klang furchtbar, aber Nola hatte es schon mit eigenen Augen gesehen.

Fünf Tage später erreichten sie Maryborough. Die Herde sah inzwischen wieder wesentlich gesünder aus und wurde auf drei Schiffe verladen, die am anderen Morgen ablegen sollten. Nachdem sie sicher an Bord und in der Hand erfahrener Rinderhirten waren, die eigens für die Überfahrt engagiert worden waren, mietete sich die Gruppe für die Nacht in ein Hotel ein. In bester Laune feierten sie den Erfolg ihres Trecks. Am anderen Morgen bestieg Galen die Kutsche nach Brisbane. Von dort würde er mit dem Zug nach Sydney weiterfahren.

Langford schlug vor, daß sie noch ein paar Tage in Maryborough verbringen sollten. Nola, Shannon und die Jungen waren begeistert. Hank, Jimmy und Jack durften sich in der Zwischenzeit in den Kneipen vergnügen. Die Aborigines wollten zu ihrem Stamm zurück und waren überglücklich, als Galen ihnen durch Jack mitteilen ließ, daß sie die Pferde mitnehmen und behalten durften. Als sie sich auf den Heimweg machten, waren sie so stolz, als wären sie geadelt worden.

Langford schlug Heath und Keegan vor, einen Angelausflug zu machen.

»Ich war ein begeisterter Angler, als ich in eurem Alter war«, verkündete er unternehmungslustig. »Und ich wollte euch schon immer beibringen, wie man richtig angelt.«

Heath und Keegan waren gleich Feuer und Flamme. Sie zogen los, um Fischköder und Angelruten zu besorgen.

Nola freute sich für Langford. Er war ein ganz anderer Mensch geworden. So mußte er in seiner Jugendzeit gewesen sein, voller Tatendrang und Optimismus.

»Möchten Sie mit uns kommen?« bot er Nola an.

»Nein, danke. Ich nehme Shannon zu einem Einkaufsbummel mit. Sie wünscht sich eine neue Puppe. Und ich möchte ihr etwas zum Anziehen kaufen für unsere Tanzveranstaltung am Weihnachtsabend!«

Langford hatte das große Ereignis, das in Julia Creek bevorstand, ganz vergessen. »Kaufen Sie sich auch etwas Schönes«, sagte er und drückte ihr ein Bündel Geldscheine in die Hand.

»Ich weiß gar nicht, ob ich hingehe«, protestierte Nola.

»Unsinn, Mädchen. Die jungen Kerle werden sich Ihretwegen duellieren!«

Nola spürte, wie sie errötete. »Nein, ich nehme bestimmt nicht teil.«

Langford schüttelte den Kopf. »Sie kaufen sich jetzt ein schönes Kleid. Und würden Sie bitte beim Postamt die Briefe für Reinhart abholen?«

»Natürlich. Wir treffen uns dann im Hotel wieder.«

Nola kaufte Shannon die Puppe, und zu zweit schlenderten sie in der Stadt herum. Shannon staunte über all die schönen neuen Dinge in den Schaufenstern. Maryborough war noch immer eine Pionierstadt. Die staubigen Straßen hatten sich nach den ersten schweren Regenfällen in Morast verwandelt, in dem Rinder und Schafe sich zwischen Kutschen und Lastkarren hindurchkämpften.

Doch seit Nola das letzte Mal in Maryborough gewesen war, hatten drei neue Läden eröffnet, und die Stadt war beträchtlich gewachsen. In einem Andenkenladen besorgte Nola einen bunten Kamm aus Schildpatt für Shannons Haar.

Vor einem Damen-Bekleidungsgeschäft namens *Lady Lowell's* blieben sie stehen.

Im Schaufenster hing ein wundervolles Kleid. Shannon würde süß darin aussehen, dachte Nola. Das kleine Mädchen traute seinen Augen kaum. So etwas Schönes hatte sie noch nie zuvor gesehen.

Sie betraten den Laden. Über der Tür klingelte eine Glocke und rief die Eigentümerin aus dem Hinterzimmer heran. Elizabeth Lowell blieb wie angewurzelt stehen. Entsetzen malte sich in ihrem Gesicht, als sie Nola in Hosen und Männerhemd sah.

»Ich arbeite auf einer Rinderfarm«, erklärte Nola, als sie Mrs. Lowells Miene richtig deutete.

Mrs. Lowell war schockiert. »Unter Viehtreibern?«

»Miss Grayson ist Lehrerin«, verkündete Shannon voller Stolz.

Nola mußte lächeln, Elizabeth Lowell ebenfalls.

»Zuweilen muß ich mehr tun als unterrichten, denn wir sind ziemlich unterbesetzt. Hosen sind einfach praktischer auf einer Farm. Da draußen ist es immer furchtbar staubig. Bis zu unserer Herfahrt hat die Dürreperiode angehalten, und seit Jahren ist das Wasser knapp. Wir haben gerade eine große Herde in die Stadt gebracht, die im Hafen verfrachtet wird.«

»Ach so!« Lady Lowell warf Shannon einen Blick zu. »Und jetzt suchen Sie etwas für besondere Anlässe?«

»Nicht für mich selbst«, wehrte Nola ab. »In Julia

Creek soll am Weihnachtsabend eine Tanzveranstaltung stattfinden. Ich möchte ein Kleid für Shannon kaufen.«

»Sie haben mir doch schon ein schönes Kleid genäht, Miss Gayson!« meldete sich Shannon.

Nola war gerührt. Ihre erbärmlichen Nähkünste konnten sich mit dem wunderschönen Kleid im Schaufenster nun wirklich nicht messen. »Ich möchte, daß du etwas wirklich Schönes trägst, Shannon!« erklärte Nola. »Wenn du mit deinem Papa und deinen Brüdern zum Ball gehst, möchte ich, daß du das hübscheste Mädchen der Stadt bist, und dein Vater wird so stolz auf dich sein.«

Elizabeths Lowells Miene wurde weich.

»Wollen sie denn nicht selbst am Weihnachtsabend ausgehen?« erkundigte sie sich und studierte Nola eindringlich, die mit den Achseln zuckte.

Elizabeth schloß instinktiv, daß wohl noch niemand Nola dazu aufgefordert hatte.

»Haben Sie denn was zum Anziehen, *falls* Sie hingehen?«

»Normalerweise bin ich bei solchen Anlässen eher nicht gefragt.«

Mr. Lowell begutachtete Nolas Haare, die sie streng zurückgekämmt und mit Nadeln festgesteckt hatte. Das honigfarbene Haar war eigentlich sehr schön. Wenn man es noch modisch zurechtschneiden würde, konnte es ihre samtbraunen Augen gut zur Geltung bringen. Ihre Gesichtszüge waren regelmäßig und, in der richtigen Beleuchtung, ein recht netter Anblick; ihre Haut war rein und weich.

»Ich möchte wetten, Sie haben keine Ahnung, wie großartig Sie aussehen *könnten* mit ein wenig Mühe und der richtigen Garderobe!«

Nola war sprachlos. »Aber ich trage nur praktische Sachen«, wehrte sie ab, als Elizabeth sie aufforderte, ein Abendkleid aus Satin mit hübscher Brokatbordüre anzuprobieren.

Elizabeth warf ihr einen entschlossenen Blick zu. »Sie sind doch viel mehr als nur Miss Grayson, die Schulmeisterin«, versetzte sie gebieterisch. »Sie sind in erster Linie eine Frau. Eine schöne – sinnliche und geheimnisvolle Frau.«

Nola war empört und fühlte sich ganz und gar nicht wohl. »Können wir uns jetzt bitte um ein paar Kleidchen für Shannon kümmern?« gab sie, nicht minder entschlossen, zur Antwort.

Elizabeth Lowells hellblaue Augen zwinkerten, und in den Augenwinkeln erschienen Lachfältchen.

»Unsere Persönlichkeit hat viele Facetten, Miss Grayson, und wir spielen viele Rollen. Lehrerin, Mutter, Krankenschwester, Geliebte, Freundin, Ehefrau. Doch zuerst und vor allem sind wir Frauen.«

Elizabeth entpuppte sich als unnachgiebige Überredungskünstlerin. Sie holte eine Reihe eleganter Roben, und bevor Nola überhaupt wußte, wie ihr geschah, war sie schon dabei, die Kleider anzuprobieren. Shannon redete ebenfalls auf sie ein. Endlich mußte sie zugeben, daß ein herrliches Ballkleid und eine neue Frisur sie in einen völlig anderen Menschen verwandeln würden. Es war eine Seite ihrer Persönlichkeit, die ihr bisher völlig unbekannt gewesen war, und von der sie gar nicht wußte, daß sie existierte.

Als Nola das Geschäft verließ, war ihr wieder unwohl. Wellen der Übelkeit durchliefen sie zu den merkwürdigsten Zeiten. Mit Shannon an der Hand überquerte sie gerade die Hauptstraße, als sie eine Arztpraxis entdeckte. Kurzerhand beschloß sie, sich untersuchen zu lassen, denn die Möglichkeit, den Arzt, der nach Julia Creek zu kommen pflegte, aufzusuchen, hatte sie verpaßt. Und ihre Regel hatte sich auch noch nicht wieder eingestellt.

Es brauchte nicht lange für seine Diagnose. Sie war schwanger, und beinahe schon seit vier Monaten. Obwohl sich ihr Bauch bereits ein wenig rundete, hatte sie es einfach nicht wahrhaben wollen. Daß der Arzt ihre schlimmsten Befürchtungen bestätigte, war ein Schock für sie.

Kaum imstande, einen klaren Gedanken zu fassen, sammelte Nola das für Reinhart bestimmte Briefbündel beim Postamt ein und brachte Shannon ins Hotel zurück.

»Ich muß mich ein wenig hinlegen«, gab sie dem Kind zu verstehen. »Sei ein braves Mädchen, und spiel unten in der Empfangshalle mit deiner neuen Puppe, ja?«

Bevor Shannon das Zimmer verließ, hörte sie, wie Nola sich schluchzend auf ihr Bett warf. Was konnte sie bloß tun? Sie wünschte, ihr Papa wäre da. Er wüßte bestimmt, was zu tun sei! An ihrer neuen Puppe hatte sie auch keine Freude mehr, als Shannon entmutigt in die Empfangshalle wanderte und sich allein in einen Sessel setzte.

»Miss Grayson ist traurig«, teilte sie Langford mit, als er mit Heath und Keagen und einem Eimer voller toter Fische ins Hotel zurückkam.

»Warum denn?« fragte Langford und setzte sich neben sie.

»Ich weiß nicht. Sie weint.«

Langford war verwirrt. Vorhin, als sie aufbrachen, war Nola doch noch guter Dinge gewesen?

»Seid ihr einkaufen gegangen?« fragte Langford das Kind.

»Ja. Wir haben neue Kleider gekauft für den Weihnachtsabend-Tanz, und meine Puppe hier. Miss Grayson war auch bei einem Doktor. Sie sagt, sie wäre nicht krank, aber der Doktor solle sie untersuchen. Mich ließ Miss Grayson auch untersuchen, aber ich bin nicht krank.«

Langford wußte nicht, was er davon halten sollte.

Nola saß aufrecht im Bett und tupfte sich die Tränen vom Gesicht. »Es hat keinen Zweck, sich selbst zu bemitleiden«, schimpfte sie laut. »Ich muß mich zusammenreißen und ein paar Entscheidungen treffen.«

Mit Sicherheit würde sie nach England zurückkehren und Leith gegenübertreten müssen. Er hatte ein Recht darauf, sein Kind zu sehen. Sicher würde er heiraten wollen, und wer weiß, ihrem Baby zuliebe sollte sie vielleicht darauf eingehen. Schließlich hatte das Kind einen Namen verdient und sollte seine Geburtsrechte wahrnehmen. Er – oder sie – war schließlich ein Rodwell.

Nola überflog den Stapel Post und fand zu ihrer Überraschung einen Brief, der an sie selbst adressiert war. Als sie ihn umdrehte, stellte sie fest, daß Tilden Shelby der Absender war. Entzückt öffnete sie den Brief. Vielleicht hatte Tilden sogar mit Leith gesprochen, der Kontakt mit ihr aufnehmen wollte.

Langford wartete in einer stillen Ecke des Hotelfoyers, bis Nola herunterkam. Sie lächelte matt, aber man konnte sehen, daß sie geweint hatte.

»Ist Shannon hier unten?« fragte sie. »Im oberen Stock kann ich sie nirgends finden.«

»Die Jungs haben sie zu einem Spaziergang am Strand mitgenommen, um Muscheln zu sammeln. Möchten Sie sich nicht setzen und einen Drink mit mir nehmen?«

»Für mich nur eine Limonade, danke«, seufzte Nola und ließ sich in einen der bequemen Armsessel sinken.

Langford bestellte ihr Limonade und für sich etwas Stärkeres. Während sie auf ihre Getränke warteten, sprach keiner von beiden ein Wort. Nola starrte durch das Fenster zum Hafen hinüber, in dem es von Booten aller Art wimmelte. Sie sieht aus, als weilten ihre Gedanken irgendwo weit da draußen, entschied Langford.

Als ihre Limonade kam, trank sie schweigend in kleinen Schlucken, unfähig ihm in die Augen zu sehen.

Er beobachtete sie und fragte sich, wie er sie auf das ansprechen sollte, was ihr offenbar großen Kummer bereitete.

»Verzeihen Sie, wenn ich Ihnen zu nahe trete, Nola. Aber ich weiß, daß Sie durch irgend etwas aus der Fassung gebracht worden sind. Wollen Sie sich nicht darüber aussprechen?«

Nola schien in einen entsetzlichen Dilemma zu stekken. »Ich bin zu einem Entschluß gekommen«, erklärte sie schließlich und kämpfte ihre Gefühle nieder, die sie zu überwältigen drohten. »Ich werde nicht mit zur Farm zurückkommen, Langford.«

Langford war wie vor den Kopf geschlagen. »Sie haben einige schwere Wochen hinter sich, Nola. Ich kann gut verstehen, daß Sie ein wenig Erholung brauchen. Wir könnten noch einige Tage hierbleiben, wenn Sie möchten!«

»Nein, Langford. Das würde nichts ändern. Ich kehre nach England zurück.«

»Aber warum?«

»Sie hatten von Anfang an recht. Ich halte das Leben da draußen doch nicht aus.« Nola haßte es, zu lügen, aber sie brachte es nicht über sich, dem alten Mann die Wahrheit zu sagen.

»Sie? Nicht aushalten? Dummes Zeug.« Langford schüttelte den Kopf. »Sie sind in den letzten Wochen durch die Hölle gegangen, aber ich habe nie jemanden kennengelernt, ob Mann oder Frau, der besser damit fertig geworden wäre als Sie! Ich wünschte, ich hätte auch nur einen Bruchteil Ihrer Stärke!« Seine Augen taxierten sie. Er wußte, daß sie ihm nicht die Wahrheit sagte, aber das verwirrte ihn noch mehr. Eine Lügnerin war Nola mit Sicherheit nicht. Er hatte sich immer darauf verlassen können, daß sie offen und ehrlich mit ihm sprach.

»Sie laufen vor irgend etwas davon. Aber was?« Langfords Blick fiel auf den Brief, der aus ihrer Handtasche ragte. Er hatte schon eine dunkle Ahnung, wo das Problem liegen konnte.

»Haben Sie etwa einen Verehrer in England?«

»Na ja, es gab da jemanden ...«

»Hat er um Ihre Hand angehalten?«

Langford ahnte ja nicht, daß er in diesem Augenblick nichts Unpassenderes hätte sagen können.

Nola brach in Tränen aus. Als sie sich wieder einigermaßen gefaßt hatte, war ihr das Ganze sehr peinlich. »Er ... er heiratet eine andere!« stieß sie hervor.

»Und ich bin sicher, daß es so für alle das Beste ist!«

Nola blickte überrascht auf. Sie begriff nicht, wie Langford so herzlos sein konnte.

»Tut mir leid, aber ich fürchte, es wäre ein Fehler, wenn Sie jemanden in England heiraten. Sie passen viel besser hierher. Trotz allem, was Sie durchgemacht haben, sind Sie regelrecht aufgeblüht!«

Nola schüttelte den Kopf.

»Ich weiß, daß Sie nicht im Traum daran gedacht hätten, daß ich so etwas je zu Ihnen sagen würde. Wahrscheinlich habe ich auch kein Recht dazu. Ich mache oft den Fehler, meine Meinung zu äußern, obwohl niemand sie hören will. Sie sind von Anfang an ehrlich zu mir gewesen. Also erklären Sie mir bitte genau, was Sie so beunruhigt? Sie haben diesen Mann doch bestimmt nicht geliebt, wenn Sie ihn in England zurückgelassen haben? Schließlich haben Sie ihn seit Monaten nicht mehr gesehen.«

Tränen strömten über Nolas Gesicht.

Langford wurde es langsam unbehaglich zumute. Was er auch sagte, es schien sie nur noch mehr aufzuregen. Er ging vor ihr in die Hocke und tätschelte ihre Hand wie ein Vater. »Wir helfen Ihnen über diesen Liebeskummer hinweg, glauben Sie mir! Weglaufen ist keine Lösung. Wir haben ihnen so viel zu verdanken, lassen Sie uns jetzt auch einmal etwas für Sie tun.«

Nola trocknete ihre Tränen und sah ihm in die Augen. »Ich würde nur Schande über Sie bringen.«

»Schande? Aber wie sollte das möglich sein?« Langford überlegte, was Shannon vorhin erzählt hatte – daß Nola beim Arzt gewesen war. Und dann die Nachricht, die sie von einem Mann erhalten hatte, der eine andere heiratete. Nola konnte diesen Mann nicht lieben, sonst hätte sie England nicht verlassen. Und daß er eine andere heiratete, war nur von Bedeutung für sie, wenn ...

»Er ist ein Idiot, daß er eine andere heiratet, und ohne ihn sind Sie besser dran.«

»Weiß ich«, nickte sie, was ihn wiederum verblüffte.

»Sie lieben ihn doch gar nicht, stimmt's?«

Nola schüttelte den Kopf.

»Aber warum dann? Warum geht Ihnen das ganze dann so nahe?«

Sie blickte auf und schniefte. »Ich ... ich bin ...« Sie brachte das Wort nicht heraus. Seinen verächtlichen Blick würde sie nicht ertragen.

»Sie erwarten ein Kind«, vollendete Langford leise den Satz. Er sah, wie sie überrascht die Brauen hob. »Verzeihen Sie, wenn ich mich irren sollte. Aber wenn eine hochintelligente Frau plötzlich derart emotional reagiert, ist das normalerweise der Grund dafür.«

Wieder bekam Nola feuchte Augen, dann nickte sie. »Sie haben sicherlich nicht damit gerechnet, eine schwangere Lehrerin einzustellen.«

»Das ist wohl wahr.«

Nola wartete darauf, daß er sie rausschmiß. Sie mochte ihm nicht in die Augen sehen und den Abscheu darin erkennen.

»Daß ›Nolan‹ Grayson je schwanger werden würde, habe ich tatsächlich nicht erwartet.« Er wandte sich nicht ab von ihr. Als Nola wagte, den Blick zu heben, entdeckte sie weder Verachtung noch Abscheu in seinen Augen, nur Mitgefühl und Verständnis.

Von ihrer Erleichterung nahezu überwältigt, brachte Nola fast ein Lächeln zustande.

»Schon besser. In den letzten Monaten haben wir es mit Ihrer Hilfe geschafft, mit so vielen Dingen fertigzuwerden. Jetzt ist es an uns, für Sie dazusein. Daß Sie ein

Kind bekommen, ist doch egal. Bestimmt sind sie ihm eine wundervolle Mutter. Und für Shannon wird es nett sein, jemandem zum Spielen zu haben. Ich hatte mich schon so daran gewöhnt, daß sie mit der kleinen Tilly herumbalgt. Die Farm braucht mehr junge Leute!«

Nola war hingerissen vor Freude, aber auch beunruhigt. »Die Leute werden über mich reden. Ich bringe Schande über Sie und Galen. Ich kann das nicht und ich will das auch nicht!«

»Nola, auf der Farm hat sich so vieles geändert, seit Sie zu uns gekommen sind, um die Kinder zu unterrichten. Und zwar zum Besseren. Die größte Veränderung stelle ich bei mir selbst fest. Ich kann Ihnen versichern, daß Sie weder meinen noch Galens Ruf schädigen können. Unser Zusammenleben hat sowieso den gesamten Distrikt schon seit Jahren mit Klatsch versorgt. So ist das nun mal bei uns auf dem Land. Aber was die anderen denken, interessiert weder Galen noch mich. Und es wird mich auch in Zukunft nicht interessieren. Nach allem, was ich von Ihnen weiß, kann ich mir nicht vorstellen, daß sie sich um das Geschwätz der Leute kümmern.«

Neue Tränen rannen über Nolas Wangen. »In Wahrheit will ich gar nicht nach England zurück. Aber ich will das tun, was für mein Baby das Beste ist. Er, oder sie, sollte doch den Vater kennenlernen. Glauben Sie nicht, das wäre besser?«

Langford runzelte nachdenklich die Stirn. »Diese Entscheidung müssen Sie nicht jetzt treffen. Bekommen Sie erst einmal das Baby. Geben Sie sich Zeit, die Dinge sorgfältig abzuwägen. Selbst wenn Sie die Überfahrt auf der Stelle antreten, wird der Vater Ihres Kindes zweifellos bereits verheiratet sein, wenn Sie in England eintreffen.«

»Sie haben recht. Ich bin sicher, er würde eine schwangere Ex-Liebhaberin nicht eben willkommen heißen.«
Sie dachte an Lord Rodwell. Er würde alles tun, um den Namen seiner Familie vor weiteren Skandalen zu schützen. Kein Zweifel, daß er sich schon einiges an Unterstellungen zurechtlegen würde: daß sie von einem anderen Mann schwanger und eine Frau ohne Sitte und Moral sei. Was für ein Leben würde das für ihr uneheliches Kind sein, wenn es aufwachsen müßte, umgeben von Gerüchten und übler Nachrede.

»Ich bin noch nicht so weit, daß jeder von meinem Baby wissen darf, Langford.«

»Ich verstehe. Von mir erfährt niemand ein Sterbenswörtchen. Wenn es soweit ist, will ich Sie unterstützen, so gut ich kann.«

»Ich danke Ihnen«, flüsterte sie.

Galen war unterdessen in Sydney eingetroffen, eine Stadt, die von Outback-Bewohnern als ›großer Rauch‹ bezeichnet wird. Er nahm eine Droschke zum Hafen und mietete sich in einem Hotel namens *Hafenblick* ein, auf der sogenannten ›Hungermeile‹, wie sie von den Einwohner genannt wurde. Obwohl das Hotel hauptsächlich von Seeleuten frequentiert wurde, versicherte der Wirt, daß es bei ihm nur selten Ärger mit randalierenden Matrosen gab. Die Frachter, auf denen das Vieh transportiert wurde, sollten erst spät am folgenden Nachmittag eintreffen. Da das Hotel von dem Balkon im Obergeschoß einen großartigen Blick auf den Hafen bot, würde er ihre Ankunft sehen und währenddessen schon einmal alle Vorbereitungen treffen, um den Weitertransport zum Verkaufsplatz zu organisieren.

Fürs erste erkundigte Galen sich nach den aktuellen Marktpreisen. Die Ergebnisse waren sehr gut und versetzen ihn in glänzende Laune. Wegen der Dürrezeit brachten Rinder im Augenblick Höchstpreise. Und seine Rinder würden mit die ersten sein, die aus dem Norden hier eintrafen. Er war Nola so dankbar für ihre geniale Idee, die Tiere per Schiff nach Sydney zu befördern. Außerdem wollte er sich, solange er in der Stadt war, juristischen Rat einholen in bezug auf die Viehdiebe und die Ansprüche der Janus-Familie auf das Anwesen. Mehr denn je war er entschlossen, die Ländereien nicht hergeben zu wollen.

Am anderen Morgen machte sich Galen früh auf die Suche nach einem Anwalt. Schließlich traf er gegen halb zehn im Büro von ›Hadwin, Manus und Sohn‹ in Pyrmont ein. Lincoln Hadwin, der Seniorpartner, konnte ihn auf der Stelle empfangen. Nachdem er sich vorgestellt hatte, beschrieb Galen ihm, welche Position er auf Reinhart innehatte. Er schilderte den Tod von Ellen Reinhart, und erwähnte das Geldgeschenk ihrer Eltern, das es ihr und Langford ermöglicht hatte, die Farm zu kaufen. Anschließend berichtete Galen von ihren Brüdern und von den Ansprüchen, die sie erhoben hatten. Hadwin notierte sich einige Details und wollte dann wissen, wo die Farm eigentlich lag.

»Etwa achthundertvierzig Kilometer von Townsville landeinwärts, Sir!«

»Ziemlich abgelegen«, bemerkte Hadwin.

»In der Tat. Die nächste Ortschaft ist Julia Creek.«

»Hat Ellen Reinhart ein Testament hinterlassen?« fragte Hadwin.

»Ja. Langford war Universalerbe und einziger Begünstigter.«

»Wer hat ihren Tod bescheinigt?«

Galen sah ihn betreten an.

»Wenn es um Grundbesitz von solcher Größe geht, benötigen die Gerichte einige Nachweise. Kann ein Geistlicher oder Arzt den Tod bezeugen?«

»Nein. Im Umkreis von hundert Kilometer wohnen weder Ärzte noch Pfarrer. Aber Wade Dalton und ich selbst haben ihren Tod bestätigt. Es war ein tragischer Unfall. Wegen der Hitze mußten wir Mrs. Reinhart sehr rasch beerdigen.«

Hadwin nickte. »Da Mr. Reinhart der einzig Begünstigte ist, könnte die Sache schwierg werden, falls Sie und Mr. Dalton die einzigen Zeugen sind. Wenn ein Testament angezweifelt wird, oder irgend etwas an der Todesursache verdächtig erscheint, muß normalerweise die Leiche exhumiert werden.«

»Exhumiert!« entfuhr es Galen. »Mrs. Reinhart starb vor über zehn Jahren! Wie soll es denn da noch etwas zu exhumieren geben?«

»Den Zeitraum hatten Sie nicht erwähnt«, rief Hadwin aus. »Nach zehn Jahren ist das Einspruchsrecht längs erloschen. Die Janus-Brüder können keine Ansprüche mehr geltend machen.«

Galen runzelte entgeistert die Stirn. »Sind Sie sicher?«

»Völlig sicher. Ein gesetzlicher Anspruch besteht nicht. Sollten Ihre Gegner das anders darstellen, haben sie, fürchte ich, die Unwahrheit gesagt. Das heißt, sie sind entweder schlecht informiert oder sie bluffen.«

Galen war begeistert. Jetzt konnte er die Herde verkaufen, mit dem Geld auf die Farm zurückkehren und eine neue Zuchtreihe aufbauen. Zum ersten Mal seit vielen Monaten war ihm, als sei eine riesige Last von seiner Schulter genommen.

Dann erzählte er Hadwin von den Viehdieben und dem Buschfeuer, das sie entfacht hatten.

»Ich rate Ihnen, auf der Stelle zur Polizei zu gehen, Mr. Hartford. Wenn die Männer, die Sie erwischt haben, von den Janus-Brüdern beauftragt worden waren und gegen sie aussagen, können Sie vielleicht erreichen, daß Anklage gegen sie erhoben wird – wegen Anstiftung zum Viehdiebstahl, versuchten Mordes und letztlich wegen der Gefährdung von Menschenleben. Sollten sie vor Gericht gestellt werden und Sie einen Rechtsvertreter benötigen, stehe ich gern zur Verfügung. Waren Sie schon auf der Polizei in Sydney? Wenn nicht, kann ich Ihnen gern einen vertrauenswürdigen Polizisten empfehlen.«

Galen überlegte einen Moment. »Einen Mann kenne ich. Er hat mir einmal helfen können, vor ein paar Jahren. Rafferty war sein Name.«

»Könnte es Colin Rafferty gewesen sein?«

»Sie kennen ihn?«

»Heute ist er Revierleiter an der Ultimo-Wache.«

»Wirklich?«

»Von hier sind es lediglich ein paar Minuten zu Fuß. An der Harris Street.«

20

Colin Rafferty spähte zur Wanduhr seines Büros. Es war neun Uhr früh und wie immer furchtbar viel los in der Harris-Street-Polizeiwache von Ultimo. Seit acht Uhr morgens hatte er Unmengen von Papierkram durchgearbeitet; eine Sache, die er zutiefst verabscheute. Als er das nächste Mal aufschaute, trat ein überraschtes Funkeln in seine blauen Augen. Galen stand im Türrahmen zu seinem Büro.

»Guten Morgen!« grüßte Galen. »Wenn ich nicht irre, spreche ich mit dem Revierleiter Rafferty?« In seiner Stimme schwang aufrichtige Bewunderung mit, als er sich in dem Büro umschaute.

Colin strahlte vor Begeisterung und erhob sich. »Galen Hartford! Wie schön, dich endlich einmal wiederzusehen.« Sein warmer Willkommensgruß war mehr als eine bloße Höflichkeitsfloskel, sondern kam von Herzen. Vor fast vier Jahren hatten das Schicksal und eine tragische Geschichte sie zusammengebracht. Colin Rafferty, damals einfacher Polizist, war von Natur aus ein sensibler, einfühlsamer Mann. Er hatte Galens Qualen seinerzeit gespürt und sich weit mehr um diese Sache gekümmert, als seine Position von ihm verlangt hätte. Seine Freundschaft war ausschlaggebend dafür, daß Galen damals nach dem Verlust seiner Frau den unerträglichen

Schmerz überwinden und weiterleben konnte. Damals knüpften sie ein unsichtbares Band, das die beiden Männer zeitlebens freundschaftlich miteinander verbinden sollte.

»Komm doch herein, bitte!« Colin kam ihm entgegen und umarmte den jüngeren Mann. »Wie in aller Welt hast du mich gefunden?« Er deutete auf einen abgewetzten Bürostuhl.

»Ein Anwalt hat mir die Adresse verraten, Lincoln Hadwin.«

»Lincoln, tatsächlich ...« Colin überlegte, was das zu bedeuten haben mochte. »Du siehst gut aus, Galen. Wie geht's deinen Kindern?«

»Die sind inzwischen so groß geworden, daß du sie kaum wiedererkennen würdest. Heath hat in den letzten Tagen die reinste Männerarbeit geleistet.«

Colin lächelte erneut und freute sich aufrichtig. In den letzten dreieinhalb Jahren hatte er immer wieder an sie gedacht und ihnen nichts sehnlicher gewünscht, als daß sie über den Tod ihrer Mutter hinwegkommen würden. Hätte Galen nicht so weit entfernt gewohnt und wäre er nicht so rasch befördert worden, hätte er sie mit Sicherheit längst besucht.

»Es tut richtig gut, dich wiederzusehen. Leider muß ich zugeben, daß ich nicht allein aus privaten Gründen hier bin«, erklärte Galen düster.

Colin hatte es sich schon denken können. Sein Lächeln erstarb, und Galen bemerkte die Sorgenfalten, die sich auf der Stirn des Freundes abzeichneten, zweifellos eine Folge seiner neuen, verantwortungsvollen Position. Colin beugte sich vor. »Wie kann ich dir helfen?« fragte er.

Galen erklärte ihm in aller Kürze, was ihn nach Sydney führte. Schließlich kam er auf die beiden Viehdiebe zu sprechen und schloß mit einer Personenbeschreibung. Während er sprach, machte sich Colin Notizen.

»Die Polizei in Baracaldine wird die vorgesetzte Behörde in Brisbane verständigt haben. Wahrscheinlich wurden die Gefangenen schon dorthin überstellt. Ich werde mit den Kollegen in Brisbane telefonieren und herausfinden, was los ist. Vorher solltest du vielleicht einmal unsere Steckbriefe durchsehen.«

Es dauerte nicht lange, bis Galen den Steckbrief eines Mannes namens Jacques Lundy herausfischte, der in Neusüdwales wegen Pferdediebstahls gesucht wurde.

»Die Beschreibung paßt auf den Jüngeren, allerdings fehlt der Bart. Er sprach mit starkem Akzent, ich vermute, es war Französisch!« Er reichte Colin den Steckbrief.

»Lundy! Das wird ja immer besser. Und was den anderen betrifft, hast du da was gefunden?«

»Bis jetzt noch nicht.«

»War das vielleicht ein älterer Mann, schon etwas kahl, mit geröteter Haut und schmalen, argwöhnischen Augen?«

»Genau. Das müßte er sein!«

»Wenn Lundy allein unterwegs ist, bringt er es höchstens fertig, ein Pferd zu stehlen. Wir wissen allerdings, daß er bei mehr als einer Gelegenheit in Gesellschaft eines Mannes namens Ivan Lang gesehen wurde, den habe ich dir gerade beschrieben. Leider haben wir im Augenblick noch keinen Steckbrief von ihm, aber wenn ich mich richtig entsinne, wird er in Victoria wegen eines Überfalls auf die Eisenbahnlinie gesucht. Ivan ist intelligent, und Lundy ist dreist. Zusammen sind sie ein ziemlich unangenehmes Gespann. Jetzt rufe ich in Brisbane an und erkundige mich mal nach dem Stand der Dinge!«

Ein paar Minuten später hatte er herausgefunden, daß Jacques Lundy und Ivan Lang bereits auf dem Weg nach Sydney waren. Ivan sollte von hier nach Victoria überstellt werden.

»Sie werden morgen vormittag hier eintreffen. Ich habe das Hauptquartier gebeten, die beiden festzuhalten, bis wir sie verhört haben. Kannst du morgen früh hier sein?«

»Aber sicher.«

»Gut. Unterdessen werde ich in Sachen Janus-Brüder einige Erkundigungen einziehen. Mal sehen, ob wir da nicht fündig werden ...«

»Kann ich noch irgendwie helfen?«

»Am besten überläßt du alles mir.«

Galen war erleichtert und dankbar. Händeschüttelnd verabschiedeten sich die Männer voneinander.

Am anderen Morgen war Galen pünktlich um acht auf der Wache. Der Revierleiter strahlte über das ganze Gesicht, als er Galen in sein Büro komplimentierte. »Ich habe jede Menge Neuigkeiten für dich!« rief er ihm zu.

Galen nahm Platz, und Colin hockte sich auf die Schreibtischkante.

»Wahrscheinlich weißt du schon, daß John und Mary Janus vor über zwei Jahren verstorben sind.«

Galen nickte.

»Bei ihrem Tod haben Wendell und Travis eine gutgehende Schaffarm in den Darling Downs geerbt.«

»Genau. Langford Reinhart hat mir erzählt, daß der Besitz seiner Schwiegereltern einer der ertragreichsten in der ganzen Region war.«

»Und dank Travis und Wendells Mißmanagement und Spielsucht, stehen sie heute vor dem Konkurs.«

Galen blieb vor Staunen die Luft weg.

»Und es kommt noch schlimmer«, fuhr Colin fort. »Sie sind schwer verschuldet. Nach meinen Informationen war die Familie sehr verbittert als Ellen starb. Doch da ihr Tod ein tragischer Unfall war, konnten sie nichts gegen euch unternehmen. Seit dem Tod von John und Mary, haben Wendell und Travis viel Geld verloren. Um ihre Verluste auszugleichen, verfielen sie auf die Idee, einen Anspruch aufs Reinhart-Anwesen anzumelden. Offenbar hatten John und Mary ihrer Tochter eine ziemlich hohe Summe ausgezahlt, um den jungen Leuten den Ankauf der Ländereien zu ermöglichen.«

»Das stimmt«, nickte Galen. »Als Reinhart dann Gewinne abwarf, versuchte Langford, das Geld zurückzuerstatten, aber die Eltern wollten nichts davon wissen.«

»Ich hab' mit dem Anwalt gesprochen, der sich um ihre Angelegenheiten gekümmert hat. Edwin MacManus war felsenfest davon überzeugt, daß weder John noch Mary das Geld zurückhaben wollten, das sie ihrer Tochter damals gegeben hatten. Es war Ellens Mitgift gewesen. Bedauerlich ist nur, daß es keinerlei schriftlichen Beleg darüber gibt, und hier liegt die Grauzone, die das Gericht interessieren könnte. Heute macht sich MacManus Vorwürfe, weil er den Vorgang nicht sorgfältig beurkundet hat, zumal es um eine erhebliche Summe ging.«

Galen schüttelte den Kopf.

»Jetzt kennst du das Motiv. Die nackte Gier, von Verzweiflung angetrieben.«

Galen stand auf. »Sie müssen doch gewußt haben, daß die Einspruchsfrist längst verjährt ist. Aber sie waren so verzweifelt, daß sie es trotzdem versucht haben. Langford hätte sie bestimmt ausgezahlt. Wie ich glaubt auch er, sie hätten einen legitimen Anspruch darauf. Ich will diese Männer vor Gericht bringen, bevor ich auf die Farm zurückkehre. Wirst du mir dabei helfen, Colin?«

»Aber sicher. Wir können die Janus-Brüder nicht anzeigen, bloß weil sie unberechtigte Forderungen stellen. Aber wir können einiges gegen sie unternehmen, weil sie diese Viehdiebe angeheuert haben, eure Rinder zu stehlen. Ich fürchte nur, daß Ivan Lang und Jacques Lundy ohne Gegenleistung kaum auspacken werden. Wollen sehen, was sich machen läßt!« Colin erhob sich. Gemeinsam verließen sie die Wache und bestiegen eine wartende Kutsche.

»Ich habe da einen Plan ...« murmelte er, als die Kutsche davonfuhr.

Unterdessen wurden Ivan Lang und Jacques Lundy durch einen schmuddeligen Korridor geführt, der offenbar in einem ungenutzten Trakt des alten Untersuchungsgefängnisses von Sydney lag. Zur gleichen Zeit führte Colin Galen in das ehemalige Büro über dem Zellentrakt.

»Drei Jahre lang habe ich hier gearbeitet und dabei einiges gelernt, was sich, wie ich hoffe, heute als nützlich erweisen könnte.«

Als Ivan und Jacques in die feuchte Zelle gebracht wurden, die offenbar schon seit Jahren nicht mehr benutzt worden war, wurde Ivan mißtrauisch. »Warum bringt man uns hierher?« herrschte er den jungen Konstabler an, der sie begleitet hatte.

»Zum Verhör«, gab der Konstabler trocken zurück. Dann drehte er den riesigen Schlüssel, und sie waren in der modrigen, engen Zelle eingeschlossen. Sie war so alt und feucht, daß die Metallhaken, an denen die Pritsche befestigt sein sollte, durchgerostet waren und das Brett am Boden lag. Erst wollten sie sich auf dem Fußboden niederkauern. Doch dann gewöhnten sich ihre Augen an das Zwielicht des Kellers – und es stellte sich heraus, daß sie nicht allein waren. In den Ecken wimmelte es von Ratten.

Während sich die Schritte des jungen Konstablers entfernten, wandte sich Jacques zu Ivan um. »Denkst du, was ich denke?«

Ivan hörte den panischen Unterton in seiner Stimme, und es ärgerte ihn. Feiglinge konnte er nicht ausstehen. »Daß sie uns hergebracht haben, um uns zum Reden zu bringen? Allerdings denke ich das.« Er rüttelte am Gitter des Fensters. Sie waren fest, obwohl das Gebäude schon so alt war. Unterhalb des Gitters befand sich eine rostige Lüftungsklappe. Ivan schlug dagegen, und das rostige Metall zerbeulte in der Mitte. »Vielleicht finden wir einen Weg nach draußen, bevor sie wiederkommen!«

Er fing an, an dem verbeulten Rechteck zu ziehen, und Jacques half ihm dabei. Doch während der Schlitz allmählich breiter wurde, wurde ihnen klar, daß keiner von ihnen durch den Luftschacht passen würde.

»Ich hätte nie auf dich hören sollen!« sagte Jacques bedrückt. »Viehdiebstahl ist nicht gerade meine starke Seite.«

Ivan schnaubte vor Wut. »Ein gesuchter Verbrecher

bist du auch ohne mein Zutun geworden. Und wenn ich mich recht entsinne, hast du sogar darum gebeten, beim Viehdiebstahl mitzumachen. Damals hast du gemeint, das sei schnell verdientes Geld. Jetzt hör bloß auf zu winseln!«

Im Büro über der Zelle, grinsten Colin und Galen sich an. Sie hatten ihre Stühle links und rechts neben dem Lüftungsschacht in der Wand aufgestellt. Galen nickte, und Rafferty beugte sich näher an die Lüftungsklappe.

»Wir gehen dann gleich 'runter und verhören sie, Mr. Hartford, aber bitte seien Sie nicht enttäuscht, wenn sie sich weigern zu reden. Die Janus-Brüder haben sich nicht umsonst diese hartgesottenen, wenn auch etwas beschränkten Gauner ausgesucht, die verpfeifen niemanden. Sie wären dann ›Singvögel‹, was gegen ihren kriminellen Ehrenkodex verstößt. Gut möglich, daß sie auch bedroht worden sind. Jedenfalls nehmen sie lieber eine lange Gefängnisstrafe in Kauf, und die Janus-Brüder kommen unbescholten aus der Sache raus.«

Ivan und Jacques starrten erst einander, dann die Lüftungsklappe an. Ivan hob einen Finger hoch, um Jacques zum Schweigen zu bringen. Es gelang ihm, den Kopf durch den Schlitz zu stecken und nach oben zu spähen. Dort glaubte er einen schwachen Lichtschimmer zu erkennen.

»Können wir nicht versuchen, mit denen ins Geschäft zu kommen?« ließ sich Galen vernehmen, und seine Stimme schallte deutlich bis in das untere Stockwerk.

Ivan zog den Kopf wieder aus dem Schlitz. »Die sitzen irgendwo da oben. Der Schacht trägt ihre Stimmen weiter.«

Jacques staunte. Sie brachten ihre Ohren näher an den Schacht und lauschten.

»Darauf werden sie nicht eingehen«, widersprach Colin gerade.

»Ich könnte es ihnen auch schriftlich geben, wenn sie bereit sind, gegen die Janus-Brüder auszusagen.«

»Wie ich schon sagte, davon werden sie nichts wissen wollen. Möglich, daß Lundy mit sich reden ließe, nicht aber Ivan Lang.«

Ivan grinste höhnisch, und Jacques fühlte sich zutiefst gekränkt.

»Abgesehen von der Anzeige wegen Viehdiebstahl und versuchten Mordes an Miss Grayson – was liegt denn sonst noch gegen sie vor?«

Lundy riß die Augen auf. »Versuchter Mord? Aber ich hab' doch ...« Ivan legte ihm die Hand auf den Mund, aber Galen und Colin hatten es gehört und grinsten.

»Lang wird wegen eines Eisenbahnüberfalls gesucht, und Lundy hat ein Pferd gestohlen. Alles in allem Kleinigkeiten, verglichen mit Viehdiebstahl und einem Mordversuch. Wenn es nur um ihre früheren Straftaten ginge, könnte ich sie notfalls sogar laufen lassen ...«

»Und wenn ich meine Anzeige zurückziehe? Dafür, daß sie sich bereit erklären, die Janus-Brüder einzuwickeln? Wären Sie unter diesen Umständen bereit, die übrigen Anklagepunkte fallenzulassen?«

»Wie ich schon sagte, Mr. Hartford, diese Typen kenne ich! Mit Kerlen wie Ivan Lang kann man nicht verhandeln. Der geht lieber ins Gefängnis, als Wendell oder Travis zu verpfeifen.«

»Dann ist er ein Idiot.«

»Ganz meine Meinung! Dabei ist seine Loyalität überhaupt nicht angebracht. Wahrscheinlich hat man ihm versprochen, daß er die besten Anwälte kriegt, falls er erwischt wird. Aber heute früh habe ich von meinem Informanten erfahren, daß Wendell und Travis eine Schiffspassage nach Neuseeland gebucht haben. Sie wußten von vornherein, daß sie keinen Anspruch auf Reinharts Ländereien haben und keinen Pfennig von ihm bekommen würden. Sie wollten ihn nur unter Druck setzen, und wußten genau, daß jemand anderes dafür würde bezahlen müssen. Sie sind wie Ratten, die das sinkende Schiff verlassen. Sie lassen Lang und Lundy alleine untergehen.«

Galen seufzte. »Sieht so aus, als müßte ich mich damit zufrieden geben, wenigstens Lundy und Lang für lange Zeit im Gefängnis verschwinden zu sehen. Obwohl mir die Janus-Brüder bei weitem lieber gewesen wären.«

»Sollen wir runtergehen?«

Als Galen und Colin den alten Zellentrakt betraten, sahen sie schon von weitem, daß Ivan Lang sie ungeduldig erwartete.

»Ich glaube fast, wir haben gewonnen«, flüsterte Colin, während sie sich dem Kerkerloch näherten. Galen war besorgt. Er wollte, daß Wendell und Travis dafür bezahlten, daß Nola fast getötet worden war und seine Rinder von der Herde weggetrieben oder erschossen wurden.

Als sie vor die Zellentür traten, starrte Ivan sie an. Jacques kauerte im Hintergrund.

»Wenn wir bereit sind, auszupacken – was springt dann für uns heraus?« stieß Ivan hervor.

Galen und Colin wechselten einen Blick, scheinbar überrascht.

»Wir sind doch nicht blöd«, beeilte sich Ivan zu sagen

und blinzelte verschlagen, »diese miesen Janus-Brüder sind es nicht wert, daß wir uns für sie einbuchten lassen!«

Rafferty wandte sich Galen zu. »Ich schlage vor, Sie gehen zu Lincoln Hadwin. Der soll mit dem Anwalt der Janus-Brüder Kontakt aufnehmen. Unterdessen kümmere ich mich hier um die Details.«

Nola war während der Rückreise ständig übel. Langford erwies sich als fürsorglicher und rührend besorgter ›Ersatzvater‹.

Hank, der gar nicht begriff, weshalb es Nola plötzlich so schlecht ging, war rührend um sie besorgt.

»Bist du krank?« fragte er immer wieder, und wollte ihr kaum glauben, als sie ihm das Gegenteil versicherte.

»Wir sollten sie zum Arzt bringen«, schlug er Langford vor, nachdem es Nola nach dem Frühstück noch schlechter ging. Sie waren noch immer eine Tagesreise von der Farm entfernt. Hank wurde richtig wütend, als Langford seine Bedenken zurückwies.

»Und wenn sie stirbt?« schnappte er.

»Es wird ihr schon bald wieder gutgehen«, keifte Langford zurück, nur mühsam die Beherrschung wahrend.

»Woher wollen Sie das so genau wissen?«

»Glaub mir, ich weiß wovon ich rede! Das geht schon vorbei ...«

Hank begriff das nicht. »Es ist doch nicht normal, daß einer Frau ständig schlecht wird, es sei denn ...« Plötzlich unterbrach er sich. Er starrte Langford an und erbleichte. »Soll das heißen ...? Bekommt Nola ein Baby?«

Langford gab darauf keine Antwort. Hank wandte sich schon zum Gehen, aber Langford fürchtete, er würde zu ihr gehen und sie direkt danach fragen.

»Kein Wort davon«, bat der Alte. »Laß ihr erst noch etwas Zeit ...«

Tausend Fragen schwirrten Hank durch den Kopf. Die Erinnerung daran, wie sich Galen und Nola in den Armen gelegen hatten, stand lebhaft in seinem Gedächtnis. Auf einmal wurde er regelrecht wütend.

»Galen wird sie doch auf jeden Fall heiraten?« zischte er durch zusammengebissene Zähne.

Langford runzelte die Stirn. »Wie kommst du denn auf die Idee ...? Galen ist nicht der Vater des Babys. Nola war schon schwanger, als sie England verließ. Natürlich wußte sie nichts davon. Das hat sich erst in Maryborough herausgestellt.«

Hank sank in sich zusammen. Er war schockiert und schämte sich, voreilige Schlüsse gezogen zu haben. »Kehrt sie jetzt nach England zurück, zum Vater des Kindes?«

Jetzt platzte Langford der Kragen. »Das alles geht dich überhaupt nichts an, Hank. Darf ich dich daran erinnern, daß du mein Angestellter bist – und sonst nichts? Ich schlage vor, du kümmerst dich um deine Arbeit und behältst deine Meinung für dich.«

»Ich hab' Nola eben sehr gern. Ich mache mir Sorgen um sie. Wenn Sie mich feuern wollen, nur zu. Aber meine Freundschaft mit Nola können Sie mir nicht verbieten!«

Langford mochte nicht, wenn man ihm widersprach. Er kniff die Augen zusammen. »Wenn du ihr weh tust, Bradly, sorge ich dafür, daß du im ganzen Gulf Country keine Arbeit mehr findest!«

Hank machte auf dem Absatz kehrt und stürmte davon.

Als sie endlich bei der Farm eintrafen, war es Abend, und Nola fühlte sich völlig ausgelaugt. Langford hatte sich bemüht, ihr die Fahrt so bequem wie möglich zu machen, aber der Weg war darum nicht weniger lang und beschwerlich. Nola ging gleich zu Bett und wachte am anderen Morgen erst gegen zehn Uhr auf. Hätte sie sich besser gefühlt, wäre die Fahrt und der Anblick der üppig blühenden Landschaft sicherlich ein Vergnügen für sie gewesen. Der Short Horn River strömte gelassen dahin. Und was Langford besonders freute: Heath und Keegan hatten beschlossen, so bald wie möglich angeln zu gehen.

Langford brachte Nola eine Tasse Tee aufs Zimmer. Er war kaum eingetreten, als Sandy hinter ihm hereinstürmte und auf das Bett sprang.

»Ich glaube, er freut sich, daß Sie wieder daheim sind«, bemerkte Langford und stellte die Tasse auf dem Nachttisch ab.

Lachend wehrte sich Nola dagegen, daß Sandy ihr das Gesicht ablecken wollte. »Danke für den Tee! Sie verwöhnen mich ja geradezu.«

»So ist es auch gemeint. Wie fühlen Sie sich heute früh?«

»Eigentlich schon viel besser. Ich bin froh, daß mir nicht mehr übel ist.«

»Gut. Unten wartet eine Überraschung auf Sie.«

»Wirklich? Was ist es denn?«

»Kommen Sie herunter und sehen Sie selbst.«

Nola traf Langford und Wade auf der Veranda. Erst jetzt sah sie, wie hart Wade in ihrer Abwesenheit gearbeitet hatte. Die Geländer und die verrostete Metallverzierung auf der Veranda waren repariert und frisch gestrichen. Das Vordach war gereinigt, nirgends war auch nur ein Spinnennetz zu sehen. Wade deutete auf den Garten, wo ihre ganze Aussaat aufgegangen war. Überall sprossen grüne Pflänzchen, bis zu mehreren Zentimetern hoch. Auch ihre kleinen Bäume wirkten gesund und waren in den wenigen Wochen ihrer Abwesenheit sichtlich gewachsen. Überdies hatte Wade den Zaun weiß lackiert.

Langford zog eine Schachtel hervor, die viele kleine Pflanzen enthielt. »Habe ich in Maryborough gekauft«, verriet er stolz. Unterwegs hatte er sie gut versteckt gehalten, um sie damit zu überraschen. »Wenn Sie Wade sagen, wohin Sie sie haben wollen, kann er die Pflanzen für Sie in die Erde setzen.«

Nola war überwältigt. »Ich kann sie selbst pflanzen«, bot sie an. »Wade hat schon genug Arbeit. Dank euch beiden, für alles!«

»Lassen Sie Wade das lieber machen, Nola. Ich habe ihm gesagt, daß es Ihnen nicht gutgeht.«

Er warf Nola einen bedeutungsvollen Blick zu. Darauf, daß er Wade nichts verraten hatte, konnte sie sich verlassen.

»Was macht denn unser Kälbchen?« erkundigte sich Nola bei Wade, während sie zusah, wie er Löcher für die Setzlinge grub.

»Dem geht's prima! Ist inzwischen fast schon so groß wie Nanny. Ich mußte ihm Kuhmilch geben, weil die Ziegenmilch zu kräftig war. Seit es ordentlich geregnet hat, gibt die Kuh wieder tüchtig Milch!«

Shannon kam herübergelaufen und kletterte auf Nolas Schoß. Sie sah sehr traurig aus.

»Ich sehne mich so nach Tilly, Miss Grayson. Ob sie wohl jemals kommt, um mich zu besuchen?«

»Aber sicher, Kleines.« Auch Nola vermißte die Aborigines-Frauen. Auch wenn sie sich nicht miteinander hatten unterhalten können, waren sie eine angenehme Gesellschaft und im Haushalt obendrein eine große Hilfe gewesen. Wie sie ohne die Aborigines-Frauen zurechtkommen sollte, vor allen in den letzten Schwangerschaftsmonaten, wußte sie nicht.

Nola hätte Shannon gern gesagt, daß bald ein kleines Baby im Haus sein würde, schon weil sie ihr die Vorfreude gönnte. Aber es war noch zu früh, und sie wollte ihr keine Hoffnungen machen, wenn sie selbst immer noch nicht sicher war, ob sie auf der Farm bleiben wollte. Ihr fehlte noch der Mut, Galen, Hank oder gar Wade von dem Baby zu erzählen. Schließlich konnte sie nicht darauf hoffen, daß sie die Neuigkeit mit derselben Nachsicht aufnehmen würden, wie Langford, der sich großartig bewährt hatte und ihr versicherte, daß es für sie jederzeit ein Zuhause auf der Farm geben würde. Es war schon merkwürdig, wie sich die Dinge entwickelt hatten. Noch vor wenigen Wochen hätte ihr vor nichts mehr gegraust als davor, Langford ihre Schwangerschaft einzugestehen, schon weil er ihr auf der Stelle gekündigt hätte. Hank wiederum hätte sie es bedenkenlos erzählt!

In dieser Nacht konnte Nola nicht schlafen. Deshalb setzte sie sich auf die Veranda und sah nach den Sternen. Die übrigen Hausbewohner waren schon zu Bett gegangen. Sandy lag zu ihren Füßen. Seit ihrer Heimkehr war der kleine Hund nicht mehr von ihrer Seite gewichen. Es schien, als wäre er sehr besorgt um sie.

Noch bevor Hank zu sprechen begann, sprang Sandy auf und bellte.

»Schon gut, mein Kleiner!« freute sich Nola und streichelte ihn.

»Kannst du auch nicht schlafen?« fragte Hank vom anderen Ende der Veranda.

»Nein. Vermutlich, weil ich heute morgen erst so spät aufgestanden bin.« Doch das war nicht der wahre Grund. Nola hatte über so vieles nachzudenken.

Hank setzte sich auf den Boden der Veranda, ihr direkt gegenüber. »Eine wunderschöne Nacht«, begann er.

»Stimmt. Ich kann nie genug bekommen von dem Anblick dieses herrlichen Nachthimmels!«

Hank wandte sich zu ihr um. Es war zu dunkel, um seinen Gesichtsausdruck zu erkennen, aber sie spürte, daß er etwas auf dem Herzen hatte.

»Ich bin froh, einmal mit dir alleine zu sein, Nola. Es gibt so viel, was ich dir sagen möchte ...«

Er senkte die Stimme, und sein Tonfall wurde sehr vertraulich. Nola wartete angespannt.

»Ich denke, du hast schon gemerkt, daß ich mehr für dich empfinde als Freundschaft. Und ich möchte ganz aufrichtig sein, Nola, aber ich bin kein Mann von großen Worten. Um es geradeheraus zu sagen: Ich liebe dich!«

Nola schluckte. »Ich hatte keine Ahnung, Hank, daß deine Gefühle für mich so intensiv sind!« Wie sehr er sie mochte, war unverkennbar gewesen, aber eine echte Leidenschaft hätte sie dahinter nie vermutet.

»Ich möchte dich heiraten, Nola. Das heißt, wenn du mich haben willst!«

»Mich heiraten! Es – es kommt ein bißchen plötzlich ...«, sagte sie mißtrauisch geworden. »Du weißt doch noch gar nicht, was ich fühle! Ich weiß selber nicht, was ich fühle. Wie kannst du schon jetzt von einer lebenslangen Verbindung reden?«

»Warum nicht? Ich könnte dich glücklich machen, dir Sicherheit bieten ...«

Nola starrte ihn an. »Du weißt wohl Bescheid, stimmt's, Hank?«

Hank schlug die Augen nieder. »Ich wußte gleich, daß etwas nicht stimmt. Dauernd wurde dir schlecht.«

»Ich brauche dein Mitleid nicht, und auch keine Opfer ...!«

»Das ist es nicht, was ich dir anbiete, Nola und das weißt du. Ich weiß, daß ich dich schon seit langem liebe. Ich wollte dich bloß nicht bedrängen. Ich wartete auf ein Zeichen, ob du vielleicht dasselbe empfindest. Jetzt weiß ich, daß du deine Gefühle nie mehr zulassen wirst, weil ich glaubte, du bräuchtest einen Ehemann.«

»Wenn du meinst, ich hätte einen Ehemann nötig, kennst du mich überhaupt nicht!«

»Ich weiß, daß du unabhängig bist, Nola. Das würde ich nie in Frage stellen. Aber wenn du deinen Stolz einmal beiseite läßt und an das Kind denkst, müßte dir klar sein, daß du einen Ehemann brauchst – aber nicht so sehr, wie ich dich als meine Frau brauche. Noch nie habe ich derart tiefe Gefühle für eine Frau empfunden. Ich wußte nicht einmal, daß es möglich ist, jemanden so zu lieben, wie ich dich. Und dein Baby würde ich lieben, als wäre es mein eigenes, und ihm der beste Vater sein, den du dir denken kannst.«

Nola entging nicht, wie aufrichtig er es meinte. »Willst du denn gar nichts über den Vater meines Babys erfahren, Hank?« Sie hätte es für nur natürlich gehalten, wenn er neugierig gewesen wäre.

»Alles, was mich an ihm interessiert, ist – ob du ihn liebst?«

»Nein. Aber ganz so einfach ist das nicht. Mein Baby und ich wären glücklich, einen Mann wie dich zu finden, Hank. Du bist einer der besten Menschen, die ich kenne. Einer, wie es nur wenige gibt.«

»Aber?«

»Es gibt nur einen Grund, weshalb eine Frau heiraten sollte. Nicht etwa, um ihrem Baby einen Namen zu geben, oder eine Zuflucht zu finden. Sondern allein aus Liebe. Ich weiß nicht, was ich für dich empfinde, Hank. Ich möchte dich nicht kränken, aber ich will ehrlich zu dir sein.«

»Ich weiß deine Ehrlichkeit zu schätzen, Nola. Sie ist eines der Dinge, die ich so an dir liebe. Daß du mich nicht liebst, ist nicht das Wichtigste. Liebe kann wachsen, wenn ihr Zeit gegeben ist. Ich bin bereit zu warten. Aber, bitte, denk einfach mal darüber nach! Für dich selbst – und für das Baby.«

»Das werde ich. Versprochen!«

Hank stand auf, beugte sich vor und küßte Nola auf die Lippen. Ein liebevoller, warmer Kuß, voller zärtlicher Versprechen. Als er sich umdrehte und davonging, erkannte Nola, wieviel Glück ihr beschieden war. Sie hatte ein Heim, und da war ein Mann, der sie liebte. Aber weshalb war ihr noch immer so, als ob etwas nicht stimmte?

Nola ging ins Haus und die Treppe hinauf. Bei Langford brannte noch Licht, und die Tür war bloß angelehnt.

»Ich dachte, Sie schlafen längst«, meinte sie, als sie den Kopf ins Zimmer steckte.

»Kommen Sie 'rein. Bis eben saß ich noch auf dem Balkon, um ein bißchen frische Luft zu schnappen.«

»Oh.« Nola setzte sich auf die Bettkante. »Dann haben Sie wahrscheinlich mitbekommen, was Hank zu mir gesagt hat?«

Langford nickte. »Tut mir leid. Hier ist es so still, da hört man auch leise Stimmen kilometerweit.«

»Ist schon gut. Eigentlich bin ich sogar froh, denn ich schätze Ihr Urteil. Was raten sie mir, Langford? Vermutlich werde ich nicht allzu viele Angebote von Männern bekommen, die so gut sind wie Hank.«

»Er ist ein guter Mann, das stimmt, aber eine Zukunft kann er Ihnen doch nicht bieten.« Langford glaubte, daß Hank sein Geld verschwendet hatte. Ihm fehlte der Ehrgeiz, und er hatte nie Lust gezeigt, eine eigene Farm zu besitzen. »Lieben Sie ihn denn, Nola? So wie eine Frau einen Mann lieben sollte?«

Nola schüttelte den Kopf. »Vielleicht verliebe ich mich ja noch in ihn, mit der Zeit.«

»Dieser Typ Frau sind Sie aber nicht, Nola. Auf Menschen reagieren Sie ganz instinktiv. Wenn Sie von Hank jetzt noch nicht hingerissen sind, werden Sie es auch nie sein. Wenn Sie einmal einen Mann lieben, wird das von Anfang an so sein, auf den ersten Blick. Kann sein, daß Sie es sich selbst nicht eingestehen, aber jedesmal, wenn Sie in seine Nähe kommen, werden Ihnen Schmetterlinge im Bauch herumflattern, wird Ihr Herz ein kleines bißchen schneller schlagen. Begreifen Sie, was ich damit sagen will?«

Nola war überrascht, wieviel Langford von der weiblichen Liebe wußte. Er verblüffte sie jeden Tag mehr. »Wie sind Sie bloß so weise geworden?« fragte sie lächelnd.

Langford kuschelte sich in sein Kissen. »Das kommt so mit dem Alter. Gute Nacht, Mädchen!«

»Gute Nacht«, erwiderte Nola. Sie erhob sich und ging zur Tür. »Übrigens, Langford – ich glaube, Sie sollten damit aufhören, mich ›Mädchen‹ zu nennen. Ich fürchte, in den nächsten Monaten werde ich darüber hinauswachsen!«

Der alte Mann feixte augenzwinkernd. »Für mich werden Sie immer mein ›Mädchen‹ bleiben.«

21

»Wach auf, Mädchen.« Langford stellte eine Tasse Tee neben Nolas Bett.

Obwohl noch im Halbschlaf, merkte sie, wie aufgeregt er war.

»Heute abend werden wir ein bißchen feiern«, jubelte Langford. »Galen kommt nach Hause. Offenbar bringt er gute Neuigkeiten mit!«

»Woher wissen Sie das?«

»Das Buschtelegramm!« lachte er. Als er ihren verwirrten Gesichtsausdruck sah, fuhr er fort: »Als Galen einen Zwischenstop in Coolangatta einlegte, versuchte er, nach Winton zu telegraphieren, in der Hoffnung, Hank eine Botschaft zu übermitteln. Der Telegrammbote erreichte Julia Creek als Hank gerade nicht dort war, und er konnte die Nachricht gleich an Orval Hyde weitergeben. Der hat sie seinerseits einem von Bill MacDonalds Männern ausgehändigt, der sie heute früh vorbeibrachte. Hank ist gleich losgeritten, um ihn abzuholen.«

»Und welche Neuigkeiten gibt es?«

»Das weiß ich noch nicht. Im Telegramm stand nur die Mitteilung, daß er heute mit der Nachmittags-Postkutsche eintrifft und daß alles viel besser gelaufen ist als erhofft.«

Gegen vier Uhr nachmittag traf Hank in Julia Creek

mit Galen zusammen. Nach einem kleinen ›Staubfänger‹ mit Tierman an der Theke machten sie sich auf den Heimweg. Galen berichtete Hank alles, was es Neues gab. Er war noch immer überglücklich, und nichts hätte seine gute Laune trüben können.

»Mr. Reinhart wird ein Stein vom Herzen fallen«, sagte Hank. »Er hat direkt eine kleine Feier geplant. Ich sollte eigens noch ein paar Lebensmittel und Getränke besorgen. Die Kutsche ist vollbeladen!«

»Und, wie geht's euch allen?« wollte Galen wissen. Besonders interessierte er sich für Nolas Wohlergehen, was Hank nicht entging.

»Shannon vermißt Tilly, aber wenigstens hat sie noch Sandy und das Kalb, um sich zu beschäftigen. Den Jungen geht es gut, außerdem haben sie eine Angelpartie mit Langford am Short Horn River geplant.«

Galen nickte. Wie hatte er sie alle vermißt! »Und – wie geht es Nola?« erkundigte er sich beiläufig.

»Der geht's auch gut.« Hanks Antwort war mindestens ebenso beiläufig. »Übrigens habe ich selbst auch gute Neuigkeiten, Galen.«

»Ach ja? Welche denn?«

»Ich werde Nola heiraten.«

Galen war sprachlos. Ihm war, als hätte ihm jemand den Boden unter den Füßen weggezogen.

»Natürlich werde ich ein Haus kaufen müssen«, fuhr Hank fort, aber Galen hörte gar nicht mehr richtig hin. »Vielleicht in Julia Creek. Ich habe Nola noch nicht gefragt, wo sie gern leben möchte. Aber ich nehme an, sie wird weiter unterrichten wollen, und dem möchte ich nicht im Wege stehen. Sie lebt doch ganz für ihren Beruf, und ...«

Hank redete und redete, aber Galen vernahm kein einziges Wort mehr.

Nola mußte sich wundern über Galen. Für jemanden, der so gute Nachrichten für die Farm mitbrachte, wirkte er merkwürdig geistesabwesend. Langford war begeistert, als er hörte, daß die Janus-Brüder überhaupt keinen Rechtsanspruch auf das Reinhart-Land hatten. Seine Freude verdoppelte sich als er hörte, was der Verkauf der Rinder eingebracht hatte. Aufgrund des Fleischmangels, verursacht durch das geringe Rinderaufkommen in den Trockengebieten, war der Stückpreis auf die rekordverdächtige Höhe von drei Pfund Sterling geklettert.

Während der Auktion in Sydney war Galen auf eine indische Zuchtrasse namens Brahman gestoßen. Er erinnerte sich, mit Nola darüber diskutiert zu haben, nachdem sie in einem Buch davon gelesen hatte. Was sie damals erzählte, hatte ihn fasziniert. Der Eigentümer der Tiere stieß auf geringes Interesse bei den australischen Farmern. Diese Rasse war noch unbekannt in Australien, und Rinderzüchter sind sehr vorsichtig.

Galen seinerseits war äußerst interessiert. Er begutachtete die Tiere und führte ein längeres Gespräch mit ihrem Besitzer. Dabei kam er zu dem Schluß, daß eine Kreuzung von Brahmanrindern mit Short Horns sich möglicherweise lohnen konnte.

»Ich habe zwanzig Zuchttiere angekauft und auf ein Frachtschiff verladen«, berichtete er Langford. »Wenn sie sich mit Short Horns kreuzen lassen, werden sie die Lebensbedingungen im Gulf Country gut bewältigen.«

Langford war ganz aufgeregt. »Was, glaubst du, wären die Vorteile einer solchen Mischrasse, Galen?«

»Sie wären leichter zu hüten, und das Fleisch dürfte wesentlich besser sein.«

Dann ging er die Einzelheiten mit Langford durch, der die Aussicht auf die Züchtung einer neuen Rinderrasse furchtbar aufregend fand.

Sie feierten bis spät in die Nacht. Einen so schönen Abend hatte Langford seit sehr vielen Jahren nicht mehr erlebt. Zum ersten Mal seit langer Zeit war er ausgesprochen optimistisch in bezug auf die Zukunftsaussichten seiner Farm.

Nola fiel auf, daß Galen sie den ganzen Abend über so gut wie nicht beachtete. Die Vertrautheit, die früher zwischen ihnen geherrscht hatte, war dahin. Er war der kühle Fremde, als den sie ihn kennengelernt hatte, als sie damals auf die Farm gekommen war. Sie fragte sich, ob er von ihrer Schwangerschaft erfahren hatte und von ihr enttäuscht war, oder gar abgestoßen.

Langford legte eine Schellack-Platte auf das Grammophon und schlug vor, daß Galen und Nola tanzen sollten.

Nola spürte, wie unangenehm es Galen war, weshalb sie höflich ablehnte, aber der alte Mann blieb hartnäckig.

»Wir wollen ihm das Fest nicht verderben«, flüsterte Galen und nahm sie in die Arme.

Er tanzte zwei Walzer mit ihr, wobei er beharrlich ihrem Blick auswich, dann sagte er: »Vielleicht möchte Hank einmal mit dir tanzen?«

Hank hatte ihn gehört und sprang eifrig auf. Es war Nola ziemlich unangenehm, daß er sich viel zu nahe aufdrängte.

»Ich brauche ein wenig frische Luft«, erklärte sie ihm und entschuldigte sich dann. Als sie auf die Veranda trat, war sie den Tränen nahe. Galens kühles, abweisendes Verhalten hatte dazu geführt, daß sie sich schämte.

Hank folgte ihr nach draußen, und Galen beobachtete sie durchs Fenster.

»Stimmt etwas nicht, Nola? Du bist ja ganz außer dir!« Hank legte ihr die Hand auf die Schulter und drehte sie behutsam zu sich um.

»Hast du Galen von dem Baby erzählt?« erkundigte sich Nola in scharfem Ton.

»Nein!« Über sein Gespräch mit Galen verlor er kein Wort. »Warum fragst du? Hat er etwas gesagt, das dich dermaßen beunruhigt?«

»Nein. Aber er ist heute so ... so anders. Ich dachte, er ist vielleicht von mir enttäuscht.«

»Er hat kein Recht, dich zu verurteilen, Nola.«

»Aber er wirkt abweisender als sonst, irgendwie distanziert ... Ich weiß auch nicht. Aber ich bin mir sicher, daß es nicht bloß Einbildung ist!«

Hank war neidisch, daß ihr Galens Meinung so viel bedeutete. »Hast du schon mal überlegt, ob du vielleicht überempfindlich reagierst, in deinem Zustand ...?«

»Vielleicht hast du recht.« Nola war zwar nicht seiner Meinung, aber darauf zu beharren, erschien ihr töricht.

»Laß uns doch ein bißchen unter den Sternen spazierengehen«, schlug Hank vor.

Nola zögerte.

»Dann geht es dir bestimmt gleich besser.«

Galen sah zu, wie Hank den Arm um sie legte und Nola in die Dunkelheit hinausführte.

Als sie über das Grundstück wanderten, wollte Hank wissen: »Hast du schon etwas mehr über meinen Antrag nachgedacht, Nola?«

»Ich habe sogar sehr viel darüber nachgedacht, Hank. Aber ich bin noch zu keinem Entschluß gekommen.« Und sie wußte, daß er enttäuscht war.

Am Tag vor Weihnachten wollte Nola nach Julia Creek und nahm Shannon mit. Langford erzählte sie, daß sie Esther bei den Vorbereitungen zur Hand gehen wollte. Hank und die Jungen sollten am anderen Tag in die Stadt kommen. Langford hatte beschlossen, der Tanzveranstaltung fernzubleiben. Er hatte sich mit den Vorbereitungen auf der Farm für die Ankunft der Brahmanrinder vollkommen verausgabt. Gemeinsam mit Wade hatte er die schönsten Short-Horn-Kühe für die Zuchtversuche ausgewählt. Jimmy und Jack waren ein paar Tage vorher nach Maryborough abgereist, um die Brahmans zu holen. Galen war nach Winton unterwegs, wo er mit ihnen zusammentreffen und ihnen helfen würde, die zwanzig Rinder nach Hause zu treiben.

Als Nola vor dem Hotel vorfuhr, entdeckte sie unter den vielen Gespannen auch Tierman Skellys Postkutsche und mußte lächeln. Sie war schlammbedeckt und wies an der Seite mehrere Schrammen auf. Anscheinend war seine letzte Fahrt noch haarsträubender gewesen als sonst. Seine armen Passagiere konnten einem leid tun. Zweifellos war der Wagen voll mit Leuten gewesen, die zum Tanz wollten. Sie fuhr zur Rückseite des Gebäudes und prallte überrascht zurück.

Entschlossen, ihren ersten Dorftanz zu einem unvergeßlichen Erlebnis zu machen, hatte sich Esther mit den Vorbereitung selbst übertroffen. Ein Unterstand war auf dem Gelände aufgestellt worden für den Fall, daß es regnen sollte, und ein Tanzboden war ausgelegt. Sie hatte eine Außentheke aufgestellt und Lampions hergestellt, die in den umstehenden Bäumen hingen. Orval Hyde, der das Akkordeon spielte, hatte einige musikalisch begabte Nachbarn aufgetrieben und eine Musikgruppe zusammengestellt. Sie probten bereits fleißig. Nola war entzückt, als sie Ben Cranston Flöte spielen sah.

Als Esther mit einigen Tischtüchern im Arm nach draußen kam, entdeckte sie Nola und eilte ihr entgegen.

»Ich wollte dir bei den Vorbereitungen helfen«, erklärte Nola. »Aber es sieht nicht danach aus, als ob du mich noch brauchst. Das hast du alles wundervoll arrangiert!«

»Danke! Aber ich hätte nichts gegen ein paar zusätzlich helfende Hände einzuwenden. Es gibt immer noch alle Hände voll zu tun!«

»Können Shannon und ich diese Nacht hierbleiben, Esther?«

»Aber gern. Es freut mich, wenn ihr bei mir seid. Ist sonst alles in Ordnung?

»Ja, alles klar. Ich hab' nur das Gefühl, eine kleine Abwechslung zu benötigen.« Nola fühlte sich mehr und mehr von Hank unter Druck gesetzt. Sie wußte, daß er auf ihre Entscheidung wartete. Jeden Tag verfolgte er sie mit seinem erwartungsvollen Blick, und sie fing an, den Umgang mit ihm mehr und mehr zu meiden.

»Wie fühlst du dich denn, Kleines? Gut siehst du aus!« Esther warf ihr einen bedeutungsvollen Blick zu, und Nola wußte nur zu gut, was in ihr vorging.

»Mir geht es gut. Sehr gut, um genau zu sein, aber die letzten Wochen waren nicht leicht für mich.«

»Du hast Doc Mason verpaßt. Er war vor zehn Tagen hier.«

»Ich weiß, Esther.«

Esther sah ihr direkt in die Augen und versuchte, herauszufinden, ob sie sich verändert hatte. »War dir morgens häufiger übel?«

»Ja, aber das ist überstanden. Ich war in Maryborough beim Arzt. Ich bin definitiv im vierten Monat schwanger.«

Esther schnappte nach Luft. Sie blickte sich vorsichtig um, ob auch niemand in Hörweite war. In der Nähe spielten Kinder, deshalb senkte Esther ihre Stimme. »Wirst du nach England zurückkehren?«

»Das weiß ich noch nicht. Ich werde warten, bis ich das Kind zur Welt gebracht habe, und dann entscheide ich mich.«

»Hast du es Langford schon erzählt? Wird er dich rausschmeißen? Du weißt ja, daß du jederzeit hier im Hotel wohnen kannst, wenn es sein muß.«

»Ich danke dir, Esther. Aber Langford weiß Bescheid. Übrigens war er reizend zu mir, so fürsorglich wie ein Vater. Ich weiß nicht, was ich ohne ihn getan hätte.«

Esther war perplex. »Ich habe gehört, ihr hattet Viehdiebe auf dem Anwesen, und du sollst von einem Hexendoktor der Aborigines gekidnappt worden sein. Stimmt das alles?«

Nola schüttelte verwundert den Kopf. »Nachrichten verbreiten sich hier schneller als die Fliegen!« bemerkte sie.

»Da hast du ganz recht. Die Wände haben Ohren.«

»Das macht mir am meisten Sorgen, Esther. Wahrscheinlich dauert es nicht mehr lange, und ich bin hier das Stadtgespräch.«

»Ich verrate niemandem auch nur ein Sterbenswörtchen, Kleines. Aber das ist keine Garantie dafür, daß die

Leute doch über dich reden werden. Wie du schon von Bertha Ellery weißt: Kleinstädte sind nunmal voller Klatsch und Tratsch.«

Am Weihnachtsmorgen traf Galen mit den Brahmanrindern in Julia Creek ein. Jimmy und Jack blieben als Hüter bei der Herde, während er in der Bar einkehrte, um sich einen schnellen Durstlöscher zu genehmigen. An der Theke drängten sich die Männer, die zum Tanz ins Dorf gekommen waren, und die Atmosphäre war ausgesprochen festlich. Die übermütigen Männer nahmen ihre Drinks, während ihre Frauen schwatzten und sich gegenseitig zurechtmachten und herausputzten. Es gab viele neue Gesichter in der Menge, und Galen blieb fast unbemerkt, als er sich seinen Weg zur Theke bahnte.

Galen bekam ein gutgefülltes Glas gereicht und blieb bei einigen Bekannten von der Boulia-Farm stehen. An der Theke verstärkte sich der Radau, und die Gespräche wurden lauter.

Eine Gruppe von Männern, die hinter ihm stand, prahlte besonders laut. Galen erkannte sie nicht als Angestellte irgendeiner Farm in der Nähe, mit Ausnahme eines Mannes, der gelegentlich für Bill MacDonald gearbeitet hatte. Er war ein großer, stämmiger Kerl, mit einem wilden Bart im Gesicht und galt, wie sich Galen erinnerte, unter den Viehtreibern als Störenfried. Soeben ließ er sich rüde über die Mädchen aus, die zum Tanz erwartet wurden, in einer Art, daß sich Galen und die Männer von Boulia bereits ziemlich unbehaglich dabei fühlten.

»Ratet mal, wer von denen sie flachgelegt hat«, hörte Galen ihn sagen.

»Keine Ahnung. Sie ist da draußen mit drei weißen Typen und zwei Schwarzen. Such dir einen aus!« gab einer der Männer zurück.

»Komische Frau, die sich wie ein Mann anzieht«, mischte sich ein anderer ein.

Galen traute seinen Ohren nicht. Sollte da wirklich von Nola die Rede sein?

»Ich hab' gehört, sie wurde neulich von einem Hexendoktor gekidnappt. Kann sein, er hat sie bestimmt geschwängert«, fuhr das Großmaul fort.

Galen sprang auf. Er drehte sich um und landete einen kräftigen Schwinger auf dem Kinn des Mannes, der ihn zu Boden gehen ließ. Er kam nicht mehr hoch, wie sich Galen insgeheim gewünscht hätte. Er war so außer sich, daß er ihn liebend gern getötet hätte. Die anderen standen da und starrten ihm nach, als Galen hinausstürmte. Keiner konnte glauben, daß Galen den Mann wirklich mit nur einem Schlag niedergestreckt hatte.

Esther hatte hinter der Bar serviert. Sie trat ans Fenster und sah, wie Galen sein Pferd bestieg und in rasendem Tempo davongaloppierte. In all den Jahren, seit sie das Julia-Creek-Hotel leitete, hatte sie nicht einmal erlebt, daß er die Beherrschung verlor. Was mochte ihn so in Rage versetzt haben?

Als Galen auf der Farm eintraf, begab er sich umgehend zu Langford.

»Ist das wahr?« tobte er. »Ist Nola schwanger?« Er wollte es nicht glauben, aber jeder Klatsch hatte erfahrungsgemäß einen wahren Ursprung. Wenn Hank ihm nicht erzählt hätte, daß er Nola heiraten wolle, hätte er gar nichts darauf gegeben.

Langfords Gesichtsausdruck verriet ihm alles, was er wissen mußte.

»Deshalb also will Hank sie heiraten. Sie bekommt ein Kind von ihm!« Was für ein Idiot war er gewesen. War er denn der letzte, der von ihrer engen Beziehung erfuhr?

»Setz dich, Galen«, befahl Langford. Er schenkte zwei kräftige Drinks ein und hielt das eine Glas Galen entgegen, der wie ein Besessener in der Küche auf und ab schritt.

Der alte Mann nahm auf einem Stuhl Platz. »Hank hat Nola einen Heiratsantrag gemacht. Aber angenommen hat sie ihn noch nicht«, erklärte er seelenruhig.

Galen blieb stehen und funkelte ihn an. »Warum nicht? Sie bekommen ein Baby!«

»Nola erwartet ein Baby, aber nicht von Hank. Sie war schon schwanger, als sie herkam. Natürlich hat sie nichts davon gewußt. In Maryborough war sie beim Arzt, der hat ihre Schwangerschaft festgestellt.«

Galen sank auf einem Stuhl nieder und trank dann sein Glas in einem Zug leer. Langford goß ihm gleich einen neuen ein.

»Sie wollte die Farm schon verlassen, aber ich habe sie überredet, bei uns zu bleiben. Schließlich hat sie keine Familie, an die sie sich wenden könnte, und kein Zuhause. Der Gedanke war mir unerträglich, daß sie irgendwo alleine ist, ohne daß sich jemand um sie kümmert. Aber du weißt ja, wie sie ist. Sie ist stolz und unabhängig. Sie hat sich bereit erklärt, für's erste hierzubleiben, aber jetzt weiß sie noch nicht genau, was sie tun soll, wenn das Baby erst einmal auf der Welt ist.«

»Was ist mit dem Vater des Kindes? Der wird sie doch sicher heiraten wollen?«

»Die Beziehung war schon beendet, bevor sie sich entschloß, nach Australien zu gehen. Eigentlich kam alles furchtbar schnell. Sie hatte kaum herausgefunden, daß sie schwanger war, als ein Brief hier eintraf von diesem Tilden Shelby, für dessen Agentur sie gearbeitet hat. Darin hieß es, der Vater ihres Kindes wolle eine andere heiraten. Natürlich hat Shelby keine Ahnung, daß sie schwanger war, und glaubte, Nola würde sich freuen. Offenbar hat sie dieser Mann unaufhörlich bedrängt, nachdem sie die Beziehung zu ihm abgebrochen hatte.«

»Bist du sicher, daß sie Hanks Antrag noch nicht angenommen hat?«

»Ganz sicher. Wir haben uns erst gestern darüber unterhalten. Ich glaube, sie fühlt sich furchtbar unter Druck gesetzt. Danach ist sie dann ins Dorf geritten, angeblich um Esther zu helfen, aber ich vermute, daß sie für eine Weile weg von allem sein wollte.«

»Wo ist Hank?« fragte Galen mit ärgerlichem Unterton.

»Er ist mit den Jungen zum Dorftanz unterwegs. Ich habe beschlossen, lieber hierzubleiben. Ich will Wade hier draußen nicht ganz alleine lassen. Er hat Weihnachten schon zu oft alleine verbringen müssen. Zum Tanzen wollte er auch lieber nicht gehen. Er wollte sich nicht der Versuchung aussetzen, das Saufen wieder anzufangen.«

Galen stand auf und lief wieder auf und ab wie ein Tiger im Käfig.

»Ich weiß, daß Nola ihn nicht liebt«, suchte Langford ihn zu beschwichtigen. »Sie mag ihn gern, aber sie liebt ihn nicht, wie eine Frau einen Mann lieben sollte. Wenn du sie liebst, Galen, was ich schon längst vermute, mußt du um sie kämpfen. Und bei Gott, sie ist das auch wert!«

»Ich weiß doch gar nicht, was sie für mich empfindet«, seufzte Galen und fuhr sich mit den Fingern durchs Haar.

»Es gibt nur einen Weg, es herauszufinden.« Langford erhob sich schwerfällig und legte Galen die Hand auf die Schulter. »Mag sein, daß ich alt geworden bin, aber mit meinen Augen ist noch alles in Ordnung. Ich habe gesehen, wie ihre Augen leuchteten, sobald du ins Zimmer kamst. Und ich habe auch gesehen, wie du sie angeschaut hast, wenn du dich unbeobachtet glaubtest. Ab mit dir nach Julia Creek. Geh tanzen und halte sie fest!«

Galen mußte heimlich grinsen bei diesen Worten. Langford schien Tag für Tag immer mehr wieder wie früher zu werden. Damals konnte Langford ihn in seiner Art immer derart mitreißen, daß er selbst das Unmögliche für möglich hielt. Und genau das hatte Galen in diesem Augenblick bitter nötig.

Das Kleid, das Nola für Shannon gekauft hatte, war rosa mit crèmefarbener Seidenschärpe. Glücklicherweise hatte sie auch noch ein passendes Band für ihr Haar gefunden, das sie am vergangenen Abend zu Löckchen gedreht hatte. Nola selbst hatte ihre Haare auch in dieser Art frisiert. Gegen halb acht strömten die Besucher unter die Bäume im Garten des Hotels. Esther war überglücklich.

Unter den vielen Gästen erkannte Nola ihre Zimmerwirtin aus Winton wieder, Phoebe Pillar. Auch Reverend Tristram Turpin und seine Frau Minerva waren erschienen. Nola winkte dem Reverend von weitem zu, aber er schien sie nicht zu sehen. Überrascht war sie vor allem, daß so viele junge Frauen teilnahmen.

»Wo kommen denn bloß all die jungen Damen her?« erkundigte sich Nola bei Esther.

»Die reisen zum Teil von weit her an, aus Longreach oder Blackwater. Einer der Männer hat mir erzählt, hier wären mehr Gäste versammelt als beim Winton-Dorftanz. Würde mich nicht überraschen, wenn wir in einer der Großstadtzeitungen erwähnt werden ...«

Nola freute sich für Esther; sie wußte ja von ihren finanziellen Schwierigkeiten mit dem Hotel und den teuren Internatsgebühren ihrer Kinder.

»Vielleicht findet auch Hank eine passende Frau unter all den Schönheiten«, hoffte Esther. »Ich find es schrecklich, ihn immer so allein herumlaufen zu sehen. In die Stadt, wo er schnell Anschluß fände, will er nicht!« Sie beobachtete, wie die Mädchen neugierige Blicke mit den jungen Männern wechselten. Daß Nola sie erstaunt musterte, merkte Esther nicht.

»Mit einem Mädchen aus der Stadt wäre Hank nie zufrieden«, fuhr Esther fort. »Er ist doch nun mal vom Land, ein Farmer durch und durch. Ich glaube nicht mal, daß ihm auch nur eine dieser hohlköpfigen, kichernden jungen Mädchen gefallen würde ...«

Obwohl sie es gar nicht böse gemeint hatte, war ein eifersüchtiger Beiklang in ihren Worten nicht zu überhören. Nola wandte sich um und legte der Freundin den Arm um die Schulter. »Sag mal, Esther – du hast nicht zufällig ein Auge auf Hank geworfen?«

Esther wurde rot und wandte sich ab. »Um Himmelswillen, nein!« Sie blickte scheu zu Nola auf, die sie noch immer scharf beobachtete. »Na schön, meinetwegen kann ich es auch zugeben. Ja, er gefällt mir. Wir sind uns schon mal nähergekommen, und ich hatte immer gehofft, daß sich etwas daraus entwickeln würde. Wahrscheinlich habe ich die Hoffnung noch nicht aufgegeben.«

Nola stand wie vom Schlag getroffen. Sie brachte es nicht übers Herz, Esther zu erzählen, daß Hank ihr einen Heiratsantrag gemacht hatte.

»Die Männer vom Land sind vielleicht ein bißchen langsam darin, sich ihre Gefühle einzugestehen«, schloß Esther, und bei diesen Worten mußte Nola an Galen denken.

»Papa!« rief Shannon, als sie Galen sah, der sein Pferd an den Querpfosten band. Sie hatte sich auf sein Kommen gefreut und die ganze Zeit vor dem Hotel gewartet.

Als Galen sie sah, traten ihm Tränen der Rührung in die Augen. »Diese bezaubernde kleine Prinzessin soll meine Tochter sein?« rief er aus und hob das jauchzende Kind in seine Arme. Selbst die Jungen waren hingerissen von ihrer Schwester.

»Du solltest erst mal Miss Grayson sehen!« empfahl Shannon ernsthaft. »Sie sieht aus wie eine echte Prinzessin.«

»Wirklich?« Galen fühlte sich ungewöhnlich nervös, wie ein Schuljunge bei der ersten Tanzstunde. Er glättete sich das Haar und zupfte am Krawattenknoten. Während sie nach hinten zum Garten gingen, blickte er sich um, und ein smaragdgrünes Abendkleid fiel ihm ins Auge. Er hielt noch immer Ausschau nach Nola, als die Dame in dem grünen Kleid sich umdrehte. Ihm stockte der Atem, und er traute seinen Augen nicht. Nolas Anblick raubte ihm buchstäblich den Atem.

Nola stand nicht weit vom Tanzboden und entzündete Kerzen auf den gedeckten Tischen. Sie sah zu ihm hinüber und richtete sich auf. Sanfte Locken, durchsetzt mit goldenen Strähnchen flossen über ihre Schulter herab. Ihre samtbraunen Augen blinkten im diffusen Kerzenlicht, und ihre Haut schien von innen zu glühen. Ihr Kleid war aus smaragdschimmernder Seide, besetzt mit schwarzer Spitze, es war im Rücken weit ausgeschnitten, und hatte über der Brust einen herzförmigen Ausschnitt, der eine verführerische Fülle milchweißer Haut sehen ließ. Das Mieder war festgeschnürt und drängte die üppige Fülle des Busens empor, der sich bei jedem Atemzug sachte hob und senkte. Während sie einander quer über den Tanzboden hinweg anschauten, schien die Zeit stillzustehen. Sein Blick war so intensiv, daß sie wie von einem Zauber gebannt war. Nola fühlte, wie ihr Herz schneller schlug, wie sich die Schmetterlinge in ihrem Bauch regten. Langfords Weisheiten fielen ihr wieder ein, und sie erkannte so deutlich wie nie, daß sie Galen liebte. Solche Gefühle wie diese hatte sie für Hank nie empfunden, sie würden sich auch nie einstellen. Sie fragte sich, ob Galen immer noch dasselbe für sie empfinden würde, wenn er erfuhr, daß sie das Kind eines fremden Mannes erwartete?

Erst als Shannon sich von der Hand ihres Vaters löste, war der Bann gebrochen. Während Heath und Keegan sich mit ihren Freunden unterhielten, rannte Shannon davon. Galen, der plötzlich allein stand, fühlte sich beklommen. Sein Mund wurde trocken, die Hände feucht vor Nervosität. Er zögerte einen Augenblick, atmete tief durch und trat auf Nola zu.

»Darf ich um den nächsten Tanz bitten?« fragte er schüchtern.

Nola war verunsichert, ließ sich aber von einer Woge inneren Glücks fortreißen. »Sie dürfen, mein Herr!« Während sie über die dichtbevölkerte Tanzfläche schwebten, hatte Galen nur Augen für die Frau, die er im Arm hielt. Es war über drei Jahre her, seit er das letzte Mal einen so engen körperlichen Kontakt mit einer Frau gehabt hatte. Doch das war wohl nicht der einzige Grund, weshalb ihn die betörende Mischung aus zartem, erregendem Duft und die Weichheit ihrer Haare auf seiner frischrasierten Wange so überwältigte. Ihm selbst wurde heiß, als die kühle, knisternde Seide ihres Kleides unter dem Druck seiner Finger sanft nachgab. Mit einer Hand tastete er über ihren Rücken, und seine Finger verirrten sich zu ihrer nackten Haut, die sich weich und unglaublich angenehm anfühlte. Er spürte, wie sie bei seiner Berührung erschauerte.

»Du siehst hinreißend aus«, raunte er heiser.

»Danke. Auch du wirkst großartig in deinem feinen Anzug.« Nola war selbst der Atem gestockt, als sie ihn in seinem dunklen Anzug gesehen hatte. Er sah viel besser aus, als sie sich je hätte träumen lassen.

Shannon glitt hinter ihnen übers Parkett; sie war in den Armen eines verlegenen Jungen gelandet, der nur wenige Jahre älter war als sie. Galen mußte sich das Lachen verbeißen, Nola schüttelte amüsiert den Kopf.

»Ich danke dir für alles, was du für sie getan hast«, sagte er. »Sie sieht so wunderschön aus.«

»Wirklich hinreißend, nicht wahr?« gab Nola stolz zurück. »Und es hat solchen Spaß gemacht, für sie einzukaufen. Es sollte eine Überraschung für dich sein.«

»Ich glaube fast, du liebst sie so sehr wie ich selbst«, bemerkte er leise.

»Macht es dir etwas aus?« fragte sie und blickte ihm tief in die Augen, wo sie die Antwort fand.

Er schüttelte den Kopf. »Du ahnst ja nicht, wie gerührt

ich war, daß du meine Kinder genauso lieben kannst, wie ich es tue. Ein schöneres Geschenk hättest du mir nicht machen können. So viel hast du gegeben ...« Er wollte fortfahren, aber er merkte plötzlich, daß ihm die Worte fehlten, um seine tiefsten Gefühle zu schildern. »Shannon hatte ganz recht, was dich betrifft«, flüsterte er.

»Was meinst du damit?«

»Daß du wie eine echte Prinzessin aussiehst.« Seine Lippen strichen sanft über ihr Ohrläppchen, und ein wohliger Schauer durchrieselte ihr Rückgrat. »Und du bist eine!«

Nola schwebte im siebten Himmel. »Ein Kleid wie dieses habe ich nie zuvor besessen. Die Dame im Laden, in dem ich auch Shannons Kleid gekauft habe, hat mich dazu überredete, es zu kaufen!«

»Ich stehe tief in ihrer Schuld.«

Nola glaubte zu träumen. Nie hätte sie sich ausgemalt, daß Galen so zärtlich zu ihr sein würde. Sie senkte den Blick, und auf ihrer Stirn erschien eine kleine Falte.

Galen fragte sich, ob er sie versehentlich gekränkt hatte. »Ist etwas nicht in Ordnung?«

»Ich mußte nur gerade an etwas denken, das die Dame in dem Bekleidungsgeschäft zu mir gesagt hat.«

Er musterte sie nachdenklich. Sie spürte sein Herz klopfen, als sein Körper sich näher an sie herandrängte. »Was war es?«

Nola holte tief Luft und nahm ihren Mut zusammen. »Sie hat gemeint, obwohl ich eine Lehrerin bin, sei ich in erster Linie Frau.« Sie wandte sich ab und kam sich auf einmal töricht vor.

Galens Augen glänzten, und seine Lippen wanderten höher. »Recht hatte sie. Du bist ein unglaubliche Frau.«

Er drückte sie noch fester an sich, und Nola spürte, wie sie vor Freude errötete.

»Ich muß mich für mein abweisendes Benehmen letzte Woche entschuldigen. Man hatte mir erzählt, daß du Hank heiraten würdest.« Galen schämte sich plötzlich in Grund und Boden. »Langford meint aber, du hättest seinen Antrag noch nicht angenommen. Stimmt das?«

»Es stimmt. Aber warum hat dich die Aussicht, daß Hank mich heiratet, so gegen mich eingenommen?«

»Anfangs war ich mir nicht sicher. Um ehrlich zu sein, hat mich meine eigene Reaktion erschreckt. Auf der Fahrt nach Maryborough hatte ich Zeit, über alles nachzudenken. Ich kam zu dem Schluß, daß ich mir nie klar gemacht habe, wieviel du mir bedeutest, bis Hank mir von seinen Heiratsplänen erzählt hatte.«

»Hank hat dir das erzählt?« Nola war überrascht und ärgerlich. »Was hat er sonst noch gesagt?«

Die Musik hatte aufgehört, und die Tanzfläche ringsum leerte sich. »Möchtest du etwas zu trinken?« fragte er. »Vielleicht gehen wir ein bißchen spazieren und suchen uns eine Stelle, wo wir ungestört miteinander reden können.«

Bei dem Gedanke, mit Galen allein zu sein, durchlief sie ein Schauer. Nichts wünschte sie sich sehnlicher, als das intime Zwiegespräch anderswo fortzusetzen. »Das würde mich freuen!« erklärte sie.

»Da bist du ja, Nola!« Plötzlich erschien Hank an ihrer Seite. Nola bemerkte, wie Galens Gesichtsausdruck wachsam wurde.

»Ich hab' dich schon überall gesucht!« polterte Hank.

Nola merkte, wie er Galen einen vernichtenden Blick zuwarf. »Ich war doch hier, in voller Größe«, gab sie frostig zurück. Sie konnte sehen, daß Hank schon ziemlich viel getrunken hatte.

»Ich habe uns für ein paar Runden im Tanzwettbewerb angemeldet, und danach sollten wir zusammen Abendessen, würde ich sagen.«

»Hättest du mich nicht lieber vorher fragen sollen, Hank, statt meine Zustimmung als selbstverständlich vorauszusetzen?« Sie hakte sich bei Galen ein. »Galen und ich gehen ein wenig spazieren. Wenn du uns entschuldigen würdest?«

Plötzlich verwandelte sich Hanks Lächeln in ein höhnisches Grinsen. »Meinst du nicht, du solltest dich besser nur an einen Mann halten, Nola? Die Leute reden doch wohl jetzt schon genug über dich!«

Nola stockte der Atem. Noch nie hatte sie jemand in aller Öffentlichkeit derart gedemütigt.

»Du Schwein!« murmelte Galen und packte Hank am Hemdkragen.

»Nicht, Galen!« fuhr Nola dazwischen, der plötzlich schwindlig wurde.

Galen ließ ihn los und legte einen Arm schützend um Nola, doch sie schüttelte ihn ab.

»Tut mir leid, Nola«, keuchte Hank. »Tut mir aufrichtig leid.« Er drehte sich weg und stolperte davon.

Nola blickte sich um und sah die Leute, die sie neugierig anstarrten und miteinander tuschelten. »Ich möchte nach Hause«, verkündete sie. »Ich möchte so weit weg von hier wie irgend möglich.«

»Natürlich«, nickte Galen. »Wir fahren zurück zur Farm.«

»Ich kehre zurück nach England!«, sagte Nola, und rannte unter Tränen davon.

Als Galen endlich seine Kinder eingesammelt hatte, konnte er Nola nirgends finden. Der Wagen stand noch immer vor dem Hotel, aber sein Pferd fehlte.

Esther erzählte ihm, daß Nolas Abendkleid auf ihrem Bett im Gästezimmer lag, dafür fehlten ihre Reithosen. In dem Bewußtsein, wie aufgeregt Nola war, und daß ihr Zustand es ihr nicht erlaubte, wild draufloszureiten, eilte er mit den Kindern zum Wagen. Sie waren gerade losgefahren, als der Regen einsetzte und Blitze den Himmel zerrissen.

Die Heimfahrt war gefährlich, besonders die Überquerung des Flusses, der jetzt viel schneller dahinströmte. Galen betete, daß Nola schon sicher und trocken auf der Farm war. Als sie das Anwesen endlich erreichten, war Nola nicht da. Wade und Langford saßen kartenspielend in der Küche. Der Regen prasselte mit solchem Getöse auf das Blechdach, daß Langford und Wade sie erst gar nicht kommen hörten.

»Ihr seid ja früh wieder zurück?« wunderte sich Langford. »Ist Nola nicht bei euch?«

»Ich hatte gehofft, daß sie hier wäre!« versetzte Galen.

»Hier? Warum sollte sie hier sein? Und wo ist Hank?«

»In Julia Creek. Nola hat sich aufgeregt und das Hotel verlassen. Sie ist mit meinem Pferd unterwegs.«

Galen schickte Shannon nach oben, um das nasse Kleid auszuziehen.

»Papa, dein Pferd kommt angaloppiert!« rief Heath von der Veranda her. »Aber niemand sitzt im Sattel!«

Das Pferd trabte zu den Ställen. Galen eilte auf die Veranda, das Gesicht weiß vor Furcht.

»Ich muß sofort los und Nola suchen«, stöhnte Galen, bevor er loslief und sein Pferd einholte.

Als er am Haus vorüberritt, Richtung Julia Creek, rief Langford: »Sattle noch ein paar Pferde, Heath. Wir müssen Galen bei der Suche helfen. Jetzt, mitten in der Nacht und während es regnet, wird er sie kaum alleine finden. Womöglich ist sie verletzt!«

Als Galen beim Short Horn River eintraf, war er vor Angst fast von Sinnen. Unablässig rief er ihren Namen, bis ihm die Stimme versagte und von Regen und Donner übertönt wurde. Er folgte dem Flußufer und achtete auf jede Spur, die darauf hindeuten könnte, daß sie wenigstens den Fluß heil überquert hatte. Doch da der Mond unter einer dichten Wolkendecke verborgen war, fehlte ihm das Licht, und bei dem Regen war im Schlamm ohnehin nichts zu erkennen. Die Sorge um Nola brachte ihn zur Verzweiflung, denn die Chance, sie zu finden, war minimal. Aber er würde nicht aufgeben. Das hatte er sich geschworen. Niemals würde er aufgeben.

In der Dunkelheit sah Galen plötzlich Laternen auf sich zukommen. Dann tauchten Langford, Wade und Heath auf. Keegan war daheim auf dem Anwesen bei Shannon geblieben. Galen ritt ihnen entgegen.

»Wir werden Hilfe brauchen«, rief Langford, »wenn wir sie noch lebend finden wollen.«

Wade bot an, nach Julia Creek zu reiten und einen Suchtrupp zusammenzustellen. Langford und Galen nahmen sein Angebot erleichtert an.

Über ihnen brauste der Donner, und immer wieder wurde die Nacht durch zuckende Blitze erhellt. Dann fiel der Regen heftiger und stärker denn je. Die Regenzeit hatte begonnen.

22

Nola erwachte aus tiefem Schlaf, der von unruhigen Träumen durchsetzt war. Daß zwei ganze Tage vergangen waren, die ihrem Gedächtnis für immer fehlen würden, ahnte sie nicht. Sie lag trocken und bequem auf einem weichen Lager von Emufedern, umgeben von freundlichen Gesichtern. Tilly hielt sie bei der Hand und musterte sie voller Mitgefühl.

»Wo bin ich?« murmelte Nola und setzte sich mühsam auf. Ihr ganzer Körper schmerzte, und sie fühlte sich wie zerschlagen.

Es dauerte eine Weile, bis sie merkte, daß sie sich in einer Höhle befand und nicht mehr ihre Kleider trug, sondern ein Hemd aus rauhem Tuch, das sorgfältig genäht war. Da niemand sonst ein solches Hemd trug, vermutete sie, daß es eigens für sie angefertigt worden war.

Es schien, als wäre es draußen Tag, auch wenn dämmeriges Zwielicht herrschte. Kurz darauf, als der Regen einsetzte, wußte sie auch, warum es so diesig war. Ein Lagerfeuer brannte hell in der Mitte der Höhle. Nola nahm den Geruch von gekochtem Essen wahr, aber richtig hungrig war sie nicht. Auf einem Borkenteller brachte ihr Lizzie etwas zu essen, eine Art Fleisch, und Mary reichte ihr einen Krug mit Wasser. Automatisch nahm sie die Sachen entgegen, rührte aber nichts davon an. Obwohl sie sich freute, die Frauen wiederzusehen, fühlte sie sich so niedergeschlagen, als würde eine schwarze Wolke über ihr liegen und ihr Seele verhängen, bis sie keinen klaren Gedanken mehr fassen konnte. Sie unterdrückte den Wunsch, in den hintersten Winkel der Höhle zu kriechen und sich im Schatten zu verbergen.

»Was mache ich hier bei euch?« fragte sie Lizzie. Aber die junge Frau lächelte nur, und ihre dunklen Augen leuchteten verständnisvoll. Nola erinnerte sich, vom Pferd gestürzt und in den trüben Fluten des Short Horn River versunken zu sein. Sie hatte auch noch eine vage Erinnerung daran, von der Flut flußabwärts gespült zu werden, und daß ihr die körperlichen und geistigen Kräfte gefehlt hatten, um ihr Leben zu kämpfen. Und danach, nichts mehr.

Als der Regen verebbte und strahlendes Sonnenlicht durch den Felsspalt hereinfiel, fordert Mirijula seinen Stamm auf, das Lager abzubrechen. Die Frauen sammelten bemerkenswert rasch ihre Habseligkeiten zusammen. Nola konnte nur zusehen und fragte sich, wohin sie ziehen würden, und ob man sie zurücklassen würde, damit sie selbst den Weg zum Anwesen finden sollte.

»Bringt ihr mich zur Farm zurück?« fragte sie Mary. Nola wußte, daß die Aborigines ihre Sprache nicht verstehen konnten, aber verzweifelt sehnte sie sich danach, mit ihnen zu sprechen, verstanden zu werden! Natürlich konnte Mary keine Auskunft auf ihre Frage geben.

Als es Zeit war zu gehen, wurde Nola von den Frauen auf die Füße gezogen und nach draußen geführt.

»Wo sind meine Kleider?« fragte sie und fühlte sich

unwohl in dem knappen Hemd. Sie zog an dem Stoff, um sich verständlich zu machen. Es gab einige Diskussionen, und schließlich gab man ihr die Reitstiefel zurück, aber nichts sonst. Hastig zog sie die Stiefel an, während der Stamm ohne sie losmarschierte.

Während sie liefen, wurde kaum gesprochen. Aber ihrer Wahrnehmung entging nichts, wie Nola merkte. Die Luft war feucht, Regen tröpfelte von den Ästen der Bäume, das Gras war naß. Es hatte so stark geregnet, daß einige Gebiete aussahen wie Binnenseen. Nola hatte keine Ahnung, wohin der Stamm sie führte. Zum Anwesen, nahm sie an, doch ihr fehlte jede Orientierung. Nichts in dieser Umgebung kam ihr vertraut vor. Ringsum war der Busch zum Leben erwacht, nur sie fühlte sich im Innern wie abgestorben. Kängurus, Emus, Wombats, Eidechsen und Singvögel, alle waren rege beschäftigt und genossen das neuerwachte Leben, das der Regen hervorgerufen hatte.

So lange hatte Nola auf die Regenzeit gewartet, und doch fand sie keine rechte Freude an der Fülle überbordenden Lebens. Während sie in gedankenlosem Schweigen wanderte, verspürte sie nichts als eine tiefe Traurigkeit. Als der Abend hereinbrach, schlug der Stamm sein Lager auf. Nola saß nur da und beobachtete sie. Sie war zu Tode erschöpft, so müde wie nie zuvor in ihrem Leben. Während die Frauen kochten und die Männer redeten, schlief sie ein.

Anderntags wanderten sie weiter. Auch als der Regen einsetzte, hielten sie nicht an. Immer erwartete Nola, daß das Anwesen auftauchen würde. Nach jedem Hügel, hinter jedem Wäldchen hoffte sie, es zu entdecken. Kamen sie zu einem Fluß, glaubte sie immer, es sei der Short Horn, aber jeder Fluß glich dem anderen. Die Aborigines fingen Fische und Schildkröten. Immer waren sie beschäftigt.

»Wo bringt ihr mich hin?« fragte sie. »Ich bin sicher, meine Leute werden nach mir suchen!« erklärte sie Mirijula, der sie keines Blickes würdigte.

»Ich vermisse Shannon und Langford.« Sie dachte an Galen, und das Herz wollte ihr brechen. Wenn sie an die Einwohner von Julia Creek dachte, überkam sie die Schwermut. »Ich muß zurückgehen«, dachte sie. »Ich möchte nach England zurück. Ich kann hier nicht länger leben.« Wieder stand sie kurz davor, in Tränen auszubrechen. Nola blickte sich um. Offenbar hörte ihr niemand zu. Sie hätte schreien mögen in ihrer Verzweiflung. Sie hätte davonlaufen können, allein, doch der Überlebenswille hielt sie zurück. Ohne diese Menschen war sie dem sicheren Verderben preisgegeben.

An diesem Abend saß Nola dösend beim Lagerfeuer und lauschte mit halbem Ohr dem Geplapper der Aborigines. Sie lachten und tanzten sich Geschichten vor. Es geschah nicht extra zu Nolas Unterhaltung, es war nur etwas, was sie immer zu tun pflegten. Die Füße taten ihr weh und waren voller Blasen. Sie war so matt, daß ihr alle Knochen schmerzten. Den ganzen Tag waren sie unterwegs gewesen. Allmählich dämmerte ihr, daß dieser Stamm auf ›Wanderschaft‹ war, und daß man sie mitgenommen hatte.

»Ich will nach Hause«, sagte sie wieder und wieder. Aber niemand hörte ihr zu.

In der darauffolgenden Nacht saß Nola neben Mirijula. Während er blicklos ins Lagerfeuer starrte, redete sie ununterbrochen. Ob er sie verstand oder nicht, er lauschte. Sie berichtete ihm von England, und von ihrer Überfahrt nach Australien. Wie sehr sich ihr Leben verändert hatte. Sie erzählte ihm, wie sehr sie sich schämte, weil alle Bewohner von Julia Creek und Umgebung jetzt über sie redeten. Sie schüttete ihm ihr Herz aus und weinte. Manchmal blickte er sie an und nickte mit dem Kopf. Er schien zu wissen, daß sie sich von einer Last befreite, ihre Gefühle zur Sprache bringen mußte, um ihre Seele zu reinigen. Seine Augen glühten im Licht der Flammen, was ihn alt und weise erscheinen ließ. Wenn sie nur wüßte, was er dachte! Sie sehnte sich danach, seinen Rat zu hören. Sie konnte sich nicht erinnern, eingeschlafen zu sein. Als sie wieder zu sich kam, war der Morgen schon angebrochen.

Mehrere Tage verstrichen, und jeder war wie der andere. Heiß und stickig am Morgen, Dauerregen nachmittags und nachts. Sie stießen auf Lagunen und kauten die Schoten von Wasserlilien, die wie Erbsen schmeckten. Sie fingen und kochten Wasserpythons, so groß, daß Nola es mit der Angst bekam. Die Stammesleute konnten sich über die einfachsten Dinge freuen. Eine Blume, Honigameisen, Beeren an einem Baum. Abend für Abend sprach Nola zu Mirijula, und er hörte zu.

Schließlich verlor Nola jegliches Zeitgefühl. Sie bemerkte nicht einmal, wie sie auflebte, doch allmählich hob sich die dunkle Wolke, die drohend über ihr gehangen hatte. Eines Tages spürte sie, wie sich das Baby in ihrem Inneren bewegte, und sie empfand eine solche

Seligkeit, daß sie glaubte, platzen zu müssen. Um ihre Freude zu teilen, nahm sie Marys Hand und legte sie auf ihren Bauch. Als das Baby sich regte, lachte Mary und rief die anderen Frauen herbei. In der Folgezeit waren die Frauen ständig in ihrer Nähe. Man gab ihr beim Essen immer die besten Leckerbissen und forderten sie auf, mehr zu essen. Mary reichte ihr ihr Baby, das Nola im Arm halten mußte, und wollte ihr wohl zeigen, wieviel es inzwischen gewachsen war. Man bereitete ihr das weichste Lager, was sie dankbar annahm, denn sie war es nicht gewohnt, auf dem Boden zu schlafen. Und sie genoß es, wie ein ganz besonderer Gast behandelt zu werden.

Nola setzte ihre Unterredungen mit Mirijula fort. Allmählich fing sie wieder an, zu lächeln und zu lachen. Das schien ihm zu gefallen. Eines Nachts nahm Nola sogar an den Tänzen teil. Sie lachte mit den Frauen. Sie bemalten ihr das Gesicht mit ockerfarbenem Lehm. Mirijula beobachtete sie. Er sagte etwas zu seinem Stamm, und alle Gesichter wandten sich ihr lächelnd zu.

Anderntags machten sie sich auf den Rückweg zur Reinhart-Farm. Nola ahnte nichts davon, daß sie heimkehrte. Es stimmte sie zufrieden und glücklich, mit dem Stamm zu wandern. Sie fühlte sich wieder stark und gesund, sowohl geistig als auch körperlich. Sie war auf einer langen Reise gewesen – einer Seelenwanderung. Eine Reise, die sie gesunden ließ. Sie wollte diesen weisen Menschen danken, die offensichtlich genau gewußt hatten, woran es ihr fehlte, als sie selbst es noch nicht erkannt hatte.

Mehrere Tage später trafen sie Jack. Nola traute ihren Augen nicht. Er lächelte breit, als er sie in der Menge entdeckte.

»Jack! Woher wußtest du, daß ich bei deinem Stamm bin?!«

»Mirijula schickt jemand, mich holen«, erwidert er. »Ist Missus ›Wanderschaft‹ gewesen?«

»Ja, Jack. Ich war ›auf Wanderschaft‹. Ich habe keine Ahnung, wo ich bin, aber das ist auch nicht weiter wichtig.«

Jack nickte. Lachfältchen erschienen an den Winkeln seiner Augen, und Nola merkte, daß er verstanden hatte, was sie meinte.

»Weiß noch jemand außer dir, wo ich bin?«

»Nein, Missus. Sie werden überrascht sein.« Wieder lächelte er. »Sie ganz anders geworden, Missus!«

»Bin ich auch, Jack. Hier drin« – sie zeigte auf ihr Herz, »und hier.« Sie zeigte auf ihre Stirn.

Jack nickte und wechselte ein paar Worte mit Mirijula. »Mirijula sagen, Sie auf heilender Geisterreise gewesen, Missus!«

Nola bedauerte sehr, den Stamm zu verlassen, aber sie spürte, daß der Zeitpunkt gekommen war. Aber tief in ihrem Herzen wußte sie, daß sie diese ›Reise‹ nie vergessen würde. Sie hatte ihr buchstäblich das Leben gerettet.

Die Frauen des Stammes reichten Nola ihre Kleider. Sie waren gereinigt und zusammengefaltet.

»Sie Ihre Kleider genommen, Missus, damit Sie sind eine von ihnen«, erläuterte Jack, als sie ein ratloses Gesicht zog. »Stiefel haben Missus behalten, weil Füße zu weich, würden sonst wund beim Gehen.«

»Könntest du sie fragen, wo sie mich gefunden haben, Jack?«

Jack redete mit Mirijula, dann wandte er sich zu Nola um. »An Flußufer, Missus. Fast ertrunken.«

»Warum haben sie mich nicht zum Anwesen gebracht?«

Jack lächelte. »Mirijula glauben, daß Missus seine Frau und Piccaninny vom Sterben gerettet. Wollen bedanken dafür durch Retten Ihre Seele!«

Nola war verblüfft. Wieder einmal mußte sie daran denken, wieviel jeder von diesem erleuchteten Volk lernen konnte.

Mirijula entsandte Lizzie, Mary mit dem Baby und Tilly, um Nola nach Hause zu begleiten. Sie sollten sich noch eine Weile um sie kümmern, um sicherzugehen, daß sie vollkommen geheilt war. Nola wußte nicht, wie sie ihm danken sollte. Sie ließ ihm durch Jack mitteilen, er sei der freundlichste und weiseste Mann, den sie kenne, und der beste Zuhörer der Welt. Er fühlte sich sichtlich geehrt.

Mirijula erklärte Jack, ihm sei nie eine stärkere Frau als Nola begegnet. Sie hatte den Fluch eines Hexendoktors überlebt. Der Stamm respektiere sie und verehre ihren Geist.

»Was hat er gesagt?« wollte Nola wissen.

Nach Jacks Meinung hatte Nola zuviel durchgemacht, um zu erfahren, daß der Stamm ihre Krankheit auf Dubi Duringas bösen Geist zurückführte. »Missus haben starken Geist«, faßte er zusammen.

Und Nola war stolz darauf.

»Wie weit weg sind wir eigentlich von Reinhart«, erkundigte sich Nola bei Jack.

»Einen Tagesmarsch.« Jack hatte Nola das Pferd angeboten, aber sie zog es vor zu laufen, und so ging er neben ihr und den Frauen und Kindern zu Fuß. Mary trug ihr Baby auf dem Rücken. Nola hatte gemerkt, daß die Kinder im Stamm nur ganz selten schrien. Dieses Baby war keine Ausnahme. Sie standen jederzeit mit ihren Müttern in enger Verbindung. Und die Menschen im Stamm waren so eng mit der Erde verbunden, in Harmonie mit allem, was sie umgab.

Als das Anwesen in Sicht kam, war Nola unendlich glücklich. Sie fühlte wirklich, sie war zu Hause, nicht nur ein Zuhause für ihren Körper, sondern vor allem für ihre Seele. Sandy lief ihr entgegen, um sie zu begrüßen. Er war inzwischen so groß geworden, daß er sie beinahe umwarf.

Als Nola das Haus betrat, war alles still. Es erinnerte sie an das erste Mal, als sie zur Farm gekommen war. Seitdem hatte sich so vieles verändert. Sie stieg die Treppe empor und sah Langford im Sessel am Fenster sitzen, das nach hinten hinausging. Er wirkte traurig und verloren. Nolas Herz zog sich zusammen. Sie fühlte sich furchtbar, weil sie ihm soviel Kummer bereitet hatte.

Er wandte sich um und erwartete, Shannon zu sehen.
»Nola!« rief er und platze fast vor Freude.

Nola lief in seine ausgestreckten Arme, Tränen der Freude liefen ihr die Wangen herunter. Als sie ihn umarmte, merkte sie, daß er noch magerer geworden war.

»Ich habe gewußt, daß du am Leben bist«, seufzte er. »Ich habe es die ganze Zeit gewußt.«

»Es tut mir so leid, aber ich konnte euch nicht verständigen. Ich wollte nicht, daß ihr euch meinetwegen sorgt.«

»Ich bin ja so froh, daß du gesund und unversehrt zurückgekommen bist, Mädchen. Das ist alles, was zählt.«

Nola ging hinüber in Shannons Zimmer und weckte sie aus dem Nachmittagsschlaf. Als sie die Augen aufschlug, quietschte sie begeistert.

»Miss Grayson, Sie sind wieder da!«

»Ich hab' dich so sehr vermißt«, seufzte Nola und drückte sie an sich.

»Papa hat gesagt, daß du zurückkommst«, erklärte Shannon. »Er hat's versprochen!«

»Jetzt werde ich nie wieder weggehen.«

»Versprochen?«

»Großes Ehrenwort. Außerdem habe ich eine große Überraschung für dich.«

Shannon machte große Augen vor Neugier.

»Hm, na ja, eigentlich ist sie eher klein, und kichert andauernd. Kannst du's erraten?«

»Tilly!«

»Volltreffer!« Nola rief das Kind nach oben.

Shannon konnte es kaum fassen. »Sind Sie deshalb weggewesen, Miss Grayson? Um Tilly zurückzubringen?«

Nola überlegte noch, was sie Shannon antworten sollte, aber die war schon mit ihrer Freundin davongerannt, als wären die beiden nie getrennt gewesen.

»Vielleicht wurde ich ausgesandt, sie zu holen«, dachte Nola. Ihre Reise war spirituell gewesen. Das Ergebnis aber würde hoffentlich allen zugute kommen.

»Ich hoffe, es macht Ihnen nichts, daß die Frauen mit mir zurückgekommen sind«, wandte sich Nola an Langford, der im Türrahmen stand. »Mirijula, der Stammesälteste, meint, sie sollen sich noch ein wenig um mich kümmern, bis das Baby zur Welt kommt.«

»Das macht doch gar nichts, Mädchen. Ich bin so dankbar! Das Haus war viel zu still und einsam ohne euch.«

Unten erzählte Nola Langford die Geschichte ihrer ›Reise‹, die ihr Leben verändert hatte. Anstatt höhnisch zu reagieren, wie in früherer Zeit, zeigte er echtes Interesse. Er vertraute ihr an, daß er sich Vorwürfe machte wegen des Traumas, das sie erlitten hatte, und das sie offenbar in eine tiefe Depression gestürzt hatte.

»Ihnen ist kein Vorwurf zu machen, Langford«, beteuerte Nola. »Ich habe immer geglaubt, ich sei stark und unabhängig genug, um auf niemanden angewiesen zu sein. Was die Menschen über mich dachten, war mir egal. Aber das ist anders geworden. Als mir klar wurde, daß mein Leben, meine Fehler alle beeinflussen, die auf Reinhart leben, habe ich an mir selbst gezweifelt. Ich fing an zu glauben, daß ich die Verachtung der Leute verdient hätte. Und obwohl ich Sie nicht in Schwierigkeiten bringen wollte, war das falsch. Ich bringe neues Leben in die Welt. Ganz gleich, wie mein Baby gezeugt wurde, seine oder ihre Geburt ist ein Anlaß zur Freude. Während der Zeit, die ich bei dem Stamm verbracht habe, habe ich alles überdacht und in Frage gestellt, was mir auf Herz und Seele lag. Diese Menschen haben mir erst bewußt gemacht, wie kostbar das Leben ist, auch im Kleinen. Mir wurde klar, wie unwichtig Nebensächlichkeiten sind.

Als ich mit ihnen unterwegs war, war es für mich wie eine Wiedergeburt. Ich begann, meine Umgebung ganz anders wahrzunehmen, als sähe ich sie zum ersten Mal. Alles trat mir viel klarer und deutlicher vor Augen. Sie und Galen und die Kinder – ihr seid wie meine Familie. Wade, Jimmy und Jack vergrößern diese Familie. Ich habe gelernt, euch zu lieben. Allein dies hat mich unglaublich gestärkt in Leib und Seele!«

»Ich bin froh, Nola. Wir lieben dich alle sehr und haben dich mehr vermißt, als du dir vorstellen kannst.«

»Wo ist Galen?« erkundigte sich Nola, deren Herz schon schneller schlug, wenn sie ihn bloß erwähnte.

»Oh, was soll ich sagen.« Langford seufzte bei dem Gedanken daran, wo Galen gerade war. »Er ist draußen, auf der Suche nach dir. Jeden Tag ist er mit der ersten Morgensonne unterwegs.«

Nola war untröstlich, sich vorzustellen, wie er draußen nach ihr suchte.

»Ich müßte ihn verständigen, aber ich weiß nicht, wo er gerade ist. Er wird so erleichtert sein. Du mußt wissen, Mädchen, er hat nie daran geglaubt, daß du tot bist. Keine Sekunde lang. Nicht wie dieser Taugenichts Hank. Der war schon einen Tag nach deinem Verschwinden davon überzeugt, daß du tot bist. Ich habe ihn weggeschickt. Konnte seine Gegenwart nicht länger ertragen. Wer weiß, was Galen ihm angetan hätte, wäre er auch nur einen Augenblick länger geblieben. Er wollte kein schlechtes Wort über dich hören.«

Langford berichtete Nola, daß in den ersten Tagen ein Suchtrupp auf ihre Fährte gesetzt worden war. »Galen wollte nicht zulassen, daß sie aufhören, aber schließlich mußten sie in ihren Alltag zurückkehren. Du wirst es nicht glauben, Mädchen, aber Bertha Ellery hat vor, mitten im Dorf ein Denkmal für dich zu errichten. Vor jedem, der es hören will, redet sie in den höchsten Tönen von dir!«

Nola war vollkommen perplex.

»Der Tanzwettbewerb am Weihnachtsabend fiel aus, weil sich fast alle an der Suche nach dir beteiligten. Kommendes Wochenende soll er nachgeholt werden. Bertha hat gemeint, es sei sicherlich in deinem Sinne, wenn deine Pläne auch in die Tat umgesetzt werden.«

Nola war zutiefst gerührt. Daß diese Menschen die Weihnachtsfeier hatten ausfallen lassen, nur um nach ihr zu suchen, konnte sie kaum fassen. Das war die uneigennützigste Sache von der sie je gehört hatte. Ungläubig schüttelte sie den Kopf.

»Ist Wade noch bei euch?« fragte sie.

»Nach wie vor. Mit Hilfe der Jungen tut er, was er kann. Er sorgt dafür, daß hier alles in Schuß bleibt. Ich wüßte nicht, was ich ohne ihn anfangen sollte. Ich war keine große Hilfe. Ich – ich brachte einfach nicht mehr den Mut auf ...« Die Stimme versagte ihm vor Schmerz. »Komisch, wie so etwas einen mitnimmt, wie?«

»Aber jetzt wird alles gut«, versprach sie.

»Ganz bestimmt«, flüsterte er.

Dann erzählte Langford, daß Galen jeden Abend mit der Dämmerung heimkehrte, wenn es nicht mehr hell genug war, um weiterzusuchen. Sie badete schnell und dann zog sie ihr smaragdgrünes Abendkleid an. Sie stellte einen Tisch auf dem Balkon bereit, zündete Kerzen an und stellte eine Flasche Wein mit zwei Gläsern bereit. Sie konnte kaum noch erwarten, ihn endlich zu sehen.

Galen überquerte den Hügel und hielt das Pferd an. Er schaute hinunter zum Haus, das im schwindenden Abendlicht kaum noch zu erkennen war. Er war so müde, geistig und körperlich völlig erschöpft. Er wußte nicht, wie er ohne Nola weitermachen sollte. Er wollte nicht weitermachen. Als er zum Haus hinüberstarrte, glaubte er, auf dem Balkon einen Schatten zu sehen, der sich bewegte, aber vielleicht spielte ihm seine Müdigkeit auch nur einen Streich. Er sehnte sich so sehr danach Nola wiederzusehen. Sie spukte durch seine Träume und verfolgte ihn tagsüber von früh bis spät.

Als sie sah, wie er herangeritten kam, sprengte ihr die Vorfreude fast die Brust. Galen kam auf das Anwesen zu, eine einsame, verlorene Gestalt auf einem Pferd, er blickte auf, und sie winkte ihm zu. Er blieb wie angewurzelt stehen. Nola rief seinen Namen und winkte wieder. Eine Sekunde später raste er im gestreckten Galopp auf das Haus zu, sein Hut segelte davon. Gerade noch rechtzeitig sprang er vom Pferd, und sie lachte und weinte gleichzeitig.

»Du bist hier! Ich dachte, ich würde Gespenster sehen«, stieß er atemlos hervor.

»Ich bin wirklich hier«, lächelte sie ihm zu. »Hier ist der einzige Ort auf der Welt, wo ich sein will.«

Galens Herz tat einen Sprung. Er hatte kaum zu hoffen gewagt, daß Nola dasselbe fühlte wie er.

»Ich brauche dich ...« Dann versagte ihr die Stimme, so überwältigt war sie. »Komm hoch«, winkte sie. »Schnell!«

Das ließ er sich nicht zweimal sagen. Galen nahm drei Treppenstufen auf einmal, nahm sie in seine Arme und wirbelte sie herum. »Ich habe niemals daran geglaubt, daß du tot bist«, sagte er, preßte sie an sich und küßte sie lange und leidenschaftlich. Als ihre Lippen sich schließlich trennten, sah er ihr in die schimmernden Augen.

»Ich habe einfach nicht mehr vernünftig denken können«, keuchte er. »Alles, was ich weiß und gelernt habe mit den Jahren, sagte mir, daß du niemals überlebt haben konntest. Nicht einen Tag, nicht da draußen im Busch. Doch tief in meinem Innersten wußte ich, daß du noch am Leben bist. Ich betete nur, daß du mit deinen Freunden vom Wana-Mara-Stamm zusammen bist. Jack hatte mir erzählt, daß sie auf Wanderschaft gegangen waren, aber er wußte nicht, ob du bei ihnen bist. Er versicherte mir, sie würden es uns wissen lassen, sollten sie zurück sein. Aber ich konnte nicht herumsitzen und abwarten. Ich mußte weitersuchen. Ich hätte nie aufgehört, dich zu suchen, wenn nötig.«

»Hast du nicht überlegt, ob ich in England sein könnte?«

»Nein. Ich habe an alle Schiffahrtbüros telegraphiert, nur um sicherzugehen, aber ich habe nie geglaubt, daß du nach England zurückgefahren bist. Du gehörst hierher ... zu mir!«

Nola wurde fast ohnmächtig vor Glück, aber mit einem Mal verdunkelte Angst ihren Blick. »Und weißt du schon von ... von dem Baby?«

Sein Blick wurde milde, und er legte die Hand mit behutsamer Zärtlichkeit auf ihren gerundeten Unterleib. Auch ohne daß er es aussprach, wußte Nola, daß er ihr Kind so lieben würde, ebenso wie sie seine Kinder liebte.

Langford trat auf die Veranda hinaus und warf einen Blick über die vielen Gäste, die sich auf den von bunten, üppigen Frühlingsblumen gesäumten Wiesen versammelt hatten. Alle Köpfe drehten sich ihm zu, und die Frauen hielten den Atem an. Der alte Mann war in seinen feinsten, crèmefarbenen Leinenanzug gekleidet. Seine Haut trug einen gesunden, goldenen Teint, der sein silbernes Haar betonte und ihn sehr vornehm aussehen ließ – genau wie der erfolgreiche Pionier, der er zeitlebens war.

Die Reinhart-Farm veranstaltete die größte Party, die es je im Umland von Julia Creek gegeben hatte. Und sein Stolz kannte keine Grenzen. Das Anwesen sah wieder prächtig aus wie ehedem. Rinderzüchter bevölkerten das Grundstück, bewunderten seine neue Kälberzucht aus gekreuzten Short Horns und gratulierten ihm zu dieser zukunftsweisenden Idee, die ihm so widerstandsfähige Rinder eintrug. Das Leben konnte nicht schöner sein.

Langford Reinhart lächelte still in sich hinein. Die letzten Jahre seines Lebens würde er als respektierter, zufriedener Mann verbringen, er würde beobachten können, wie seine ›Familie‹ wuchs und wissen, daß er sich um die Zukunft der Reinhart-Farm keine Sorgen mehr zu machen brauchte. Da erblickte er Nola und Galen, die ihren neugeborenen Sohn stolz einer Gruppe aufgeregt schnatternder Damen vorführten, darunter Bertha Ellery, Mora und Eartha Dove und natürlich Esther, die stolze Patentante des kleinen Charles. Shannon, bildschön in ihrem rosafarbenen Lieblingskleid, wich nicht von Nolas Seite und wachte argwöhnisch darüber, daß ihrem kleinen Brüderchen kein Leid geschah.

Mit Hilfe von Heath und Keegan, kümmerte sich Wade um den Bratspieß. Verführerische Düfte nach gegrilltem Fleisch wehten in der Luft. Nicht weit davon lagerten die Ehrengäste, der gesamte Wana-Mara-Stamm, und warteten auf den Abend, um zur Unterhaltung der Besucher einen ›Corroberee‹ aufzuführen.

Nola blickte auf und sah Langford auf dem Balkon stehen. Sie entschuldigte sich bei ihrem Ehemann und den Gästen und lief zu ihm hinüber, um sich bei ihm unterzuhaken.

»Es ist ein wundervoller Tag«, strahlte sie.

»Das ist er.« Er seufzte vor Wohlbehagen.

Die Kapelle aus Julia Creek spielte auf, und die ersten Paare traten auf die Tanzfläche. Unter ihnen auch Hank und Esther, die in letzter Zeit offenbar unzertrennlich geworden waren.

»Wer ist denn der Mann mit dem merkwürdigen Hut?« wollte Langford wissen.

»Tilden Shelby. Einen solchen Hut nennt man Trilby. Das ist englische Mode. Ich möchte dir Tilden vorstellen. Ihm gehört die Vermittlungsagentur. Er hat mich damals von London hierhergeschickt.«

»In diesem Fall werde ich sein lächerliches Aussehen entschuldigen.« Arm in Arm schlenderten sie auf ihn zu.

»Ich habe auch ein Taufgeschenk für den kleinen Charles«, bemerkte Langford.

»Du verwöhnst ihn schon viel zu sehr«, gab Nola scherzhaft tadelnd zurück. »Er hat schon so viel Spielzeug, daß ein Zimmer schon nicht mehr ausreicht.«

Langford warf ihr einen schuldbewußten Blick zu.

»Was hast du ihm denn diesmal gekauft?«

»Ein Pony.«

»Er ist doch viel zu jung für ein Pony, Langford. Mein Sohn ist gerade mal sechs Monate alt ...«

»Unsinn. Ein Rinderzüchter ist nie zu jung für den Sattel. Frag doch Galen! Heath und Keegan konnten reiten, bevor sie laufen lernten. Du glaubst doch nicht, daß der kleine Charles dieser Aufgabe nicht gewachsen wäre? Schließlich ist er der Sohn der bemerkenswertesten Frau, die je ins Gulf Country gekommen ist. Eine lebende Legende, deren Leistungen im Outback eines Tages zur Geschichte dieser Gegend gehören werden ...« Er blinzelte spitzbübisch.

Nola lachte lauthals. »Leistungen?! Das ist eine interessante Bezeichnung für all die Schnitzer, die ich mir geleistet habe.« Obwohl Nola wußte, daß Langford sie aufziehen wollte, war ihr auch klar, daß er damit, auf seine etwas verschrobene Weise, ihr das schönste Kompliment gemacht hatte, das ein Rinderzuchtpionier einer Frau überhaupt machen kann.

»Versprich mir, daß du nichts dergleichen Tilden Shelby erzählst. Ich habe ihm schon gestanden, daß ich ein anderer Mensch geworden bin.«

Jetzt war es an Langford, in Gelächter auszubrechen. »Ich glaube, wir sollten ihm einen anderen Hut besorgen, bevor die Jungen von der Boulia-Farm zuviel getrunken haben.«

»Wirklich? Wieso?«

Langford grinste verschmitzt. »Mädchen, du hast immer noch viel zu lernen.«

Der neue Bestseller der ›Chronistin Australiens‹.

Im Jahr 1868 reisen die Schwestern Emilie und Ruth von England nach Australien, um dort ihr Glück zu suchen. Während es Ruth auf eine Farm im Landesinneren verschlägt, ist Emilie gezwungen, eine Stelle im Hafenort Maryborough anzunehmen. Als sie dem Abenteurer Willoughby begegnet, ist dieser sofort hingerissen von der ›englischen Dame‹. Obwohl seine ungenierte Art Emilie zunächst empört, kann sie ihm nicht widerstehen. Doch dann gerät Willoughby in Verdacht, einen Geldtransport überfallen zu haben. Hat Emilie sich in ihm getäuscht, oder ist er wirklich unschuldig, wie er behauptet? Die junge Frau beschließt, ihrem Herzen zu trauen und Willoughbys Unschuld zu beweisen – koste es, was es wolle ...

3-404-14640-9

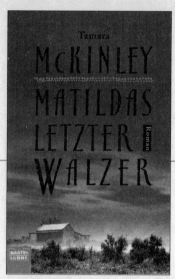

Ein wunderschönes Buch über die Liebe, das die Farben, Düfte und Klänge Australiens auf magische Weise entfaltet

Vor der atemberaubenden Wildnis Australiens verknüpft Tamara McKinley die Geschichte zweier Frauen, deren Schicksal sich auf wundersame Weise kreuzt: Schnittpunkt ist Chirunga, eine einsame Schaffarm im Südosten des Landes. Dort findet Jenny, eine Malerin aus Sidney, die die Farm postum von ihrem Mann geschenkt bekommen hat, ein Tagebuch, dessen Inhalt sie nicht mehr loslässt. Denn es erzählt auf ergreifende Weise von dem Schicksal Matilda Thomas', der Chirunga einst gehörte, von ihrem Kampf um die Farm und von ihrer großen tragischen Liebe. Noch weiß Jenny nicht, was sie mit Matilda verbindet, aber sie fühlt, dass ein dunkles Geheimnis auf Chirunga lastet – ein Geheimnis, das auch ihr Leben verändern wird ...

„Tamara McKinley versteht es nicht nur, ein spannendes Familienepos in der Tradition der Dornenvögel zu erzählen – vor allem sind ihr herrliche Schilderungen von Land und Leuten gelungen ..." *NDR, Bücherwelt*

ISBN 3-404-14655-7